옛 시정을 더듬어 上

지은이 손종섭
1판 1쇄 인쇄 2011. 11. 28
1판 1쇄 발행 2011. 12. 7

발행처_ 김영사 • 발행인_ 박은주 • 등록번호_ 제406-2003-036호 • 등록일자_
1979. 5. 17 • 경기도 파주시 교하읍 문발리 출판단지 515-1 우편번호 413-756
• 마케팅부 031)955-3100, 편집부 031)955-3250, 팩시밀리 031)955-3111 •
저작권자 ⓒ 손종섭, 2011 이 책의 저작권은 저자에게 있습니다. 저자와 출판사의
허락 없이 내용의 일부를 인용하거나 발췌하는 것을 금합니다.

값은 뒤표지에 있습니다. ISBN 978-89-349-5542-9 03810 • 독자의견
전화_ 031) 955-3200 • 홈페이지_ http://www.gimmyoung.com • 이메일_
bestbook@gimmyoung.com • 좋은 독자가 좋은 책을 만듭니다 • 김영사는
독자 여러분의 의견에 항상 귀 기울이고 있습니다.

옛 시정을 더듬어

上

김영사

著者筆

讀東文選有感

青丘日月長 開落一何忙
千古人歸盡 文華尙自香

'동문선'을 읽으며

푸른 언덕에
해달은 긴데
꽃은 피랑지랑
그리 바쁜고!

천고에 임들 다
가곡 없건만
글꽃만은 여태도
향기로워라!

明逸精舍에서 雲影

다시 책머리에

늦마에 시작한 일이라, 그리 많지 않은 나의 저서이지만, '김영사'에서 이들을 다시 출간하려 한다는, 이 망외(望外)의 소식에, 나는 듣는 귀를 의심하지 않을 수 없었다. 후문이지만, 이는 정민 교수님의 제안에 박은주 사장님의 쾌락으로 이루어진 일이라 한다.

듣자니, 모든 자사의 간행물을 친히 정독한 후에 간행 여부를 결정한다는 박 사장님이시라니, 모르긴 하나, 2년 전에 당사에서 출간한, 졸저《다정도 병인 양하여》에서 관심을 갖기 시작, 필자의 여타 작품들에까지 지나쳐 보지 않으셨던 듯 여겨진다. 이런 분외의 문복으로, 나의 분신들이 다시 세인의 주목을 받게 되는 영광을 누리게 된 것이다.

30년 교직 생활을 더 이상 견뎌 낼 수 없어 물러나, 갖가지 병추기가 되어, 병 요양으로 전전하던 생불여사의 나의 중년, 뜻 두고 일우지 못한, 그 20여 년! 그러던 것이 의사 아들의 끈질긴 정성으로 마침내 칠십에서야 건강이 화복되고, 그러자 다시 꿈틀거리기 시작하던 나의 의욕! 이리하여, 쓰기 시작한 것이 나의 오랜 숙제이던《옛 시정(詩情)을 더듬어》였다.

세상에 나와 있는 고금의 모든 '평론서'들이 중국, 일본, 우리나라를 막론하고, 판에 박은 듯이 '이루어진 결과'를 두고 '운위(云謂)'하는 것과는 달리, 나의 집필 명제는 '이루어지기까지의 과정에 동참하자'는 것이었다.

곧 몽롱한 시정(詩情)의 수태(受胎)에서, 한 편의 시로 출산되기까지의 과정에서 겪게 되는, 심한 입덧과 산고(産苦), ─ '시수(詩瘦)'가 들 만큼의 고뇌를 거치는 '시작 과정(詩作過程)'을 몸소 겪는 일이었다.

이리하여 옛님들의 가슴에 타던 시정(詩情)의 불길이 어느덧 내 가슴에로 옮아 붙어 타기 시작하면, 마침내 그 시혼(詩魂)에 접신(接神)하게 되고, 거기서 우리는 그 속속들이 깊은 시경(詩境)의 한가운데서 공명(共鳴) 공감(共感)하다 보면, 작자와의 경계가 허물어진 그 중심에 내가 홀로 당사자로 서 있게 된다.

곧 '옛날 아무'의 시정이 아니라, 바야흐로 당사자인 나 자신의 시정으로 불타며 고뇌하게 된다.

이제《옛 시정을 더듬어》의 서문을 오랜만에 읽어 보노라니, 늦게야 활활 불타던 당시 칠순의 그 정열이, 다시 20여 년을 지난 94세의 쇠잔(衰殘)한 오늘의 나로 하여금도 오히려 그 열기, 이렇듯 새삼 가슴을 울렁거리게 함을 어찌할 수가 없다.

한 편 한 편의 시에 어려 있는, 옛님들의 시혼(詩魂)이 나를 부추겨, 나는 그 여러 시대를 그 님들과 함께 희비고락를 같이해 왔으며, 불우한 시대에 대한 통탄과 분노를 함께해 왔다.

나는 옛님들의 작품을 대할 때마다, 저만치 두고 담담(淡淡)히 바라볼 수 있는 여유를 가지지 못하고, 어느덧 그 작품 세계 속으로 나 자신이 침몰되어 버리곤 한다. 이와 같은 나의 버릇으로 말미암아, 나는 필경 독자도 감상자도 역자도 논평자도 아닌, 바로 그 작품 속의 '당사자'로 변신하여 있음을 깨닫게 된다.

이리하여 나는 신라인으로도, 고려인으로도, 조선인으로도 살아

왔으며, 갑남(甲男)으로도 살고 을녀(乙女)로도 살아왔다. 고운(孤雲)과 함께 가을 밤 빗소리에 젖어도 보고, 황진이와 함께 동짓달 기나긴 밤을 탄식하기도 했다. 시대도 국적도 장애될 것이 없었다. 두보(杜甫)와 함께 전선(戰線)을 누비며 호전자(好戰者)들을 저주했으며, 백거이(白居易)와 함께 노기(老妓)의 비파 가락에 수건을 흐뭇 적시기도 했다.

이렇듯 나는, 다시대(多時代) 다생(多生)으로, 옛님들의 그 다양한 시 세계 속에서 화동(和同暢敍)도 비분강개(悲憤慷慨)도 하며 활활 불타며 요동쳐 왔던 것이다.

나의 시정에 대한 민감성은 지금도 그때나 다름이 없다.

내 인생 말기의 20여 년을, 2, 3년 터울로 내놓은 나의 저서들은 그 모두 옛님들로 살아온 나의 분신들이다.

시심(詩心)이란, 누구에게나 가끔은 깃들이는 '천진한 순수의 상태'에서, 잠시 스쳐가는 '인간 본성(本性)'에의 향수(鄕愁)다. 그것은 국경과 피부색을 초월한, '인간의 원초적인 심령'에로의 회귀(回歸)다. 거기 노을처럼 무지개처럼 희로애락(喜怒哀樂)으로 물들여진 시정(詩情)은, 어쩔 수 없이 숙명처럼 서려 나는, 그윽한 그리움과 한(恨)이 바림[渲染]되어 있게 마련이다.

'정(情)'은 인간 사회의 다양한 유대 관계를 형성하고 결속하는 유일한 매질(媒質)이다. 다사로움이 있고, 포근함이 있고, 달빛처럼 은은하고, 봄비처럼 촉촉함이 있다. '하나' 되고픈 동질감을 느끼게 하며, 자기(磁氣) 같은 '그리움' 같은, 목마름에 물이 키듯, 왠지 키는 감미로운 매질이다.

그런, 그 '인간의 사는 보람'이기도 한 '정'이, 물질만능의 개인주의로 말미암아, 오늘과 같은 인간 정서의 사막화(沙漠化)와도 같은,

비정화(非情化), 비인간화(非人間化)로 치닫고 있는, 이 가공(可恐)할 21세기의, 급속한 변이(變異)에서, 이를 구출할 유일한 처방은 '정의 회복'에서 시작되어야 한다. 정의 회복 없이 '인간 회복'을 바랄 수는 없다. 그것은 초목에 우로(雨露)와도 같은 '옛님들의 고운 시정'으로, 메말라 가는 심전(心田)을 관개(灌漑)함으로써만, 자신도 모르는 사이에 다시 녹화(綠化)되어 가고 있음을 뒤에서야 깨닫게 되리라.

성자(聖者)나 철학자의 가르침은 '의지(意志)'에 의한 실천의 '노력'에 의해서만 이루어지지만, 옛님들의 봄비와도 같은 고운 시정에 젖음으로써, 자신도 모르는 사이에, '마음 밭'이 푸르게 자라나는 일은, '의지'도 '노력'도 아닌, '감성(感性)'에 의한 자연스러운 '감화(感化)'이기 때문에, 어느덧 마음의 본향, 정의 푸른 옛 뜰에 돌아와 서 있는 자신을 발견하게 될 것이다. 이 귀한 심령의 체험은, 그로 하여금 까맣게 잊고만 있던 '마음의 본향(本鄕)'을 깨닫게 하는 귀한 동기, 귀한 체험이 아닐 수 없다.

우리는 태초에 우리의 표기 수단을 가지지 못했던 처지였기에, 부득이 한자(漢字)를 빌어 우리의 정서를 표출했던 것이나, 그러나 거기 담긴 정서는 '다름 아닌 우리의 정서'로 독특하고, 그 음운(音韻) 또한 우리의 국문학적 음운으로 숙성되어 있으므로, 이를 옮겨, 우리의 요요(寥寥)한 국문학의 경역(境域)으로 편입 확장해야 한다는 주장으로 공들여 다루었으며, 그 운율 또한 우리의 가락, 우리의 호흡으로 환원하려고 애썼던 것이다.

'시'란, 시적 감동을 운율의 가락에 실은 음악적 표현이요, 무용적 몸짓이다.

이 책은 미력이나마 한시(漢詩)에서 칙칙한 한복(漢服: 중국옷)을
벗겨 내고, 산뜻한 우리의 한복(韓服)으로 갈아입혀, 우리말 우리 가
락으로 노래하며 춤추게 하는 작업을 하노라고 한 것들이다.

　이 책은,《옛 시정을 더듬어》와, 그 후의 속편인《다시 옛 시정을
더듬어》의 내용을, 다소 수정 가필하는 한편, 동시대 동일인의 작품
끼리 한데 모아 개편함으로써, 시대별 인물별로 일목요연하게 정돈
된 것이다.

　이 글이, 이 새로워진 모습으로 세인의 공람(供覽)에 부쳐지게 된
데 대한 깊은 감사의 정을, 두 분께 드리는 바이다.

　　　　　　　　　　　　　　　　　　2011년 11월
　　　　　　　　　　　　　　　　　　손종섭

우리 한문학 유산의 국문학에로의 계승 문제는, 그동안의 거듭된 논란 끝에, 이제는 적어도 논리적으로는 거의 긍정 쪽으로 정착이 되어 가는 듯이 보인다.

그러나, 그 너무나 호한하고도 난삽함으로 해서, 아직도 많은 국문학도들로부터 은근히 경원 내지 소외되어 오고 있음이 오늘의 실상이다.

우리는 그 옛날 우리 선인들의, 그 다정다감한 가슴속에 무시로 피어오르던 문학적 정서와, 무엇에 의해서든 이를 표현하지 않고는 못 견딜, 강한 욕구와 충동으로 애타하던 정황을 상상해 본다.

당시 만일 우리 주변에 보다 편리한 표기 수단이 달리 있기라도 했었더라면, 사정은 사뭇 달라졌으리라만, 그러나 그 당시로서는 한자야말로 유일무이한 수단이었던 만큼, 이러한 때 이에 의지하게 됨은 필연적인 귀결일 뿐, 달리 무슨 길이 있었으랴 싶다.

이리하여 우리 선인들은 본의 아니게, 또는 하는 수 없이, 우리의 사상 감정을 한자에다 담을 수밖에 없었으니, 훈민정음 제정 이전은 말할 것도 없거니와 그 이후로도, 그것이 보편화 일반화되기까지는, 오랜 관행과 사회 통념으로 하여 전래의 수법을 따를 수밖에 없었던 것으로 여겨진다.

여기서 우리는 잠시, 우리 한문학 유산이 소외당하게 되는 근본 이유인 한자의 국적에 대하여, 새삼스럽기는 하나, 잠시 짚고 넘어가야 할 것이 있다.

그것은, 한자가 원래 중국 태생이기는 하나, 그것이 널리 동양 각 국으로 전해지면서는, 가는 곳마다 동화되어 그 민족 어운(語韻)으로 귀화(歸化)하게 되었다는 사실이다.

　우선 그 자음(字音)만 하더라도, 그 본고장과는 아주 딴판으로, 우리가 다르고, 일본이 다르고, 동남아 각국이 서로 각각 다르게 되었음과 같다. 물론 당초에야 같으려 했겠지만, 민족이 다르고 어운이 다른 만큼, 제각기 자가의 바탕으로 소화되고, 동화되는 필연적인 경로로 숙성되었던 것이다. 이리하여 한자는 범동양적(汎東洋的) 공통 문자인 동시에 귀화한 민족 문자로 위상(位相)이 바뀌게 되었던 것이다.

　이는 마치 로마자가 그 태생 민족에 아랑곳없이, 두루 서구 각국의 문자로 공용되고 있으되, 그 음운은 저마다 각자의 민족 어운에 동화되어 있음과 다를 바가 없다.

　다만 로마자가 저마다 귀화한 그 민족의 구어(口語)를 담당하여 타민족과의 교류를 단절하는, 독자적, 비보편적인 데 반하여, 귀화 한자는 청각적으로 개별적이면서 시각적으로 공통적인 점과, 구어가 아닌 문어(文語)로 나타남이 저네들과 서로 다를 뿐이다.

　우리의 한시문도 거기 내포되어 있는 성어(成語)로서의 한자 어휘를 제외하고는, 구어체가 아닌 문어체로 나타나 있다. 물론 이 또한 엄연한 우리말의 한 체임에는 틀림없으나, 매우 불편함은 사실이다. 이에 선인들은, 이 불편을 극복하기 위하여 요소마다 토를 달아(懸吐) 문어를 구어화했던 것이니, 선인들의 이 같은 지혜와 그 고충은 이해하고도 남음이 있다.

　이처럼 동서양이 제각기 일장일단의 우열이 있기는 하나, 다 같이 이문자(異文字)를 순치(馴致)하고 복속(服屬)하여, 각자의 혼을 불어넣어, 저마다의 문화를 발전시켜 왔음은, 극히 정당하고도 자연스러운, 역사 발전의 필연적인 과정이 아닐 수 없다.

　더구나, 하마터면 공백(空白)일 뻔한 우리의 고문학사(古文學史)에 끼쳐 준, 찬란히 빛나는 막대한 문학 유산은, 그 귀중함이 각별하고, 또한 그 귀중한 유산을 온전히 간직했다가, 그 전승을 끝내는 대로, 조용히 명예로운 퇴역을 기다리고 있는 한자의 수인과 그 공로는 극구 찬양되어 마땅하다 할 것이다.

　그중에서도 우리 한시는 선인들의 아름다운 정서의 꽃일 뿐만 아니라, 그 음률(音律) 또한 점차 우리 가락으로 숙성되어 왔으니, 이는 의식 또는 무의식적으로 우리 민족의 정혼(精魂)이 배어들고 스며들면서 자연 그렇게 될 수밖에 없었던 것으로 여겨진다.

　후에 이를 공언(公言)한 이들은 실학파 학자들로서, 성호(星湖), 연암(燕巖), 초정(楚亭) 같은 분들이지만, 그중에서도 다산(茶山)은,

　나야 조선 사람이기에
　달게 조선시를 짓노라.

　我是朝鮮人　甘作朝鮮詩

하며, 한시를 '한시'로 짓는 것이 아니라, '조선시'로서 짓는다고 당당히 외쳤던 것이다.

　사가(四佳) 서거정(徐居正)은《동문선(東文選)》서문에서 설파했다.

　"우리나라의 글은 송나라 원나라의 글이 아니며, 또한 한나라 당나라의 글도 아닌, 바로 우리나라의 글일 뿐이다. 마땅히 역대의 글과 함께 천지간에 아울러 행해질 것이니, 어찌 민멸(泯滅)하여 전하지 않게 될 수 있으랴?(我東方之文 非宋元之文 亦非漢唐之文 而乃我國之文也. 宜與歷代之文 并行於天地間 胡可泯焉 而無傳也哉)"

라고 ─. 이 얼마나 깊이 긍경(肯綮)을 맞힌, 지언(至言)이 아니고 무엇이랴?

이제 우리 가락으로 조율된 귀화 한시의 운율적 특성을 일별(一瞥)하면:

자음(字音)에 있어, 저들과 우리의 차는 황해(黃海)의 폭만큼이나 먼 아주 딴 음임은 물론, 그 자음을 지시 규제(指示規制)하여 고저장단(高低長短)케 하는 제2의 음소(音素)인 운소(韻素) 또한 우리 가락으로 조율되어, 우리의 독특한 율조미(律調美)로 나타나 있다.

곧, 같은 평성(平聲) 또는 측성(仄聲)일지라도 거기에 우리말의 음운적 배려에 의한 자음(字音)의 선택 ─ 이를테면, 유성자음(有聲子音)의 유성화(有聲化) 파장(波長)이나, 비음(鼻音)의 공동적(空洞的) 확산(擴散), 경·격음(硬激音)의 긴장과 충격, 개방음(開放音)·폐쇄음(閉鎖音)의 창서(暢敍)와 수렴(收斂) 등, 자음의 선택 안배에 따른 음성 영상(音聲映像)이나 청각 인상(聽覺印象)을 고려, 그것이 우리 민족의 미의식(美意識)에 충족되도록 세심한 배려로 선택되어 있음이다.

옛날 서당 교육에서의 여름 한 철은 시를 익히는 계절이었으니, 그 독송(讀誦)의 가락은, 평측보(平仄譜)에 따른 기본적 음률에, 우리 음운의 멋과 흥이 가세하게 된 데다가, 4·3〔七言〕 또는 2·3〔五言〕으로 마디를 지어, 거기 1·2언(言)의 '토(吐)'를 첨가하였으니, 이를테면:

'江頭誰唱美人曲고? 正是孤舟月落時라.' 또는,
'雪月은 前朝色이요, 寒鐘은 故國聲이라!' 또는,
'孤舟自向沼沼去ㄴ데, 送我何人이 更倚樓아?'

등이 그것이다. 이러한 현토(懸吐)는 문어를 구어화하는 구실로도 중요하지만, 정형(定型)을 엇가락화(化)하는, 그 음악적 율동적 너울 너울한 멋거리는, 자음(字音)만으로 붙여 읽을 때의 단조로움과는 딴판으로, 그때그때의 감흥에 따라 멋대로 멋을 부릴 수 있는, 말하 자면 자유분방한 가변율조(可變律調)인 것이다, 이를테면;

    '江頭에 誰唱美人曲하느뇨? 正是孤舟에 月落時로다.'
    또는, '雪月은 前朝色인데 寒鍾도 故國聲이로구나.'
    또는, '孤舟는 自向迢迢去하는데, 送我何人이야 更倚樓했는고?'

와 같이 얼마든지 맛을 달리할 수 있는, 순수한 우리의 멋가락인 것 이다.

한시는 그 한 편 한 편의 시 속에 그 자체의 악보가 내재하고 있 으니, 그 고저장단의 지표인 평측(平仄)은 한시의 율동적 기본으로, 음악에 국경이 없듯, 저네들의 가락이자 우리의 가락인 것이다. 그 러나 그 매자(每字)의 속성인 평측은 따로이 익히자 해서 익히는 것 이 아니라, 모든 독송—특히 시 같은 운문의 독송(讀誦)에 있어— 자음(字音)을 각각 소정의 운가(韻價)대로 발음함으로써만 시로서의 감흥을 얻게 될 뿐만 아니라, 평측 또한 자연스럽게 체득되어져 몸 에 배게 되는 것이다. 그러므로, 혹은 낮고 높고 짧고 길게 춤추듯 기복(起伏)하는 시의 운율은 그 독송에 있어, 고금이 따로 없고, 경 향이 따로 없이 어느 시대 어디에서나 여출일구(如出一口)로, 그 시 에 내재하는 평측보(平仄譜)에 따른 가락대로 한결같았다. 시작(詩 作)에 있어서도 매자의 평측이 스스로의 발음에서 저절로 구별되기 때문에, 자유로이 정서를 펼 수 있었으며, 그것이 필경 우리말의 80퍼 센트를 상회하는 한자어의 고저장단으로 오늘날까지 이어져 오고 있는 것이다.

그렇건만, 꽤 명성이 있다는 어떤 학자는, "우리 한시의 음률은 중국 사람들이 중국의 사성(四聲)으로 만들어 놓은 것을, 우리는 다만 기계적으로 따를 뿐이다"라고 하는가 하면, 또 어떤 이는 "우리나라 한시의 기본적 성격은 음악적이기보다는 개념적이다"라고, 어엿이 모두 문자화해 놓고 있다.

추측건대, 이런 분들이야말로 글을 읽되 이른바 '장작글(고저장단을 구별하지 못하는 채 마구잡이로 읽는 독서)'을 읽은 탓으로, 평측을 체득하지 못했기 때문이겠지마는, 그런데도 함부로 실상을 왜곡함은 차마 민망하다. 뿐만 아니라, 이런 분들이 있어, 선인들의 유작을 이국적시(異國籍視)하거나 서얼시(庶孼視)하는가 하면, 그 문학이 별 것 아닌 양, 조업(祖業)을 폄하(貶下) 단절(斷絶)하려 함은, 실로 모만(侮謾)의 심함이라 아니 할 수 없다.

위기일발에서 광복한 우리말에의 감격·감상에만 사로잡혀 있기에는 이미 반세기가 지나가고 있는 오늘날이거늘, 여태도 순수 국문학의 가뜩이나 요요(寥寥)한 경역(境域) 안에 자폐(自閉)하여, 한정된 전적의 천착만으로 능사를 다하고 있는 양함은, 이야말로 국수주의 와실(蝸室)에 칩거(蟄居) 안주(安住)하고자 하는 협량이 아닐 수 없다.

물론 이는 일부 고루한 국수주의 문학의 고집이겠지마는, 그러나, 그 국수주의 문학에서마저도, 한문학 유산이 기실 그의 근본이요 모태이었던 만큼, 이의 단절을 시도하면 할수록 이율배반적으로 양심적 내출혈의 속앓이를 수반하게 됨은 또한 어쩔 수 없는 역설적 현상이 아닐 수 없으리라.

오늘날 오히려 우리 국문학도들의 과제는, 우리에게 주어진 이 광활한 원림을 개척하여 국문학의 경역으로 편입 확충하는 일—

곧, 선인들이 남겨 준 이 찬란한 문화의 꽃을 국어 국자에로 환원하는 일에 정성이 모아져야 할 일이다.

전승되어 오는 각종 선집(選集)은 물론, 여러 문헌, 각가의 문집 등에서 진품을 발굴 선별하는 일차적 작업에 이어, 이를 우리 그릇에로 환원 정착시키는 한편, 그 가치의 소재를 확인 천명하는 2차적 작업으로 이어져야 할 것이다. 본고(本稿)는 그 1·2차적 작업의 한 초단계적 시도에 불과한 것이다.

무릇 모든 시가 다 압축적 표현 아님이 없지마는, 그러나 한시에서만큼 압축성이 강한 시는 달리 그 유례가 없을 것이다. 이는 한자 자체가 근본 표의 문자인지라, 그 한 자 한 자가 다 알찬 의미의 덩어리기 때문이다. 뿐만 아니라, 한자는 거의 다 일자다의(一字多義)라, 그 자리에 특채(特採)된 자의(字意) 외의 여타(餘他) 자의들도, 대개는 그 주변에서 은연중 분위기나 뉘앙스로 작용하는가 하면, 또한 한자의 그러한 속성으로 해서 자간(字間) 행간(行間)에 은근히 부치는 암유(暗喩), 상징(象徵), 풍자(諷刺), 기탁(寄託), 우의(寓意) 등, 언외(言外)의 함축(含蓄)을 가능케 하여, 필경 한시란 불과 수십 자의 사각(四角) 축조물(築造物) 속에 실로 엄청난 시 세계를 압축 수용해 놓고 있는 것이 된다.

그러므로, 한 편의 시를 깊이 있게 감상하려면, 비록 소품의 즉흥(卽興)·즉사(卽事)일지라도, 우선 그 의경(意境)의 역내(域內)로 깊숙이 진입하지 않고는 그 진경(眞境)에 이르지 못하게 되며, 따라 그 시혼(詩魂)에 접신(接神)할 수 없게 되는 것이니, 하물며 인생의 깊은 무게가 실려 있는 작품에 있어서임에랴?

우리가 시를 대할 때 우선 더위잡을 1차적 근거는 물론 시어(詩語)에 의한 개념에서 실마리가 잡힐 것이나, 진정한 공감대(共感帶)

는 오히려 저 언외의 함축에서 교감(交感)되는 것으로, 그것은 마치 자장(磁場)에 자화(磁化)되듯, 심금(心琴)에 와 부딪히는 전심령적 (全心靈的) 공명(共鳴)에 의해서만, 몽롱에서 방불로, 방불에서 윤곽이 잡히고, 이목이 드러나고, 마침내 그 심혼의 실체와 만나게 됨으로써, 팽창토록 압축되어 있는 미분화(未分化) 상태의 언외(言外)에서 긴긴 사연이 가닥 잡혀 풀려 나오게 마련인 것이다.

번역도 창작이란 말은 시에 있어 더욱 절실하고, 역시(譯詩)도 시이어야 하기에, 그 치르는 산고(産苦)는 창작 시에서나 다를 바가 없다. 시가 자연과 인생의 질서요, 조화의 한 유기체일진대, 이러한 시로서의 생명은 역시에서도 손상되어서는 안 되기 때문이다. 점화(點火)된 작자의 시심(詩心)이 역자의 가슴에로 재점화(再點火)되지 않은 상태에서의 섣부른 사무적 축자해(逐字解)는, 비시(非詩)에로 전락되게 하기 십상이다. 그것은 부분적인 뜻에 집착하다 보면 시정신이 실종되기 쉽고, 미사여구로 옮겨 줄바꿈은 해 놓았지만, 운율은 이미 죽어 있는, 역시에서 흔히 보는 그런 비시 비문(非詩非文)의 기형(畸型)은, 이미 시와는 거리가 먼 것이다.

또, 암유, 상징, 풍자, 기탁 등의 함축이나, 끝나고도 끝이 없는 긴긴 여운(餘韻) 등, 그윽이 음미(吟味) 상탄(賞嘆)하며 스스로 향수(享受)해야 할 독자의 몫을, 앞질러 노정(露呈)함으로써, 시로서의 감동이나 유수미(幽邃味)를 희석(稀釋)하거나 감쇄(減殺)하게 되어서도 아니 될 일이다.

그러므로, 원시의 뜻이 부분적으로는 크게 무시되는 한이 있더라도, 총체적으로는 행간에 수용되면서 시로서의 생명은 살아 있어야 할 것이기 때문에, 그 극복해야 할 제약은 오히려 창작 시에서보다 더하다 할 것이다.

인간은 생각하는 동물이다. 동물인지라, 항시 동물적 본능의 사주(使嗾)를 받게 되나, 그러나 또한 인간인지라, 이를 제어 극복하려는 데에 고뇌와 갈등을 겪게 마련이다. 그래서 흔히 '마음을 비운다'고들 한다. 이 말은 그러한 일체의 고뇌·갈등 따위 잡념을 끊어, 차라리 무념무상(無念無想) 무아무심(無我無心)의 허심(虛心)한 경지에 처하고자 하는, 꽤나 운치로운 말이다.

그러나, 그것은 그릇에 담긴 물건을 비우듯 쉬운 일은 아니다. 비우고 나면 또 딴 것이 담기고, 쏟아 버리고 나면 또 무엇인가 채워진다. 그러므로, 잡념이란 무지막지하게 내몰려고만 해도 소용없다. 오히려 실험실에서 플라스크 안의 물질을 딴 물질로 치환(置換)하듯, 잡념을 시심(詩心)으로 바꿔 먹는 일이야말로 매우 현명한 방법이 아닐 수 없다.

옛 산천 그리면서 못 돌아가니
시름 밀어내자 억지로 시를 짓네.

故林歸未得　排悶强裁詩
〈江亭〉

라고 읊은, 두보(杜甫)의 배민재시(排悶裁詩)도 일종의 치환법일시 분명하다.

시를 생각하는 시간은 순수한 사람으로 돌아가는 시간이다. 명리(名利)를 떠나 고뇌를 떠나, 신분이나 빈부에 얽매임 없이, 긴장과 경계에서 놓인, 자유로운 성정(性情)의 본연의 자태에로 되돌아간, 무사(無邪)한 시간이며, 진선미(眞善美)한 시간이다.

인생을 올바르게 사람으로 사는 공부는 시를 짓거나 시에 접하는 일보다 더함이 없으니, 그것은 그때마다 은미한 깊은 곳에 내재하고 있는 참 자신과 만나게 되기 때문이다.

시작 공과(詩作工課)는 인생을 깊이 있게 성찰(省察)하는 길이며, 오염(汚染)을 씻어 내는 자가 정화(自家淨化)의 길이며, 부단히 자신을 고양(高揚)하는 수련의 길이며, 새로운 세계에의 가치를 추구하는 일이기에, 예로부터 권학(勸學)·거인(擧人)의 요목(要目)이 되어 왔던 것으로, 필경 이것이 생활화하게 되었던 것이다. 그러므로 시인이라 따로 없고, 정치인, 관료, 야인, 천민, 기녀에 이르기까지, 무릇 문자를 이해하는 사람이면 누구나 이에 참여하여, 저마다의 정서를 펼쳐 왔던 것이다.

선정(善政)을 베푼 현관(顯官)들은 현직에 있으면서도 짬짬이 시작(詩作)을 게을리 하지 않았으니, 그들은 시인으로 자처하지도 표방하지도 않으면서도, 자기 심성의 소재(所在)를 확인·관리하는 자세로, 부단히 시심을 가꾸어 왔던 것이다. 이는 권좌(權座)에 있을수록 달라붙기 쉬운 탐진치(貪瞋癡)한 사심(邪心)을 뿌리치는 길이며, 가식(假飾)과 위선(僞善)에서 놓여나는 길이며, 무디어지려는 양심을 회복하는 길인 자정 작업(自淨作業)이기도 했다. 이는 또 잠들어 가는 동심(童心)을 일깨우는 길이며, 메말라 가는 감정을 보습(補濕)하는 길이었으니, 한마디로 상실(喪失)해 가는 인간성에의 초혼(招魂)이었던 것이다.

그렇다고 시작을 한갓 심성 수양이나 사회 교화의 수단으로만 보는 견해는 옳지 않으니, 그것은 다만 시의 공리성(功利性)만을 내세움으로써, 정작 시의 본질을 저버리는, 한 편견에 빠질 위험이 없지 않기 때문이다.

시의 본질이란, 우주의 생명적 진실이 정서적 감동을 통하여, 언어의 율동적 표현으로 조형(造形)된, 제2의 자연이며 인생인 것이다. 그것은 감성(感性)의 태반(胎盤)에 착상(着床)하여 전인격체(全人格體)로 출산된 한 유기적 생명체인 것이다.

거긴 가슴 벅찬 꿈이 있고, 설레는 낭만이 있다. 아름다운 사랑과 도타운 인정이 있으며, 안개비같이 젖어 드는 시름과, 잠들지 못하는 원한, 혹은 만만치 않은 저항도 있다. 어느 경우나 나 삼농을 통해서 수태(受胎)·출산(出産)된 귀한 생명체인 것이다.

각화(角化)한 감성에는 감동도 감탄도 일어나지 못한다. 찡 울어나는 눈물의 관개(灌漑) 없는, 시심(詩心)의 불모지대(不毛地帶)에서 인간 심정의 윤택(潤澤)을 바랄 수는 없다. 자잘한 일상에서도 매양 느꺼워할 줄 아는 마음은 아름답다.

시심의 모태(母胎)인 감동·감탄은, 그에서 출산된 시의 감상 과정에서도 재현된다. 그것은 어떤 경우, 직접 체험인 시인의 그것보다, 간접 체험인 감상 과정에서 더 오붓하고도 정갈스러운 고농도(高濃度)의 감동·감탄을 얻는 수가 많으니, 그것은, 그 시인의 각고(刻苦)한 예술적 시공(施工)의 효과가, 그 시상에 성공적으로 작용했음에 힘입은 것임은 말할 나위도 없다.

시에는 침사고음(沈思苦吟)에서 우러나온 생의 절규(絶叫)가 있는가 하면, 그때그때의 즉흥을 가볍게 처리한 풍월류(風月類)도 있다. 문우(文友)의 해후(邂逅)로 술잔이 오가는 자리는 으레 시를 수작(酬酌)하는 자리이기도 하니, 만나는 자리마다 술이 있고 시가 있는 것은 한시만의 멋이요, 풍정(風情)이다. 그런가 하면 만나지 못하는 그리운 사이의 터회(攄懷)에는 차운증답(次韻贈答) 형식의 시가 있고, 시공(時空)을 달리한 고금인(古今人)의 대수(對酬)로는 화운(和韻) 형식의 시가 있으니, 이러한 선인들의 폭넓은 시세계와, 유연(悠然)한 생활 풍도(風度)는, 열에 뜨인 듯 악착스럽게 오늘을 살고 있는 삭막(索寞)한 현대인에 있어서, 잠시나마 땀을 들이며 목을 축임 직한 마음의 샘터이기도 하다.

정(情)은 인간이기를 지키는 최후의 보루(堡壘)이다. 물질 만능 시대의 산업 사회에서 겪고 있는 심각한 환경오염만큼이나 오염되어 가고 있는 인간의 감정! 눈물이 말라 버린 석심철장(石心鐵腸)으로 비인간화(非人間化)되어 가는 가공(可恐)할 오늘날의 추세에서, 새삼 절감되는 것은 '정'이다. 그것은 감물지정(感物之情)이며, 애련지정(哀憐之情)이며, 염치(廉恥)·의리(義理) 등의 자유지정(自有之情)이다. 그것은 가슴에서 가슴으로 전해지는 영혼의 체온이며, 사랑과 자비를 양조(釀造)하는 효소원(酵素原)인 것이다.

오늘날 초미(焦眉)의 과제인 인간 회복도 이 정(情)의 회복에서부터 시작되어야 한다.

우선 우리는, 이 부도덕한 시대의, 이 심각한 정신적 공해 환경 속에서, 자신도 모르는 사이에 어느덧 누원(淚源)은 고갈되고, 심령은 냉각(冷却) 경화(硬化)되어 가고 있는 것은 아닌지, 진실로 자기 진단과 자기 성찰을 게을리 해서는 안 될 때이다. 또한 우리는 이에서 구원되기 위하여는, 대성자의 참 가르침에 눈떠야 하고, 위대한 철학자의 권고에 귀 기울여야 한다. 그러나, 성자나 철학자의 대중을 향해 부르짖는 엄숙한 교훈의 목소리는, 청자(聽者)의 이성(理性)에 의해서야 수용되고, 그 의지에 의해서야 실천되지만, 시인의 그것은, 직접적으로 독자의 감정에 공명됨으로써, 자신도 모르는 사이에 감화가 되게 마련인 것이다.

보라. 진실한 삶의 느꺼움을 혼잣말로 나직이 노래한 시인의 부드럽고도 정겨운 서정의 목소리는, 대지(大地)의 실핏줄에 봄비가 스며들듯, 은은한 달그림자에 꽃향기가 번져 가듯, 경화된 심장(心腸)에 혈맥이 돌아, 까맣게 잊고 있던 영혼의 본향(本鄕), 정(情)의 옛 뜰에, 거기 어느덧 옛 모습으로 와 있는 자신을 발견하게 해 준다. 그리고, 그 부드러운 고인의 서정의 목소리는, 기실 자신의 것이면서 우리 모두의 것, 시대를 초월한 영원한 우리 전체의 목소리임을 깨닫게 해 준다.

시심의 은막(銀幕)에 노을처럼 어리비치는 인간관계의 갖가지 영상들! 그 곱고 아름다운 마음과 마음들의, 그리움 같은 슬픔 같은 것을, 봄 구름같이 아지랑이같이 가슴 가슴에 피우다가 간, 고인들의 그 티 없는 정이, 그분네들의 유작(遺作)을 통해 오늘의 우리 가슴에도 이리 아른아른 다가오고 있는 것이다. 이런 고운 정으로 고운 일생을 살고 간ㅡ 진정 사람으로 살고 간, 그 옛 사람들의 정이 어찌 그립지 아니한가?

어떤 이들은 말한다. 그것은 한갓 무기력한 복고적 감상(感傷)이라고ㅡ.

극도의 물질주의로 싸느라이 식어 있는 사람들, 또는 이념(理念)을 위하여는 스스로 야차(夜叉)이기를 자담(自擔)하는 열에 뜨인 사람들, 또는 감성(感性)을 매도(罵倒)하는 지성(知性) 일변도(一邊倒)의 사람들의 이러한 논리는, 가뜩이나 오염된 심전(心田)을 더욱 황폐하게 하는 주인(主因)이 아닐 수 없다.

이에서 구출하는 방도는, 오직 경화되기 이전의, 생래(生來)의 고운 정의 부활에 기대할 수밖에 없고, 그 가장 가까운 길은, 부단히 망각 속의 자료들을 가시청역(可視聽域)에 베풀어, 인간 본원(本源)에의 향수(鄉愁)를 유발함으로써, 스스로 상실된 기억을 떠올릴 수 있도록 유도하는 일이다.

여기 갈피갈피 펼쳐진 고운 인정을 보라. 그 시사(詩思)의 궤적(軌跡)을 따라가다 보면, 거기 고인을 만나게 되고, 가슴과 가슴의 부딪침이 있게 되리라. 순간 뭉클함이 있고, 목 메임이 있고, 후끈 달아오르는 것이 있고, 때론 왈칵 쏟아지는 것이 있으리라.

그것은 홍진(紅疹)에 열꽃 일듯, 봄 나무 발정(發精)하듯, 한 가슴 활짝 열어젖힌, 속의 속살의 개화(開花)가 아닐 수 없다.

선인들의 느꺼워하던 느꺼움을 천재하(千載下)에서 다시 그 느꺼움에 젖어 보는 느꺼움은, 진정 '나'로만 살던 좁고도 짧은 인생 백년이, 천고를 더불어 사는, 길고도 폭넓은 삶으로 확충(擴充)되는 감개(感慨)와도 만나게 되리라.

한 편의 시를 올바르게 감상하고 정당하게 평가하는 일이란, 어렵기도 하려니와 위험 부담 또한 적지 않다. 그러므로, 내 그 일에 비자격자임을 모르는 바 아니나, 사도(斯道)의 길이 날로 거칠어 가는 터라, 매양 팔짱 끼고 앉아 한탄만 하고 있을 수만은 없어, 노혼(老昏)을 무릅쓰고 감히 붓을 든 바이나, 그러나 묻혀만 가는 선인들의 유주(遺珠)를 본래의 광채대로 닦아 빛내려는 본의와는 달리, 혹이나 오류·독단으로 도리어 티를 끼친 결과가 되지나 않았는지 두려움 또한 적지 않다. 대방(大方)의 질정(叱正)을 바랄 뿐이다.

1992년 12월
손종섭

《옛 시정(詩情)을 더듬어》를 펴낸 지 꼭 십 년이 지났다. 그 동안 틈틈이 흥 따라 끄적거려 두었던 것이 쌓이고 쌓여, 이제 그 속편(續篇)이라 할, 또 한 권의 책을 펴내게 되었다.

선인들의 빛나는 문학 유산을 다루는 일을 이런 식으로 말하는 것은, 혹은 불경스럽게 들릴 수 있겠으나. 어찌 그런 뜻에서리요? '흥 따라 끄적거리는 일', 곧 '흥 없이는 한 줄도 쓰지 못하는 버릇', 이는 언제부터인지, 나의 노구(老軀)에 숨어들어 도사리고 있는 '게으름'을 변호하려는 둔사(遁辭)일지도 모른다.

그러나 선인들의 시를 섭렵(涉獵)하다 보면, 문득 감동·감격으로, 꼼짝 못하게 붙들리고 마는 작품들과 종종 만나게 된다. 이럴 때면 나는 신들린 듯이 흥이 지피게 되고, 흥에 따라 본래의 우리말(역시)로 읊어 보기도 하고, 작자의 시사(詩思)의 궤적(軌跡)을 따라가다, 문득 서로 만나게 되는 감개(평설)를 소묘(素描)해 보기도 한다. 이제 그것들이 이처럼 쌓이게 된 것이다.

안전한 조건하에 보존되는 씨앗은 백 년 후에라도, 아니 천 년 후에라도, 하나의 유전적 생명체로 발아(發芽)가 가능하다 하여, 씨앗의 원형 보존을 위한 시설들을 우리나라에서도 시작했다 한다. '씨앗'이란 하나하나 따로 포장된 봉지 속에, 귀한 생명이 고스란히 보존되어 있어, 여건이 조성되기만 하면 즉시 싹을 틔울 만반의 준비를 해 가지고, 때를 기다리고 있는 한 작은 알갱이인 것이다.

우리가 천 년 전의 옛 시가에 접하면서 문득 감전된 듯 커다란 충격을 느끼게 되는 것은 무엇 때문인가? 불후(不朽)의 인간 영혼이 상금도 거기 편편이 숨 쉬고 있었기 때문이니, 문학의 이와 같은 생명성과 영원성은 하나하나의 작품 속에 고스란히 보존되어 있다가, 한 작은 알갱이의 씨앗에서의 싱그러운 생명의 발아(發芽)와도 같이, 그에 접하는 천재하(千載下)의 우리들의 가슴가슴에 커다란 감동·감격의 파동을 일으키고 있는 것이다.

먼지와 곰팡이 속에 숨죽은 듯 묻혀 있는, 선인들의 문학 유산 가운데는, 지금도 건드리기만 하면, 버적버적 충경의 불꽃을 튀기며 발열(發熱) 발광(發光)으로 우리들을 사로잡는 작품들이 많다.

철철이 달리하는 수려한 풍광들의 금수강산에, 자연과 더불어 대대로 살아오는 이 땅의 착한 백성들의 희로애락(喜怒哀樂)이, 굽이굽이 점철되어 있는 무수한 사연들! 거긴 화조풍월(花鳥風月)에 부친 유흥(幽興)도 있고, 생활 속에 펼쳐진 호탕한 풍류도 있다. 애끊는 이별의 눈물도 있고, 알뜰한 상사(想思)의 연정(戀情)도, 화닥화닥 불타는 정념(情念)도 있다. 가슴에 사무치는 원한(怨恨)도, 떠도는 나그네의 향사(鄕思)도, 불면(不眠)의 밤을 지새우는 회포(懷抱)도 있으며, 천고에 풀리지 않는 인생 고뇌(苦惱)도, 인생 무상(無常)도 있으며, 시공(時空)을 달리한 고금인(古今人)의 화운(和韻)도 있다. 또한 딱한 민생고의 애달픔도 있으며, 외침(外侵)의 참혹한 전쟁도, 불같은 의분(義憤)도, 불의에 항거(抗拒)하는 무수한 죽음도 있다. 이 같은 선인들의 알뜰한 애정과 깊은 사려(思慮)와 뜨거운 정열이 빚는 감동·감격이 오붓하게 장착(裝着)되어 잇는 하나의 정령부(精靈符)! 그분들의 회로애락(喜怒哀樂)이 씨앗처럼 포장되어 있는 편편의 '시(詩)앗!'

우리는 이러한 귀한 생명체를 저대로 방치해 둘 수만은 없는 일이다. 기름진 토양과, 밝은 햇빛과, 맑은 수분과, 신선한 공기로써,

오랜 가면(假眠)의 씨앗을 싹틔우듯, 시(詩)앗을 깨어나게 해야 한다.

알들한 선인들의 사상·감정이, 당시엔 부득이하여 빌어 입었던 한자의 옷[漢服]을 이젠 훌훌 벗어 버리고, 우리의 본모습인 아름다운 한복(韓服)으로 갈아입고 나서게 해야 한다. 이렇게 함으로써, 거기 표현되어 있는 선인들의 이야기가 본래대로의 우리말로 속삭이게 될 것이다.

우리는 '이 갈아입히는 일'을 함에 있어, 여러 가지로 어려움을 겪게 됨을 경험한다. 이 일은 가장 흥미로우면서도 고난도의 조율을 필요로 하는 일이다. 똑같은 한 수의 한시를 두고도 한복(韓服)으로 갈아입고 나서는 모습은 서로 다름을 여러 갈래로 시험해 볼 수 있다. 옷의 체재(體裁)는 물론, 옷감의 재질, 그 아롱진 무늬며 감촉, 각 부분의 생상과 전체로서의 색조, 그 매무새며 품격 등이 천차만별로 달리 나타남을 볼 수 있다. 그것은 언어의 시적 운용(運用)에 따라서임은 물론이다. 시어의 적절(適切)한 선택과 조사(措辭)의 긴절(緊切)한 배려는 하나의 기본이라 하겠거니와, 조사(토씨) 하나 붙고 안 붙고, 또는 조사 하나 어미 하나를 이리 바꾸거나 저리 고치는, 그런 사말적(些末的)인 미세한 조작(操作)으로도, 시의나 운율에 헤아릴 수 없는 변화가 일어남을 시험해 볼 수 있어, 이 또한 호리천리(毫釐千里)의 감을 자아내게 한다.

특히 소홀히 여기기 쉬운 운율은, 시를 시 되게 하는 시의 요건으로, 시에 대한 별도의 작곡이 아니라, 시 자체의 문자에 무형으로 베풀어, 그 문자들이 스스로 온몸으로 율동케 하는, 시의 무곡(舞曲)이다.

곧 '시는 시이어야 하듯이', '역시도 역시 시이어야 한다.' 그것은 본시든 역시든, 그것이 하나의 유기적 생명체일진댄, 반드시 거기 생동하는 고저장단의 율동적 호흡과 맥박이 살아 있어야 하게 마련이기 때문이다.

이리하여 이루어진 역시는 역시대로, 운율은 물론 그 고농도(高濃度)의 압축적 표현의 궁극적 의경(意境)이 변질됨이 없이 옮겨져 있어야 한다. 곧 여운(餘韻)이나 자간(字間), 행간(行間) 등, 언외(言外)에 붙어 있는, 상징(象徵), 암유(暗喩), 기탁(寄託), 우의(寓意), 풍자(諷刺) 등의 은밀한 함축(含蓄)도, 그대로 감동·감격의 인자(因子)로 살아 있어야 한다. 그러나 아무리 고심한다 해도 원시와 전등(全等)한 경지에 이르기란 기대할 수가 없는 일이니, 이는 필경 시의 번역 불가론을 낳게 함이나, 그 가운데 또한 저절로 원시에 가장 근접한 것, 혹은 원시를 오히려 능가한 것 등의 과부족이 생기기 마련이니, 이 곧 시의 번역 가능론이 성립되는 기틀이기도 한 것이다.

시를 감상함에는 그 시의 내부 세계, 곧 시의 진경(眞景)에 깊이 몰입(沒入)할 수 있어야 한다. 이는 그 작품을 수태(受胎)·출산(出産)하는 과정에서의 원작자의 시혼(詩魂)에 접신(接神)하는 일이다. 이는 시를 감상하는 데 있어서의 올바른 태도일 뿐만 아니라, 시를 번역함에 있어서는 더더욱 반드시 먼저 그 바탕 위에서 이루어져야 할 것이라 본다. 시의 내부에 들어가지 못하고, 그 외곽에서 어정거리고 있는 상태에서는, 함부로 섣불리 손댈 수 없는 일이니, 이 단계에서는 올바른 감상도 불가하거늘, 하물며 어찌 역시를 시도할 수 있으며, 또한 평설을 운운할 수 있으리요? 곧 작자가 시달리던 시마(詩魔)에 다시 시달리는, 그러한 흥겨운 고뇌 속에서라야, 거기 깃들여 있는 숨결은 물론, 그 미세한 감정의 낌새며, 분위기, 정황(情況), 심지어 미진한 표현에 대한 고심의 자취까지도, 생생히 온몸으로 교감(交感)하게 되는 것이라 본다.

그러므로 이 일은, 정식으로 차리고 앉아서 집필하는 '사무적 작업(作業)'과는 다르다 할 것이다. 곧 역시란, 달리 말하자면, 원작자의 가슴속에 타던 불길이, 이제 역자의 가슴으로 옮아 붙은, 여광여취의 상태에서의 재탄생(再誕生)이라 할 수도 있기 때문이다.

그러하건만, 상황은 정히 그러하고, 뜻하는 바 또한 그러하건만, 아무리 고심한다 해도 뜻대로 마음대로 진선진미(盡善盡美)한 경지에 이르지 못한 책, 언제나 남는 한가락 미진한 아쉬움은 어찌하지 못하는 그대로 능력의 한계를 자탄하면서, 동학 선후배의 질정·보완에 기대하면서, 이제 이 책을 세상에 내어 놓는다.

어려운 한자로 된 시라 하여, 아예 경원(敬遠)해 오던 한시였지만, 이제 우리 옷으로 갈아입고, 본디대로의 우리말로 속삭이는 우리 한시를 정겹게 맞아 주었으면 한다. 우리는 선인들의 그 같은 고운 시심(詩心)에 접함으로써, 이미 우리에게서 멀어져 가고 있는 옛 정서에의 향수를 일깨울 수 있었으면 한다. 열에 뜨인 듯, 눈코 뜰 새 없이 쫓기듯 오늘을 살고 있는 산업사회의, 극도의 개인주의와 배금사상으로 황폐해져 가는 비정(非情)의 현실을 잠시 벗어난 위치에서, 인간의 참다운 사는 모습이 어떤 것이어야 할 것인가를 그려 보는 계기가 되었으면 한다. 비록 오늘보다는 가난했을망정 고운 인정과 인정으로 어우러진, 눈물이 있고 이웃이 있는 사회가 그리워지는, 그러한 한 순간이라도 체험해 볼 수 있었으면 한다. '삶의 질(質)'을 자주 들먹이는 오늘날의 삶의 질이 한갓 풍요로움 속에서의 개개인의 향락을 전제로 한 발상에서는 아닌지? 물질만능으로 치닫는 세태, 어디 없이 대결(對決)의 양상으로 포진(布陣)하여 으르렁거리고 포효(咆哮)하는 세상, 전쟁과 테러, 가해와 보복의 악순환이 처처에 반복되고 있는 지구 위, 인간의 도덕성과 존엄성이 날로 희박해지고, 오히려 야성(野性)으로 되돌아가는 듯한 현실의 이 싸느라이 식어 가는 인정의 불모지대(不毛地帶)에서, 한갓 물질의 풍요만이 인간의 행복을 증진할 수 있으리라 생각할 수 있을는지, 고요히 단 한 번만이라고 생각해 볼 수 있었으면 한다.

혹은 말하리라. 선진사회를 따라잡기 위하여 전전에 전진을 거듭하기에도 바쁘거늘, 그런 퇴영적 회고에 젖어 있는 일은 한갓 감상(感傷)에 지나지 않는다고 ―. 그렇다 선진사회를 따라잡기 위하여 우리는 애써 왔듯이, 앞으로 그 진군은 멈춰서는 아니 된다. 그러나 너무 서두름은 반드시 후회를 낳게 마련이니, 잠시 땀을 드리고 숨결을 고르는 짬을 내어 자신의 현주소를 성찰 확인하는 일은, 자아 상실(自我喪失)을 예방하는 의미에서 더욱 중요한 일이 아닐 수 없다.

양심의 회복, 인간성의 회복은, '정(情)의 회복'에서 시작되어야 한다. 고인들의 고운 시정(詩情)에 잠시나마 접하는 일은 '정에의 그리움'을 유발(誘發)하는 귀한 계기가 되리라 믿는다.

선정된 작품 가운데는 정히 천고에 빛날 명작이 많은 가운데, 특히 위항 시인(委巷詩人)의 작품이 비교적 많이 뽑혔음은, 학대받던 당시의 사회 환경 속에서, 그들의 목소리는 거의 혼신의 피를 끓인 절규(絶叫)였음에서 오는 감동이 컸기 때문인가도 여겨진다.

이 책이 나오기까지에 격려·배려해 주신 한양대학교 정민 교수에게 깊이 감사한다. 또한 이 책을 태학사에서 내게 됨을 기쁘게 생각하며, 변선웅 편집장님과 이은희씨에게 고마운 마음을 보내는 바이다.

2003년 10월
손종섭

─────┤조선 전기├─────

────────────┤조선 중기├────────────

─────────────── ┤조선 후기├ ───────────────

───────────────┤여류├───────────────

───────────────────────────┤부록├───────────────────────────

한시(漢詩)의 평측률(平仄律)
우리말의 고저장단(高低長短) 개요(槪要)

- 작자별 작품 찾아보기
- 주제별 작품 찾아보기

범례

- 여기 수록한 시는 진작부터 만인의 입에 오르내리던 정평(定評)난 작품 가운데의 일부이나, 그렇지 못한 중에서도 새로이 그 가치를 인정, 선입한 작품 수도 적지 않다.

- 역사상 호평되지 못하는 분들의 작품도 채택하는 데 주저하지 않았으니, 거기 인생의 깊은 사려(思慮)가 실려 있음에야 마땅히 작자와는 별도로 평가되어야 할 것이요, 또 그 사무사(思無邪)한 시의 배태·출산 과정에서, 더 근본적으로 작자의 본 모습을 이해할 수도 있을 것이기에, 정히 불이인폐시(不以人廢詩)인 것이다.

- 작품을 시대 순으로 배열하다 보니, 자연 각 시대별 특색이 드러나게 마련이나, 그렇다고 혼재(混在)하여 있는 타시대적(他時代的) 명작을 의도적으로 배제하지는 않았다.

- 오언(五言)·칠언(七言)의 절구·율시가 주종이나, 5·7언(五七言)의 배율(排律)과 고시(古詩)도 간간이 섞여 있다.

- 여기의 시는 어디까지나 작품 본위로 선정하여 감상 본위로 다루었으며, 외람함을 무릅쓰고 평설로 사견(私見)을 덧붙이면서, 여러 시화류집(詩話類集)에 산재하여 있는 선인들의 촌평(寸評)을 곁들이기도 하였다.

- 역시(譯詩)는 경우에 따라 의역(意譯) 또는 대역(對譯), 혹은 그 절충식(折衝式)을 취했다. 또 원시의 정형률(定型律)을 살려 역시 또한 정형률로 다룬 것이 보통이나, 흩트려 내재율(內在律)로 유지한 것도 있다. 내용에 따라 시조의 형식을 취한 것이 있고, 장시의 경우 가사의 형태를 딴 것도 있다. 혹은 미흡한 나머지 동일 작품에 시·시조를 함께 시도한 것도 있다. 어느 경우나

시로서의 생명을 잃지 않으려 애썼으며, 언어의 율동적 조형에 마음을 썼다.

• 감상의 편의를 위하여 '주제별(主題別) 찾아보기'를 뒤에 붙였다.

• 자음(字音)의 이상적 배열에 의한 음악적 조형(造形)으로서의 평측률(平仄律)과 압운율(押韻律)은, 한시 율격(律格)의 기본으로, 이의 이해 없이는 시작(詩作)은 물론, 올바른 감상도 불가능하게 된다. 그런 만큼 그 수련 또한 쉽지 않으니, 복잡한 여러 형태의 평측보(平仄譜)를 일일이 암기하기에는, 그 번거로움을 감당하기 어렵다. 그러나, 그 원리를 구명하면 속수법(速修法)의 창출도 가능하리라 하여 궁리하던 끝에, 문득 그것이 공교롭게도, 남북(SN) 양극이 상인(相引)·상척(相斥)하는 자석의 원리와 감쪽같이 부합함을 발견하게 된 것이다.

이 원리로 평측 배열의 이치를 추리하면 아무리 초심자라도 모든 평측보를 일거(一擧)에 회득(會得)할 수 있으니, 이 곧 '평측자기론(平仄磁氣論)'이다. 말미에 부록하여 뜻 있는 독자의 편의에 공하는 바이다.

신라 · 고려

가야산

최치원

바위 바위 내닫는 물 천봉(千峯)을 우짖음은,
속세의 시비 소리 혹시나마 들릴세라,
일부러 물소리로 하여 귀를 먹게 함일다.

狂噴疊石吼重巒　人語難分咫尺間
常恐是非聲到耳　故教流水盡籠山
〈題伽倻山讀書堂〉

나그네 시름

혜초 대사

달밤에 고향 길
바라보자니
뜬구름은 거침없이
돌아들 가네.

가는 편에 편지 한 장
부치자 해도
길 바쁘다 못 들은 척
가는 바람 떼 ―.

우리나란 하늘 자락
북녘이련만
서쪽 땅끝 이 타향에
와 있을 줄야!

더운 이곳, 기러기라
아예 없거니,
그 뉘라 고국으로
전해 주련고?

月夜瞻鄕路　浮雲颯颯歸
緘書參去便　風急不聽廻
我國天岸北　他方地角西
日南無有雁　誰爲向林飛
〈旅愁〉

評說 이는 혜초가 불타의 유적을 순례하면서 쓴,《왕오천축국전 (往五天竺國傳)》에 들어 있는 시로서, 중국 감숙성(甘肅省)에 있는 돈황석굴(敦煌石窟)에서 발견된, 귀한 작품이다.

　이 시는 혜초가 남천축국(남부 인도)에 이르렀을 때의 어느 달밤, 문득 까맣게 잊고만 있었던 고국 생각이 불현듯 일어남을 어찌하지 못하여, 중얼거리듯 홍얼홍얼 읊어 낸 사향곡이다.

　달밤에 고국 쪽 하늘을 아득히 바라보고 있노라니, 뜬구름은 바람에 불려 거침없이 고향 쪽으로 시원시원 날아가고들 있다. 저 가는 편에 내 편지라도 한 장 부치고 싶다마는, 바람은 제 갈 길이 바쁘다는 듯, 들은 척도 아니하고 지나간다. 저 아득한 북쪽 하늘 끝, 거기 내 나라는 있으련만, 이 몸은 이 낯선 나라 서쪽 땅 끝에 홀로 와 있다니? 새삼 고국이 이다지도 못 견디게 그리워질 줄이야? 이 곳은 햇볕 쏟아지는 상하(常夏)의 나라, 기러기도 아예 없으니, 옛날 소무(蘇武)의 고사도 기대해 볼 수 없구나. 아! 어느 누가 있어, 이 그리운 정을 고국에 전해 주련고?

───────────────

瞻(첨) 멀리 지향하여 바라봄.
颯颯(삽삽) 여기서는 거침없이 바람에 불려 가는 모양.
緘書(함서) 봉한 편지. 봉서(封書).
日南(일남) 햇볕이 쏟아지는 남쪽. 여기서는 상하(常夏)의 나라. 곧 인도를 가리킴.
林(임) 계림(鷄林). 곧 고국을 이름.

이미 출가하여 부처에 귀의한 몸이거니, 고향 타향이 무슨 의미며, 더구나 성지 순례 중에, 나그네의 회포 운운이, 혜초와 같은 고승으로서는 어울리지 않는다 할 것이다. 그렇다. 이는 이미 '대사'로서의 시가 아니라, 대사 이전의 혜초라는 한 사람으로서의 시인 것이다. 사람으로서의 시정을 담은 시이기에 모든 사람이 공감하는 것이며, 감동도 감탄도 하는 것이다.

이미 출가 입산할 때, 사바 인연을 모질게도 말살(抹殺)한 바탕 위에서 이루어 낸 수도(修道)요, 대각(大覺)이언만, 그러나 어찌 알았으랴? 이제는 사바에 대한 당연히 말살되어 있었어야 할, 그 인연이, 그 기억이, 그 오랜 세월에도 아랑곳없이, 이 한 순간 이렇게도 불시에 회복되어 나타날 줄이야!

한 번 사람으로 태어난 이상, 고승이 됐든 신선이 됐든, 그리도 정겹고 다사로운 사람으로서의 원초적 기억은, 일생 두고 내내 지울 수 없었음이 아니고 무엇이랴?

| **혜초 대사(慧超大師, 704~787)** 신라 경덕왕(景德王) 때의 고승. 20세 무렵 당나라에 들어가 금강지삼장(金剛智三藏)을 섬기다. 남해로 해서 인도에 들어가 부처의 유적지를 두루 순례하고, 10년 만에 다시 당으로 돌아가, 그의 여행기《왕오천축국전》3권을 지었으나 전하지 않다가, 1910년 돈황(敦煌)의 천불동 석굴 발견 당시 다른 문서들과 함께 발견되어, 세계적으로 유명하게 되었다.

가을밤 빗소리를 들으며

최치원

가을바람도
쓸쓸히 읊조리나니
세상길에
참 벗 없음이여!

창밖엔
삼경의 비
등잔 앞엔
만리의 마음—.

秋風唯苦吟　世路少知音
窓外三更雨　燈前萬里心
　　　　　　〈秋夜雨中〉

評說 작자는 12세에 입당(入唐)하여 18세의 약관으로 그곳 과거
에 급제, 중국 문단에 문명을 떨친, 우리나라 한문학의 비조
(鼻祖)이다.

唯(유) 오직. 다만.
苦吟(고음) 쓸쓸히 읊조림. 서글프게 탄식함.
世路(세로) 세상 살아가는 길. 세상길.《동문선》에는 '擧世(온 세상)'로 되어 있다.

28세에 귀국, 그동안 품어 오던 크나큰 포부를 펴 보려고 관계에 투신하였으나, 때는 이미 '계림황엽(鷄林黃葉)'으로 이울어 가는 국운이라, 난세를 비관, 벼슬을 버리고, 각지를 유랑하다 마침내 가야산에 은둔하고 말았으니, 이 시는 그 실의에 찬 당시의 정황인 듯하다.

허균(許筠)은 이를 체당(滯唐) 당시의 향사(鄕思)인 양, 《성수시화》에 언급한 바 있으나, 이는 '萬里心'의 치심(馳心) 방향을 역(逆)으로 잡은 데서 온 오류일 것이다.

김부식(金富軾)은 《삼국사기》에서, 최치원이 "고국에 돌아와 장차 자기의 뜻을 펴 보려 했으나, 쇠망해 가는 국운이라, 의심도 많고 시기도 많아 그 뜻이 용납되지 못하므로, 대산군(大山郡) 태수를 자원하여 지방으로 나갔다"했고, 또 "난세라 되는 일이 없고, 걸핏하면 비난받기 일쑤라, 스스로 불우함에 상심하여 다시는 벼슬할 뜻이 없어……"라 하여, 세간에 지음 없음을 한탄했다.

또 박지원(朴趾源)도 《연암집》에서 "온 천하를 두루 돌아보아도 몸 의지할 곳이 없으니, 마치 하늘 한 끝에 어정거리는 구름과 같이, 지친 몸 외로이 혼자 가는 길이라, 세사에 무심해졌다" 하여 국내에 지음 없음을 이토록 마음 아파했음을 보아서도 그러려니와, 직접 작품의 무게나 성숙도로 보아서도, 귀국 전 새파란 나이 때의 작품이 아님은 짐작하기에 어렵지 않다.

知音(지음) 자기의 참뜻을 알아주는 절친한 친구. 백아(伯牙)가 종자기(鐘子期)의 타는 거문고 소리를 듣고, 그 가락에 붙인 악상(樂想)을 일일이 정확하게 알아맞혔다는 고사에서 온 말. '少知音'의 '少'는 '缺'의 뜻으로, 없음을 이름. "遍揷茱萸少一人"(王維)의 '少'와 같다.

三更(삼경) 밤 11시~1시 사이. 한밤. 자야(子夜).

萬里心(만리심) 아득히 먼 곳으로 달리는 마음.

깊은 밤, 창밖에 서걱거리는 가을바람 소리를 듣고 있자니, 이 험난하고도 각박한 세상길에, 진심으로 이해해 주는 참다운 친구 하나 없는, 자신의 외로움이 사무치게 느껴워진다. 가물거리는 등잔불 앞에 우두커니 앉아, 처정거리는 밤비 소리를 듣고 있는 가운데, 마음은 어느덧 아득한 유학 시절로 달려간다. 그때의 지음(知音)인 고병(高騈), 나은(羅隱), 고운(顧雲), 장교(張喬) 등의 면면의 모습들이 떠오르는가 하면, 이제는 이미 먼 시간 속에 잃어버린, 그 패기만만하던 유학 시절의 자신이 못내 그리워지기도 하는 것이다.

제재는, 바람 소리·비 소리·등잔불, 이 세 가지가 전부요, 게다가 그 제재로써 꾸며질 정황은 전적으로 독자의 상상에 맡겨져 있다. 그러면 여기 주어진 소재별로 그 정감적 속성을 잠시 짚어 보자.

'가을바람', 그것도 늦가을 한밤중에 듣는, 그 윤기 없는 메마른 소리는, 서글픈 노래라도 숭얼거리는 듯, 또는 긴 한숨 깊은 탄식인 양, 잎잎이 서걱거리는 목쉰 소리다. 그 소조감(蕭條感), 삭막감(索莫感)은, 듣는 사람으로 하여금 공연히 수쇄(愁殺)롭게 한다.

'등잔불'은 추회(秋懷)를 양성(釀成)하는 온상(溫床), 그 동그마한 달무리 같은 다사로운 빛은, 휘황히 춤추듯 타는 촛불과도 달라, 지켜볼 수 없게 눈부시거나, 접근을 불허하는 배타성이 없어, 달을 바라보듯 친근감이 든다. 특히 수인(愁人)에 온정적이어서, 잠 못 드는 추야장(秋夜長)을 지켜, 나와 함께 깨어 있는 유정자(有情者)로, 외로움을 나눌 수 있는 유일한 동방자(同房者)로 정겨운 존재이다.

'가을비 소리'는 어떤가? 그것도 한밤중에 듣는 그것은, 중얼거리는 듯, 투덜거리는 듯, 심기 불편한 소리다. 그것은 추억을 일깨우는 소리요, 고독을 되뇌는 소리요, 시름이 젖어드는 척척한 감촉의 소리다.

보라! 가을바람 서걱거리는 이 밤, 세인이 다 깊이 잠들어 못 들는 삼경의 비를, 등잔불과 더불어 경경히 잠 못 이루는 이 수인(愁人)이야, 오직 천하의 밤비 소리를 혼자 듣는 양 시름으로 젖고 있다. 이윽고 후줄근히 젖은 육신을랑 '燈前'에 벗어 둔 채, 아득히 만 리 시공(時空)으로 원유(遠遊)하는 그 투명한 넋의 행방! 그 넋 나간 등걸처럼 우두커니 한 육신! 이 일련의 정황이 여운으로 선히 펼쳐져 있으니, 정히 추사(秋思)의 무한 감회가 아니고 무엇이랴?

이 시에서의 정감의 추이는, 1·2·3구에 차례대로 전개되어 있는 '쓸쓸함', '외로움', '처량함'의 점층적 단계를 거쳐, 4구의 '그리움'으로 이어져 있다.

'苦吟'의 표면적 형식적 주체는 '秋風'이나, 그러나 그것은 '世路少知音'을 탄식하여 침음(沈吟)하는 작자의 감정이 '秋風'에로 이입(移入)된 반향(反響)이니, 그러므로 그 내면적 실질적 주체는 오히려 작자이다. 따라서 기구(1구)는 승구(2구)의 한숨이 역류하여 서린 서글픔이다. 그리하여 이들은 상호인과(相互因果)하여, 그 쓸쓸함과 외로움의 감정을 상승(相乘)하고 있다.

'萬里'는 당(唐)과의 공간적 거리만이 아니라, 유학 시절에로의 시간적 거리라는 중의적(重義的) 의미를 갖는다.

다음 음운면으로 일별해 보자.

한시의 기본율인 정형률(定型律), 압운율(押韻律), 평측률(平仄律)은 소정의 율조대로 짜임새 곱게 이루어져 있어 특언(特言)할 것이 없으나, 이 시에는 우리나라 한시로서의 독특한 우리 음운적 조율(調律)이 이루어져 있음에 경탄을 금치 못하게 함이 있다. 보라, 오언(五言) 사구(四句) 총 20자의 자음(字音)의 끝소리가 유성음(有聲音) 일색인 개방음(開放音)으로, 그 인근의 무성 초성까지도 유성음화해 놓은, 그 거침없는 순리감(順理感), 유려감(流麗感), 원활감(圓滑感)은, 시정(詩情)의 창서(暢敍)에 적지 않은 공헌을 하고 있는 가운데, 특히 감지해야 할 것은, 비강음(鼻腔音) 일색인 'ㅇ, ㄴ, ㅁ' 종성의, 그 공동적(空洞的) 운향(韻響)에서 울려 나는 공허감(空虛感), 무상감(無常感)은, 아니라도 시름 많은 '秋風', 푸념하는 '三更雨', 하염없는 '萬里心'의 무한 감개를 갑절 더 돋우는 느낌이다.

이처럼 우리 음운적 화음이, 한시 본연의 성률(聲律)에 가세하여 이루어진 해조(諧調)가 시정을 십이분 고조하고 있으니, 이 어찌 놀랍지 아니한가?

그러나, 그렇다고 그것이 다 작자의 의식적 의도적 배려에 의한 것이라고는 믿어지지 않는다. 다만 그것은 그가 신라인이요, 신라 어운(語韻)이 몸에 배어 있는 터이라, 시정을 문자화하는 과정에서 그것이 우리 가락으로 조율이 되지 않고서는 늘 미흡한 나머지, 반복 구음(口吟)하는 가운데, 필경, 작자 자신도 의식하지 못하면서도 우리 가락으로 낙착이 되고서야 만족한 것이고 보면, 이 우리 민족의 우리다운 내재율(內在律)이야말로, 한시를 우리의 한시로 귀화(歸化)하게 한 가장 자연스럽고도 근본적인 내적 동인(內的動因)이 아닐 수 없다.

시체는 오언 절구(五言絶句), 압운(押韻)은 평성: 吟·音·心.

| 최치원(崔致遠, 857~?, 헌안왕 1~?) 신라 말의 학자. 우리 한문학의 비조. 자 해운(海雲). 호 고운(孤雲). 경주 최씨(崔氏)의 시조. 당(唐)에 유학하여 그곳 빈공과(賓貢科)에 급제, 〈토황소격문(討黃巢檄文)〉으로 문명이 높았다. 885년(헌강왕 11)에 귀국, 아찬(阿飡)이 되었으나, 뜻을 펼 길이 없음을 알고 사직, 가야산에 들어가 종적을 감추었다. 글씨도 잘 썼다. 저서에 《고운집》,《계원필경(桂苑筆耕)》등 많다. 문창후(文昌侯)로 추봉되었다.

접시꽃

최치원

쓸쓸한 묵정밭 그 한 구석에
화려한 꽃 가지 휘게 흐드러졌네.

장맛비 멎고 나니 향기 가볍고
청보리밭 바람결의 고운 그 무늬!

수레 탄 이 그 뉘라 구경 와 주리?
벌·나비나 부질없이 기웃거릴 뿐.

부끄럽다! 태어난 곳 본디 천키로
버림받은 이 원한을 참아 견디네.

寂寞荒田側　繁華壓柔枝
香輕梅雨歇　影帶麥風欹
車馬誰見賞　蜂蝶徒相窺
自慚生地賤　堪恨人棄遺
〈蜀葵花〉

評說 접시꽃은 봉선화 맨드라미들과 같이 예로부터 들꽃도 산꽃
도 아닌 집꽃이다. 그러기에 집 안에 나서 사람들의 사랑 속
에 피는 꽃이다. 같은 씨앗이건만 귀한 집 장독대에 났던들 두고두
고 귀한 대접 받았을 것을, 어쩌다 엉뚱하게도 황폐한 묵정밭 한 모

통이 외진 산비탈에 '돌(근본 없이)'로 태어나, 비록 가지가 척척 휘
도록 흐드러지게 아름다운 꽃을 피우기는 했다마는, 기껏 벌 나비
따위 미물이나 찾아올 뿐, 모든 사람들에 소외되고 있으니, 이런 부
끄럽고도 한스러운 일이 어디 있으랴? 본디 천한 곳에 잘못 태어난
탓이라, 그 억울함을 참아 견디고 있을 뿐이라는, 꽃의 탄식이다.

이 시는 이 침통한 꽃의 속사정에 대한, 작자의 한없는 이해요,
동정이다. 이는 미천한 계급 내지 소외 계층으로 태어난, 불우한 사
람들에 대한, 깊은 한탄이요, 연민이요, 위무(慰撫)이기도 하다.

귀한 집에 태어나면 귀한 몸 되고, 천한 집에 태어나면 천한 몸
되어, 자자손손으로 이어지니, 이는 전혀 자신의 의지와 공과(功
過)와는 무관한, 신분의 세습 상속의 그릇된 사회 제도에 유래된
것일 뿐으로, 사람들은 이를 운명이니 팔자니 업(業)이니 연(緣)이
니 하여, 주어진 저마다의 입지(立地)에 승복, 안도하도록 다독거려
지고 있거니와, 그러나 만민평등을 이상으로 하는 작자로서는, 그
세습 신분에 의한 불평등 불합리한 사회 모순을 침묵할 수 없었던
것이다.

이는 필경 불여의한 자신의 처지를 또한 접시꽃에서 보고 있는
것이다. 기울어 가는 고국을 바로잡아 보겠다는 큰 포부를 품고 귀
국하였으나, 국정은 진골(眞骨)들에 의해 농단(隴斷)되고 있어, 비

梅雨(매우) 매실이 익을 철에 오는 비라는 뜻으로, 해마다 음력 오뉴월경에 오는 장마를
이름.
麥風歆(맥풍의) 원전에는 '麥風歌'로 되어 있으나, '歌'는 '枝, 窺, 遺'의 '支韻' 운열(韻
列)이 아닐 뿐 아니라, '歆'의 대가 될 수도 없으며, 시의(詩意)로도 통하지 않는다. 이는
'歆·歌'의 유자오(類字誤)가 확실한 듯하여 '歆'로 바로잡는다. '麥風歆'의 '歆'는 猗·
漪의 통자(通字)로서 '비단결 같은 물결'의 뜻으로, 푸른 보리밭을 불어 지나는 바람결
에 이는 '고운 무늬', 곧 훈풍의 바람결에 '바람 그림자'처럼 무늬 지는 꽃잎의 가는 흔
들림을 이름일 것이다.

록 아찬(阿飡) 벼슬을 하였으나, 육두품(六頭品)의 신분으로서는 그 핵심에 참여할 수 없어, 매양 소외만 당하는 처지였으므로, 당시의 골품제(骨品制), 두품제(頭品制) 등의 신분 제도에 대한 원천적인 불만을 접시꽃에 우의(寓意)하여 토파(吐破)한 것이라고도 볼 수 있다.

가야산

최치원

바위 바위 내닫는 물 천봉(千峯)을 우짖음은,
속세의 시비 소리 혹시나마 들릴세라,
일부러 물소리로 하여 귀를 먹게 함일다.

狂噴疊石吼重巒　　人語難分咫尺間
常恐是非聲到耳　　故教流水盡籠山
〈題伽倻山讀書堂〉

 조락(凋落)하는 계림(鷄林)의 말운(末運)에 즈음하여, 뜻을
펴지 못한 채 관직에서 물러난 고운이, 처처 산림을 두루 유
랑한 끝에, 마지막으로 정착한 가야산! 이 시는, 이 산수의 기절지
(奇絶地), 천혜(天惠)의 절속처(絶俗處)에 대한 찬탄이자, 여생을 맡
겨 버리게 된 '정착의 변(辯)'이기도 하다.

狂噴(광분) 미친 듯 내뿜음.
疊石(첩석) 중첩(重疊)한 암석(巖石).
吼(후) 울부짖음.
重巒(중만) 중첩한 멧부리.
難分(난분) 분간하기 어려움.
常恐(상공) 항상 두려워함.
是非聲(시비성) 옳으니 그르니 서로 다투는 말. 아옹다옹하는 소리.
故教(고교) 짐짓 ～로 하여금 ……하게 함.
盡籠山(진롱산) 가득히 산을 메움.

만학천봉(萬壑千峰)이 분류(奔流)하는 물소리로 가득 메워져 있어, 지척의 말소리도 분간할 수 없거니, 하물며 멀리 떨어진 속세의 아옹다옹하는 소리가 어찌 들릴까 보냐!

이는 은사(隱士)를 위한 천공(天公)의 고마운 배려로 이룩한 별천지(別天地)! 초연히 이 물외(物外)의 경계에 소요하고 있는 작자의 감개가, 물소리만큼이나 가득 서리어 있다.

'常恐, 故敎'의 의지 주체는 조물자(造物者)요, '耳'는 '隱士耳'이다. 《동국여지승람》에 이런 기록이 있다.

"가야산 해인사가 있는 홍류동에 들어서면 무릉교(武陵橋)가 있고, 이를 건너 5·6리쯤을 가면 狂噴疊石吼重巒……의 시를 새긴 석벽(石壁)이 있는데, 이를 제시석(題詩石), 또는 치원대(致遠臺)라 한다"라고—.

이 곧, 농산정(籠山亭) 맞은편 벼랑에 새겨져 있는 이 시의 각자를 이름인데, 이는 고운의 친필이 아니라, 조선조 후인의 의각(擬刻)일 뿐이다.

이것 말고, 정작 고운이 반석에 묵서(墨書)했다고 전하는 전기 둔세시(遯世詩)는, 천 년 세월이 이미 앗아 간 지 오래인 듯, 흔적을 찾아볼 수 없다.

시체: 칠언 절구, 압운: 巒, 間, 山.

※ 이건창의 〈홍류동에서〉 2권 p. 548 참조.

옛 친구를 그리며

최광유

내 일찍이 친구 그리워
강남 땅 그대 집 들렀던 그날,
때마침 대문 앞 흐르는 강엔
아침놀 치면히 잠겨 있었지.

달에 앉아 드는 향기로운 잔
죽엽청 맑은 술을 기울이었고,
유춘곡 가락 뜯는 봄놀이 배는
복사꽃 불어난 물에 둥실 떴었네.

이슬 머금은 뜰 앞 연꽃은
빨가장이 축대를 물들이었고,
창 밖 구름 산은 파르라이
집창에 들어 한 폭 그림이었다.

다만 옛놀던 친구 생각
헛되이 꿈만 잦은데,
장안에 갇힌 몸 되어, 속절없이
봄바람에 여위어 갈 뿐이어라.

江南曾過戴公家　門對空江浸晚霞
坐月芳樽傾竹葉　遊春蘭舸泛桃花
庭前露藕紅侵砌　窓外雲山翠入紗
徒憶舊遊頻結夢　東風憔悴滯京華
〈憶江南李處士居〉

 옛 친구를 그리는 정회로 봄앓이하는, 하소연 같은 독백이다.
"내 일찍이 강남 유람 길에, 대규를 찾아가는 왕휘지같이,

江南(강남) 중국 양자강 이남의 땅.
戴公家(대공가) 대공의 집. 대공은 진(晉)의 대규(戴逵)를 이름. 자 안도(安道). 성품이 고결하고, 시문·서화·거문고에 능하였으며, 고사(高士)로 자임(自任)했다. '過戴公家'는 '訪戴'의 뜻. 진의 왕휘지(王徽之)가 산음(山陰)에 있을 때, 설월(雪月)이 청랑(淸朗)한 어느 날 밤 문득 친구 대규가 섬계(剡溪)에 있음을 생각하고, 편주를 저어 밤을 다하여 그의 집 대문 앞에 이르러, "흥 따라 왔다가 흥이 다하여 돌아가나니, 하필 꼭 만나야 할 것이랴?(乘興而來興盡返 何必見安道耶)"하며 홀연히 뱃머리를 돌렸다는 고사. '訪戴'는 '친구를 방문함'의 관용어.
空江(공강) 허심하게 유유히 흐르는 강.
曉霞(효하) 새벽놀. 곧 아침놀.
坐月(좌월) 달빛 아래 자리하여 앉음.
芳樽(방준) 향기로운 술잔.
竹葉(죽엽) 술 이름. 죽엽청(竹葉淸). 3년 이상 묵은 소흥주(紹興酒)로, 강남의 명주임.
遊春(유춘) (1) 봄을 유상(遊賞)함. (2) 채옹(蔡邕)이 지은 금곡(琴曲)의 이름. 여기서는 (1), (2)의 중의.
蘭舸(난가) 목란(木蘭)으로 지은 배. 목란주(木蘭舟). 배의 미칭.
桃花(도화) 도화수(桃花水)를 이름. 곧 3월 복사꽃이 필 무렵, 눈·얼음이 녹아 큰물로 불어난 강물. 도화신(桃花汛)이라고도 함. 두보의 시에 "春岸桃花水雲帆楓樹林"의 구가 있다.
露藕(노우) 이슬에 젖은 연꽃.
紅侵砌(홍침체) 붉은빛이 석계(石階)를 침범하여 있음. 곧 반영되어 석계마저 붉다는 뜻.
翠入紗(취입사) 푸른 경치가 사창(紗窓)에 어리비치어 그림이 됨.
徒憶(도억) 부질없이 추억됨.

물길 따라 그대 집에 가닿던 그날도 이른 아침이었지. 대문 기슭을 넘실넘실 씻어 흐르는 질펀한 강물에는, 때마침 한 하늘 가득 붉게 핀 아침놀이 잠겨, 위아래 하늘빛이 한결로 황홀한 별건곤(別乾坤)이었었네.

여러 날을 묵는 동안, 우리는 달 아래 앉아, 강남 소흥(紹興) 명주 죽엽청(竹葉淸) 맑은 술의 향기로운 잔을 기울이며 밤을 지샜고, 유춘곡(遊春曲) 거문고 가락 아뢰는 봄놀이 그림배를 복사꽃 떠내려 오는 봄물에 띄워, 도원경(桃源境)인 듯 질탕하게 놀았었다.

뜰 앞 연못의 한 못 가득 핀 이슬 머금은 연꽃은, 그 빛깔 되비치어 석계(石階)마저 빨갛게 물들이었고, 창밖의 먼 푸른 산이며 흐르는 흰 구름은, 깁창에 오롯이 들어와 완연한 한 폭의 그림이었었네.

옛놀던 그대 생각 새삼 간절한 이 봄, 그리움은 부질없이 꿈에서나 자주 만날 뿐, 장안을 벗어나지 못하는 이 몸, 이렇듯 그대 생각 간절하면서도 달려가지 못하는 채, 다만 봄바람에 애를 태우며 속절없이 몸만 여위어 가고 있을 뿐이라네."

1연은, 방문의 경위와 그곳 풍광의 아름다움이요, 2연은, 체류 중의 갖가지 풍류운사(風流韻事)이며, 3연은, 그 집 원근의 아취청경(雅趣淸景)으로, 이상은 지난날의 회상임에 반하여, 4연은, 그 옛 친구 그리움에 봄을 앓고 있는 현실이다.

1구의 '戴公家'에는, 그 또한 고사의 내용처럼 밤새워 배 저어 도달했음이 언외에 부쳐져 있으니, 남의 집을 이른 아침에 방문했음

舊遊(구유) (1) 옛날 놀던 일. (2) 옛날 놀던 친구. (1), (2)의 중의.
頻結夢(빈결몽) 자주 꿈을 꿈.
憔悴(초췌) 몸이 마르고 파리해짐.
滯京華(체경화) 번화한 서울 장안(長安)에 체류함. 당(唐)의 수도였던 장안은 지금의 시안 시(西安市)를 이름.

이 그렇고, 강으로 맞트인 대문의 위치·방향이 또한 그렇다.

4구의 '泛桃花'는 도화수(桃花水)에 배를 띄운 것이면서도 한편, 복사꽃 둥둥 떠내려 오는 무릉도원(武陵桃源)의 정치(情致)를 고사 배경으로 넌지시 덧붙여 놓고 있다.

그러나, 이 시의 안목은 맨 끝구 '東風憔悴滯京華'에 있다. 이 얼마나 알뜰한 친구에의 우정이며, 봄을 번민하는 자신에의 연민인가? 작자는 천성 다감인(多感人)이며 정열인(情熱人)이자 또한 의지인(意志人)이 아닐 수 없다.

'滯京華'의 실정은, 그의 같은 체당(滯唐) 당시의 시 〈長安春日有感〉의 한 구에서도 엿볼 수 있다.

학문의 뜻 이루긴 아직도 멀었거니,
푸른 버들의 꾀꼬리 핀잔, 무척이나 속 썩이네.

祇爲未酬螢雪志　綠楊鶯語太傷神

그것은 곧 '학문의 뜻'을 이루기 위한 고행 중임을 말해 주고 있다.

바깥은 너무나 화창하고, 꾀꼬리는 꾀다 꾀다 못해 인젠 핀잔까지 주는 속에서도, 모든 유혹 매정하게 뿌리치며 공부에만 마음 쓰려니, 그럴수록에 번민은 더해진다. 그 의지와 감정의 대립 갈등으로 겪게 된 '太傷神'이, 본 시에서는 '東風憔悴'와 같은 밀도(密度) 높은 시어에 의하여, 얼마나 은근하고도 운치롭게 표현되어 있는가를 맛볼 것이다.

보라, 동물들은 벗 부르고 짝을 불러 본능대로의 삶을 구가하며 생의 희열을 만끽하고, 초목들은 혼신(渾身)의 정수(精髓)를 정혼(精魂)으로 빚어, 홍진(紅疹)에 열꽃 뿜듯, 꽃으로 쏟아 내어 소리

없이 봄을 외치고 있다. 이처럼 동식물에게는 열락(悅樂)의 계절인 봄이, 사람에게는 어지중간한 지성·의지의 감시·제동으로 고뇌와 갈등을 빚는 계절, 춘수(春愁: 봄 시름)로 말미암은 춘수(春瘦: 봄 여윔)의 잔인한 사월일 수밖에 없게 된 셈이다.

화사한 바깥세상이 궁글궁글 좀이 쑤시는데, 봄나들이 한번 못하고, 지나새나 학업에만 골몰하고 있는, 오늘날의 수험 준비생들의 들끓는 심사 또한 그 어름에 엿보이는 듯도 하여 안쓰럽기도 하다.

최광유(崔匡裕, ?~?) 신라 말기의 학자. 당나라에 유학. 학문이 깊고 시로 이름이 높았다. 당에서는 최치원(崔致遠), 최승우(崔承祐), 박인범(朴仁範) 등과 함께 신라 십현(十賢)으로 일컬어졌다. 《십초시(十抄詩)》와 《동문선(東文選)》에 그의 시 10수가 전한다.

멧새 소리를 들으며

최승로

밭이 있다손 뉘 있어 씨를 뿌리며
술이 어디 있어 술을 들라니?
산새들 무슨 회포나 있어
"뻐꾹뻐꾹……."
"제호로제호로……."
봄이면 저리 공연히
제 이름을 불러 쌓는고?

有田誰布穀　無酒可提壺
山鳥何心緖　逢春謾自呼
〈偶吟〉

評說 밭이 있다손 치더라도 일손이 어디 있어 씨를 뿌리며, 아무리 울적해도 술 한 잔 없는 터에, 산새들은 무슨 심사로 '씨를 뿌리라'느니, '술을 들라'느니, 공연히 사람 약 올리듯 속상케 하

布穀(포곡) 뻐꾸기를 이름. 그 우는 소리가 '포곡포곡(곡식 씨를 뿌리라는 뜻)' 한다 하여 포곡조 또는 권농조(勸農鳥)라 한다.
提壺(제호) 새 이름. 제호조. 그 우는 소리가 '제호로제호로(提壺蘆: 술잔을 바친다는 뜻)' 한다 하여, 권주(勸酒)하는 새로 알려져 온다.
心緖(심서) 심회(心懷). 마음의 회포.
自呼(자호) 스스로 부름. 스스로 제 이름을 부르며 옮. '謾'은 공연히. 함부로. 부질없이.

고 있는고?

멧새와의 대화요 독백이다. 만사 여의치 못한 궁춘의 아쉬움 속에서도, 새소리에 이끌리어 맹동하는 한 가닥 봄마음의 꿈틀거림이, 짓궂은 듯 곰살궂은 해학 속에 은근히 엿보인다.

이는 일종의 금언시(禽言詩)이다. 금언시란, 매요신(梅堯臣)의 '사금언(四禽言)'에서 시작된 잡체시(雜體詩)의 한 가지로서, 의성명(擬聲名)으로 된 새 이름과, 그 우는 소리의 의음자의(擬音字義)에서 유래된 전설 등을 배경으로 한 회해시(詼諧詩)이다.

'제호조'에 대하여는 구양수(歐陽脩)의 시 〈오금언(五禽言)〉 중의 한 구:

꽃나무에 앉은 제호조만이
'꽃 보며 내 술 한잔 드세요' 한다.

獨有花上提壺鳥　勸我有酒花前傾

가 새뜻하고, 〈포곡조〉에 대하여 두보(杜甫)는 읊었다.

농가엔 흙 마른다 애가 타는데,
뻐꾸기는 곳곳에서 씨 뿌리라 재촉하네.

田家望望惜雨乾　布穀處處催春種

그러나, 석주(石洲) 권필(權韠)의 〈사금언(四禽言)〉 중의 '포곡'은, 이미 희문(戱文)의 경지를 벗어난, 매우 심절(深切)한 내용을 담고 있어 처연한 감을 준다.

뻐꾹…… 뻐꾹……

뻐꾹(布穀) 소리에

봄은 무르익어 간다마는

장정들 전쟁 나가

마을은 텅 비었고

해 질 녘 들리나니

과부 울음뿐인 것을—

씨 뿌리라 씨 뿌리란들

뉘 있어 씨 뿌릴꼬?

들판은 아득해라

잡초만 푸르렀네.

布穀布穀　布穀聲中春意足

健兒南征村巷空　落日唯聞寡妻哭

布穀啼誰布穀　田園茫茫煙草綠

| **최승로**(崔承老, 927~989, 태조 10~성종 8)　고려의 문신. 본관 경주. 벼슬은
수문하시중(守門下侍中)에 이르고, 청하후(淸河侯)에 봉해졌다. 고려 왕정에 기
여한 바 컸다. 시호는 문정(文貞).

한송정

장연우

달빛도 유난한 한송정 밤하늘을,
물결도 잔잔한 경포의 가을인데
백구도 옛님 그리워 오면가면 우는고!

月白寒松夜　波安鏡浦秋
哀鳴來又去　有信一沙鷗
〈寒松亭曲〉

評說 작자 미상의 고려 가사의 하나이다. 《고려사》'악지'에 의하
면, 이 노래가 거문고 밑바닥에 적혀, 중국 강남(江南)으로
흘러갔는데, 아무도 그 뜻을 해독하지 못하다가, 그곳으로 사신 간
장진공(張晉公=張延祐)이 이를 한시로 풀어낸 것이라 한다.

원 가사는 전하지 않으나, 그 거문고 바닥에 적혔다는 문자는,
고려 초기였으니만큼 아마도 신라의 향찰(鄕札)이 아니었을까 추
측된다.

寒松亭(한송정) 강릉에 있는 정자. 《여지승람》에 한송정은 강릉 동쪽 15리쯤 되는 동해
가 울창한 송림 속에 있다 하고, 신라 때 사선(四仙)이 와 놀던 곳이라 기록되어 있다.
鏡浦(경포) 강릉 동북 7킬로미터쯤에 있는 석호(潟湖). 호반에 관동 팔경의 하나인 경포
대가 있다.
有信(유신) 신의가 있음.
沙鷗(사구) 모래톱에 있는 갈매기.

경포에 달 밝은 밤, 한송정 난간에 홀로 기대어, 지난날 이곳에서 함께 놀던 그 임을 그려, 깊은 생각에 잠겨 있노라니, 밤하늘을 누비듯 오면가면 울고 있는 한 갈매기가 처량하게 느껴진다. 그때는 노래하듯 춤추듯 우리 앞을 넘나들며 너울거리던 그 갈매기건만, 지금은 저도 나와 같이 그 임을 그려, 저리도 슬피 울며 찾아다니고 있는 것이려니…… 생각하니, 임에 대한 신의도 그러려니와, 내게도 마치 동지를 얻은 듯 유신하게 느껴진다.

한송정은 또 신라 사선(四仙)이 와 놀던 곳으로도 유명하니, '옛님'은 사선을 가리키는 것으로도 볼 수 있으나, 시정으로서의 밀착감(密着感)은 전자만 못할 것 같다.

슬피 울고 있는 갈매기와 연모의 정에 젖고 있는 작자와의 공동 대상인 옛님, 그 '옛님'이 본시에는 감쪽같이 감추어져 있어, 그윽한 맛이 한결 더하다.

조선 때 강릉 명기 홍장(紅粧)의 다음 시조는 바로 이 시의 의역이었을는지도 모를 일이다.

한송정 달 밝은 밤에 경포에 물결 잔 제
유신한 백구는 오락가락하건마는
어찌타 우리의 왕손은 가고 아니 오는고?

| **장연우(張延祐, ?~1015, ?~현종 6)** 현종 때의 호부상서. 본관 흥덕(興德). 진산군(晉山君)에 봉해지고, 상서우복야에 추증됨.

촛불 삼아 달 밝혀 놓고

최충

촛불 삼아 한 마당
달 밝혀 놓고
찾아 드는 청산들
둘러앉으면
솔바람 싱그러운
거문고 가락
소중히 즐길 뿐
전할 순 없네.

滿庭月色無烟燭　　入坐山光不速賓
更有松絃彈譜外　　只堪珍重未傳人
〈絶句〉

 정계의 원로요, 학계의 태두요, 교육계의 '해동공자'로 추앙
되는 작자는, 부귀영화에 풍류마저 아울러 갖춘, 실로 희대

無烟燭(무연촉) 연기 없는 촛불.
入坐(입좌) 좌석에 들어앉음.
不速賓(불속빈) 불청객(不請客).
松絃(송현) 송금(松琴)과 같은 뜻으로, 소나무에 부는 맑은 바람 소리를 거문고 소리에
비겨 이른 말.
彈譜外(탄보외) 악보에도 없는 곡을 연주함.

巉巖怪石疊成山　山有蓮坊水四環

塔影倒江飜浪底　磬聲搖月落雲間

門前客棹洪波疾　竹下僧棋白日閒

一奉皇華堪惜別　更留詩句約重攀

〈使宋過泗州龜山寺〉

評說 본론에 들어가기 전에 우선 율시(律詩)의 구법(句法)에 대하여 잠시 언급해 두려 한다. 압운법(押韻法), 평측법(平仄法)은 신체시(新體詩) 일반에 두루 엄격하게 적용되는 것이기에 부록에서 다루기로 하고, 여기서는 구의 구성에 대해서만 잠시 살펴보기로 한다.

　절구가 기·승·전·결(起承轉結)로 구성되듯이, 율시는 오언이든 칠언이든 사연(四聯) 팔구(八句)로 이루어진다. 그 제1연을 수련(首聯), 제2연을 함련(頷聯), 제3연을 경련(頸聯), 제4연을 미련(尾聯)이

泗州(사주) 중국 강소성(江蘇省)의 한 주.

巉巖(참암) 높고 험한 바위.

怪石(괴석) 괴이하게 생긴 돌.

蓮坊(연방) 절.

水四環(수사환) 물이 사방으로 둘러 있음.

倒江(도강) 강물에 거꾸로 비침.

飜浪底(번랑저) 물결 아래 번득임.

磬聲(경성) 풍경 소리.

搖月(요월) 달을 흔듦.

客棹(객도) 나그네가 노를 저음.

洪波疾(홍파질) 큰 물결이 세차고 빠름.

僧棋(승기) 중이 바둑을 둠.

皇華(황화) 임금의 사신.

堪惜別(감석별) 차마 이별하기 애석함.

重攀(중반) 다시 오름. 거듭 옴.

라 하나, 이런 명칭이 초심자에게는 번거로울 것 같아 그냥 1, 2, 3, 4연으로 통칭하기로 한다.

연마다 각각 두 구로 이루어지는데, 1연은 도입(導入)이요, 4연은 결말이요, 가운데 두 연은 가장 중요한 핵심부이다. 이 두 연은 대련(對聯) 또는 연구(聯句)라고 해서, 전후구가 반드시 대로 이루어져야 하는 것이 특징이다. 대를 맞추는 방법은, 이 시의 제2연을 예로 보면, '塔 : 磬, 影 : 聲, 倒 : 搖, 江 : 月, 翻 : 落, 浪 : 雲, 底 : 間'과 같이 서로 같은 품사끼리 대를 이루고, 또 '塔影 : 磬聲, 倒江 : 搖月, 浪底 : 雲間'과 같이 단어 성어 고유명사 등도 각각 같은 것끼리 대가 되어야 하며, 그리하여 필경 구와 구끼리 억지로 꿰맞춘 흔적 없이 자연스럽게 짝맞아 떨어져야 '묘하다' 또는, '용하다'고 일컬어지게 되는 것이다. 3연도 마찬가지다. 이 시의 '門前…… : 竹下……'를 위의 안목으로 살펴보라. 그리고 이 제2연과 제3연은 어느 한쪽은 경관을 위주하는 경련(景聯)이 되고, 다른 한쪽은 정감을 위주하는 정련(情聯)이 되어야 한다. 이 시의 경우는 제2연이 경, 제3연이 정이다.

이 시는 박인량이 1080년(문종 34), 유홍(柳洪)·김근(金覲) 등과 함께 송나라에 사신 가는 도중, 구산사에 들렀다가 읊은 즉흥인데, 최자(崔滋)의 《보한집(補閑集)》에는 '금산사(金山寺)'로 기록되어 있다.

첫 연은 절의 위치며 그 배경인 산세(山勢)며 환경에 대한 개관(槪觀)이다.

2연은 대련, 전구는 출렁이는 강물 밑에 거꾸로 비친 탑 그림자가 물결과 함께 일렁이고 있는 기관(奇觀)이요, 후구는 추녀와 달과 구름을 등고선상(等高線上)에 둔, 공감각적(共感覺的) 묘사이다. 곧, 추녀 끝에 매달려 있는 풍경은 바람에 흔들려 울릴 때마다, 마치 경쇠처럼 그 옆에 매달려 있는 해사한 조각달을 공명(共鳴)케 하여, 그 청아한 소리가 추녀 끝을 배회하고 있는 구름 사이로 떨어져 내리는 듯한 장관이다. 이 전후구의 묘사는 '탑 그림자'와 '풍경 소리'의 시·청각을 통하여 수중(水中)과 천상(天上)으로 감응(感應)하고 있는, 탑과 가람(伽藍)의 드높고도 영묘함을 말해 주고 있다. 이는 경(景)을 읊은 것이나, 그 경 속에는 또한 은근하고도 운치로운 정감이 서려 있으니, 이 소위 경중유정(景中有情)이요, 화중유시(畫中有詩)의 경지이다.

3연의 '門'은 '山門'으로, 속계(俗界)와 불계(佛界)의 경계이다. 거센 물결에 노 젓기 골몰하는 나그네는, 고해(苦海)를 항행(航行)하는 사바 중생의 숨 가쁨이요, 대숲 아래 바둑 두는 중은, 중고(衆苦)와 번뇌를 끊은 탈속인(脫俗人)의 한적(閑寂)이다. 산문(山門) 하나를 사이한 인생의 생태가 이처럼 정반대임을 보는 가운데, '부생공자망(浮生空自忙)'의 감회를 되새기고 있는 작자다. 이 3연은 서정(抒情)이나, 그 속에 또한 서경(敍景)도 있으니, 이는 정중유경(情中有景)이요, 시중유화(詩中有畫)의 경지라 할 만하다.

율시의 안목(眼目)인 이 2·3연의 연구(聯句)를 다시 종합적으로 음미해 보라. 진정 시적 안목의 구안자(具眼者)가 아니고는 포착하지 못할, 사물의 미세한 현상마저 교묘한 시어를 구사하여 공감각적으로 표현 묘사함으로써 많은 함축과 우의(寓意)를 행간에 서리게 하였으니, 그 은근미(慇懃美), 유수미(幽邃美), 우아미(優雅美)는 재탄(再歎) 삼탄(三歎)이 아깝지 않다.

4연은, 봉사(奉使) 노차(路次)에 들르게 된 경위, 막중한 임무에 쫓기는 몸이라 떠나지 않을 수 없는 석별의 정, 후일 재방(再訪)의 기회 되기를 은근히 기대하는 작시(作詩)의 저의 등, 차라리 제하(題下)의 소서(小序)로, 따로 내세움 직한 내용을, 압축 간명하게 감흥을 부쳐 나타내기는 했으나, 그러나 이러한 신상 발언은 앞부분과의 괴리(乖離) 때문에 아무래도 다분히 사족(蛇足)인 감이 없지 않은 것 같다.

박인량은 최치원 이후의 제일명가(第一名家)였으니, 이규보(李奎報)는 《백운소설(白雲小說)》에서, 그의 〈사주 구산사〉를, 최치원의 〈윤주 자화사(潤州慈和寺)〉, 박인범(朴仁範)의 〈경주 용삭사(涇州龍朔寺)〉와 병칭(並稱)하면서, 우리나라 사람으로 시명을 중국에 떨쳐 나라를 빛낸 이는 이 세 사람에서 비롯했다고 논평했다.

박인량(朴寅亮, ?~1096, ?~숙종 1) 고려 문신·학자. 자 대천(代天). 호 소화(小華). 본관 죽주(竹州). 한림학사, 우복야(右僕射) 등 역임. 송나라에 사신 가 시문으로 명성을 떨쳤으며, 후에 김근(金覲)의 글을 합친 《소화집(小華集)》이 중국인에 의해 발간됐다. 편저에 《고금록(古今錄)》이 있고, 신라 때의 설화를 모은 《수이전(殊異傳)》이 있었으나 전하지 않는다. 시호는 문열(文烈).

청평거사에게

곽여

청평이라 으뜸가는 맑은 산수에
뜻밖에도 만날 줄야! 그 옛날 친구.

아득한 삼십 년 전 동방급제가
천 리 밖에 저마다 살아 있었네.

뜬구름 골에 든다 누된 적 없고,
밝은 달 물에 진다 티끌 묻으랴?

한참이나 말을 잊은 눈동자 속에
말쑥이 서로 비춘 옛 정신이여!

清平山水冠東濱　　邂逅相逢見故人
三十年前同擢第　　一千里外各栖身
浮雲入洞曾無累　　明月當溪不染塵
擊目忘言良久處　　淡然相照舊精神
〈贈淸平李居士〉

評說 청평거사 이자현과의 해후(解逅)다.
눈은 마음의 창! 뜻하지 않은 만남에 서로 놀란 눈으로 상대
의 눈(창)을 들여다본다. 눈을 통해 들여다보이는 상대의 깊은 마음

속엔, 30년 세월의 풍상에도 아랑곳없이, 젊었던 그 당시의, 그 티 없이 맑고 꼿꼿하던 '선비 정신'이, 아직도 그대로 초롱초롱 빛나고 있음을 서로 확인하게 된다. 자신의 분신(分身)을 찾은 듯, 참 지기 (知己)를 만난 희열이요 감격이다.

浮雲入洞曾無累　明月當溪不染塵

어려운 세상 어느 곳에 숨어 살았든, 고결한 마음만은 더럽혀지 지 않았음을 암유(暗喩)한 가구(佳句)다.

淸平(청평) 경기도 가평군(加平郡)에 있는 지명.

同擢第(동탁제) 과거 급제 동기(同期). 동방급제(同榜及第).

栖身(서신) 몸을 기탁함. 은거함.

擊目(격목) 눈의 창을 두드림. 두 눈으로 서로의 눈을 통해 상대의 마음을 들여다봄.

舊精神(구정신) 옛 정신. 30년 전의 선비 정신.

東濱(동빈) 동해안의 지방. 또는 '東國'이라는 뜻으로, 우리나라를 일컬음.

淸平李居士(청평이거사) 이자현(李資玄)을 이름. 1061~1125(문종 15~인종 3). 호 식암(息庵), 청평거사(淸平居士). 문과. 선종 때 청평산에 들어가 암자를 짓고, 여생을 선학(禪學) 연구로 보냈다. 시호는 진락(眞樂).

| **곽여(郭輿, 1058~1130, 문종 12~인종 8)** 문인. 자 몽득(夢得). 본관 청주. 사어 금기(射御琴棋)를 잘하였으며, 예부원외랑(禮部員外郎)이 되었으나 곧 은퇴. 예종이 성동(城東)에 산재(山齋)를 하사하고, 산책 때 들러 함께 시를 읊고 즐겼다 한다. 시호는 진정(眞靜).

소 타고 가는 늙은이

곽여

태평스런 얼굴
아무렇게나 소를 타고,
안개비에 반만 젖어
밭둑길을 지나간다.

알겠네. 그 사는 집
물 가까이 있으렷다.
그를 좇아 지는 해도
시내를 곁따라 가네.

太平容貌恣騎牛　半濕殘霏過壟頭
知有水邊家近在　從他落日傍溪流
〈野叟騎牛〉

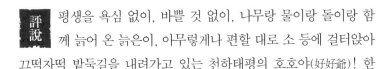
評說 평생을 욕심 없이, 바쁠 것 없이, 나무랑 물이랑 돌이랑 함
께 늙어 온 늙은이, 아무렇게나 편할 대로 소 등에 걸터앉아
끄떡자떡 밭둑길을 내려가고 있는 천하태평의 호호야(好好爺)! 한

野叟(야수) 강호에 묻혀 사는 늙은이. 야인(野人).
恣騎牛(자기우) 편한 자세로 아무렇게나 소를 탐.
殘霏(잔비) 비 그칠 무렵에 오는 둥 마는 둥 하는 안개비.
壟頭(농두) 밭머리. 밭둑길.
從他(종타) 그를 좇음. 남을 따라감.
傍溪流(방계류) 시냇물을 곁따라 감.

나절 청산에 소를 놓아먹이고, 석양에 돌아오는 하산(下山) 길, 아마도 시내 가까이 있을 성싶은 그의 집을 향하여, 시냇길 따라 말없이 가고 있다. 갈 길은 소에 맡겼으니 '이러…… 어디어……' 따위 소 부리는 소리는 필요가 없다.

한편 그를 좇아, 작자의 일행도 관심깨나 있는 듯, 이만치 뒤를 따르고 있다. 그런데, '작자의 일행'이라니? 곁따라 가는 건 '落日'뿐, 작자는 숫제 수행 명단에 들지도 않았잖은가? 그러나 그것은 들지 않은 것이 아니라, 너무나 당연한 수행 주체이기에 생략되어 있을 뿐이다. 보라, '해'의 걸음걸이는 기실 작자의 걸음걸이인 것을―. 그리고 그 '해' 또한 산마루에 걸려 있는 하늘의 해와 냇물에 떨어져 잠긴 물속의 해, 이 상하천(上下天)의 해를 아울러 일컬은 것으로, 그들은 한결같이 작자의 걸음에 맞춰 보조를 같이하고 있는 것이다. 보라, 소 탄 이 뒤에 지은이, 지은이 옆에 시냇물, 시냇물 아래 저녁 해, 서산마루에는 지는 해, 모두가 같은 방향, 같은 속도로 정연히 늘어서 가고들 있다. 그것은 마치 검둥이랑, 삽살이랑, 말괄량이랑, 이쁜이랑, 차돌이랑, 개구쟁이랑, 좁은 언덕길에 죽 늘어서 열심히 가고 있는 달맞이 동산길의 실루엣을 보는 듯한, 꿈같은, 동화 같은 정경이기도 하다.

순박하고도 낙천적인 산늙은이의, 평화롭고도 태고연(太古然)한 생활의 편영(片影)을 그린 것이나, 마치 청우(靑牛)를 타고 가는 노자(老子)처럼, 선미(仙味)가 도는 이 기우자(騎牛子)의 도인(道人)과도 같은 풍도(風度)의 미화(美化)도 그러려니와 그를 뒤쫓아 가는 작자 일행의 관심 또한 무척이나 인상적이다.

이인로(李仁老)는 《파한집(破閑集)》에서 "어찌 다만 선풍도운(仙風道韻)이라고만 하랴, 사람의 마음을 통째로 움직이기에 족하다"고 감탄했다.

감로사에서

김부식

속세 사람들
오지 않는 곳
올라 바라보니
정신이 맑다.

산은 가을되어
더 아름답고
강빛은 밤에도
외려 밝은데,

흰 물새들 높이
다 날아가곤
외로 가는 돛배야
흘가분하이!

부끄럽다, 달팽이 뿔
좁은 세상에
공명 찾아 해맨
지난 한 평생 —.

俗客不到處　登臨意思淸
山形秋更好　江色夜猶明
白鳥高飛盡　孤帆獨去輕
自慙蝸角上　半世覓功名
　　　　〈甘露寺次惠素韻〉

評說 번거롭고 시끄러운 인간 사회, 더구나 온갖 부정·비리·시기·음모 등이 자행되는 관료 사회에서, 잠시나마 그 소용돌이를 벗어나 속계와 절연된 이 범경(梵境)에 들어, 맑은 대자연을 대하고 보니, 새 정신이 드는 듯 생각도 맑아진다.

1연은 등림의 소감이요, 2·3연은 경(景)과 정(情)의 대련으로, 자연을 통하여 인생을 달관함이다.

산은 어느 계절이나 늘 좋지마는, 단풍으로 찬란한 이 가을에 더

甘露寺(감로사) 개성 오봉산(五峰山) 밑 서강(西江) 기슭에 있는 절. 고려 이자연(李子淵)이 원(元)에 다녀와서, 그곳 윤주(潤州) 감로사의 산천 경치에 혹하여 그러한 곳을 찾기 6년 만에 이곳을 얻어, 누각 지대(池臺)를 그 제도에 따라 창건하고, 현판도 그 이름으로 했다는 《동국여지승람》의 기록이 있다.

惠素(혜소) 고려 인종(仁宗) 때의 고승(高僧). 시에 능하여 김부식과 자주 창화(唱和)했다고 전한다.

俗客(속객) 속가(俗家)에서 온 손님. 또는 속세의 사람.

登臨(등림) 높은 곳에 올라 바라봄. 또는 등산임수(登山臨水).

孤帆(고범) 단 한 척의 돛배.

自慙(자참) 스스로 부끄러움.

蝸角(와각) 달팽이의 촉각. 와우각(蝸牛角). 달팽이의 왼쪽 뿔 위에 있는 촉국(觸國)과 오른쪽 뿔 위에 있는 만국(蠻國)이 서로 국토를 다투어 편안한 날이 없었다는 장자(莊子)의 고사. 극히 하잘것없는 다툼을 비웃는 비유. 백낙천의 시 〈대주(對酒)〉에 "蝸牛角上爭何事 石火光中寄此身"이란 구가 있다.

半世(반세) 반평생. 반생.

覓功名(멱공명) 공명을 찾아 헤맴.

욱 좋고, 강은 밤이 되어도 달빛으로 하여 오히려 환히 밝다. 가장 요어(要語)인 '단풍'과 '달'을 정작 생략하고도, 오히려 뚜렷이 거기 있게 한 솜씨도 볼 만하다.

3연은 이백의 "衆鳥高飛盡 孤雲獨去閑"의 환골(換骨)이다. 그러나 그 정취는 서로 다르니, 물새인 '白鳥'와 잡새인 '衆鳥'는 품격도 다르거니와 수륙(水陸)이 현수(懸殊)하고, '고운(孤雲)의 한가로움'과 '고범(孤帆)의 홀가분함'은 그 정황부터가 딴판이다. 이백은, 언제 보아도 싫지 않고, 듬직하여 덕 높은 군자를 대하는 듯한 '경정산(敬亭山)'을, '衆鳥'와 '孤雲' 따위 부경(浮輕)한 것들과의 대조에서 더욱 돋보이게 하려는 의도였음에 반하여, '白鳥'와 '孤帆'은, 세간의 모든 영화로움이나 친근한 것들, 필경은 다 떠나 버리고, 한 외로운 돛배처럼 홀로 바람 따라 가볍게 불려 가는 공수거(空手去)의 마지막 인생길을 암유한 것이다. 그러고 보면, 불과 석 자의 조작으로 호리지차(毫釐之差)가 천리지위(千里之違)로 나타난, 그 조사(措辭)의 묘(妙)도 음미함 직하다.

4연은 주제 연이다. 이 아름답고도 광활한 대자연을 버려 두고, 그 좁디좁은 관계(官界)에서 부질없는 명리(名利)를 다투어 생애를 소진(消盡)한 지난날의 자신이 부끄럽기 그지없다.

청정 법계(淸淨法界)에 감화됨으로써 얻은 참된 자아(自我)의 회복이요, 가식 없는 양심의 목소리다. 오욕칠정(五慾七情)의 노예 되어 심신이 혹사되어 온 지난날에의 깊은 회한이요, 참 인생에 대한 새로운 각성이다.

그는 《삼국사기》를 70세에 완성한 후에도 《인종실록》을 편찬하는 등 저술에 몰두, 한시도 일손을 놓지 못한 술회를 다음의 칠률(七律) 한 수에 토로하기도 했다.

유월 인간 세상은 더위로 녹아나는데
강다락엔 온종일 맑은 바람 넉넉하다.
산 얼굴 물 빛깔은 언제나 같다마는
세태와 인정은 옛날과 다르구나.
조각배로 홀로 명경 속 저어 가니
가마우지 쌍쌍이 그림 속을 날아간다.
아아! 세상일이야 재갈 물린 듯하여
대머리 한 늙은일 놓아주질 않네.

六月人間暑氣融　江樓終日足淸風
山容水色無今古　俗態人情有異同
舴艋獨行明鏡裡　鷺鶿雙去畫圖中
堪嗟世事如銜勒　不放衰遲一禿翁

〈觀瀾寺樓〉

| **김부식(金富軾, 1075~1151, 문종 29~의종 5)** 학자·문신. 자 입지(立之). 호 뇌천(雷川). 본관 경주(慶州). 문하시중(門下侍中), 집현전 태학사 등 역임. 묘청(妙淸)의 난에 원수(元帥)로서 이를 평정하여 수충정난정국공신(輸忠定難靖國功臣)이 되었다. 명문장가로 널리 알려졌다. 저서에 《삼국사기》가 유명하고, 문집 20권은 전하지 않는다. 시호는 문열(文烈).

대동강

정지상

비 갠 긴 방축에
풀빛 짙은데
남포라 임 보내는
슬픈 노래여!
대동강 물이야
언제 다하리?
해마다 이별 눈물
보태지는 걸 ─.

○ ○ ○

비 개인 방축엔 초록빛 짙었는데,
남포라 임 보내는 노래 슬픈 대동강은,
해마다 이별 눈물로 저리 그득 흘러라.

雨歇長堤草色多　　送君南浦動悲歌
大同江水何時盡　　別淚年年添綠波
〈大同江〉

 오던 비가 그치고 날이 훤히 드는 일은, 떠날 사람에게는 떠
날 차비를 서두르게 함이 되고, 보내는 사람에게는 더 만류

할 명분을 잃게 함이 된다. 따라서 기구(起句)는, 일견 우후청(雨後晴)의 싱그러운 일장춘경(一場春景)인 한편, 기실은 출발을 종용(慫慂)하는 날씨, 열배〔行舟〕로 등대하고 있는 장제(長堤)의 강류(江流), 낭만과 초조감을 돋우는 짙어져 가는 봄빛 등, 이별의 무대로 어느덧 막이 오른 것이다.

승구(承句)의 '悲歌'는 주제가이기도 하고 효과음이기도 하다. '動'은, 강나루에 은은히 울려 퍼지는, 그 슬픈 가락의 심금(心琴)에 와 부리는 울림〔響〕이요, 떨림〔震〕이요, 흔들림〔搖〕인 동시에, 걷잡을 수 없는 설움의 북받침이요, 흐느낌이요, 애와침이다. 본 시의 시정(詩情) 또한 그 어름에서의 태동이고 보면, 이 '動'이야말로 자·타동(自他動), 능·피동(能被動)을 두루 겸한 실로 다중적(多重的)인 묘용(妙用)이 아닐 수 없다. 그리고 그 '悲歌'의 진원(震源)은 진두(津頭)의 주사(酒肆)일 것이다. 송별과 유별(留別)의 마지막 일배주(一杯酒)를 잊을 리 없으리니, 그러므로 본래 항포구(港浦口)는 주점으로 번창하게 마련이 아니던가? 이 집 저 집서 기녀들은 〈서경별곡〉, 〈가시리〉…… 등을 불러 이별의 정을 돋우는 바람에 강나루는 온통 침통하고도 긴박한 분위기에 휩싸인다.

드디어 대량 이별을 싣고 남포행 배는 뜬다. 가는 정 보내는 정이 아프게 떨어진다. 배가 시선에서 사라질 때까지 눈물 어린 눈으로 하염없이 서로를 지켜본다. 마침내,

---

雨歇(우헐) 비가 멎음.
長堤(장제) 긴 둑. 긴 방축.
草色多(초색다) 초록빛이 짙음.
南浦(남포) 대동강 하구에 있는 항구.
添綠波(첨녹파) 푸른 물결에 보태어 더함. '綠波'는 봄의 물결.

외로운 돛의 먼 그림자
푸른 허공에 사라지고
다만 보이는 건
하늘가로 흘러가는
장강의 물뿐이어라.

孤帆遠影碧空盡　唯見長江天際流
　　　　　　　　　李白

'야속한 놈의 강물! 쯧쯧', '저놈의 강물은 언제야 말라 버리나?'
그러나,

대동강 물이야 언제 다하리?
해마다 이별 눈물 보태지는 걸 —.

　이 전·결구(轉結句)의 정곡은, 남의 이별 따위 내 알 바 아니라는
듯, 그저 느물느물 흐르기만 하는 장강물에의 애꿎은 원망이며, 하
고 한 이별 눈물을 수원(水源)으로 끝없이 재생산(再生産)되는 이별
의 악순환에 대한 하염없는 탄식인 동시에, 그것은 또한 회자정리
(會者定離)의, 인생의 숙명적인 이별고(離別苦)에 대한 깊으나 깊은
체념으로 이어져 있다.
　눈물의 강류에 열배[行舟]를 띄워 눈물을 쏟으며 헤어져 가는 군
상들! 이 얼마나 역설적인 경상(景狀)이며, 이 무슨 심술궂은 조물
자의 희롱인가?
　그러나 여기서 우리는 그 누량(淚量)에 대한 어불성설의 엄청난
과장에도 불구하고, 전혀 그 과장임을 의식하지 못하는 채, 땅이

꺼질 듯 장탄식을 하게 됨은 어인 일인가? 그것은 아마도 전·결구의 애원처완(哀怨悽惋)한 영탄에 한결로 감복되어 버린 때문이지 모른다. 아니 오히려 그것은 아마도, 그 엄청난 '과장의 부피'가 자문자답의 독백인 듯, 도치된 인과의 영원한 의문으로 반복하는 전·결구의 그 강류만큼이나 '기나긴 여운'에 평형(平衡)되고 균제(均齊)되어 버린 조화감(調和感)에서 오는 것인지도 모를 일이다.

'添綠波'의 '綠波'는 수심(水深)을 시사(示唆)하는 한편, 초록의 반영인 춘수(春水)의 색감으로, 벽파(碧破)나 창파(蒼波)보다 한결 정감적이다.

'添'은 띄우거나 덧붙이는 첨가(添加)의 뜻이다.

여기 비슷한 눈물이 있다.

타향의 봄빛은 늙음을 재촉는데,
이별 눈물 아득히 금강 물결에 띄우네.

天涯春色催促遲暮　別淚遙添錦水波

이것은 두보(杜甫)의 눈물이다. 이는 한 사람의 눈물이며 회상의 눈물인 데 반하여, 정공의 그것은 만인의 눈물이며 현장의 눈물이다. 전자는 개적인 정곡(情曲)이요, 사향의 눈물이지마는, 후자는 개적인 정곡 속에 인생을 포괄(包括)하였으며, 이별에 대한 근원적 본질적인 숙명론적 깊이에서 솟구친 눈물인 점에서 서로 다르다.

한편 이 '添'자의 위치는 평측법상(平仄法上) 당연히 측성자(仄聲字)가 놓여야 할 자리다. 물론 측기(仄起) 편격(偏格)인 본 시의 경우, 결구 제5자인 그 위치는 평성으로도 무방한 걸로 용인되지 않는 바는 아니나, 가장 이상형은 역시 측성인 것이다. 그러나 여기서만은 정반대이다. 양재(梁載)가 이 시를 옮겨 쓰면서, '添'을 못마땅히 여겨 측성자인 '漲(물불을 창)'자로 고쳐 적는 것을 본 익재(益齋)가, 즉석에서 마땅히 '添'일 뿐이라고 제지했다는 시화는 매우 흥미롭다. 보라, 도도히 흐르는 강류 위에 점점이 지워지는 눈물의 그 첨가 양상(添加樣相)으로야, 길고 깊고 무거운 음상(音像)인 '漲'이 적합한가, 짧고 얕고 가벼운 '添'이 적합한가는, 두 음의 음성 이미지에서 이미 자명해지지 않는가? 이 '添'이야말로 이 경우의 유일자(唯一字)가 아닐 수 없다.

이상은 한자 고유의 음운면에서 본 고찰이지마는, 국어학적 음성 측면으로도 이 '첨'은 적잖이 흥미롭다. 초성 'ㅊ'은 격음 중에서도 특히 수성 충격음(水性衝擊音)이라 할 만큼, 물소리의 사음(寫音)으로는 불가결의 음소(音素)이다. '철철' 넘치는 물소리, '청청' 물 위에 떨어지는 물방울 소리, '처정처정' 떨어지는 낙숫물 소리, 어찌 일일이 주를 달랴? 찰랑찰랑, 철썩철썩, 치면치면, 치런치런, 찰락찰락, 첨벙첨벙…… 등, 그 음상(音相)까지 합치면 이루 다 들 수가 없다. 이처럼 '첨'의 'ㅊ'은 물 위에 지워지는 눈물 소리의 사음(寫音)으로 살아 있다. 또 종성인 순음 'ㅁ'은 함구(含口) 함묵(含默)으로 끝맺으면서도 울림은 비음(鼻音)으로 한없이 이어져 가는 유성 종성으로서, 점점이 떨어지는 눈물방울을 떨어지는 족족 삼켜 버리고는 그때마다, 파리 잡아먹은 두꺼비 입처럼 시치미 떼는 강물의 입매! 또는 떨어지기가 무섭게 잠적(潛跡)되어 버리는 눈물의 가뭇없음, 그 '점점, 삼킴, 머금음, 함묵, 잠적……' 등의 'ㅁ'의 음성 이미지가 'ㅊ'의 그것과 합쳐져 나타나는 '첨'의 그 생생한 현장감(現場感), 핍진감(逼眞感)을 볼 것이다. 이 '添'의 매혹적인 음감은, 우리나라 한시의 특미(特味)마저 아울러 갖춘 신운(神韻)이 아니고 무엇이랴?

그것은 '年年'에도 그렇다. 설음(舌音) 'ㄴ'의 연첩음(連疊音)은, 그 뜻과는 엉뚱하게도 혀차는 소리의 의성음으로 들려온다. 하 서글프고 애틋한 나머지, 무심코 여울지는 혀끝의 역류 현상(逆流現像), 허희 돌돌(虛欷咄咄)의 차탄성(嗟歎聲)이다. 물론 이는 위의 '添'의 경우도 마찬가지지만, 다분히 주관적이며 개인차의, 일종의 환청(幻聽) 현상이라 우긴다면 굳이 강변할 수야 없겠으나, 그러나 겸허하게 스스로를 그 사이클에 맞추어 가청권역 내(可聽圈域內)에 들려고 노력하는 사람에게는 쉬 감지되어지리라 생각된다.

이는 우리나라로 귀화한 한시 음률의 우리다운 한 특성임에 틀림 없다. 우리 선인들은 한시를 짓되, 구음조(口吟調)로 나직이 몇 번이고 입 안에서 굴려 보아, 전후음에 조화롭지 못하거나, 기피해야 할 우리말의 동음이의어(同音異義語)를 연상케 하는 음은 함부로 채택하지 않았던 것을 짐작하게 한다.

이는 바로 우리나라 한시가 생경한 원산지 그대로의 모습으로서가 아니라, 그 음률면에마저도 다분히 우리 국문학적 얼로 숙성되어진 것이었음을 말해 주는 것이 아닐 수 없다.

서럽고 고운 정과 정이, 서럽고 고운 음률을 타고, 서럽게 서럽게 울리는 강나루의 이별! 어느 목석이 있어, 감상(感傷)에 치우쳤다 나무랄 수 있으랴? 또 그 기나긴 사연을 28자 속에 수용 압축하였음이 어찌 표의 문자(表意文字)였기 때문이라고만 할 수 있으랴? 자간(子間), 행간(行間), 음상(音像)에 더 많은 우의(寓意)와 함축(含蓄)과 영상(映像)을 가능케 한, 조사(措辭)의 대수(大手), 언어 조작의 연금술사이고서야 이룰 수 있었음을 우리는 본다.

이 시 이래로, 역대의 소위 시객(詩客) 치고, 저마다 '多·歌·波'의 차운(次韻)을 시도해 보지 않은 사람이 없었으나, 아직 천 년 이래로 그 오른편에 나설 만한 작품이 없다는 것이 중평(衆評)이다.

최자(崔滋), 이인로(李仁老), 허균(許筠) 등 고래의 명사들은 한결같이 입을 모아 찬양하는 가운데, 김만중(金萬重)은 우리나라의 양관 삼첩(陽關三疊)이라 했으니, 이는 왕유(王維)의 저 유명한 〈송원이사서안(送元二使西安)〉시에 비긴 우리나라의 악부(樂府)로 추천한 말이요, 신광수(申光洙)도 이에 동조하여, 그 감격을 절구로 읊었다.

    예로부터 찬란한
    우리의 문학
    다락마다 사롱 씌운
    가득한 시판(詩板)
    임 보내던 그날의
    남포곡이야
    천 년 두고 절창인
    정지상일다.

    從來東國盛文章　幾處紗籠萬畵樑
    當日送君南浦曲　千年絶唱鄭知常

※ **사롱** 현판이나 시판에 먼지가 끼지 않도록 덮어 씌운 깁(紗).

신위(申緯)는 그의 《논시절구》에서 이색(李穡)의 〈부벽루〉와 묶어, 다음과 같이 비교 논평했다.

    풍등(風磴)에 기대어 길이 읊는 이목은과
    푸른 물결에 눈물 지우는 정지상은

호방하고 우아함이 막상막하라
헌헌 장부 앞에 정숙한 아가씰다.

長嘯牧翁倚風磴　綠波添淚鄭知常
雄豪艶逸難上下　偉丈夫前窈窕娘

※ 왕유(王維)의 〈送元二使西安〉은 다음과 같다.

　비 개어 먼지 자고, 버들 빛 짙어졌다.
　그대 떠나는 길, 다시 한 잔 권하노니,
　들게나, 양관을 나면 옛 친구는 없느니―.

　渭城朝雨浥輕塵　客舍青青柳色新
　勸君更進一杯酒　西出陽關無故人

※ 李家煥의 〈練光亭次鄭知常韻 二首〉, 2권 p. 329 참조.
　申緯의 〈西京次鄭知常韻〉, 2권 p. 369 참조.
　金澤榮의 〈浿江別曲鄭知常韻〉, 2권 p. 518 참조.

| **정지상**(鄭知常, ?~1135, ?~인종 13) 고려 때의 문신·시인. 호 남호(南湖). 본관 평양(平壤). 정언(正言), 사간(司諫) 등 역임. 묘청의 난에 연루된 혐의로 피살되었다. 역학(易學)과 노장(老莊) 철학에도 조예가 깊었으며, 특히 시에 뛰어났다. 저서에 《정사간집》이 있다.

임을 보내며

정지상

뜰 오동 한 잎 뚝 떨어지더니
침상 밑 온갖 벌레 슬피도 운다.

훌훌이 떠나는 임 붙들 길 없네.
아득해라! 가는 곳이 그 어드메뇨?

따르는 알뜰한 맘 산에 막히고,
달 밝으면 꿈길도 외로우려니ㅡ.

남포에 봄 물결 푸르러지든
임이여! 오마던 말 어기지 마오.

庭前一葉落　　床下百蟲悲
忽忽不可止　　悠悠何所之
片心山盡處　　孤夢月明時
南浦春波綠　　君休負後期

〈送人〉

評說 "일엽낙지천하추(一葉落知天下秋)"의 그 '지는 잎'은 으레
오동잎이다. 산중에 책력 없어 사시(四時)를 모를러니, 뜰
앞의 오동잎 '한 이파리' 뚝 떨어짐으로써 천하의 가을임을 알게 됨

이니, 그 한 잎은 바로 천하의 가을임을 알리는 통고장(通告狀)이기도 하고, 천하의 가을임을 선언하는 선언장(宣言狀)이기도 하다. 어찌 아니랴? 침상 아래 뭇 벌레들의 울음소리도 이로부터다. 세월은 이처럼 잠시도 멎지 않고 흘러가는 가운데, 임 또한 훌훌이 떠나가는 그 발길 만류할 수가 없구나. 생각사록 아득하고 답답하여라! 임은 이 나를 버려 두고, 어디를 가려 하는고? 가는 임을 좇는 이 마음은, 첩첩한 운산(雲山) 다한 곳에서 더 나아가지 못하고, 달 밝을 때면 임 그리는 외로운 꿈속에서나 만나게 되려는가? 남포의 물결이 봄빛을 띠어 푸르러지거든, 임이여! 그때면 오겠다고 한 그 약속, 부디 저버리지 말고 돌아와 주오!

'남포(南浦)'는, '강남(江南)의 포구(浦口)'의 준말이다. 중국에서의 강남은, 강북과 너무나 다른, 다사롭고 평화로운 미인의 고장, 꿈같은 남국 정취 가득한, 누구나 동경(憧憬)하는 이상향으로 관념되는 곳이듯이, 어디나 강남북은 비슷하게 관념되게 마련인 것이다.

이제 떠나는 정인을 배웅하는 이별 자리에서, 그의 배가 장차 가닿을 곳은 으레 '남포'라 가상하게 되는 것이다. 따라서 남포란, 임 실은 배의 종착항인 동시에, 어디든 임이 몸 부쳐 있는 곳임을 뜻하는 관용어가 된 것이다. 그리운 이를 대명하여 '임'이라 하듯, '임'이 머물러 있는 곳이면, 그 어디든 '남포'로 대명되는, 가상의 지대명사(地代名詞)인 것이다.

忽忽(홀홀) 갑자기. 바삐 서두르는 모양. 홀연(忽然). 홀홀(倏忽)히 떠나는 모양.
悠悠(유유) 아득히 먼 모양.
何所之(하소지) 어디로 가느뇨?
片心(편심) 일편단심. 임의 뒤를 좇아 따르는 한 조각 마음.
休(휴) 금지사. '勿'과 같은 뜻.
負(부) 저버림. 약속을 이행하지 아니함.
※ 一葉落知天下秋(일엽낙지천하추) 당시(唐詩) "山僧不解數甲子"의 후속구.

술에 취하여

정지상

복사꽃 붉은 비
지저귀는 새

집을 두른 청산의
푸른 산바람

삐딱해진 오사모
삐딱한 채로

취해 자는 꽃 언덕
꿈꾸는 강남.

桃花紅雨鳥喃喃　繞屋靑山間翠嵐
一頂烏紗慵不整　醉眠花塢夢江南
〈醉後〉

評說 '桃花紅雨'는 '桃花亂落如紅雨'의 느직한 가락에다 탄력을
붙인 은유로서, 이하(李賀)의 '장진주(將進酒)'의 그 도연(陶
然)한 분위기를 일거(一擧)에 빌려다 들머리부터 열어 놓는 데 기여
하고 있다.

　녹음이 짙어져 가는 산들, 이따금 불어 가는 푸른 산바람, 붉은

비 쏟아지듯 흩어지는 복사꽃, 지는 꽃이 서럽다 새들도 지저귀는데, 가는 봄이 아쉬워 거듭하고 있는 한 잔 또 한 잔! 마침내 곤드레만드레의 주인공은, 낙화 우수수 쌓여 가고 있는 꽃나무 아래서, 빈술병이랑 함께 쓰러지고 만다. 삐딱하게 기울어진 오사모야 내 알바 아니란 듯 —.

오버랩(O.L)으로 장면이 바뀌면서 — 강남 땅! 평소에 그리던 이상향, 그 그지없이 평화로운 도원(桃源)에서의 마냥 달콤한 삶의 즐거움은, 한 겹 또 한 겹 흐뭇이 깊어만 간다.

가는 봄에 부치는 전춘(餞春)의 시정(詩情)이다. 그러나, 여긴, 전춘시에 으레 비치는 애상(哀傷)의 그림자가 보이지 않는다. 그윽한 그리움과 아쉬움이 있되 드러냄이 없고, 모두가 낭만이요 멋이건만 거칠지가 않다. 저를 내세우지 않고, 남에게 휘두르지 않는, 이런 고운 취태(醉態)를 누가 밉다 하리?

이따금 무데무데 쏟아져 내리는 낙화에 파묻히면서, 만면에 어렴풋 풍기는 안락감·평화감!

언제나 체통을 감시당해 오던, 저 권위의 상징 관모(官帽)의 타락에서 느껴지는 씁쓸한 연민(憐憫)과 야릇한 골계미(滑稽美)! 어쩌면

喃喃(남남) 수다스럽게 지껄이는 소리.
繞屋(요옥) 집을 에워 두름.
間(간) 간간이. 가끔.
翠嵐(취람) 푸른 산바람.
頂(정) 관(冠) 따위를 세는 단위.
烏紗(오사) 평상복에 받쳐 쓰던, 사(紗)로 만든 관모(官帽). 오사모(烏紗帽).
慵不整(용부정) 기우뚱해진 채 성가시어 바루지 않음.
花塢(화오) 꽃이 핀 언덕. 여기서는 복사꽃 지는 언덕.
夢江南(몽강남) 강남 땅을 꿈꿈. '江南'은 '그리운 곳'의 대유. 이상향(理想鄕). 도원경(桃源境).

불여의(不如意)한 현실에의 자조(自嘲)인 양도 하고—.

　김종직(金宗直)은 "아리땁고 고움이 어이 이리 심하냐!"했고, 신흠(申欽)은 "기발한 착상과 아름다운 사조(詞藻)는 이에 비할 만한 것이 이 나라엔 다시없다"고 극찬했다.

산장의 밤비

고조기

지난밤 송당에
내리던 비로
개울 소리 베개 너머
들려오누나.

해 돋을 녘 뜰나무를
바라보자니
자던 새도 둥지를
아니 떠났네.

昨夜松堂雨　　溪聲一枕西
平明看庭樹　　宿鳥未離棲
〈山庄夜雨〉

評說 산 있는 곳에 골이 있고, 골 있는 곳에 물이 있으니, 그러므로 승경은 언제나 '산수(山水)'의 승(勝)으로써 일컬어지는 것이다. 산은 있되 물이 없으면 산은 적막하고, 물만 있고 산이 없

山庄(산장) 산중의 집. 산장(山莊).
松堂(송당) 노송 아래에 지은 집. 또는 그 건물의 이름.
平明(평명) 해 뜰 무렵의 밝은 아침.
未離棲(미이서) 아직 둥지에서 떠나지 않음.

으면 물은 심심하다.

이 세상 소리 가운데 산곡간을 흐르는 물소리만큼 맑고 밝고 영롱한 소리가 어디 또 있다 하리? 더구나 겨울 동안 목이 잠겼다가 봄비에 노랫목이 트인 그 흐름의 기쁨! 그러자니 그 노래 또한 그렇게도 찬란할 수밖에 —.

지난밤 산장에 내린 비로 서쪽 시내가 오랜만에 목이 트였다. 적막하던 산중에 갑자기 활기와 유열이 넘치는 듯, 지그시 누워 듣는 베개맡의 아름다운 선율은 들을수록 유관하고도 희한하다. 어느 인간의 목소리나 인간의 악기가 저 소리를 당할 수 있다 하리? 해가 돋도록 자연의 명곡을 만끽하다가, 느직이 일어나 내다보는 뜰 나무에는, 깃들여 자던 멧새도 아직 둥지를 떠나지 않고 있지 않은가? 평소 같으면 동트기가 바쁘게 깃을 떠나, 저들끼리의 노래자랑에 여념이 없었을 저 수다쟁이들이, 오늘따라 저 신기로운 물소리에 매료되어, 오히려 제 노래를 잊고 있음이리라.

미물도 자연의 정을 이해하고, 사람 또한 미물의 정을 헤아리니, 이 정히 자연의 하나 하나를 다 유정자(有情者)로 교정(交情)하는 은자의 합자연(合自然)의 경지라 할 만하다.

'一枕西'는 다음 시의 '一涯天'과 아울러 그 수사가 멋스럽고, '未離棲'의 이유를 밝히지 않은 곳에, 은근한 여유와 새침한 맛이 있다. 그것은 물소리의 아름다운 멜로디에 도취되어서라고만 한정되지 않고, 비에 재촉된 '庭樹'의 꽃봉오리들이 밤사이에 활짝 벙글어, 새들의 눈을 황홀하게 해 주고 있기 때문이란 함축마저도 가능케 해 주고 있음에서다.

다음에 같은 작자의 '가을밤 나그네의 회포'를 부친 오율(五律) 한 수를 덧붙인다.

새는 서리 내린 숲의 새벽을 지저귀고,
바람은 나그네의 잠을 놀라 깨우네.
처마엔 지새는 반달 해사히 남아 있는데,
이 몸은 한 외딴 하늘가에 와 있구나!
낙엽은 돌아갈 길을 메우고,
찬 나뭇가지엔 밤안개가 걸려 있다.
강동은 가도 가도 다 못 가는데,
가을은 이 물갓마을에서 끝나려 하네.

鳥語霜林曉　　風驚客榻眠
簷殘半規月　　人在一涯天
落葉埋歸路　　寒枝冐宿烟
江東行未盡　　秋盡水村邊
　　　　　　〈宿金壤縣〉

| 고조기(高兆基, ?~1157, ?~의종 11) 문신. 호 계림(鷄林). 본관 제주. 중서시랑
평장사(中書侍郎平章事) 등 역임.

패랭이꽃

정습명

모란꽃 진홍빛을
다들 사랑해
집집마다 온 뜰에
가꾸더라만
뉘 알았으리, 거친 들
풀숲 서리에
이런 좋은 꽃떨기
있었을 줄을 ―.

마을 연당 달빛인 양
탁 트인 빛깔
언덕 나무 바람결에
풍기는 향기
외진 땅 귀공자라
따로 없으니
그 아양은 밭늙은이
내게 줌일레.

世愛牧丹紅　栽培滿院中
誰知荒草野　亦有好花叢
色透村塘月　香傳隴樹風

地偏公子少　嬌態屬田翁

　　　　　〈石竹花〉

評說 인간의 생활권 내에 공생(共生)하면서 그들과 애환을 함께 하는 가운데, 많은 시인 묵객의 입에 오르내리며 사랑을 받아 오는 꽃으로는, 매화, 난초, 국화, 모란, 부용, 배꽃, 복사꽃, 오얏꽃, 살구꽃…… 등이 손꼽힌다. 이들은 다 동양적 정취의 화품(花品)으로, 그중에서도 모란은 그 유달리 크고 탐스러운 꽃송이와 그 진하디진한 붉은 색깔로 하여 '화중왕(花中王)'이니, '화중부귀자(花中富貴者)'니 하는 최고 영예의 귀품(貴品)으로 대접받고 있다.

　그러나 야생화로는 진달래, 동백, 해당화…… 등 군취(群娶)하는 것이나, 워낙 두드러지게 눈에 띄는 것 말고는 거의 문사들의 돌봄을 입지 못해 왔으니, 하물며 외진 땅 거친 들판에 잡초의 하나로 무심히 피었다 지는 패랭이꽃 따위에 있어서이겠는가? 다행히도 남다른 심미안(審美眼)을 갖춘 작자의 사랑을 입음으로써, 일약 시단의 주목을 끌게도 되었던 것이다.

　하기야 그 이전에도 사조(詞藻)에 아니 오른 것은 아니니, 이백(李白)의 〈궁중행락사(宮中行樂詞)〉에는

石竹花(석죽화) 패랭이꽃. 일명 구맥(瞿麥).

花叢(화총) 꽃떨기.

村塘(촌당) 마을의 연당.

隴樹(농수) 언덕 위의 나무.

地偏(지편) 땅이 외짐.

公子(공자) 귀한 집안의 자제. '少'는 '缺'의 뜻으로, '없음'.

嬌態(교태) 아양 부리는 아리따운 태도.

屬(속) 눈짓이나 웃음으로 의중을 보임. 호의를 품음.

田翁(전옹) 시골 늙은이.

낭자머리에 산꽃을 꽂고
비단옷에 패랭이꽃을 수놓았도다.

山花揷寶髻　石竹繡羅衣

했으니, 이는 궁중행락의 교사(驕奢)에 지치고, 화염(華艶)에 진력
이 난 나머지, 일부러 부려 보는 야취(野趣)의 한 장면일 뿐이요, 백
거이(白居易)의 장편 시 〈모란방(牡丹芳)〉에는, 모란의 농자귀채(穠
姿貴彩)의 기절(奇絶)함을 극찬하는 가운데,

패랭이꽃 금잔화야 잔달도 하지
부용꽃 작약꽃도 시들하구나.

石竹金錢何細碎　芙蓉芍藥苦尋常

라고 한 구절이 있으니, 이는 모란의 미색을 돋보이게 하기 위하여
그 대조적 효과를 노려, 양귀비의 대동(帶同)하는 시녀처럼 박색역
(薄色役)으로 끌려 나오게 된, 어지간하나 잔인하고도 모욕스러운
장면인 것이다.

　요새는 카네이션이란 이름으로 서양 품종이 들어와, 인간의 비배
관리 하에 대량으로 생산 판매되고 있으니, 겹꽃잎으로 빼곡히 들
어찬 꽃송이의, 그 살찌고 혈색 진한 석죽이 어버이날이면 제법 귀
품 대접을 받고 있지만, 우리 재래종이야 원래 거친 들판 메마른 돌
자갈 땅에서만 자생하는, 잡초 중에서도 혜택 받지 못한 가난한 풀
이다. 엷은 색상 성글한 홑꽃잎은 볼수록 애잔하기 이를 데 없다.
그 수척한 몸매며, 그 빈혈기 현저한 해사한 얼굴에 발그레 홍조를

띤 품은, 순진하고도 가련한 시골 처녀 같기도 하다. 그러나 야하되 천하지 않고, 수줍으면서도 상냥하여, 진실로 전부야인(田夫野人)의 사랑을 받기에 족한 꽃이다.

우리는 이 시를 통하여, 귀족적인 모란보다 서민적인 석죽을 예찬하는 작자의 사상성을 엿보는 듯하다. 구태여 모란과의 대비가 그렇고, 스스로 전옹(田翁)으로 자처함이 또한 그렇다.

'村塘月', '隴樹風'에도 개인 정원의 것이 아닌, 마을 사람들의 공유인 달과 바람으로서 스스로 민중의 편에 서고자 한 서민 지향적인 일관된 성향이 극명하게 나타나 있음을 본다.

작자와는 한 세대 뒤의 시호(詩豪)로서, 꽃으로는 주로 모란을 예찬하여 수많은 모란 시를 남긴 백운(白雲) 이규보(李奎報)는, 마치 이 시에 화답이라도 하듯 〈석죽화(石竹花)〉 한 수를 남겼으니,

마디는 대를 닮아 고결해 뵈고
꽃은 계집애마냥 아리땁다만
가을도 못 견디어 이울어지니
'대'라 이르기는 과람찮은가?

節肖此君高　花開兒女艶
飄零不耐秋　爲竹能無濫

겨울은커녕 가을도 못 넘기고 시들어 버리는 범품(凡品)을, 다만 그 마디 생김새가 대나무 비슷하다 하여 '竹'으로 일컬음은, 대의 절개를 모칭(冒稱)한 것이라고, 사정없이 폄하(貶下)하고 있으니, 이렇듯한 모란파와 석죽파의 서로 배치되는 두 성향의 두드러진 대조가 또한 흥미롭지 아니한가?

후에 예종이 정습명의 〈석죽화(石竹花)〉를 보고 "여태도 사마상여 (司馬相如)가 있었더란 말인가?" 하고, 그 즉시 그를 옥당(玉堂)으로 불러 올렸다는 일화가 《파한집(破閑集)》에 전한다.

| 정습명(鄭襲明, ?~1151, ?~의종 5)　고려 때의 문신. 본관 연일(延日). 한림학사, 지제고(知制誥) 등 역임. 선왕의 유명을 받들어 사절(死節)로써 의종(毅宗)에게 직간한 충절인으로 문명(文名)이 있었다.

인간의 한 생애란

최유청

인간의 한 생애란
그물그물 바람 앞 촛불인 것을

부귀를 탐하여 살아생전
어느 뉘 족한 줄을 알더뇨?

신선 되기야 애당초 기약이 없고
세상 길 엎뒤치락 변덕뿐이니

어쩌랴 잔 들고 노래 부르며
멀거니 집 마루나 바라보나니—

人生百世間　　忽忽如風燭
且問富貴心　　誰肯死前足
仙夫不可期　　世道多飜覆
聊傾北海酒　　浩歌仰看屋
〈雜興 九首(其二)〉

評說 변덕스러운 세정(世情) 속에 부귀를 다투어 그칠 줄 모르는,
덧없는 생애의 인간사(人間事)를 연민(憐憫)하여, 술과 노래
로 자관(自寬)하며 자위(自慰)하는 내용이다.

1·2구는 인생무상이다. 무시로 다닥치는 질병, 재난, 사고 등을 그때그때 요리조리 용케도 피하여 한껏 버티어 오래 산대야 고작 백 년! 그러나 조자건(曹子建)의 탄식대로 "변고는 눈 깜짝할 사이에 있거니, 백 년을 뉘 능히 버티랴?(變故在斯須 百年誰能持)". 게다가, 고시(古詩)에서처럼 "백 년도 못 되는 인생, 언제나 천 년 시름을 품어(人生不滿百 常懷千歲憂)", 시름 그칠 날 없는 것이 인생이고 보면, 인생이란 그야말로 풍전등화(風前燈火)처럼 그물그물 위태로이 쓸리다가 언제 혹 꺼져 버릴지 모르는 취약한 존재가 아니고 무엇이랴? 그렇건만 그런 경황 속에서도 재물과 지위를 끝없이 추구하여 죽기 전 차마 지족(知足)할 줄을 모르니, 자가당착(自家撞着)도 이만저만이 아니다.

　　하기야 속사(俗事)를 후련히 떨쳐 버리고, 표연히 우화등선(羽化

百世間(백세간) 백세간(百歲間). 백 년간. 일생(一生).

忽忽(홀홀) 세월이 빠른 모양.

風燭(풍촉) 바람 앞의 등불. 풍전등촉(風前燈燭).

且問(차문) 묻노니. '且'는 발어사.

富貴心(부귀심) 돈과 명예를 탐하는 마음.

誰肯死前足(수긍사전족) 그 누가 이 세상에 살아 있는 동안 만족하다고 여기는가? 만족해할 줄 모른다는 반어적 표현.

仙夫(선부) 신선. 선인.

不可期(불가기) 기약할 수 없음.

世道(세도) 세상의 도리.

飜覆(번복) 엎치락뒤치락하여 변동함.

聊(료) 애오라지.

北海酒(북해주) 손님을 향응하는 술. 후한(後漢)의 북해상(北海相)이었던 공융(孔融)의 고사에서 온 말. 그의 시에 "坐上客恒滿 樽中酒不空"이란 시구가 있다.

浩歌(호가) 목 놓아 노래 부름.

仰看屋(앙간옥) 생각이 궁하여 부질없이 지붕만 쳐다본다는 뜻으로, 탄식함을 이른 말. 《宋史》 '富弼傳'에 "老臣無所告訴 但仰屋竊歎"이라 있다.

登仙)이라도 할 수 있다면야 무상의 바람이겠지마는, 그건 다만 허망한 꿈일 뿐이니, 좋든 궂든 이 땅에 발을 붙이고 사는 날까지는 살 수밖에 없는 인생이고 보면, 차라리 모든 것 체념하고, "자, 한잔 들고 마음 너그러이 하게나. 인정이야 뒤집히는 물결 같은 것(酌酒 與君君自寬 人情飜覆似波瀾)"이라고 달래 주는 왕유(王維)의 권유대로, 잔이나 기울이며 자관하는 수밖에 ―. 취하면 목 놓아 노래 부르며, 무료(無聊)를 바래(漂白)고 탄식을 희석(稀釋)하여 멀거니 집 마루나 바라보면서 ―.

끝 구의 '仰看屋'은 일견 몰풍류(沒風流)한 것 같으나, 찬찬히 음미해 보면, '청산을 바라본다' 또는 '백운을 쳐다본다' 등의 낭만보다도, 오히려 가장 제격인 멋과 운치를 갖춘 표현임에 감탄하게 된다.

지난 한평생 '허망'을 추구하여 생애를 소진(消盡)하고, 이제는 축계망리(逐鷄望籬: 닭 쫓던 개 울 쳐다본다)격으로, 낙망과 무료를 달래어, 멀거니 떠나가는 '허망'을 전송이라도 하듯 허전히 머리를 들어 하릴없이 바라보는 거기, 우연히도 눈에 띈 것이 저녁 하늘에 윤곽해 있는 동그마한 내 집의 집 마루선이다. 우주 속의 내 작은 달팽이 껍데기인 양 연민의 눈으로 바라보는 하염없는 심정 또한 그 어름에 서려 있음을 보는 듯하다.

형식은 오언 고시이며, 특기할 것은 '燭·足·覆·屋'의 입성운(入聲韻)을 취한 점이다.

〈잡흥〉9수 중 그 첫째 수는 다음과 같다.

봄풀 어느덧 저리 푸르러
동산에 가득 나는 나비들……
실바람 살짝이 자는 나 몰래
침상의 옷자락을 불어 젖히네.

깨어나니 적적 할 일은 없고
숲 너머 내리 쏘는 아! 저녁 햇빛
헌함에 기대어 탄식하자니
세상일 내 몰라라. 마음 잔잔해 ─.

春草忽已綠　　滿園蝴蝶飛
東風欺人睡　　吹起床上衣
覺來寂無事　　林外射落暉
倚檻欲歎息　　靜然已忘機

최유청(崔惟淸, 1095~1174, 헌종 1~명종 4)　고려의 문신·학자. 자 직재(直哉).
본관 창원(昌原). 중서시랑평장사(中書侍郞平章事), 집현전 태학사 등 역임. 정
중부(鄭仲夫)의 난 때, 모든 문신이 죽음을 당했으나, 그는 덕망이 있다 하여
모면했다. 저서에 《도남집(都南集)》 등이 있다. 시호는 문숙(文淑).

꾀꼬리 소리

임춘

오디 익는 보리누름 녹음엔 꾀꼬리 소리.
꽃 아래 서울 손님 제라서 안답시고,
'반갑다!' 수다를 떨며 멎을 줄을 모르네.

田家葚熟麥將稠　綠樹時聞黃栗留
似識洛陽花下客　慇懃百囀未曾休
〈暮春聞鶯〉

봄도 저물어 초여름으로 옮아가는 무렵은, 들판에 황금빛이
짙어져 가는 보리누름이다. 이맘때면, 농가마다 집 둘레에

聞鶯(문앵) 꾀꼬리 소리를 들음.
田家(전가) 농가.
葚熟(심숙) 오디가 익음. 오디는 뽕나무의 열매. 상심(桑葚).
麥將稠(맥장조) 보리 이삭이 빽빽이 패어 끝이 고름.
綠樹(녹수) 푸른 나무.
時聞(시문) 가끔 들림.
黃栗留(황률류) 꾀꼬리의 속어.
似識(사식) 알 것 같음. 아는 듯함.
洛陽(낙양) 여기서는 서울의 뜻.
花下客(화하객) 꽃나무 아래서 꽃을 완상하고 있는 풍류 나그네.
慇懃(은근) 은밀하게 다정함.
百囀(백전) 수다스럽게 지저귐.
未曾休(미증휴) 일찍이 쉬지 않음. 계속함.
※ **보리누름** 보리가 누렇게 익어 가는 철.

심어 가꾼 뽕나무에 자흑색으로 탐스럽게 익어 가는 오디가 계절의 별미로 애상(愛賞)된다.

우거진 녹음 속에서는 어느새 꾀꼬리 소리가 들려온다. 금빛 찬란히 성장(盛裝)한 이 녹음의 황금 공주는, 너무도 황홀한 제 모습에 차마 부끄러워, 자태를 드러내지 못하고 잎 그늘에 숨어 지낸다. 그러나, 그녀의 소프라노 목청은 그의 부끄럼성과는 딴판으로 무척 대담하다. 그 맑고 밝은 음색, 그 유창한 해학조의 사설은 명금(鳴禽) 중의 총아로 저의 독무대이다. 그녀의 사설은 듣기에 따라 별의별 말로 들려온다. 꽃나무 아래 서성거리며 저물어 가는 봄의 낙화를 아끼고 있노라니, 그녀는 짐짓 내게 하는 말로 말하고 있는 것이 아닌가.

"꽃그늘의 저 양반 서울 양반 아니여?", "아주 여기 살아요. 우리 같이 살자요."

정겨운 수다는 멋을 줄을 모른다.

반가운 것은 물론 작자 자신이다. 저 꾀꼬리의 환호란, 서울서 들던 그 목소리를 이 시골 그의 본고장에서 다시 듣게 된 자신의 반가움의 메아리이다. 다정다감한 작자의 감정 이입(感情移入)인 셈이다.

이 시는, 시골의 유심(幽深)한 모춘 정경에 마음 끌리어, 불운만 거듭해 온 과업(科業)에 미련을 끊고, 자연 속에 파묻혀 한생을 살고자 한 작자의 심정의 표출인 것이다.

조신(曺伸)의 《유문쇄록(諛聞鎖錄)》에는, 이 시의 기구가 송(宋)의 문호 구양수(歐陽脩)의 "四月田家麥穗稠 桑枝生葚鳥喃喃"과, 고려의 중 신준(神駿)의 "田家葚熟麥初稠 宜向紅墻綠樹鳴"의 시구들과 혹사(酷似)한 데서, '우연의 일치다', '표절이다' 하여 논란한 대문이 있다. 그러나 이 혼선은 이미 모시(毛詩) 〈黃鳥于飛〉의 소(疏)에서 비롯되었던 것으로 짐작된다.

"꾀꼬리는 오디 익을 무렵이면 뽕나무 가지에 날아와서, 짐짓 사투리로 '보리 누르고 오디 익었단가?(黃鳥 當葚熟時 來在桑間 故里語 曰 麥黃葚熟否)' 한다." 서생들의 필독 교과서인 경서에 이미 이처럼 이 무렵의 대표적인 소재들이 삼위일조(三位一組)로 일컬어졌으니, 의식적으로 굳이 회피하지 않는 한, 우합(遇合)은 하등 이상할 것도 없는 일이다. 그중의 '뽕나무'는, 요새는 정원에서는 찾아볼 수 없으나, 양잠(養蠶)하여 자가 방적하던 옛날 농가에는 뜰가에 심어 가꾸는 필수 수종(必須樹種)이었던 만큼, 오디 또한 보리에 못지않은 보편적 소재였을 것임은 짐작하기에 어렵지 않다.

| **임춘**(林椿, ?~?) 고려 인종(仁宗) 때의 문인. 자 기지(耆之). 본관 예천(醴川). 여러 차례 과거에 실패. 정중부(鄭仲夫)의 난에 간신히 화를 모면. 이인로(李仁老), 오세재(吳世才) 등과 함께 해좌칠현(海左七賢)으로 자처. 당시(唐詩)에 조예가 깊었다. 저서에 《서하선생집(西河先生集)》이 있고, 가전체(假傳體) 소설 《국순전(麴醇傳)》, 《공방전(孔方傳)》이 있다.

역두(驛頭)에서

김극기

아지랑이 수양버들
금실 되어 능청인다.
몇 번이나 가지 꺾여
가는 임께 주어진고?

숲 아래 저 한 매미
이별 한(恨) 저도 익혀
소리소리 끌고 올라
석양 가지에 울어 쌓네.

烟楊窣地拂金絲　幾被行人贈別離
林下一蟬諳別恨　曳聲來上夕陽枝

〈通達驛〉

 먼 길 오가는 나그네를 위하여 교통의 요처에 마련해 둔 역
참(驛站)은, 그러므로 숱한 봉리(逢離)의 현장이기도 하다.

烟楊(연양) 연무가 낀 듯 흐릿하게 보이는 수양버들. 연류(煙柳).
窣地(졸지) 갑자기.
金絲(금사) 금실. 연두색 수양버들 가지의 비유. '拂(불)'은 떨침.
諳(암) 외움. 암송함.
別恨(별한) 이별의 한.
曳聲(예성) 소리를 끎.

길가로 늘어선 수양버들이 있고, 역참의 편의시설 말고도, 길목을 지켜 주막들도 있게 마련이다.

봄바람이 불고 봄비가 한두 차례 지나고 나면, 연기인 듯 아지랑이인 듯 아른아른 가무스름하던 수양버들이, 어느덧 황금빛 실가지로 물올라 부드러운 몸짓으로 나부끼기 시작하면, 한겨울 웅크리고 들앉았던 사람들도 부스스 활동을 개시하여, 역은 차츰 제철을 맞게 된다.

이별! 편리한 교통수단으로 가고 옴을 수시로 하고 있는 오늘날의 이별이 아니다. 떠나려는 마음 한번 먹기도 힘들거니와, 한번 가면 다시 올 기약마저 어려운 헤어짐이다. 인정도 고인들의 그것은, 현대인의 그것과는 그 순도(純度)나 점도(粘度)에 있어 비교도 안될 만큼 진하고도 차지다.

역두의 수양버들 가지는 꺾이어, 이별의 정표로 가는 이에게 주어진다. 장구령(張九齡)의 〈절양류(折楊柳)〉한 구절을 보자.

가냘픈 수양버들 한 가지 꺾어
가시는 우리 임께 드리옵니다.
그 한 가지가 뭐 귀할까마는
이 '고향의 봄'이니 예뻐 보소서.

纖纖折楊柳　持取寄情人
一枝何足貴　憐是故園春

이처럼 〈절양류〉에는 '고향의 봄'으로 상징되는, '등지고 가는 따사로운 정'의 적지 않은 사연이 그 연약한 가지에 서리어졌던 것이다.

이렇듯 알뜰한 마음을 담아, 가는 임께 부치는 이별의 정이 얼마만 했던가는 왕지환(王之渙)의 〈송별(送別)〉에서 알 만하다.

봄바람에 나부끼는 저 수양버들
운하(運河)를 끼고 청청 늘어서 있네.
요즈막은 더위잡아 꺾기 힘드니
아마도 이별 많은 그 탓이려니 ―.

楊柳東風樹　青青夾御河
近來攀折苦　應爲離別多

소매를 나누는 순간, 간신히 참아 오던 슬픔은 마침내 오열(嗚咽)로 터진다. 매일같이 들어오는 저 소리를 서당 개 풍월 읊듯, 역두의 매미들도 어느덧 배워 익혀, 석양 비낀 가지 위로 소리소리 끌고 올라 저렇듯 원통하게 울어 대고 있다. 목 놓아 우는 그 소리는 석양 하늘로 확성되어 천지에 미만해진다.

묘처는 '曳聲'에 있다. 매미 우는 현장을 지켜본 일이 있는 이면 이내 무릎을 치리라. 그 작은 아름을 벌려 크나큰 나무줄기를 안고 한 발짝 한 발짝 타고 오르면서, 마치 길게 늘어진 소리 자락을 발발이 끌어 올리듯 소리소리 울어 가며 기어오르는 품을 ―.

그것은 멀어져 가는 임의 뒷모습을 좀 더 멀리 지켜볼 양으로, 보다 높은 곳으로 옮아가는 알뜰한 석별의 정을 여실케 하여, 기절 묘절(奇絶妙絶)하기 이를 데 없다. 더구나 그것이 '夕陽枝'에 이르러서는 이별의 정황을 한결 처연(凄然)케 해 주고 있음을 본다.

울며 잡은 소매 떨치고 가지 마소.
초원 장제(超遠長堤)에 해 다 져 저물었다.
객창(客窓)에 잔등(殘燈) 돋우고 앉아 보면 알리라.

이명한(李明漢)

차마 뿌리치고 가는 임이 원망스러워 앵돌아진 심사를 노래한 이 시조에서처럼, 해 질 녘의 이별은 더욱 처량하다. 이윽고 황혼 어스름 속으로 멀리 사라져 가는 임의 뒷그림자가 차마 서글프기 때문이리라.

| **김극기**(金克己, ?~?) 고려 고종 때의 시인. 호 노봉(老峰). 본관 경주. 일찍부터 문명이 높았으며, 문과에 급제하였으나 관직에 뜻이 없어 초야에서 시를 즐겼다. 《삼한시귀감(三韓詩龜鑑)》에 의하면, 그의 시문집인 《김원외랑집(金員外郎集)》150권이 있었다 하나 전하지 않는다.

병든 눈

오세재

늙으면 병들게 마련이지만
한평생 베옷만 입을 줄이야!

검은 꽃 요란히 눈을 가리고
눈동자에 드는 빛 광채가 없네.

등불 앞 글자인 양 아리송하고
눈 온 뒤의 햇빛인 양 눈이 부시다.

금방에 오른 이름 보고 난 뒤야
장님 된들 세속 일 잊고 살려니 ―

老與病相期　窮年一布衣
玄花多掩翳　紫石少光輝
怯照燈前字　羞看雪後暉
侍看金榜罷　閉目學忘機
〈病目〉

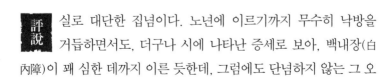 실로 대단한 집념이다. 노년에 이르기까지 무수히 낙방을
거듭하면서도, 더구나 시에 나타난 증세로 보아, 백내장(白
內障)이 꽤 심한 데까지 이른 듯한데, 그럼에도 단념하지 않는 그 오

기! 금방에 오른 자기 이름을 자기 눈으로 확인할 때까지만이라도, 아주 장님이 되지는 말아 주기를 갈망하는, 이 아쉬운 바람이 7·8구에 애처롭다.

1·2구는 자탄이요, 3·4, 5·6의 대련은 다 안질의 증세이다.

《동국이상국집》에서 이규보는 말했다. 내가 오세재에게 "우리나라는 예로부터 문장으로 세상에 들날린 사람이 많았지만, 선생의 이름만큼 남녀노소 모르는 이가 없으니, 그 까닭이 무엇이오?" 했더니, 선생은 빙긋이 웃으며 말했다. "내 늙은 서생(書生)이 되어, 호구(糊口)하기 위하여 사방으로 돌아다니니, 자연 아는 이가 많아진 것이요, 해마다 과거에 낙방하니, 아무개가 금년에도 떨어졌단다 하며 모두들 손가락질을 하자니, 그래서 난 이름일 뿐이오" 했다. 그 겸손함이 이와 같았다 하고, 세상에는 그를 '재주를 믿고 오만하다'고 평하는 이가 있으나, 이는 선생을 너무 모르는 말이라고 나무랐다.

이규보는 작자보다 30세가 젊었으나 시로써 망년교(忘年交)를 맺

窮年(궁년) 한평생.

布衣(포의) 베옷. 야인(野人)의 옷.

玄花(현화) 눈에 검은 방사상의 섬광(閃光)이 요란하게 나타나는 내장(內障) 안질의 한 증상. 흑화(黑花)라고도 한다.

掩翳(엄예) 덮어 가림.

紫石(자석) 눈동자. 곧 안정(眼睛)을 이름.

光輝(광휘) 광채.

怯照(겁조) 가까스로 비침. 희미하게 비침. '怯'은 '弱'의 뜻.

羞看(수간) 빛에 민감하여 눈이 시고 눈물이 나서 눈을 뜨지 못하는 병 증세. 수명증(羞明症).

金榜(금방) 과거의 급제자를 발표하는 방.

罷(파) 마침. 끝남.

忘機(망기) 세속의 일을 잊음.

은 사이로, 훗날 그에게 〈현정 선생(玄靜先生)〉이란 사시(私諡: 사사로이 주는 시호)를 증여하기도 했다.

| **오세재**(吳世才, 1138~?, 인종 16~?) 고려 때의 학자. 자 덕전(德全). 호 복양(濮陽). 한림학사 학린(學麟)의 손자. 본관 고창(高敞). 명종 때 문과에 급제, 이인로에 의해 세 차례나 추천되었으나 벼슬에 오르지 못했다. 시문에 뛰어났으며, 이규보, 이인로, 임춘, 이담지 등과 함께 해좌칠현(海左七賢)으로 일컬어졌다.

소상 팔경 〈瀟湘八景〉

이인로

● 소상강의 밤비

두 언덕 가을에
한 줄기 물결
바람은 비를 몰아
배에 뿌린다.
닻 내리고 자는 밤
강변 대숲은,
잎잎이 으스스
시름뿐일레.

一帶滄波兩岸秋　風吹細雨灑歸舟
夜來泊近江邊竹　葉葉寒聲摠是愁
〈瀟湘夜雨〉

● 연사의 저녁 종소리

굽이굽이 돌길을
흰 구름이 가리웠고,
바위 숲엔 어둑어둑

저녁 빛이 짙었는데,

알괘라, 푸른 벼랑에

절 감춰져 있었음을,

좋은 바람에 뚝 떨어지는

한 울림의 종소리―.

千廻石徑白雲封　巖樹蒼蒼晚色濃

知有蓮坊藏翠壁　好風吹落一聲鐘

〈煙寺晚鐘〉

 이는 '소상 팔경'의 원제(元題)에 차운(次韻)한 것으로, 그 여섯째와 일곱째의 경(景)에 부친 화제(畫題)이다. 두 편이 다 그림에 담겨 있는 '소리'를 주제로 삼고 있다.

　전편은 비바람에 시달리는 댓잎 소리에 백년고(百年苦)를 시름하

瀟湘八景(소상팔경) 중국 호남성 동정호의 남쪽인 소상 지방의 여덟 가지 아름다운 경치. 1. 평사낙안(平沙落雁) 2. 원포귀범(遠浦歸帆) 3. 산시청람(山市晴嵐) 4. 강천모설(江天暮雪) 5. 동정추월(洞庭秋月) 6. 소상야우 7. 연사만종 8. 어촌석조(漁村夕照).

一帶滄波(일대창파) 한 줄기 푸른 물결.

灑(쇄) 뿌림.

夜來(야래) 밤들면서부터 내내.

泊近(박근) 정박(碇泊)하고 있는 곳에 가까운. 또는 가까운 곳에 정박함.

摠(총) =總. 모두. 죄다.

煙寺晚鐘(연사만종) 연무(煙霧)에 가려 있는 절간에서 들려오는 저녁 종소리.

巖樹(암수) 바위 위에 서 있는 나무.

蒼蒼(창창) 해 질 무렵의 어둑어둑한 모양. 창연(蒼然).

晚色(만색) 저녁 빛. 저녁 무렵의 경치.

蓮坊(연방) 절. 사찰.

翠壁(취벽) 이끼가 끼어 푸르게 보이는 암벽(巖壁).

好風(호풍) 좋은 바람. 기분이 상쾌한 바람.

는 표랑자(漂浪子)의 고뇌요, 후편은 천래(天來)의 만종 소리에 고요히 이끌려 가는 사념의 산책이다.

● 소상야우

조각배에 몸을 싣고 장강을 흘러가는 나그네, 한 줄기 푸른 물에, 두 기슭의 단풍 든 수림, 우거진 갈대꽃, 이울어 가는 가을 풀들의 소조한 풍경들, 이윽고 가랑비가 내리자 바람도 일어, 비바람은 사정없이 외로운 배를 침노한다. 밤들자 한 기슭에 배를 붙이고, 언제나처럼 배 안에서 밤을 묵는다. 그것도 의지라고 배 댄 곳이 대숲 근처라, 아니라도 오소소 추운 새우잠인데, 밤새도록 비바람에 서걱거리는 댓잎 소리에 인생은 더욱 춥고 서글퍼 잠을 이루지 못한다.

　葉葉寒聲摠是愁!

이 하염없는 탄식을 들으라! 대숲에 흩뿌리는 비바람 소리의, 그 으스스 서걱거리는 'ㅅ'음소(音素)는 모든 서글픔과 서러움의 'ㅅ' 성(性) 정조(情調)를 일깨운다. 그것은 소소실실(蕭蕭瑟瑟) 낙엽 지는 가을 소리이자, 시드러운 삶에 지친 인간의 시름겨운 소리다. 그것은 또 슬픔, 쓸쓸함, 썰렁함, 씁쓸함, 소슬함, 삭막함, 수수로움 등의 모든 'ㅅ'성 정조를 유발하여, 수인(愁人)으로 하여금 잠 못 들게 하기에 족하다.

● 연사만종

전편의 요처는 결구에 있고, 그중에도 '一聲鐘'이 핵심이다. 기·
승구는 종소리의 배경이요, 전·결구는 의미상의 도치다. 종소리를
들음으로써야 거기 절이 감추어져 있었음을 알게 된 놀라움의 숨결
이 거기 있다. 흰구름과 푸른 절벽에 가리어, 절은 추녀 한 귀퉁이
가 화면에 보일락 말락 할 뿐이다. 다만 종소리의 진원을 추적함으
로써 그 소재를 확인한 것이다. '藏翠壁'의 '藏'은 감쪽같이 감추어
진 절 위치의 '깊이'를, '吹落'의 '落'은 속세를 초탈한 절 위치의
'높이'를, 각각 시사해 주고 있다. 또 저 '好風'의 맛을 보라. 훈풍·
화풍·미풍·순풍·남풍·춘풍·동풍·만풍(晚風)…… 그 어느 특미
(特味)의 바람보다도, 이 미분화(未分化) 상태의 순정(醇正)한 바람
이야말로, 부드러운 먼 종소리의 운반 매체로서의 천연의 배합임을
알 인 알리라.

천상에서 떨어져 내리듯, 부드러운 충격으로 꼭지가 떨어진 종소
리는 느린 가락으로 은은히 다가와서는 다시금 멀리로 아득히 사라
져 가고 있다. 일타성(一打聲)에 이어 이타성 삼타성……으로 이어
질 공백의 여운 속에, 고요히 귀 기울여 다음 종성을 기다리는 한정
(閒情)이 거기 있다. 타수(打數)가 거듭됨에 따라, 서서히 짙어져 가
는 모색(暮色)과 함께, 저물어 가는 인생에의 사념 또한 창연한 색
조를 띠면서 ―.

서거정(徐居正)은 이에 대하여, 시상이 청신하고 사조(詞藻)가 부
려(富麗)하며, 화의(畫意)를 모사(模寫)함이 교묘하다고 논평했다.

작자는 《한림별곡》 첫머리의 "원순문(元淳文)·인로시(仁老詩)·
공로 사륙(公老四六)……"에서 보는 바대로, 시에 있어서는 당대의
제일인자였음을 알 수 있다. 그는 관계에 몸담고 있으면서도 혼탁

한 현실에 싫증을 느껴, 오세재(吳世才)·임춘(林椿)·조통(趙通) 등 명유(名儒)들과 망년우(忘年友)를 맺어, 시주를 즐기며, 해좌칠현(海左七賢)으로 자처하였으니, 시인(時人)들은 이를 '죽림고회(竹林高會)'라 일컬었다.

| **이인로**(李仁老, 1152~1220, 의종 6~고종 7) 학자·문인. 자 미수(眉叟). 호 쌍명재(雙明齋). 본관 인주(仁州). 고아가 되어 중 요일(寥一)에게서 성장. 정중부의 난에 중이 되었다가 후에 환속. 문과에 급제, 비서감(秘書監) 우간의대부(右諫議大夫) 등 역임. 시에 능했고, 글씨도 잘 썼다. 저서에《은대집(銀臺集)》,《쌍명재집》 등이 있었으나, 현전하는 것은《파한집(破閑集)》뿐이다.

산에 살며

이인로

봄이 가고야
꽃은 제 철인 양
갠 날에도
어둑한 골짜기

두견이
한낮에 우니
진정 알괘라!
내 사는 곳 깊은 줄을―.

春去花猶在　天晴谷自陰
杜鵑啼白晝　始覺卜居深
〈山居〉

評說 봄도 지각하는 후미진 곳, 산 높고 숲 짙어, 갠 날에도 그늘
지는 어둑한 골짜기, 대낮에 울어 쌓는 두견이 소리를 들으
면서야, 비로소 자신의 살고 있는 곳이 무던히도 깊은 두메산골임
을 사무치게 느껴워하고 있는 작자이다.

　그러면서도 이 시의 표면상의 표정은, 일체의 감정이 배제되어
있어, 그저 대범스럽고 덤덤할 뿐이다. 그러나 보라. '深'의 여운
에는 '골의 깊이'만큼이나 무슨 사연, 무슨 곡절, 무슨 한 같은 것

이 함께 깊어져 있는 듯함을 느끼게 하고 있지 않는가? 그것은 작자의 가슴속에 항시 그늘져 있는 우수(憂愁)를 잠들지 못하게 일깨우고 있는, 저 밤을 이어 우는 한낮의 두견이 소리 때문인지 모른다. 촉나라 못 돌아감이 철천의 한이 되어 '귀촉도(歸蜀道)'를 되뇌고 있다는 원한의 새 두견이의, 그 슬픈 전설이며 청승맞은 가락 때문이리라.

조실부모(早失父母)하여 중에게서 길러졌다는, 이 혈혈한 삶이 어찌하여 불제자(佛弟子)로 영영 산사에 남지 못하고, 출세간(出世間)하여 속사(俗事)에 정을 붙였다가, 정란(鄭亂)에 쫓기어 다시 입산위승(入山爲僧), 그러나 난후에 또다시 환속(還俗)하는 기구한 역정(歷程)을 겪은 작자이다.

비록 철은 늦어도 꽃은 어둠 속의 등불인 양 밝고, 지겨운 두견이지마는 울다 그치면 도로 울기 기다려지는 위안이기도 한 가운데, 그러나 속세에의 한 가닥 그리움을 못 잊는, 그 역설적인 감정을랑 '深'자 속에 아닌 보살로 감쪽같이 묻었지마는, 끝내 감추지 못한 몇 카락이 작자의 내밀한 속마음을 은근히 비쳐 내고 있는 것이다.

멀리 세상을 등지고, 철 늦은 꽃, 슬픈 새소리를 더불어, 산정(山頂)에서 산정으로 건너는 지겨운 하루하루의 해를 보내며 살고 있는, 이 '深'의 허스키한 음감 속에 번민하는 삶의 한숨이 서려 있음

花猶在(화유재) 꽃이 오히려 있음.
天晴(천청) 하늘이 갬. 구름 없이 맑은 날.
谷自陰(곡자음) 골짜기는 절로 그늘짐. 둘러싼 산의 높음과 숲의 짙음을 간접적으로 형용한 것.
杜鵑(두견) 두견이. 자규(子規).
白晝(백주) 대낮. 한낮.
始覺(시각) 비로소 깨달음.
卜居(복거) 가려서 정한 주거지(住居地).

을 어찌 아니랄 수 있으랴?

자족(自足)인 듯 자탄(自歎)인 이 '深'의 묘한 감정이 이 시의 주제를 시사해 주고 있다.

달밤에 뱃놀이하는 관인을 바라보며

이규보

나리는 한가로이
저를 비껴 부는데,
돛은 바람을 질러
나는 듯 달려간다.

하늘의 둥근 달은
천하의 공유(共有)건만,
독차지 한 배에 싣고
돌아오는 양 여기네.

官人閒捻笛橫吹　蒲席凌風去似飛
天上月輪天下共　自疑私載一船歸
　　　　　　　　　〈江上月夜望客舟〉

 작자 당시의 고려 가요 중 하나인 〈어부가〉〔장지화(張志和)의
〈어자가(漁子歌)〉를 윤색한 것〕에:

官人(관인) 벼슬아치. 관리.
閒捻(한염) 한가로이 손가락을 놀림. '捻'은 '捻竅(염규)'의 뜻으로, 저나 통소를 불 때 그
관악기의 구멍을 손가락 끝으로 막았다 뗐다 함을 이름.
笛橫吹(적횡취) 저를 가로로 붊.
蒲席(포석) 부들자리. 돛자리. 여기서는 돛. 돛배.

夜靜水寒魚不食이어늘 滿船空載月明歸하노라.

(밤은 고요하고 물은 차고 고기는 아니 물기에

부질없이 한 배 가득 달 밝음만 싣고 온다.)

는, 낚시 나갔던 어부(野人)의 빈 배 자랑이다. 고기를 낚고 못 낚고는 둘째요, 망기(忘機: 세상 시름을 잊음)가 위주이기 때문이다. 곧,

一自持竿上釣舟함으로 世間名利盡悠悠로다.

(낚싯대 메고 한번 고깃배에 오르고 나면

세간의 뜬생각이야 모두가 아득할 뿐…….)

그러기에,

萬事를 無心一釣竿하니 三公으로도 不換此江山이로다.

(만사에 허심해지는 낚싯대 하나

삼정승도 아니 바꿀 이 강산이라.)

고 호언할 수도 있었던 것이다. 후인인 이정(李婷)의 시조:

추강에 밤이 드니 물결이 차노매라.

낚시 드리우니 고기 아니 무노매라.

凌風(능풍) 바람을 능가함. 바람보다 빠름.

月輪(월륜) 둥그런 달덩이.

天下共(천하공) 온 세상 사람의 공동 소유라는 뜻.

自疑(자의) 스스로 의심함. 은근히 그런가 여김.

私載(사재) 사사로이 실음. 공유물을 사유물로 독차지하여 실음.

무심한 달빛만 싣고 빈 배 돌아오노매라.

도, 강호 야인의 허심한 한정(閒情)이요, 고산의 〈어부사시사〉:

방초를 바라보며 난지(蘭芝)도 뜯어보자.
일엽편주에 실은 것이 무스것고?
갈 제는 내(煙霧)뿐이요, 올 제는 달이로다.

도, 다 야인이고서야 누릴 수 있는 멋이었다.

그런데, 달 한 배 싣고 돌아오는 뱃전에 비스듬히 앉아 있는, 이 시 속의 주인공은 어떤가? 그는 낚싯대를 멘 야인이 아니라, 젓대를 비껴 불고 있는 관인이다. 시제의 '望客舟'로 보아 꽤 먼 거리인 듯한데도, 배 안의 사람을 '官人'으로 식별하게 된 단서는 다만 그가 관복 차림이었기 때문이니, 관복 차림의 현직 관원! 그 너무나 뜻밖의 등장인물임에 무슨 골계극(滑稽劇)의 개막을 보는 듯 얼떨떨해진다.

가물치가 버드나무 가지에 올라앉아 흔들자뜩거리며 "천안삼거리 능수버들은…… 흥흥……" 하고 있는 엉터리는 멋거리로나 있어 보이지만, 벼슬 재미도 보고 야인의 정취도 누리겠다는, 욕심 사나운 이 관인의 양다리 걸침의 '재월귀(載月歸)'는 보아 주기 민망하다. 그것이 청약립(靑篛笠) 녹사의(綠蓑衣) 차림의 야인으로는 풍류요 멋이지만, 거드름기 못 가신 관복 차림으로는 익살이요 희화(戲畫)일 뿐이다.

더구나 천하 공유의 달을 사사로이 독차지하는 독점 의식까지 발휘하여 '私載' 운운(云云)으로 자홀(自惚)해 있는 양은, 그 특권 의식이나 독선적 소성(素性)까지 드러내 보이는 것 같아 봐 주기에 딱하다. 그것은 결코 관인이기 때문이 아니라, 구태여 관인 티를 내야 하는 그 관복 차림 때문인 것이니, 관복 아닌 평복이라면, 관인이라 해서 뉘 탓하리?

더구나 이러한 '載月歸'의 주관적 자기도취의 감정은 어디까지나 일인칭 주인공의 견흥적(遣興的) 자오(自娛)일 뿐, 이·삼인칭자(二三人稱者)의 독심적(讀心的) 추단(推斷)으로 대언(代言)할 성질의 것이 될 수 없으며, 따라서 작자의 감정 이입(移入)이라 볼 수도 없는 것이다.

이 시의 작시 의도는, 모두에 우뚝 내세운 '官人'의 특칭 전제(特稱前提)에서 이미 극명하게 드러나 있는 것이다. 왜 하필 야인의 자리를 횡탈해다가 관복인을 거기 앉혔는가에…… 곧, 야인의 영역을 침범한 관인의 사이비(似而非) 풍류를 야유·풍자한 것이라 하겠다.

| **이규보**(李奎報, 1168~1241, 의종 22~고종 28)   고려 고종 때의 시인·문장가. 자 춘경(春卿). 호 백운산인(白雲山人). 본관 여주(驪州). 문하시랑평장사(門下侍郎平章事) 등 역임. 시·술·거문고를 좋아하여 삼혹호(三酷好) 선생이라 불리었으며, 기개가 있고 강직하여 인중룡(人中龍)이라는 평을 들었다. 2천 수십 수의 시 작품을 남긴, 일세를 풍미한 시호(詩豪)였다. 저서에 《동국이상국집(東國李相國集)》, 《백운소설(白雲小說)》, 《국선생전(麴先生傳)》 등 많다. 시호는 문순(文順).

여름 한낮 〈夏日卽事 二首〉

이규보

1.
주렴·장막 으늑한 곳
나무 그늘 옮아 돌고,
드르렁드르렁
낮잠도 무르익다.

해 그림자 비낀 뜰엔
찾아오는 사람 없고,
바람에 문짝만이
닫혔다가……
열렸다가…….

簾幕深深樹影廻　幽人睡熟鼾成雷
日斜庭院無人到　唯有風扉自闔開

2.
격자창 대자리에
적삼 바람 누웠다가,
꾀꼬리 두어 소리
꿈길이 동강 났네.

짙은 잎에 가린 꽃
봄 뒤에 피어 있고,
엷은 구름 새는 햇살
비 오면서 환하다.

輕衫小簟臥風欞　　夢斷啼鶯三兩聲
密葉翳花春後在　　薄雲漏日雨中明

 한가롭고 태평스러운 여름 한낮의 은서 풍정이다.

1.

1·2구는 낮잠 자는 자신의 객관상이다. '나무 그늘'은 깊숙함과
서늘함을 주는 한편, 그 그림자는 조용히 위치를 바꾸며 돌아가고

簾幕(염막) 발과 장막.

樹影廻(수영회) 나무 그늘이 옮아 돎.

幽人(유인) 세속을 피하여 은거하는 사람.

睡熟(수숙) 잠이 무르익음. 한잠이 듦.

鼾成雷(한성뢰) 코 고는 소리가 우렛소리 같음.

日斜(일사) 햇빛이 비낌. 석양이 됨.

庭院(정원) 뜰. 정원(庭園).

無人到(무인도) 오는 사람이 없음.

風扉(풍비) 바람에 부대끼는 문짝.

闔開(합개) 닫힘과 열림.

小簟(소점) 작은 대자리.

風欞(풍령) 바람이 잘 통하도록 격자를 대어 만든 창. 격자창.

密葉(밀엽) 촘촘히 밴 잎. 짙게 우거진 나뭇잎.

翳花(예화) 가리어 있는 꽃. 숨어 있는 꽃.

薄雲(박운) 엷은 구름.

漏日(누일) 새는 햇빛.

있는 해시계 구실을 하고 있어, 늘어지게 한잠 자고 있는 시간의 궤적(軌跡)이 3·4구의 '日斜'에로 이어져 있다.

인기척 없는 정원은, 드르렁거리는 방 안의 코 고는 소리가 요란할수록, 정적은 더욱 깊어만 가는데, 문짝만이 닫혔다가 열렸다가, 짓궂은 바람의 농락에 맡겨져 있다.

이때, 정원의 동정으로는 꾀꼬리나 매미의 울음, 혹은 다람쥐의 기웃거림, 멧새의 재잘거림, 아니면 흐드러지게 피어 있는 꽃떨기 같은 동식물의 등장으로도 같은 정취를 이끌어 낼 수 있으리라 여길지 모르겠으나, 그러나 보라, 이 엉뚱스러운 '風扉'의 등장에서만큼, 이 태평일민(太平逸民)의 개방적이고도 낙천적인 심성까지를 효과적이고도 격 높게 표징(表徵) 묘출(描出)할 수 있었을까?

문은 창과 달라서, 통풍이나 채광이 아니라, 출입의 필요성 때문에 할 수 없이 여닫게 마련된 벽의 일부인 것이다. 따라서 출입시 이외의 문의 자세는 언제나 닫혀 있어야 정상이다. 그것은, 외계로부터의 침해(侵害)에 대비하려는 인간의 방어 본능(防禦本能)의 소산이기 때문이다. 이는, 음식을 섭취하거나 언어를 구사할 때 이외의 입의 자세는, 언제나 입술이 닫혀 있어, 병균의 침입을 차단할 뿐만 아니라, 얼이 빠지지 않도록 얼굴 매무새를 잡도리함과도 같다.

이처럼 마땅히 닫혀 있어야 할 문을, 더구나 인간만이 조작(操作)하도록 마련된 그 출입문을, 바람 따위 건달에게 내맡길 만큼의 주인이고 보면, 그가 얼마나 철저한 자연인이며, 개방인이며, 불기인(不羈人)인가를 짐작하기에 족하지 않은가?

어찌 그뿐이랴? 닫혔다 열렸다가 하는 바람문의 개합(開闔) 리듬은, 드르렁드르렁 고는 코 소리 리듬과 천연스럽게 대응 조화되어, 마치 나무 그늘 돌아가는 해 그림자에 맡겨진 세월의 숨결 같은 느낌이기도 하다. 이러한 백운의 〈풍비(風扉)〉는,

바람 문짝은
닫히락……
열리락……

물새들
날아갔다
되날아 오고……

風扉掩不定　水鳥去仍回

라고 읊은 두보(杜甫)의 〈풍비(風扉)〉보다 한결 인상적이다.

2.

1·2구 사이에는 많은 사연이 생략되어 있다. "바람 통로인 격자 창 가 대자리에 적삼 바람으로 누워 시원을 만끽하고 있다가, 〔저도 모르는 사이에 어느덧 잠이 들어 단꿈을 꾸는 중이었는데〕 문득 들려오는 청 높은 꾀꼬리의 두어 마디 핀잔 소리에 아까운 꿈이 동강이 나고 말았다"의 〔　〕 안을 송두리째 묵살해 버리고, 대뜸 꿈 깨는 장면으로 저간의 경위를 일거에 짐작케 해 주는, 그 대담한 생략이 감쪽같다.

기구는 갖은 청량(淸凉) 조건의 나열이요, 승구의 '斷'은 '파(破·罷)'와는 다른, '속(續)'의 대응자이매, 다시 스르르 빠져들어 동강난 꿈을 이을 개연성(蓋然性)도 없지 않다.

'三兩聲'은 연속된 어절의 두어 마디이다. 꾀꼬리는 한 의사(意思) 단위로 띄엄띄엄 뇐다. 이를테면, '늬 할애비 코꿰로우(너의 할아버지 코 꿰랴?)'나, '고게 고게고(그것이 그것이고)' 등을 한 단위로 입싸게 지껄여 놓고는, 무슨 하회라도 기다리듯 한동안 숨을 죽이곤 하기를 두서너 번 되풀이함이다.

3·4구는 선잠 깬 눈에 비친 바깥 경광이다.

짙은 잎 그늘엔, 봄도 다 간 철 늦은 꽃이 이제야 제철인 양 부스스 피어 있다. 속세와 격리된 유심(幽深)한 은서지의, 시세(時勢)에 둔감한 자신인 양하여, 특히 눈길이 끌렸는지도 모를 일이다.

'薄雲漏日'은 온 하늘에 고루 깔려 있는 엷은 흰 구름을 투과(透過)하여 은은히 내비치는 부드러운 햇빛이다. 그런 멀쩡한 날에 오락가락하는 가랑비! 꽤나 모순 괴리(乖離)된 세태인정(世態人情)을 관조하는 듯,

남·서·북 세 이웃은
노래에 웃음에 울음이요,
푸르고 붉고 누른 잎은,
비에 서리에 바람이었네.

南北西隣歌笑哭　青紅黃葉雨霜風

라고 읊은 낭산(朗山) 이후(李垕)의 연구(聯句)가 떠오른다.

홍만종(洪萬宗)은 이 일절에 대하여, 사경(寫景)이 정묘(精妙)하여 물색(物色)이 생동한다 했고, 서거정(徐居正)은, 진화(陳澕)의 시와 대비 논평하면서, 두 분의 시는 시어(詩語)나 시격(詩格)이 한 솜씨 같다고 칭찬했다.

※ 진화의 〈野步〉(p. 159) 참조.

낙동강을 지나며

이규보

굽이굽이 청산 속 돌고 또 돌아
한가로이 낙동강을 지나노라니,

풀숲이 우거져도 길이라 있고,
솔밭이 고요터니 바람이 잔다.

청둥오리 대가린 양 푸른 가을물
성성이 핏빛으로 붉은 아침놀

뉘 알랴? 유람에 지친 나그네.
온 누리 떠도는 시인인 줄을―

百轉靑山裏　閑行過洛東
草深猶有路　松靜自無風
秋水鴨頭綠　曉霞猩血紅
誰知倦遊客　四海一詩翁
〈行過洛東江〉

評說 제2연의 멋을 보자. 희미하게나마 옛길 흔적을 따라, 우거진
풀숲을 헤쳐 가고 있노라니, 그리도 요란을 떨던 솔숲이 언제
부턴지 고요하기에 웬일인가 하여 살펴보니, 바람이 자고 있더란다.

이는 마치 물 아래 그림자 지니, 다리 위에 중이 간다는 옛시조와 같은 인과(因果)를 도치(倒置)한 '엉뚱의 멋'이다.

'秋水鴨頭綠, 曉霞腥血紅'

이 얼마나 농염(濃艶)한 표현인가? 굽어서는 낙동강의 가을물! 저 진하디진한 푸름을 무어라 나타내며, 우러러서는 붉디붉은 아침놀의 저 붉음을 무엇에 비해 나타낼 수 있을 것인가? 시인은 잠시 황홀감에 사로잡혀 발걸음을 떼지 못한다. 이윽고 육유(陸游)의 〈춘행시(春行詩)〉:

성성이 핏빛으로 해당화 이슬 젖고,
청둥오리 대가린 양 푸른 호수 청명하다.

猩紅帶露海棠濕　鴨綠平堤湖水明

의 시구를 구원인 양 떠올린다. '鴨綠'과 '猩紅' 구(句)는 이 시에서의 점화(點化)일 것이다.

가을철 시를 얻기 위한 남행(南行) 길이다. 아닌 게 아니라, 그 누가 저 검소한 차림의 늙은이를, 대시호(大詩豪) 백운산인(白雲山人)의 행차인 줄 알아볼 수 있었으랴?

강나루 건너서 밀밭 길을

猩血(성혈) 성성이(오랑우탄)의 피.
倦遊客(권유객) 유람에 지친 나그네.

구름에 달 가듯이 가는 나그네
길은 외줄기 남도 삼백리
술 익는 마을마다 타는 저녁놀
구름에 달 가듯이 가는 나그네 ─.

박목월의 〈나그네〉

밤하늘을 바라보며

이규보

이백과 두보
입 다문 후로
하늘과 땅은
쓸쓸만 하다.

강산은 절로
한가로운데,
조각달만 장공에
걸려 있고녀!

李杜啁啾後　乾坤寂寞中
江山自閑暇　片月掛長空

〈晚望〉

 이백(李白)과 두보(杜甫)로 해서 온 세상이 떠들썩하던 성당
(盛唐)의 한때!

　그들 때문에 세상 만물은 잠잠할 수가 없었다. 달도 바람도 그들
을 따라다녔고, 꽃도 새도 그들의 비위대로 웃고 울었다. 강산도 천

啁啾(주추) (1) 악기 소리의 뒤섞인 모양. (2) 새 우는 소리. '啁啾後'는 잠잠해진 뒤. 곧
몰세(沒世)한 뒤. 본집(本集)에는 '嘲啾'로 되어 있다.

지도 그들로 해서 바빴고, 온 세상 사람들이 그들의 시로 해서 술렁거렸다. 세상 만물이 그들의 시로 해서 새로운 의미로 거듭났기 때문이다.

그러나 이백도 두보도 잇달아 세상을 뜨고 나니, 세상도 잇달아 잠잠해졌다. 천지도 강산도 한가로워졌으며, 그 좋아하던 달도 이지러진 조각달 되어 그들을 조상하듯, 밤하늘에 처량히 걸려 있다.

다 한때의 일! 모든 것은 언뜻언뜻 흘러가는 시간 속의 현상일 뿐인가?

시선(詩仙)과 시성(詩聖)을 조상(弔喪)하면서, 인세(人世)의 무상(無常)을 탄식하고 있다.

해오라기

이규보

앞 여울엔 고기랑 새우랑 많아
출출해 물 가르고 들어가려다
사람 보자 기겁해 펄쩍 날아나
여뀌꽃 언덕으로 되돌아가네.

목 늘이고 사람 가길 기다리자니
가랑비에 깃털 옷이 흐뭇 젖어도
마음은 여울 고기 생각뿐인데,
사람들은 '세상 시름 잊고 섰다'나!

前灘富魚蝦　有意劈波入
見人忽驚起　蓼岸還飛集
翹頸待人歸　細雨毛衣濕
心猶在灘魚　人道忘機立
〈蓼花白鷺〉

評說 　사람들은 당세에 수용되지 못하면, 으레 은사 야인으로 자처하고는, 선풍도골(仙風道骨)의 몸매를 자랑하는, 장경장각(長頸長脚)의 백우족(白羽族)을 일방적으로 자기네 벗으로 자허(自許)한다. 그리고는 그 담담한 듯, 허심한 듯, 세속의 시름을 잊고 강산을 완상이라도 하는 듯한, 그 고결한 자태를 한껏 찬양함으로써,

이들 친구를 담보로 필경 자신의 한정(閑情)을 가탁(假託) 편승(便乘)한다.

그러나 그렇게 보이는 외관과는 딴판으로 그들도 늘 구복(口腹)에 얽매이어, 먹이 포획의 기회를 노리고 있을 뿐이니, 따지고 보면 속내는 서로 비슷하다. 강호 야인으로 무심(無心)을 표방하면서도, 은근히 기회만 닿으면 권토중래(捲土重來)하려는, 한 가닥 야망을 버리지 않고 있음과 무엇이 다르랴? 곧 '사이비은사(似而非隱士)'에 대한 신랄한 야유이다.

다음에 같은 내용의 옛 시조 한 수:

냇가의 해오라비 무슨 일 서 있는다?
무심한 저 고기를 여어 무슴 하려는다?
두어라 한 물에 있거니 잊어 본들 어떠리 —.

신흠

蓼花(요화) 여뀌의 꽃. 습초(濕草)의 한 가지.
劈波入(벽파입) 물결을 가르고 물속으로 들어감.
蓼岸(요안) 여뀌풀이 우거진 물가 언덕.
翹頭(교경) 발돋움하고 목을 늘이어 간절히 기다리는 모양.
人道(인도) 사람들이 말함.
忘機(망기) 세속의 일에 관심이 없음. 세속의 시름을 잊음.

꽃과 미인

이규보

진주알 이슬 맺힌 모란꽃 한 가지를
미인이 질끈 꺾어 문 앞을 지나면서
애교 한 입 함초롬히 미소 머금고
"꽃이 이뻐? 내가 이뻐?"

정인이 짐짓 놀려 주려고
"그야 꽃이 이쁘다마다."

미인이 금세 샐쭉 뾰로통해져
꽃가지 패대기쳐 짓밟으면서
"꽃이 이쁨, 오늘 밤은 꽃과 자구려."

牧丹含露眞珠顆　美人折得窓前過
含笑問檀郎　花强妾貌强
檀郎故相戲　强道花枝好
美人抾花勝　踏破花枝道
花若勝於妾　今宵花同宿
　　　　　　〈折花行〉

 염적(艶敵)인 양 애꿎은 모란꽃에 화 풀어 놓고, 어디 두고
보자는 듯, 눈알 하얗게 가목뜨리고는 휑하니 가버리는 뒷

모습……

'톡 쏘는 맛이 일품'이란 듯, 히죽이 지켜보고 있는 정인의, 그 치정(癡情)스러운 눈매가, 여운 속에 보이는 것 같지 않은가?

형식은 장단구(長短句)의 고시체(古詩體)의 하나인 행체(行體).

美人(미인) 여기서는 소실댁(小室宅)을 이름인 듯.

檀郎(단랑) 처첩이 지아비를 부르는 말. 서방님. 또 여자가 제 좋아하는 남자를 이르는 말. 여기서는 그 짓거리들이 양가집 부부로 볼 수 없으므로, 후자의 뜻. 정인(情人).

折花行(절화행) '行'은, 서사적 내용이 정체됨 없이 전개되어 감을 특징으로 하는 한시의 한 체(體).

※ **가목뜨리다** 백안시(白眼視)하는 모양. 흰자위를 순간적으로 크게 한번 굴려 흘기는 동작.

미인원 〈美人怨(雙韻·廻文詩)〉

이규보

〔내리읽기〕
밝은 뜰 봄은 좋아 꽃들은 활짝 피고,
하늘을 떠도는 버들개지 흩날린다.
거울 앞 엷은 화장, 맥없이 걷는 걸음,
정채(精彩)도 줄어들고, 곱던 얼굴 수척하다.
패물 찬 허리 맵씨, 소매 걷은 옥 같은 팔,
길목 지켜 바라보는 아리따운 그 눈매여!
아쟁 소리 한 곡조에 슬픈 가락 하염없고,
두 줄기 구슬 눈물 연지볼에 홍건하다.
가신 임 방탕하여 돌아올 길 이리 늦고,
꾀꼬리 노랫소리 애간장 다 끊인다.
맑은 꿈 홀로 나(飛)는, 기나긴 한밤중에,
집 마루의 밝은 달만 한가로이 짝해 줄 뿐,
감도는 깊은 시름 갈래갈래 얽혔는데,
정을 봉해 짜낸 비단 붉은 무늬 찬란컨만,
인편도 끊어졌고 기러기도 아니 오니,
길은 멀고 한은 길어 하늘만 아득하다.

〔順讀〕
晴園春好花齊綻　輕吹飄空飛絮散

明鏡臨幀微步緩　英華減損紅顏換
瓊佩整腰揎玉腕　盈盈尙注嬌波眼
箏聲一弄哀曲慢　禎頰雙流珠淚渙
征子宕歸來緩緩　鶯語聞來腸盡斷
淸夢孤飛長夜半　薨楹炤月閑來伴
縈繞深愁千緖亂　情緘織錦紅文爛
行人絶迹無鴻雁　程遠恨長天碧漫

〔치읽기〕
아득히 푸른 하늘 한스러운 먼먼 길에,
기러기 자취 없고 사람 왕래 끊였으니,
밝은 무늬 붉은 비단 정을 담아 짜냈건만,
뒤숭숭한 갖은 시름 가슴 깊이 뒤얽힌다.
짝해 주는 한가한 달 집 마루에 밝았는데,
한밤중 길이 나〔飛〕는 외로운 꿈은 맑다.
애간장 다 저미는 꾀꼬리 우는 소리.
돌아올 길 늦기도 한 방탕한 임의 방랑.
홍건히 눈물 흘러 두 볼도 달았는데,
하염없이 흐느끼는 한 곡조 아쟁이여!
오는 길 지켜보는 고운 눈매 아리땁고,
옥팔찌 허리 추어 노리개 가다듬어,
여윈 얼굴 바랜 안색 꽃다움도 줄었거니,
맥없이 늦은 걸음 거울 앞에 다다랐네.
버들개지 흩날리어 표표히 가벼웁고,
한물에 피는 꽃들 봄 동산에 화사하다.

〔逆讀〕

漫碧天長恨遠程　　雁鴻無迹絶人行
爛文紅錦織緘情　　亂緒千愁深繞縈
伴來閑月炤楹甍　　半夜長飛孤夢淸
斷盡膓來聞語鶯　　緩緩來歸宕子征
渙淚珠流雙頰槙　　慢曲哀弄一聲箏
眼波嬌注尙盈盈　　腕玉慢腰整佩瓊
換顔紅損減華英　　緩步微慵臨鏡明
散絮飛空飄吹輕　　綻齊花好春園晴

 이 시는 칠언 고시의 형식을 취한, 쌍운시(雙韻詩)이자 회문시(廻文詩)이다.

〈한림별곡(翰林別曲)〉의 "……李正言 陳翰林 雙韻走筆……"의 이정언은 이규보요, 진한림은 진화이다. 이 둘은 쌍운시의 능수로서, 샘솟듯 하는 시상을 거침없이 붓을 달려 써 내려갔다고 전한다.

쌍운시란, 시의 한 별체(別體)로서, 일반 한시에서는 한 연(聯)의 둘째 구 끝에만 붙이는 운자를, 첫 구의 끝에도 붙여, 구마다 같은 운통(韻統)의 운자로 일관(一貫)되게 한 시이다.

이는 평측법에까지 제약이 심하므로 시도한 이도 성공한 이도 드

臨慵(임용) 가벼운 화장.
英華·華英(영화) 외모에 나타나는 정채(精彩)로운 빛.
盈盈(영영) 여자 용모의 우아한 모양. 또는 실의(失意)한 모양.
嬌波·眼波(교파·안파) 미인의 시원스러운 눈매. 추파(秋波).
甍楹(맹영) 집의 용마루. 집마루.
縈繞·繞縈(영요·요영) 둘러쌈. 감돎.
情緘織錦紅文爛(정함직금홍문란) 진(晋)의 두도(竇滔)가 유사(流沙)로 유배되어 있을 때, 그의 아내 소혜(蘇蕙)가 그리운 마음을 회문시로 지어, 비단에 짜넣어 보낸 것을 이름.

물다. 앞에 보인 〈미인원〉은 이처럼 어려운 쌍운시인 동시에, 그보다 또 몇 갑절이나 더 어려운 회문시이다.

회문시란, 위에서 내리읽으나 끝에서 치읽으나, 각각 한 편의 시로서, 그 시적 표현의 내용면이나, 평측법·각운법 등의 운율면에 하자가 없어야 함은 물론, 일반 한시에서는 적용하지 않는 두운법(頭韻法)까지 완벽하게 갖춘 짜임새의 시이다.

회문시의 효시에 대해서는 이설은 있으나, 진(晉)의 소혜(蘇蕙)의 〈직금회문시(織錦廻文詩)〉에서란 설이 일반적으로 알려져 있다. 우리나라에서는 고려 때 죽림고회(竹林高會)의 문사들이 희작(戲作)했는데, 이규보는 진화와 함께 쌍운시의 능수인 동시에 회문시의 고수이기도 하여, 《동국이상국집(東國李相國集)》에 21수나 전해 온다. 그중에서도 이수(李需)에 차운한 것은 30운(韻)이나 되는 장편이니, 그 시재의 출중함은 짐작하기에 남음이 있다.

이제 〈미인원〉에 대하여 구체적으로 그 구성을 살펴보자.

순독(順讀)의 경우 '綻·散·緩·換·腕……漫'은, 모두 같은 '翰'자 운통에 속하는 측성(仄聲) 운자들로서, 구마다 구각(句脚)을 받쳤으니, 곧 쌍운으로 각운을 이루었다. 또 구의 머리 자를 보면 '晴·輕·明·英·瓊……程'이 모두 같은 '庚'자 운통에 딸린 평성 운자들로서, 구마다 구두(句頭)를 장식했으니, 곧 쌍운으로 두운(頭韻)을 이루어 있다.

역독(逆讀)의 경우는 이와 정반대로, 각운이 두운이 되고, 두운이 각운으로 바뀐다. 곧, '程·行·情·縈·濛……晴'이 쌍운으로 각운이 되고, '漫·雁·爛·亂·伴……綻'이 쌍운으로 두운이 된다. 이러한 무수한 제약을 극복하면서, 동시에 까다로운 갖가지 요건을 충족시켜, 전후 상하 종횡으로, 사통팔달(四通八達)의 정연한 형식미와 운율미를 갖추었으면서도, 내용면에 있어 조금도 군색하거나 부자연함이 없이, 같은 주제하의 두 편의 시로, 한 제목 한 편 속에 훌륭하게 공생(共生)하고 있는 것이다.

이 〈미인원〉은, 객지로 떠도는 방탕한 남편을 애타게 기다리는 한 아낙의, 알뜰한 춘정(春情)을 읊어 낸 것으로, 역독의 경우에도 주제에는 변동이 없다.

이는 표의 문자인 한자의 특성과 그 한 자 한 자마다 구유(具有)하고 있는 고저장단의 속성을 십분 이용함으로써 가능했겠으나, 오절(五絶)·칠절(七絶)도 아닌 장시를 이처럼 다루어 낸 솜씨는 그저 놀라울 뿐이다.

이것이 비록 시의 정도는 아니라 할지라도, 그렇다고 다만 일종의 문자의 유희라고 평하기에는 공생하는 두 편의 시가 시 자체로서의 완벽은 물론, 그 예술성·천재성에 우선 감탄이 앞설 뿐이다.

이는 요술도 환술(幻術)도 아니다. 굳이 말한다면, 기나긴 노끈 같은 것을 물구나무 세워 보이는 곡예 같은 것이라고나 할까? 오랜 세월의 절차탁마(切磋琢磨)로 영롱한 구슬 꿰미를 만들어 내는 옥장이같이, 문자 세공(文字細工)의 꼼꼼한 인고(忍苦)의 긴긴 작업 끝에 이루어 낸 것이라기보다는, 차라리 무슨 신들렸거나 영감(靈感)에 취한 가운데, 일기가성(一氣呵成)으로 이루어 낸 기적이나 아닐는지?

들길을 걸으며

진화

홍매화 뚝뚝 지고
실버들 능청능청

이내 밟아 거니는
느직한 걸음걸음

갯마을 닫힌 문엔
말소리 도란도란

한 가람 봄비의
푸른 올올이여!

小梅零落柳微垂　閑踏淸嵐步步遲
漁店閉門人語少　一江春雨碧絲絲
〈野步〉

評說 이른 봄 한때를 찬란하게 장식해 주던 홍매화도 이제는 제
물에 뚝뚝 떨어지고, 어느덧 한 해 길이로 다 자란 수양버들
가지들은 척척 늘어져 실바람에 능청거린다. 새포름한 이내 낀 들
길을 마냥 한가로이 느릿느릿 걷다 보니, 발길은 어느새 강변 갯마
을을 지나고 있다. 보슬비가 내리기 시작한다. 만물을 자양할 좋은

봄비다. 맞아도 정겨워 짐짓 걷는다. 산과 들은 새잎으로 푸르고, 눈 얼음 녹아 불어난 봄물도 치면치면 청댓잎처럼 푸른데, 어부들의 집 닫힌 문 안에선 도란도란 정겨운 말소리가 새어 나오고, 강산의 푸름을 흠뻑 머금어 올올이 파랗게 물든 실비가 마치 도란도란에 가락 맞추듯 보슬보슬 한 가람 자오록이 내리고 있다.

시흥의 발단은 아마도 '碧絲絲'의 발견에서였을 듯, 이런 싱그러운 운목(韻目)을 잡게 된 행운이, 이 시를 걸품(傑品)으로 이끌게 한 것이리라. "輕雲隱隱 細雨絲絲"로 봄비를 형용한 고인의 글이 있지마는, 이처럼 한 올 한 올의 빗발이 푸름으로 착색될 줄이야! 또한 '絲絲'의 'ㅅ' 연음(連音)에는, 송알송알 살갗에 닿는 봄비의 감촉이 살아 있고, 소록소록 내리는 봄비의 속삭임이 녹음되어 있는 듯도 하다.

수시로 갈아드는 봄의 경물, 느직한 걸음걸이에 어린 작자의 의태(意態), 정겨운 소민(小民)들의 생활 편영(片影), 축복으로 내리는 춘우 일경(春雨一景) 등, 한 자 한 구가 그 모두 맑고 곱고 잔잔한 시어들의 구슬꿰미다.

작자와 가장 많이 창수(唱酬)함으로써, 그와 병칭되던 시호(詩豪) 이규보는, 그의 시를 평하여, "단시는 청경절묘(淸警絶妙)하고, 장시는 분방(奔放)하여 이 세상 것이 아니라"고 감탄했다. 서거정(徐居正)은 이규보와 진화 두 분의 시는 시어나 시격(詩格)이 한 솜씨인

小梅(소매) 홍매화를 이름. 단극기(段克己)의 홍매시(紅梅詩)에 "小梅初破月團團 戲蝶遊蜂未敢干"이란 구가 있다.
傲垂(기수) 취하여 춤추는 듯 드리움.
淸嵐(청람) 맑은 이내(山氣).
漁店(어점) 어부의 집. 어가(漁家).
絲絲(사사) 보슬보슬 실비의, 올올이 내리는 모양.
※ **가람** 강(江)의 고어.

듯 백중을 가릴 수 없다 했고, 신위(申緯)는 《논시절구》에서,

뉘 알랴? 같은 명성 진화·이규보
한 구씩 떼 맞춰도 그대로 경구(警句).
'짙은 잎에 가린 꽃, 엷은 구름 새는 햇빛
'한 가람 봄비의 푸른 올올'을 보라.

齊名陳李有誰知　片羽零金恰小詩
密葉翳花雲漏日　一江春雨碧絲絲

고 서거정의 평을 예증하여 읊었다.

※ 이는 한쪽 날개씩 떼다가 짝 맞추어 쌍날개를 만들듯, 부스러기 금을 서로 내모아
　합금을 하듯, 두 사람의 시를 한 구씩 떼다가 짜 맞추어도 훌륭한 시가 되니, 이규
　보의 "密葉翳花雲漏日"과 진화의 "一江春雨碧絲絲"를 짝지어 한 연으로 만들어
　보라는 뜻이다.

그의 시 가운데 같은 봄의 한정(閒情)을 읊은, 칠절(七絶) 한 수를
덧붙인다.

비 오고 그친 뜰엔
이끼 가득 돋아 있고
기척 없는 사립문은
대낮에도 닫혔는데,
푸른 섬돌에 떨어진 꽃잎
치나 실히 쌓인 것을
봄바람은 불어불어

쓸어 갔다……
쓸어 왔다……

雨餘庭院簇莓苔　　人靜雙扉晝不開
碧砌落花深一寸　　東風吹去又吹來
〈春晚〉

이왕이면 그의 칠률(七律) 한 수를 더 감상하며, 그 사실(寫實)을
음미해 보자.

작은 누각이 높다라이
푸른 산 이마에 자리했으니,
비 온 뒤 올라 굽어보매
경물이 화창하여라!

돛은 푸른 안개를 띄고
먼 포구를 돌아가는데,
밀물은 누른 갈대숲을 뚫어
앞 물굽이에 이르렀다.

물 아랜 하늘 위 진짜 달의
분신이 잠겨 있고,
구름 사이론 강가에 선
산의 본얼굴이 비쳐 나온다.

나그네 길 몇 사람이

나만큼이나 한가하리?

새벽부터 와 읊조리네.

저녁 까마귀 돌아갈 때까지 ―.

小樓高倚碧屛顔　雨後登臨物色開
帆帶綠烟歸遠浦　潮穿黃葦到前灣
水分天上眞身月　雲漏江邊本色山
客路幾人間似我　曉來吟到晚鴉還

〈月溪寺晚眺〉

| **진화**(陳澕, ?~?) 고려 때의 문인. 호 매호(梅湖). 1200년(신종 3) 문과에 급제, 우사간(右司諫) 등 역임. 시에 뛰어나 이규보(李奎報)와 병칭(竝稱)되었다. 저서에 《매호유고》가 있다.

수양버들

진화

봉성 서쪽 천만 올의
금빛 실가지
봄시름 이끌어다
그늘도 짙다.

미친바람 불어불어
쉬지 않으니
연기에 비에 타여
가을도 짙다.

鳳城西畔萬條金　勾引春愁作暝陰
無限狂風吹不斷　惹煙和雨到秋深
〈柳〉

評說 비에 이슬에 뒤섞이어 광풍에 부대끼고 있는 수양버들의 몸
짓을, 작자 자신의 걷잡을 수 없이 이는 낭만의 봄 마음 봄
시름의 몸부림인 양 보고 있는 것이다.

　연기처럼 비처럼 천사만사(千絲萬絲)로 능청능청 늘어져 짙게 그

勾引(구인) 끌어당김.
惹煙和雨(야연화우) 연무(煙霧)에 엉기고 비에 뒤섞임. 연무와 비에 뒤섞여 구별할 수 없
게 됨.

늘 지운 수양버들은, 봄 시름[春愁]에 젖어 있는 자신의 모습이며, 바람에 부대끼어 뒤흔드는 그 몸짓은, 걷잡을 수 없이 요동치는 자신의 봄 마음[春心]의 몸부림이다.

봄철이면 감당할 수 없이 이는, 그 구름 같은, 바람 같은 낭만의 봄 마음·봄 시름! 그 몸부림치듯 애틋한 몸짓의 수양버들을 지긋이 지켜보며, 젊음을 앓고 있음이며, 인생을 고뇌하고 있음이렷다.

늦은 봄

진화

비 오고 난 정원에는
이끼만 가득한데,
인기척 없는 문은
낮에도 닫혀 있다.

축대에 지는 꽃잎
치나 좋이 쌓인 것을,
봄바람이 휘휩쓸어
불어갔다……
불어왔다……

雨餘庭院簇莓笞　　人靜雙扉晝不開
碧砌落花深一寸　　東風吹去又吹來

〈春晚〉

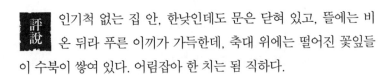 인기척 없는 집 안, 한낮인데도 문은 닫혀 있고, 뜰에는 비
온 뒤라 푸른 이끼가 가득한데, 축대 위에는 떨어진 꽃잎들
이 수북이 쌓여 있다. 어림잡아 한 치는 됨 직하다.

簇莓笞(족매태) 이끼가 무리 지어 돋아남.
碧砌(벽체) 이끼가 덮여 파랗게 된 축대.

무료하다. 봄바람도 심심해선가? 낙화 더미를 저리로 옮겨 가 쌓았다간 다시 또 이리로 옮겨 와 쌓곤 한다. 뜰에 있는 엉성해진 꽃나무에선 아직도 무데무데로 남은 꽃들이 떨어지고 있다.

'碧砌落花深一寸'은 청(淸)의 시인 조광(趙光)의 "路上飛花一膝深(길바닥에 쌓인 꽃잎 무릎이 빠질레라!)"를 연상케 할 만큼, 심한 과장이 오히려 직감적으로 실감이 난다. '東風吹去又吹來'는 후인 최숙생의 "時有風花自去來(이따금 낙화만이 이리 불리랑 저리 불리랑……)"와 서로 통하며, 그 정취는 이규보의 "唯有風扉自闔開(바람에 문짝만이 닫혔다가 열렸다가……)"와 방불하다. 모두가 무료(無聊)의 관조(觀照)이다. 두보의 시구가 연상된다. "風扉掩不定 水鳥去仍回(바람 문짝은 닫히락…… 열리락……, 물새들 날아갔다 되날아오고…….)"

고분가 〈孤憤歌〉

최혜심(진각 국사)

1 하늘과 땅 사이에 사람이 나니,
   골격이며 이목구비 한결같건만,
   어찌하여 부귀빈천 서로 다르고
   예쁜 얼굴 못난 얼굴 무슨 연유뇨?

      人生天地間   百骸九竅都相似
      或貧或富或貴賤   或妍或醜緣何事

2 조물주는 사사로움 없다 했거늘,
   이제 보니 그 말이 거짓이로고!

      曾聞造物本無私   乃今知其虛語耳

3 범은 발톱 있되 날개가 없고,
   소는 뿔은 있되 이빨 없는데,
   모기와 등에는 무슨 공 있어
   날개에다 부리까지 갖추었는고?

      虎有爪兮不得翅   牛有角兮不得齒
      蚊蝱有何功   旣翅而又嘴

4 학의 다린 길건만 오리는 짧고,
   새는 두 발이나 짐승은 네 발.
   물고기는 뭍에서는 못 살지마는,
   수달은 어디서나 모두 능하네.
   용·뱀·거북·학은 천 년 살건만,
   하루살인 아침에 나 저녁에 죽네.

   鶴脛長兮鳧脛短   鳥足二兮獸足四
   魚巧於水拙於陸   獺能於陸又能水
   龍蛇龜鶴千年壽   蜉蝣朝生暮當死

5 다 같이 한 세상에 태어났건만
   어찌하여 천만 가지 서로 다르뇨?
   모르겠네. 그러기를 왜 그랬는지?
   도대체 누가 시켜 그리 하는지?

   俱生一世中   胡乃千般萬般異
   不知然而然   夫誰使之使

6 위로는 하늘에 물어도 보고,
   아래론 땅에다 따져 봤지만
   천지는 묵묵히 말이 없으니,
   누구와 더불어 이를 논하료?

   上以問於天   下以難於地
   天地默不言   與誰論此理

7 가슴속에 답쌓인 외로운 울분
   날로 달로 뼛골을 녹여 내는 듯,
   긴긴 밤 하염없다! 언제 새려나
   창으로의 잦은 눈길 민망도 하다.

   胸中積孤憤　　日長月長消骨髓
   長夜漫漫何時曉　　頻向書窓悶不已

8 천지를 대신해서 대답하노니,
   천만 가지 차별이라 생각되는 일
   그 모두 망상에서 생겨남이니,
   망상의 그 분별을 떠나고 보면
   그 어떤 사물인들 평등 아니랴?

   代天地答曰　　萬別千差事
   皆從妄想生　　若離此分別
   何物不齊平

 자문자답식의 인생론이요, 자연관이며, 우주 철학이다.
1∼7은 누구나 젊은 한때 품게 되는, 사회의 불평등에 대한

孤憤(고분) 세상에 대한 혼자 삭일 수 없는 울분.
百骸(백해) 몸속에 있는 마디마디의 뼈.
九竅(구규) 이목구비 등 몸에 나 있는 모든 구멍.
蚊䖟(문맹) 모기와 등에.
蜉蝣(부유) 하루살이.
齊平(제평) 가지런하여 평등함.

울분이다.

　사람과 사람 사이의 차별에서부터, 비금주수(飛禽走獸) 인개곤충(鱗介昆蟲)의 미물에 이르기까지, 천지(조물주)는 그 형태, 기능, 작용, 관계 등에 있어, 천차만별로 똑같은 둘을 만들지 않으려고, 얼마나 많은 세심한 배려를 기울인 것이었던가? 그 나면서부터 주어진 아름다움과 추함의 온갖 생김새, 그 주어진 생존 수단, 그 주어진 자기방어의 무기, 그 주어진 수명의 장단, 더구나 인간에게 주어진 빈부귀천의 각양각색! 도대체 조물주는 이런 불공평 부조리한 세상을 이 땅에 만들어 놓고, 약육강식하는 처참한 경쟁상을 구경하며 즐기기라도 하려는 것이던가? 비정한 조물주, 잔인한 조물주! 그러나 조물주는 묵묵 대답이 없다.

　작자는 이에 대한 울분으로 오랜 동안 밤낮으로 고뇌하다, 마침내 대각돈오(大覺頓悟)한다. 그리하여 중생에 이르는 말씀:

　"그것은 모두가 미망(迷妄)에서 오는 '망상(妄想)' 탓이니, 미망 망상에 집착하지 말고, 한번 크게 활짝 벗어나고 보면, 그 모두가 '불평등의 평등'임을 알게 되리라"고―.

　불평등의 평등! 이 무슨 궤변인가? 그러나 궤변이 아니라며 허심하게 고요히 생각해 보란다.

　근시안적(近視眼的)으로 보면 천차만별이나, 인과응보(因果應報)로 윤회다생(輪廻多生)하는 세세(世世)를 거시안적(巨視眼的)으로 달관(達觀)하면 모두가 평등할 뿐이라는 것이다.

　한편 그런 심오한 불안(佛眼)에서가 아닌 상식안(相識眼)으로도, 자세히 살피어 보라. 대저 천지가 만물을 냄에 있어, 마치 공장 제품처럼, 또는 복제양(複製羊)처럼 똑같은 형질, 똑같은 성상(性狀)으로 여럿을 만든다면, 그 무슨 존재 의미가 있을 것인가? 상품이 아닐진대 똑같은 '둘'은 존재 의미가 없게 된다. 그러나 만물이 가진 저마다의 개별성(個別性)의 이면에는, 일반성(一般性), 보편성(普遍性)이 또한 강하게 뒷받침하고 있어, 저마다 교묘한 유기적 자동 장치와 자생 능력이 주어져 있으므로, 생존 경쟁을 통하여 승리의 쾌감과 패배의 눈물을 맛보게 하며, 끝없는 도전으로 승패를 번복하는 등의, 희로애락을 겪음으로써, 삶의 참맛을 누리게 한 것이리라.

기복(起伏)이 없는 세상, 모두가 공평하여 빈부귀천이 없는 세상, 따라서 경쟁이 없는 세상, 그러기에 할 일이 없는 세상, 그러고도 고대광실에 의식이 넉넉한 세상, 이런 세상은 상상만으로도 숨이 막힐 지경이니, 감히 한 달을 버티어 살 생물체가 있을 수 없을 것이다. 아니야, 아니야! 매일같이 모여 주지육림(酒池肉林)에 청가묘무(淸歌妙舞)로 주야 환락하면, 그야말로 지상 낙원이지 왜 그래? 아니야, 아니야! 그것은 사흘이면 족할 것이요, 일주일이면 물리고 말 것이다. 계속해서 하게 한다면, 그런 고역이 없을 것이요, 열흘째 날에도 하게 한다면, 죽기보다 싫을 것이다. 그래서 그런 세상 인위적으로 만들어 본다고도 해 보았지만, 실패할 수밖에 없었으니, 천행건(天行健) 지도정(地道正), 조물의 뜻은 역시 현명했던 것이다. 불평등의 평등! 이 얼마나 합리적(合理的) 합자연적(合自然的) 합목적적(合目的的), 아기자기 살맛 나는 세상이 아니고 무엇이랴?

또한 작용(作用)이 있으면 반드시 반작용(反作用)이 있어, 우주는 언제나 균형되어 있다. 이 상대성을 동양에서는 음양(陰陽)으로 일컬어 온다.

이 세상의 모든 사물에는 아무리 미세한 것일지라도 이 진리가 내재하여 있으며, 그 미세한 것의 더욱 미세한 부분 부분의 작용마저도, 속속들이 미만(彌滿)히 이 진리는 작용되고 있으니, 한 작은 곤충의 생명 구조도 이에서 벗어나지 않으며, 인간 각자의 사회적 행태도 그러하다. 그러므로 인간 사회는 서로가 경쟁자인 동시에

협력자이기도 한 것이다.

어찌 사람만 그러하랴? 이 세상의 모든 존재는 서로 다른 역할을 분담하여 개개의 독특한 소리를 가지면서도 필경은 전체의 소리로 화음(和音)하는 교향악과 같은 것이고 보면, 이 세상의 모든 존재는 아무리 하찮아 보이는 것일지라도, 전체를 위한 필수적인 존재 아닌 것은 없다 할 것이다.

필경 조물주의 작품과 그 관리 체계는 가장 이상적인 상태로 지어지선(止於至善)에 처해 있음을 알게 될 것이란 것이다.

| **최혜심**(崔慧諶, 1178~1234, 명종 8~고종 21) 호 무의자(無衣子). 진사에 급제, 태학에 들어갔으나, 어머니의 병으로 돌아와 시탕(侍湯)하다가 관불삼매(觀佛三昧)에 들어 중이 되고, 후에 보조 국사의 의발을 받았다. 시에 뛰어나 많은 작품을 남겼다. 저서에《선문강요(禪門綱要)》,《선문염송(禪門拈誦)》 등이 있다. 시호는 진각 국사(眞覺國師).

유가사

김지대

무사한 연하 속에 가람이 있어
울멍줄멍 푸른 산에 가을빛 짙다.

구름 사이 가파른 길 육·칠 리러니
하늘 끝 먼 멧부린 천·만 겹일다!

차 마시고 난 솔 처마에 걸린 초승달
밤늦은 예불 요령 애잔한 가락

물소리도 비웃는 듯 벼슬 띤 몸이
세속 티끌 씻는다며 못 씻는 것을—.

寺在烟霞無事中　亂山滴翠秋光濃
雲間絶磴六七里　天末遙岑千萬重
茶罷松簷掛微月　講闌風榻搖殘鍾
溪流應笑玉腰客　欲洗未洗紅塵蹤

〈瑜伽寺〉

評說 1연에서 보는 절의 위치는 '무사한 연하 속'이다. '무사'란
'일없음'이요, '탈 없음'이요, '한가로움'이요, '편안함'이요,
'평화로움'이다. 곧 절은 연하 그윽한 산수 속에, 탈 없이 한가롭고

편안하고 평화롭게 위치해 있더라는 것이니, 이 '무사'의 무궁한 묘의(妙意)를 깊이 음미해 볼 것이다.

2연은 구름 속으로 굽이굽이 감돌아 오르는 산길 육칠 리를 오르고 오른 끝에, 거기 절이 있고, 절에서 굽어보이는 전망! 하늘 가장자리로 한눈에 들어오는 올망졸망 높낮은 먼 산들! 그것은 천 겹이요 만 겹으로 절을 둘러 호위하고 있는 장관이다(이는 전망의 장관을 일컫는 가운데, 저절로 절터가 명당임을 넌지시 반증하고 있음이기도 하다).

3연은 차 한 잔 마시고 난, 개운해진 정신으로 방문을 막 나서는 눈에, 무심코 마주친 초승달과의 만남! 그것도 법당 처마 위로 드리운 늙은 소나무 가지에 걸려 있는 초승달이다. 이런 맑은 만남은 영과 영의 눈맞춤인 양, 산뜻하기 그지없다.

내 침상에까지 바람결에 들려오는, 저 밤늦은 예불의 독경 소리에, 간간이 섞이어 나는 애잔한 요령(搖鈴) 소리! 그 모두가 사바세계를 아득히 망각으로 가라앉게 하고 있다.

내 진작부터 벼슬 따위 그만두고, 이런 청정 세계에 노닐고자, 입버릇처럼 뇌면서도, 여태까지 단행하지 못하고 있는 자신의 우유부단(優柔不斷)을, 저 개울물도 킬킬거리며 비웃고 있는 듯, 부끄럽기 그지없다.

瑜伽寺(유가사) 경상북도 현풍군(玄風郡) 비슬산(琵瑟山)에 있는 절.

滴翠(적취) 푸른 물방울이 뚝뚝 들을 만큼 푸르다는 뜻으로, 매우 푸름을 이름.

松簷(송첨) 소나무 가지 드리운 처마. 솔 처마.

風榻(풍탑) 바람 부는 평상. 또는 침상.

講闌(강란) 경전 강하는 일이 깊은 밤으로 이어지는 일. 한밤의 예불.

搖鍾(요종) 흔들어 소리 내는 작은 종. 또는 큰 방울. 요령(搖鈴).

玉腰客(옥요객) 패옥(佩玉)을 찬 사람이란 뜻으로, 벼슬을 띤 사람. 관리.

2연의 '雲間絶磴六七里 天末遙岑千萬重'은 정지상(鄭知常)의 〈개성사(開聖寺)〉 3연의 "石頭老松一片月 天末雲低千點山"과, 운격(韻格)도 같거니와 구법(句法)도 요체(拗體)로서 서로 비슷한 명구들이다.

  | 김지대(金之岱, 1190~1266, 명종 20~원종 7) 무신. 청도(淸道) 김씨의 시조. 문과. 정당문학, 중서시랑평장사 등 역임. 거란, 몽고의 침입을 격퇴하고 서북방면을 편안케 하는 데 공이 컸다. 시호는 영헌(英憲).

단풍

이장용

한 이파리 바스락 지는, 밤소리에 깜짝 놀라,
천산의 숲들, 문득 서리 내린 갠 아침에 상기됐네.
가엾어라. 푸른 산 기운 비춰 깨뜨림이여!
알지 못했네. 흰 머리카락 재촉할 줄을 ―.
거친 뜰 바라보는, 가을 회포 쓸쓸한데,
먼 산에 부딪혀 타는 눈부신 석양이여!
기억도 새로워라. 지난해 바로 오늘,
그 병풍 그림 속을 거닐던 연연 길이 ―.

一葉初驚落夜聲　千林忽變向霜晴
最憐照破靑嵐影　不覺催生白髮莖
廢苑瞞盱秋思苦　遙山唐突夕陽明
去年今日燕然路　記得屛風障裏行

〈紅樹〉

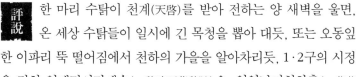 한 마리 수탉이 천계(天啓)를 받아 전하는 양 새벽을 울면, 온 세상 수탉들이 일시에 긴 목청을 뽑아 대듯, 또는 오동잎 한 이파리 뚝 떨어짐에서 천하의 가을을 알아차리듯, 1·2구의 시정은 정히 일계명이만계수(一鷄鳴而萬鷄隨)요, 일엽낙지천하추(一葉落知天下秋)의 경지이다.

　마냥 여름인 양 느직이 누리던 푸른 잎들이, 어느 깊은 밤, 한 잎

바스락 떨어지는 첫 소리에 깜짝 놀라, 일시에 가을임을 깨닫고는, 천하의 잎들이 홀연 상기되어, 서리 내린 아침 햇빛 아래, 눈부신 모습으로 나타난 것이다.

수련에서의 대우(對偶)는 율시 형식상으로는 파격이다. 그러나 '一葉初驚'에서 '千林忽變' 사이의 시간적·공간적인 급속한 확산(擴散), 더구나 '落夜聲'과 같은 암중미동(暗中微動)에서 야기된 산하의 대변혁(大變革)! 그 경이로운 감동, 그 급박한 호흡이, 이 파격 속에 살아 있으니, 이야말로 파격의 적격이 아닐 수 없다.

숙살(肅殺)의 가을! 단풍의 붉은빛이 온 산의 푸른 기운을 무참히 비추어 깨뜨림을 가엾이 여기며, 황폐해진 정원을 멍하니 바라보고 있노라니, 광음의 신속함이 새삼 느껍고, 어느새 부쩍 는 흰 머리카락을 의식하고는 쓸쓸한 감회에 젖는다.

그러나 문득 머리를 드는 순간, 한 새로운 놀라움에 부딪친다. 대지에는 모음(暮陰)이 바닷물처럼 고이어, 사방 산들은 이미 정수리

紅樹(홍수) 단풍.

忽變(홀변) 홀연히 변함.

向霜晴(향상청) 서리 아침의 맑은 햇빛을 마주 대함.

照破(조파) 비추어 깨뜨림.

靑嵐影(청람영) 푸른 산기운. 푸른 산기(山氣).

催生(최생) 재촉하여 나게 함.

白髮莖(백발경) 흰 머리카락.

廢苑(폐원) 황폐한 정원.

瞞盱(만우) 멀거니 바라봄.

遙山(요산) 먼 산.

唐突(당돌) (1) 맞부딪침. (2) 불거짐. (3) 느닷없음. (1)~(3)의 중의.

燕然(연연) 외몽고에 있는 산 이름.

記得(기득) 기억함.

屛風障裏(병풍장리) 둘러친 병풍의 그림 속. '障'은 《동문선》의 기록에 따른 것. 《청구풍아》, 《해동시선》, 《기아》에는 '嶂'으로, 《대동시선》에는 '帳'으로 전한다.

까지 잠기었는데, 멀리 동편의 높은 산정(山頂) 하나가 아직 어둠의 수위(水位) 위로 섬처럼 돌출하여, 바야흐로 남은 석양을 독차지하여 눈부시게 불타고 있는 것이다.

'唐突'은 그 자의(字義)만큼이나 당돌하고도 다의적(多義的)이다. 보라, 석양과 단풍과의 당돌한 맞부딪침에서 발화(發火)한 저 맹렬한 불길은, 어둠에 잠긴 대지에 홀로 당돌하게 켜 든 횃불의 아우성이며, 경악하는 작자의 시선(視線)과의 당돌한 부딪침이기도 하여, 연속타(連續打)를 연출하는 당구공처럼 그 적중(的中)의 맛이 이를 데 없다.

그 눈부신 광경을 바라보고 있노라니, 문득 몽고 사신 길에 거쳤던 연연 땅의 단풍 풍경 — 그것은 공교롭게도 지난해의 바로 오늘이었지마는 — 연도(沿道)에는 가도 가도 찬란한 북국의 단풍! 마치 둘러친 산수 병풍의 그림 속을 걷고 있는 화중의 인물인 양, 화려한 착각에 도취되었던 그때의 기억들을, 저 '遙山唐突夕陽明'에서 점화(點火)되듯 기억해 내고는, 목전의 현실에다 환상의 당시(當時)를 겹포갠, 사차원의 시공 세계에서 스스로 황홀해하고 있는 작자이다.

단풍을 주제로 하면서도 '단풍'은 물론 그 '붉음'마저 한 자 언급이 없이, 그러면서도 '붉게 타고 있는 단풍'을 극명하게 그려 내면서, 시종 완곡하고 은근한 표현 묘사로 위세(委細)한 정곡(情曲)을 다하고 있다.

익재는 이 시의 5·6구에 대하여, "양비경(楊飛卿)도 그 늙은 무릎을 꿇지 않을 수 없으리라"고 극찬했다. 양비경은 금말(金末)의 시인인데, 익재의 그 말은, 아마도 그의 유명한 '단풍' 시:

바닷놀은 비 오지 않아
숲 위에 서려 있고,

들불〔野火〕은 바람 없이
물가에 이르렀네.

海霞不雨撰林表　野燒無風到水頭

와 대비한 평이 아닌가 여겨진다.

| **이장용(李藏用, 1201~1272, 신종 4~원종 13)** 고려 때의 문신. 학자. 자 현보(顯
甫). 본관 인주(仁州). 중서시랑 등 역임. 원종(元宗)을 따라 몽고에 갔을 때 해
동 현인으로 칭송받았다. 불서(佛書)·경사(經史)·의약 등에 정통했으며 문장
에 능했다. 저서에 《선가종파도(禪家宗派圖)》, 《화엄추동기(華嚴錐洞記)》 등이
있다. 시호는 문진(文眞).

어부

김극기

하늘은 어부에마저
너그럽지 아니하여
짐짓 이 강호에
순풍에 인색하네.

인생길 험난함을
그대여 웃지 마라.
웃는 그대 도리어
급류 중에 있는 것을ㅡ.

天翁尙不貰漁翁　　故遣江湖少順風
人世嶮巇君莫笑　　自家還在急流中
〈漁翁〉

評說 세상살이 인생길은 물길이든 벼슬길이든 험난하기만 하다.
그런 중에도 차라리 벼슬길을 떠나, 강호에 일엽편주(一葉片
舟)나 띄워, 어부로 한 세상 이름 없이 욕심 없이 살고자 물길을 택
했건만, 그런데도 천공은 오히려 너그러움을 베풀지 아니하고, 매

貰(세) 여기서는 용서함. 너그러움.
嶮巇(험희) 위태롭고 험한 모양.

양 순풍 아닌, 역풍(逆風)을 보내어 애먹도록 하고 있다.

그러나 그런 가운데서도, 은퇴 전신(轉身)한 어부들은, 물외(物外)에 우유(優遊)하노라 자부하는 나머지, 현직 관인들을 속계의 어리석은 사람들이라 비웃는다. 그러나 이는 늘 위험에 노출되어 있는 자신을 망각한, 그야말로 어리석은 사람이 아니고 무엇이랴? 하며 현직 관인들은 비웃는다.

그런가 하면, 어부들은 반박한다. 이는 자기네들이 처해 있는 관계에 불어닥칠 풍파는 강호의 풍파보다 더욱 무상하여, 순풍에 돛 단 듯 승승장구하다가도, 언제 아차 급류(政變)에 휩쓸려 파선(破船: 流配·賜死)당하고 말지 예측할 수 없는, 언제나 위험에 직면해 있음을 망각한, 더 어리석은 사람들이 아니고 무엇이랴? 하며 어부들은 비웃는다.

곧 아무리 역풍에 시달리며, 강호 풍파의 험난에 직면해 있다 해도, 저 엉터리없는 환해풍파(宦海風波)의 그것보다는 덜 험난하다는, 어부의 판정승으로 귀결되고 있다.

'벼슬살이'와 '고기잡이'의 두 뜻을 겸하고 있는 '君'의 일자 양의(一字兩義)의 묘용(妙用)을 음미할 것이다.

| **김극기**(金克己, ?~?) 고려 고종 때의 시인. 호 노봉(老峰). 본관 경주(慶州). 일찍부터 문명이 높았으며, 문과에 급제하였으나, 관직에 뜻이 없어, 초야에서 시를 즐겼다. 《삼한시귀감(三韓詩龜鑑)》에 의하면, 그의 시문집인 《김원외랑집(金員外郎集)》150권이 있었다 하나 전하지 않는다.

떨어진 배꽃

김구

뿔뿔이 휘날려 가다 감돌아드는 배꽃 조각,

치불려 가지에 올라 다시 피고픈 저 비원(悲願)을,

아뿔싸! 비정의 그물, 나비로 잡는 저 거미 ─.

飛舞翩翩去却回　倒吹還欲上枝開

無端一片粘絲網　時見蜘蛛捕蝶來

〈落梨花〉

 지는 꽃 가는 봄을 애달파하는 그 마음은, 잃어 가고 있는 현재에의 아쉬움이요, 돌이킬 수 없는 과거에의 그리움과도 직결되는 감정이다.

차마 훨훨 떠나 버리지 못하고 감돌아들고 곱돌아들어, 다시 한

落梨花(낙이화) 떨어진 배꽃.

翩翩(편편) 가볍게 날리는 모양.

去却回(거각회) 가다가 되돌아옴.

倒吹(도취) 거꾸로 붊.

上枝開(상지개) 가지에 올라 핌.

無端(무단) 뜻밖에.

一片(일편) (낙화의) 한 조각.

粘絲網(점사망) 끈적끈적한 실그물에 붙음.

蜘蛛(지주) 거미.

捕蝶來(포접래) 나비를 잡으러 옴.

번 가지에 올라 꽃으로 피고픈 낙화의 비원(悲願)!

　작자는 이 봄의 애상(哀傷)을 해학으로 처리하여 웃음으로 호도(糊塗)하고 있다. 그러나 그 웃음 뒤안에는 쓸쓸하고도 허전한 울림이 메아리져 옴을 어찌할 수 없다.

　낭떠러지에 다다른 폭포의 결단처럼, 바람에 휘날린 낙화의 미련 없는 떠남은 차라리 비장미(悲壯美)라도 있거니와, 다시 한 번 청춘으로 새로 살고픈 애달픔과 생애의 종말에 임하여서도 차마 못 끊는 삶에의 애착과 미련은, 그것이 비록 인지상정(人之常情)이라 할지라도, 자연의 대법(大法) 앞에서는 너무나 무력하고도 부질없는 당랑거철(螳螂拒轍)격인 항거이기에, 그저 보는 이로 하여금 연민의 정을 금할 수 없게 한다.

　나비처럼 나닐다가 나비처럼 걸려든 낙화 조각을, 얼씨구! 다가 덮치는 거미의 포식(飽食) 기대감(期待感)도, 괴리(乖離)된 세태를 그린 한 회화(戱畵) 장면이 아닐 수 없다.

　숙종 때의 학자 이정보(李鼎輔)의 다음 시조는 바로 이 시의 의역이었을 것이다.

광풍에 떨린 이화(梨花) 오면가면 날리다가
가지에 못 오르고 거미줄에 걸리었다.
저 거미 낙환 줄 모르고 나비 잡듯 하여라!

| 김구(金坵, 1211~1278, 희종 7~충렬왕 4)　문신. 자 차산(次山). 호 지포(止浦). 본관 부령(富寧). 이부상서, 중서시랑 등 역임. 시문에 능해 역대 왕조 실록 편찬에 참여했으며, 저서에 북경(北京) 기행인 〈북정록(北征錄)〉과 문집《지포집》이 있다. 시호는 문정(文貞).

진주의 산수도

정여령

두어 점 푸른 산이
푸른 물에 잠겼는데,
대감은 이르시네.
이 진양의 산수도라고 —.

물가엔 옹기종기
초가집들 보인다만
그 가운데 있을 내 집
그렸는지 아닌지?

數點靑山沈碧湖　　公言此是晉陽圖
水邊草屋知多少　　中有吾廬畫也無
〈晉州山水圖〉

評說 《파한집》에 있는 이 시의 전말을 옮겨 보면 이렇다.
진주는 옛 도읍지로서, 산수의 경치가 좋기로 영남의 으뜸
이라 했다. 어떤 이가 그 경치를 그려다가 이지저(李之氐, 1092~
1145) 대감에게 바쳤다. 대감이 이를 벽에 붙여 놓고 완상하고 있는
참에, 마침 군부(軍府)의 참모(參謀)인 영양(滎陽) 정여령이 와 뵙는

晉陽(진양) 진주의 옛 이름.

지라, 대감이 이르기를, 이 그림이 자네 고향을 그린 것이라 하니, 마땅히 시 한 수 있음 직하지 않겠는가? 한다. 여령이 즉석에서 이 시를 지으니, 자리에 있던 모든 사람들이 그 정민(精敏)함에 감탄하였다는 이야기다.

푸른 산자락의 푸른 호반(湖畔)에 자리한 배산임수(背山臨水)의 따사롭고도 평화로운 마을! 그곳이 신선이 사는 곳이 아니라, 내가 살고 있는 진주가 적실할진댄, 거긴 내 집이 분명 있을 것이나, "그림이라 그려져 있는지, 아니 그려져 있는지 모르겠다"는 유약무(有若無) 무약유(無若有)로 호도(糊塗)하는 거기에 인선미분(人仙未分)의 묘미가 있다 할 것이다.

시화류(詩話類)에 수록되어 전해 오는 많은 시들은 거의가 다 이와 같은 응구첩대(應口輒對)의 즉석·즉흥시들이다. 창졸간에 이루어진 시이면서도 거기에는 그의 학문, 성격, 경륜, 풍도(風度) 등의 바탕 위에 번득이는 재치가 무늬져 나타나는 전인격적 반영임은 물론이다.

| **정여령**(鄭與齡) 고려 인종(仁宗) 때의 시인. 군부(軍府)의 참모(參謀). 호 영양(榮陽).

산사(山寺)에서

위원개

발 걷어
산 빛을 끌어들이고,
홈통 이어
개울 소리를 나눠 오다.

아침 내
오는 이 없어,
귀촉도는
제 이름을 부르며 운다.

捲箔引山色　連筒分澗聲
終朝少人到　杜宇自呼名
〈雜詠〉

評說 문발을 걷어 올리면, 맞은편 산 경치가, 문틀을 액자 삼아, 아름다운 한 폭의 그림으로 들어오고, 홈통을 길게 이어 개울 한 가닥을 나누어 오면, 금세 차랑차랑 앙증스러운 아기 개울 소리를 내어, 저만치 들려오는 어미 개울 소리와 그윽이 화음하는, 자연의 음악이 된다.

　아침 내 찾아오는 이 없는 깊은 절간! 숲 속에선 귀촉도(두견이)가 "촉도…… 촉도……" 제 이름을 부르며 애닯게 울고 있다.

산 경치와 개울 소리로 시청각적 흥치를 십분 돋우었음에도 아랑곳없이, 무언가 지울 수 없는, 어떤 정체 모를 그리움 같은 서러움 같은, 혹은 한스러움 같은, 그 무엇이 두견새 울음의 여운을 타고, 가슴 속속들이 아득히 메아리져 옴을 어찌하지 못하고 있다.

해탈(解脫)이나 득도(得道)나 성불(成佛)에도 불구하고, 때로 홀연히 눈뜨는 기억, 인간에로의 회귀의 찰나가 어이 없으랴? 만인의 심금(心琴)을 울리는 진정한 시야, 부처님의 말씀보다도, 희로애락의 적나라한 감정에서 우러나는 인간의 목소리가 아니던가?

차마 그리운 곳 못 돌아가 한이 되어, 오죽하면 제 이름을 불러 가며 애타하는 귀촉도는 상기도 "촉도…… 촉도……" 저리 우는데, 원감 국사 아닌, 사바 인간 위원개의 번뇌 일말(一抹)이 이 끝구의 여운 속에 아련히 진맥(診脈)되어 옴을 또한 지울 수가 없구나.

捲箔(권박) 문발을 걷어 올림.

引山色(인산색) 산 경치를 끌어들임.

連筒(연통) 대나무로 만든 홈통을 연달아 이음.

分澗聲(분간성) 개울물 흐르는 소리 한 가닥을 나누어 옴.

終朝(종조) 아침 내.

少人到(소인도) 오는 사람이 없음. '少'는 '缺'의 뜻.

杜宇(두우) 두견이. 자규(子規). 귀촉도(歸蜀道). 촉(蜀)나라 망제(望帝)의 넋이라는 전설의 새. 촉나라로 돌아가지 못함이 한이 되어 "촉도…… 촉도……"를 뇌며, 피를 토해 가며 운다는 정한의 새.

自呼名(자호명) 스스로 제 이름을 부름.

| **위원개(魏元凱, 1226~1292, 고종 13~충렬왕 18)** 일명 충지(沖止). 호 밀암(密庵). 원감 국사(圓鑑國師). 19세 때 문과에 급제. 한림학사, 일본 사신 등 역임. 후에 원오 국사(圓悟國師)에게 구족계(具足戒)를 받고 중이 되어, 조계종(曹溪宗)의 제6세가 되었다. 시문에 능했다.

산과 물

위원개

날마다 산을 봐도
양이 안 차고
물소리 늘 들어도
물리지 않네.

저절로 눈과 귀
맑고 쾌하니
물소리 산빛 속에
마음 편해라!

日日看山看不足　時時聽水聽無厭
自然耳目皆淸快　聲色中間好養恬
〈閑中自慶〉

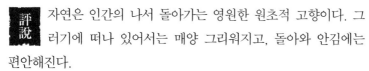 자연은 인간의 나서 돌아가는 영원한 원초적 고향이다. 그
러기에 떠나 있어서는 매양 그리워지고, 돌아와 안김에는
편안해진다.

　물소리보다 아름다운 음악이 어디 있으며, 산 빛보다 아름다운
그림이 어디 있으랴?

養恬(양염) 마음이 편안함.

늘 깨어 있는 투명한 영혼 되게 일깨워 주는 것이 산이요 또 물이다.

귀를 통한 물소리로 진념(塵念)을 씻고, 눈을 통한 산 빛으로 번뇌를 식히는 산수간의 생활!

작자는 산과 물에 인이 박인 사람! 이를 떠나서는 금단 현상(禁斷現象)에 못 견뎌 함이려니 ―.

다음에 그의 또 다른 산수 시(山水詩) 한 편을 옮겨 둔다.

천봉 산 속에 절이 있으니
그윽한 그 맛 무어라 하리?
창은 열어야 산이 들지만,
문은 닫아도 물소리여라!

寺在千峰裏　幽深未易名
開窓便山色　閉戶亦溪聲
　　　　　〈閑中偶書〉

'산' 하다 보니 송(宋)의 왕안석(王安石)의 〈山〉이 떠오른다.

진종일 산을 봐도 산은 안 물려
저 산 사서 저 속에 늙고나 지고!
꽃은 떨어져도 산은 안 늙고
　물은 흘러도 산은 한가해…….

終日看山不厭山　買山終待老山間
山花落盡山長在　山水空流山自閑

끝으로 고산 윤선도의 〈산〉을 시조 가락으로 한번 읊어나 볼까!

잔 들고 혼자 앉아 먼 메를 바라보니
그리운 임이 오다 반가움이 이러할까?
말씀도 우음도 아녀도 못내 좋아하노라.

방산사

백문절

나무그늘 빈틈없고
개울물은 돌돌돌돌……
한 오리 맑은 향연(香煙)
석루 가득 서려 있다.

찜 찌는 인간 세상
지금 한창 낮이련만
소나무 위 돋는 해를
누운 채로 바라본다.

樹陰無罅小溪流　一炷淸香滿石樓
苦熱人間方卓午　臥看初日在松頭
〈方山寺〉

評說　울창한 숲의 짙은 나무 그늘, 듣기만으로도 시원한 개울물
소리, 한 오리 피어오르는 향연의 맑은 향기가 온 법당 안팎
으로 가득 서리어 있는 산사!
　동산 마루의 흰칠한 소나무 위로 막 돋아 오르는 여린 해돋이! 젖
빛 유리를 통해 보는 듯 눈부심도 없이, 지척에서 생글방글 손짓하

方山寺(방산사) 강원도 양구군(楊口郡) 수입면(水入面) 어은산(魚隱山)에 있는 절.

는, 고 포동포동 해맑은 어린 얼굴! 이불 속으로 이끌어다 품어 보고픈 자신의 한정(閒情)이 희한도 하고 거짓도 같아 스스로 황홀해하고 있다.

이러한 산수 간에 한세상 살고 싶다는 내심(內心)이, 여운 속으로 가득 물소리마냥 서려 있음을 들을 것이다.

찜통의 한낮과 해 돋는 아침은, 속계(俗界)와 불계(佛界)의 시차(時差), '고열(苦熱)'이 어찌 한낮의 더위뿐이랴? 오욕(五慾)에 이끌리고, 칠정(七情)에 부대끼는 인생 고뇌(苦惱)도 한데 묶어 이름이다.

가끔은 고열을 벗어난 곳에서, 고열의 정체를 관망함도, 심신을 관개(灌漑)함에 일조가 되리라 여겨지지 않는가?

| **백문절**(白文節, ?~1282, ?~충렬왕 8) 학자. 본관 남포(藍浦). 문과. 사의대부(司議大夫), 국학대사성(國學大司成) 등 역임. 문장에 뛰어났다.

봄날 강가에서

이혼

다경루 앞 물빛이
하늘에 닿아,
연창교 밖 풀빛이
연기 같아라.
봄바람은 솔솔
쉴 사이 없고,
이슬비 보슬보슬
오락 멎으락―.

아침이자 비 개고
강물은 불어,
두 언덕 실버들이
능청거린다.
나루엔 배 한 척
둥실 떠 있고,
쌍제비 물을 차며
짝을 어른다.

바람 자고 물 맑아
배에 오르니
원앙새 쌍쌍이

짝지어 떴다.
귀엽다 다가가면
마냥 달아나
허전히 돌아보는
해 지는 물가.

多景樓前水接天　連滄橋外草如烟
和風澹蕩吹難定　細雨霏微止復連

昨夜雨晴江水肥　朝來兩岸柳依依
渡斷一舟橫泛泛　波閑雙燕掠飛飛

風定江淸上小舟　兩兩鴛鴦相對浮
愛之欲近忽飛去　芳洲日暮護回頭
〈春日江上卽事 三首〉

 이 시는 제각기 독립된 한 수이면서, 동시에 세 수가 연계되어 큰 한 편을 이룬 연시(連詩)이다.

　첫 수는 강루(江樓)에서 바라보는 춘우일경(春雨一景)이요, 둘째 수는 그 이튿날 아침 우후청(雨後晴)의 경물이며, 셋째 수는 그날 저

多景樓(다경루) 중국 강소성(江蘇省) 윤주(潤州)의 북고산(北固山)에 있는 감로사(甘露寺) 경내의 누각 이름.
澹蕩(담탕) 밝고 화창함.
吹難定(취난정) (바람이) 계속 불어 그치지 아니함.
霏微(비미) 비나 눈이 잘게 내리는 모양.
止復連(지부련) 그쳤다가 다시 이어 옴.

녘 배 안에서의 소회이다.

그림 같은 경관 속에 살아 움직이는 존재는, 공중 곡예(空中曲藝)로 재롱부리는 쌍제비와, 수상쟁염(水上爭艶)으로 금실 좋은 쌍원앙이다. 모두가 쌍쌍으로 사랑에 겨운 몸짓들이다. 작자는 느직이 지켜보며, 만물 생성(萬物生成)의 춘의(春意)에 그윽이 수긍(首肯)하며 탄상(歎賞)한다.

그러나 한편으로는 어딘가 그의 가슴 한 쪽이 비어 있는 듯한, 둘데 없는 심사다. 그것의 정체가 무엇인가?

다시 나직이 입에 올려 읊고 또 읊어 본다. 그 주옥같은 시구의 자간(字間) 행간(行間)에 엷은 안개 그림자같이 서리는 것은, 그 '초원의 연우(煙雨)'인 양 아스름하고, '나루에 떠 있는 빈 배'같이 허전하고, '물가에 저물어 가는 해그림자'처럼 아쉬운, 그 무엇이다.

구태여 이름 한다면 외로움이요 쓸쓸함이다. 그것은 맨 끝의 '謾回頭'가 결정적으로 이를 시사해 줌으로써다.

江水肥(강수비) 강물이 불어남.

朝來(조래) 아침이 되자. '來'는 조자(助字).

依依(의의) 하늘하늘하는 모양. 또는 무성한 모양.

渡斷(도단) 나루를 횡단함. 나루를 건넘.

泛泛(범범) 둥둥 떠 있는 모양.

波閑(파한) 물결이 잔잔함.

雙燕(쌍연) 한 쌍의 제비. 쌍제비.

掠飛飛(약비비) 물을 차며 쌍으로 낢.

上小舟(상소주) 작은 배에 올라탐.

相對浮(상대부) 서로 마주보며 물 위에 뜸.

愛之(애지) 이를 사랑함.

欲近(욕근) 가까이 다가가고자 함.

芳洲(방주) 아름다운 화초가 우거진 물가. 방초주(芳草洲).

謾回頭(만회두) 부질없이 고개를 돌림. 공연히 뒤돌아봄.

하도 재롱스러워 무심코 다가가다, 푸드득 기겁하여 달아나 버리는 원앙 한 쌍! '아뿔싸, 그게 아닌데……', '이럴 수가……' 닭 쫓던 뭣 꼴이기도 하고, 무심코 한 대 얻어맞은 것도 같아, 누가 볼세라, 차마 열적고 무안하고 당황스러움을 감추지 못한 나머지, 공연히 힐끗 뒤돌아보는 '謾回頭'다.

또는 꽃다운 화초 우거진 물가엔 하루해도 뉘엿뉘엿 지려 하는데, 저들 무리에게 참여마저 소외당한, 반려 없는 늘그막의 외로움, 한 생애도 이러구러 저물어 가고 있음을 절감하며, 어쩐지 허전하고, 왠지 아쉬운 지난날에의 '謾回頭'이기도 하다.

평화로운 봄의 서경에, 아지랑이같이 서리는 일말의 상춘(傷春), 아정(雅正)한 조사(措辭), 풍아(風雅)한 시격(詩格), 고악부(古樂府)를 대하는 듯, 시경(詩經) 주남(周南)을 읽는 듯, 과연 만구에 오르내리던 작품답다 할 만하다.

끝으로, 같은 봄날의 서정인 그의 칠률(七律) 한 수를 덧붙인다.

영명사 안
중은 아니 보이고,
영명사 앞
강물만 절로 흐르네.

빈 산 외로운 탑은
뜰가에 서 있는데,
행인 없는 나룻목엔
거룻배만 비껴 있네.

먼 하늘 나는 새는

어디로 가려는고?
넓은 들 봄바람은
불어 불어 쉬질 않네.

아득해라! 지난 일
물을 곳 바이 없고,
엷은 연기 저무는 해
사람을 시름케 하네.

永明寺中僧不見　永明寺前江自流
山空孤塔立庭際　人斷小舟橫渡頭
長天去鳥欲何向　大野東風吹不休
往事微茫問無處　淡烟斜日使人愁
〈浮碧樓〉

이혼(李混, 1252~1312, 고종 39~충선왕 4) 고려의 문신. 자 거화(去華), 태초(太初). 호 몽암(蒙菴). 본관 전의(全義). 전조판서(銓曹判書), 첨의정승(僉議政丞) 등 역임. 시문에 능하였으며, 영해(寧海)에 귀양 갔을 때 지은 〈무고(舞鼓)〉가 악부(樂府)에 전한다. 시호는 문장(文莊).

감회

안향

향등 밝힌 곳곳에는
부처 앞의 기원이요,
풍악 잡힌 집집마단
잦기도 한 굿판인데,
다만 이 두어 간의
공자님 사당에는
가을 풀만 뜰에 가득
적적 사람이 없네.

香燈處處皆祈佛　絲管家家競祀神
惟有數間夫子廟　滿庭秋草寂無人
〈有感〉

評說 온 세상이 불교 일색이요, 무속(巫俗)투성이다. 모두가 사사
로운 저의 소원이 성취되기를 기원하여, 절마다 불자들로
가득하고, 집집마다 점치랴, 굿하랴, 푸닥거리하랴, 미신에서 헤어
나지 못하고 있다.

　그러다 보니 내세보다 현세의 삶에 가치를 두고 있는 유교는 설

香燈(향등) 향 피우고 등불을 밝힘. 분향(焚香)과 헌등(獻燈).
絲管(사관) 현악기와 관악기. 음악. 풍악.

자리가 없게 되고, 공자의 사당에는 참배하는 사람이 없어, 뜰에는 가을 풀만 을씨년할 뿐이다. 세태를 탄식하는 유자(儒者)의 긴 한숨이다.

이 시는 정중부(鄭仲夫)에서 시작된 무신 집권 시대에, 문관이 힘을 쓰지 못하게 되고, 또 몽고의 침입으로 개경(開京)을 비우고 강화에 국척해 있는 동안, 문교를 돌보지 못한, 암흑기의 상황을 읊은 것이다.

따라서 이 시에는 문화 역사의 한 시대적 단면을 생생하게 보여 주는, 사시적(史詩的) 가치도 있다 할 것이다.

| **안향(安珦, 1243~1306, 고종 30~충렬왕 32)** 고려 충렬왕 때의 명신·학자. 초
명은 유(裕). 호는 매헌(梅軒). 벼슬은 도첨의중찬(都僉議中贊). 미신을 타파하
고 문교를 진흥하는 데 공이 컸다. 시호는 문성(文成).

백화헌

이조년

듣게나! 꽃 심는 일
더는 말 것이
백 가지를 채웠으니
더해 뭣하리.

절개 굳은 매화·국화
일품 말고야
울긋불긋 허랑한 꽃
괜히 많고녀!

爲報栽花更莫加　數盈於百不須過
雪梅霜菊淸標外　浪紫浮紅也謾多
〈百花軒〉

 '백화헌'은 집 둘레에 온갖 기화요초(琪花瑤草)를 심어 놓고,
현액(懸額)한, 옥호(屋號)이자 작자의 당호(堂號)이다.
　그는 천성 꽃을 좋아하여, 계획대로 백 가지의 꽃을 실수(實數)대
로 심어 놓고 보니, 명실(名實) 그대로 '백화헌'의 찬란한 면모가 갖
추어졌다.

淸漂(청표) 맑고 절개가 있음. '漂'는 '標'와 통함.

이제 넘쳐서는 아니될 것이니, 더는 심지 말라고 지시한다. 뿐만 아니라, 이미 심어 놓은 것 가운데도, 예로부터 군자(君子)의 절개가 있다 하여 일컬어 오는 '매화, 국화 등 몇 가지 화품(花品)만이 돋보일 뿐, 그 밖의 너덜분한 천자만홍(千紫萬紅)이야 공연히 수만 채웠을 뿐, 들러리치고는 쓸데없이 너무 많다는 것이다.

꽃을 완상하는 데도 귀족주의와 서민주의로 나누어짐은 어찌할 수가 없다.

유교 문화에서는, 군주에 대한 충절만이 지나치게 강조되어 옴에 따라, 매란국죽을 위시한 몇몇 화품(花品)만을, 군자절(君子節)이 있다 하여, 상품(上品)으로 대접하는가 하면, 우리 산야에 자생하는 흔한 야생화들은 한갓 우매한 민중인 양 하품(下品)으로 보아 넘기는 일이 일반적이었다.

충절의 꽃을 높이 평하는 것은, 그 사람 자신의 충성심을 간접적으로 나타내 보이는 일이기도 하기에, 이를 지나치게 칭송하는 일은, 저절로 또한 귀족 사회의 하나의 관행으로 굳어져 갔던 것이다.

그러므로 이를 뒤집어 말하면, 하품의 꽃을 과도히 기리는 것은, 그 사람의 인품은 물론, 그 성향(性向)을 의심받게 될 것 또한 물론이다.

이 시의 작자는 백화로 집을 꾸밀 만큼, 더구나 '백화헌'으로 자호(自號)할 만큼, 모든 꽃에 대한 그 나름대로의 신비로움과 아름다움에 내심 찬탄하면서도, 매국(梅菊) 이외는 '낭자부홍'으로 일괄 하대(下待)한 듯한 인상을 풍긴 것은, 위의 굳어진 관행을 의식한 데서 온 의도적인 배려에서일 것으로 짐작된다.

그의 저 유명한 작품 이화월(梨花月)의 시조 한 수를 봄으로써도, 그 다정다감한 고운 마음씨를 짐작하고도 남음이 있지 않은가?

이화(梨花)에 월백(月白)하고 은한(銀漢)이 삼경인 제
일지(一枝) 춘심(春心)을 자규(子規)야 알랴마는
다정도 병인 양하여 잠 못 들어 하노라.

이조년(李兆年, 1269~1343, 원종 10~충혜왕 복위 4) 자 원로(元老). 호 매운당 (梅雲堂), 백화헌(百花軒). 본관 경산(京山). 문과. 정당문학(政堂文學), 홍문관 대제학 등 역임. 시문에 뛰어났다. 시호는 문열(文烈).

월영대

채홍철

고운의 문장 기개(氣槪) 갈수록 높아
문득 하 그리워 대에 올랐네.

황학은 가도 풍월은 여기 남았고
연파랑 서로 좇아 백구도 왔네.

비 갠 산 빛, 난간에 짙게 어리고
봄 다한 송화 가루 술잔에 진다.

선생의 고운 시심(詩心) 선계에 있어
구름이랑 훗날 좋이 돌아오려니 ─.

文章習氣轉崔嵬　　忽憶崔侯一上臺
風月不隨黃鶴去　　煙波相逐白鷗來
雨晴山色濃低檻　　春盡松花亂入杯
更有琴心隔塵土　　他時好與海雲廻
〈月影臺〉

評說 월영대에 올라 문창후(文昌侯) 최치원을 그리워함이다.
세월이 지날수록 더욱 높이 우러러 보이는 선생의 문장 기
개에 감복하여, 문득 솟구치는 그리운 마음 걷잡지 못해, 그 옛날

선생이 노닐었다는 이 월영대에 한번 올라와 본 것이다.

선생은 황학을 타고 신선이 되어 떠났다는 항간의 풍설이지만, '풍월, 연파, 백구, 산색……'의, 그 옛날 그 풍물(風物)의 옛 풍정(風情)은 그때가 지금인 양, 저렇듯 목전에 펼쳐지고 있지 않은가? 잔을 거듭하는 사이 거나해진 자신이 고운인 듯, 지금이 그때인 듯, 문득 금석(今昔)을 혼동하고 만다.

훗날 이 땅에도 풍진이 사라지면, 저 바다 구름이랑 함께 흰 구름 모습으로, 해운은 다시 이 선경에 소리 소문 없이 돌아와 노니실 듯, 그날이 기다려지는 그리움에 망연히 잠겨 들고 있는 작자이다.

習氣(습기) 몸에 배어 있는 기개.

'相逐'은 '長送'으로 된 데도 있다.

月影臺(월영대) 창원군 회원현 서쪽 해변에 있는 대. 최치원이 놀던 곳으로 알려져 있다.《동국여지승람》.

'海雲'의 '海'는 본집에는 '雨'이나 '雨'는 제5구의 '雨'와 중복될 뿐만 아니라, 의미상으로 보아서도, 아마 최치원의 호인 '海雲'의 '海'의 와자(訛字)일 것으로 보아 정정한 것. 여기의 '해운'은 '바다구름'의 뜻도 내포된 일자양의(一字兩義)로 쓰인 것. ※ '고운(孤雲)'은 최치원의 호가 아닌, 그의 자(字)이다.

琴心(금심) 거문고 소리처럼 아름다운 고운 마음씨. 아름다운 시심(詩心).

| 채홍철(蔡洪哲, 1262~1340, 원종 3~충혜왕 복위 1) 고려 문신. 자 무민(無悶). 호 중암(中庵). 본관 평강(平康). 문과. 사의부정(司醫副正)이 되고, 밀직부사(密直副使)로서, 원나라에 다녀왔다. 충숙왕이 복위하자 찬성사(贊成事)가 되고, 순천군(順天君)에 봉해졌다. 문장 기예에 뛰어났다. 저서에 《중암집》이 있다.

꽃 꺾어 머리에 꽂고

왕백

지난밤 시골집에
비 자욱 내리더니
대숲 밖 복사꽃이
홀연 활짝 붉었네.

취하여 귀밑털
흰 줄 모르고
꽃 꺾어 머리에 꽂고
봄바람 앞에 섰네.

村家昨夜雨濛濛　竹外桃花忽放紅
醉裏不知雙鬢雪　折簪繁蕚立東風
〈山居春日〉

評說　취함이 어찌 술에 뿐이랴? 술에, 꽃에, 봄바람에 두루 취하
여, 나이 분수도 깜빡한 채, 꽃 꺾어 머리에 꽂고 봄바람 앞
에 썩 나서서, 청춘인 양 착각하고 있는 것이다.

濛濛(몽몽) 비나 안개 같은 것의 자욱한 모양.
放紅(방홍) 꽃을 피움.
醉裏(취리) 취중(醉中).

그러나 이 희극 장면 같은 만화 풍경 속에, 차마 웃어 버리고만 치울 수 없는 애틋한 그 무엇─풍상에 찌들고 부대끼어 빛바래진 흰 머리카락, 세월의 침식으로 시름인 양 깊어진 주름살, 그러나 아직은 간대로 승복할 수 없다고 부려 보는 가엾은 오기가, 술기운에 고무되어 잠시 빚은 '신로심불로(身老心不老)'의 촌극이었던 것이다. '가엾다, 그 심불로! 능히 몇 때나 더 버티어 갈 수 있으리라고, 종작없이 부린, 아, 이 주책바가지!' 술 깬 뒤의 이런 후회야 할수록 열없고 멋쩍은 자괴(自愧)요, 자조(自嘲)요, 자탄(自歎)일 뿐이다. 한편, 작품으로서의 그 착각미(錯覺美), 골계미(滑稽美), 애련미(哀憐美)는 희비가 교착하는 가운데, 한결 깊어진 인생무상을 새삼 느껍게 하고 있다.

비슷한 시조나 한 수 곁들일까.

뉘라서 날 늙다던고 늙은이도 이러한가
꽃 보면 반갑고 잔 잡으면 웃음난다.
춘풍에 흩나는 백발이야 낸들 어이하리오.

이중집(李仲集)

雙鬢(쌍빈) 양쪽 볼의 구레나룻. '雪'은 눈처럼 흼.
折簪(절잠) 꺾어서 비녀처럼 머리에 꽂음.
繁蕚(번악) 탐스러운 꽃가지.

| **왕백**(王伯, 1277~1350, 충렬왕 3~충정왕 2) 문신. 본성은 '金'. '王'은 사성. 우사의(右司議), 집의(執義) 등 역임. 조적(曺頔)의 난에 가담한 혐의로 파직되었다.

어촌의 낙조

이제현

뉘엿뉘엿 먼 산의
해는 지는데,
밀물이랑 어기여차
와 닿은 물가.

어부들 들어간
흰 갈대숲엔,
두어 오리 밥 짓는
새파란 연기 ―.

落日看看含遠岫　　歸潮咽咽上寒汀
漁人去入蘆花雪　　數點炊烟晚更靑

〈漁村落照〉

 이는 임석재(林石齋)·윤주헌(尹樗軒)의 '소상팔경(瀟湘八
景)' 시에 화운(和韻)한 여덟 수 중 하나인 화제(畫題)이다.
이런 그림 같은 서경을 흔히 시중유화(詩中有畫)라지만, 이 시에

看看(간간) 점점. 점차 진행되어 가는 모양.
含遠岫(함원수) 먼 산정(山頂)을 삼켜 버림.
歸潮(귀조) 썰물. 낙조(落照). 여기서는 썰물이 되어 나갔던 물이 다시 돌아온다는 뜻으
로, '上寒汀'의 '上'과 호응하여, 실제로는 '밀물'의 뜻으로 씌어 있다.

는 그림으로는 오히려 수용할 수 없는 '가시적(可視的)인 시간의 추이'가 역력하여 생동감과 현장감이 두드러진다.

보라. 동편 멀리 높은 산정에서 마지막 타고 있던 석양마저, 보고 있는 사이에 점차로 모음(暮陰)에 삼켜져 가고 있는 과정하며, 스멀스멀 刷刷 밀려드는 밀물의 설레는 해조음(海潮音) 사이로, 그윽이 들려오는 구성진 뱃노래의 주인공들이 배 저어 와 닿는 물가, 배에서 내려 갈대밭 속으로 들어가고 있는 어부들의 거취, 바람기 없는 청명한 가을 저녁 무렵의 싸늘한 기류(氣流)를 타고 구불구불 끊어질 듯 이어지며 높이 피어오르는 푸른 연기의 흔들림 등 시시각각으로 변이해 가고 있는 어촌 모경의 현재 진행상이 필름을 돌리는 듯 박진하다.

더구나 어부들이 방금 저어 온, '배'에 대해서는 일언반구의 언급이 없으면서도 밀물과 함께 들어와 거기 있게 한 솜씨는 은근하고 그윽하기 이를 데 없다. 보라, '咽咽'은 밀려드는 해조음만이 아니라, 목 놓아 부르는 뱃노래도 화음되어 있는 것이며, '上寒汀'은 올라온 것이 조수의 수위(水位)만이 아니라, '배'도 함께 둥실 거기에 닿은 것이다. 배를 일컫지 않으면서도 일컬은 묘수, 문득 백낙천(白樂天)의 〈비파행(琵琶行)〉 한 대문이 떠오른다.

여울물처럼 간단없이 오열(嗚咽)하던 비파 소리가 갑자기 뚝 끊어지고는 온전히 한 박자를 빼먹고야 막힌 숨이 터지듯 다음 박자

咽咽(열열) (1) 목메어 흐느끼는 소리. (2) 해조음(海潮音)의 의성(擬聲). 여기서는 (1), (2)의 중의.

上寒汀(상한정) 찬 물가에 올라와 닿음.

雪(설) 흼.

炊烟(취연) 밥 짓는 연기.

晚(만) (1) 저묾. (2) 느직함. (1), (2)의 중의.

로 이어지는 그 공박(空泊)의 멋을, 낙천은 "이때의 소리 없음, 있기보다 멋있어라(此時無聲勝有聲)"고 감탄했지만, 말없이 배를 일컬은 솜씨는 "이때의 말없음이 있기보다 멋있다(此時無言勝有言)"고나 할까.

각설하고, 배에서 내린 어부들의 동정을 지켜보자. 그들은 눈처럼 흰 갈대밭으로 들어간다. 허리께가 잠기고 어깨가 잠기더니, 마침내 머리마저 잠겨 버린다. 이윽고 저만치 좀 떨어진 지점에서 연기가 솟는다. 전연(篆煙)처럼 일렁이며 푸른 하늘로 피어오르는 푸른 연기! 저녁밥을 짓고 있는 것이리라. 밥 따로 반찬 따로 불 때고 있는 '두어 오리'의 연기이다. 임시로 기착한 뜨내기 어부이기에, 저기서 밥 지어 먹고, 배 안에서 이 밤을 묵을 참인 모양이다. 늦가을의 싸늘한 대기가 '寒·靑'을 통해 투명하게 감촉된다.

이덕무(李德懋)는 《청비록(淸脾錄)》에서, 익재의 시는 이천 년래의 우리 시의 으뜸이라 극찬했고, 신위(申緯)는 《논시절구(論詩絶句)》에서,

우집(虞集)·조맹부(趙孟頫)랑 닦은 그 인품
오촉 만리길의 장한 그 경력
경전으로 수련한 바른 그 문장
그 공적 이날토록 하고 하여라.

虞趙諸公共漸摩　蜀吳萬里壯經過
文章爾雅陶鎔化　功到于今盡覺多

라고 찬양했다.

다음은 여담으로 서거정(徐居正)의 《동인시화(東人詩話)》에 전해

오는 시화 한 토막을 소개한다.

　익재가 충선왕(忠宣王)을 호종하여 북경에 가 있을 때의 일이다. 왕이 만권당(萬卷堂)을 여니, 염복(閻復)·요수(姚邃)·조맹부 등 학자들이 왕의 문하에 와 놀았다. 하루는 왕이 즉흥 한 구를 불렀다.

鷄聲恰似門前柳

닭 우는 소리 흡사
문전의 수양버들 같아라!

　문득 좌중의 이목이 이에 집중되면서, 여러 학자들이 일제히 그 용사〔用事: 전고(典故)나 사실의 인용〕를 물어왔다. 왕은 갑작스러운 질문 공세에 대답이 궁하여 낭패한 빛을 보이자, 이를 눈치챈 익재는, 그 위급 총망지중(忽忙之中)에 전광석화(電光石火)처럼 즉흥 한 구를 불렀다.

屋頭初日金鷄唱　恰似垂楊裊裊長

아침 해 맞이하는
지붕 위 수탉 소리
실버들 하늘하늘
간드러지게도 길다.

　우리나라 사람의 시에 이런 구가 있는데, 전하의 시는 이에 말미암은 것이라고 둘러댔다. 왕이 비로소 안도의 숨을 내쉰 것은 물론, 좌중이 모두 감탄했다는 이야기다.

이는 '수탉의 간드러진 긴 목청'과 수양버들의 '하늘하늘 늘어진 긴 가지', 이 청각과 시각에 어린 전후 두 표상이 유화(類化) 융합(融合)된, 이른바 시청각적 공감각(共感覺)으로 맺어진 심상(心像)인 것이다.

낭산(朗山) 이후(李垕)의 명구가 생각난다.

누른 닭은 지붕 위에
소리를 드리워 섰고
흰 갈매기는 모래톱에
그림자를 움키어 난다.

黃鷄屋上垂聲立　白鷗沙中捲影飛

홰 툭툭 치며 하늘 향해 운을 뗀 높은 목청에 후속되는 간드러진 가락의 긴 모가지는, 주전자의 물을 따르듯 아래로 점점 휘어지며 수직의 위치에서야 소리를 마감하는, 그 모가지와 목청의 긴 드리움은, 정히 '裊裊長'의 '垂楊'을 연상케 함에서, 숫제 '垂聲'으로 일원화된 듯, 전후 두 시의 상통한 맥락을 느끼게도 한다.

서거정은 만권당 사건에 대해서, "만일 익재의 구함이 없었던들, 충선왕은 폄자(貶者)들의 날카로운 공격에서 벗어나지 못할 뻔하였겠다"고 아슬아슬해했는가 하면, 이덕무는, "교묘한 표현으로 왕의 어려움을 구출했으니, 이 또한 나라를 빛낸 일이라"고, 국위 선양에까지 결부시켰다.

박지원(朴趾源)은 그 감개를 다음과 같이 읊었다.

'지붕 위 수탉 소리 버들가진 양 길다' 는

익재의 구기(口氣)는 지금도 향기롭다.

노구의 새벽달 연연히 밝았건만

그 뉘라 충선왕의 만권당을 알리오?

金屋鷄聲似柳長　　陪臣牙頰至今香

蘆溝曉月娟娟在　　誰識瀋王萬卷堂

※ **蘆溝曉月(노구효월)** 북경 팔경의 하나.

瀋王(심왕) 심양왕. 곧 원나라가 남만주 심양·요양 등지에 살고 있는 고려의 유망민(流亡民)을 통제하고, 고려의 왕을 견제하기 위하여 제정했던 봉작(封爵).

| **이제현**(李齊賢, 1287~1367, 충렬왕 13~공민왕 16) 고려 말의 명신·학자·시인. 자 중사(仲思). 호 익재(益齋). 본관 경주(慶州). 문하시중(門下侍中) 등 역임. 충선왕(忠宣王) 이후 6대의 왕을 섬김. 충선왕이 심양왕(瀋陽王)의 봉작으로 만권당(萬卷堂)을 열고 북경에 머무를 때 호종하여 조맹부(趙孟頫) 등 중국의 대학자들과 교유하였으며, 서촉(西蜀), 강남(江南), 서번(西蕃) 등지를 왕사(王事)로 하여 두루 다녔다. 시문에 뛰어났다. 저서에 《익재집》 등 많다. 시호는 문충(文忠).

아미산 가는 길에

이제현

금강 강 하늘엔
흰 구름 가을인데,
송별 노래 드높은 속
주루(酒樓)를 내려온다.

한 조각 붉은 깃발
바람에 퍼덕이고,
부드러운 노 소리에
물 흐름도 느직하다.

비에 쫓긴 송아지는
갯마을로 돌아가고,
물결에 뛴 갈매기는
나그네 배로 다가온다.

그 뉘라 이 몸을
불우하다 이르느뇨?
언제나 왕사(王事)로 하여
청유(淸遊)에 겨운 것을―.

錦江江上白雲秋　唱徹驪駒下酒樓
一片紅旆風閃閃　數聲柔櫓水悠悠
雨催寒犢歸漁店　波送輕鷗近客舟
孰謂書生多不遇　每因王事飽淸遊

〈放舟向峨嵋山〉

評說 아미산(峨嵋山) 탐승 길의 낭만에 부푼 여정(旅情)이다.
금강(錦江)은 두보의 시로 해서 더 아름다워진, 성도(成都)
를 누벼 흐르는 '비단강'이요, 아미산은 성도의 서북 40리쯤에 있
는, 이 또한 그 이름만큼이나 아름다운 명산이다. 이제 비단강 물길
을 따라 아리따운 미인산을 찾아가는 익제의 일행은, 등정(登程)에
앞서, 그곳 유지들이 베풀어 주는 조도연(祖道宴: 먼 길의 평안을 비는
송별연)에서 한 잔 거나히 기울이고 나서는 터이다. 출발에 임하여,
기녀들이랑 유지들의 사무치게 불러 대는 송별 노래를 뒤껼으로 배
웅 받으며, 주루를 내려와 배에 오른다.

뱃머리에 꽂은 붉은 깃발은 바람에 퍼덕이어 뱃길의 흥치를 돋우
는데, 노 젓는 소리의 부드러움만큼이나 강물의 흐름도 느직하기만
하다.

저 혼자 집 찾아가는 송아지, 친근하게 다가오는 갈매기 등, 연안

錦江(금강) 성도(成都)를 흐르는 양자강의 상류.
峨嵋山(아미산) 성도의 서북 40리쯤에 있는 명산.
唱徹(창철) 사무치게 불러 대는 노랫소리.
驪駒(여구) 털빛이 검은 말. 가라말. 여기서는 송별의 노래. 여가(驪歌).
旆(기) 방울 달린 기. 쩔렁기. 상하하는 용을 그린 제후기(諸侯旆)를 이름이다. 旆=旗.
왕사의 대행임을 나타내기 위하여 심양왕의 기를 내건 것일까?
閃閃(섬섬) 번쩍번쩍 퍼덕이는 모양.
漁店(어점) 어부의 집. 어가(漁家).

(沿岸) 풍경에서 잠시 향수를 일으키기도 하는, 낭만의 여심(旅心)
은 마냥 즐겁기만 하다.

　속내 모르는 사람들은 나를 동분서주 왕사(王事)에 골몰하는 불
우(不遇)한 사람으로 알고 있지만, 실은 왕사인지라, 나야말로 공짜
수행원에 공짜 여비로, 강남(江南)이다, 서번(西蕃)이다, 또 이 서촉
(西蜀)이다로, 가는 곳마다 대접받으며, 맑은 유람의 즐거움을 마음
껏 누리는, 실로 청복(淸福)에 겨운 사람이라 할 것이다.

　매사에 긍정적인, 맑고 밝고 아름다운 이 여심(旅心)에 축복 있으
려니—.

보덕암

이제현

서늘바람 바윗골에 시냇물 깊푸른데
막대에 몸을 실어 층층 벼랑 올려다보면
솔구름 멍에한 추녀 날개 활짝 폈어라!

陰風生巖谷　溪水深更綠
倚杖望層巔　飛簷駕雲木
〈普德窟〉

 금강산 유람의 기행 즉흥이다.
서늘바람 절로 이는 기암괴석의 바위 골짜기, 분설담의 깊
푸른 계곡물 소리 동학(洞壑)에 가득한데, 발길을 멈추고 법기봉 가

普德窟(보덕굴) 내금강 법기봉 가파른 암벽 중허리에 있는 3층 암자. 아래 계곡에는 만
폭동 팔담의 하나인 분설담이 있다.
陰風(음풍) 서늘한 바람.
巖谷(암곡) 바위산의 골짜기.
倚杖(의장) 지팡이에 몸을 기댐.
層巔(층전) 층층으로 된 산의 꼭대기.
飛簷(비첨) 새가 날개를 활짝 펼친 듯한 추녀.
駕(가) 멍에함. 멍에를 메고 앞에서 끌게 함.
雲木(운목) 구름과 나무.
※ **솔구름** 소나무와 구름. 송운(松雲). 이백의 시에 "紅顔棄軒冕 白首臥松雲"이라는 구
가 있다.

파른 절벽을 올려다보는 보덕굴 암자의 장관! 한껏 몸을 젖혀, 뒤로 버티어 바친 지팡이 끝에 몸무게를 싣고, 까마득히 치어다보는 벼랑 중허리엔, 구부정하게 내민 늙은 소나무 가지 사이로, 바쁜 듯 지나가는 흰 구름 앞세우고, 단청도 새뜻한 추녀 한 귀퉁이가 날개 활짝 펴 날고 있다. 익연(翼然)한 비첨(飛簷)! 할머니 옛이야기에 으레 나오는 '포르르 날아가는 기와집'이다. 날개 끝을 치세워 편 선학(仙鶴)이 잔잔한 기류(氣流)를 타고 송운(松雲) 사이를 활공(滑空)하고 있는 듯 맵시롭다.

요처는 결구, '飛·翥'의 동적 표현은, 동양 건축의 특징인 부연(附椽) 댄 추녀의 곡선미를 한결 멋스러운 몸짓으로 생동케 했다.

같은 경관이라도 보는 시점(視點)·시각(視角)에 따라 다르다. 누정(樓亭)·사관(寺觀) 등은 앙각(仰角)이 클수록 돋보이고, 노송·백운을 배경으로 한 구도(構圖)가 가장 운치로우니, 작자의 저 위치는 화가라면 캔버스를 펼 유일한 명당이기도 한 곳이겠다.

익재 소악부 〈益齋小樂府〉

이제현

해제 | 여기에 보인 6편은 다 작품 연대가 미상이며, 〈처용〉을 제외한 다른 작품들은 다 원가는 전해 오지 않으며, 〈오관산〉을 제외한 다른 작품들은 다 작자 미상으로 공통된다. 구전되어 오는 도중에 원가는 시나브로 인멸되어 버렸으나, 익제의 이와 같은 멋진 한역 시에 의하여 그 내용을 십분 짐작할 수 있게 되었음은 참으로 다행한 일이다. 뿐만 아니라, 한역은 한역대로의 또 다른 가치성을 지닌 걸작이며, 또한 순수한 '우리 한시'로서 우리의 문화유산에 큰 빛을 보태 주고 있는 것이다.

● 오관산

목두깨비로 꼬마 당닭을 새겨 내어
젓가락으로 집어다가 벽 횃대에 앉혀 놓자
이 닭이 꼬끼요 울면 어머님 얼굴 환해질까?

木頭雕作小唐鷄　筋子拈來壁上棲
此鳥膠膠報時節　慈顏如似日平西
〈五冠山〉

해제 | 이 노래는 효자 문충(文忠)이 오관산 아래에 살면서, 그 어머니의 늙음을 한탄하여 지은 것이라 한다.

評說 활짝 웃는 어머니의 밝은 얼굴이 보고 싶어, 이런 기상천외의 공작으로 익살을 부린 알뜰한 효성은, 70세에 색동옷을 입고 부모님 앞에 춤추며 어리광부렸다는 노래자(老萊子)에 견줌 직도 하다.

'壁上棲'란, 간짓대의 두 끝에 끈을 매어 수평이 되도록 벽에 달아 맨 옷걸이를 뜻함인데, 이를 '홰' 또는 '횃대'라 하여, 옛날에는 방마다 설치해 두었던 편의 시설의 하나였다. 그런데, 이 '棲'자의 원래의 뜻은, 닭장이나 새장에 가로질러, 닭이나 새가 올라앉도록 장치한 막대로서, 이를 또한 우리말로 '홰' 또는 '횃대'라 하는 것이다. 여기서 작자는 우리말의 이와 같은 동음이의(同音異義)를 교묘히 원용하여, '棲'의 훈(訓)을 향찰식(鄕札式)으로 차용해다가 '壁上棲'란 신조어(新造語)를 만들고, 거기다 '옷' 아닌 '닭'을 앉혔으니, 홰(횃대)는 홰(횃대)이되 닭홰[鷄棲] 아닌, 옷걸이[壁上棲]에 앉은 닭의 위상(位相)이란, 나뭇가지에 올라앉은 물고기와도 같아, 1구의 곰상스러운 내용과도 조화되어 익살스럽기 이를 데 없다.

木頭(목두) 치목(治木)할 때 잘라 낸 끄트머리의 도막. 목두깨비.
筋子(저자) 이는 '筯子(저자: 젓가락)'의 유오(類誤)인 듯. '拈來(염래: 집어 옴)'와의 호응으로 보아 더욱 그러하다.
壁上棲(벽상서) 옷을 걸도록 벽에 설치해 둔 횃대를 이름.
慈顔(자안) 어머니의 얼굴.
日平西(일평서) 해가 서쪽으로 기욺. 해 질 무렵의 햇살처럼 어머님의 얼굴도 파안일소(破顔一笑)하여 활짝 펴지실까의 뜻.

● 거사련

울타리 꽃가지엔 까치가 지저귀고,
침상맡엔 낙거미가 그물을 펴내나니,
임 올 날 멀지 않았다 미리 알려 줌이리.

鵲兒籬際噪花枝　　蟢子床頭引網絲
余美歸來應未遠　　精神早已報人知
　　　　　　　　〈居士戀〉

해제 | 행역(行役: 관의 명령으로 토목공사나 국경 수비군으로 동원되어
나감) 나간 남편이 돌아오기를 기다리는 아내의 간절한 마음이다.

評說 까치가 짖으면 반가운 사람이 오고, 아침 거미를 보면 재수
가 있다는 속설(俗說)은 꽤나 오래된 중국에서부터 전래된
미신이다. 그 차마 믿을 거리도 못 되는 이런 속신(俗信)을 그렇게
나마 믿음으로써, 잠시나마 자위(自慰)하려는 대인난(待人難)의 애
타는 속마음이 차마 안쓰럽다.

● 처용

바다 건너 왔다는 신라 때 처용 아빈
흰 잇바디, 붉은 입술, 달밤을 노래할 제

蟢子(희자) 낙거미. 다리가 긴 거미의 일종.
余美(여미) '余美人'의 준말로, '나의 임', '내 님'의 뜻.

더덩실 어깨춤 추는 봄바람의 소맷자락…….

新羅昔日處容翁　　見說來從碧海中
貝齒禎唇歌月夜　　鳶肩紫袖舞春風
〈處容〉

해제 | 신라 헌강왕(憲康王)이 개운포(開雲浦: 지금의 울산항)에 이르
자, 기괴한 옷에 이상한 용모의 한 사나이가 나타나, 노래하고 춤추
며 왕의 성덕을 기리며, 왕을 따라 입경(入京), 스스로 '처용'이라 이
름했다. 달밤이면 저자에서 가무하니, 사람들이 이상히 여겨 이 노래
를 지었다 한다. 이 노래는 신라 향가로, 또 고려 가요로 다 함께 전
해 오고 있다.

評說 '鳶肩紫袖舞春風'에서, 어깨춤의 더덩실거리는 춤사위며,
자줏빛 넓은 소맷자락의 봄바람에 휘랑거리는 멋과 흥치가
불과 칠언(七言)에 살아 있음을 볼 것이다.

● 사리화

참새야 어딜 그리 오가며 쏘다니나?

見說(견설): '~라고 한다'의 뜻.
來從(내종) ~로부터 옴. 곧 귀화(歸化)함.
貝齒(패치) 하얀 잇바디. 고려 〈처용가〉에는 "백옥 유리같이 하얀 잇발"로 되어 있다.
鳶肩(연견) 솔개의 날갯죽지 모양으로 어깨가 치솟은 모양.
紫袖(자수) 자줏빛 옷소매.

농사야 이러기에 미리 알 수 없다지만
홀아비 애써 지은 것까지 다 까먹고 가다니!

黃雀何方來又去　一年農事不曾知
鰥翁獨自耕芸了　耗盡田中禾黍爲
〈沙里花〉

해제 | 민생고(民生苦)를 가중시키는 관(官)의 주구(誅求)와, 토호(土豪)들의 토색(討索)질을, 농작물을 쪼아 먹는 참새에 은유한 노래이다.

 학정에 시달리는 백성의 원정(怨情)을 직설(直說)할 수는 없어, 황작에 부쳐 은유하고 있다.

환과고독(鰥寡孤獨)은 국가의 구제 대상이건만, 구제는커녕 홀아비가 지어 놓은 농사마저 가차 없이 수탈해 감으로써 겪게 되는 백성들의 참상을 폭로하고 있다. 이러한 일은 해마다 관행(慣行)되어 오는 일이기에, 봄에 씨를 뿌리면서도 결과를 예측할 수 없으니, 흉년이 드는 천재(天災)도 그러려니와, 다행히 풍년이 든다 해도 황작(黃雀)의 화(禍), 곧 가렴주구(苛斂誅求)하는 인재(人災)가 늘 불안 요소로 작용하기 때문이니, '不曾知'의 이러한 함축을 또한 음미할 것이다.

黃雀(황작) (1) 꾀꼬리. (2) 참새. 여기서는 (2)의 뜻.
不曾知(부증지) 예측할 수 없음.
鰥翁(환옹) 홀아비.

● 장암

새야 새야 그물에 친 노랑부리 어린 새야
두 눈은 두었다가 어디에 팔아먹고,
가엾이 그물에 걸린 천치 바보 어린 새야.

拘拘有雀爾奚爲　　觸着網羅黃口兒
眼孔元來在何許　　可憐觸網雀兒癡
〈長巖〉

해제 | 장암으로 귀양 온 평장사(平章事) 두영철(杜英哲)에게, 다시
는 관계에 나아가지 말라고, 한 노인이 충고했으나 듣지 않고, 다시
벼슬살이를 하다가 모함에 빠져 또 죄를 입으니, 그 노인이 나무라
며 비웃어 부른 노래라 한다.

評說 늘 벼슬에만 연연하다가 거듭 원죄(冤罪)에 걸려든, 이 어리
석은 사람에게 '그물에 걸린 새 새끼'니, '천치 바보 어린
새'니 하며, 그 비웃고 빗대고 야유하고 질책함이, 이리도 심한 이
노인은, 너무도 간절히 이 주인공을 아끼고 사랑해서일까? '내 말
안 듣더니 그것 봐라. 아방신아!['그래야 싸지 싸!'의 뜻인, 반어적(返語
的) 기조(譏嘲)의 감탄사] 괘씸하다 못해 고소하기까지 해서일까? 자신

拘拘(구구) 한 가지 일에 집착하는 모양.
網羅(망라) 그물.
黃口兒(황구아) 노랑 부리 아이. 곧 젖먹이 아이.
觸網(촉망) 그물에 걸림. 법망(法網)에 걸림.
雀兒癡(작아치) 새 새끼의 어리석음.

의 예견이 적중했음에 스스로 그 선견지명(先見之明)을 과시해서일까? 아니면, 부도덕하고 야박한 세태인정을 탄식하는, 그 깊은 마음 바닥에서 함께 솟구쳐 오르는 분노를 눙치기 위하여 우정 해 보는 넋두리일까? 두 눈은 어디에 팔다 이리 됐느냐며, 한 순간도 긴장을 풀지 못할 세정(世情)을 탓한 이 시대는, 신라 때 아닌, 오히려 오늘날로 착각됨은 또 어인 일일까?

● 제위보

수양버들 시냇가에 비단 빨래 하노라니,
흰 말 탄 선비님이 손잡으며 정을 주네.
연해 오는 봄비의 처마 물로도
손끝에 남은 향내야 차마 어이 씻으리?

浣紗溪上傍垂楊　執手論心白馬郎
縱有連簷三月雨　指頭何忍洗餘香
　　　　　　　　　〈濟危寶〉

해제 | 이는, 한 여인이 죗값으로 제위보(고려시대 관청의 하나)에 가서 노역(勞役)을 치르는데, 빨래터에서 어떤 남자에게 손이 잡힌 일을 한탄하면서도, 이를 씻을 길이 없어, 이 노래를 지어 자신을 원망한 것이라 한다.

 남편 아닌 딴 남자, 그것도 백마를 탄 선비님에게 손이 잡히어 사랑의 속삭임을 듣게 된 한 여인의 충격적인 고백이다.

그 손에서 전해 오던 부드러운 감촉의 따뜻한 체온, 그 달콤한 말씨의 정겨움에 이미 깊숙이 매료(魅了)되어 있는 이 여인은, 어서 그 부정(不貞)한 사련(邪戀)의 기억(指頭餘香)을 떨쳐 버려야 한다는, 도덕적 강박 관념과는 달리, 한편 차마 잊혀지지 않는, 아니, 차마 잊을 수 없는, 더 정확히 말해서, 차마 잊기가 아까운, 그래서 시달리고 있는, 기성 도덕과 현실 감정 사이에서의 갈등과 방황과 고뇌인 것이다.

'초가집 처마에 연해 내리는 봄비의 처마물(連簷三月雨)', 그것은 비누가 나오기 전까지만 해도 애용되었던, 잿물(灰汁)보다 나은 일급 세제였다. 그런 '다량의 좋은 세제'로도 차마 그 마음에 묻은 때—사특한 연정은 씻지 못해하는, 하마 자칫 바람나기 직전의 이 여인의 가슴속을, 저 얄미울 정도로 깜찍한 '何忍(어찌 차마)'의 두 자로 생생하게 묘사해 내고 있음을 음미할 것이다.

浣紗溪(완사계) (1) 비단을 빨래하는 시내. (2) 약야계(若耶溪)의 딴 이름으로, 서시(西施)가 깁(紗)을 씻었다는 곳. 여기서는 (1)의 뜻.
縱有(종유) 비록 ~이 있다 할지라도.
連簷三月雨(연첨삼월우) 연해 내리는 봄비의 처맛물. '다량의 좋은 세제(洗劑)'의 뜻.

어느 곳 청산에 홀로

김제안

세상일 분분코야!
옳으니 그르니…….
십 년을 티끌에 굴어
옷마저 찌들었네.

지는 꽃 우는 새
봄바람 부는 속의,
어느 곳 청산에 홀로
사립문을 닫았는고?

世事紛紛是與非　十年塵土汙人衣
落花啼鳥春風裏　何處靑山獨掩扉
　　　　　　　〈寄無說師〉

 홀연히 종적을 감추어 버린 무설대사(無說大師)에의 그리움
이다. 아무도 그의 행방을 아는 이가 없다.
　옳으니 그르니 아웅다웅 다투기만 하는 이 시끄러운 세상과의 인
연을 끊어 치우고, 어느 청산에 들어 초연히 홀로 누워 있을 무설
대사!

何處靑山獨掩扉오!

　어느 곳 청산일까? 거기도 꽃은 지고, 새는 우는 만춘의 봄바람은
불고 있을 테지.
　그곳은 저승 아닌 이승이면서도, 물외(物外)의 세계, 이 하늘과는
다른 딴 하늘 아래의 어느 평화로운 세계일 듯 동경(憧憬)되는 곳,
그곳이 또한 간절하게도 그리워지는 것이다.

　科頭箕踞長松下　민머리로 장송 아래 뻗고 앉아서
　白眼看他世上人　흰 눈으로 세상사람 흘껴보나니 ─.

　왕유(王維)가 읊은 최흥종(崔興宗)의 고자세(高姿勢)처럼, 이전구
투(泥田狗鬪)나 다름없는 여말의 정계를 떠나, 자신도 어느 청산에
들어, 사립문 굳게 닫고, 베개 높이 누워 버리고 싶은 마음 간절함
을 이 끝구의 그리움 속에 아닌 듯 부쳐 놓고 있음을 간과하지 말
것이다.

| 김제안(金齊顔, ?~1368, ?~공민왕 17) 고려의 문신. 자는 중현(仲賢). 본관은
안동. 구용(九容)의 아우. 문과. 내서사인(內書舍人) 등 역임. 신돈(辛旽)을 제거
하려다가 사전에 탄로 나 화를 입었다.

비에 젖는 연잎

최해

후추 쌓아 팔백 섬! 천 년 두고 웃기거니,
어쩌자 벽옥의 말로 되어 내고 또 되어 내고……
진종일 명주 구슬을 되질 마질 하는고?

貯椒八百斛　千載笑其愚
如何碧玉斗　竟日量明珠
〈雨荷〉

評說 '貯椒八百斛'은 당(唐)나라 원재(元載)의 고사이다. 그는 관직에 있으면서 뇌물을 탐하여 평판이 나빴으므로 죽은 뒤에 집 안을 검색하니, 호초가 팔백 섬, 종유(鐘乳)가 오백 량이라, 모조리 몰수(沒收)했다는 이야기로, 길이 후세의 비웃음거리가 되어 오

貯椒(저초) 호초(胡椒)를 쌓음. 호초는 호초나무의 열매. 후추.
斛(곡) 양의 단위. 약 10두(斗). 섬(石).
千載(천재) 천 년.
笑其愚(소기우) 그 어리석음을 비웃음.
碧玉斗(벽옥두) 벽옥으로 만든 말. 벽옥은 푸른빛의 옥. 청옥(靑玉). 여기서는 연잎을 가리킴.
竟日(경일) 종일. 진일(盡日).
量明珠(양명주) 명주를 되어서 분량을 헤아림. 명주는 빛나는 구슬. 또는 진주(眞珠). 여기서는 빗방울을 이름.
※ **마질** 곡식 따위를 말(斗)로 되는 일. '되질'은 되(升)로 되는 일.

는 터이다.

이 시는 비록 남의 나라의 고사이기는 하나, 탐욕이 한계가 없으며, 그 말로가 어떠했는가를 들어, 자신의 청렴을 다지며 빈한을 자위한 내용이다.

작자는 본국의 과거에는 물론, 원나라 과제에도 급제하여 문명(文名)을 국내외에 떨친 재사로서, 출사(出仕)도 했지마는, 워낙 타협을 모르는 꼬장꼬장한 성품이라, 세속에 용납될 수 없었다. 스스로 물러나 저술에 힘썼으나, 호구지책(糊口之策) 때문에 그 일에도 몰두할 수가 없었다. 사자갑사(獅子岬寺)의 절밭을 소작하여 근근이 연명했다 하니, 그 가난의 골몰을 짐작할 만하다.

지친 붓을 멈추고, 멍하니 비 내리고 있는 창밖을 내다본다. 연못에는 벽옥 같은 연잎들이 한 못 가득 푸른데, 그 넓고 우묵한 싱그러운 잎사귀마다에 떨어지는 무수한 빗방울들은, 알알이 투명한 구슬이 되어 우묵한 중심부로 도글도글 굴러 모여든다. 어느만큼 고이고 나면 스스로 제 무게를 감당 못해 기우뚱해지는 순간, 수은을 엎지른 듯 일시에 말 구슬이 주루룩 쏟아진다. 큰 잎은 말이 되고 작은 잎은 되가 되어, 종일 두고 부슬부슬 내리는 비(명주)를, 종일 두고 똑같이 한 말 또 한 말, 한 되 또 한 되, 저렇게 되어 내고 또 되어 내고 있으니, 후추 아닌 명주가 팔백 섬 아닌 팔천 섬 팔만 섬도 더 되어질 것 같다.

작자는 탄식한다. "어쩌자고 원재의 전감(前鑑)을랑 무참히 저버리고, 저처럼 탐재(貪財)하는 천하의 어리석음을 되풀이하고 있는 것인고?"라고 ―.

이는 물론 자신의 결벽(潔癖)의 과시(誇示)이기는 하나, 그러나 작자의 눈에 그것이 명주로 비치게 된 그 심리의 뒤안에는 적지 않은 사연이 서려 있음을 본다.

뜻하는 일에 전념할 수 없을 만큼 모질게 부대끼는 호구의 일이, 평소 얼마나 그를 마음 아프게 하였으면 ― 인간의 생존을 위한 일 차적인 생리 본능인, 그 알량한 호구마저도 못하는 애달픔이 오죽 했으면 ― 그런 생각을 하게 되었을까?

'저것들이 모조리 명주라면……' 순간 그는 크게 당황하며, '그 런 용렬한 상상을 하다니……' 하고 다급하게 지우려 한다. 뿐만 아 니라, 이를 탐욕의 고사에 결부하여 '천고의 어리석음'으로 단죄(斷 罪)한다. 그러나 이 시에는, 명주를 계량(計量)하게 하는 주체가 나 타나 있지 않다. 그러므로 그 단죄된 수형자가 누구인지 불명하다. 연잎이야 다만 계량의 기구요 수단일 뿐이니, 그로 하여금 되질 마 질하게 한 그 어리석은 주체는 따로 있어야 할 것이 아닌가?

설마 그 어리석은 주체로 천공(天公)을 염두에 둔 것은 아닐 테고 보면, 그 빈자리에 서야 할 이는, 본인이야 잡아떼든 말든 작자 자 신일 수밖에 없을 것 같다.

다시 말하면, 명주를 순수한 미적 관념으로 수용하지 못하고, 탐 재(貪財)에 대한 그의 엄한 계칙(戒飭)에도 불구하고, 홀연히 눈뜨 게 된 인간 본능의 가치 관념 내지 소유 관념에서, 이를 재보(財寶) 로 환각(幻覺)하는 순간 이미 사단(事端)은 발생하고 만 것이다. 그 리하여 이 재보에 대한 소유 관념을 자신은 아닌 제삼자의 것인 양 부정하고 나섰으나, 부정하면 할수록 그 반대급부로 이미 노출된 평소의 심곡(心曲)이며 인정(人情)의 기미(機微)는 이 시의 진가(眞 價)로, 그야말로 명주처럼 빛나게 하고 있음을 본다.

그리하여, 이 시가 만인의 심금에 와 닿는 것도, 기발한 착상, 예 리한 관찰, 핍진(逼眞)한 은유, 고사에 곁들인 교훈성의 가벼운 해 학미(諧謔美) 같은 것 말고도, 이러한 미묘한 플러스알파의 매혹적 인 번득임이 있기 때문이 아닐까 싶다.

같은 시각(視覺) 비슷한 내용의, 정철(鄭澈)의 시조 한 수를 첨기한다.

명주(明珠) 사만 곡(四萬斛)을 연잎에 다 받아서,
담는 듯 되는 듯 어디로 보내는다.
헌사한 물방울란 어위 계워 하는다.

| 최해(崔瀣, 1287~1340, 충렬왕 13~충혜왕 복위 1) 학자. 자 언명보(彦明父). 호 졸옹(拙翁)·농은(農隱). 본관 경주. 강직하여 세속에 타협하지 않았으며, 저술에 힘써 고려 명현의 시문을 뽑은 《동인지문(東人之文)》25권을 편수, 당대의 문호로 이름을 떨쳤다. 그 외에도 《농은집》, 《졸고천백(拙藁千百)》 등 저서가 많다.

비를 피하며

이곡

홰나무 푸른 그늘
길가의 저택
자손 위해 솟을대문
열었으련만
주인 바뀐 몇 해째
거마는 없고,
비 긋는 행인이나
잠시 들를 뿐―.

甲第當街蔭綠槐　高門應爲子孫開
年來易主無車馬　唯有行人避雨來
〈途中避雨有感〉

 1·2구는, 우선 그 배경인 여러 고사를 알고서야 깊이 있는
감상을 할 수 있을 것 같다.

甲第(갑제) 훌륭한 저택.
高門(고문) 높은 문. 부귀한 집의 문. 솟을대문.
應爲子孫開(응위자손개) 응당 자손의 영달을 위하여 엶.
易主(역주) 주인이 바뀜.
車馬(거마) 수레와 말.
避雨(피우) 비를 피함.

'槐'는 홰나무 또는 회화나무로 불리는 낙엽 교목이다. 주대(周代)에는 대궐 외정에 홰나무 세 그루를 심어 삼공(三公)을 상징하였으니, '槐門', '槐庭' 등의 말도 이에서 유래됐다. 또, 송(宋)의 왕우(王祐)는 자손 중에 반드시 삼공이 나리라 예언하며, 뜰에 홰나무를 심어 가꾸더니, 후에 과연 아들이 재상에 올랐다는 고사 이래로, 자손의 영달을 기원하여 뜰에 홰나무 심는 풍습이 일게 됐다. 한편 '綠槐蔭'의 '蔭'은 '푸른 나무 그늘'이란 뜻 외에, 하늘이나 조상이 은미(隱微)하게 감싸 도운다는 '음즐(陰騭)'의 뜻도 있다.

'當街'는 요직(要職)에 있어 권력을 잡는다는 '當路', '要路'의 뜻도 있어, 가로변의 요지에 위치해 있다는 일차적 뜻과 표리를 이루고 있다.

'高門'은 한(漢)의 우공(于公)이 여문(閭門)을 높게 중수하여, 그 자손이 높은 벼슬에 봉해지기를 기다렸는데, 후에 과연 아들이 승상(丞相)이 되고, 후(侯)에 봉해졌다는 '고문대봉(高門待封)'의 고사에서, 자손의 출세를 기념(祈念)하여 대문을 높게 내는 솟을대문의 풍습도 전해지게 되었는 듯하다.

이렇듯, 복지(卜地)를 엄선한 지덕(地德) 높은 집터에, 자자손손의 부귀현달(富貴顯達)을 염원하여, 솟을대문 높이 내고 홰나무 심어 가꾼, 이 세가(勢家)의 호화 저택이, 이제는 주인도 바뀌어 들어, 회뢰 청탁(賄賂請託)의 거마의 왕래로 붐비던 대문 앞은, 지금처럼

| 이곡(李穀, 1298~1351, 충렬왕 24~충정왕 3) 고려 말엽의 학자. 자 중보(仲父). 호 가정(稼亭). 본관 한산(韓山). 색(穡)의 아버지. 원(元)의 과제에 급제하여 벼슬하다 귀국하여 정당문학(政堂文學)이 되고, 한산군(韓山君)에 봉작됐다. 경학의 대가. 저서에 가전체 소설인 《죽부인전》이 있고, 문집인 《가정집》이 있다. 시호는 문효(文孝).

어찌다가 잠시 소나기를 피하여 들어서는 길손 외에는, 그저 언제나 적막하기만 하다.

자손 대대는 고사하고 당대에 이미 실각(失脚)한 것인가? 권불십년(權不十年)! 허망한 일장춘몽이던가?

전반과 후반의 너무나 큰 낙차(落差)가 권력무상(權力無常) 부귀초로(富貴草露)의 감개를 실감케 하고 있다.

기다림

최사립

버들개지 날리는 길목, 술병 놓고 기다릴 제,
해 저문 먼 모롱이 아득히 뚫어보면,
번번이 틀림없던 임, 다가올수록 아니어져라!

天壽門前柳絮飛　一壺來待故人歸
眼穿落日長程畔　多少行人近却非
〈待人〉

 '천수문'은 개성(開城) 동쪽 취적봉(吹笛峰) 아래 있었던
천수사(天壽寺)의 남문이었는데, 후에 절은 없어지고 그 자

柳絮(유서) 버들개지. 버들솜.
一壺(일호) 한 병. 술 한 병의 뜻.
來待(내대) 마중 나와 기다림.
故人(고인) 옛 친구. 또는 정인(情人).
眼穿(안천) 뚫어지게 바라봄. 한 곳을 응시함. 두보의 시에 "眼穿當落日"의 구가 있고,
한유의 시에 "眼穿長訝雙魚斷"의 구가 있다. 또 "望眼欲穿"과 같이, 눈빠지게 기다리
는 마음의 간절함을 이름이다.
長程(장정) 먼 길. 먼 노정(路程). 여기서는 '멀리 내다보이는 길'의 뜻. '畔'은 '道畔'으
로 길 또는 길섶. '畔'은 《청구풍아(靑丘風雅)》의 기록에 따른 것. 여타 본에는 '晩'으로
기록되어 있으나, 이는 '落日'과 중복되므로 취하지 않았다.
多少行人(다소행인) 적기는 하나 꽤 지나다니는 사람들.
近却非(근각비) 멀리서는 그 사람이 틀림없었는데, 가까이 올수록 도리어 그 사람이 아
니어진다는 뜻.

리에 천수원(院)이 들어서게 되었으니, 천수문은 곧 이 천수원의 남문이 된 셈이다. '원'이란 각처로 통하는 길목에 베푼 행객의 숙소이기에 배웅이나 마중도 자연 그 어름에서 이루어지게 마련이었다. 그러므로 《동국여지승람》에 보면, 천수문은 고려 오백 년간의 영빈 송객지지(迎賓送客之地)라 기록되어 있다.

이 시와 맥을 같이하고 있는, 같은 작자의 '천수원' 시가 또 있으니, 우선 이를 먼저 살펴봄이 도움이 될 듯하여 옮겨 놓는다.

하늘에 연한 풀빛
이내랑 아스라하고
땅에 가득 지는 배꽃
우수수 눈보란데,
여기 해마다
이별 잦은 곳
내 임 보냄 아니어도
이리 서러움이여 !

連天草色碧煙昏　滿地梨花白雪繁
此是年年離別處　不因送君亦銷魂

두 시가 다 꽃 지는 봄날의 송영(送迎)을 주제로 하고 있다.

이렇다 할 슬픔도 없이 공연히 언짢아지는 계절이기도 한데, 천수원 앞길에서 벌어지는, 남들의 애끊는 이별 장면들을 바라보고 있노라면, 인생이란 근본 만났다가는 헤어지게 마련인 존재 같기도 하여 서글퍼진다. 이 결구는 이별의 대리감정(代理感情)이기도 한 동시에, 임을 보낸 지난날의 자신의 슬픔의 반추이기도 한 것이다.

그 지난날 이 문 앞에서 배웅했던 그 친구를, 이제 같은 장소에로 마중 나온 것이다. 오늘 온다는 기별이기에, 오는 길이 멀리까지 내다보이는 이 길목에 일찍부터 와 기다리고 있는 중이다. 차고 온 술 한 병 부려 놓고, 이제나저제나 기다린다. 먼 산모롱이로 감도는 길에 행인이 나타나면, 그 윤곽이며 행색이며 걸음걸이 등으로 이리 뜯어보고 저리 훑어보며 식별하기에 골몰한다. 마침내 그다, 그 옛 친구가 오고 있는 것이다. 그러나, 가까워질수록 점점 기다리는 그는 아니게 되어지다가 결국은 엉뚱한 행인이고 만다. 이제 해도 지고 길도 어둑어둑 저물어 온다. 멀리 또 한 사람이 나타난다. 눈살을 날카롭게 뚫어지라 내다본다. 그다, 이번엔 틀림없다. 그러나, 가까워지는 그는 또 딴 사람이고 만다. 번번이 이렇게 속고 또 속곤 한다. 기대와 실망, 불안과 초조, 제물에 속다 애꿎은 원망도 하고, 그러다가는 무슨 사고라도? 하는 불길한 생각이 덜컥 들기도 하는 착잡한 심사다. 그래서 예로부터 '대인난(待人難) 대인난'이라 했던 것인가?

고운 정(情)을 봄 구름같이 아지랑이같이 가슴가슴에 피우다가 간 고인들의 그 고운 정이, 거친 오늘을 사는 우리의 심금(心琴)에도 곱게 와 닿는 느꺼움을 맛보지 않는가?

| **최사립**(崔斯立, ?~?) 고려 때의 사인(舍人). 호 결재(潔齊).

정인을 이별하며

정포

지새는 등잔불이
분 자국을 비추는데
가노라 말하려니
말 못한 채 애끊인다.

반 뜰에 지는 달빛
문 열고 나와 서니
살구꽃 성긴 그늘
옷에 가득 얼룩지네.

五更燈燭照殘粧　欲話別離先斷腸
落月半庭推戶出　杏花疎影滿衣裳
〈梁州客館別情人〉

評 정들자 이별인 헤픈 풋사랑 저질러 놓고, 부질없이 마음 상
說 해하는 그 씁쓸한 뒷맛! 혼곤히 잠들어 있는, 빛바랜 화장
얼굴을 들여다보며, 차마 가노라 말도 못한 채, 지새는 달빛, 낙화
우수수 쌓이는 뜰에 내려, 잠시 멈춰 선 나그네! 옷에 뚝뚝 떨어지

殘粧(잔장) 밤 지나 얼룩진 화장. 빛바랜 화장 얼굴.
客館(객관) 객사(客舍).

는 성긴 살구꽃, 꽃그늘도 분 자국인 양, 온 뜰이 얼룩져 있는 떨떠름한 인생 행각(行脚)! 차마 훌쩍 떠나지 못하고, 인정(人情) 비정(非情) 사이를 가도 오도 못한 채 잠시 머뭇거리며 넋 빠진 듯 서 있는 나그네의 자화상이다.

정포(鄭誧, 1309~1345, 충선왕 1~충목왕 1) 문신. 자 중부(仲孚). 호 설곡(雪谷). 본관 청주. 문과. 좌사의대부(左司議大夫) 등 역임. 시문과 글씨에 뛰어났다.

부벽루

이색

영명사 가는 길에
부벽루 올랐더니

빈 성엔 한 조각 달
바위는 늙어 천 년의 구름

인마 소식 없으니
임은 어디 노니는고?

긴 파람 불며
돌다리 바람 끝에
기대어 서면

산은 푸르고
강은 절로 흐르고……

昨過永明寺　暫登浮碧樓
城空月一片　石老雲千秋
麟馬去不返　天孫何處遊
長嘯倚風磴　山青江自流
　　　　　　〈浮碧樓〉

부벽루에 올라 천 년 고도를 굽어보는 회고(懷古)의 무한 감
개이다.

1·2구는 누에 오르게 된 동기, "昔聞洞庭水 今上岳陽樓"로 실마
리를 잡은 두보의 수법을 연상케 한다

3·4구는 공간과 시간의 대우(對偶)이다. 고구려 시대의 남은 자
취란 다만 빈 성곽뿐인, 저 역사의 잔해(殘骸)가 '月一片'에 조명되
고 있는 처연(凄然)한 분위기는, 회고의 감개와 인위(人爲)의 무상
(無常)을 절감(切感)하게 한다. 또 오랜 세월의 이끼에 찌들어, 희뿌
옇게 늙은 조천석(朝天石)은 언제나 먼 산머리에 한 조각 흰 구름인
양, 낡은 전설이나 일깨워 주고 있을 뿐이다.

5·6구는 동명성왕에 대한 추모의 정이다. 고구려의 성세(盛世)도
다시는 되돌아올 수 없는 역사의 옛이야기로 멀어져 가듯, 파망(破
亡)한 고려의 자취 또한 무엇이 온전하겠는가? 이는 성주(聖主)도

浮碧樓(부벽루) 평양 금수산(錦繡山)의 모란봉(牧丹峯) 기슭 청류벽(淸流壁) 위에 있는 누
각. 원래는 영명사의 다락 건물로서 세운 영명루였다. 대동강에 면하여 있어, 마치 푸
른 강물 위에 떠 있는 듯하다 해서 붙여진 이름으로, 평양 팔경의 하나. 6·25 때 소실된
것을 1959년 복원했다고 한다.

永明寺(영명사) 부벽루 아래 있는 절. 고구려 광개토대왕이 지은 아홉 절의 하나라는 설
이 있다.

城(성) 평양성.

石老(석로) 돌이 늙음. 바위에 이끼가 끼어 고색이 짙음을 이름. '石'은 '朝天石' 동명왕
이 구제궁(九梯宮)의 기린굴 안에서 기린을 길러 타고 조천석에 올라 하늘로 올라갔다
는 전설이 있다.

千秋(천추) 천 년. 영원.

麟馬(인마) 몸은 사슴 같고 꼬리는 소, 발굽과 갈기는 말과 같으며 빛깔은 오색이라는,
상상 속의 영수(靈獸). 봉황과 함께 성군(聖君)이 나올 길조라 여긴다.

天孫(천손) 여기서는 동명성왕.

長嘯(장소) 긴 휘파람. 길이 휘파람 불어 탄식함. 또는 목놓아 길이 시가를 읊음.

倚風磴(의풍등) 바람 부는 돌다리 난간에 기대어 섬. '磴'은 돌로 만든 무지개다리.

성세(聖世)도 나타날 조짐이 없는, 당시의 암담한 세태를 먼 역사적 회고에 부쳐 우회적으로 나타낸 탄식이다.

이 탄식은 돌아오는 길 '風磴'에로 이어진다. 바람 설레는 돌다리 난간에 기대어 서서, 길이 탄식하는 '長嘯'! 그러나 그 소리는 대기(大氣) 중으로 가뭇없이 사라지면서 한 오라기의 반응도 없다. 그런 구구한 인간사에는 철저히 무관심하다는 듯, 자연은 자연대로 유유하여 산은 그저 푸르고, 물은 예대로 흐르고 있을 뿐이다.

자연의 유구에 대조된 인사의 무상은, 오직 푸르기만 한 산의 함묵(緘默)과, 길이 흐르는 무심한 물소리의 끝없는 여운 속에 허허로운 바람처럼 우리네 가슴의 공동(空洞)을 울리는 듯하다.

여기서 필자는 '山青'의 '青'의 공효(功效)를 중시하고자 한다. 그것은 이 시를 감상(感傷)과 허탈(虛脫)에서 구출했으니, 이는 흑백의 시계(視界)를 천연색으로 착색하여, 산만이 아니라 물빛에도 푸름이 살아나고, 물소리에도 푸름이 반향되어, 시 전편을 영활(靈活)케 하는 생기를 고취하였으니, 말하자면, 아직은 간대로 포기할 것은 아닌, 소망의 여지를 시사해 주고 있다. 이를테면 그 자리에 '空'을 대입한다고 해 보라. 그것은 결코 이백의 "鳳去臺空江自流"의 공허감(空虛感)에 비길 바가 못 될 만큼, 적막감을 감당하지 못했을 것이다.

| **이색**(李穡, 1328~1396, 충숙왕 15~태조 5) 고려 말의 문신·학자. 자 영숙(穎叔). 호 목은(牧隱). 본관 한산(韓山). 삼은(三隱)의 한 사람. 정당문학(政堂文學), 판문하부사(判門下府事) 등 역임. 한산군(韓山君)에 봉해졌다. 문하에 권근(權近), 김종직(金宗直), 변계량(卞季良) 등을 배출하여 조선 성리학의 주류를 이루게 했다. 저서에 《목은문고(文藁)》, 《목은시고(詩藁)》 등이 있다. 시호는 문정(文靖).

신위는 서경(西京)을 읊은 고래의 시에는 다만 두 수의 절창(絶唱)이 있을 뿐이라 하여, 목은의 "長嘯倚風磴 山靑江自流"와, 정지상의 "大同江水何時盡 別淚年年添綠波", 이 둘을 들어, 그의 《논시절구》에서 기린 바 있고(p.93 정지상의 〈대동강〉 참조), 또 허균은 그 '신일(神逸)'함을 기렸다.

이 시는 그가 23세 때, 원나라 국자감에 재학하다가, 그해 가을 귀근(歸覲) 길에 평양에 들러 읊은 것이라 한다.

글 값

이색

"중국의 학맥(學脈)이
고려로 옮아가다"
규재의 이 한 말씀
아직도 쟁쟁컨만…….

그 후로 모든 물가
다 뛰어올랐건만
다만 내 글 값만은
돈이 되지 않는구나.

衣鉢當從海外傳　圭齋一語尙琅然
邇來物價皆翔貴　獨我文章不直錢
〈記事〉

 목은 이색은 성리학의 도학자이다. 그는 원나라의 벽옹(辟
雍: 太學)과 국자감(國子監)에서 공부하고, 성리학과 문학에

衣鉢(의발) 스승으로부터 전해 받는 불교의 오의(奧義). 여기서는 스승으로부터 이어받는 도학(道學)의 학맥(學脈).
圭齋(규재) 원(元)의 구양현(歐陽玄)의 호. 한림학사. 여덟 살에 이미 하루 수천언(數千言)을 기술하였으며, 장성함에 따라 경사백가(經史百家)를 연구하여, 조정의 문서는 대부분 그의 손에 의해 이루어졌다 한다.

있어 중국의 적전(嫡傳: 정통)을 이어받았으며, 규재로부터 "우리의 도맥(道脈)은 고려의 목은에게로 옮아갔도다(吾道東矣)"라는 찬탄을 받은 바 있다.

중국의 학맥(學脈)을 고스란히 이어받았음을 인정하는, 스승 규재 선생의 그 한 마디 말씀이 아직도 귀에 생생하다.

그 이후로 수십 년의 세월이 흘러간 오늘의 현황은 어떠한가? 모든 물가가 치솟아 있건마는, 내 글 값만은 오르지 않을 뿐만 아니라, 전혀 돈이 되지 않는다는 해학조의 자탄이다. 아니, 자탄조의 해학이다.

대문호로서의 웅혼(雄渾) 호건(豪健)한 글 값을 어찌 돈으로 환산할 수 있으랴? 당장 현금화는 되지 않는다손 치더라도, 글 값을 굳이 따질 양이면 어찌 일자천금(一字千金)에서 밑돌기야 하겠는가?

不直錢(불치전) 가치가 없음. '直'은 '値'.

낙화유수

조운흘

한낮에야 느직이
사립문 열게 하고
숲 정자 느릿 걸어
돌이끼에 앉았네.

지난밤 저 산중에
비바람 험했던 듯
시냇물 넘실넘실
꽃잎 둥둥 떠오네.

柴門日午喚人開　徐步林亭坐石苔
昨夜山中風雨惡　滿溪流水泛花來
〈卽事〉

느직이 자고 일어 정자에 올라 보니,
한 가람 둥실둥실 떠내려 오는 꽃잎,
알괘라! 지난밤 저 산중에 사나웠던 비바람을 —.

評說 작자는 워낙 천성이 불기인(不羈人: 얽매이지 않는 사람)이라,
영달에 뜻이 없어, 일찌감치 관에서 물러나 광주(廣州) 몽촌
(夢村)에 은거하고 있었다.

하루는 숲 정자에 앉아 있노라니, 경황없는 함거(檻車) 행렬이 길을 이어 지나가고 있다. 알고 보니 환국(換局)을 만난 조정 중신들이 이제는 죄인의 몸이 되어 귀양 길을 가고 있는 것이 아닌가!

전반은 강호인으로서 만끽하고 있는 '자유'의 과시요, 후반은 환해무상(宦海無常)을 낙화에 우의한 이 시의 주제구이다.

'泛花來'는, 자신의 은서지가 복사꽃 떠내려 오는 무릉(武陵) 같은 별천지임을 암시하는 한편, 그 상류의 한 갈피엔 화려한 권좌(權座)를 둘러, 권모술수(權謀術數)가 자행되고, 한번 아차 실족하면 천길 나락(奈落)으로 낙화처럼 뚝 떨어지는, 비정의 세계가 있음을 암시하고 있다. 그리하여 일찍이 그러한 소용돌이 속에 몸담아 있었던 지난날의 사환(仕宦) 시절을 쓸쓸히 되씹어 보며, 이제는 한 곽외자

卽事(즉사) 즉석(卽席)에서 목격한 일.
柴門(시문) 사립문.
日午(일오) 해가 낮이 됨.
喚人開(환인개) 하인을 불러서 열게 함.
徐步(서보) 느릿느릿 걸음.
林亭(임정) 숲 속의 정자.
石苔(석태) 돌이끼. 이끼 낀 돌.
風雨惡(풍우악) 비바람이 사나움.
滿溪(만계) 시냇물에 가득히.
泛花來(범화래) 꽃잎을 띄워 흘러옴.
※**가람** 강(江)의 고어.
※**알괘라** 알겠도다.

| **조운흘**(趙云仡, 1332~1404, 충숙왕 복위 1~태종 4) 문신. 호 석간(石澗). 본관 풍양(豊壤). 감사, 좌간의대부(左諫議大夫) 등 역임. 광주(廣州) 몽촌(夢村)에 은퇴, 여생을 마쳤다. 저서에 《석간집》, 편저(編著)인 시선집(詩選集)으로 《삼한시귀감(三韓詩龜鑑)》이 있다.

(郭外者)요 관망자로서의 담담한 심경으로, 그러나 어찌할 수 없는 한 가닥 연민의 정을 낙화유수에 부치고 있는 작자이다.

봄이랑 친구랑 보내고

조운흘

귀양길 애달프다.
눈물 흥건 뿌리면서
봄이랑 친구랑
다 보내고 돌아온다.

봄바람아, 잘 가렴!
붙들 뜻은 없나니,
인간에 오래 머묾
시비나 배우리니 —.

謫宦傷心涕淚揮　　送春兼復送人歸
春風好去無留意　　久在人間學是非
〈送春日別人〉

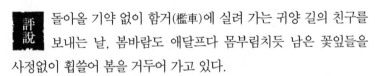

　　돌아올 기약 없이 함거(檻車)에 실려 가는 귀양 길의 친구를
보내는 날, 봄바람도 애달프다 몸부림치듯 남은 꽃잎들을
사정없이 휩쓸어 봄을 거두어 가고 있다.
　　바람!
　　봄을 거두어 마지막 떠나가는 봄바람이나, 환해풍파(宦海風波)

謫宦(적환) 귀양 가는 벼슬아치.

에 띄어 가는 귀양 길의 친구나, 모두 바람에 휘몰려 가고 있는 것이다.

봄도 가고 임도 가버린 텅 빈 길을, 홀로 돌아오고 있는 발길의 무거움이여!

春風好去無留意 久在人間學是非!

떠나는 봄바람을 붙들지 않겠다는 뜻은, 언제나 서로 헐뜯어 다투기만 하는 비정의 인간 세상에 대한, 혐오와 체념에서의 역설적 표현일 뿐이다.

목은 선생을 맞아

한수

하늘엔 구름 걷고
이슬은 가을을 씻어
턱에 와 닿을 듯
소리 없이 흐르는 은하

밝은 경치 잔질할
빚은 술도 넉넉커니
백발의 황국환들
무엇이 부끄러우리?

땅은 금물결을 솟구어
손의 자리를 청정(淸淨)이고
하늘은 옥거울을 닦아
우리 다락에 걸었도다.

청컨대 이 밤의 청류
차마 싫다 마오시라.
선현들도 촛불 잡고
밤을 아껴 놀았거니 ―.

雲捲長空露洗秋　無聲河漢近人流
濁醪亦足酬淸景　黃菊寧羞上白頭
地湧金波澄客位　天修玉鏡掛吾樓
請公莫厭留連夜　不見前賢秉燭遊
　　　　　〈邀牧隱先生登樓翫月〉

〔1·2구〕 함초롬히 이슬이 내려 갓 행궈 낸 듯 만상(萬象)이
깨끗한데, 구름 한 점 없이 말끔히 쓸어 걷은 투명한 밤하늘
엔, 은하가 한결 가까이 다가와, 소리도 없이 정겹게 흐르고 있다.

邀牧隱(요목은) 목은 이색(李穡)을 맞음. 목은은 작자의 5년 선배다.

登樓(등루) 다락에 오름.

翫月(완월) 달을 완상함.

近人流(근인류) 사람 가까이 흐름. 곧 인간세상으로 가까이 다가와 정겹게 흐르고 있다
는 뜻.

河漢(하한) 은하. 은하수.

濁醪(탁료) 막걸리. 탁주.

酬淸景(수청경) 밝은 경치를 완상하면서 술잔을 주고받음.

寧羞(영수) 어찌 부끄러우리? 반어(反語)로서, 부끄러울 것이 없다는 뜻.

金波(금파) 금물결. 달빛에 젖어 금빛으로 출렁이는 물결.

客位(객위) 손의 자리. 객석(客席). 또는 손님을 응접하는 자리.

玉鏡(옥경) 옥으로 만든 거울. 달의 딴 이름. 허겸(許謙)의 시에 "玉鏡飛空天地白"이라
는 구가 있다.

莫厭(막염) 싫어하지 마라.

留連夜(유련야) (1) 객지에 묵고 있는 밤. (2) 미적미적 차마 떠나지 못하고 있는 밤. 이
백의 시에 "滌蕩千古愁 留連百壺飮"의 구가 있다. 여기서는 (1), (2)의 중의.

不見(불견) 보지 않는가? ~로 보아 익히 잘 알고 있음을 강조하는 반어법.

前賢(전현) 앞 시대의 현인. 선현(先賢).

秉燭遊(병촉유) 촛불을 손에 잡고 밤을 아껴 놂. 고시에 "晝短苦夜長 何不秉燭遊"의
구가 있고, 이백의 〈춘야연도리원서(春夜宴桃李園序)〉에 "古人秉燭夜遊 良有以也"라
고 되어 있다.

※ **잔질하다** 술을 잔에 따라 주거니 받거니 하다. 수작(酬酌)하다.

'은하수가 턱에 닿으면 햇곡식이 입에 들어온다'는 속담대로, 때는 바야흐로 오곡백과가 드레드레한 가을도 한가을이다. 《유항집》에 의하면, 이날은 작자 49세인 해 9월 보름날이라 한다.

　〔3·4구〕 이 좋은 때에 귀하신 선배의 왕림을 입었으니, 이 아름다운 밤을 어찌 헛되이 보낼 것이리요. 맑은 경치에 밝은 시심(詩心)을 수작(酬酌)할 술 준비도 넉넉하니, 술시중들 기녀를 옆에 앉힌 것이, 마치 흰머리에 황국화를 꽂은 듯하다 하시오나, 황국환들 부끄러울 것이야 무엇 있으리요. '黃菊寧羞上白頭'는 소식(蘇軾)의 〈상모란(賞牡丹)〉 시:

늙은 머리에 꽃 꽂으며
사람은 부끄러워 않는다손,
늙은 머리에 꽂히는
꽃은 응당 부끄러우리 .

人老簪花不自羞　花應羞上老人頭

에 대한 강한 반론(反論)으로, '應羞(응당 부끄러워하리)'에 대한 '寧羞(무엇이 부끄러우리? 부끄러울 것이 없다)'로 맞선 것이다. 이는 물론 주흥을 십분 고무하고자 하는 뜻에서임은 말할 것도 없다. 또 한편 이 '황국 백두(黃菊白頭)' 구의 배경으로는 구양수(歐陽脩)의

백발에 꽃 꽂았다
그대여 웃지 마라.

白髮戴花君莫笑

가 있고, 또는 고려인 왕백(王伯)의,

> 취하여 귀밑털
> 흰 줄 모르고선
> 꽃 가지 꺾어 꽂고
> 봄바람 앞에 섰네.

醉裏不知雙鬢雪　折簪繁蕚立東風

도 그것이다.

〔5·6구〕 보십시오. 땅은 저 헌함 아래에 금물결을 솟구어, 저렇듯 철썩이며 손(客)의 자리를 청정(淸淨)이고, 하늘은 옥거울을 맑게 닦아 우리 다락에 '달'로 걸었으니, 우리의 이 밤의 청유(淸遊)를 위하여, 천지도 한결같이 성원을 보내고 있지 않습니까?

〔7·8구〕 청컨대, 공은 부디 이 맑은 밤놀이를 싫다 말아 주십시오. 선현들도 촛불을 손에 잡고, 그 밤을 천금같이 아끼며 알뜰하게 유상(遊賞)한 선례를 여러 시문에서 보지 않습니까?

술잔을 수작하는 자리면 으레 시를 수창(酬唱)하는 것 또한 문자인(文字人)의 만남에서는 항다반(恒茶飯)으로 있는 일이다. "자, 한 마리〔一首〕 하세"로 축을 떼거나, 때로는 "부르게(운자를 부르라는 뜻)"만으로도 의기상투(意氣相投)! 운자(韻字)가 정해지면, 이로부터 마음은 각자의 시사(詩思)의 세계에로 침잠(沈潛)한다. 손으로 술잔이 오고, 입으로 더러는 현실에 언급하지만, 이는 다만 외관의 무료를 호도(糊塗)함에 불과한 것이다.

이윽고 이루어진 시는 각자 구술(口述)하고, 한 사람이 시축(詩軸)에 받아쓴다. 서로 촌평(寸評)을 가하며, 구음(口吟)하거나 혹은 시창으로 목청을 모으기도 한다.

만나는 자리마다 술이 있고, 술이 있는 곳에 시가 있는 것은 한시만의 멋이요, 한시 문화권(漢詩文化圈)에서만 볼 수 있는 풍류다. 그 사이에 생산된 경구(警句)들은 입에서 입으로 옮겨지며, 만나는 자리마다 시화(詩話)로 꽃핀다. 우리나라에 전해 오는 기라성 같은 많은 시화들도 대개는 이런 어간에서 생산된 것이었음은 물론이다.

이 시는, 시상이 매우 청신호장(淸新豪壯)하며 풍류전아(風流典雅)하여, 격조가 높고 멋이 넘친다. 이에 응수(應酬)한 목은의 시를 찾아다가 한 자리에 차리지 못하는 일이 못내 아쉽다.

| 한수(韓脩, 1333~1384, 충숙왕 복위 2~우왕 10) 고려 말의 문신·명필. 자 맹운(孟雲). 호 유항(柳巷). 본관 청주(淸州). 밀직제학(密直提學), 동지밀직(同知密直) 등 역임. 초서·예서에 뛰어났으며, 깊은 학식과 두터운 행의(行誼)로 존경을 받았다. 시에도 뛰어나《유항집》이 있다. 시호는 문경(文敬).

두시에 화답하여

한수

이날도 또한 저물었다니
백 년이 진정 서글프구나!
마음은 육신의 종이 된 채로,
늙음과 병이 서로 따르네.

싸느라이 향불 사위어 있고
창 하나 가득 달은 돋는데,
회포 들어 줄 이 아무도 없어
고인의 시에나 화답하노라.

此日亦云暮　百年眞可悲
心爲形所役　老與病相隨
篆冷香殘後　窓明月上時
有懷無與語　聊和古人詩
〈夜坐次杜詩韻〉

評說 '인생 백 년'이라고들 한다. 그러나 백 년 사는 사람이 어디
흔한가? 그것도 날짜로 치면 이백의 계산대로 기껏 '삼만
육천 일(三萬六千日)'에 불과하다. 그 하루하루가 그날의 황혼과 함
께 사그라들고 만다. 구복(口腹)에 시달리어 영혼도 부대끼는데, 날
마다 백발은 짙어만 가고, 갖가지 병마는 나를 따라붙는다. 잠 이루

지 못하여 뒤척이는 밤, 향로도 꺼진 지 오래인데, 달은 창 하나 가득 돋아 오른다. 이럴 때 친구라도 함께 있을 양이면, 가슴 가득 사무친 회포나 나누련만, 아무도 들어 줄 이 없으니 어찌하랴? 시 친구 찾다 보니 두보가 먼저 생각난다. 이 밤의 이 심사를 대변이라도 한 듯한, 그의 시 한 수에 화답(和答)하여 회포를 풀어 본다.

화운(和韻) 차운(次韻)은 시공간의 제약을 받지 않는다. 금고(今古)에 아랑곳없고, 국적에 구애받지 않으며, 유명간(幽明間)에도 넘나들어 통한다. 시 친구 이처럼 광범하여, 언제 어디서든 뜻만 일으키면 호응하는, 정(情)과 정의 감응이요, 이승과 저승 간의 교감이며, 가상 공간에서의 만남이다.

이규보는 백낙천의 시에 화답하고 나서, 다음과 같이 읊었다.

今古相懸地各殊　고금이 현격하고 나라도 다르지만
詞人襟韻暗如符　시인의 품은 정은 그윽이 서로 같다.
樂天曾唱吾追和　백낙천 부른 노래 내가 좇아 화답하니
何問詩朋有也無　시 친구 있나 없나를 물어 무엇하리요?
〈旣和樂天十五首詩因書集背〉

心爲形所役(심위형소역) 마음이 육체의 부리는 바가 된다는 뜻으로, 물질을 위하여 정신이 사역됨을 이름.
篆冷香殘後(전랭향잔후) 전서(篆書) 모양으로 꼬불꼬불 하늘거리며 피어오르던 향연(香煙)도 그치고, 향로도 싸느랗게 식은 뒤.
和(화) 화답(和答)함. 다른 사람의 시에 대하여, 같은 운을 써서 자기의 생각을 시로써 대답하는 일.
※**인생백년** 이백의 시에 "百年三萬六千日 一日須傾三百杯"라 있다.

봄비

정몽주

봄비 소록소록 기척 없이 내리더니,
한밤중 처정처정 낙수 소리 들려온다.
눈 녹아 시냇물 붇고 새싹 꽤나 돋으리 ―.

春雨細不滴　夜中微有聲
雪盡南溪漲　草芽多少生
　　　　　　〈春雨〉

評說 봄비는 낱이 잘아 빗방울로 듣지도 못하고, 이슬인 듯 안개인
듯 보슬보슬 내리는 것이, 맞아도 옷 젖는 줄 모르는, 그야말
로 우산 접고 일부러라도 맞으면서 걸어 보고 싶은 꿈 같은 비다.
　그러나, 한밤중 어렴풋이 들려오는 처정거리는 낙수 소리에 잠기
를 가시고, 가만히 귀 재어 듣고 있노라니, 꽤나 오는답게 오고 있
는 비다. 해동(解凍)비! 만물을 자양(滋養)할 좋은 비다. 저 부드러
운 빗물이 대지의 살갗 실핏줄을 타고 골고루 스며들어 번지면, 겨

細不滴(세부적) 미세하여 방울져 듣지 않음.
雪盡(설진) 눈이 다 녹음.
南溪(남계) 남쪽 시내. 앞 시내.
漲(창) 물이 불음.
草芽(초아) 풀싹. 새싹.
多少(다소) 꽤. 많이. '少'는 조자(助字).

울 동안 응어리진 것들은 말끔히 녹아지리라. 눈·얼음 녹은 봄물로 실개울은 오랜만에 맑은 노래 목이 틔고, 그 노래들 모여 그득 불어난 앞 시냇물은, 보는 마음도 흐뭇하게 이 봄을 관개(灌漑)하리라.

또한 저 비는 봄의 전령사(傳令使)! 온 누리에 골고루 전해 주는 봄소식에, 나무나무엔 생명의 피가 돌고, 흙 속에 잠자던 온갖 생명들은 부스스 눈을 뜨며 기지개를 켜리라. 병아리 솜털 같은 연약한 씨앗의 노란 목숨들이, 해방된 지상의 평화에 동참하려고, 서로 다투어 머리를 쳐드는 바람에, 땅속은 시방 어디 없이 온통 스멀스멀 설렘으로 가득하리라.

지그시 눈을 감은 채, 만물 생성의 천지조화를 마음 사이 그리면서, 느긋이 흡족해하고 있는, 유덕(有德)한 유자(儒者)의 풍모를 상상해 볼 것이다.

이 시는, 다음에 보이는 두보의 〈春夜喜雨〉에 차운(次韻)한 것이나, 봄비의 거룩함이야 〈南溪漲〉만큼이나 그득하고, 군소리 없기야 두시보다 정미롭다.

좋은 비
때를 알아 오니
봄을 맞아
새싹을 돋게 함이네.

바람 따라 몰래
밤에 들어와
만물을 적시되
가늘어 소리도 없네.

들길은
구름 따라 어둡고
강배엔
불이 외로 빤하다.

아침에
붉게 젖은 곳을 보니
꽃으로 뒤덮인
금관성이어라!

好雨知時節　當春乃發生
隨風潛入夜　潤物細無聲
野徑雲俱黑　江船火獨明
曉看紅濕處　花重錦官城
　　　　　　〈春夜喜雨〉

정몽주(鄭夢周, 1337~1392, 충숙왕 복위 6~공양왕 3) 고려 말의 충신·학자. 자 달가(達可). 호 포은(圃隱). 본관 연일(延日). 여말 삼은(三隱)의 한 사람. 대제학, 문하시중 등 역임. 이성계를 왕으로 추대하려는 세력을 제거하려다 방원(芳遠: 太宗)의 문객 조영규(趙英珪)에게 피살되었다. 성리학에 뛰어나, '동방이학(東方理學)'의 조(祖)로 추앙된다. 저서에 《포은집》이 있다. 시호는 문충(文忠).

판잣집 빗소리

정몽주

평생 남과 북을
분주한다만,
뜻한 일은 되려
이룸이 없고,
고국은 바다 서쪽
저 끝이련만,
외딴 하늘가의
외로운 배여!

매화 핀 창가의
철 이른 봄빛,
판잣집 빗소리
요란도 한데,
혼자 앉아 지루한 날
삭이노라니,
차마 못 견딜레
딱한 집 생각—.

平生南與北　心事轉蹉跎
故國西海岸　孤舟天一涯
梅窓春色早　板屋雨聲多

獨坐消長日　那堪苦憶家
〈旅寓〉

 이는 1377년(우왕 3), 작자 41세 때의 작이다. 왜구(倭寇)의 단속과 납치되어 간 우리 백성들의 귀환을 교섭하는 임무를 띠고, 일본 규슈(九州)의 지방 장관인 이마가와 료슌(今川了俊)에게 사신 가서 체류하는 동안의 지음이다.

작자는 외교관으로서 전후 다섯 차례나 명나라와 일본으로 왕래하였고, 또 여진족을 토벌하여 북에 가 싸웠고, 배명친원(排明親元) 정책을 반대하다 영남으로 유배되기도 하였으니, '平生南與北'의 감회도 일만 하리라. 더구나 외교란 상대적이라, 이쪽 주장대로 이루어질 수만은 없는 일이매, 그 미흡한 결과에 대한 깊은 탄식이 둘째 구에 서리어 있음도 이해된다.

3·4구는 대련. 일본에서 보는 서해는 물론 우리의 동해이다. 바다의 이 끝에서 저 끝으로 이어지는 아득한 절지(絶地)의 향사, 외딴 하늘 외딴 섬 외딴 물가에, 풍랑에 부대끼고 있는 한 척의 조각배처럼 고독이 사무치게 느껴워진다.

5·6구도 대련. 그윽한 향기 풍기며 하루아침 피어나는 창가의 매

南與北(남여북) 남과 북.

心事(심사) 마음에 생각하는 일. 뜻한 일. 또는 마음먹은 바와 부닥치는 바.

蹉跎(차타) 걸림돌에 채어 비틀거림. 불우하여 뜻을 이루지 못함. 실패함.

天一涯(천일애) 하늘의 한쪽 가. 고향에서 멀리 떨어진 외딴 곳.

梅窓(매창) 매화가 핀 창가.

板屋(판옥) 널판자로 지붕을 이은 집. 판잣집.

消長日(소장일) 긴 날을 삭임. 지루한 날을 보냄.

那堪(나감) 어찌 견디랴? 견디기 어렵다는 반어.

苦憶家(고억가) 간절하게 집을 생각함.

화. 고국의 소식인 양 반가운 남국의 상큼한 이른 봄빛을 맛보는 이국정조(異國情調)! 그러나, 느닷없이 쏟아지는 빗소리, 그것은 왜인들 특유의 판자 지붕에 후두두둑 요란스러운 소리로 확성(擴聲)되어 분위기를 압도한다. 그 바람에 적지 않이 위안을 주던 매화도 무색해지고, 몸은 노지(露地)에 앉아 고스란히 날비를 무릅쓰고 있는 듯, 흥건히 마음도 젖어들어 심사가 산란하다.

이렇듯 진종일 빗소리에 젖으며, 초라한 여사(旅舍)에 맥맥히 앉아, 지루한 하루를 삭이며 있노라니, 하염없이 일어나는 집 생각의 간절함이야 차마 견디기가 힘들다는 하소연이다.

주제는 객회(客懷)요, 향사(鄕思)다.

신위는, 포은이 '동방이학의 조'로 추앙될 뿐 아니라, 단심가(丹心歌)에 나타난 백세(百世)의 절의와, 탁월한 시가의 솜씨를 기려, 그의 《논시절구》에서:

성리학 바로 전한 나라의 원조,
절의도 당당한 백세의 으뜸,
시가마저 겸하여 뛰어날 줄야
'철 이른 매창의 판잣집 빗소리'여!

眞傳理學冠東邦　節義堂堂百世降
不謂詞章兼卓犖　雨聲板屋早梅窓

하며 감탄했다.

끝으로, 같은 일본 사신으로 체류 중의 배민시(排悶詩), 〈물나라에 봄은 오는데〉 한 수를 덧붙인다.

물나라에 봄은 오는데
먼 나그네는 여태 못 가네.

풀은 천 리에 이어 푸르고
달은 두 나라에 함께 밝아라!

유세하느라 돈은 다했고
고국 생각엔 백발만 느네.

사내대장부 사방의 뜻이
다만 공명만 위함 아니네.

水國春光動　天涯客未行
草連千里綠　月共兩鄕明
遊說黃金盡　思歸白髮生
男兒四方志　不獨爲功名
〈奉使日本〉

시수(詩瘦)

정몽주

아침내 읊조리다
흥얼거리다
모래 헤쳐 금싸라길
고르려는 듯

시 짓느라 바싹 야윔
괴이해 마라.
매양 찾기 어려운
가구(佳句) 탓일다!

終朝高詠又微吟　若似披沙欲練金
莫怪作詩成太瘦　只緣佳句每難尋

〈吟詩〉

評說　모래를 일어 금싸라기를 골라내듯, 매양 얻기 어려운 가구
(佳句)를 찾느라, 노심초사하여 헐렁해진 옷 무게를 감당하
지 못할 만큼 초췌해지는 일쯤은 시인에 있어 드문 일이 아니다. 이
른바 '시수(詩瘦)'라는 병 아닌 병으로 해서다.

太瘦(태수) 바싹 여윔. 몹시 수척해짐.
佳句(가구) 아름다운 시구. 명구(名句). 묘구(妙句). 여구(麗句). 기구(奇句). 경인구(驚人句).

다행히 영감(靈感)을 얻어 귀한 시정(詩情)을 회임(懷妊)했다 하
더라도, 그를 출산하기까지에 드는 산고(産苦)는 너무나 엄청난 것
으로 두보 같은 시성도,

　　내 성벽 경인구(驚人句)를
　　워낙 탐하여
　　못 찾고는 죽어도
　　못 그만두네.

　　爲人性癖貪佳句　語不驚人死不休

라고 했을 만큼, 절차탁마(切磋琢磨)로 시어를 부려 쓰는 데 골몰했
고, 송(宋)의 왕십붕(王十朋)은,

　　다만 시 생각에
　　바싹 야위어
　　옷 무게도 힘겹지만
　　어쩔 수 없네.

　　惟有詩懷禁不得　任他憔瘦不勝衣

라 하여, 시의 산고로 야위어 가는 자신을 속수무책으로 내맡겨 놓
고 있을 수밖에 없음을 실토하였다. 하기야 신운(神韻)이 도는 '가
구'는 물론, 귀신을 울릴 만한 경인구를 꿈꾸지 않는 시인이 어디 있
으랴?

쓰기 시작하면
비바람도 놀라고
시가 이뤄지면
귀신도 곡을 한다.

筆落驚風雨　　詩成泣鬼神

　이는 일기가성(一氣呵成)으로 걸작을 이루어 내는 이백의 시 솜씨
를 부러운 듯 기린 두보의 찬사이다.

정부(征婦)의 한

정몽주

한번 떠나 여러 해
소식 없으니
수자리 임의 생사
그 누가 알리?

오늘에야 핫옷 갖고
가는 그 아인
울며 보낸 그 당시의
태중(胎中) 애라오.

一別多年消息稀　塞垣存沒有誰知
今朝始寄寒衣去　泣送歸時在腹兒
〈征婦怨〉

評說 험한 세상에 태어나 신혼별(新婚別)로 헤어진 출정 군인의
아내 몸에 태기(胎氣)가 있어, 다시 그 험한 세상에 인연 받
아 태어난 그 자식이 이제 철이 들어 어미가 지어 부치는 겨울 옷

征婦(정부) 출정 군인의 아내.
塞垣(새원) 국경을 지키는 성. 수자리 사는 곳.
存沒(존몰) 생과 사. 생사.
※ **수자리** 국경을 수비하는 민병(民兵).

한 벌 짊어지고, 얼굴도 생사도 모르는 아비를 찾아 천릿길 변경(邊境)으로 떠나가는 장면이다.

　그 긴긴 세월 쌓이고 쌓인 한스러움이야 어찌 다 편지로 쓸 수 있으랴? 차라리 28자 속에 서러운 사연을 농축(濃縮)하여 개킨 저고리 품에 넣어 보낸다.

　언병아리 같은 저걸, 천 리 먼 길 보내 놓고, 자식 걱정까지 해야 할 어미의 애끊는 간장을 장차 어이할꼬? 쯧쯧!

　두보의 〈신혼별(新婚別)〉과 〈병거행(兵車行)〉 한 구절씩을 옮겨 본다.

　　머리 쪽 쪄 부부로 성례했건만
　　잠자리 따뜻해질 겨를도 없이
　　저녁에 신방 차려 새벽 떠나니
　　이런 총망스럼 어디 있으료?

　　結髮爲夫妻　席不暖君牀
　　暮婚晨告別　無乃太忽忙……

　　혹 열다섯에 북으로 황하 지키다
　　마흔 살에 서쪽에 가 둔전(屯田)을 갈고,
　　떠날 때 이장(里長)이 관례(冠禮)라 치러
　　백발 되어 돌아오자 다시 수지리

　　或從十五北防河　便至四十西營田
　　去時里正與裹頭　歸來頭白還戍邊……

벽란도

유숙

강호 언약 저버린 채
홍진에 굴어 이십 년!

갈매기도 비웃는가?
연신 끼룩끼룩
짐짓 누 앞을 나네.

久負江湖約　紅塵二十年
白鷗如欲笑　故故近樓前
〈碧瀾渡〉

 백구는 야인(野人)의 벗이요, 강호인(江湖人)의 짝이다. 그
결백한 몸매, 그 느직한 한정(閒情), 그 자유로운 비상(飛翔)

碧瀾渡(벽란도) 예성강(禮成江) 하류에 있는 나루터 이름. 개성(開城)에서 연안(延安)·해
주(海州) 방면으로 통하는 대로가 이곳을 거치는데, 그 한 기슭에 벽란정이 있었다.
久負(구부) 오랫동안 약속을 저버림.
江湖約(강호약) 벼슬을 버리고 강호로 돌아오겠다던 약속.
紅塵(홍진) 세속의 티끌.
如欲笑(여욕소) 비웃으려는 듯함.
故故(고고) (1) 새 우는 소리의 의성. (2) 짐짓. 고의로. (3) 자주. 빈번히. 여기서는 (1),
(2), (3)의 중의.
樓(누) 벽란정을 가리킴.

등으로 하여, 시인 묵객의 수많은 영탄을 입어 왔다. 모두가 한결같이 반려(伴侶)로서의 친근감을 주제로 했던 것과는 달리, 이 시의 백구는 다분히 비판적·냉소적인 점에서 이색적(異色的)이다.

예성강 강자락 푸른 언덕바지에 날개를 펼친 듯한 맵시로운 정자가 있어, 행객의 발길을 유인하니, 이 곧 벽란정(碧瀾亭)이다. 비록 나라의 임무를 띠고 가는 바쁜 몸일망정, 이런 경승처(景勝處)를 과문할 수 있으랴 하여, 한번 올라 느직이 헌함에 기대어 보는 작자이다.

'벽란도의 벽란정이라! 푸른 물결 나룻목에 푸른 물결 넘실대는 정자! 그 이름 한번 시원스럽게 아름답구나!'

하고 있는데, 문득 이상한 낌새를 느낀다. 갈매기들이 가까이 앞을 날며 유달리 자신에게 관심을 기울이는 태도가 심상치 않음을 눈치챈다. 그리고 생각한다. 저들은 의아로운 눈매로 빠끔이 나를 들여다보며 지나가고 있다. 면전을 스쳐 가는 모든 갈매기 녀석들이 예외 없이 빠끔이 나를 들여다보면서 끼룩끼룩 소리를 친다. 저건 고인들의 시가에 노래한 '환호(歡呼)'도 '친압(親狎)'도 아니다. 저들은 분명 나를 조롱하고 있는 것이다.

'언제는 강호처사(江湖處士)로 우리와 함께 놀겠다더니, 감쪽같이 식언(食言)한 채 20년을 뭘 하다 왔지? 환정(宦情)에 환장(換腸)하여 홍진에 찌들린 몸으로, 야인인 양 가장하고 여기 왔구랴! 제법 느직하게 시늉은 해 있다마는 순 엉터리 가짜야!'

짐짓 면전을 저공비행하며, 그 사람 눈 같은 눈매로 빠끔빠끔 들여다보며 끼룩끼룩 조롱하고 있는 갈매기들이다.

이는 물론 자격지심(自激之心)에서요, 감정이입(感情移入)의 메아리일 뿐이다. 백구를 벗으로 떳떳이 대하지 못하는, 말만인 귀거래(歸去來)의 그 우유부단(優柔不斷)을 자책(自責)하는 심정의 토로이다.

끝으로 부연할 것은 '故故'의 쓰임새다. 이는 새 소리의 의성음 (擬聲音)인 동시에, '짐짓·일부러'의 뜻과, '누누이·빈번히'의 뜻들을 몽땅 아울러 적용하여, 전후좌우로 꼭 들어맞는 묘용(妙用)임을 음미할 것이다. 전기의 저저(這這)한 사연들도 다 이 '故故'의 효용에서임은 말할 나위도 없다.

작자는 끝내 '강호약(江湖約)'을 지키지 못한 채, 적(賊) 신돈(辛旽)의 무함(誣陷)으로, '홍진(紅塵)의 액(厄)'을 입어 죽음을 당하고 말았으니 슬픈 일이다. 추강(秋江) 남효온(南孝溫)이 일찍이 벽란도를 지나다가, 사암의 이 시에 보운(步韻)하기를:

청운의 길 알지 못해
강호에 놀아 사십 년!

사암은 적에게 죽고
나는 백구 앞에 있네.

未識靑雲路　江湖四十年
思庵終賊手　余在白鷗前

라고 읊었으니, 이는 사암의 시상을 뒤집은 것이었다.

| 유숙(柳淑, ?~1368, ?~공민왕 17) 고려 말의 문신. 자 순부(純夫). 호 사암(思庵). 본관 서산(瑞山). 정당문학(政堂文學), 예문관 대제학 등 역임. 그의 충직을 두려워한 신돈(辛旽)의 무고로 고향 영광(靈光)에 있다가 피살되었다. 시호는 문희(文僖).

정자 위에서

설손

벼꽃은 바람결에
하얗게 일고
콩꼬투리는 비 온 끝에
파랗게 맺네.

만물이 저마다
뜻을 얻으매
나도 읊네. 물가
정자 위에서

稻花風際白　豆莢雨餘靑
物物得其情　我歌溪上亭
〈題平陵驛亭〉

評說 난세를 피하여 고려로 망명 귀화한 이 시인의 정착감! 안도
감! 오랜만에 얻어 낸 득시(得時), 득소(得所), 득의(得意)의
삼득(三得)을, 정자 위에서 흥얼흥얼 노래하고 있는, 이 넉넉한 회
심(會心)의 찬미(讚美)! 신농(神農) 시대의 전설을 일깨우듯 우후

風際(풍제) 바람이 지나가며 결을 일으키는 앞머리. 바람 끝. 바람결.
豆莢(두협) 콩을 둘러싸고 있는 겉 깍지. 콩꼬투리.

(雨後) 훈풍(薰風)에 나타나는 하얀 벼꽃과 파란 콩꼬투리! 풍년이 무르익어 가고 있는 이 담담하면서도 진한 생의 예찬을 음미할 것이다.

파란 잎 그늘에 숨어 핀 콩꽃이 지고 나면, 거기 어린 아기 코고무신 같은 앙증맞은 콩꼬투리가 다닥다닥 맺는다. 농부들은 콩잎을 젖히고 이를 들여다보면서 마냥 흐뭇해한다.

콩꼬투리가 맺힐 무렵이면 벼꽃이 한창이다. 하나하나의 벼꽃은 잘고 가늘어 꽃으로서는 보잘것없지마는, 그 구수한 향기는 독특하여, 남풍이 들판을 불어 지날 제면, 벼꽃의 흰 물결이 바람 끝에 가지런히 낭화(浪花)처럼 일어나면서, 거기서 풍산(風散)하는 그 향기는 온 들판에 가득 넘치게 된다.

남풍의 향기로움이여!　　　　南風之薰兮
백성들의 노여움을 풀이로다.　可以解吾民之慍兮

순임금이 읊었다는 이 〈남풍가(南風歌)〉의, 그 '남풍'을 '훈(薰)'하게 만든 그것은, 다름 아닌 바로 이 '벼꽃의 향기'인 것이다. 그것은 일반 화향(花香)과 같은 교향(嬌香)도 요향(妖香)도 아닌, 곡향(穀香)이다. 아무런 수식도 없이 그저 수수하고 구수하기만 한 진미(眞味)의 곡식 향기인 것이다. 남풍을 훈훈하게 만든, 이 벼꽃의 향기야말로 〈남풍가〉의 진수(眞髓)로서, 농민들의 노여움(스트레스)도 눈 녹

<hr>

| **설손**(偰遜, ?~1360, ?~공민왕 9) 시인. 호는 근사재(近思齋). 위구르(回鶻, uighur) 사람으로 학문이 깊고 문장에 뛰어났으며, 원나라에서 벼슬하다가 홍건적(紅巾賊)을 피해 고려에 귀화. 고창백(高昌伯)에 봉해지고 부원후(富原侯)에 개봉(改封). 전답을 하사받았다. 저서에 《근사재일고(逸稿)》가 있다.

듯 사그라지고, 천지에 삶의 즐거움이 남풍처럼 번져 감을 느끼게
되는 것이다.

삼월 그믐날

설손

보리밭은 싱푸르고
밀밭은 자르르르
버들개진 눈 오는 양
살구꽃은 듬성듬성.

바람 앞 새 한 마리
날갯짓에 놀라 깨니,
하늘가엔 구름 한 장
기러기랑 날아가네.

맑은 경치 더욱 좋아
취코도 싶다마는,
도리어 시름일레,
봄 일 이미 글렀음이 ─.

비단 그네 옥 굴레의
청춘 남녀 가득한데,
가엾어라! 저문 길을
흥얼흥얼 돌아온다.

大麥青青小麥齊　柳花如雪杏花稀
風前一鳥打人起　天際孤雲學雁飛
轉愛淸光卽欲醉　却愁春事便相違
錦韉玉勒紛紛滿　日暮遙憐獨咏歸
　　　　　　　〈三月晦日卽事〉

評說 늦봄에서 초여름으로 옮아가는 음력 3월 그믐날! 넓은 들판
은 온통 다 자란 밀보리밭이 푸른 전(氈)을 펼쳤는 듯, 자르
르 윤기가 흐르는데, 버들개지는 눈보란 양 흩날리고, 살구꽃은 끝
물이라, 이제는 드문드문 성기게 날리고 있다.

바람 방향도 동에서 남으로 바뀌기 시작, 길 처진 기러기는 북으
로 북으로 구름이랑 함께 떠나가고 있다. 자신의 고향 쪽 북녘 하
늘! 잠시 향수에 잠기다 떨쳐 버린다.

아름다운 경치를 사랑하면서 한바탕 크게 취해 보고픈 낭만의 충
동을 느끼다가는, 이미 청춘이 아닌 자신을 홀연 의식하게 되자, 충
격적인 시름에 잠기고 만다. 봄을 전송해 나온 청춘 남녀들 많기도
한 가운데, 홀로 길 잘못 든 주책없는 늙은이로 비친 자신을 발견하
게 된 것이다. 겸연쩍은 심사 가눌 길 없어, 홀로 저녁 으스름에 발
길을 돌려, 심드렁심드렁 흥얼거리며 걷고 있는 자신, 그 자신을 저
만치 떼어 놓은 객관상으로 바라보고 있노라니, 그 가엾음이 그저
딱하기만 한, 자기연민(自己憐憫)이다.

전반부와 후반부에서 보는 정감의 심한 낙차(落差)는 세대차를

春事(춘사) 봄일. 여기서는 이성 간에 짝을 찾는 일.
錦韉玉勒(금천옥륵) 비단 그네를 구르는 소녀와, 옥 굴레로 장식한 말을 탄 소년.
※ **싱푸르다** 싱싱하게 푸르다.

자각함에서 오는 필연적인 소외감에서임은 물론이다.

　같은 작자의 시 〈뱃머리에 앉아〉 한 수를 다음에 덧붙인다.

　　船頭潺潺逆水聲　　뱃머리엔 철썩철썩 물 지는 소리

　　篷上淅淅晚風生　　뜸지붕엔 서걱대는 저녁 물바람.

　　靑山如龍入雲去　　청산은 용틀임하듯 구름 속으로 말려들고

　　白浪捲花飛雪明　　파도머린 흰 꽃인 양 눈보라 치듯 감겨든다.

　　日落平疇群雁集　　해 다 진 들판에는 기러기 떼 모였건만,

　　天涯倦客一身輕　　하늘가 지친 객의 외로운 한 몸이여!

　　故鄕歲晏不歸去　　이해도 저물건만 돌아가지 못하나니

　　拔劍長吟無限情　　칼 뽑아 길이 읊네. 끝없는 이 정한(情恨)을 ―.

　　〈船頭〉

篷(봉) 배. 봉주(篷舟). 대·띠·부들 따위를 결어서 위를 덮은, 배 안의 뜸집.

潺潺(잔잔) 찰랑찰랑 물 흐르는 소리.

淅淅(석석) 서글프게 들리는 바람 소리.

白浪(백랑) 흰 물결.

捲花(권화) 낭화(浪花)를 말아 올림. '낭화'는 파도 끝의 하얗게 부서지는 부분을 꽃에 견주어 이르는 말.

平疇(평주) 평평한 들.

倦客(권객) 피로한 나그네.

歲晏(세안) 한 해가 늦음. 세모(歲暮)가 됨.

拔劍長吟(발검장음) 장검을 뽑아 길이 읊음.

산마을

이숭인

붉은 단풍잎은
마을길을 밝히고
맑은 샘물은
돌 어금니를 양치질한다.

외진 곳이라
찾아오는 거마(車馬) 없고,
산 기운은 절로
황혼에 든다.

赤葉明村逕　　清泉漱石根
地偏車馬少　　山氣自黃昏
　　　　　　　　〈村居〉

評說 지체 높은 사람들 찾아올 리 없는, 깊고도 외진 산촌에 은거
하고 있노라니, 무시로 갈아드는 풍경의 아름다움이야 철마
다 다르지만, 지금은 가을이라, 단풍이 한창이다. 온 산에 짙게 물
든 단풍 빛이 산 기운에 절로 어둑어둑해진 마을 길을 가로등인 양

地偏(지편) 땅이 외짐.
車馬(거마) 수레와 말. 귀한 사람의 방문을 이름.

화사하게 밝히고 있다.

아무렇게나 덜겅덜겅 서로 기대어 다져진 돌 너덜겅 아래의 어궁한 목구멍으로부터 맑은 샘물이 쿵콸거리며 소용돌이쳐 내리는 웅숭깊은 물소리! 그것은 영락없이 '漱石牙(돌 어금니를 양치질한다)'라야 제격이련만, '牙(어금니 아)'가 '遯·昏'의 운열(韻列)에 들지 못하는 측성(仄聲)이라, 한시 형식상의 제약 때문에 할 수 없이 차선이라 할 '根'으로 대용하고 말았으니, 이때의 작자의 그 아쉬운 마음이야 오죽했으랴 싶다.

이제 역시에서나마 그 아쉬움을 풀어 본다.

'돌 뿌리를 양치질한다'가 아닌,
'돌 어금니를 양치질한다'로 ―.

| 이숭인(李崇仁, 1349~1392, 충정왕 1~태조 1) 고려 말의 문신·학자. 자 자안(子安). 호 도은(陶隱). 본관 성주(星州). 삼은(三隱)의 한 사람. 예문관 제학, 동지춘추관사(同知春秋館事) 등 역임. 여말의 흉흉한 관계(官界)에서 수차 유배, 투옥 등의 곡절을 겪다가, 조선이 개국되자 배소에서 살해되었다. 성리학자로서 시문에도 뛰어났다. 저서에 《도은집》이 있다.

절

이숭인

산북 산남으로
갈려 난 오솔길에
송홧가루 비 머금어
오소소 지고……

샘물 길어 간
도승의 떳집에선
한 오리 푸른 연기
흰 구름을 물들인다.

山北山南細路分　　松花含雨落繽紛
道人汲井歸茅舍　　一帶靑煙染白雲
〈題僧舍〉

評說 승사(僧舍)로 이어지는 산음(山陰) 길과, 촌락으로 트인 산
양(山陽) 길이 가느다라이 나뉘어져 간 오솔길의 갈림길! 어
느 길로 접어드는가에 따라 서로 사뭇 멀어져 가게 마련인 승속(僧

僧舍(승사) 중이 거하는 집. 암자. 절.
山北(산북) 산의 북쪽편. 산음(山陰).
山南(산남) 산의 남쪽편. 산양(山陽).
細路(세로) 좁은 길. 오솔길.

俗)의 인생 기로가 언외에 암유되어 있다.

때는 춘삼월, 봄비가 지나간 우후청(雨後晴)이라, 녹녹하게 습기
를 머금은 송홧가루가 바람도 없이 오소소 지고 있는 산음 길이다.

한 비구(比丘) 도승이 손수 샘물을 길어 승사로 들어간다. 이윽고
가느다란 연기 한 가닥이 피어오른다. 방금 길어 간 샘물로 차를 달
이고 있는 것이리라. 청명한 산간의 기류(氣流)를 타고 곱게 흔들리
며 피어오르는 푸른 연기 한 오리! 제단의 향연(香煙)처럼 전자(篆
字) 모양으로 꾸불꾸불 일렁이며 하늘로 하늘로 서려 오르는 푸른
연기, 마침내 운소(雲宵)에 다다라 흰 구름을 푸른 구름으로 물들이
고 있다. 일념(一念) 지향하는 도승의 원력(願力)이 도리천(忉利天)
으로 승화(昇華)하는 영기(靈氣)인 듯 신묘(神妙)하다.

이 시의 요처는 결구, 기·승 전구는 이 결구를 위한 예비이다. 승
구의 '松花落繽紛'은 봄날의 화창하고 한가로운 분위기의 조성으
로, '含雨'의 '雨'는 '一帶青煙'을 올릴 '하늘'을 세정(洗淨)하기 위
한 예비 작업으로, 그 모두가 전후 호응하여 복선(伏線) 구실을 하
고 있음을 맛볼 것이다.

쇄락(灑落)한 시어, 신운(神韻)이 감도는 표현, 완연한 탈속의 경
지이다. 이는 그의 또 하나의 걸작인 〈오호도(嗚呼島)〉와 함께 대표
작으로 평정되어 오는 시이다.

그의 학문은 이색을 이었고, 시는 도잠(陶潛)을 사숙했다. 그는

含雨(함우) 비를 머금음. 비에 젖어 녹녹함.
繽紛(빈분) 어지럽게 흩어지는 모양.
道人(도인) 도사(道士). 여기서는 시제로 보아, 도승(道僧).
汲井(급정) 샘물을 길음.
茅舍(모사) 띳집. 모옥(茅屋).
一帶(일대) 한 줄기. 한 오리.

성리학자이면서도, 《도은집》에 수록되어 있는 336수의 시 가운데 65수가 이 시에서처럼 불교에 관한 주제인 것을 보면, 그 방면에도 꽤나 관심이 깊었던 듯하다.

뜻 가는 대로

길재

시냇가 초가집에 찾는 인 달과 바람,
외객은 아니 오고 산새랑 지껄이다.
대숲에 평상 옮기어 누워서 책을 본다.

臨溪茅屋獨閒居　月白風淸興有餘
外客不來山鳥語　移床竹塢臥看書
〈述志〉

 산림에 숨어 자연을 벗하여 학문에 전념하는 은서 생활의
정취이다. 암운이 감도는 여말(麗末)의 흉흉한 관계(官界)를
떠나, 금오산(金烏山)에 은둔하던 작자 만년의 작이다.
　달을 읊고 바람을 일컬었으니, 일견 음풍농월(吟風弄月) 같으나,
그러한 시에 으레 떠벌리게 마련인 '주흥(酒興)'이 없는 대신, 또한
그러한 시에서는 아예 거들떠보지도 않는 '독서(讀書)'의 일과(日課)

述志(술지) 뜻에 따라 행함.
臨溪(임계) 시냇가에 다다름. 곧 시냇가에 위치함.
茅屋(모옥) 띳집. 초가.
有餘(유여) 남음이 있음. 곧 넉넉함.
外客(외객) 외부에서 오는 손.
山鳥語(산조어) 산새의 지저귐을 의인시한 표현. 또는 산새들이랑 지껄임.
竹塢(죽오) 대숲 언덕.
臥看書(와간서) 누워서 책을 묵독(默讀)함.

에서, 넉넉히 그의 도학풍(道學風)을 엿볼 수 있다.

'臨溪'에 내재(內在)해 있을, 간단없는 자연의 음악, '시냇물 소리'가 들려오고, 에워싼 산 너머로 찾아드는 달과 바람이 있고, 공생(共生)하다시피 가까이 지내는 산새들의 지저귐 속에, 나무 그늘 따라 자리를 옮아가며, 고인들과의 대화에 해가 저문다.

냇물 소리는 증감(增減)에 따라, 달은 망삭(望朔)에 따라, 바람은 온량(溫凉)에 따라, 산새들도 시후(時候)에 따라, 때때로 철철이 갈아드는 그 청신미(淸新味)는 삶의 즐거움을 매양 새롭게 해 준다.

'山鳥語'는 저들끼리의 지저귐만이 아니라, 주인과의 대화의 뜻도 없지 않다. 집 둘레의 나뭇가지에 오롱조롱 모여 앉아 상시로 지껄이는 녀석들! 이제는 경계할 주인이 아님을 확신한 듯, 예사로이 접근하는 친압한 사이가 돼 있다. 무료한 때이면 가끔 이 요설(饒舌)꾼들의 의중을 읽어, 몇 마디씩 통역 없이 응수해 주기도 한다.

그러나 뭐니 뭐니 해도 이 시의 요처는 '臥看書'이다. '看書'는 고인과의 만남인 만큼 '臥'의 자세에 이의를 제기한 이도 있어, 농재(聾齋) 이언괄(李彦适) 같은 분은 우정 '坐'를 대입한, 다음과 같은 보운(步韻) 모작(模作)을 시도하기도 했다.

시냇가 오두막에 고요히 사노라니
따스한 볕 실바람에 사는 맛이 넉넉하다.
산새 와 기웃거리고 사람은 안 오는데,
버들 그늘로 자리 옮겨 앉아서 책을 본다.

臨溪小屋獨閒居　暖日輕風興有餘
山鳥來窺人不到　柳陰移席坐看書

그러나 보라. 작자는 이미 수학 중의 서생이 아니다. 독서라 하여 언제까지나 정금 위좌(正襟危坐)를 고집함은 교주고슬(膠柱鼓瑟)일 뿐이다. 깊은 물을 건너려면 치마라도 추어올려야 할 것이며, 건너다 물살에 휩쓸리면 비록 제수의 손목일지라도 잡아 끌어내야 도리라 하지 않았던가? 앉아서 읽다가 거북해지면 누워서 읽게 됨이야 극히 자연스러운 순리일 뿐이다. '大'자 형의 앙와(仰臥)면 어떻고, 탄복부와(坦腹仆臥)면 어떠며, 곡굉횡와(曲肱橫臥)면 또한 어떠리. 수수편편(隨隨便便), 종심소욕(從心所欲)으로 하되 불유구(不踰矩)의 경지에 다다른 것이니, 틀 속에서 자라 마침내 틀을 깨고 더 높은 차원인 무애자득(無碍自得) 융통원전(融通圓轉)의 경지에 도달한 것이라 하겠다. 달(達)의 경지에 이른 이 유자(儒者)의 자관(自寬)의 금도(襟度)가 이리 너그러우매 '臥看書'의 여운은 그 유장함이 그지없다.

| **길재**(吉再, 1353~1419, 공민왕 1~세종 1) 고려 말의 학자. 자 재보(再父). 호 야은(冶隱). 본관 해평(海平). 삼은(三隱)의 한 사람. 성균관 박사로 있다가, 창왕 때 문하주서(門下注書)가 되었으나, 기울어 가는 고려 왕조에 환멸을 느껴 사직하고 돌아와, 구미(龜尾) 금오산(金烏山)에 은거, 성리학 연구와 후진 양성에 진력했다. 저서에 《야은집》, 《야은속집》, 《야은 언행 습유(拾遺)》 등이 있다. 시호는 충절(忠節).

제자들과 함께

길재

맑은 샘물, 그 차가움으로
세수하고
무성한 숲, 그 우듬지 위로
성큼 나선다.

제자들 글 물어
찾아오면
잠시 더불어
거니는 그 맛!

盥水淸泉冷　臨身茂樹高
冠童來問字　聊可與逍遙
〈卽事〉

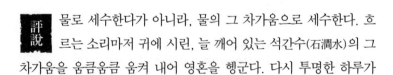 물로 세수한다가 아니라, 물의 그 차가움으로 세수한다. 흐
르는 소리마저 귀에 시린, 늘 깨어 있는 석간수(石澗水)의 그
차가움을 움큼움큼 움켜 내어 영혼을 헹군다. 다시 투명한 하루가

盥水(관수) 세수함.
冠童(관동) 어른과 아이.
※ **우듬지** 나무의 꼭대기 줄기.

열린다.

뜰에 썩 나선다. 금오산(金烏山) 중턱, 낙락(落落)한 숲의 우듬지 끝이 발아래 질펀히 펼쳐지는 수해(樹海)의 해안(海岸)에 우뚝 선다. 가슴이 탁 트이는 호호연(浩浩然)한 기운!

제자들 오면 더불어 잠시 임천(林泉)에 소요(逍遙)한다.

이는 "제자들과 함께, 기수(沂水)의 물에 목욕하고, 무우(舞雩) 언덕에 바람을 쏘이다가, 시를 읊으며 돌아오리라"는, 증점(曾點)의 봄나들이 안(案)에 동조한 공자의 유풍(遺風)에 젖어 보는 즐거움이다.

양구읍을 지나며

원천석

헌 집엔 새들이 우짖어 쌓고
백성들 도망가니 관리도 없다.

해마다 민폐 더해 가거니
어느 날에야 기쁨 얻으랴?

논밭은 권세(權勢)집 차지가 되고
대문엔 악당(惡黨)들만 들락거린다.

혈혈(孑孑)이 남은 목숨 더욱 가엾다.
저 고생 필경 무슨 죄런고?

破屋鳥相呼　民逃吏亦無
每年加弊瘼　何日得歡娛
田屬權豪宅　門連暴虐徒
孑遺殊可惜　辛苦竟何辜
〈過楊口邑〉

評說 가렴주구하는 악덕 지방 장관과 그의 손발이 되어 민폐(民
弊)를 일삼는 무리들, 또한 권세에 기생하는 토호(土豪)들의
토지겸병(土地兼倂)으로 양민들은 설자리를 잃고, 빈손으로 야간도

주(夜間逃走)한 뒤의 을씨년한 폐읍(弊邑)의 몰골이다. 그중에는 오도 가도 못하고 남아 있는 죽도 살도 못하는 목숨들이 더욱 가없다. 저 모진 고생이 필경 누구의 죄란 말인가? 모두가 위정자 목민자(牧民者)의 죄가 아니고 무엇이란 말이냐?

　양구를 지나는 한 길손으로서 본 대로 느낀 대로 서술조로 늘어놓은 단조로운 시이다. 그러나 그 행간(行間)과 여운에는 그의 두 눈에 서리는 안쓰러움, 한스러움, 안타까움, 괘씸함, 노여움 등의 착잡한 그림자를 독자들은 함께 읽게 될 것이다.

楊口邑(양구읍) 강원도의 양구 고을.

民逃(민도) 백성들이 딴 고을로 도피하여 감.

弊瘼(폐막) 민폐(民弊)와 민막(民瘼). 곧 백성을 못 살게 들볶는 관(官)의 폐단.

權豪宅(권호댁) 권세가(權勢家)와 부호가(富豪家). 지방의 호족.

暴虐徒(포학도) 포학한 무리.

孑遺(혈유) 오도 가도 못하고 외롭게 남아 있는 백성.

可惜(가석) 애석함.

| **원천석(元天錫, 1330~?, 충숙왕 17~?)**　고려 말의 수절신(守節臣). 자 자정(子正). 호 운곡(耘谷). 원주(原州) 사람. 정계의 문란함을 개탄하여 치악산(雉岳山)에 은거, 일찍이 방원(芳遠)을 가르친 바 있어, 태종이 즉위하자 누차 출사하기를 권했으나 불응했다. 당시의 사실(史實)을 직기(直記)한 야사(野史) 6권을 저술하여 가묘에 비장하였으나, 화가 미칠까 두려워하여 그 증손이 불태웠다 한다. 다만 시집 2권이 전할 뿐이다.

암돈에게

정공권

집을 두른 큰 나무들
푸른 연기 서렸는데,
그윽한 나의 집
산과 마주 말이 없다.

일생 두고 굳은 벗은
오직 암돈 하나인데,
천 수 시로 화답함은
가도(賈島)랑 맞잡일다.

오마던 임 아니 오고
꽃은 이미 다 졌는데,
그리운 임 못 본 채로
달만 거듭 둥글었네.

누에 기댄 맑은 시창(詩唱)
어느 제나 들어 보나?
고개 돌려 임의 곳 바라보니
가슴 마냥 메어지네.

繞屋扶疏綠樹烟　幽齋不語對山川
百年耐友惟巖遯　千首新詩卽浪仙
有約不來花盡謝　相思未見月重圓
倚樓淸嘯何時聽　回望龍池一悵然
〈寄巖遯〉

評說 나와 그 사이, 수많은 시를 창화(唱和)하던 둘도 없는 시 친구! 꽃 피면 다시 오마 약속하고 간 그 약속을 굳게 믿고, 이 봄이 들면서부터 날이면 날마다. 이제나저제나 하며 마을 어귀를 지켜보며 기다리는 가운데, 봄꽃도 시나브로 다 지고 말았다. 그사이 얼마나 날이 가고 달이 갔는지? 밤이면 밤마다 그리움을 부치던 저 달도 두 번째로 둥글었다.

有約不來花盡謝　相思未見月重明!

아! 이 얼마나 은근(慇懃)한 조사(措辭)이며, 곡진(曲盡)한 심정 (深情)인가? 진실로 연정(戀情)보다 진한 우정(友情)의 간곡함이여! 시조 가락으로 다시 한 번 바꾸어 읊어 볼까?

耐友(내우) 일생 두고 마음이 변치 않는 친구. 내구붕(耐久朋).
巖遯(암돈) 박태(朴兌)의 호.
山川(산천) 산을 이름. '川'은 관용으로 딸려 들어간 허자(虛字).
浪仙(낭선) 당의 시인 가도(賈島)의 자(字). 779~843. 맹교(孟郊), 장적(張籍) 등과 많은 시를 창화(唱和)하며 시명을 날렸다.
龍池(용지) 암돈이 거하는 곳 지명.

꽃 피면 다시 오마. 다짐 두고 가신 그 님
꽃 피는 춘삼월을 이제나저제나 하다,
꽃 지고 봄 다 갔건만 임은 감감 소식 없네.

밤이면 밤 깊도록 달을 보며 그리던 임,
그 달도 다 여위고 새 달이 둥글도록
어쩧다! 임은 이다지 소식 한 장 없는고?

난간에 반만 기대 띄우는 시창(詩唱) 가락,
드높은 맑은 목청 어느 제나 다시 듣나?
임의 곳 하늘 바라며 가슴 메어 하노라!

| **정공권**(鄭公權, ?~1382, ?~우왕 8) 초명은 추(樞). '공권'은 자(字)였으나 후
에 이름으로 썼다. 호는 원재(圓齋). 본관은 청주. 문과에 올라, 성균관 대사
성, 정당문학 등 역임. 시호는 문간(文簡). 저서에 《원재집》이 있다.

금강산

전치유

연하(煙霞) 반 걷으니 어깨 벗은 대머릴다.

깡마른 뼈대만으로 우뚝 홀로 깨끗하니

아마도 살찐 뚱뚱보 산을 비웃는 듯하여라.

草木微生禿首髮 　煙霞半卷袒肩衣

兀然皆骨獨孤潔 　應笑肉山都大肥

〈金剛山〉

 살[肉]을 벗고 허울을 털어, 티끌 하나 없이 가시고 헹궈 낸
듯, 깡마른 뼈대만으로 우뚝한, 그야말로 개골산(皆骨山)!
그 선풍도골(仙風道骨)의 고아(高雅)한 풍채, 고고(孤高)한 기품(氣
品), 꼬장꼬장한 품격(品格), 초롱초롱한 정기(精氣)로 늘 깨어 있는

微生(미생) 나지 않음.

禿首髮(독수발) 대머리. 민둥산.

半卷(반권) 반쯤 걷혀 오름. '卷'은 '捲'과 통한다.

袒肩(단견) 웃통을 벗음. 웃통을 벗어 어깨를 드러냄. 여기서는 좌단(左袒)의 뜻으로, 정
의(正義) 쪽에 편듦을 이름. 전한(前漢)의 공신 주발(周勃)이 한실(漢室)의 편을 들어 좌단
한 고사에서 온 말.

兀然(올연) 우뚝한 모양.

應笑(응소) 응당히 비웃음.

肉山(육산) 바위가 없이 흙으로만 된 산.

都(도) 도무지. 아주.

금강산!

　그는, 텁텁한 흙으로 살찐, 탐욕과 나태, 물질 만능으로 유들유들, 미련스럽고 뻔뻔스러운, 비만(肥滿)의 중산(衆山)들을, 연민의 눈으로 조소하고 있는 듯하다.

　견개(狷介)한 성품의 청빈(淸貧)한 지사(志士), 정의에 입각한 늠렬(凜烈)한 의인(義人), 속기(俗氣)를 초탈한 고결한 도인(道人)으로, 시종 의인(擬人)된 가운데, 산격(山格)과 인격(人格)이 맞물려 품평(品評)되어 있음을 음미할 것이다.

| **전치유(田致儒, ?~?)** 고려 때의 시인. 기타 미상.

조 선 전 기

달밤에 매화를 읊다

이황

산청에 기대서니 밤기운이 차가워라.

매화 핀 가지 끝에 달 올라 둥그렇다.

봄바람 청해 뭣하리. 가득할손 청향일다.

獨倚山窓夜色寒　梅梢月上正團團

不須更喚微風至　自有淸香滿院間

〈陶山月夜詠梅〉

경포대

황희

맑디맑은 경포에는
초승달이 잠겨 있고
낙락한 한송정 솔
푸른 연기 서려 있다.

땅엔 가득 노을이요
대(臺)엔 가득 대숲이라.
티끌 세상 그 속에도
바다 신선 예 있노라.

澄澄鏡浦涵新月　　落落寒松鏁碧烟
雲錦滿地臺滿竹　　塵寰亦有海中仙

〈鏡浦臺〉

 해중선이 그 누구뇨?
해중선이 내 긔로다!

鏡浦臺(경포대) 관동팔경의 하나. 강원도 강릉시 저동에 있는 누대(樓臺).
雲錦(운금) 비단 같은 구름. 꽃구름. 노을을 이름.
塵寰(진환) 티끌 세상. 진세(塵世). 속세. 인간 세계를 이름.
海中仙(해중선) 동해 가운데 있는 삼신산(三神山: 봉래산·방장산·영주산)에 살고 있다는
신선.

경포를 읊은 시객이 많은 가운데, 그 대다수가 신선을 등장시켰으되, 모두가 타칭(他稱)이거나 부정칭(不定稱)인 데 반하여 스스로 신선임을 자칭(自稱)하고 나서기란 처음인가 싶다. 만사를 긍정적 낙천적으로 보는 천하태평의 호호야(好好爺)답게 이 짤막한 시 한 편에서도 그 느긋한 인품(人品)이 선품(仙品)으로 내비쳐 보이지 않는가?

| 황희(黃喜, 1363~1452, 공민왕 12~문종 2) 자는 구부(懼夫). 호는 방촌(厖村). 본관은 장수(長水). 문과. 이조판서, 영의정 등 명재상으로 후세에 추앙을 받고 있다. 저서에 《방촌집》이 있다. 시호는 익성(翼成).

게으름

이첨

평생에 뜻하던 일
이미 글렀고
어쩌랴. 게으름만
부쩍 느는 걸 ―.

꽃그늘 옮겨 간
낮잠에서 깨어나
어린 놈 손잡고
새 연꽃을 거닌다.

平生志願已蹉跎　爭奈衰慵十倍多
午枕覺來花影轉　暫携穉子看新荷
〈慵甚〉

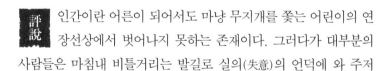 인간이란 어른이 되어서도 마냥 무지개를 쫓는 어린이의 연
장선상에서 벗어나지 못하는 존재이다. 그러다가 대부분의
사람들은 마침내 비틀거리는 발길로 실의(失意)의 언덕에 와 주저

慵甚(용심) 게으름이 심함. 몹시 나른함.
蹉跎(차타) 비틀거림. 불우하여 뜻을 이루지 못함.
爭奈(쟁내) 어찌하랴? 하내(何奈).
衰慵(쇠용) 노쇠하여 깨나른함.

앉아 버리고 만다. 인제 여일(餘日)이 얼마 남지 않은 노경에 이르 렀음을 자각함에서다.

만사휴재(萬事休哉)! 팽팽히 버텨 오던 긴장이 실실이 풀려 버리 고 나면, 남는 건 피로요, 느는 건 권태다. 꿈을 좇다 놓친 허망감과, 노쇠에서 녹아내리는 무력감은 '十倍多'의 표현이 과장이 아니다.

"깨어나 보니 꽃그늘은 해시계처럼 위치를 옮겨 갔고, 사람은 볕 에 노출된 채 자고 있었던", 그 잠들기까지의 경위를 역으로 추적해 보라, 그런 경황에도 꽃이야 싫지 않아, 꽃나무 아래 앉았다가 부지 중 스르르 자세가 무너지는 길로 비몽사몽 자기를 잃어 간 도입(導 入)의 경위가, 그 생략된 공백 속에 녹화되어 있음을 보지 않는가? 또 거기에는 얼마나 곤하게 잤는가 하는 시간의 길이며 깊이마저 자동적으로 기록되어 있음을 본다.

한편, 이 '꽃과 노인'의 역설적이고도 희화적(戱畵的)인 대조는, 다음 구의 내용들과 호응하여, 또한 인생을 생각케 함이 있으니, 보 라. 어린 녀석 손을 이끌고, 갓 피어난 연꽃을 구경하면서, 연못 둘 레를 거닐고 있는, 크고 작은 두 영상을! 늙은이와 어린이, 시들어

午枕(오침) 낮잠. 오수(午睡).
暫携(잠휴) 잠깐 동안 손을 잡아 이끎.
穉者(치자) 어린아이.
新荷(신하) 새로 핀 연꽃. '看'은 구경함. 완상함.

| **이첨**(李詹, 1345~1405, 충목왕 1~태종 5) 고려 · 조선의 문인 · 문신. 자 중숙(中 叔). 호 쌍매당(雙梅堂). 본관 홍주(洪州). 예문관 대제학 등 역임. 하윤(河崙)과 함께 《삼국사략(三國史略)》을 수찬. 문장과 글씨에 뛰어났다. 저서로는 가전 체 소설 《저생전(楮生傳)》이 있다. 시호는 문안(文安).

가는 연꽃과 새로 피어나는 연꽃, 그것은 '꽃과 노인', 또는 '옮아가 버린 꽃그늘'과도 호응하여, 교체될 세대의 길목에서, 잠시 서로 손을 잡다 갈라설 숙명을 예시하고 있는 듯도 하지 않는가?

봄날

권근

비 갠 봄바람에 저녁볕 해맑은데,
집 그늘에 몸을 숨긴 살구꽃 두어 가지
함초롬 수줍음에 젖어 발그스레 내민 얼굴!

春風忽已近淸明　細雨霏霏成晚晴
屋角杏花開欲遍　數枝含露向人傾
〈春日城南卽事〉

評說 부슬부슬 종일 오던 비도 그치고, 서쪽 하늘이 훤히 트이고
나니, 청명절도 가까운, 문자 그대로의 청명한 날씨이다. 비
온 뒤의 해맑은 석양을 띠고, 불어오는 봄바람에 맺혀 있던 이슬방
울을 후두둑후두둑 지우면서, 봄비 머금어 한껏 부풀어 오른 살구
꽃 꽃 봉지들이, 일제히 다문 입술을 터뜨리기 시작한 장면이다.
　집 그늘에 가리어 둥치는 안 보이고 가지만 내다보이는 뒤란 살
구나무의 갓 피어나는 꽃가지를, 차마 부끄러워 성큼 나서지는 못

淸明(청명) 24절기의 하나. 4월 5·6일경.
霏霏(비비) 보슬보슬 비 내리는 모양.
晩晴(만청) 저녁 무렵에 갬.
屋角(옥각) 집 모서리.
開欲遍(개욕편) 활짝 피려고 함.
含露(함로) 이슬을 머금음.
向人傾(향인경) 사람을 향하여 기울임.

하고, 발그레 홍조 띤 얼굴만을 집 모서리로 갸웃이 내밀며, 날 보란 듯 수줍은 웃음을 흘리고 있는 함정(含情)의 여인으로 의인한 전·결구의 묘사는 지나치게 아리땁다. 맺혀 있는 이슬방울을 바람결에 굴려 내듯, 머금어 있는 미소를 벌어지는 입술 사이로 소리 없이 흘리고 있는, 이 반함교태 반함수(半含嬌態半含羞)의 '含露'의 매혹적인 염용(艶容)을 보라. 또, 짐짓 숨는 듯 얼굴을 내미는 '向人傾'의 대담한 유혹을 보라. 꽤나 춘정(春情) 겨운 정감적인 즉흥이다.

| 권근(權近, 1352~1409, 공민왕 1~태종 9) 고려·조선의 문신·학자. 자 가원(可遠). 호 양촌(陽村). 본관 안동(安東). 예문관 대제학, 의정부 찬성사 등 역임. 성리학자로서 문학에도 조예가 깊었다. 저서에 《양촌집》, 《입학도설(入學圖說)》, 《동현사략(東賢史略)》, 《오경천견록(五經淺見錄)》, 악장인 《상대별곡(霜臺別曲)》 등 많다. 시호는 문충(文忠).

금강산

권근

눈 이고 꼿꼿이 선
천만 봉우리
바다구름 옥연꽃을
피워 내는 듯.

신비한 빛 넘실넘실
창해는 넓고
화창한 기 꿈틀꿈틀
조화 모인 곳…….

우뻣쭈뻣 멧부리들
새도 못 넘고,
맑고 깊은 골짜기엔
신선의 자취…….

이 길로 저 절정(絶頂)에
까마득 올라
부앙천지(俯仰天地) 가슴 한번
헹궈 봤으면 ―.

雪立亭亭千萬峰　海雲開出玉芙蓉
神光蕩漾滄溟濶　淑氣蜿蜒造化鍾
突兀岡巒臨鳥道　清幽洞壑秘仙蹤
東遊便欲凌高頂　俯仰鴻濛一盪胸

〈詠金剛山〉

評說 1연은 한눈에 바라뵈는 금강의 대관(大觀)이요,
2연은 거기 서려 있는 금강 정기(精氣)의 찬양이며,
3연은 인간 세상과는 동떨어진 선경(仙境)으로서의 장관이요,
4연은 절정(絶頂)에 높이 올라, 가슴 한번 활짝 씻어 보고픈 충동이다.

東遊便欲凌高頂　俯仰鴻濛一盪胸!

문득 저 절정에 높이 올라 천지를 한눈에 부앙하며, 불여의(不如意)한 세상에서 쌓이고 쌓인 가슴속의 울분을 한바탕 속 시원히 씻어 보고 싶은, 이 불현듯 일어나는 충동적인 의욕! 이는 태산을

芙蓉(부용) 부용화. 여기서는 연화(蓮花)의 딴 이름.
蕩漾(탕양) 물결이 넘실넘실 파동 치는 모양.
淑氣(숙기) 자연의 맑은 기운. 봄날의 화창한 기운.
蜿蜒(완연) 구불구불 길게 연한 모양.
鳥道(조도) 새나 겨우 넘나들 만한 험한 고갯길.
仙蹤(선종) 신선의 종적.
鴻濛(홍몽) 광대한 천지.
俯仰(부앙) 굽어봄과 쳐다봄. 천지 사방을 둘러봄.
盪胸(탕흉) 답답한 가슴을 씻어 냄.
東遊(동유) 동쪽 지방인 강원도 유람.

바라보며 뜻을 다지던 두보의 〈망악(望嶽)〉의 끝 연과 의경이 비슷하다.

會當凌絶頂　내 기어코 저 절정에 올라
一覽衆山小　뭇 산들 잔다람을 보고 말리라.

김거사 은거처를 찾아

정도전

가을 구름 해사히 멀고
산은 둘러 적적한데
지는 잎 소리 없이
땅에 가득 붉어라!

다릿께에 말 세우고
돌아갈 길 묻노라니
모르겠네. 이 몸 있는 곳
그림 속은 아닌지?

秋雲漠漠四山空　　落葉無聲滿地紅
立馬溪邊問歸路　　不知身在畫圖中

〈訪金居士野居〉

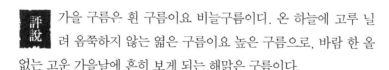 가을 구름은 흰 구름이요 비늘구름이다. 온 하늘에 고루 닐
려 옴쭉하지 않는 엷은 구름이요 높은 구름으로, 바람 한 올
없는 고운 가을날에 흔히 보게 되는 해맑은 구름이다.

秋雲(추운) 가을철의 엷은 흰 구름.
漠漠(막막) 너르고 멀어서 아득한 모양.
四山空(사산공) 사방의 산에 인적이 없음.
滿地紅(만지홍) 땅에 가득 붉음.

에워싼 사면의 산엔 인기척이 없고, 나무들은 찬란한 붉은 옷을 한 겹 한 겹 소리 없이 벗고 있다. 제물에 지는 단풍, 온 지면에다 붉은 비단을 겹겹이 깔아 놓은 듯, 선경(仙景)을 담은 한 폭 황홀한 그림이다.

어리둥절하고 어정쩡하여 오던 길을 잃는다. 찾아가는 길도 아닌, 돌아올 길을 남에게 묻다니? 자신이야말로 미로(迷路)에 든, 도원도(桃源圖)의 어부(漁父)거나 신선도(神仙圖)의 초부(樵夫) 같은 화중의 인물이 아닌지 의심스럽다.

1·2구는 서경이요, 3구는 감추어진 대상과의 문답이요, 4구는 객관화한 자신의 독백이다. 이 시는 야인으로 은거하고 있는 김거사를 방문한 끝에 남긴 유별(留別) 시이다. 그러므로 김거사를 선향(仙鄕)의 주인으로 슬그머니 추대하는 데에 주제를 감추어 두고 있는 것이다.

立馬(입마) 말을 멈춰 세움.
溪邊(계변) 시냇가.
問歸路(문귀로) 집으로 돌아가는 길을 남에게 물음.
畵圖中(화도중) 그림의 화면 속.

| **정도전**(鄭道傳, ?~1398, ?~태조 7) 학자·문신. 자 종지(宗之). 호 삼봉(三峰). 고려 말에 고관을 역임하다가, 이성계를 추대, 조선 건국 후, 개국 공신 1등으로 권직을 두루 거쳤다. 한양 천도(遷都)를 주도했으며, 척불숭유(斥佛崇儒)를 국시로 삼게 하여 유학의 발전에 기여했다. 제1차 왕자의 난 때 방원(芳遠: 太宗)에게 피살되었다. 유학의 대가로 시문에 능했다. 저서에 《삼봉집》 등 많고, 정총(鄭摠) 등과 함께 《고려사》를 찬진(撰進)했으며, 〈납씨가(納氏歌)〉, 〈정동방곡(靖東方曲)〉 등 여러 편의 악장(樂章)을 남겼다. 시호는 문헌(文憲).

남을 면전에서 기리는 일은, 피차에 얼굴 붉어지는 일이다. 이 은 근한 동양적인 함축미! 얼김에 자신도 선계(仙界)에 드는 양수겸장의 고단수를 음미할 것이다

허균(許筠)은 《국조시산》에서, "영롱 원전(玲瓏圓轉)하여 넉넉히 당시(唐詩)의 경지에 이르렀다"했고, 홍만종(洪萬宗)은 《소화시평》에서, 시중유화(詩中有畫)라 촌평했다.

금강루에서

정도전

그대는 보지 않는가?
가의는 굴원을 그려
조문 지어 상수에 던졌고,
이백은 맹호연 보내며
황학루에 취하여 시 읊었음을 ―.
생전의 불우함야
근심할 게 못 되나니,
늠름한 높은 기상
천추에 비껴 있네.

그대는 또 보지 않는가?
병든 지아비 3년 동안
남주에 귀양 살다,
돌아와 다시
금강에 이르렀음을 ―
다만 보나니
강물은 유유히 흘러감이여!
어찌 알았으랴?
세월 또한 머무르지 않았음을 ―.

이 몸은 이미

가을 구름이랑 떠 있나니,

공명·부귀를

다시 어찌 구하리요?

지난 생각 오늘의 감개

길이 탄식하노라니

노랫소리 드높으고

우수수 바람 부는데,

문득 날아드는

쌍쌍 백구여!

君不見

賈傅投書湘水流　　翰林醉賦黃鶴樓

生前轗軻不足憂　　逸氣凜凜橫千秋

又不見

病夫三年滯炎州　　歸來又到錦江頭

但見江水去悠悠　　那知歲月亦不留

此身已與秋雲浮

功名富貴復何求　　感今思古一長吁

歌聲激烈風颼颼　　忽有飛來雙白鷗

〈公州錦江樓〉

 오랜 귀양살이에서 풀려나 돌아오는 길, 공주 금강루에 올
라, 그동안 쌓이고 쌓였던 울회(鬱懷)를 풀어내는 장대한 제

賈傅(가부) 한(漢)의 가의(賈誼). 장사왕(長沙王)의 태부(太傅)로 좌천되어 남으로 상수(湘水)를 건너다가, 그곳에 빠져 죽은 초(楚)의 충신 굴원(屈原)을 조상하는 조굴원부(弔屈原賦)를 지은 바 있다.

일성이다.

천추에 길이 빛날 충신열사며 영웅호걸들의 지난 일들을 모두(冒頭)에 상기시킴은, 자신의 우국충정과 호탕한 시심을 반사적으로 조명받는 효과에서며, 또한 그들과도 같이 앞으로는 구름과 바람과 갈매기를 벗하여, 남은 생애를 야인으로 욕심 없이 살리라는, 자못 비장한 각오의, 성명적 또는 선언적인 무게를 더하는 효과로도 작용하고 있다.

형식은 '尤'운으로 일관한 연운(連韻)의 고시체.

독자의 수긍(首肯)을 강요하듯 이끌어 내는 '군불견체(君不見體)'는, 이 경우에 걸맞은 형식이기도 함을, 또한 아울러 음미해 봄 직하다.

黃鶴樓(황학루) 당(唐)의 한림학사(翰林學士)였던 이백(李白)이, 멀리 광릉으로 가는 맹호연(孟浩然)과 황학루에 올라 이별주를 나누고, 양자강을 하강하는 그의 배를 목송(目送)하며 읊은 〈黃鶴樓送孟浩然之廣陵〉 시가 있고, 또 그가 야랑(夜郎)으로 귀양 가는 길에, 황학루에서 매화락(梅花落) 피리 소리를 들으며 지은 〈與史郎中欽聽黃鶴樓上吹笛〉 시가 있다.

병든 소나무

이직

백 척 낙락장송 저리 늙느라,
그 얼마나 눈서리를 겪어 왔던고?

우뚝한 가지엔 바람이 울고
구름 같던 그 잎들 반은 이울어,

뉘 알랴? 엄동에도 퍼렇던 잎이
가을 풀 한가지로 누래졌다만,

그런대도 쭉 곧은 그 줄기 있어
대궐의 들보 되긴 넉넉할레라!

百尺蒼髥老　曾經幾雪霜
風枝元崛起　雲葉半凋傷
誰識歲寒翠　反同秋草黃
猶餘直榦在　亦足棟明堂

〈病松〉

評說 낙락한 장송이 이울어 가고 있다. 저 나무 저리 늙느라 얼마
나 하고 한 세월의 풍상을 겪어 왔으랴? 그 오랜 동안에 겪
은 고난과 경륜(經綸)이 차곡차곡 연륜(年輪)으로 쌓이고 쌓이어,

몇 아름드리의 거목으로 커 온 것이 아니던가? 이제 천수를 다하고 나무는 죽어 간다만, 죽어도 그 곧은 줄기는 대궐의 들보감[棟梁材]으로서 넉넉하니, 살아서나 죽어서나 그 소임은 마냥 막중하다 할 것이다.

　　猶餘直榦在　　亦足棟明堂

　이 주제구(主題句)에서 한 나라의 동량지신(棟梁之臣)으로서의 숱한 고난과 경륜을 쌓아 온, 노재상의 은근한 자부심을 엿볼 것이다. 동량재를 아끼는 송강의 시조를 덧붙인다.

　어와 버힐시고 낙락장송 버힐시고
　저근덧 두던들 동량재 되리러니,
　어즈버 명당(明堂)이 기울거든 무엇으로 받치려뇨?

　어와 동량재를 저리하여 바려이다
　헐뜯어 기운 집에 의논도 한져이고.
　뭇 지위 고자 자 들고 헤뜨다가 말려니?

蒼髥(창염) 늙어서 회백색으로 희어진 수염.
明堂(명당) 대궐의 정전(正殿).

| **이직**(李稷, 1362~1431, 공민왕 11~세종 13)　문신. 자는 우정(虞庭). 호는 형재(亨齋). 본관 성주. 우왕 때 16세로 문과에 급제. 조선 개국에 공헌. 성산군(星山君)에 봉해졌다. 좌의정, 영의정 등 역임. 저서에《형재시집》이 있다. 시호는 문경(文景).

삼월

정이오

이월도 다 가고
삼월이 오니
한 해의 봄빛이
꿈결에 왔네.

천금으로도 못 살
이 좋은 때를
술 익는 어느 집에
꽃은 피는고?

二月將闌三月來　一年春色夢中回
千金尚未買佳節　酒熟誰家花正開
〈次韻寄鄭伯亨〉

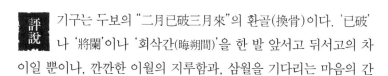 기구는 두보의 "二月已破三月來"의 환골(換骨)이다. '已破'
나 '將闌'이나 '회삭간(晦朔間)'을 한 발 앞서고 뒤서고의 차
이일 뿐이나, 깐깐한 이월의 지루함과, 삼월을 기다리는 마음의 간

將闌(장란) 장차 다함.
尚未(상미) 오히려 ~하지 못함.
佳節(가절) 아름다운 계절.
酒熟(주숙) 술이 익음.

절함이야 '將闌'에서 더욱 실감된다. 무겁고 지겹던 핫옷을 훌훌 벗어 던지고, 산뜻한 봄옷 차림으로 대문을 나서는 듯한, 가벼운 흥분이 서려 있다.

이 시의 안목은 결구, 소재는 '술'과 '꽃'이다. 이 둘은 서로를 필요로 하는 천연 연분의 낭만물(浪漫物)이다. 고인의 시가에서 더듬어 보면,

> 한 잔 한 잔 들다 보니
> 밤든 줄 몰라
> 옷자락에 수북이
> 쌓인 낙화여!

> 對酒不覺暝　落花盈我衣

는 이백(李白)의 주흥이요,

> 꽃 필 때 함께 취해
> 봄 시름 깨뜨리니,
> 취해 꺾는 꽃가지야
> 잔을 세는 산가질다.

> 花時同醉破春愁　醉折花枝當酒籌

誰家(수가) 누구의 집. 어느 집.
花正開(화정개) 꽃이 바야흐로 핌.

는 백거이(白居易)의 풍류이다. 또 "취해 자는 꽃 언덕 꿈꾸는 강남
(醉眠花塢夢江南)"은 정지상(鄭知常)의 취태(醉態)이며, "수북한 낙화
속 술에 취해 누웠는 중(滿地落花僧醉臥)"은 이규보(李奎報)의 산사
소견(山寺所見)이다. 또 "청향(淸香)은 잔에 지고 낙홍(落紅)은 옷에
진다"는 정극인(丁克仁)의 상춘(賞春)이며, "꽃 꺾어 산 놓고 무진무
진 먹세그려"는 정철(鄭徹)의 장진주(將進酒)다. 다 화하주(花下酒)
의 멋이나, 그중에도 두보(杜甫)의:

    한 조각 꽃이 져도 봄빛이 깎이거니,
    천만 조각 흩날리니 시름 어이 견디리.
    낙화도 바닥나려니 잔이나 무진 들자꾸!

    一片花飛減却春　風飄萬點正愁人
    且看欲盡花徑眼　莫厭傷多酒入唇

에 이르러서는, 화주(花酒)의 낭만이 만천(萬千)으로 고조(高潮)된
느낌이다. 그러나, '술' 하면 아무래도 '낮'보다는 밤이 아니던가?
이 시의 "千金尙未買佳節"의 출처는, 소식(蘇軾)의:

    한 시각이 천금인
    귀한 봄밤은
    맑은 꽃향기에
    은은한 달빛.

    春宵一刻直千金　花有淸香月有陰

이요, 또는 당백호(唐伯虎)의

　봄밤의 꽃과 달은
　천금 값이기
　꽃향기 달그림자를
　사랑하노라.

　春宵花月直千金　愛此花香與月陰

가 그 배경인 만큼, '천금으로도 못 살 이 좋은 때'란 다름 아닌 '춘소화월야(春宵花月夜)'임을 직감하기에 충분하다. '술'과 '꽃'과 '달'에 부친 고래(古來)의 시정으로는,

　달 아래 꽃 피어
　봄은 적적한데,
　꽃가지에 달빛 어려
　밤은 침침하여라!
　술잔에 달을 띄워
　꽃 아래 취하여선,
　꽃가지 어루만지며
　달을 향해 읊노라.

　月下花開春寂寂　花梢月轉夜沈沈
　杯邀月影臨花醉　手弄花枝對月吟

는 전기 당백호의 후속구(後續句)요,

꽃 사이 한 병 술을
친구 없이 따르다가
잔 들어 달 맞으니
그림자랑 셋이 됐네.

花間一壺酒　　獨酌無相親
擧杯邀明月　　對影成三人

는 이백의 〈월하 독작(月下獨酌)〉의 허두이나, 그가 독작으로 만족
해하는 이면에는, 친구 없음의 아쉬움이 또한 감추어져 있음을 본
다. '춘소화월야'에 잔을 들 양이면 친구의 등장은 거의 필수적이
라 할 만하니, 그러므로 이백도 〈춘야연도리원서(春夜宴桃李園序)〉
에서는:

구슬 자리 펴
꽃 위에 앉아
잔 날려 권하며
달에 취하네.

開瓊筵而坐花　　飛羽觴而醉月

로, 글 친구 술친구 좋아하는 그의 본색을 십분 발휘하고 있다. 그
러나, '꽃'과 '술'과 '달'과 '벗'을 사위일체(四位一體)로, 간발(間髮)
의 틈이 없이 읊어 내린, 작자 미상의 다음 시조:

꽃 피자 술 익자 달 뜨자 벗이 온다.

이같이 좋은 때를 어이 그저 보낼소냐?
하물며 사미구(四美具)하니 장야취(長夜醉)를 하리라.

는 마치 이 시의 의취를 부연해 놓은 듯도 하다.

　酒熟誰家에 花正開오!

이 얼마나 은근한 함축이며, 그지없는 운치인가? 독자의 감흥에
따라, 또는 그 무제한의 상상에 따라, 각자의 진선진미(盡善盡美)한
상황으로 시 세계를 재구성할 수 있는, '소지(素地)' 그대로이다. 그
러므로 또한 전기 인용 시가의 어느 경우도 각자의 취향에 따라 자
유로운 취사선택으로 수용할 수 있는 폭넓음이 있다.

흔히 보는 봄의 애상 같은 어두운 그림자란 전혀 없이, 은근하고
정겨운 삶의 친근감이 봄바람처럼 담탕(淡蕩)함을 느끼게 한다.

'花正開'의 '花'에는 '꽃'의 뜻만이 아닌 '미녀'의 함축도 없지 않
으니, 그윽한 춘정이 술 향기·꽃향기·달그림자와 함께 은은히 일
렁이고 있음을 또한 느끼게 하고 있지 않은가?

끝으로, 밝고 화사한 이 작품과는 정반대인, 시세를 한탄한 그의
한숨 한 가닥을 아울러 옮겨 본다.

송곳 꽂을 땅뙈기마저 권세 집에 다 앗기고
다만 산천만이 고을 소유로 남아 있네.
나무하는 어린 것들 징병(徵兵)이 뭔지 몰라
구름 너머로 화답하네. '후후야 갈가마귀야……'

立錐地盡入侯家　只有溪山屬縣多
童穉不知軍國事　穿雲互答採樵歌
　　　　　　　　〈次茂豊縣壁上韻〉

※ **후후야 갈가마귀야** 채초가(採樵歌)의 후렴구.

| 정이오(鄭以吾, 1354~1434, 공민왕 3~세종 16) 문신. 자 수가(粹可). 호 교은(郊隱). 본관 진주(晉州). 예문관 대제학 등 역임. 문명이 높았다. 저서에 《교은집》,《화약고기(火藥庫記)》등이 있다. 시호는 문정(文定).

산에 사는 맛

유방선

띠 엮어 지붕 이고
대 심어 울을 삼고……

꽤나 한 산중의 맛
갈수록 알 만하이 —.

結茅仍補屋　種竹故爲籬
多少山中味　年年獨自知
〈偶題〉

 '산중의 맛'을 일컬은 시이면서도, 정작 이 '시의 맛'이란 일견 멋쩍고 싱겁다. '지붕 이고, 대 심는 이야기'가 고작이다. 달지도 쓰지도 아무 감칠맛도 없는 맹물 맛이다. 그러나, 재삼 음미해 보면, 그저 맹물 맛이 아니라, 담담하면서도 함축이 많은 광천수

結茅(결모) 띠로 이엉을 엮음.
仍(잉) 이에.
補屋(보옥) 지붕의 결손된 곳을 기워 이음.
種竹(종죽) 대나무를 심음.
故爲籬(고위리) 짐짓 울타리 삼음.
多少(다소) 꽤 많은. '少'는 조자(助字).
獨自知(독자지) 홀로 스스로 앎. 터득하여 앎.
※ 꽤나 한 꽤나 많은. 예상보다 의외로 많은.

(鑛泉水)요 석간수(石澗水) 맛임을 느끼게 한다.

격양가(擊壤歌)에는 "밭 갈아 밥 먹고, 우물 파 물 마시고(耕田而食 鑿井而飮)"라 하여, 인간 생활의 삼대 요건인 '의식주(衣食住)'를 '食'으로 대유(代諭)했고, 도연명(陶淵明)은 "만나도 잡말 없고 상마(뽕과 삼: 길쌈감) 자라는 이야기뿐(相見無雜言 但道桑麻長)"이라 하여, '衣'로 대유하더니, 이 시에선 '住'를 들어 의식의 생활까지 미루어 짐작하게 하고 있다. 갈건 포의(葛巾布衣)로 밭 가는 일 따위야 이르나마나란 투다.

이 주인은, 한운야학(閑雲野鶴)처럼 심신의 안한(安閑)을 위주로 하거나, 청풍명월에 잔이나 기울이는 풍류도락이나 하는 은사가 아니다. 자연에 묻혀 자연과 호흡을 같이하며, 손수 가색(稼穡)하는 농부로서의 은사이며 생활인으로서의 은사이다.

이 산중에 의귀(依歸)하던 당초만 해도, 그저 덤덤하고 왠지 서먹서먹하고, 괜히 갑갑하기까지 하여, 몸에 붙지 않던 산중의 생활 맛이, 한 해 또 한 해, 해를 거듭해 감에 따라, 미처 몰랐던 '산중의 맛'이 한 겹 한 겹 벗겨지면서, 속의 속 진미(眞味)에 미도(味到)되어 감을 느끼게 됨이다.

집 둘레에 왕대 심어, 울타리를 삼았으니, 대밭에는 사시로 맑고 푸른 바람이 일어, 귀에 여울지며 가슴속을 헹궈 낸다.

가을이면 타작하여 곡식 섬 차곡차곡 윗목에 쌓이 놓고, 이웃 손모아 햇초(그해의 새 짚이나 띠풀)로 이엉 엮을 제, 관솔불 밝힌 마당에 둘러앉아 팥죽 밤참 먹어 가며 나누는 죄 없는 사람들의 인정 이야기들……, 이 새 이엉으로 새끼 촘촘 얽어 두둑이 지붕을 이어 놓고 나면, 그야말로 두보의 소원대로 "風雨不動安如山(비바람에도 끄떡없는 안전하기 태산)"이다. 천하에 근심할 것 없는 태안(泰安)한 의지처(依支處)로 마음 든든하다.

잡념 다 비워 버린, 허심(虛心)에 어리는 '산중의 맛! 그러나 그 것은 달콤하거나 상큼하거나 고소한 종류의 옅은 맛이 아니다. 은 근하면서도 깊숙하고 투박하면서도 듬직한 맛, 대자연에 복귀(復 歸)·합일(合一)되어 가는 은자의, 그 무궁무진한 생활 진미가 어떠 한 것인가를, 이 고박(古樸)한 몇 마디 시어들이 방불하게 말해 주고 있다.

| 유방선(柳方善, 1388~1443, 우왕 14~세종 25) 학자. 자 자계(子繼). 호 태재(泰 齋). 본관 서산(瑞山). 권근(權近), 변계량(卞季良)의 문인으로 시문에 뛰어났으 며, 문하에 서거정(徐居正), 이보흠(李甫欽) 등의 학자가 배출되었다. 두시 찬 주(杜詩撰注)에 참여했다. 저서에 《태재집》이 있다.

소와정에서

유의손

소와정 늙은이가 누워서 웃다,
앙천대소하다 길이 웃나니,
남들은 이 웃음 비웃지 마라.
찌푸림엔 찌푸리듯 웃김엔 웃음…….

笑臥亭翁閑臥笑　仰天大笑復長笑
傍人莫笑主人笑　顰有爲顰笑有笑
〈笑臥亭〉

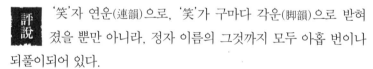 '笑'자 연운(連韻)으로, '笑'가 구마다 각운(脚韻)으로 받혀
졌을 뿐만 아니라, 정자 이름의 그것까지 모두 아홉 번이나
되풀이되어 있다.

와소(臥笑), 대소(大笑), 장소(長笑), 조소(嘲笑) 등, 웃음의 종류
도 가지가지다.

웃음의 본질은 기쁠 때 나타나는 부작위의 생리 현상이다. 그러
나 여기서 일컫는 웃음이란 다 부정적인 웃음, 어처구니없어 웃는,
역설조(逆說調)의 웃음들을 이름이다.

가슴속에 쌓이는 모든 부정적 요인들―슬픔도, 분노도, 증오도,
회한도 그것이 너무나 의표에 넘칠 때면, 이 또한 자연 폭발적인 한

顰有爲顰(빈유위빈) 찡그림에는 찡그릴 만한 이유가 있다는 뜻.

생리 현상으로 나타나는 것으로, 이때의 그 문득 쏴~ 하고 지나가는 바람 떼 같은 '하 같잖아 웃는 웃음' 한바탕은 답쌓인 가슴속의 울적을 희석하고 발산하고 해소하고 정화하는 공효(功效)가 있다. 웃음은 울화를 해소하는 최선의 양약인 까닭이다.

눈물이 감추어져 있지 않은 희극의 시답잖은 웃음은 관객을 우롱하는 것이지만, 시인의 이러한 웃음 이면에는 눈물과 노여움이 감추어져 있고, 깊고 긴 한숨이 뒤따르게 마련이다.

무엇이 이 시인으로 하여금 이토록 웃지 않을 수 없게 하는가?

권력에 빌붙어 감언이설(甘言利說)로 우민을 등쳐먹는 정상배(政商輩)들의 사기 행각(詐欺行脚)이?

서로 헐뜯어 중상모략을 일삼는 각박한 세정(世情)이?

뇌물이 성행하고 부정이 판을 치는 세태가?

충언은 용납되지 못하고, 간신들이 득세하는 조정이?

신의를 배반하고 권세를 좇아 일신의 영달에만 급급한 무리들의 행태(行態)가?

권력을 잡기 위해 동기 살상마저 자행하는 권력 세계의 비정(非情)이?

도탄에 빠진 백성들은 돌보지 아니하고, 권세를 업고, 영화를 극하여 무소불위(無所不爲)로 행세(行勢)하는 소위 공신들의 작태(作態)가?

국사의 올바른 길을 역행하면서까지, 정쟁(政爭)만을 일삼는 다수당의 패거리 횡포(橫暴)가……?

그러나 유념해야 할 일은 방관자로서의 조세(嘲世)나, 고자세로서의 오세(傲世)는 도리어 세인의 빈축과 거부감을 면치 못할 것임을―.

맨 끝구의 뜻은, 눈살을 찌푸릴 일에는 찌푸릴 수밖에 없듯이, 웃기는 일에는 웃을 수밖에 없지 않느냐는 내용이다.

| 유의손(柳義孫, 1398~1450, 태조 7~세종 32)　학자. 자는 효숙(孝叔). 호는 회헌(檜軒)·농암(聾巖). 별호는 소와정옹(笑臥亭翁). 본관은 전주. 직제학, 예조참판 등 역임. 시에 출중했다. 저서에《회헌일고(逸稿)》가 있다.

유자의 노래

변중량

떠날 때 지어 주신 어머님 공든 이 옷
돌아갈 기약 없이 다 해지고 말았구나.
인생은 덧없다커니 애달파라 지는 해여!

遊子久未返　弊盡慈母衣
故山苦遼邈　何時賦言歸
人生不滿百　惜此西日暉
〈遊子吟〉

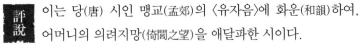 이는 당(唐) 시인 맹교(孟郊)의 〈유자음〉에 화운(和韻)하여,
어머니의 의려지망(倚閭之望)을 애달파한 시이다.
　'아들아! 제발 빨리 돌아와 다오' 하는 알뜰한 어머니의 염원이
한 땀 한 땀 땀땀이 박혀 있는 옷이건만, 어찌하랴? 객지 세월이 오
래되니, 이제는 옷마저 다 해지고 말았다. 그런데도 언제 돌아가게

故山(고산) 고향의 산. 곧 고향.
遼邈(요막) 아득히 멂. '苦'는 몹시. 매우.
賦言歸(부언귀) 집으로 돌아감. '言'은 조사.
西日暉(서일휘) 장차 서쪽으로 떨어질 햇빛. 연만한 부모의 수명을 비유하여 이른 말.
이밀(李密)의 〈진정표(陳情表)〉에, 96세의 조모의 목숨을 형용하여, "해가 서산에 걸려
있어, 숨이 금시 끊어질 듯하다[日薄西山 氣息奄奄]"라고 했다.
※ **땀** 바느질할 때, 바늘로 한 번씩 뜬 눈.
※《청구풍아》에는 위 시의 작자를 이직(李稷)으로 삼고 있다.

될지 아득하기만 하다. 어머님 연세는 이미 서산에 기운 해와 같거니, 애달파라! 애달파라!

맹교의 원작 〈유자음〉은 다음과 같다.

길 떠나는 아들 위해 손수 지어 주신 이 옷,
돌아옴 늦을세라, 촘촘히도 박은 땀 땀,
그 뉘라 풀잎 맘으로 봄볕 은혜 갚는다 하리?

慈母手中線　　遊子身上衣
臨行密密縫　　意恐遲遲歸
誰言寸草心　　報得三春暉

〈遊子吟〉

※ **맹교(孟郊)** 중당(中唐) 때 시인. 자는 동야(東野). 저서에 《맹동야집(孟東野集)》이 있다. 〈유자음〉은 옛 악부(樂府)의 제명(題名).

| **변중량(卞仲良, ?~1398, ?~태조 7)** 조선 초기의 문신. 호는 춘당(春堂). 변계량(卞季良)의 형. 문과. 우부승지 등 역임. 시에 능했다.

만전춘 새 가락

김수온

층층 얼음 위에 댓잎 자리 보아
임과 나와 꽁꽁 엉겨 얼어 죽을망정
이왕사 새벽닭이여! 네 울지나 말려무나.

十月層冰上　　寒凝竹葉棲
與君寧凍死　　遮莫五更鷄
　　　　　　〈述樂府辭〉

評說 이는 《악장가사(樂章歌詞)》에 실려 전하는 고려 속요(俗謠)
〈만전춘(滿殿春)〉 제1장의 한역이다. 원가(原歌)를 현대어로
옮겨 다음과 같다.

얼음 위에 댓잎 자리 보아 임과 나와 얼어 죽을망정
얼음 위에 댓잎 자리 보아 임과 나와 얼어 죽을망정
정(情) 둔 오늘 밤 더디 새고시라 더디 새고시라.

述樂府辭(술악부사) 악부의 사설을 서술함.
層冰(층빙) 층층으로 언 얼음. 두꺼운 얼음.
寒凝(한응) 추위로 꽁꽁 얾. 꽁꽁 엉겨 붙음.
竹葉棲(죽엽서) 댓잎을 깔아 자리 삼음. 댓잎 자리.
凍死(동사) 얼어 죽음.
※ **이왕사** 이왕지사(已往之事)의 준말. '이미 그렇게 된 일이니……'의 뜻.

이는 이성 간의 노골적인 사랑 타령의 음란물(淫亂物)이라 하여, 대다수 유학자들이 속으로야 어떻든, 혀 차고 상 찌푸리며, 문학상 으로는 일고의 가치도 인정하지 않으려 해 왔던, 이 소위 '남녀상열 지사(男女相悅之詞)'인 것이다. 더구나 그 제4·5장을 보면,

오리야. 오리야. 어린 비오리야.
여울은 어디 두고 소(沼)에 자러 오냐?
소 곧 얼면 여울도 좋으니, 여울도 좋으니.

남산(南山)에 자리 보아 옥산(玉山)을 베고 누워
금수산(錦繡山) 이불 안에 사향 각시를 안고 누워
약(藥) 든 가슴을 맞추옵사이다 맞추옵사이다.

등을 아울러 보아, 그 사랑이 떳떳하지 못한 사련(邪戀)임이 입증되 건마는, 불교에도 조예가 깊은, 김수온 같은 대유학자로서, 그 문학 적 가치를 인정, 한역까지 할 감흥과 용단을 일으킨, 그 소탈하고도 의연한 면모가 돋보인다.

'十月'은, '동짓달을 정월로 삼던(以子月爲歲首)' 상고 시대에야, 오 늘날의 음력 섣달에 해당하여 격에 맞지마는, 오늘날과 다름없던 당 시의 음력 十月은, 사계절의 배분 상으로는 겨울이지만, 아직 초동(初 冬)이라, '層冰'을 이룰 때는 아니다. '지월(至月), 납월(臘月)' 등 격에 맞을 달은 우정 피하고, 그것도 원가에는 있지도 않은 '十月'을 모두 (冒頭)에 내세운 데는, 그럴 만한 의미가 따로 있을 성도 싶다. 그것 은, '十月層冰'으로 현장을 일거에 상고 시대로 옮겨 놓음으로써, 남 녀 사랑의 초시대성(超時代性)과 그 동물적 맹목적(盲目的) 원시성 (原始性)을 여실케 하려는 의도는 아니었을런지? 아니면 그 가설(假

說) 내용이 비록 가정이라 할지라도, 워낙 사랑이냐 죽음이냐의 극과 극을 건 도박과 같이, 최악의 조건, 극한의 상황, 극악의 결과로만 치달는, 거의 본성을 잃은 상태임을 민망히 여겨, 이를 완충(緩衝)하려는 배려에서 가해진 해학적 조미(調味)가 아닌가고도 여겨진다.

'竹葉棲'의 '댓잎 자리'는, '대'의 절개성(節槪性)에 기댄 것으로, 이 노래의 맨 끝구, "아소 임하, 원대평생(遠代平生)에 여읠 줄 모르옵세"와 호응되어 있다.

'寒凝'은 이신일체(二身一體)로 응결(凝結)된, '꽁꽁 한데 엉긴' 상태로서, 아래의 '凍死'와 호응되어 있다.

'遮莫'은, 그 뜻 갈래가 많으나, '이왕지사(已往之事)니, 될 대로 되라지' 또는 '그까짓 것 아무려면 어때' 등의 속어(俗語)로서의 뜻과, '제발 ……하지 마라'의 금지사(禁止辭)로서의 뜻이 중의(重義)로 쓰이어, 사랑에 탐닉(耽溺)되어 전후불고(前後不顧)로 막간 마음속을, 홀랑 뒤집어 보이듯, 딱 들어맞게 작동(作動)을 하고 있다.

또 '울지 말아 달라'는 '五更鷄'에의 당부는, "더디 새고시라. 더디 새고시라"한 직설적인 원가의 완곡적(婉曲的) 표현이요, 한편 '정(情) 둔 오늘 밤'을 송두리째 생략하였음은 위의 정황으로 이미 설진(說盡)된 내용을 다시 덧붙인 연문(衍文)에 불과하므로, 이를 제거함은 오히려 속기(俗氣)를 탈취(脫臭)하는 한편, 도리어 은근미를 더해 주는 효과마저 있음으로 보았기 때문이었으리라.

| 김수온(金守溫, 1409~1481, 태종 9~성종 12) 문신·학자. 자 문량(文良). 호 괴애(乖崖)·식우(拭疣). 본관 영동(永同). 공조판서, 영중추부사 등 역임. 사서오경의 구결(口訣)을 정하고, 《명황계감(明皇誡鑑)》을 국역하는 등 국어 발전에 힘썼으며, 《의방유취(醫方類聚)》를 편찬. 《금강경》 등 국역. 저서에 《식우집》이 있다. 시호는 문평(文平).

배꽃

이개

으늑한 뜨락
맑은 봄 한낮
환히 어둑한
배꽃 꽃그늘.

꾀꼬리 녀석
무심도 하여
꽃가지 탈쳐
낙화 한 마당.

院落深深春晝淸　梨花開遍正冥冥
鶯兒儘是無情思　掠過繁枝雪一庭

〈梨花〉

 높은 담장으로 둘러 있는 깊숙한 뜨락. 하늘을 가리어 배꽃
이 흐드러지게 피어 있다. 꽃그늘은 밝은 듯 어둑어둑, 어두
운 듯 환하다.

院落(원락) 울타리로 에워싸인 뜰. 정원.
深深(심심) 깊숙한 모양.
春晝(춘주) 봄날의 한낮.
開遍(개편) 활짝 핌. 만개(滿開). 평측법(平仄法)에 맞추기 위한 '遍開'의 도치.

꾀꼬리가 매끄러운 목청으로 한 구절씩 감탄조로 지껄이고는, 그때마다 나뭇가지를 옮겨 앉는다. 아니라도 한물을 지나, 제물에 지는 꽃잎들인데, 무심한 꾀꼬리 녀석, 조심성 없이 탐스러운 꽃가지를 함부로 스쳐 나는데야, 그 날갯바람, 그 가지 흔들림에 아니 지고 어이하리. 걷잡을 수 없이 마구 쏟아지는 낙화! 때 아닌 백설이 한 마당 내려 깔린다.

무심한 꾀꼬리 탓이라 원망을 한다. 안타까워 짐짓 해 보는 소리일 뿐이다. 허다한 곳 다 두고 남의 집 원장을 넘어 들어온 꾀꼬리고 보면, 꽃을 사랑하는 그 마음이야 알고도 남는다. 노래 마디마디 꽃가지를 옮아앉는 몸짓은, 춘정을 못 이겨 하는 차라리 그의 몸부림이다.

지는 꽃을 설워하는 심정은, 흘러가는 세월, 속절없는 인생을 애타하는 마음과 직결된다.

향기로운 나무엔 꽃보라 치고
늙은이 귀밑털엔 서리가 친다.

芳樹花團雪　衰翁鬢撲霜

正(정) 정히.
冥冥(명명) 어둑어둑한 모양.
鶯兒(앵아) 꾀꼬리를 귀엽게 이른 말.
儘(진)=盡.
情思(정사) 생각. 애정. 연정.
掠過(약과) 세차게 스쳐 지나감. 탈쳐 지나감.
繁枝(번지) 번화한 가지. 탐스러운 꽃가지.
雪(설) 낙화의 은유.

고 한숨짓는 백낙천(白樂天)도, 이를 말하고 있다.

그러나, 한편 꽃의 마지막 가장 아름다운 순간은, 가지를 떠나 착지(着地)까지, 잠시 표랑(漂浪)하는 체공(滯空) 동안의 낙화 과정이다. 한 해의 춘사(春事)가 절정의 고비를 넘어, 이제는 여지없이 흐물어져 가는, 차라리 속 시원한 비장미(悲壯美)의 극치이기도 한, '雪一庭'의 낭자(狼藉)한 종말의 현장은, 또한 얼마 동안 '낙환들 꽃이 아니랴. 쓸어 무삼하료?'의 애상(愛賞)을 입을 만큼, 이 끝구는 부정과 긍정, 허(虛)와 실(實)이 엇갈리는, 착잡한 전춘(餞春)의 서정이 아닐 수 없다.

| 이개(李塏, 1417~1456, 태종 17~세조 1) 사육신의 한 사람. 자 청보(淸甫). 호 백옥헌(白玉軒). 이색(李穡)의 증손. 직제학(直提學) 등 역임. 시문과 글씨에 능하였으며, 《명황계감(明皇戒鑑)》 편찬과 훈민정음 창제에 참여했다. 시호는 의열(義烈). 개시(改諡)는 충간(忠簡).

가을 한낮

서거정

대숲 길에 이어진 초가 한 채
가을날의 고운 맑은 햇살

과일 익어 가지 척척 무겁고
듬성듬성 썰렁한 끝물 참외밭

낮놀이하는 꿀벌들 잉잉거리고
한가로운 오리 깃을 맞대고 존다.

흐뭇하여라. 심신의 고요함이여.
느직이 쉬자던 소원 이뤄졌고녀!

茅齋連竹逕	秋日艶晴暉
果熟擎枝重	瓜寒著蔓稀
遊蜂飛不定	閒鴨睡相依
頗識身心靜	棲遲願不違

〈秋日〉

評說 맑게 갠 가을날의 고운 햇살이, 포근하게 내리쬐고 있는 시골 초가집, 푸른 대숲에 가리어 바람기 없이 고요한 한낮이다. 가을 햇살은 맑고 정답고 사랑스럽다. 그러나 한 마디로 대신한

다면 '곱다〔艶〕'로 형용할 수 있을 것 같다. 고운 햇살! 가을 햇살의 이 고운 축복 아래, 풍요로운 시골의 시정이 한 장면 한 장면 펼쳐지고 있다.

봄·여름 우순풍조(雨順風調)하여 귀하게 얻어 낸 풍년! 배·능금·감·대추…… 등 묵직묵직 탐스러운 알알이, 주렁주렁 가지마다 척척 휘어져 원색으로 물들어 가고 있는 가운데, 이미 손 놓아 버린 썰렁한 참외 덩굴에는 끝물이 드문드문 배꼽을 쪼이고 있다.

부지런히 일하기에 여념이 없는 꿀벌들도, 한낮의 따사로운 햇살의 은총을 찬미하는 듯, 한집안이 총출동하여, 벌통 주변의 작은 하늘을 신들린 듯 잉잉거리며, 원무(圓舞), 난무(亂舞), 한 마당 놀이판을 벌이고 있다. 한편 연못에 떠 있는 오리들은 암수가 몸을 기대어 한가로이 오수(午睡)를 즐기고들 있다.

긴 세월 줄곧 관직에 몸을 담아 오면서도, 자연에의 한 가닥 간절

茅齋(모재) 띠를 이은 집. 모옥(茅屋).
竹逕(죽경) 대숲 속으로 난 길.
艶(염) 고움.
晴暉(청휘) 갠 날의 맑은 햇빛.
擎枝重(경지중) 가지를 떠받쳐 무거움.
瓜寒(과한) 참외밭이 썰렁함.
著蔓稀(착만희) 덩굴에 열린 것이 드묾.
遊蜂(유봉) 낮놀이하는 벌.
飛不定(비부정) 날아 정하지 않음. 곧 계속 어지러이 낢.
閒鴨(한압) 한가로운 오리.
睡相依(수상의) 서로 의지해 잠.
頗識(파식) 자못 ~을 앎. 흐뭇이 느낌.
棲遲(서지) 느직이 돌아다니며 놂. 관에서 물러나 편안히 쉼.
願不違(원불위) 원하던 일이 어긋나지 않음. 소원이 달성됨.
※ 낮놀이 낮 한때 꿀벌들이 벌통 주변을 어지럽게 날며 노는 일.

한 그리움은 어찌하지 못하다가, 이제야 이 시골집에서 느직한 평안을 얻었으니, 평소의 소원이 이루어진 셈이라, 흐뭇한 마음 그지없다.

은거의 정취를 읊은 시가는 무수한 가운데, 사가(四佳)의 그것은 근본부터가 남들과는 다르다 하지 않을 수 없다. 대개는 환해풍파(宦海風波)로 본의 아닌 귀향의 시골살이였기 때문에, 시가를 읊어도 부지중 일말의 한(恨)의 그림자가 서린, 자위(自慰)요 자견(自遣)이었으며, 자연에 귀의했노라며 자못 느직한 풍도를 짓지마는, 때만 오면 권토중래(捲土重來)하려는 은근한 꿈을 버리지 못하고 있는데 반하여, 사가는 어떠했는가? 세종조 이래 오조(五朝)를 역사(歷仕)한 인물로서, 관운이 대통하여 고관대작의 요직을 두루 거치기 45년, 문형(文衡)을 잡기만도 18년이란 화려한 관력(官歷)을 누릴 대로 누린 뒤에야, 스스로 물러난 시골 생활이니, 그 심경이야 문자 그대로 '頗識身心靜'의 흐뭇함에 잠기었음 직도 하다. 그러한 눈에 비친 시골 가을이라, 시상 또한, 가을 햇살처럼 곱고, 익어 가는 과일처럼 풍염(豊艶)하고, 유봉(遊蜂)·한압(閒鴨)만큼이나 한가롭고 평화롭다.

허균(許筠)은, 사가의 시는 유유불박(悠悠不迫)하고 섬부염려(贍富艶麗)하여 "遊蜂飛不定 閒鴨睡相依"와 같은, 무척이나 아름다운 데가 있다고 기렸다. 또한 신위(申緯)는 그의 《논시절구》에서:

사가의 풍만한 시 세계를 뉘 엿보랴?
한가로운 오리, 낮놀이하는 벌, 사경(寫景)도 감쪽같다.

四佳繁富孰窺藩　　閒鴨遊蜂寫景渾

라고 감탄하면서, 그를 초당(初唐)의 사걸(四傑: 楊炯 王勃 盧照隣 駱賓王)에 비기기도 했다.

| 서거정(徐居正, 1420~1488, 세종 2~성종 19) 문신·학자. 자 강중(剛中). 호 사가(四佳). 본관 달성(達城). 육조판서, 좌찬성 등 역임. 《경국대전》, 《동국통감》, 《동국여지승람》 등의 편찬에 참여. 《향약집성방》 국역. 《동문선》, 《동인시화》, 《태평한화》, 《필원잡기》, 《골계전》, 《사가정집》 등 저서가 많다. 시호는 문충(文忠).

오동잎의 빗소리

서거정

발 그림자 어른어른
흔들리우며,
연꽃 향기 연신연신
풍겨 드는데,

꿈에서 돌아온
외론 베개 위
오동잎 빗소리의
다그침이여!

簾影依依轉　荷香續續來
夢回孤枕上　桐葉雨聲催
〈睡起〉

 낮잠에서 깨어난다. 오동잎에 확성(擴聲)되는 요란한 빗소
리 때문이었으리라.

　새 비 맞고 풍기는 연꽃 향기가 무덕무덕 잇달아 잇달아 들어오
고 있다. 그 향기 들어오느라 문에 가린 발 그림자가 저리 어른어른

依依(의의) 어른거리는 모양.
續續(속속) 잇달아 계속되는 모양.

가늘게 흔들리고 있는 것인가?

　빗발이 더욱 세어진다. 세월을 몰아가듯, 인생을 다그치듯, 남은
생애가 쫓기는 듯 다급해진다.

　오동에 듣는 빗발 무심히 듣건마는
　내 시름 하니 잎잎이 수성(愁聲)이로다.
　이후야 잎 넓은 나무를 심을 줄이 있으랴?

김상용

매화에 기대어 사가에게

강희안

추운 저녁에
하얗게 피고,
장마 속에서
노랗게 익네.

형의 한평생
보아 오자니,
너무 이르고
너무 늦구나!

白放天寒暮　　黃肥雨細時
看兄一生事　　太早亦遲遲
〈詠梅題徐剛中四佳亭〉

 '天寒暮'는 추운 날씨의 하루의 저묾인 동시에 한 해의 저묾
인, 세모(歲暮)를 이름이기도 한 이중 표현이며, '백방(白

看兄(간형) 형을 봄. 여기서는 매형(梅兄)과 사가형(四佳兄)을 봄. '매형'은 매화의 애칭.
황정견(黃庭堅)의 시에, "凌波仙子生塵襪, 山礬是弟梅是兄"이란 구가 있으니, 곧 매화
와 정향화(丁香花)를 비교하면, 그 향기에 있어, 매화는 형뻘이요, 정향화는 아우뻘이
된다 하여 이른 말. 곧 향기 높은 정향화도 매화 향기에는 미치지 못한다는 뜻.
徐剛中四佳亭(서강중사가정) 서거정(徐居正)의 자와 호.

放)'은 하얗게 꽃을 피워 냄과 동시에, 사방으로 향기를 놓아 보냄의 이중적 표현이다. 소위 매우기(梅雨期)란 이름의 장마철의 궂은 날씨에서도 매실은 노랗게 익어 가는 매화의 한 생애! 사가(四佳)야말로 이 매화의 일생처럼 고결하다는 칭송이다.

젊은 나이에 등과(登科)하여 온갖 청환직(淸宦職)을 두루 거쳐, 장마철과 같은 국가의 어려운 긴 고비를 거치는 동안에도, 관운이 대통하여 화려한 승진을 거듭, 45년의 관력(官歷)을 쌓으며, 원숙한 인격으로 흐뭇이 익어 가는 모습이 매화의 일생과 흡사하다는 것이다.

다시 요약하면, 조년(早年) 등제(登第)하여 황각(黃閣: 의정부의 딴 이름)에 들기까지의 황숙(黃熟)되어 가는 품격의 그 느직한 과정이, 사가형(四佳兄)이나 매형(梅兄)이나 두 형(兄)이 서로 비슷하다는 것이다. 이 얼마나 맑고 향기로운, 높은 차원의 우의적(寓意的) 치하(致賀)인가!

───────────────

| 강희안(姜希顔, 1417~1464, 태종 17~명종 19) 문신. 호는 인제(仁齋). 강희맹(姜希孟)의 형. 시·서·화를 다 잘하였으며, 특히 문장에 뛰어났다.

임진강을 건너며

강희맹

배 저어 임진나루
건너가자니
강꽃 하롱하롱
봄이 저문다.

모래톱에 그어진
썰물의 자국
실바람에 자잘한
은비늘 물결.

외진 곳이라
돛대도 적고
사람 드무니
물새도 순타.

멋대로 노닌 지
몇 때이런고
귀밑털 희어진 줄
미처 몰랐네.

—舸渡臨津　江花欲暮春

潮回沙有迹　風細水生鱗
地僻帆檣少　人稀鷗鷺馴
徑行曾幾日　不覺鬢絲新
〈渡臨津〉

 저무는 봄, 강나루를 건너면서, 지난날의 감회를 되새기며, 자신의 앞날을 소쇄(瀟灑)한 자연 경물 속에 투영(投影)해 보는 상념의 일단이다.

한적한 외진 곳, 모든 것이 그윽하다. 철 따라 피었다 철 따라 지는 꽃들, 밀물이다가…… 썰물이다가…… 끝없이 이어지는 간만영휴(干滿盈虧)의 자연이세, 미풍에 주름지는 잔잔한 물결의 담탕(淡蕩)한 정취, 고기 낚는 몇 척의 흰 돛배가 한가롭고, 해오라기 갈매기도 사람이 그리운가 친근히 다가온다. 백구·백로는 예로부터 강호야인(江湖野人)의 벗이다. 은근한 내 마음의 한구석을 알아주어서인가? 내 관운이 순탄하여, 평생을 조정에 매인 몸 되어, 언제나 건건비궁(蹇蹇匪躬) 근엄근행(謹嚴謹行)으로 일관해 오자니, 마음 내

一舸(일가) 한 척의 배.
江花(강화) 강기슭에 피어 있는 꽃. 강꽃.
潮回(조회) 밀물로 들어왔던 물이 썰물 되어 빠져나감.
水生鱗(수생린) 물에 비늘이 생겨남. 곧 비늘 같은 잔물결이 일어남.
地僻(지벽) 땅이 외짐.
帆檣(범장) 돛대.
鷗鷺(구로) 갈매기와 해오라기.
馴(순) 길듦. 순함. 따름. 친근함.
徑行(경행) 가식(假飾) 없이 마음 내키는 대로 행함.
曾幾日(증기일) 일찍이 몇 날이나 있었던가. 곧 거의 없었다는 뜻.
鬢絲(빈사) 살쩍. 귀밑털.

키는 대로 행동해 본 지가 몇 때나 있었던가? 그러는 사이에 이제는 어느덧 백발이 되었으니, 생각하면 지나간 한 생이 그저 덧없기만 하다.

이제 내 여생이 실로 얼마겠으랴마는, 이제나마 내 생을 내 것으로 한번 살다 가고 싶다. 이런 유벽(幽僻)한 곳에 두어 간 집을 얽고, 저 물새들 벗하여, 저 어부들이랑 낚싯배나 띄워, 강호인으로서의 자유를 만끽하고 싶다.

이런 언외(言外)의 사연이 행간(行間)에 함축되어 있음을 본다. 임금을 보필하고 있는 현직 중신으로서, 정작 뜻을 딴 곳에 파는, 그런 마음먹음만으로도 넉넉히 불충(不忠)이 되지 않을까 송구스러워하는 작자이다. 그런지라, 드러내서는 말 못하고, 다만 그 은근한 정을 조심스럽게, 자연 경관과 지난날의 회고의 감회 속에 넌지시 부쳤을 뿐이니, 그 소심익익(小心翼翼)한 마음 한 자락이 또한 그 어름에 엿보이는 듯하다.

| 강희맹(姜希孟, 1424~1483, 세종 6~성종 14) 문신. 자 경순(景醇). 호 사숙재(私淑齋). 본관 진주(晉州). 희안(希顔)의 아우. 이조판서, 좌찬성 등 역임. 경사(經史)에 밝아 신숙주(申叔舟) 등과 《세조실록(世祖實錄)》을 편찬. 문장에 뛰어났다. 저서에 《사숙재집》, 《촌담해이(村談解頤)》, 《금양잡록(衿陽雜錄)》 등이 있다. 시호는 문량(文良).

병후에 홀로 앉아

강희맹

남창에 진종일
시름없이 앉았으니
인기척 없는 뜰엔
멧새 새끼 포록포록

그윽한 풀 향기
어디선가 풍겨 오고
엷은 연기 저녁놀에
보슬비는 보슬보슬…….

南窓終日坐忘機　庭院無人鳥學飛
細草暗香難覓處　淡烟殘照雨霏霏
〈病餘獨吟〉

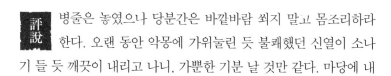 병줄은 놓았으나 당분간은 바깥바람 쐬지 말고 몸조리하라
한다. 오랜 동안 악몽에 가위눌린 듯 불쾌했던 신열이 소나
기 들 듯 깨끗이 내리고 나니, 가뿐한 기분 날 것만 같다. 마당에 내

忘機(망기) 속세의 시름을 잊음.
難覓處(난멱처) 찾아보기 어려운 곳.
淡煙(담연) 엷게 가린 연무(煙霧).
殘照(잔조) 남은 석양빛.

려앉은 참새 새끼들이 저들에게도 주어져 있는 두 날개가 그리도 유관한지 연방 포로록포로록 나는 연습을 하고 있는 양이 내 손주처럼 귀엽다. 어디선가 풍겨 오는 싱그러운 풀 냄새도 삶의 향기인 양하고, 저녁놀에 연기처럼 내리는 보슬비에 만물이 윤기를 더하는 듯, 삶의 즐거움이 촉촉이 배어드는 병후의 쾌감이다.

농요 세 수 〈農謠三首〉

강희맹

1. 맑은 아침 호미 메고

맑은 아침 호미 메고 들일하고 돌아오니,
흐뭇이 내린 이슬 아직도 덜 말랐다.
다만지 곡식 장할새면 옷이 젖다 어떠하랴?

淸晨荷鋤南畝歸　露溥溥猶未晞
但使我苗長　　　厭浥何傷沾我衣
〈捲露〉

※ 이는 농민들이 즐겨 부르는 민요조의 노래를 한역(漢譯)한 것으로 보인다. 이하 3
수를 연재한다.

評說 싱그럽게 뻗어 오르는 싱싱한 줄기며 잎의 하루가 다르게
자라나는 농작물의 모습만큼 뿌듯하고 넉넉함이 어디 있으
며, 그처럼 자랑스럽고 신명나는 일이 어디 또 있으랴? 농사일이

溥溥(부부) 이슬 따위가 흐뭇이 내린 모양.
未晞(미희) 아직 마르지 않고 젖어 있음.
苗長(묘장) 곡식의 싹이 자람.
厭浥(염읍) 젖음을 싫어함.
捲露(권로) 이슬이 걷힘.
※ **다만지** 다만＋지. '지'는 강세 접미사.

골몰이긴 하지만 속으로 고이는 이런 즐거움도 있어 보상이 되고도 남는다.

그것은 이해타산을 초월한 감정이다. '내 물꼬에 물 들어감과, 내 자식 입에 밥 들어감은 볼수록 흐뭇하다'는 속담 그대로, 거기에는 어느덧 가족과 같은 사랑의 혈맥이 통해 있기 때문이리라.

한시의 형식이 장단구(長短句)로 된 고시체인 것으로 보아, 여말 선초에 자주 보이는 시조의 한철(漢綴) 형식을 딴 것이 아닌가 여겨진다.

이명한의 다음 시조도 내용이 비슷하다.

샛별 지자 종달이 떴다. 호미 메고 사립 나니,
긴 수풀 찬 이슬에 베잠방이 다 젖는다.
아이야 시절이 좋을 새면 옷이 젖다 관계하랴?

2. 호미 메고 들에 갈 제

호미 메고 들에 갈 제 술병도 잊지 마라.
술도 그 본래는 호미 멘 공인 것을―
흉풍(凶豊)이 호미에 있거니 차마 어이 게으르랴?

提鋤莫忘提酒鍾　提酒元是提鋤功
一年飢飽在提鋤　提鋤安敢慵
〈提鋤〉

 들일 나갈 때 농기구를 챙기듯이 농주(農酒) 챙기는 일도 잊지 말라 당부한다. 따지고 보면 '술'이란 그 본래가 이미 지난번의 호미의 공으로 생산된 곡식으로 빚은 것이니만큼, 그 둘 사이는 길이 순환의 관계로 이어지게 마련인 것이다.

점심이나 새참에 먹는 들밥! 거기에 곁들이는 막걸리의 컬컬함! 비지땀 흘린 뒤의 단숨에 들이켜는 큰 사발 막걸리의 그 맛이란 선미가 따로 없다. 이는 해 온 일에 대한 보상이자, 해야 할 일을 위한 재충전이며, 고됨을 고된 줄 모르게 하는 영약이기도 하다. 한 해의 흉풍(凶豊)이 호미의 공에 메어 있으니, 농사에 힘쓰자고 격려하고 다짐한다.

원시에는 '提鋤'가 4번, '提酒'가 2번, '提'만으로는 6번이나 박자마다 거듭하여 있어, 그 반복의 리듬이 내용과도 해조를 이루어 율려(律呂)를 한결 흥겹게 하고 있다.

3. 가라지 저 가라지

가라지 저 가라지 곡식이랑 똑같구나.
살펴도 분별 못해 늙은이도 시름일다.
자세히 모조리 뽑아 함께하지 말진저!

彼稂莠與眞同　　看來不辨愁老翁
細討稂莠莫相容　　盡使稂莠空
　　　　　　　　　　〈討草〉

提鋤(제서) 호미를 멤. 호미를 메고 김매러 감.
酒鍾(주종) 술잔. 또는 술을 담는 그릇. 술병.
飢飽(기포) 굶주림과 배부름. 흉작과 풍작. 흉풍(凶豊).
安敢慵(안감용) 어찌 감히 게을리 하랴?

評說 가라지는 이름이 둘이다. 밭에 나서 곡식을 해치는 경우는 '가라지'요, 길가나 들에 나서 해가 되지 않을 때는 '강아지풀'이다. 복슬강아지의 꼬리 같은 이삭이 나서 이쁜 면도 있기에 얻게 된 이름으로 구미초(狗尾草)라고도 한다.

가라지는 조〔粟〕와 생김생김이 흡사하다. 둘 다 포아풀과의 식물이라, 조밭에 자생하여서는 그 진가(眞假)를 혼동할 만큼 혹사(酷似)하여, 노농(老農)으로도 곤혹스럽게 여긴다.

이 시는 근본 농요(農謠)로서 잡초를 철저히 제거해야 풍작을 기대할 수 있다는 주제 속에, 또 한편 그 진짜와 가짜, 소인과 군자, 간신과 충신…… 등 모든 사이비(似而非)한 것들은 너무나 혹사하여 혼동하기 쉬우니, 판단을 그르치지 말 것을 암유 풍자한 내용이기도 하다.

稂莠(낭유) 가라지. 밭에 난 강아지풀.
看來(간래) 자세히 살펴봄. '來'는 조사.
細討(세토) 자세히 검토함. 자세히 살펴 토벌함.
討草(토초) 잡초를 뽑아 없앰. 김매기.

어부

성간

겹겹이 청산이요
골마다 연하(煙霞)인데,
홍진도 범치 못할
흰 갈매기 조는 물가—.

고기잡이 늙은이야
원래 무심하건마는,
서강의 달 한 배를
도맡아 실었고녀!

數疊靑山數谷烟　紅塵不到白鷗邊
漁翁不是無心者　管領西江月一船

〈漁父〉

評說 1·2구의 경계는 동양화의 산수에서 으레 만나는 곳, 제3구
의 '어옹'은 타칭(他稱)인가? 자칭인가? 자타를 구태여 가릴
것 없는 거기에 묘미가 있다. 낚시는 치레일 뿐, 눈은 자연에 팔리
고, 뜻하는 바는 망기(忘機)에 있다 보니, 고기가 낚였을 리 만무하
다. 결국 빈 배에 달만 한 배 가득 싣고 돌아오는 풍정(風情)이다.

管領(관영) 도맡아 다스림. 총관함.

이는 고려가요 〈어부가〉(장지화의 〈어자가〉를 윤색한 것)의 일절:

夜靜水寒漁不食이어늘
滿船空載月明歸하놋다

와 같은 계통으로 이어 오는, 많은 노래 중의 하나이다.
　신용개(申用漑)의 〈양화진을 지나며〉도 같은 계통이다.

물나라에 가을 높아 나뭇잎 날고　　水國秋高木葉飛
찬 모래톱 철새들의 깨끗한 깃털　　沙寒鷗鷺淨毛衣
해 지자 갈바람에 돛도 배불리　　　西風落日吹遊艇
취하여 강산 한 배 싣고 오노라!　　醉後江山滿載歸
　　　　　　　　　　　　　　　　　〈舟下楊花渡〉

또 월산군(月山君) 이정(李婷)의 시조:

추강(秋江)에 밤이 드니 물결이 차노매라.
낚시 드리우니 고기 아니 무노매라.
무심한 달빛만 싣고 빈 배 돌아오노매라.

또 윤고산의 〈어부사시사〉의

방초를 바라보며 난지(蘭芝)도 뜯어보자.
일엽편주에 실은 것이 무스것고?
갈 제는 내(煙霞)뿐이요, 올 제는 달이로다.

가 다 그 원류를 이어 오는 그 가락의 그 멋으로서 자연 친화의 허심(虛心)과 한정(閒情)이다.

성간(成侃, 1427~1456, 세종 9~세조 2) 자는 화중(和仲). 호는 진일재(眞逸齋). 본관은 창녕. 유방선의 문인. 문과. 사가독서. 문명이 높았으나 요절했다. 저서에 《진일재집》이 있다.

미인의 노래

성간

후원의 까마귀 까악깍 울어
잠 깨어난 미인의 찌푸린 눈썹

새로 배워 익혀 온 노래와 비파
비파 한 곡 타다 보니 '백저가'여라!

정을 품고 홀로 기댄 푸른 창가에
붉은 입술 깨물면서 시름도 많다.

등잔불 마주하니 눈물은 줄줄
겨울 잎 같은 목숨 꽃 같은 얼굴

황혼에 젊은이 집 바라보려다
어쩌랴? 새장 안의 앵무새인 걸 ―.

後園烏啼聲啞啞　美人睡起嚬雙蛾
學得新聲又琵琶　琵琶一曲白苧歌
含情獨倚翠窓紗　朱脣掩抑愁思多
坐對銀缸淚如河　命如冬葉顏如花
黃昏欲望年少家　奈此籠中鸚鵡何
〈美人行〉

어떤 정황의 미인인지 시의 내용에서 살펴보자. 낮잠 자는 것으로 보아 여염집 아낙이 아니요, 황혼에 젊은이 집을 엿보려는 것으로 보아 지금의 남편이 늙은이며, '새장 안의 앵무새'로 자처하는 것으로 보아 권세든 돈에든 잡혀 왔거나 팔려 온 신세일 것이다. 그러기에 노래며 비파를 새로 배우도록 강요되어 왔으며, 그러기에 두고 온 의중의 임에 대한 그리움으로, 입술을 깨물면서, 탈출을 시도할까 말까, 온갖 시름에 젖어 있는 여인인 것이다.

가엾은 여인! 정히 가인박명(佳人薄命)이런가?

행세깨나 한다는 당시의 관료·양반가의 소실댁을 모델로 삼은 이 직설적인 서술 속에 동상이몽이 빚어내는 이 속속들이 멍들어 가는 비극을 애처로워함이리라.

이 시의 형식은 고시, 운은 연운(連韻)이다. 연운이란 시구마다 압운(押韻)하는 운으로, 쌍운(雙韻)이라고도 한다. 이 시는 '歌' 운으로 일관되어 있다.

어느 궁녀가 지었다는, 같은 정황의 옛 시조와 의경(意境)이 비슷하다.

앞 못에 든 고기들아. 뉘라서 너를 몰아다가 넣거늘 든다?
북해(北海) 청소(淸沼)를 어디 두고 이곳에 와 든다?
들고도 못 나는 정은 네오 내오 다르랴?

실명씨

吻雙蛾(빈쌍아) 두 눈썹을 찌푸림.
白苧歌(백저가) '백저'는 흰 모시. 또는 흰 모시옷. 백저가는 악부(樂府)의 노래. 옛날 중국 남부 지방의 무곡(舞曲). 꽃다운 나이에 삶의 즐거움을 누리라는 내용.
掩抑(엄억) 눌러 머무름. 지그시 다물고 있음.
銀缸(은항) 등불. 등잔불.

술 단지에 잠긴 달

손순효

동산 달 마루에 들어 술 단지에 잠겼나니,
어여뻐라! 그 작은 것의 넉넉한 맑은 빛은,
함부로 나로 하여금 잔 못 들게 하누나!

月白東巒便照堂　一樽涵得幾多光
只憐些子淸輝發　不許庸人取次嘗
〈開樽愛月〉

評說　동산에 돋은 달이 대청마루로 들이비치더니, 술 항아리 뚜
껑을 열자 잽싸게도 항아리 속으로 통째 잠겨 든다. 퐁당 소
리도 파문도 없이 —.

　황홀한 황금빛이 항아리 안에 가득하다. 그 아름다운 빛에 술은
황금액이 되어 버린다. 저 항아리 속의 작은 달덩이에서 어쩌면 저
리도 영롱한 맑은 빛이 발하는 것인지? 그저 살갑고 유관하기만 하

開樽愛月(개준애월) 술 항아리의 뚜껑을 열고, 거기 잠겨 든 달을 사랑함.
照堂(조당) 대청마루에 들이비침.
涵(함) 담금. 잠김. 받아들임.
只憐(지련) 다만 ~을 사랑함.
些子(사자) 작은 것. '子'는 조자(助子).
庸人(용인) 평범한 사람. 범부(凡夫). 자기의 겸칭(謙稱).
取次(취차) 잠시. 경솔히. 함부로.
嘗(상) 맛봄. 먹음.

여, 한동안 그 청경(淸景) 깨뜨릴까 두려워, 차마 술을 떠내지 못한 채, 호중완월(壺中玩月)에 정신이 팔리고 있는, 그 고운 마음씨가 결구에 따사롭다.

나팔꽃 손에 두레박 빼앗기고 물 구걸 나서
あさがおにつるべとられてもらいみず

라고 읊은 일본 지요니〔千代尼〕의 하이쿠〔俳句〕도 이런 마음씨에서였으리라.
끝으로, 작자의 다른 작품 〈매〉 한 수를 옮겨 덧붙인다.

위루(危樓)에 혼자 앉아 사방을 둘러보니
구름 걷힌 푸른 하늘을 훨훨 치솟는 매 한 마리
그 어떤 티끌이 있어 저 날개를 더럽히리 ―.

獨坐危樓望四郊　　浮雲捲盡一鷹高
翩翩直上千層碧　　那箇飛塵點羽毛
〈登樓望鷹〉

| 손순효(孫舜孝, 1427~1497, 세종 9~연산군 3)　문신. 자 경보(敬甫). 호 물재(勿齋)·칠휴거사(七休居士). 본관 평해(平海). 좌·우찬성, 판중추부사 등 역임. 성리학을 깊이 연구했으며, 《중용》, 《대학》, 《역경》에 정통. 문장에 뛰어났으며, 그림에도 능했다. 저서에 《물재집》이 있다. 시호는 문정(文貞).

한식

김종직

한식절 돌아오니
봄 일도 하고 많다.
갖가지 꽃다운 일
농가마다 무르익네.

산비둘기 구우구우
체당나무 잎에 울고,
나비들 팔랑팔랑
장다리꽃을 난다.

섶 실은 검정 소는
언덕길로 돌아오고,
나물 캐는 계집애들
울타릿가 노래로다.

논밭 두고 아니 가고
말 곡식을 못 잊으니
도연명이 비웃은들
장차 이를 어이하리?

禁火之辰春事多　芳菲點檢在農家
鳩鳴穀穀棣棠葉　蝶飛款款蕪菁花
帶樵壟上烏犍返　挑菜籬邊丫髻歌
有田不去戀五斗　元亮人笑將奈何
〈寒食村家〉

評說 임지(任地)에서 맞은 한식절의 정경이다.
긴 겨울잠에서 깨어난 대지는, 이제 봄의 영위(營爲)로 활기
에 차 있다. 화창한 날씨, 따뜻한 바람, 촉촉한 몇 차례의 봄비를 겪
고 나면, 온갖 꽃다운 생명들의 봄 잔치가 벌어진다. 산도 들도 마
을도 한결로 뒤덮어 물들이는 천자만홍(千紫萬紅)의 봄의 잔치! 농

禁火之辰(금화지신) 불을 금하는 때. 곧 한식절(寒食節)을 이름. 양력 4월 4·5일경.
春事(춘사) 봄철에 해야 할 일. 봄 일.
芳菲(방비) 꽃과 풀이 향기롭고 무성함을 이름.
點檢(점검) 하나하나 검사함.
鳩鳴穀穀(구명곡곡) 비둘기가 구우구우 욺. '鳩'를 '시구(鳲鳩)', 즉 뻐꾸기로 본다면 그
우는 소리는 곡식 씨를 뿌리도록 재촉한다는 '포곡포곡(布穀)'으로도 풀이된다.
棣棠(체당) 나무 이름. 체당나무.
款款(관관) 펄펄 나는 모양.
蕪菁(무청) 순무.
帶樵(대초) 나뭇단을 실음. 또는 초동(樵童)과 더불어. 곧 나무꾼과 함께.
壟上(농상) 언덕 위.
烏犍(오건) 여기서는 검은 소.
挑菜(도채) 나물을 뜯음.
籬邊(이변) 울타리의 가.
丫髻(아계) 머리를 두 가닥으로 갈라 치묶은 아이란 뜻으로, 어린 계집아이.
戀五斗(연오두) 지방관의 봉급으로 주는 닷 말 곡식에 연연함. 벼슬에 대한 미련을 떼치
지 못함.
元亮(원량) 진(晉)의 도잠(陶潛)의 자(字). 호는 연명(淵明).
將奈何(장내하) 장차 어찌하리?

가에서는 날로 바빠져 가는 한편, 꽃다운 일들도 나날이 무르익어 간다.

울타리께 서 있는 체당나무에 이따금 와서 우는 산비둘기 소리가 평화롭고, 노란 웃음 자지러진 장다리 꽃밭에는, 삶의 기쁨에 도취된 나비들이, 미친 듯 신들린 듯 어지럽게 춤을 춘다.

나뭇단을 싣고 뚜벅뚜벅 초동과 함께 석양 언덕길로 돌아오고 있는 검정소의 걸음걸이는, 착하고 수더분한 그 마음씨만큼이나 듬직하고, 여느 곳보다 빨리 봄이 깃든 양지 울타리 밑의 살 오른 냉이며 꽃다지를 캐는 계집애들의 수줍은 노랫소리는, 눈 녹은 개울물 소리처럼 명랑하게 들려온다.

내 고향에도 바야흐로 저러하려니……. 두고 온 고향이 불현듯 간절해진다. 도연명은 오두미(五斗米)를 위하여 향리 소인(鄕里小人)에게 절요(折腰)할 일이 아니꼬워 〈귀거래사(歸去來辭)〉를 읊고는 그 즉시로 사직하고, 새벽길을 재촉하여 옛집으로 돌아가고 말았다. 내 또한 진작부터 '귀거래'를 입버릇처럼 뇌면서도 우유부단하여, 고원의 논밭은 묵혀 둔 채, 박록(薄錄)에 미련 못 끊고 매인 몸이 되어 있으니, 스스로 한심스럽기 그지없다. 도연명이 비웃은들 무엇이라 변명할 길이나 있겠는가?

1·2구는 한식절의 개관(槪觀)이요, 3~6구의 두 대련은 점검한 '芳菲'의 목록격이며, 7·8구는 나그네의 술회(述懷)이다.

작자는 딴 시에서 이렇게 탄식하기도 했다.

어쩌랴. 처자식.
먹이려다가
헛되이 고향 봄을
버려두었네.

強爲妻孥計　虛抛故國春
〈入京〉

끝으로 그의 시 가운데 널리 알려져 있는 〈보천탄 바라보며〉 중
한 수를 옮겨 본다.

복사꽃 뜬 물결이 몇 자나 불었는고.
은바위 머리 잠겨 옛터 잃은 가마우지,
쌍쌍이 물고기 물고 풀숲으로 들어라!

桃花浪高幾尺許　銀石沒頂不知處
兩兩鸕鶿失舊磯　啣魚却入菰蒲去
〈寶泉灘卽事〉

| 김종직(金宗直, 1431~1492, 세종 13~성종 23) 성리학자. 자 계온(季溫). 호 점
필재(佔畢齋). 본관 선산(善山). 길재(吉再)의 문인. 형조판서, 지중추부사(知中
樞府事) 등 역임. 학문과 문장에 뛰어나 영남학파(嶺南學派)의 사종(師宗)이 되
었다. 일찍이 조의제문(弔義帝文)을 지은 바 있는데, 그것이 직접적 원인의 하
나가 되어, 마침내 무오사화가 일어나 부관참시(剖棺斬屍)되고, 많은 문인들
이 참화를 당했다. 두시(杜詩)에 정통, 시문이 일세에 으뜸이었다. 저서에《점
필재집》,《유두유록(流頭遊錄)》,《당후일기(堂後日記)》,《청구풍아(靑丘風雅)》,
《동문수(東文粹)》등 많다. 시호는 문충(文忠).

동도 악부 〈東都樂府〉

김종직

해제 | 전 8수 중 3수를 여기 옮긴다. 이는 《삼국사기》 '백결선생 (百結先生)' 조(條)의 기록과, 《문헌비고-악고(文獻備考-樂考)》의 기록을 소재로 하고 있다.

● 회소곡

회소곡! 회소곡!
가을바람은 넓은 뜰에 불고
밝은 달은 화옥에 가득한데,
상좌에 물래질하는 공주님 받들어서
육부의 아낙네들 많이도 모이었네.

네 바구닌 벌써 찼네! 내 바구닌 비었는데……
술 마시며, 놀려 대며, 서로 좇아 노래하네.
한 아낙의 '회소곡'에 천 아낙이 힘을 쓰니
저절로 온 나라에 길쌈 바람 일어났네.

'가배' 비록 규중 법도 잃었다손
어여차 어여차 줄다리기보단 낫네.

會蘇曲　會蘇曲

西風吹廣庭　明月滿華屋

王姬壓坐理繰車　六部兒女多如簇

爾筐旣盈我筐空　釃酒揶揄歌相逐

一婦歎千室勸　坐令四海勤杼柚

嘉徘縱失閨中儀　猶勝跋河爭嗃嗃

〈會蘇曲〉

해제｜〈회소곡(會蘇曲)〉은 신라 때 널리 민간에 유행하던 노래. 가사 미전. 유리왕(儒理王) 때, 육부(六部)의 부녀자를 두 편으로 갈라, 왕녀가 편장이 되어, 7월 16일에서 한 달 동안, 매일 일찍 대부(大部)의 뜰에 모여, 밤늦게까지 길쌈을 하여, 8월 15일에 그 공적을 끊아, 진 편에서 술을 대접하고, 노래와 춤에 온갖 놀이를 하니, 이를 '가배(嘉徘)'라 하였다. 이때 진 편의 한 여인이 일어나 춤추며 탄식하며 노래하기를 '會蘇會蘇'라 하니, 그 소리가 슬프면서도 우아하여, 뒷사람이 작가하여 '회소곡'이라 했다 한다.

評說 '가배(嘉徘: 가위)' 행사는, 장장 한 달 동안 정근한 길쌈 실적으로, 승부를 판결, 승부에 구애 없이 한바탕의 잔치 마당으로 끝맺는, 팔월 한가위의 부녀자의 유쾌한 연례 행사였던 것이다.

華屋(화옥) 화려한 집.

壓坐(압좌) 압두(壓頭)하여 자리함. 상좌(上座)에 앉음.

繰車(소거) 물래. 소사거(繰絲車).

六部(육부) 신라 씨족 중심으로 나눈 여섯 행정 구획.

簇(족) 떼 지어 모임.

釃酒(시주) 술을 거름. 또 술을 잔질함.

'一婦歎千室勸'의 '一婦'는 진 편의 한 아낙으로, 이때 탄식하며 불렀다는 '會蘇會蘇'는 '마소마소'의 향찰적(鄕札的) 표기라고, 양주동 박사는 고증했다. 이는 금지(禁止)의 감탄사로, '마소, 마소, 그리 마소. 이겼다고 너무 그리 뽐내지 마소'의 뜻을 지닌, 아마도 노래 가사의 분절(分節) 끝마다에 반복되었던 후렴이 아니었던가 싶다. 아무튼 이 회소곡이, 필경 동참했던 모든 아낙네를 분발케 하여, 마침내 온 나라에 길쌈 바람을 일으키게 했다는 내용이다.

여기서 작자는 평하고 있다. '가배 행사'가 음주 가무하며 서로 야유하여 법석을 떨었다는 것은, 유한정정(幽閒貞靜)해야 할 부녀자의 규중 법도에는 벗어났다 하겠으나, 그래도 여럿이 힘을 모아 일제히 어여차 어여차 소리치는 줄다리기보다는 낫다고……. 이 두 가지는 다 우리의 귀중한 민속이나, 그중에서도 생산적인 면으로 보아, 작자는 비교 우위론(比較優位論)을 폈을 뿐, 줄다리기를 부정적으로 평가해서가 아님은 물론이다.

원문 가운데 '歌·逐·勸'은 《점필재시집》의 '笑·謔·歡'과는 상치하나, 내용과 평측률로 보아 이본 쪽을 택하였음을 밝혀 둔다.

시체는 악부체(樂府體). 압운은 입성운으로, 曲·屋·簇·逐·柚·嗃.

揶揄(야유) 놀림.

歌相逐(가상축) 노래하며 서로 추축하여 사귐.

千室(천실) 천호(千戶). 또는 천호의 아낙네.

勸(권) 힘씀. 권면함.

坐令(좌령) 저절로. 또는 쉽사리 ~로 하여금 ……하게 함.

杼柚(저축) 베 짜는 기구 이름. 북.

縱失(종실) 비록 ~를 잃었다 할지라도.

閨中儀(규중의) 규중의 법도.

跋河(발하) 줄다리기, 발하(拔河).

嗃高(학학) 엄혹(嚴酷)하게 외치는 소리.

● 대악

동쪽 이웃 방아 소리
서쪽 이웃 다듬이 소리
동서 이웃들 쿵절쿵 소리
설 쇨 채비도 푸지겠다만
우리 집 움엔 독이 비었고
우리 옷상자엔 자투리도 없네.

누더기 옷에 나물국으로도
영계기의 거문고엔 등 따습고 배불렀네.
아내여 아내여! 괜한 시름 하지 마오.
부귀는 재천이니 어찌 감히 바라리만
팔베개로 잠을 자도 사는 맛 지극했던
양홍·맹광이야 참 좋은 짝이었네.

東家砧舂黍稻　西家杵搗寒襖
東家西家砧杵聲　卒歲之資贏復贏
儂家窖乏甔石　儂家箱無尺帛
懸鶉衣兮藜羹椀　榮期之樂足飽煖
糟妻槽妻莫謾憂　富貴在天那可求
曲肱而寢有至味　梁鴻孟光眞好逑
〈碓樂〉

해제 | 〈대악〉은 신라 자비왕(慈悲王) 때 백결 선생(百結先生)이 지었다는 금곡(琴曲)이다. 《삼국사기》의 기록은 다음과 같다. 백결 선

생이란 어떤 사람인지 근본은 알 수 없으나, 경주 낭산(狼山) 기슭
에 살았는데, 집이 너무 가난하여, 옷을 누덕누덕 백 군데도 넘게
꿰매었기에 붙여진 이름이었다. 그는 일찍이 영계기를 흠모하여,
희로애락의 모든 치우친 감정을 거문고 가락으로 가라앉히곤 했다.
어느 해 세말에, "남들은 다 방아를 찧어 쌓는데, 우리만 아무것도
없으니, 무엇으로 설을 쇠지요?" 하며 아내가 걱정한다. 이에 선생
이 하늘을 우러러 탄식하기를, "죽고 삶은 명에 있고, 부귀는 하늘
에 있으니, 그 오는 것을 막을 수 없으며, 그 가는 것을 좇을 수 없
으니, 마음 상할 것이 무엇 있소. 내 거문고로 당신을 위로하리다"
하고는 쿵절쿵쿵절쿵 방아 소리를 내니, 이것이 세상에 전하여 〈대
악〉이라 하게 되었다.

 전반은 아내의 푸념이요, 후반은 백결 선생의 탄금에 앞서
늘어놓은 사설(辭說) 한 마당이다.

砧舂(침용) 방아를 찧음.
黍稻(서도) 기장과 벼.
杵搗(저도) 다듬이질함.
寒襖(한오) 핫옷.
砧杵聲(침저성) 방아 소리와 다듬이 소리.
卒歲(졸세) 해를 마침. 설을 쇰.
嬴(영) 남음. 넉넉함.
儂家(농가) 내 집.
窖(교) 움. 땅을 파서 만든 광.
甔石(담석) 독. 한 섬들이 큰 독을 이름.
尺帛(척백) 베의 짧은 자투리.
懸鶉(현순) 노닥노닥 기운 옷. 누더기.
藜羹(여갱) 나물국.
椀(완) 그릇 이름. 주발.

거문고로 안빈낙도(安貧樂道)한 영계기, 창수(唱隨)로 이름난 고사(高士) 양홍 부부를 인증(引證)하여, 아내를 설득·위안하는 대목이다.

이 사설 직후에 이어질, '쿵절쿵쿵절쿵……' 방아 소리도 구성진 〈대악〉의 거문고 가락은, 고요히 마음의 귀를 재어, 여운 속에서 들을 일이다.

● 치술령곡

치술령에서 일본 쪽 바라보자니
하늘에 붙은 바다 가이없어라!
다만 손 흔들며 떠나시던 임
죽었는가 살았는가 소식이 없네.
아! 소식 끊어진 영이별이여!
사생간(死生間) 다시 볼 날 언제 있으료?

榮期(영기) 춘추 때 사람 영계기(榮啓期)를 이름. 언제나 헐벗은 옷에 거문고를 타며 즐겼는데, "선생의 낙이 무엇이오?" 하고 묻는 공자의 물음에, 사람으로 태어났음이 일락이요, 그중에서도 남자로 태어났음이 이락이요, 90여 세로 장수함이 삼락이라고 했다는 일화가 있다.

飽煖(포난) 배부르고 따뜻함.

糟妻(조처) 고생을 함께 해 온 아내. 조강지처(糟糠之妻).

至味(지미) 썩 좋은 맛.

梁鴻·孟光(양홍·맹광) 후한(後漢) 때의 박학다통(博學多通)한 은사. 맹광을 아내로 맞아 산중에 들어 경직(耕織)을 업으로 삼았다. 나라에서 중용(重用)하려 하였으나 그때마다 옮겨 숨어 나타나지 않았다. 맹광은 그 남편을 존경하여 밥상을 눈썹 높이로 받들었다는 일화가 있다.

好逑(호구) 좋은 짝. 좋은 배필.

하늘 부르짖다 문득 망부석 되니
그 열기 천 년토록 벽공에 뻗네.

鵄述嶺頭望日本　粘天鯨海無涯岸
良人去時但搖手　生歟死歟音耗斷
音耗斷長別離　　死生寧有相見時
呼天便化武昌石　烈氣千年干空碧
〈鵄述嶺〉

해제│신라 눌지왕(訥祗王) 때, 박제상(朴堤上)이 고구려로부터 돌아와, 처자와 미처 만나 볼 겨를도 없이, 일본에 볼모 되어 있는 왕자 미사흔(未斯欣)을 구하러 떠나게 됐다. 이 소식을 전해 들은 아내가 부랴부랴 뒤쫓아 율포(栗浦: 울산)에 이르렀으나, 남편은 이미 배 안에 있었다. 이를 부르며 크게 울었으나, 제상은 다만 손만 흔들며 떠나가 버렸다. 아내는 슬픔을 못 이기어, 매일같이 치술령에 올라, 일본 쪽을 향하여 남편 돌아오기만 기다리다 지쳐, 마침내 선 채로 돌이 되니, 이 곧 치술령의 망부석이라 한다. 후인이 이를 노래하여 〈치술령곡〉이라 했다고 하나, 가사는 전하지 않는다.

粘天鯨海(점천경해) 하늘과 맞붙은 큰 바다.

良人(양인) 부부 사이에 서로 상대자를 이르는 말.

音耗斷(음모단) 소식이 끊어짐.

武昌石(무창석) 중국 호북성(湖北省) 무창(武昌)의 북산(北山) 위에 있는 전설의 돌 망부석(望夫石)을 이름. 출정하는 남편을 이 산 위에서 전송하고, 그대로 돌이 되었다는 어느 열부(烈婦)의 이야기.

烈氣(열기) 정열(貞烈)의 기개.

干(간) ~에 뻗침. 간범(干犯)함.

空碧(공벽) 푸른 하늘. 벽공(碧空). '干空碧'은 푸른 하늘에 뻗침.

이는 박제상의 아내가 망부석으로 화석하기까지의 경위의
일단을 읊은 서정적 서사시이다.

그러나, 어쩌면 우리의 잃어버린 〈치술령곡〉은, 천고의 한(恨)을
머금고, 비바람 눈서리에 아랑곳없이 동해만 바라보고 섰는, 그 가
없는 모습의 안쓰러움을 노래한, 화석 이후의 서정은 아니었던 것
인지?

무창의 북산 마루의 망부석이나, 우리 치술령의 망부석이나, 그
서 있는 향방은 비록 다르다손, 그 정곡(情曲)은 서로 같으니, 화석
이전의 내용인 이 악부시에다 화석 이후를 읊은, 당(唐) 시인 왕건(王
建)의 〈망부석〉을 접속시킴으로써, 잃어버린 〈치술령곡〉의 면모의
대강을 떠올리는 데 한 보탬이라도 되었으면 하여 아울러 옮겨 본다.

임 바라 선 산 아래 강물은 유유한데,
한번 돌 되고는 고개 영영 안 돌리네.
산마루엔 날마다 비 오다 바람 불다……
임 오는 그날에서야 돌도 응당 말을 하리 ―.

望夫處江悠悠　化爲石不回頭
山頭日日風和雨　行人歸來石應語

발끝에 맡겨

김시습

발끝에 맡겨
종일을 가도,
청산 끝나면
또 청산일다.

잡념 없으니
홀가분한 몸,
바른 길 두고
왼길을 가랴?

날 새자 산새
재잘거리고,
봄바람 솔솔
들꽃이 밝다.

천봉(千峰) 고요로
돌아가는 길.
푸른 벼랑의
맑은 저녁놀—.

終日芒鞋信脚行　一山行盡一山靑
心非有想奚形役　道本無名豈假成
宿露未晞山鳥語　春風不盡野花明
短笻歸去千峰靜　翠壁亂烟生晚晴
〈無題〉

評說 이는 작자의 사상과 행적을 단적으로 보여 주는 그의 대표
작이다.

전편이 보고 듣는 청산 길의 감흥인 가운데, 그의 평소의 주의 주
장인 3·4구를 곁들이어 1·2구의 산수벽(山水癖)을 뒷받침하고 있다.

"마음속에 욕심 없으니, 심신의 시달림이 어찌 있으랴"에, 허심
(虛心)한 행운유수(行雲流水)의 심경이 비쳐 있고, "도(道)의 근본은
무명(無名)에 있으니, 어찌 거짓되이 이루랴?"에, 그의 무자기(毋自
欺)한 소탈(疎脫)함이 엿보인다. 곧, 도의 본체는 '道'라 이름 지어

芒鞋(망혜) 짚신. 또는 미투리.

信脚(신각) 다리에 맡긴다는 뜻으로, '信脚行'은 발길 내키는 대로 감.

奚(해) 어찌.

形役(형역) 육체를 위하여 정신을 사역(使役)함. 도잠(陶潛)의 〈歸去來辭〉에 "旣自以心
爲形役 奚惆悵而獨悲"의 구절이 있다.

道本無名(도본무명) '도(道)'의 본체는 '道'라고 이름 짓기 이전의 원초적(原初的) 상태의
존재라는 뜻. 일단 이름이 붙여진, 도덕적 규범을 뜻하는 유교의 '道'는, 거기서 파생
한 한 현상에 불과하다는 노자(老子)의 학설.

假成(가성) 거짓되이 이룸. 위선(僞善)을 행함.

未晞(미희) 아직 마르지 않음.

短笻(단공) 짧은 막대.

翠壁(취벽) 이끼 낀 푸른 암벽.

亂烟(난연) 어지러이 일어나는 연무(煙霧). 또는 찬란한 연하(煙霞).

晚晴(만청) 저녁 무렵의 갠 하늘.

지기 이전의 원초적인 것이므로, 그 근본을 터득함으로써만 무애자
득(無碍自得)한 참된 도를 행할 수 있을 것임에도 불구하고, 세간에
서 일컬어지는 도란, 다만 지엽 말단인 자질구레한 예의범절 따위,
행동 규범이나 기성 도덕을 도의 본질인 양, 이를 묵수(墨守)하는
것을 능사로 여기니, 이는 한갓 자기기만에 불과하다는 논리이다.

그가 기인(奇人) 기행(奇行)으로 생애를 일관하고, 때로는 광인(狂
人)으로까지 지목당할 만큼, 기성에 얽매이지 않은, 철저한 자유인
인 근거가 바로 여기에 있으니, 이는 다름 아닌 유불도(儒佛道)의 혼
연한 결합에서 얻어진 그의 철학에서였던 것이다.

그저 청산이 좋아, 청산 따라 발길에 맡겨 걷고 있는 1·2구의 청
산 길은, 자연 따라 자연대로 허심하게 살아가는 작자의 인생길이
기도 하다.

5·6, 7·8구는, 자락자락 펼쳐지는 산수경, 맑고 밝고 정겨운 화
조 풍연(花鳥風煙)에의 황홀한 도취요, 넘치는 희열이다.

그러나, 그 희열 속에는 때로 엷은 향수 같은 것이 깃들어 있음을
다음의 〈산행즉사(山行卽事)〉 일절(一絶)에서도 볼 수 있으니, 등지
광이 하나 가로 둘러멘 홀가분한 청산 길에서 목격하게 된 산촌 사
람들의 따뜻하고도 정겨운 생활 정경을 부러운 듯 바라보는 그 눈
매에서, 넉넉히 짐작이 간다.

손자는 잠자리 잡고
할아버진 울타리 깁고
눈 녹은 개울물엔
가마우지 먹을 감고……

청산 끊어진 곳

돌아갈 길은 먼데

등에 걸머멘 건

한 개 등나무 막대.

兒捕蜻蜓翁補籬　　小溪春水浴鸕鶿

靑山斷處歸程遠　　橫擔烏藤一箇枝

뿐만 아니라, 때로는 노골적으로 향사(鄕思)에 애끊기도 하였으니, 이 출가인(出家人)의 향사란, 단순한 그의 생장처만이 아닌, 속계(俗界) 일반에의 그리움임은 말할 나위가 없다. 그러한 심사를 다음 〈한계〉에서도 볼 수 있으니, 그의 심층에 일어나고 있는, 이 탈속(脫俗)과 귀속(歸俗)의 부단한 갈등은, 필경 출가 27년 만에 그를 환속(還俗)케까지 했던 것이리라. '개똥밭에 굴러도 이승이 좋다'는 속담은, 싸우고 지지고 볶는 속세일망정, 사람은 역시 사람들끼리 부대끼며 함께 어울려 사는 이 세상에서야 삶의 맛이 있음을 말해 주듯이 ―.

밤낮 한계의 물도 공산을 울어 예는데,

충의에 진 그 님들을 뒤따르지 못한 채로

헛되이 방랑의 길에 지친 몸을 맡겼네.

땅이 외지니 차맛도 새뜻하고

물이 맑으니 말도 부드럽다만

꿈에도 못 돌아가는 시름겨운 떠돎이여!

嗚咽寒溪水　空山日夜流
不能隨俊乂　且可任優休
地僻雲牙淨　潭淸石髮柔
夢魂歸未得　飄轉實堪愁
　　　　　　　　〈寒溪〉

※ **雲芽·石髮**(운아·석발) 차(茶)와 말〔水藻〕.

| **김시습**(金時習, 1435~1493, 세종 17~성종 24) 생육신(生六臣)의 한 사람. 자 열경(悅卿). 호 매월당(梅月堂)·동봉(東峰). 본관 강릉(江陵). 어릴 때 신동으로 이름났으나, 20세 때 세조 찬위(簒位)의 소문을 듣고 중이 되어 방랑, 전국 각처를 9년간 유랑하여《탕유록(宕遊錄)》을 쓰고, 경주 남산에 머물며, 최초의 한문 소설인《금오신화(金鰲新話)》를 썼다. 47세에 환속(還俗), 유·불·도(儒佛道) 사상을 갖춘, 탁월한 문장으로 일세를 풍미했다. 저서에 《매월당문집》이 있다. 시호는 청간(淸簡).

비 오다 볕 나다

김시습

비 오락 볕 나락
흐리락 개락
하늘도 저렇거니
사람에서랴?

날 기리는 이 문득
날 헐 것이요
이름 숨김은 도로
구함일레라.

꽃이야 피든 지든
봄은 무심코
구름이야 가건 오건
산은 말 없네.

세상 사람들이여
유념하시라.
한평생 낙 붙일 곳
땅엔 없느니 ─.

乍晴乍雨雨還晴　天道猶然況世情
譽我便應還毀我　逃名却自爲求名
花開花謝春何管　雲去雲來山不爭
寄語世人須記憶　取歡無處得平生
　　　　　　　〈乍晴乍雨〉

評說 세속적인 명리를 떠나 무위자연으로 돌아가려는, 작자의 인생관의 피력이다. 이러한 인생관은 다분히 불교·도교의 영향 하에 이루어졌을 것이나, 그것이 필경 그를 동서남북인(東西南北人)으로 유랑하게 했던 것이리라.

　1·2구는 변덕스러운 세태인정이요, 3·4구는 그를 부연한 한 예시이다.

乍晴乍雨(사청사우) 갑자기 갰다, 또 갑자기 비가 옴. 비 오락 개락 변덕이 심함. 구양수(歐陽脩)의 〈완사계(浣紗溪)〉 시에 "乍雨乍晴花自落 閑愁閑悶日偏長"이란 구가 있다.

還晴(환청) 비가 오다가 도로 갬.

天道(천도) 천지 자연의 도리.

猶然(유연) ～도 오히려 그러하거니 하물며 ～랴?

世情(세정) 세상 사람들의 인정.

譽我(예아) 나를 기림.

便應(변응) 문득 응당히.

還毀我(환훼아) 도리어 나를 헐뜯음.

逃名(도명) 명예를 피하여 구하지 않음.

求名(구명) 명예나 명성을 구함. 요명(要名).

花謝(화사) 꽃이 떨어짐.

春何管(춘하관) 봄이 어찌 주관할 것인가? 봄의 주관이 아니라는 반어.

山不爭(산부쟁) 산은 다투지 않음.

寄語(기어) 전하여 말함.

取歡無處得平生(취환무처득평생) 한평생 정착하여 얻을, 만족할 만한 기쁨이란 아무 데도 없음. 곧 부귀영화도 무상한 것이라, 한평생을 걸 만한 기쁨은 되지 못한다는 뜻.

남을 기리는 일은, 언제 그 태도가 표변하여 그를 헐뜯을지도 모를 양면성을 지니고 있음이 오늘날의 인정이요, '명예'를 뜬구름인 양 여기는 사람도, 기실 오히려 은근히 '명예'를 구하는 이중성을 지닌 것이 현실의 세태이다.

보라. 봄은 꽃으로 하여 봄다워지건마는, 그러나 봄은, 꽃이야 피건 지건 관심 밖으로, 자연에 맡겨 놓고 있을 뿐이요, 산 위로 넘나드는 구름에 따라 산의 얼굴도 달라지게 마련이지만, 그러나 산은, 구름이야 가든 오든, 이래라저래라 요구하는 일이 없이, 그저 저 흐르는 대로 맡겨 놓고 있을 뿐이다.

인간은 공연히 제 스스로 바빠, 입신출세다 부귀공명이다 동분서주 안달하지만, 설사 뜻대로 그것들을 얻었다 한들, 필경 그것이 무엇이랴? 기쁨도 잠깐의 일, 그에는 새로운 고뇌도 따라붙게 마련이다. 그리고 보면, 어느 한 곳에 뿌리 내려, 한 생애를 자득(自得)할 만큼의 기쁨을 얻을 곳이란, 이 지상에는 아무 데도 없는 것이다. 다만 저 대자연처럼, 욕심 없이 얽매임 없이, 담담히 유유히 순리대로 살아가는 거기에, 오히려 은근한 생의 즐거움이 있는 것이라고, 세인에게 충언하고 있다. 동시에 이 끝구는, 어느 한 곳에도 정착하지 못하고 떠돌아다니는, 작자 자신의 유랑의 변(辯)이기도 하다.

이 밤을 어이하료?

김시습

밤은 어이 이리 새지를 않고,
별무리들 눈부시게 반짝이는고
깊은 산은 아득한 어둠 속인데,
아아. 그대 어쩌자 여기 와 있나?
앞에는 호랑이 뒤엔 승냥이
올빼미마저 곁에 와 앉네.

뜻대로 한평생 삶이 중커늘
그대 어찌 호올로 허둥대는고?
내 그대 위해 거문골 타도
그 가락 스산하여 마음 아프고
내 그대 위해 칼춤을 춰도
춤가락 비장하여 애만 끊이네.
아아. 선생! 무엇으로 마음 달래며,
이 겨울 긴긴 밤은 어이하려뇨?

夜如何其夜未央　繁星燦爛生光芒
深山幽邃杳冥冥　嗟君何以留此鄉
前有虎豹後豺狼　況乃鵩鳥飛止傍
人生百歲貴適意　君胡爲乎獨遑遑
我欲爲君彈古琴　古琴疏越多悲傷
我欲爲君舞長劍　劍歌慷慨令斷腸

嗟嗟先生何以慰　奈此三冬更漏長

〈夜如何〉

評說 나와, 나의 객체와의 자문자탄(自問自歎)이다. 잠 아니 오는 지루한 이 밤의 어둠마냥, 아무 데도 빛이 보이지 않는 앞길! 그의 시의 대부분이 명랑하고 사리에 통달하여 구차함이 없었던 것과는 달리, 이날 밤은 거의 스스로 제어하지 못할 만큼, 시종 감상(感傷) 속, 자기 연민(自己憐憫)에 젖어 있다.

때로 이런 때가 어찌 없었으랴? 그러나 그때마다 그의 이성은 굽혀 듦을 거부해 왔던 것이나, 어쩌랴? 이 밤의 자탄은 너무나 인간적이 아니랴? 그 무슨 오기도, 자존심도, 체면도, 합리화도, 모조리 다 벗어던진 진솔하고도 적나라한 자신의 고백이요, 한평생 제어해 오던 '자기'의 방임이다.

자신의 객체에 대한 호칭으로, 제4구에서는 '嗟君', 제8구에서는 '君胡', 제9·11구에서는 '爲君', 그러다 제13구에서는 갑자기 '先生'으로 비약했다. 자신에 대한 일말의 애정으로 '君'의 호칭을 붙여 오다, 끝에 와서는 자신에 마저 소원(疏遠)하게 느껴진 나머지, 면식(面識)이 박한 상대에 범용되는, 그런 의미의 '先生' 호칭으로 돌연 바뀌었다. 시정의 추이에 따라 그때그때 선택된 용자(用字)의 이처럼 긴밀함을 또한 깊이 음미해 볼 것이다.

형식은 칠언 고시, 운은 '양(陽)'운으로 일관했다.

夜未央(야미앙) 밤이 다하지 않음. 날이 새지 않음. "夜如何其……"구는 두보의 〈相從歌〉에서 유래되어, 후인들이 많이 잉용(仍用)하였다.

適意(적의) 뜻에 적합함. 곧 마음먹는 대로 됨.

疏越(소월) (거문고 가락이) 성기고 흐트러짐.

更漏長(경루장) 시경(時更)을 알리는 물시계의 소리가 더딤. 곧 시간이 지루함.

낙엽

김시습

떨어진 잎이라 쓸진 말 것이
맑은 밤 한결같이 듣기 좋으이!

바람 불면 우수수 소리 슬프고
달 뜨면 그림자도 어지러워라!

창 두드려 나그네의 꿈을 깨우고
축대에 쌓여서는 이끼를 묻네.

어쩌랴? 비 내리듯 지는 시름에
가을산은 여월 대로 여위어 감을―.

落葉不可掃　偏宜淸夜聞
風來聲慽慽　月上影紛紛
敲窓驚客夢　疊砌沒苔紋
帶雨情無奈　空山瘦十分

〈落葉〉

評說 한평생 정처 없이 떠도는 나그네의 여월 대로 여위어 가는
인생 황혼 길을 뒹구는 낙엽에 부쳐 서글프게도 읊고 있다.
가락을 달리하여 해설 삼아 읊어 본다.

떨어진 잎이라 쓸지는 말을 것이
바람 불면 우수수 나그네 시름이요,
달 뜨면 지는 그림자 어수선한 이 심사라!

창 두드려 이 나그네 고향 꿈 깨워 놓고,
찬비에 흐뭇 젖어 시름으로 지는 낙엽
이 몸도 공산과 함께 여월 대로 여위네.

慽慽(척척) 구슬픈 모양.
疊砌(첩체) 축대에 쌓임.
無奈(무내) 어찌 아니랴? '반갑지는 않으나 하는 수 없이'의 뜻.

봄날의 애상

성현

복사꽃 오얏꽃
울긋불긋 일시에 피니
만호 성안이 취연(炊煙)에 잠긴 듯
가난한 줄 몰라라!

우습다. 내 몫으론 없는
봄빛을 누리다니?
몫몫으로 주어져 있는
젊은이의 봄빛인 것을―.

緋桃縞李一時新　萬室涵烟不覺貧
可笑春光非我有　等閒分屬少年人
　　　　　　　　　　〈傷春〉

온 성안을 뒤덮은, 키 큰 꽃나무들의, 일시에 활짝 핀 꽃 잔
치! 그 구름인 듯 연기인 듯 자오록한 원근경을 바라보고 있
노라면, 집집마다 피어오르는 밥 짓는 연기인 듯도 하여, 저절로 마

緋桃(비도) 붉은 복사꽃.
縞李(호리) 흰 오얏꽃.
萬室(만실) 수많은 집. 만호(萬戶).
涵烟(함연) 연기에 잠김.

음이 흐뭇해진다.

아무 가진 것이 없으면서도 넉넉한 듯 푸짐한 듯, 가난하면서도 가난함을 깨닫지 못하는 이 '不覺貧'의 감정! 그것이 비록 봄의 매혹(魅惑)에 잠시 홀린 것이라 치더라도, 가난한 생활, 메마른 가슴을 일시적이나마 윤택하게 해 준, 적지 않은 '봄의 은택'이 아닐 수 없다.

이 거룩한 봄의 은택! 그러나, 봄빛은 젊은이들에게만 주어진 특혜가 아니던가? 늙은이 몫으로는 없는 봄의 은택을 스스럼없이 누리다니……? 이는 아무래도 젊은이들 몫으로 주어진 봄빛을 본의 아니게나마 도용(盜用)한 것만 같아 겸연쩍기만 하다.

이 시의 후반부는 잠시 나이를 잊고 봄 기분에 도취되었던 늙은이의 주책없는 망령이 스스로도 같잖아 웃는, 자조(自嘲)요, 자괴(自愧)요, 자탄(自歎)이다. 그리고 그것은, 마치 주흥(酒興) 뒤에 오는 숙취(宿醉)의 씁쓰레함과도 같은, 전반부에 대한 반대급부와도 같은 것이라고나 할까?

可笑(가소) 가소로움. 웃을 만함.
等閒(등한) 같음. 동양(同樣). 일반(一般).
分屬(분속) 나뉘어 소속됨. 몫몫으로 딸려 있음.

| **성현**(成俔, 1439~1504, 세종 21~연산군 10) 학자·명신. 자 경숙(磬叔). 호 용재(慵齋)·부휴자(浮休子)·허백당(虛白堂). 본관 창녕(昌寧). 대사간, 대사헌, 대제학 등 역임. 갑자사화(甲子士禍)에 연루되어 부관참시(剖棺斬屍)되었다. 후에 신원(伸寃). 예악(禮樂)에 밝고, 문장에 뛰어났다. 《악학궤범(樂學軌範)》을 찬하였으며, 《허백당시집》이 있고, 《용재총화(叢話)》는 조선 초기의 정치·사회·문화 면에 있어서의 중요한 문헌이 되어 있다. 시호는 문대(文戴).

장상사

성현

언제나 그리워라! 그리워도 볼 수 없네.
바람결에 떨고 있는 지연 같은 이내 심사,
자리라서 말아 두랴? 돌이라서 굴러 내랴?
이 가슴의 응어리는 어느 제나 풀리런고?

그리운 인 멀고도 먼 하늘가인데,
구름 하늘 푸른 나무 하염이 없고
하염없는 이 시름은 그지없어라!

홀로 앉아 한 곡조 공후를 타니
그 가락 흐느끼듯 하소연하듯
곡 마치니 비단 적삼 흐뭇 젖었네.

원컨대 쌍쌍 나는 새나 되어서
임 나드는 창문 앞에 지켜 섰고자.
원컨대 저 밝은 빛 달이나 되어
임의 방 휘장 뚫어 비춰 들고자.

슬픈 노래 잠 못 드는 밤은 어이 이리 긴고?
넋이라도 꿈길 좇아 임 계신 곳 갈 수 없네.
언제나 그립건만 부질없이 애만 끊네.

長相思思不見　　心如紙鳶風中戰
有席可捲石可轉　　此心鬱結何時變
所思遠在天之陬　　雲天綠樹晴悠悠
悠悠不盡愁　　獨坐彈箜篌
箜篌如訴復如泣　　彈罷不覺羅衫濕
願爲雙飛鳥　　向君牕前立
願爲明月光　　穿君帷箔入
悲歌無寐夜何長　　魂夢不渡遼山陽
長相思空斷腸

〈長相思〉

評說 그리움! 그것이 진하게 농축되고, 더 진해져 응고(凝固)되면, 가슴속의 응어리로 굳어지게 된다. 그것이 자리같이 평평하게 생긴 것이라면 돌돌 말아 치워 버릴 수도 있겠고, 그것이 둥글둥글 돌덩이같이 생긴 것이라면, 굴리고 굴려 바깥으로 굴려 내버리면 그만이겠건마는, 그리움의 응어리는 자리나 돌덩이같이 생긴 물건이 아니기에, 문제가 심각하다.

하늘의 이 끝과 저 끝으로 떨어져 있는 두 사이, 그리움 달랠 길 없어, 공후도 타 보지만 소용이 없고, 불면의 추야장(秋夜長)을 눈물로 지새지만, 두 심사의 가련함을 해소할 길이 없다.

戰(전) 떪. 떨림.
有石可捲云云(유석가권운운) 〔詩經 邶風〕의 "我心匪石不可轉也 我心匪席不可卷也"에서 따온 말.
天之陬(천지추) 하늘의 한쪽 가. 세상의 한쪽 모퉁이.
帷箔(유박) 휘장과 문발.
無寐(무매) 잠이 오지 않음. 불면(不眠).
遼山陽(요산양) '요산'은 산 이름. '陽'은 산의 북쪽.

그 얼굴 눈에 삼삼! 그 목소리 귀에 쟁쟁! 이 그리움을 어이하리?

그리움이란 과시 인정의 극치가 아니고 무엇이랴?

'장상사'는 악부제명(樂府題名)이다. 이 시는 장단구(長短句)의 고시체로서 4번 환운(換韻)되어 있다.

많은 시인들이 이 제하(題下)의 시를 지으니 이는 이백(李白)에게 유래되었다. 다음에 이백의 〈장상사〉 두 수 중의 한 수를 옮겨 본다.

그리운 우리 님은 장안에 있네.
베짱이는 우물가에 가을밤을 슬피 울고
무서리 쌀쌀하여 대자리도 차갑구나!
외론 등불 가물가물 생각마저 끊어질 듯
주렴 걷고 달을 보며 긴 한숨 부질없다.

아. 꽃 같은 우리 님은 구름 끝에 가려 있네.
위로는 아득한 높푸른 하늘이요,
아래는 넘실넘실 물결도 거세어라!
하늘 높고 길은 멀어 넋도 날기 어렵거니
꿈에도 닿지 못할 관산(關山)의 어려움이여!
아. 그립고 그리워라! 애간장이 무너지네.

長相思　　　　在長安
絡緯秋啼金井　微霜凄凄　色寒
孤燈不明思欲絕　捲簾望月空長歎
美人如花隔雲端
上有青冥之高天　下有淥水之波瀾
天長路遠魂飛苦　夢魂不到關山難
長相思　摧心肝

이 세상이 여관일진댄

유호인

이 세상이 진정 여관일진댄
머무르지 못할 곳 어디 있으랴?

가는 이나 오는 이나 마찬가지요
먼 길 가든 가깝든 또한 그러리

먼 하늘을 외기러기 건너가는데
저묾 속 아직 푸른 두어 봉우리

한 숨 낮 꿈에서 깨어나 보니
석양이 반뜰에 비껴 있고녀!

乾坤眞逆旅　　無處不居停
往者猶來者　　長亭復短亭
遙空孤雁度　　薄暮數峯靑
一枕南柯夢　　斜陽欲半庭
〈沙斤驛亭〉

잠시 들렀던 역루에서 길에 지친 몸이라, 소르르 낮잠이 들
었던가 보다. 깨어나니 뜰엔 저녁 그늘이 반나마 깔려 있다.
큰길에는 여전히 오고 가는 수고로운 사람들의 발길이 끊이지 않

고 있다. 문득 이백의 방언(放言)이 생각난다.

"천지란 만물의 여관이요, 광음이란 백대의 과객이라(夫天地者 萬物之逆旅 光陰者 百代之過客)."(〈春夜宴桃李園序〉)

그렇다. 인생이란 그 영원의 시간에 편승(便乘)하여, 잠시 이 세상을 나그네로 머물다가, 조만간 훌쩍 떠나가 버리는 과객과 같은 존재가 아니고 무엇이랴?

그러고 보면 고향·타향이 어디 있으며, 수명의 장단이 무슨 의미랴?

아득한 하늘을 허위단심 건너가고 있는 저 외기러기의 부질없는 수고로움이 남의 일로 보이지 않는다.

사방으로 어둠이 고여 들어, 낮은 산들은 이미 그 어둠 속에 잠긴 가운데, 아직 몇몇의 높은 봉우리들은 그 수위 밖에서 석양을 받아 푸른빛이 한결 선명하다. 그러나 얼마나 가랴?

낮잠에서 막 깨어난 길손의 덩둘한 심사에서 반추해 보는 인생 푸념이다.

逆旅(역려) 여관(旅館). '逆'은 '迎'의 뜻.

長亭·短亭(장정·단정) 십리마다 둔 역참과, 오리마다 둔 역참. 여기서는 먼 길과 가까운 길. 곧 장정(長程)과 단정(短程).

南柯夢(남가몽) 꿈. 또는 꿈처럼 헛된 한때의 부귀와 영화. 당대(唐代)의 소설 〈남가기(南柯記)〉에서 유래된 말. 남가일몽(南柯一夢).

| **유호인(俞好仁, 1445~1494, 세종 27~성종 25)** 자는 극기(克己). 호는 임계(林溪). 본관은 고령(高靈). 김종직의 문인. 시(詩)·문(文)·서(書) 삼절(三絶). 문과. 벼슬은 장령(掌令), 합천 군수 등 역임. 저서에 《임계유고》가 있다.

두견새

이홍위

원한의 새 되어
궁궐 떠난 후
몸은 푸른 산의
외딴 그림자.

잠들려도 밤마다
잠은 안 오고
해마다 한은 도로
그지없어라.

소리 멎은 새벽 산에
잔월은 흰데
피로 흐르는 봄 계곡의
붉은 낙화여!

하늘도 귀가 먹은
슬픈 하소연
어찌타. 시름의 귀는
홀로 밝은고!

一自冤禽出帝宮　孤身隻影碧山中
假眠夜夜眠無假　窮恨年年恨不窮
聲斷曉岑殘月白　血流春谷落花紅
天聾尙未聞哀訴　何奈愁人耳獨聰

〈杜宇〉

評說 숙부 수양 대군에게 왕위를 빼앗기고, 영월 산중으로 쫓겨
나 유폐(幽閉)된 어린 임금, 단종의 한 맺힌 심곡(心曲)이다.
　첫째 연은, 형영(形影)이 상조(相吊)하는 가없는 자화상이요, 둘
째 연은, 밤을 지새우는 무궁한 원한의 사무침이요, 셋째 연은, 슬
픈 운명의 예시(豫示)인, 처절한 자연의 경상(景狀)이며, 끝 연은,
호천불문(呼天不聞)의 야속함과, 민감(敏感)을 자조(自嘲)하는 통상

杜宇(두우) 촉(蜀)나라 망제(望帝)의 이름. 또 그 전설의 새. 두견새. 자규(子規).

冤禽(원금) 원한을 품은 새. 두견새를 이름.

帝宮(제궁) 왕궁(王宮).

孤身(고신) 외로운 몸.

隻影(척영) 외로 동떨어져 있는 그림자.

碧山(벽산) 푸른 산.

假眠(가면) 잠을 빎. 잠을 청함. 또는 선잠.

窮恨(궁한) 한을 다함.

曉岑(효잠) 새벽녘의 멧부리.

殘月(잔월) 지새는 달.

春谷(춘곡) 봄철의 계곡.

天聾(천롱) 하늘도 귀가 먹어 듣지 못함.

尙未(상미) 오히려 ……하지 못함.

聞哀訴(문애소) 슬픈 하소연을 들어 줌.

何奈(하내) 어찌. 어찌하여.

愁人(수인) 시름 많은 사람.

聰(총) 귀가 밝음.

(痛傷)의 극한이다.

애원처절(哀怨凄絶)한 구구 절절 가운데, 시중 제일의 단장처(斷腸處)는 셋째 연이다. 여타 연이 다 정한(情恨)의 주관적인 토로인 것과는 대조적으로, 이 셋째 연은 상징적 암시적인 자연계의 객관적 효상(爻象)이다.

聲斷曉岑殘月白　血流春谷落花紅

이 얼마나 간장을 저미는 정경인가?

깊은 밤 두견새 우는 소리를 들어 본 이면 알리라. 구천(九天)에 사무치랴 되뇌는 슬픈 음색의 청 높은 속 목청을—. 또한, 적막한 공산에 밤새도록 울어도 응답 없는, 철저한 고독의 단조로운 외딴 가락을—.

이리하여 자고 이래로 그 '우는 소리'는, 얼마나 많은 수인(愁人)들의 잠을 앗고, 눈물을 앗고, 애를 마르게 하였던고?

이처럼 수많은 고래의 시가들이 한결같이 그 지속적인 '우는 소리'로 하여 일컬었는 것을, 본 시에서는 도리어 그 '소리의 뚝 끊어짐'에서 실마리를 잡아냈다. 일정한 간격으로 반복하는, 변화 없는 소리의 뚝 끊어진 공백! 으레 이어지리라는 그 당연한 기대를 배반해 버린, 그 후속 없는 단절의 적막은 듣는 이를 민절(悶絶)케 한다. 이 공백에서 발작하는 단장의 통증은, 두견이 소리에 인이 박인 주인공의, 필연적으로 일으키는 일종의 금단증상(禁斷症狀)인 것이다.

다시 이 1연을 정리해 보자.

울다 울다 제물에 자진(自盡)해 버린 이 청각적 공백에 시각적으로 이어져 있는, 해사히 바랜 원골(怨骨)의 촉루(髑髏) 같은 '잔월(殘月)'! 피를 토해 우는 두견새의 그 핏자국으로 붉어졌다는 전설의 꽃 두견화(철쭉꽃)의, 물 불어난 봄 개울에, 피 흐르듯 한 가람 낭자(狼藉)히 흐르고 있는 낙화(落花)! 이 전후구의 경상(景狀)이야말로, 죽음을 앞에 둔, 이 원한인의 구곡간장을 촌단(寸斷)하는 처창상(凄愴狀)이 아니고 무엇이랴?

그러나 이 시에는 아무 데서도 눈물을 찾아볼 수가 없다. 그것은 오히려 사치스러운 것, 초기에 이미 탕진해 버린 깡마르고도 싸느란 슬픔이기 때문이다.

누가 이 작자의 이렇듯 처절한 정곡의 토로를 한갓 감상물로 평단(評斷)할 수 있으랴? 그는 실로 역대 임금 가운데 가장 문학적 소질이 빼어났던 이라 아니할 수 없다.

같은 작자, 같은 제재, 같은 주제의 다음 시 한 수를 곁들이어 음미해 보자.

자규 우는 달 밝은 밤, 한 머금고 누에 서니
네 울음 아니던들 이다지도 애끊일까?
여보소. 세상 시름 있는 이들이여! 함부로 춘삼월 두견이 우는,
달 밝은 다락엘랑 오르지를 마시라.

月白夜蜀魄啾　含愁情倚樓頭
爾啼悲我聞苦　無爾聲無我愁
寄語世上苦勞人　愼莫登春三月子規啼月明樓

이에 화답한 단고(丹皐) 조상치(曹尙治)의 다음 한 수를 아울러 보자.

'촉도 촉도 귀촉도(歸蜀道)······'
달 밝은 공산에 그 무슨 하소연고?
'가고지고 가고지고,
파촉(巴蜀)으로 가고지고.'
뭇새들 다 둥지에 잠들었거늘
너 홀로 꽃가지에 피를 흥건 토할 줄야!
외로운 그림자 초췌한 모습
뉘 우러러 돌보아 주리?
아아. 어찌 너뿐이랴? 인간의 원한이야
너보다 더 슬프고도 분한 의사 충신은
손꼽아 이루 다 셀 수가 없네.

子規啼子規啼　夜月空山何所訴
不如歸不如歸　望裏巴岑飛欲度
看他衆鳥摠安巢　獨向花枝血謾吐
形單影孤貌憔悴　不肯尊崇誰爾顧
嗚呼人間冤恨豈獨爾　義士忠臣增慷慨
不平屈指難盡數

※ 단고는 세조 때 예조참판에 임명되었으나 사양하고 '노산조 부제학 포인 소상지
　지묘(魯山朝副提學逋人曹尙治之墓)'란 묘비문을 미리 써, 세조의 신하 아님을 밝히
　고, 두문불출 외부와의 접촉을 끊은 충절인이었다.

| **이홍위**(李弘暐, 1441~1457, 세종 23~세조 2) 조선 제6대 임금 단종(端宗). 재
위 3년(1452~1455). 숙부 수양군의 강요로 선위, 복위를 꾀하던 육신(六臣)이
주륙되고, 단종은 노산군(魯山君)으로 강봉, 영월로 유배, 마침내 사사(賜死)
되었다.

꽃과 달

허종

뜰에 가득 꽃과 달
창에 비치다
꽃도 달도 덧없이
지고 기우네.

달이야 내일 밤도
다시 뜨련만
시름일레, 시름일레,
지는 꽃이여!

滿庭花月寫窓紗　花易隨風月易斜
明月固應明夜又　十分愁思屬殘花
〈夜坐卽事〉

評說 꽃과 달은 아름답다. 아름다운 것은 오래 머물지 아니한다.
그러기에 꽃은 피기 바쁘게 지기 바쁘고, 달은 돌아 오르기
바쁘게 곧장 서쪽으로 서쪽으로 달려가 지고 만다. 그것이 어찌 꽃
과 달에 한하리요? 이 세상 모든 것은 언뜻언뜻 지나가는 그림자 같

固應(고응) 진실로 응당. 어김없이 아마도.

은 것, 사람 또한 그러하거니, 꽃의 덧없음에 부치는 탄식은 필경 꽃이랑 다름없는 인생에의 탄식인 것이다.

| 허종(許琮, 1434~1494, 세종 16~성종 25) 문신. 호는 상우당(尙友堂). 본관은 양천. 문과. 우참찬, 양천부원군에 봉해졌으며, 청백리에 녹선. 궁마(弓馬) 에 뛰어났고, 문명(文名)이 높았다. 저서에 《상우당집》이 있다. 시호는 충정 (忠貞).

밤배로 광나루에 이르러

홍귀달

새벽이자 배 안에 일어앉아서
말없이 청사초롱 마주하자니,

들려오는 개·닭소리 마을 가깝고,
은하 굽어 뵈니 강물이 맑다.

몸에 따르는 건 늙음과 병뿐,
손가락에 다 못 차는 남은 친구들!

세상일이 또 나를 부추기나니
동쪽엔 붉은 해! 해가 솟는다.

舟中晨起坐　相對是靑燈
鷄犬知村近　星河驗水澄
隨身唯老病　屈指少親朋
世事又撩我　東方紅日昇
　　　　　〈廣津舟中早起〉

 작자는 시방 한강 배편으로 상경하고 있는 중이다. 육로보
다는 물길이 편리했던 시대였기 때문이다.

캄캄한 밤, 어디선가 닭이 울고 개 짖는 소리가 들려온다. 사람

소리 못지않게 반가운 소리요, 정겨운 소리다. 사공에게 물으니 광나루〔廣津〕라 한다. 어느덧 월계(月溪) 계곡의 무인지경을 거쳐 서울 문턱에 다다른 것이다.

일어나 앉아 둘러보니 사방은 아직 칠흑같이 캄캄한데, 다만 은은한 푸른 불빛의 청등과 마주한다. 혼곤히 잠에 떨어진 내 얼굴을 밤새 지켜보고 있었을 정겨운 청사초롱이다. 뱃전에 앉아 아래로 굽어보니, 은하가 또렷이 어려 보인다. 물이 무척이나 맑기 때문이리라.

생각하니 만사가 허무하고도 덧없다. 내 몸은 이미 늙고 병들어 있는데, 남아 있는 친구란 이젠 열 손가락에도 차지 않는다. 병사한 이도 많지마는 사화에 얽혀 원사(寃死)한 이도 적지 않기 때문이다. 은퇴하여 나 한 몸 여생을 보전할 생각이 없는 바도 아니나, 그렇다고 이 어려운 나라 형편을 나 몰라라 할 수도 없지 않은가? 이 딱한 '세상일'이 짐짓 나를 어르고 꼬드기고 부추기어 힘이 되어 주기를 간절히 바라는 것 같으니, 차마 어찌하랴? 그렇다 그래서 가고 있는 이 길이 아닌가? 힘을 내야지 —.

어느덧 동쪽 하늘에는 붉은 해가 솟고 있다. 가슴에도 사명감 같은 의욕이 솟구친다.

난세를 바로잡아 보려는 자기 격려이다.

이 시의 안목(眼目)은 끝 연이요, 그중에도 '撩'는 안정(眼睛)이라 할 만하다.

青燈(청등) 청사초롱. '昰'는 오직 '青燈' 하나뿐임을 강조한 것.
驗水澄(험수징) 물의 맑음을 증명함.
隨身(수신) 몸에서 떠나지 않고 따라다니는 것.
屈指(굴지) 손가락을 꼽아 세어 봄. 열 손가락에도 차지 못하는 적은 수.
撩(료) 어르다. 부추기다.

'어를 료'자다. '놀리다'의 뜻이기도 하다. 어른이 아이를 귀여워하여, "어, 잘한다. 참 잘도 하지……" 등으로 추어 줌이요, 이것도 해봐 저것도 해봐 하며 꼬드김이요, 부추김이다. 요새 말로 하면 비행기태우기다. 이럴 때 어른들은 "어지럽다. 왜 이러니?" 하며 속을 떠보려 들지만, 어린이들은 다르다. 추어 줄수록 신이 난다. 천진해서다. 돌이켜 생각하면 나의 지나온 일도 그러했다. '세상일'이 나를 꼬드기고 부추기고 유혹하고 격려해 주는 바람에 나는 어린이처럼 순수한 마음으로 주어진 일에 지성을 다해 왔거니와 그것은 오히려 지금도 그러하고 앞으로도 그러하리라. '又撩我'의 '又'가 이를 말해 주고 있다. 이 끝 연은 비감(悲感)으로 접어드는 시정을 구원하여 시 전체에 활기를 부여하는 구원구(救援句)라 할 만하다. 그러나 이 끝 연을 염(簾)으로 따진다면:

仄仄仄平仄 平平平仄平

이 되어, '撩'는 '孤平'이 될 수밖에 없다. 이는 시인들이 꺼리는 형식상의 결점임에도 불구하고, 그러나 이 '撩'는 만혐(萬嫌)을 보상하고도 남을 '유일자(唯一字)'인 것이다. 이렇듯 값진 '요'를 그 하고 한 한자 더미 속에서 발견해 낸 일은, 실로 심해에서 진주를 얻어 낸 것만큼이나 행운이 아닐 수 없다. 작자는 염(簾)에도 하자가 없

| 홍귀달(洪貴達, 1438~1504, 세종 20~연산군 10) 자는 겸선(兼善). 호는 허백당(虛白堂)·함허당(涵虛堂). 대제학, 이조판서, 좌찬성 등 역임. 무오사화 때 연산군을 간하다가 좌천, 갑자사화 때 모함으로 연좌되어 화를 입었다. 문장에 뛰어나고, 글씨도 잘 썼으며, 성격이 강직하여 부정에 굽히지 않았다. 저서에《허백당집》이 있다. 시호는 문광(文匡).

게 하려고 이리 맞춰 보고 저리 굴려 보나, '撩'의 위치가 걸림돌이
되어 여의치 않은 나머지 차선책으로 '又撩我'의 '孤平'에 대한 '紅
日昇'의 '孤仄'으로 대를 이끌어 내고는, "에라 모르겠다"하며 붓을
놓아 버리는, 그 미진한 체념의 모습이, 삼삼히 보이는 듯 느껴진다.
  작품을 통해 만나게 되는 고인의 모습은, 언제나 이리 선연하고
도 감동적이다.

지리산에서 화개 고을로

정여창

부들풀 부들부들
부드러이 나부끼는,
보리누름 사월에도
꽃이 피는 화개 고을.

두류산 천만 겹
두루 살핀 하산(下山)길로
섬진강 흐름에 맡긴
미끈둥한 하강(下江)이여!

風蒲獵獵弄輕柔　四月花開麥已秋
看盡頭流千萬疊　孤舟又下大江流
〈遊頭流山到花開縣作〉

評說 명산대천(名山大川)을 호유(豪遊)하는 장쾌(壯快)한 낭만이다.
때는 보리누름인 음력 사월, 신록으로 단장한 지리산 첩첩
장관을 두루 유람하며, 그 웅대한 대자연의 영기(靈氣)를 만끽(滿

※ **題意** 두류산을 유람하고 화개현에 이르러 이 시를 짓다.
頭流山(두류산) 지리산(智異山)의 별칭.
花開縣(화개현) (1) 경상남도 하동군 화개면 지방의 옛 행정 구역명. (2) 꽃 피는 고을.
여기서는 (1), (2)의 중의.

喫)하고 돌아오는 하산(下山) 길로는 곧바로 섬진강 큰 흐름의 일엽
편주에다 몸을 둥실 맡겨 버린다.

양쪽 강기슭에는 이미 한해의 길이로 다 자란 키 큰 부들잎들이,
사월 훈풍에 부드러이 나부끼고 있다.

강바람에 한껏 부푼 흰 돛폭이 일사천리로 미끄러져 내리는 강
등성이, 풍속(風速)에 유속(流速)에 가속(加速)이 붙어, 흰 옷자락
표표히 날리며 쏜살같이 하강(下江)하는 쾌재(快哉)! 산바람에 그을
은 몸을 물바람으로 식히며, 수륙(水陸)을 섭력(涉歷)하는 유람의
멋! "경주이과만중산(輕舟已過萬重山)"〈李白〉으로 어느덧 닿은 곳이
영호남의 접경지, 이름도 아름다운 화개 마을이다. 마을은 맥추 사
월인데도 꽃이 피는, 도원별경(桃源別境)인 양 평화롭다.

부들밭에 짓궂게 이는 훈풍의, 살갗에 닿는 상쾌한 감촉, '四月·
花開·麥秋' 등에서 풍기는 시어의 향기로움, 하산에 직결된 하강의
미끄러움 등, 장대한 기개, 호방한 풍격, 표일(飄逸)한 멋이 전편에
그들먹하다.

허균(許筠)은 "흉차(胸次)가 탈연(脫然)해지는 호쾌(豪快)한 시"라
고 촌평한 바 있다.

제1구는 송(宋)의 승려 도잠(道潛)의 시:

風蒲獵獵弄輕柔　欲立蜻蜓不自由

風蒲(풍포) 바람에 나부끼는 부들.
獵獵(엽렵) 바람에 나부끼는 모양.
弄輕柔(농경유) 가볍고 부드럽게 나부낌.
看盡(간진) 죄다 봄. 두루 유람함.
千萬疊(천만첩) 천 겹 만 겹 겹겹이 쌓인 산과 계곡.
大江(대강) 섬진강(蟾津江)을 가리킴.

五月臨平山下路　藕絲無數亂汀洲

의 첫 구와 같다. 이에 대하여 이익(李瀷)은 《성호사설》에서, "선생의 기구(起句)는 삼료(參寥: 도잠의 호)의 기구를 그대로 인용해다가 더욱 완미한 한 편을 이루었다"고 평한 바 있다.

그런데, 한시의 시체 중 특이한 시체의 하나로 '녹로시(轆轤詩)'란 것이 있다. 그 요건은 간단하다. 곧, 절구의 경우면, 기·승·결구 중의 한 구에, 또 율시의 경우면 제1·2·4·6·8구 중의 한 구에, 전인(前人)의 시구를 차용 충당하여 자신의 시를 완성하는 시인 것이다.

본 시의 태생이 애초부터 그 녹로시의 의도 하에 이루어진 것인지 아닌지의 여부는 모르지만, 전술한 이익의 평도 남의 시구의 인용에 대해 지나치게 관대한 태도임으로 보아서도, 그 시체명(詩體名)이야 어찌 됐건, 작자나 평자가 다 공인된 수법으로서의 이해 하에서가 아닌가 짐작되게 한다. 물론 이 경우는, 집구시(集句詩)에서와 마찬가지로, 그 시구 하단에 원작자명을 밝히는 것이 도리이니, 소자출(所自出)을 밝히지 않은 인용은 표절의 혐의를 면키 어렵기 때문이다.

한편 이 시의 기구는 우합일 가능성도 바이 배제할 수는 없으니, 선비가 하늘 천(天)자에 막힌다는 속담대로, 시사(詩思)에 너무 골몰하다 보면, 남의 시구를 자기의 창작인 양 착각하는 수도 없지 않으니 말이다. 백곡(栢谷) 김득신(金得臣) 같은 이도, 여름 한철이면 으레 서당에서 매미 울듯 외어 대는 당음(唐音)의 첫머리 "馬上逢寒食"을 자기의 득구(得句)인 줄 기뻐하며 마상에서 호음(豪吟)하다가, 그 대구(對句)를 못 찾아 고심하는 것을 본 경마잡이 아이가 "途中屬暮春"을 들은 풍월대로 부르자, 그제도 깨닫기는커녕 크게 감탄하여, 말에서 뛰어내리며 "네가 타라 내가 몰마" 했다는 포복(抱

腹)할 일화도 있다. 이 시 또한 그러한 착종(錯綜)이 아니라면, 혹은 순수한 우합일 가능성도 없지 않으니, 보라, 서하(西河) 임춘(林椿)의 "田家葚熟麥初稠"가 고려의 중 신준(神駿)의 구와 서로 같은가 하면, 그것은 또한 구양수(歐陽脩)의 "四月田家麥穗稠"와도 의통(意通)하며, 그것은 다시 본 시의 제2구 "四月花開麥已秋"와도 유사한 일면이 있다. 철 따라 시심(詩心)을 자극하는 자연계의 소재란 무제한한 것이 아니라, 일반적 공감을 얻고 있는, 얼마간의 대표적인 계절물(季節物)들이, 저마다 색다른 맛으로 선호되기 때문에, 제재(題材)의 일치는 하등 이상할 것이 없는 데다, 또 그 제재에 관용되는 형·동사(形·動詞)를 준용(遵用)하다 보면, 필경 전구(全句)가 우합될 개연성도 없지 않을 것으로 추리된다.

아무튼 본 시가 녹로시든 아니든, 또 우합이든 아니든 간에, 그 문학적 가치성에는 변함이 있을 리 없다.

정여창(鄭汝昌, 1450~1504, 세종 32~연산군 10) 문신·학자. 자 백욱(伯勗). 호 일두(一蠹). 본관 하동(河東). 김종직(金宗直)의 문인. 성리학의 대가로 경사(經史)에 밝았다. 무오사화로 종성(鐘城)에 유배, 갑자사화 때 부관참시(剖棺斬屍)되었다. 후에 문묘(文廟)에 배향(配享). 저서에 《용학주소(庸學註疏)》가 있었으나 무오사화 때 소실. 《문헌공실기(文獻公實記)》 속에 유집(遺集)이 전할 뿐이다. 시호는 문헌(文獻).

회포

김굉필

한가로이 홀로 살아 왕래를 끊고
달을 불러 내 고한(孤寒)의 넋을 쬐나니,
그대여, 생애사(生涯事) 물어 뭘 하나?
만 이랑 연기 물결, 몇 겹 산이네.

處獨居閒絶往還　只呼明月照孤寒
憑君莫問生涯事　萬頃烟波數疊山
〈書懷〉

評說 기구는, 멀리 속계에 종적을 끊은 은서 생활의 철저함이요,
승구는, 명월을 벗하여 고고(孤高)한 청한(淸寒)의 뜻을 지
킴이요, 전·결구는, 일생의 사업이 다만 '자연을 벗한 망기(忘機)에
있음'을 보인 주제이다.

書懷(서회) 회포를 씀.
絶往還(절왕환) (속세와의) 왕래를 끊음.
孤寒(고한) (1) 의지할 곳이 없고 가난함. (2) 고고(孤高)한 한사(寒士). 여기서는 (1), (2)
의 중의.
憑君(빙군) 그대에게 부탁함.
莫問(막문) 묻지 마라.
生涯事(생애사) 한 생애를 통해서 한 일. 일생의 경영사(經營事).
萬頃烟波(만경연파) 넓으나 넓은 연무(煙霧)에 잠긴 물결.

只呼明月照孤寒!

달과는 의기투합(意氣投合)하여, 부르면 응(應)하는 두터운 교분임을 '呼'에서 볼 수 있다. '照'는 '孤寒'한 외모를 비춤에 그치지 않고, 오히려 명월과의 간담상조(肝膽相照)로 고고한 한사(寒士)의 청한한 선비 정신을, 처창(悽愴)하리만큼 싸느라이 비추어 내는, 조심조골(照心照骨)의 경지이다.

솔바람은 띠를 풀어 헤치라 불고
산달은 거문고 가락을 비추어 낸다.

松風吹解帶　山月照彈琴

라고 읊은, 왕유(王維)의 '山月'이, 다만 '彈琴'하는 사람의 외모를 비추는 것만이 아니라, 오히려 그 거문고 가락에 깃든 그의 악상(樂想)이며 악곡(樂曲)을 비추어 냄에 더 큰 비중을 둔 표현임과 같다 하겠다.

"萬頃煙波數疊山", 이는 '生涯事'를 묻는 물음의 대답 치고는 꽤나 엉뚱스러운 둔사(遁辭) 같기도 하다.

앞으로는 끝없이 넓은 물결이요, 뒤로는 몇 겹의 청산, 여기에 달이 오르면, '물'과 '산'과 '달', 한마디로 '자연', 이것이 나의 '生涯事'의 전부라는 것이다.

농암(聾巖) 이현보(李賢輔)의 〈어부단가〉:

굽어는 천심녹수(千尋綠水), 돌아보니 만첩청산,
십장홍진(十丈紅塵)이 얼마나 가렸는고?

강호에 월백(月白)하거든 더욱 무심(無心)하여라!

의, 그 '무심'의 심경인 것이다.

　　세상일은 거문고 석 자요,
　　생애는 술 한 잔이라.

　　世事琴三尺　生涯酒一杯

는, 금주(琴酒)로 망기한 고인의 '生涯事'요,

　　궁통의 이치를 그대 묻는가?
　　저 포구로 들어오는 어부가를 들게나.

　　君問窮通理　漁歌入浦深

는, 왕유의 딴청이나, 그 속내는 다 본 시의 '山水月'과 맥을 같이하고 있음을 알 수 있다.
　다음에 작자의, 같은 주제의 시조 한 수를 첨기한다.

　　삿갓에 도롱이 입고 세우(細雨) 중에 호미 메고,
　　산전(山田)을 흙매다가 녹음에 누웠으니,
　　목동이 우양(牛羊)을 몰아 잠든 나를 깨워라!

　끝으로, 《패관잡기》에 남효온(南孝溫)의 말로 전하는, 작자의 일화 한 도막을 적는다. "한훤당은 세속과 타협하지 않고, 높은 지조로 독행(獨行)함이 남달랐다. 평거(平居)에도 반드시 의관을 정제하고, 인경 소리를 듣고야 잠자리에 들어, 첫닭 소리에 기상하여, 손에는 언제나 책을 놓지 않았다. ……그는 나이가 들수록 도(道) 또한 높아졌으나, 도가 행해질 수 없는 어지러운 세태임을 익히 아는지라, 스스로 빛을 감추고 세상에 나타나려 하지 않았다."

| **김굉필**(金宏弼, 1454~1504, 단종 2~연산군 10) 학자. 자 대유(大猷). 호 한훤당(寒暄堂). 본관 서흥(瑞興). 김종직(金宗直)의 문인. 행의(行誼)로 천거되어 연산군 때 형조좌랑(刑曹佐郎)이 되었다가, 무오사화 때 김종직의 일파로 몰려 유배, 갑자사화 때 사사(賜死)되었다. 성리학(性理學)에 통달, 문하에 조광조, 김안국 등이 배출되었으며, 그림에도 능했다. 저서에 《한훤당집》, 《가범(家範)》, 《경현록(景賢錄)》 등이 있다. 문묘에 배향. 시호는 문경(文敬).

낙화

최숙생

숲 속의 사립문이
개울 향해 열렸는데,
산 비 우수수
대숲에 흩내린다.

잠 깨어 연 창밖엔
지나는 사람 없고
이따금 낙화만이
이리 불리랑……
저리 쓸리랑……

林下柴扉面水開　蕭蕭山雨竹間催
小窓睡起無人過　時有風花自往來
〈贈擇之〉

 산기슭의 집 한 채, 뒤에는 대숲이요, 앞에는 시내인데, 건
너편은 시냇길이 평행으로 이어져 있다.
　성긴 빗방울이 후두둑후두둑 비가 오는 것답지 않게 건성으로 지

柴扉(시비) 사립문.
睡起(수기) 잠 깨어 일어남.

나가고 있다. 길에는 아무도 왕래하는 사람이 없다. 왕래하는 것이 있다면, 그것은 오직 낙화 더미다. 바람이 이리 불 때는 이리로, 저리 불 때면 저리로, 낙화 더미는 수시로 옮겨져 쌓인다. 산꽃들을 다 날려다 마당에 쌓아 놓고, 심심할 때마다 꽃잎이나 옮기고 있는 바람! 그도 주인만큼이나 할 일이 없나 보다.

이 끝구의 '자왕래(自往來)'의 멋은 이규보의 '개합(開闔)'의 멋과 닮아 있다.

해그림자 비긴 뜰엔
찾아오는 사람 없고
바람에 문짝만이
닫혔다가……
열렸다가…….

日斜庭院無人到　唯有風扉自闔開
〈夏日卽事〉

최숙생(崔淑生, 1457~1520, 세조 3~중종 15) 자는 자진(子眞). 호는 충재(盅齋), 본관은 경주. 문과. 사가독서. 응교(應敎)로 있을 때, 갑자사화로 유배되었다가, 중종반정으로 풀려나, 대사헌, 우찬성 등 역임. 기묘사화에 다시 파직. 영의정에 추증. 저서에《충재집》이 있다. 시호는 문정(文貞).

성심천

최숙생

무엇으로 내 마음
깨게 하려뇨?
맑은 샘 깨끗함이
옥결 같아라!

돌에 앉자 바람이
옷을 떨치고,
흐름을 움켜 내니
달이 한 움큼……

何以醒我心　澄泉皎如玉
坐石風動裙　挹流月盈掬
〈醒心泉, 統營〉

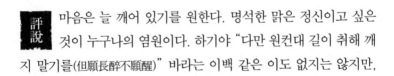 마음은 늘 깨어 있기를 원한다. 명석한 맑은 정신이고 싶은
것이 누구나의 염원이다. 하기야 "다만 원컨대 길이 취해 깨
지 말기를(但願長醉不願醒)" 바라는 이백 같은 이도 없지는 않지만,

醒心(성심) 마음을 깨움.
皎如玉(교여옥) 맑고 밝기가 옥과 같음.
風動裙(풍동군) 바람이 옷자락을 흔듦.
挹流(읍류) 물을 한 움큼 움켜 냄.

그야 술 취하여 하는 말을 누가 믿으랴?

성심천!

우선 이름부터 정신이 번쩍 드는 샘이다. 다리도 쉴 겸 샘 가 바윗돌에 엉덩이를 내려놓으려니, 한 떼의 산바람이 '쏴아' 하고 몰려와서는 옷자락을 뒤흔들어 노진(路塵)을 휘날려 간다. 청석(靑石)에서 솟아오르는 옥결 같은 샘물! 두 손 모아 한 움큼 옥수(玉水)를 길어 내노라니, 아! 이 어인 동그란 달 한 덩이가 움큼 안에 동동 떠 있을 줄이야! 놀라 쳐다보고서야 푸른 하늘에 달이 한 하늘 밝아 있었음을 비로소 깨닫는다. 입술에 찰랑거리는 달이랑 함께 모금모금 들이켜는 옥수의, 이 싸느란 선(線)을 그으며 가슴을 타고 내리는 청랭미(淸冷味), 통투감(通透感)이라니!

끝구의 구조는 시말(始末)을 뒤집어 놓은 엉뚱의 멋이다.

이는 소동파의 〈적벽부〉의 한 구절, "사람의 그림자(실은 자기 그림자)가 땅에 있거늘 쳐다보니 밝은 달일레라(人影在地 仰見明月)"와 같은 '역순(逆順)의 멋'이다.

盈掬(영국) 한 움큼 가득히 참. 움큼은 열 손가락을 나란히 모아 그릇 모양으로 만든 어항. 양을 측정하는 육감 단위의 한 가지.

봄 시름

신종호

차 한 잔 들고 나니
잠기 적이 가시는데,
먼 이웃 들려오는
한낮의 피리 소리…….

제비는 안 오는데,
봄은 또 가나 보군!
한 마당 붉은 비
소리 없이 내리네.

茶甌飮罷睡初輕　　隔屋人吹紫玉笙
燕子不來春又去　　滿庭紅雨落無聲
〈傷春〉

 시름에 지쳐 든 오수(午睡), 깨고 나도 흐리멍덩하다. 손수
차를 달이어 한 사발 죽 들이켜고 나니, 비로소 잠기도 가시
는 듯 적이 개운해진다.

傷春(상춘) 봄의 애상(哀傷). 또는 아내를 잃은 슬픔.
茶甌(다구) 차를 달이는 작은 솥. 차를 마시는 그릇. 차 사발.
飮罷(음파) 마시기를 다함. 곧 거뜬하게 다 마시고 남.
睡初輕(수초경) 졸음이 비로소 가벼워짐.

산촌의 한낮, 어느 먼 이웃에선지 피리 소리가 한가롭게 또 청승스럽게 들려오고 있다.

아직은 제비도 오지 않은 이른 봄이건만, 뜰에 가득한 꽃나무에서는 붉은 비가 내리듯 꽃잎이 우수수 소리도 없이 떨어지고들 있다. 바람도 없이 떨어지고 있는 꽃잎들! 이 봄도 어느덧 가나 보다. 그래도 그렇지, 아무리 봄이 덧없다손 저렇듯 서둘러 떠날 줄이야! 망연히 낙화 현장을 바라보며 새삼 시름에 잠기는 작자다.

가엾은 사람! 지난해의 봄, 그 봄과 함께 가 버린 그 사람. 꽃같이 아리따운 한 청춘이, 꽃처럼 덧없이도 떨어져 간 그 사람. 일점혈육도 없이 자는 듯 숨져 간 그 사람의 기년이 돌아오고 있는 것이다. 낮 피리의 구슬픈 가락은 이어지고, 사랑하는 이를 그리는 상념은 그지없다.

꽃 떨어짐과 사랑하는 이의 죽음은 동일 심상(心像)으로 포개어지는 가운데, 낮 피리 소리는 그 시름을 부추기고 있다.

이 봄도 어차피 상처 난 봄이기는 하나, 일 년이 지나는 동안 어느만큼의 안정은 되찾은 듯, 무심히 지고 있는 낙화를 바라보며, 애이불비(哀而不悲)의 한계를 지키려는 작자의 애써 담담한 눈매에, 그러나, 인생에 대한 일말의 체념의 그림자마저 스쳐 가고 있음을 숨기지는 못하고 있음을 본다.

"燕子不來, 春又去, 紅雨, 落無聲"등의 암유에서 그 정황을 잠시

隔屋(격옥) 몇 집 떨어진 이웃. 먼 이웃.

紫玉笙(자옥생) 자옥으로 만든 피리. 옥피리.

燕子(연자) 제비.

紅雨(홍우) 붉은 비. 낙화(落花)의 은유.

春又去(춘우거) 《동문선》에는 '鶯又去'로 되어 있다.

落無聲(낙무성) 소리 없이 떨어짐.

짚어 본 것이다.

이 시는 두 수 중 첫 수로서, 그 둘째 수는 다음과 같다.

흰 담벼락에

저녁볕 붉어 있고,

버들개지 어지러이

말갈기에 부딪는데,

꿈결 같은 봄빛이

시름 속에 지나가니,

한 해의 봄 일이

꽃바람에 어느구나,

粉墻西面夕陽紅　飛絮紛紛撲馬鬃

夢裏韶華愁裏過　一年春事凍花風

| **신종호**(申從濩, 1456~1497, 세조 1~연산군 3)　자 차소(次韶). 호 삼괴당(三魁堂). 본관은 고령(高靈). 숙주(叔舟)의 손자. 도승지, 동지중추부사 등 역임. 시문과 글씨에 능했다. 저서에 《삼괴당집》이 있다.

한강 도중

한경기

강변길은 질척질척
가랑비는 소록소록
어촌 집집에선
도란도란 들릴 듯도ㅡ.

구름 틈새 아침 햇살
풀숲 사일 비추는데,
말머리엔 호랑나비
떼를 지어 춤을 춘다.

江泥滑滑雨霏霏　柳市人家笑語稀
朝旭漏雲叢薄照　馬頭胡蝶作團飛
〈漢江道中〉

 봄비 보슬보슬 내리는 아침, 말을 타고 한강 강변길을 조용
히 달리고 있다. 봄비라 우정 맞아 보는 아침 나들이다. 웃

江泥(강니) 강가의 진흙.
滑滑(활활) 미끄러운 모양. 미끌미끌.
柳市(유시) 버들이 우거진 저자. 어촌을 이름.
叢薄(총박) 초목이 우거진 곳.
馬頭(마두) 말머리. 말이 향해 가는 쪽의 가까운 앞.

음 섞인 도란도란 소리가 어쩌면 들릴 것도 같은 강 마을을 지나
간다.

막 돋아 오르는 아침 햇살이, 구름 틈새를 비집고, 비에 함초롬히
젖은 풀숲 위로 내리꽂히어, 맺힌 이슬방울마다에 영롱한 빛살을 되
쏘아 내는, 황홀한 빛의 환술(幻術)을 시시각각으로 빚어내고 있다.

날이 훤히 드는 길이다. 향해 가는 말머리 위로 한 무리의 호랑나
비 떼가 화사한 날개들을 펄렁이며 행차의 전위대(前衛隊)로 자임
(自任)이라도 한 듯, 일정한 거리를 유지하면서 찬란한 공중무(空中
舞)를 펼치며 전도(前導)하고 있다.

오던 비도 걷힌 강변길을 춤추는 호랑나비 떼의 전위를 받으면
서, 소록소록 말을 달리고 있는 꽤나 싱그러운 아침 나들이다.

| 한경기(韓景琦, 1472~1529, 성종 3~중종 24) 문신. 자는 치규(稚圭). 호는 향설
당(香雪堂). 본관은 청주. 명회(明澮)의 손자. 사마시에 합격한 후 벼슬에 뜻이
없어 대과에 응시하지 않았다. 남효온, 홍유손 등과 함께 죽림칠현의 한 사
람으로 시명(詩名)이 높았다.

추억의 고향

박상

강성의 장맛비 하늘 높이 걷히니
가을 기운 선들선들 늦더위도 가셨네.

기름진 황금 들 벼 아스라이 패어 있고
빛바랜 갯버들은 술잔 머리 높았구나.

바람은 말 맞춘 듯 춤 소매를 휘날리고
산들은 제멋대로 노래판에 둘러앉네.

부끄럽다. 여태도록 말 쌀에 이끌리어
소요할 뜻 저버리고 옛 동산을 묵혔고녀!

江城積雨捲層霄　秋氣泠泠老火消
黃膩野秔迷眼發　綠疎溪柳對罇高
風隨舞袖如相約　山入歌筵不待招
慚恨至今持斗米　故園蕪沒負逍遙
〈酬鄭太史留別韻〉

評說 지루하던 장마 구름이 둥둥 걷히고 나면 온 세상은 일조에 가을 날씨로 바뀌어 있다. 하루가 다르게 달려져 가는 서늘한 기운에 늦더위도 말끔히 가시고 나면, 오곡백과는 한 해의 풍작으로 무르익는다. 올벼로 빚은 술로 자축하듯 끼리끼리 들놀이가 펼쳐진다.

질펀한 들판에는 황금물결이 넘실거리고, 여기 이 놀이판엔 일제히 쳐든 축배의 술잔이 드높다.

드디어 취흥은 노래판·춤판으로 어우러진다. 초대받은 손님인 양 불어오는 바람은 춤 장단에 맞추어 소맷자락을 휘날리고, 사방의 산들도 내가 빠질쏘냐 청할 나위 없이 노래판에 둘러앉아 메아리로 한몫 든다. 저 황금 들판이 인간과 자연의 합작이듯이 이 놀이판 또한 인간과 자연의 혼연한 화합의 한마당이다.

이런 고향이 내게도 있건마는, 몇몇 해를 묵혀 둔 채, 녹록한 벼슬살이에 몸이 얽매어 돌아가지 못하고 있으니, 부끄럽기도 하고 한스럽기도 하다.

5·6구는 무수(舞袖)에 절로 이는 춤바람, 취안(醉眼)에 비친 산의

題意(제의) 정태사의 유별시에 차운(次韻)하여 수화(酬和)함. 정태사(鄭太史)는 정사룡(鄭士龍)을 이름. '유별'은 떠나는 사람이 주인에게 주는 작별시.

積雨(적우) 장마.

層霄(층소) 높은 하늘.

泠泠(영령) 맑고 선선한 모양.

老火(노화) 늦더위.

黃膩野秔(황이야갱) 누렇게 익은 기름진 들판의 벼.

迷眼發(미안발) 눈이 헷갈리도록 넓고 멀리 피어 자오록함.

綠疏溪柳(녹소계류) 푸른 잎이 성긴, 곧 태반이 이미 단풍 들어 낙엽 된 상태의 갯버들.

斗米(두미) 얼마 되지 않는 녹미(祿米). 적은 봉록.

蕪沒(무몰) 잡초에 파묻힘.

표정, 취이(醉耳)에 들려오는 산의 메아리 등 의인법의 표현이 정겹
고도 멋스럽다.

| **박상**(朴祥, 1474~1530, 성종 5~중종 25) 문신. 자는 창세(昌世). 호는 눌재(訥
齋). 본관은 충주. 문과. 사가독서. 교리, 나주 목사 등 역임. 낙향. 문장가로
이름이 높았다. 청백리에 녹선. 저서에 《눌재집》이 있다. 시호는 문간(文簡).

죽령이 하늘을 가려

이주

깊은 밤 베개맡에 물고기 뛰는 소리
밝은 저 여강의 달은 지척에 대하건만
죽령이 하늘을 앗아 그대 볼 수 없어라!

池面沈沈水氣昏　夜深魚擲枕邊聞
明宵泊近驪江月　竹嶺橫天不見君

〈題忠州自警堂〉

 보고 싶은 마음 하늘만 하니, 그 하늘 하나 가득 대사(大寫)
로 떠오르는 선연한 그대 모습!

그러나, 눈을 뜨면 그뿐, 죽령의 까마득한 괴물이 그 하늘을 가로
챘으니, 바라보고자 해도 바라볼 하늘이 없고, 아득한 천험(天險)의

自警堂(자경당) 여강가에 위치한 충주 객관(忠州客館)의 동편 건물.

池面(지면) 못의 수면.

水氣昏(수기혼) 물 연기가 서려 어둑어둑함.

魚擲(어척) 물고기가 뛰어오름.

枕邊(침변) 베개맡. 침두(枕頭).

明宵(명소) 밝은 밤.

泊近(박근) 가까운 곳에 머무름.

驪江(여강) 충주를 흐르는 남한강의 딴 이름.

竹嶺(죽령) 경북과 충북의 경계를 이루는 큰 재.

橫天(횡천) 하늘을 가로막음. 하늘을 가로챔.

고갯마루는 그대께로 넘나드는 상념마저 가로막아, 영(嶺)의 남북을 이역(異域) 절지(絶地)로 우리를 갈라놓고 있다.

일찍이 우리 함께 거닐던 저 여강의 달은, 구만리 장공이 바로 여기 손에 잡힐 듯 지척에 밝아 있건만, 구만리보다 먼먼 남쪽 땅이여!

깊은 밤 적적한 객관(客館),
경경히 잠 못 이루는 나그네,
추억을 일깨우는 강월(江月),
친구를 그리는 애절한 상념.

기·승·전·결이 순리로 전개되어 있으니, 전 3구는 후 1구를 위한 전제이다.

竹嶺橫天不見君!

이 칠언(七言)에 서린 무한 차탄(嗟歎)을 들으라.

눈 감으면 하늘 가득 떠오르는 얼굴, 눈 뜨면 그 하늘을 가로채는 괴물, 이 환영과 현실의 교차, 그것은 '먼 듯 가까운 달', '가까운 듯 먼 임'의 원근시적(遠近視的) 착란(錯亂)과 함께, 한 하늘을 은막 삼아, 크게 멀리, 높이 가까이 명멸하는, 이 초거시안적(超巨視眼的) 경광(景光)은, 마치 정한(情恨)의 극지(極地)에 서서 사모의 극광(極光)을 바라보는 듯한 느낌이다.

작자가 그리는 대상이 누구인지, 우리는 함부로 추단하기 조심스러우나, 그러나 그것이 어떤 이든 간에, 그 하고 한 사연, 크나큰 감정의 부피는 이미 가슴으로는 감당할 수 없을 만큼 천야만야의 경지에 달해 있어, 거기 심상치 않은 곡절 있음을 직감하게 한다. 더구나 무오(戊午)·갑자(甲子) 양 사화(兩士禍)에 유배·사사(賜死)로 끝마친 이 작자에 있어서의, '橫天'이 시사하는 의미의 심장성(深長性)을 우리는 간과할 수가 없다.

보라. '不見君'의 탓을, 전적으로 '하늘을 횡탈(橫奪)한 죽령의 소행'으로 규정한 데는, 죽령만큼이나 험괴(險怪)한 세력(勢力)의 장벽(障壁)이 암유되어 있음을 직감하게 한다.

임금을 횡점(橫占)하고 국정(國政)을 농단(壟斷)하여 갖가지 사건을 빚고, 연속적으로 사화를 일으켜, 하루도 영일(寧日)이 없던 연산조하(燕山朝下)의 일단(一團)의 오만무도한 간지(奸智)의 무리들, 그들의 모함으로 필경 남쪽으로 귀양 간 혈맹(血盟)의 동지인 친구! 작자의 대상이 바로 이 친구일 개연성은 어느 가정(假定)보다 크다 할 수 있지 않을는지?

세대원근(細大遠近)에 두루 미친 시정의 곡진(曲盡)함, 세정(世情)을 곁들인 인정의 극치, 특히 이 결구는 천하 명구로 손색이 없다.

유성룡(柳成龍)은, 시란, 맑고 그윽하며 마음에 거리낌 없이 산뜻하여, 뜻을 언외(言外)에 부칠 수 있어야지, 그렇지 못한 것은 다만 진부한 말나부랑일 뿐이라 하고, 이주의 자경당시는, 시어가 자연스럽고 시경(詩境)이 높아, 이백(李白)·유우석(劉禹錫)의 시의(詩意)를 지녔다고 극찬했다. 또 허균(許筠)은, 간략한 언어 속에 심장한 속뜻이 깃들어 있어, 성당(盛唐)의 풍격(風格)을 지녔다고 평했다.

| **이주(李胄, ?~1504, ?~연산군 10)** 문신. 자 주지(胄之). 호 망헌(忘軒). 본관 고성(固城). 김종직의 문인. 정언(正言)으로 있다가 무오사화 때 진도로 유배되고, 이어 갑자사화 때 사형되었다. 후에 신원. 시문으로 이름이 높았다. 저서에《망헌집》이 있다.

영남루

손중돈

푸른 산 뚝 끊어진
푸른 강 언덕
층층 누각 층층으로
흐름을 눌러…….

거나한 기 덜 깬 채
풍경 저무니
달 밝은 호수 위를
차마 못 떠라!

靑山斷處碧江頭　樓壓華堂堂壓流
小醉未醒風景暮　月明湖上儘堪留
〈嶺南樓次佔畢齋金先生韻〉

 전 2구는 영남루의 대관(大觀)이요, 후 2구는 등림(登臨)의
소감이다.
　울멍줄멍 멀리서 달려오는 화악산 푸른 줄기가, 느직이 뚝 떨어

嶺南樓(영남루) 경남 밀양에 있는 누각. 고려 말의 창건으로 조선 헌종 때 소실. 현존 건
물은 그 2년 후인 1844년에 중건한 것이다.
佔畢齋(점필재) 김종직(金宗直)의 호.
斷處(단처) 끊어진 곳. 절벽인 곳.

져 솟은 아동산, 그 아동산이 낙동강의 한 가닥인 응천강과 마주쳐 뚝 끊어진 강두의 천인절벽, 거기 영남루는 진좌(鎭座)하고 있으니, 그 육중한 다락은 화당을 누르고, 화당은 그 실린 무게로 다시 흐름을 눌러, 문자 그대로 영남 제일의 진루(鎭樓)다운 웅대한 면모를 반공에 드러내어, 강상(江上)에 군림(君臨)하고 있다. 그런지라, 그 위용에 압도(壓倒)된 강류는 흐름을 멈추고 청호(靑湖)를 이루어, 투영(投影)된 누각을 호심(湖心)에 받들었으며, 건곤은 수기(秀氣)를 모아 누각을 중심으로 원근에 둘렸으니, 진실로 그 만천(萬千)의 기상(氣象)이, 밀양 옛 고을을 천고에 진안(鎭安)하고 있는 듯하다. 이러한 언외의 함축, 이는 전혀 저 산수의 기절(奇絶)한 만남에서 예견된 지덕(地德)과 경승(景勝), 저 '壓'자의 점층적 반복에서 다져지는 장중감(莊重感), 태안감(泰安感), 또 그 'ㅂ' 종성에서 느껴지는 구심적(求心的) 수렴감(收斂感), 기·승구의 각 전후단(段)이 전후 호응으로 흥감을 부추기는, 그 절주감(節奏感), 율동감 등에 힘입은 것임은 말할 것도 없다.

이런 풍광처(風光處)에 어찌 한 잔 술을 사양하랴? 풍월객의 낭만으로라면 대취(大醉)도 불사할 홍치이지만, 소강절(邵康節)의 주도(酒道)를 준수하는 도학자로서는 '미훈즉지(微醺卽止)'로 소취(小醉)에서 잔을 멈춰 버린다. 이런 엄격한 절제는, 이 경우에서도 청유

碧江頭(벽강두) 푸른 강 언덕.

華堂(화당) 화려한 당. '堂'은 마루와 헌함. 곧 이층 다락의 바닥 부분을 총괄한 일컬음.

堂壓流(당압류) 화당이 흐름을 누름.

小醉(소취) 조금 취함. 적이 거나함.

未醒(미성) 깨지 아니함. 덜 깸.

湖上(호상) 호수의 위. 또는 호수의 가.

儘堪留(진감류) 견디어 머무름. 차마 떠나지 못함. '儘'은 '그러면 그런 대로 하는 수 없이'의 뜻.

(清遊)의 진미를 흐트러뜨리지 아니하는, 유교 정신의 꼿꼿한 면모를 엿보이게 한다.

적이 얼근한 가운데 어느덧 접어드는 모경, 달빛 아래 펼쳐지는 또 하나 딴판인 새로운 경관! '風景暮'에서 '月明'으로, 명암(明暗)이 엇갈려 드는, 이 무봉(無縫)한 장면 전환의 묘(妙)를 볼 것이다. 이미 돋아 있던 달이, 날이 어두워짐에 따라 차츰 빛을 띠게 되는 경위 또한 그 어름에 방불하다.

'湖上'은 호반(湖畔)의 뜻으로, 여기서는 영남루 위이다. 그러나 혹은 둥실 배로 뜬 호수 위로 보고 싶은 이도 있을 것이다. 그렇게 보는 것이 자신의 미의식(美意識)을 충족시키는 최상의 것으로 느껴진다면, 그 취향대로 취택(取擇)할 폭넓음 또한 없지 않다.

황혼월(黃昏月)로 이어지는 모경의 황홀한 경관, 상하천(上下天) 어지중간의 허공에 몸을 기대고, 하늘의 달과 호심의 달을 반공에서 부앙(俯仰)하는 장쾌한 정취! 그 아름다움에 도취되어 차마 자리를 뜨지 못해 머무르고 있는, '儘堪留'의 묘의(妙義)를 음미할 것이다.

또한, 전편에 넘치는 웅건호일(雄健豪逸)한 기개와, 함축유여(含蓄有餘)한 시정을 읽을 것이다.

| 손중돈(孫仲暾, 1463~1529, 세조 8~중종 24) 문신·학자. 자 대발(大發). 호 우재(愚齋). 본관 경주(慶州). 계천군(鷄川君) 소(昭)의 아들. 김종직의 문인. 여러 청환직(淸宦職)을 거쳐, 사예시정(司藝寺正) 재임 중 갑자사화로 파직. 중종반정 후 각조 판서, 도승지, 대사간, 우참찬 등 역임. 저서에 《우재집》이 있다. 시호는 경절(景節).

눈보라 치는 밤에

이우

빈 창에 눈보라 치고
촛불 그물거리는 밤,
달빛에 걸러진 솔 그림자
지붕머리에 어른댄다.

밤 깊어 알괘라!
산바람 지나가는 줄,
담 너머 서걱거리는
으스스 댓잎 소리…….

雪逼窓虛燭滅明　月篩松影動西榮
夜深知得山風過　墻外蕭騷竹有聲
　　　　　　　〈羽溪東軒韻〉

評說　첫눈 내리는 초겨울 밤의 정경일까?
아직은 가을이려니 여기던 날씨가 갑자기 쌀쌀맞게 변하더
니, 저녁 무렵 드디어 성긴 싸락눈이 내리기 시작, 밤들자 바람도

羽溪(우계) 강원도에 있는 고을 이름.
窓虛(창허) 빈 창. 또는 창틈.
滅明(멸명) 그물거리다 밝아지다 함. 명멸(明滅).
篩(사) 채. 또는 채로 가루 같은 것을 치거나 액체를 걸러 냄.

일어, 모래를 흩뿌리듯 창에 부딪는 소리 스산한데, 엉성한 틈새로 새어드는 문바람에, 촛불은 춤추듯 일렁이다간, 때론 그물그물 쓸리어 꺼질 듯 간신히 되살아나곤 한다.

이 기구의 묘사는 시청각의 혼연한 합창이다. 창에 부딪는 싸락눈 소리의 청각적 강도와, 촛불의 그물거리는 시각적 강도는, 바람의 고저장단과 리듬을 같이하고 있다. 마치 음악 분수의 너풀거림이나 오디오 음향광(音響光)의 껌벅거림처럼…….

마침내 쓸리다 꺼진 그대로, 누운 채 잠이 들어 얼마나 되었을까? 바깥은 뜨음하고 창은 환하기에, 내다보니 설월이 건곤에 가득하다. 쓸은 듯 걷힌, 구름 없는 하늘에는 서녘으로 기운 달빛이 교교하고, 자박눈이 엷게 깔린 대지엔 만상이 한결로 투명하고 쇄락하다. 이끌려 뜰에 나서니, 추녀 끝에 구부정하게 드리운 늙은 소나무 한 가지의 그림자가, 지붕머리 박공널에 살아 움직이는 수묵화로 선명하다. 바늘잎 하나하나마다 정밀하고도 자세하게 영사하고 있는 산 그림이다.

이 승구의 사실성은 전혀 저 '체(篩)'의 공효이다. 촘촘한 솔잎 쳇불로 걸러져 내린 달빛이 빚는 소나무의 영상, 그것이 박공널을 은막 삼아 영출(映出)하는 생생한 활사(活寫)는 무척이나 인상적이다.

들어와 다시 자리에 누워 눈을 감는다. 계절의 재촉에 새삼 인생이 느껴워진다. 문득 바깥에 와자한 시끄러운 소리 한 떼가 지나간다. 집을 둘러 있는 대숲의 서걱거리는 소리다. 산바람 한 떼가 지

西榮(서영) 서쪽의 지붕머리. '榮'은 맞배지붕에 합장형(合掌形)으로 붙인 두꺼운 널. 박공. 옥익(屋翼).

知得(지득) 앎. ~듯함.

墙外(장외) 담 밖.

蕭騷(소소) 쓸쓸히 설레는 소리.

나가는가 보다. 저 허허로운 공간을, 어디서 일어 어디로 가는 바람인가? 얼마 아니 가서 제풀에 사라지고 말 저 뜨내기 나그네 바람! 정처 없는 바람 앞에 댓잎들도 서글프다. <u>으스스스</u>……. 수란한 소리. 이인로(李仁老)의 〈소상야우(瀟湘夜雨)〉:

밤들어 닻 내린 강변 대숲은
잎잎이 <u>으스스</u> 시름뿐일레.

夜來迫近江邊竹　葉葉寒聲摠是愁

가 생각난다.

이 전결구의 '산바람 소리'의 청각적 이미지는, 그물거리는 촛불, 달빛에 흔들리는 솔 그림자 등의 시각적 이미지와 상승(相乘)하여, 어쩐지 쓸쓸하고 왠지 서글픈 심사로, 우리의 가슴속에 그늘 지워 옴을 느끼게 하고 있다. 그러나 보라, 정작 작자는 대범하다. 정황을 묘출하여 분위기만 이끌었을 뿐, 자신은 감상(感傷)의 기색 없이 천연덕한 가운데, 그러나 그 심충(深衷)은 자간(字間) 행간(行間)에 은근히 이미 터회(攄懷)하여 있음을 보지 않는가?

이 진정 시의 정도(正道)일진저!

| **이우**(李堣, 1469~1517, 예종 1~중종 12) 문신. 자 명중(明仲). 호 송재(松齋). 본관은 진보(眞寶). 퇴계(退溪)의 숙부. 호조참판, 경상도 관찰사 등 역임. 시문에 뛰어났으며, 청렴하기로 이름이 높았다. 저서에 《송재집》이 있다.

궁녀의 죽음

이희보

궁궐문 깊이 잠긴
달빛 으스름
한밤중 들려오는
열두 종소리…….

어느 곳 청산에다
옥뼈를 묻었는고?
갈바람 잎 지는 소리야
차마 듣지 못할레라.

宮門深鎖月黃昏　十二鍾聲到夜分
何處靑山埋玉骨　秋風落葉不堪聞
〈輓宮媛〉

 연산군(燕山君)의 총희(寵姬)인 어느 궁인의 죽음을 애도한 시이다.

연산군이 조정 문사들에게 만시(輓詩)를 지어 줄 것을 부탁하자, 이에 응하여 그의 슬픈 심중을 헤아려 지은 것으로, 연산군도 이를

輓宮媛(만궁원) 궁녀의 죽음을 애도(哀悼)함.
宮門(궁문) 궁전의 문. 대궐문.
深鎖(심쇄) 깊숙하게 잠금.

보고 눈물을 흘렸다고 전한다.

　이 시를 지음으로써 세인의 기평(譏評)을 입게 되고, 환로(宦路)에도 차질을 겪게 되었다고는 하나, 이미 탄생된 작품이야 작품대로 그 주옥같음이 손상될 리 없다.

　구중궁궐 잠 아니 오는 으스름달 밤, 오열하듯 울려오는 자정의 종소리를 들으며, 이미 어느 청산에 백골이 되어 있을, 사랑하던 여인을 그리는 애절한 심사, 가을바람 잎 지는 소리에도 애끊는 듯 못 견뎌 하는 인간의 마음! 그 인간의 마음에야 폭군이 어찌 따로 있으리?

十二鐘聲(십이종성) 자시(子時)에서 해시(亥時)까지 하루 12시의 맨 마지막 시각을 알리는 종소리.
夜分(야분) 한밤중. 야반(夜半).
玉骨(옥골) 옥 같은 뼈. 미인의 시체.
不堪聞(불감문) (너무 슬퍼서) 차마 견디어 들을 수가 없음.

| **이희보(李希輔, 1473~1548, 성종 4~명종 3)** 문신. 자 백익(伯益). 호 안분당(安分堂). 본관 평양(平壤). 대사성, 첨지중추부사(僉知中樞府事) 등 역임. 저서에 《안분당시집》이 있다.

그대를 보내며

김안국

연자루 앞에
연자는 날고
지는 꽃 우수수
옷에 쌓이네.

봄바람에 술 한 잔의
이별 한(恨)이여!
애닯다, 봄도 가는데
나만 못 가네.

燕子樓前燕子飛　　落花無數惹人衣
東風一鍾相離恨　　腸斷春歸客未歸

〈盆城贈別〉

評說 다 같이 객지에 있다가, 고향으로 돌아가게 된 친구를 배웅
하러 교외로 나왔다. 봄바람에 나누는 한 잔의 이별주로 친
구를 떠나보내고, 허전히 돌아서는 빈 발길……, '연자루'엔 그 이

盆城(분성) '盆山城'의 약칭으로 김해(金海)를 이름.
燕子樓(연자루) 누 이름. '燕子'는 제비.
惹人衣(야인의) 사람의 옷에 붙음.
一鍾(일종) 한 잔. '鍾'은 본디 술 담는 큰 병을 이름이나, 세속에서 '잔(盞)'으로 통용한다.

름답게 벌써 제비들이 돌아와, 다락 추녀에 새집을 짓느라 분주히 오락가락 비껴 날고 있다. 무데무데 불어오는 봄바람에 무수히 떨어지는 꽃잎들은 눈보라처럼 휘날리다가 우수수 사람의 옷에도 걸려 엉힌다. 봄도 가고 있는 것이다. 이 봄에는 설마 돌아갈 수 있으려니…… 꼬박 일 년을 별러 오던 그 봄이건만 또 허사다. 친구도 돌아가고 봄도 돌아가고…… 다 돌아가는 마당에, 어찌타! 나만 홀로 낙오되어 못 돌아간단 말인가? 애끊는 모춘의 나그네 탄식이다.

"燕子樓前燕子飛"는 물 흐르듯 바뀌어 가는 계절의 변이(變移)와 그에 따른 사물의 순리로운 조화가, 그 유려한 가락에 실려 너울너울함이, 마치 "봉황대상봉황유(鳳凰臺上鳳凰遊)"의 이백의 가락을 연상케 한다.

'惹人衣'에서는 친구랑 봄이랑 한꺼번에 잃게 된, 이 상심객(傷心客)의 들뜬 심사를 더욱 낭만으로 부채질하고 있는, 낙화의 난분분상(亂紛紛狀)을 눈에 선히 떠올리기에 넉넉하다.

'一鍾'의 '鍾'은 '鐘'으로도 통용되므로, '멀리서 울려오는 한 종소리 속에서의 이별의 분위기'로 해석함 직도 하나, 작자의 본의는 역시 '一杯'의 뜻으로 쓴 것이니 '杯·觴' 등이 다 평성(平聲)이므로, 꼭 측성자(仄聲字)라야 하는 그 자리라, 통고저(通高低)로도 쓸 수 있는 '鍾'을 택하게 된 속사정을 이해해야 할 것이다.

끝으로 그의 호평작인 〈용문산에 올라〉 한 수를 옮겨 덧붙인다.

걸음걸음 가파른 길 오르느라니
오를수록 눈앞이 탁 트여라!

흰 구름은 먼 포구에 어정거리고
나는 새는 하늘 속에 잠겨 버린다.

골짝마다 잔설은 남아 있는데,
숲에는 허허로운 저녁 바람 소리.

외진 하늘가의 아득한 회포
동녘에 돋아나는 외론 초승달.

步步緣危磴　看看眼界通
閒雲迷極浦　飛鳥沒長空
萬壑餘殘雪　千林響晩風
天涯懷渺渺　孤月又生東

〈遊龍門〉

緣(연) 반연(攀緣)의 뜻으로, 더위잡아 오름.
危磴(위등) 가파른 비탈길.
看看(간간) 점차. 점차 진행하는 모양.
極浦(극포) 원포(遠浦).
渺渺(묘묘) 아득히 먼 모양.

| **김안국**(金安國, 1478~1543, 성종 9~중종 38) 문신·학자. 자 국경(國卿). 호 모재(慕齋). 본관 의성. 김굉필(金宏弼)의 문인. 경상도 관찰사 재직 중 농서(農書), 잠서(蠶書)의 언해(諺解), 《벽온방(辟瘟方)》, 《창진방(瘡疹方)》 등을 간행 보급. 기묘사화 때 파직, 후에 대제학, 찬성, 판중추부사 등 역임. 박학능문(博學能文)한 성리학자로서 천문, 농사, 국문학에도 연구가 많았다. 저서에 《모재집》, 《모재가훈》, 《동몽선습》, 《이륜행실(二倫行實)》 등 많다. 시호는 문경(文敬).

가을밤

이행

서늘바람 내 방에 들고
가을 달이 내 휘장을 비춰
내 마음 이리도 설레나니
어느덧 계절의 갈마듦이여!

옷 추어 입고 문을 나서니
손에 든 건 으레 대지팡일다.
산 정기야 저녁이 본디 맑지만
날 위해 새 단장을 하였음에랴?

혼자 즐기기 넉넉하거니
동자는 딸려 무엇 하리?
만물이 잠들어 고요한 밤을
이슥토록 우두커니 서 있어라!

돌아와 빈 침상에 누웠노라니
그윽한 꿈, 소회를 달래어 주네.

西風入我室　秋月照我帷
我懷不能定　天運自相差
攬衣出門去　竹杖仍手持

山氣夕固佳　爲我生新姿
獨賞有餘興　安用兒輩隨
群動一已靜　佇立亦多時
歸還臥空榻　幽夢慰所思
〈次韻〉

 評說 가을밤의 산거정취(山居情趣)다.
서늘바람·가을 달의 정겨운 손짓·눈짓에 이끌리어, 모든
것이 한결같이 아름답고 평화롭고 정답기만 한 산마을길을 이슥토
록 거닐며, 자연과 교감하는 맑고도 흐뭇한 시정이다.

照我帷(조아유) 내 방의 휘장을 비춤.

我懷(아회) 나의 심회(心懷).

不能定(불능정) 안정할 수 없음.

天運(천운) 하늘의 운수. 여기서는 계절이 바뀌는 자연의 이세.

自相差(자상차) 저절로 서로 다름. 계절 따위가 갈마듦.

攬衣(남의) 옷을 추어올려 옷자락이 끌리지 않게 입음.

仍手持(잉수지) 언제나처럼 손에 쥐어 있음.

夕固佳(석고가) 본디 저녁 때가 좋음.

爲我(위아) 나를 위하여.

獨賞(독상) 홀로 완상함.

有餘興(유여흥) 넉넉한 흥치가 있음.

安用(안용) 어찌 ~을 쓰리요?

兒輩(아배) 아이들. 여기서는 심부름하는 동자.

群動(군동) 뭇 동물. 또는 움직이거나 소리 나는 모든 것.

一已靜(일이정) 한결같이 이미 고요함.

佇立(저립) 우두커니 서 있음.

多時(다시) 긴 시간. 장시간.

臥空榻(와공탑) 빈 침상에 누움.

幽夢(유몽) 그윽한 꿈.

慰所思(위소사) 생각하는 바를 달래 줌. 모든 번거로운 생각들을 잠재워 줌.

1·2구의 '我室·我幃'로 '我'를 구태여 내세운 것은, 그곳이 '나의 비밀스러운 사생활의 공간'임을 강조함으로써, 찾아든 바람과 달의, 내게 주는 애정이 남달리 은근함을 돋보이게 하고자 함이다. 8구의 '爲我'식으로 바꾼다면, '西風爲我入室 秋月爲我照幃'가 될 것이다.

천지만물이 다 그에게 다정하게 비치는 그 근본은, 천지만물을 다 유정자(有情者)로 대하는, 그의 범신론적(汎神論的) 자연관 내지 낙천적 인생관에서임은 물론이다.

2·3구는 '風·月'과의 교환(交驩)으로 설레고 들뜬 심정이며, 일월성신의 운행, 춘하추동의 절서(節序)의 교대 등, 자연 섭리에 대한 감탄이다.

5·6구의 '攬衣'는 '옷자락을 날리는' 낭만의 반대로, '옷매무새를 단정히 여미는' 일이니, 이 한 가지로도 작자의 단아한 소행(素行)을 짐작할 만하다. 외출시의 '竹杖'은 관행(慣行)의 하나로, 이날도 무심중 이미 손에 잡혀 있었음을 나타낸 '仍'의 묘용(妙用)도 맛깔스럽다.

7·8구의 '固'는 도연명(陶淵明)의 "山氣日夕佳"를 기정사실로 긍정 확인한 내용이지만, 전편의 시의(詩意) 또한 연명을 방불케 하고 있다. '山氣'란 전신적 감각으로 느낄 수 있는 산중 특유의 청랑(淸朗)한 기운이요, '新姿'는 단품으로 물든 가을 산의 새 모습이다.

풍월인이라면 이런 밤, 동자에게 술 한 병쯤 들려 따르게 함 직도 하였겠으나, 그것을 거부한 9·10구에서도 그의 중후하고 근엄한 유자다운 면모가 엿보인다.

만물이 잠든 가장 고요하고 투명한 시간에, '긴 동안 홀로 우두커니 서서' 무엇을 보며 무슨 생각을 하고 있었던가? 침실에까지 스며 들어 유인해 낸 맑은 바람 밝은 달에 매료되어서였던가? 새 단장으

로 상냥하게 맞아 주는 가을 산의 염용(艷容)에 혹해서였던가? 또는
진선진미(盡善盡美)한 자연과 순진무구(純眞無垢)한 인간과의 만남
에서의 서로 흉금을 터놓은 흐뭇한 통정이었던가? '佇立亦多時'의
이 우두컨한, 긴 시간 속에 무한한 함축을 느끼게 하고 있다.

늙으면 잠이 적고, 그러자니 사념만 많아, 늘 잠 타령하게 마련이
건만, 사념이 육신과 함께 안온한 꿈길로 자연스럽게 암전(暗轉)되
어 가는 이 끝구에는, 복된 늙은이의 평화로운 잠매(잠자는 매무새)
와 그 숨결을 듣는 듯하다.

용재의 시는 일반적으로 침중(沈重)하고 아정(雅正)하며, 담박(淡
泊)하고도 평화로우며, 명쾌하고 쇄락(灑落)하여 광풍제월(光風霽
月)인 양 기품이 있고, 시어도 고박(古朴) 간결하여, 화려와 멋을 꺼
리고 있다.

허균은 《성수시화》에서, 그를 시단의 제일인자로 추대했으며, 특
히 이 시와 같은 오언 고시를 극찬했다.

신위는 《논시절구》에서, "용재는 정각을 얻어 선문에 들었다(容齋
正覺入禪門)"고 평했는데, 이는, 그의 시사(詩思)가 완미(完美)의 경
에 들어, 현세적인 고뇌 따위는 그림자도 비치지 않는, 탈속(脫俗)
의 경지임을 기림이었다.

| **이행**(李荇, 1478~1534, 성종 9~중종 29) 문신. 자 택지(澤之). 호 용재(容齋).
본관 덕수(德水). 이조판서, 좌의정 등 역임. 재임 중 누차 유배. 함종(咸從) 배
소에서 죽었다. 후에 신원. 문장에 뛰어났고, 서화에도 능했다. 저서에 《용
재집》이 있다. 시호는 문정(文定). 개시(改諡)는 문헌(文獻).

서리 달

이행

저녁나절 가랑비
하늘 헹구고,
밤들자 높은 바람
구름을 쓸어,
새벽 종소리 싸느라이
뼈에 스밀 제,
서로 예쁨 겨루는
달 아가씨
서리 낭자.

晚來微雨洗長天　　入夜高風捲暝烟
夢覺曉鍾寒徹骨　　素娥靑女鬪嬋姸
〈霜月〉

 고운 서리, 고운 달이 유난히 빛나는 맑은 가을 새벽의 찬미
이다.
　비 뿌려 천공(天空)의 티끌을 씻어 헹구고, 바람으로 상하의 운무

霜月(상월) 서리와 달. 또 서리 내린 밤의 찬 달.
晚來(만래) 저녁이 되면서.
入夜(입야) 밤 들어서.
暝烟(명연) 어두컴컴한 연무(煙霧).

(雲霧)를 쓸어 걷어, 철저히 쇄소(灑掃)해 놓은 투명한 가을 새벽, 꿈에서 깨어나듯 먼 종소리 싸느라이 뼛속까지 스며드는 듯한 맑디맑은 우주 공간, 하늘엔 반달, 땅엔 서리, 이름도 아리따운 '소아(素娥)'와 '청녀(靑女)'의 두 미녀는, 서로 시샘하듯 미색(美色)을 겨루고 있다.

1·2구는 3·4구를 위한 천공(天公)의 배려로 행해진 정화 작업이요, 1~3구는 주제구(主題句)인 4구의 주인공을 위하여 공들여 개설해 놓은 무대이다.

제3구의 '寒'에는, 외기(外氣)의 청철(清澈)함이나, 침투력이 강한 종소리의 날카로움은 물론, 빙설(冰雪)같이 청정한 내계(內界)의 수용 태세까지도 암시되어 있다. 꿈의 영역으로도 침투하고, 골수에까지도 스며들어, 맑은 영혼을 눈뜨게 하는 저 새벽 종소리의, 그 청절(清絶)한 '寒'의 이미지는, 또한 그 새벽 종소리 꿰뚫어 가로지르는 싸늘한 천공에, 유난히 빛나는 반달 아가씨의 앳된 모습과, 달빛에 젖은 대지에 눈부시도록 희고 보드라운 서리 낭자의 고운 살결을 돋보이게 하고 있다.

제4구는 당(唐) 시인 이상은(李商隱)의 "青女素娥俱耐寒 月中霜裏鬪嬋娟"의 점화(點化)이다. 달의 정(精), 서리의 신(神), 그리고 그들을 미녀로 의인(擬人)한 일련의 시각은, 근본 천지자연을 애정

夢覺(몽각) 꿈에서 깨어남.

曉鍾(효종) 새벽 종소리.

徹骨(철골) 뼈에 사무침. 뼛속으로 스며듦.

素娥(소아) 월궁(月宮)의 선녀 이름. 상아(常娥). 달의 딴 이름. 위장(韋莊)의 시에 "欲把傷心問明月 素娥無語淚娟娟"의 구가 있다.

青女(청녀) 서리의 신(神)의 이름. 서리의 딴 이름. 《회남자(淮南子)》에 "至秋三月 青女乃出 以降霜雪"이라는 구절이 있다.

鬪嬋妍(투선연) 아리따움을 다툼.

으로 대하는 범신론적 자연관에서이다. 외경(畏敬)의 대상으로나 정복의 대상으로서의 자연이 아니라, 친화(親和)와 교감(交感)의 유정자(有情者), 마침내는 연정(戀情)의 대상으로까지 승화하게 된, 자연애의 극치에 이른 것이다. 자연에 대한 이러한 맑은 사랑은 용재(容齋)의 작품 도처에서 볼 수 있다.

자규 소리를 들으며

이행

합천의 봄밤은
쓸쓸도 하여
잠 깨니 아득해라!
나그네 심사.

"만사 다 버리고
돌아가라"고
먼 숲엔 자규 소리
잦기만 한데……

江陽春色夜凄凄　睡罷無端客意迷
萬事不如歸去好　隔林頻聽子規啼
〈陜川聞子規〉

評說 낙동강 북쪽 합천의 봄밤은 쓸쓸하기만 하여 한밤중 잠 깬 나그네의 심사는 가눌 길 없이 아득해진다. 외로움인가? 그리움인가?

먼 숲에서 들려오는 청 높은 두견이의 한 겨운 목소리는 둘 데 없는 심사를 천야만야로 돋우고 있다. 곡절도 많은 제 사연 곁들이어

江陽(강양) 강의 북쪽. 여기서는 낙동강의 북쪽인 합천(陜川)의 옛 이름.

뇌고 또 뇐다.

"만사 다 버리고 돌아감만 못하리."

"돌아감만 못하리……."

"돌아감만 못하리……."

(不如歸 不如歸 歸蜀道 不如歸)

그러나 어이 돌아갈 수 있으랴? 현실적으로 돌아가지 못할뿐더러, 더구나 꿈 많던 젊은 시절, 고인 된 아내, 이는 이미 영원히 돌아갈 수 없는 나의 실향(失鄕)이 아닌가?

아! 외로움인가? 그리움인가? 봄이기에 더 그립고, 밤이기에 더 외로운가? 딱하게도 자규는 권고함을 멈추질 않고 있다.

"만사 다 버리고 돌아감만 못하리, 돌아감만 못하리……."

최창대(崔昌大)의 〈두견이 울음〉과 이유(李濼)의 시조를 함께 차려 본다.

春去山花落　봄 가니 산 꽃도 떨어지는데
子規勸人歸　두견이는 나더러 돌아가란다.
天涯幾多客　하늘 가 그 얼마나 많은 나그네
空望白雲飛　하염없이 바라보랴? 가는 흰 구름 ―.
〈杜鵑啼〉

자규(子規)야 우지 마라 울어도 속절없다.
울거든 너만 울지 나는 어이 울리는가?
아마도 네 소리 들을 제면 가슴 아파하노라.

　　　　　　　　　　　　　　　　이유

다음에 같은 작자(이행)의 작품 〈감회〉와 〈한가위 밤〉 두 수를 아울러 옮겨 본다.

百歲未云牛	반백년도 못 산 이 나이건만
相知餘幾人	친구들 몇이나 남아 있는가?
文章祇自累	다만 글 잘함이 죄가 된다면
天地豈能仁	천진들 어찌 어질다 하리?
寂寂山川暝	괴괴하다. 산천도 그물거리고
茫茫草樹春	아득해라! 초목도 봄답지 않네.
平生湖海志	평소에 품어 온 넓고 큰 뜻이,
老去但逡巡	늙을수록 문칫문칫 물러날 줄야……

〈有懷〉

平生交舊盡凋零	평소에 친한 벗 다들 떠나고
白髮相看影與形	흰머리로 그림자랑 마주보나니
正是孤樓明月夜	정히 다락 높고 달 밝은 이 밤
笛聲凄斷不堪聽	피리 소리 애끓어라! 차마 못 듣네.

〈八月十五夜〉

茫茫(망망) 빛을 잃어 흐릿한 모양.
湖海志(호해지) 호수나 바다 같은 넓고 큰 뜻.
逡巡(준순) 어떤 일을 단행하지 못하고 우물쭈물함.

떠도는 백성

어무적

어렵다. 어렵다. 인생살이여!
올해도 흉년, 먹을 게 없네.
도와줄 마음 태산 같다만
내겐 마음뿐, 힘이 없구나.

괴롭다. 괴롭다. 인생살이여!
날씨 추워도 덮을 게 없네.
저는 구제할 힘이 있건만
다만 도와줄 마음이 없네.

잠시 굶주린 백성 맘 되어
군자의 생각 되어 보시라.
잠시 군자의 귀를 빌려다
백성의 말을 들어 보시라.

백성은 말하건만 임금님 몰라
금년도 온 백성 몸 둘 곳 없네.
조정에서 조서 내려 구휼하란들
원님들 조서 보길 휴지 대하듯.

민폐 조사하라 특사 보내어

하루에 삼백 리를 역마 달려도
백성들 문밖 나설 힘도 없거니
해가에 면대하여 속사정 펴리.

한 고을 한 사람씩 특사가 온들
특사는 귀 없고, 백성 입 없어
차라리 급장유를 불러 일으켜
구해 달라 호소함이 외려 낫겠네.

蒼生難蒼生難	年貧爾無食
我有濟爾心	而無濟爾力
蒼生苦蒼生苦	天寒爾無衾
彼有濟爾力	而無濟爾心
願回小民腸	暫爲君子慮
暫借君子耳	願聽小民語
小民有語君不知	今歲蒼生皆失所
北闕雖下憂民詔	州縣傳看一虛紙
特遣京官問民瘼	馹騎日馳三百里
吾民無力出門限	何暇面陳心內事
縱使一郡一京官	京官無耳民無口
不如喚起汲長孺	未死子遺猶可救

〈流民歎〉

評說 학정에 시달리는 서민의 참상을 그린 서사시이다. 백성의 고난은 아랑곳없이 주구(誅求)에만 뜻을 파는 악덕 지방관에게 일말의 양심을 호소해 보나 무슨 소용이 있으랴? 조정에선 비

록 특사를 파견, 민정(民情)을 살피도록 배려한다 한들, 특사 또한
매수되어 속사정은 캐려 들지 않으니, 도탄에 든 백성들은 하소연
할 곳이 바이 없다.

　민정을 돌봄이 한갓 요식(要式)에 그치는, 무성의하고도 무능한
조정, 한결로 부패한 상하 관료, 이젠 희망을 걸 곳도 하소연할 곳
도 없다. 있는 건 절망이요 체념이다. 오죽하면 죽은 남의 나라 사
목(司牧)을 들먹이고 있는 것인가?

　이는 학정과 민생고를 주제로 한 고래의 시가 중에서도, 백거이
(白居易)와 같은, 삼인칭자의 풍자적 대리감정(代理感情)이 아니라,
두보(杜甫)와 같은, 일인칭자의 체험에서 우러나는 하소연이요, 김
창협(金昌協)·신광수(申光洙)·홍양호(洪良浩)·정약용(丁若鏞)과 같
은 양반 위치에서 굽어보는 연민(憐憫)이 아니라, 생래(生來)의 하민

流民(유민) 난세(亂世). 또는 가정(苛政)을 피하여 유랑하는 백성.

蒼生(창생) 모든 백성.

小民(소민) 천민(賤民). 또는 가난한 백성. '腸'은 마음.

君子(군자) 덕행(德行)이 있는 훌륭한 사람.

失所(실소) 처소(處所)를 잃음. 곧 유민이 됨.

北闕(북궐) 대궐. 조정의 뜻.

憂民詔(우민조) 백성을 구휼(救恤)하도록 내리는 조서(詔書).

虛紙(허지) 휴지.

京官(경관) 중앙에서 파견되는 관원.

民瘼(민막) 민폐(民弊).

馹騎(일기) 역마(驛馬).

門限(문한) 문지방.

面陳(면진) 대면하여 진술함.

汲長孺(급장유) 한대(漢代)의 간신(諫臣) 급암(汲黯)을 이름. 여기서는 그가 회양군(淮陽
郡)으로 좌천된 지방관으로서 그 고을을 선치(善治)하여 백성들을 편안하게 한, 목민관
(牧民官)으로서의 치적(治績)을 들어 이른 것.

未死孑遺(미사혈유) 아직 죽지 않고 간신히 살아남은 백성.

(下民)으로 남의 천대와 기한이 뼛골에 사무친 당사자로서의 마지막 절규이다. 비록 형식에 있어, 서로 비슷한 폭로·고발의 수법이라고 는 하나, 그 내면의 절박도(切迫度)에 있어서야, 어찌 여타 작품들과 동일논지(同一論之)할 수 있으랴?

일찍이 허균(許筠)은 "비단 시로서 훌륭할 뿐만 아니라, 마땅히 사목자(司牧者)의 거울이 될 만하다" 하였고, 박지원(朴趾源)도 "그 의 시문은 위로는 국가 정책에 반영됨 직하고, 아래로는 일세에 표 준이 됨 직하건마는, 끝내 불행한 일생으로 마쳤다"고 애석해했다.

| 어무적(魚無迹, ?~?) 자는 잠부(潛夫). 독학(篤學)하여 시재(詩才)가 있었다. 서 류(庶流) 출신으로 김해(金海)의 관노(官奴)였다가 면천(免賤)되었으나, 본관의 탐욕과 방종을 기롱(譏弄)하는 시를 썼다가, 체포령이 내리자 다른 고을로 도 피, 불우한 일생을 객사로 마쳤다고 전한다.

복령사

박은

절은 신라 때의
낡은 집인데
벌여 앉은 천불은
천축서 왔네.

옛 신인 넓은 땅
두루 방황타
이 복지 얻으니
천태산인 듯.

봄 그늘 우기(雨氣) 있다
산새들 울고
무심한 늙은 나무
바람 처량타.

만사야 한바탕
웃음거리지
영겁(永劫)에야 청산도
뜬 먼지일 뿐―.

伽籃却是新羅舊　千佛皆從西竺來

終古神人迷大隗　　至今福地似天台
春陰欲雨鳥相語　　老樹無情風自哀
萬事不堪供一笑　　靑山閱世只浮埃

〈福靈寺〉

評說 영겁에 비추어 본 일체유상(一切有相)의 무상(無常)함이다.
1·2구는, 창연한 천 년 고찰의 낡은 건물 안에, 만 리 이국
에서 온, 면목(面目)도 수이(殊異)한 천불(千佛)의 열좌(列坐)! 이는
유구한 시간과 광막한 공간의 만남을 한 눈에 보는 기관(奇觀)이다.
3·4구는, 사찰을 이룩할 복지를 얻으려고, 넓은 땅을 두루 찾아
헤매었을 옛 신인의 섭력(涉歷)과, 천태산을 방불케 하는 이곳 산세
의 지덕 높음을 기림이다.

福靈寺(복령사) 개성 송악산 서쪽에 있는 신라 고찰.

伽籃(가람) 절. 절집.

却是(각시) 도리어. 실로.

西竺(서축) 서역(西域)의 천축국(天竺國). 곧 인도(印度)를 이름.

終古(종고) 옛날.

神人(신인) 신과 같이 도통한 사람. 득도(得道)한 사람.

大隗(대외) 대도(大道). 여기서는 전후 문맥으로 보아 '塊(괴)'의 유자오(類字誤)가 아닐까
한다. '大塊'는 '대지(大地)'의 뜻.

福地(복지) 지덕(地德)이 있는 곳.

天台(천태) 천태산. 중국 절강성(浙江省)에 있는 산 이름. 신선이 사는 산으로 유명하며,
또 천태대사가 천태종(天台宗)을 연 명산이기도 하다.

春陰(춘음) 봄날의 흐릿한 날씨. 봄 그늘.

欲雨(욕우) 비가 올 듯함. 또 그러한 날씨.

鳥相語(조상어) 새들이 저희끼리 지저귐.

供一笑(공일소) 한바탕의 웃음거리로 제공됨.

閱世(열세) 시세(時世)를 경력(經歷)함. 오랜 세월을 겪음.

浮埃(부애) 부유(浮遊)하는 진애(塵埃). 뜬 먼지.

5·6구는, 법당(法堂) 안의 해탈(解脫) 의지와는 아랑곳없이, 벽한 장 벗어난 바깥도 사바(娑婆)인 양하여, 포말(泡沫)처럼 기멸(起滅)하는 중생의 회로애락의 한 가닥을 보여 주고 있다.

봄꽃 필 무렵이면 꽃 그늘처럼 은은히 그물거리는 날씨! 산새들은 비 올 낌새로 알고 근심하는 듯 수란스러이 지절거리고, 절과 연륜이 비등할 경내의 아름드리 노목들은, 더러는 이미 고사목(枯死木)이 되어, 봄을 맞는 환희도, 봄을 영위하려는 의지도 없이, 다만 절을 증언하는 세월의 잔해(殘骸)인 양, 지그시 풍화(風化)되어 가고 있는데, 그 썩은 공동(空洞)으로 회돌아 나오는, 윤기 없는 휘파람 소리 같은 무심한 바람 소리가 처량하게 느껴진다. 그리하여, 산새들의 근심, 바람 소리의 서글픔, 이따위 사바세계의 모든 유정(有情)·유상(有相)이야, 필경 한바탕의 웃음거리밖에 더 될 게 무엇이며, 만고의 청산도 영겁(永劫) 속에서는 한 개의 부유(浮遊)하는 먼지나 다름없지 않으랴 싶다.

꼬장꼬장한 유학자로서, 평소에는 허무적멸지교(虛無寂滅之敎)로 경원해 오던 불교이건만, 파직·유배·투옥 등 기구간난(崎嶇艱難)한 환로역정(宦路歷程)을 수없이 겪어 온 탓일까? 이 범경에 들러 문득 불교적 세계관에 개안(開眼)이라도 한 듯, 이처럼 탄식함이 마치 머지않아 그에게 닥칠 원사(冤死)의 비운을 예감이라도 한 듯하다.

무릇 모든 시가 대개 그러하듯, 특히 한시에 있어서는, 사람들이 다투어 기억하려는 경인구(驚人句) 한두 구만 있으면 전편은 절로 명시 대우를 받게 된다.

春陰欲雨鳥相語 老樹無情風自哀

이 시의 이 연구(聯句)야말로 진작부터 이 시를 만구(萬口)에 오르내리게 한 명구다.

정두경(鄭斗卿)은, 그의 문장을 당대의 제일이라고 한 최간이(崔簡易)·권석주(權石洲)의 평에 동조하면서, 특히 그의 시는, 강서시파(江西詩派)에 듦 직한 천하의 기재(奇才)라고 칭찬했다. 여기서 '강서시파'라 함은 송(宋)의 황정견(黃庭堅)을 종사로 한 진사도(陳師道) 등 25인을 일파로 한 시파의 이름이다.

김창협(金昌協)은, "그는 뛰어난 천재로서, 사물에 구애됨이 없어, 시어가 청혼(淸渾)하고, 격력(格力)이 종일(縱逸)하여, 흥미가 집중하는 데 이르러서는 천진난만한 시정이 맑게 넘치어 억누르지 못하는 듯하니, 이쯤 되고 보면 황정견·진사도도 자기네 울타리 안에 붙잡아 두려고 할 만하지 않겠는가" 하며, '해동강서파'의 맹주(盟主)임을 시인했다.

신위는 그의《논시절구》에서 읊었다.

해동에도 강서파 시인 있으니
'늙은 나무 봄 그늘'의 읍취헌이라.

海東亦有江西派　老樹春陰挹翠軒

| 박은(朴誾, 1479~1504, 성종 10~연산군 10) 학자. 자 중열(仲說). 호 읍취헌(挹翠軒). 본관 고령(高靈). 15세 때 이미 문장에 능숙하여, 대제학 신용개(申用漑)의 인정을 받아 그의 사위가 되었다. 홍문관 수찬, 경연관 등 역임. 유자광(柳子光)의 모함으로 파직, 후에 재등용, 갑자사화로 유배, 이어 사형. 3년 후 신원. 시문에 특출했다. 저서에《읍취헌유고》가 있다.

택지에게

박은

아침에 마누라가
귀띔하기를
도가지에 새 술이
갓 익었다나!

혼자서야 흥겨움
다 못하겠기,
이렇게 기다리네.
자네 오기를 ─.

山妻朝報我　小甕釀新醅
獨酌不盡興　且待吾友來
〈雨中感懷有作投擇之〉

評說 박은이 그의 친구 이행(李荇)에게 보낸 술 초대장이다.
독작(獨酌)을 이백이야 잘도 하더라만, 일반적으로야 술 대
하면 친구 생각이 앞서게 마련이지. 권필도 친구 없이 마시는 술을

擇之(택지) 용재(容齋) 이행(李荇)의 자(字).
山妻(산처) 산촌에서 자란 아내. 자기 아내의 겸칭.
小甕(소옹) 작은 독. 독새끼. 도가지. '도가지'는 '독아지'. '아지'는 '아이(兒)'의 뜻으로,
송아지, 망아지, 강아지의 '아지'와 같다.

한탄하여 :

逢人覓酒酒難致　벗 만나 술 찾으면 술을 못 얻고
對酒懷人人不來　술 대해 벗 그리면 벗이 안 오네.
百年身事每如此　한 평생 이내 일이 매양 이러니,
大笑獨傾三四杯　허허 웃고 기울이네, 혼자 서너 잔—.

　가까운 거리의 친구끼리 술 초대하는 일이야 항다반한 일이지만,
이런 시 쪽지의 초청을 받으면 어찌 반각인들 지체할 수 있으랴? 하
기야 송강은 :

재 너머 성권농 집에 술 익단 말 어제 듣고
누운 소 발로 박차 언치 놓아 지즐 타고
아이야. 네 권농 계시냐? 정좌수 왔다 하여라.

　이렇게 능청 부려 참을성을 과시하기도 했더라만, 어디 다 그러랴?
　본 시는 본래 오언율시인 것을 평설자가 임의로 후반부만 초해
낸 것이다. 생략된 전반부는 다음과 같다.

早歲欲止酒　젊어선 술을 끊자 한 적 있지만,
中年喜把杯　중년부턴 기꺼이 잔을 잡나니,
此物有何好　이 물건이 뭐길래 이리 좋은지
端爲胸崔嵬　가슴속 응어리 그 때문이리—.

醱(발) 발효(醱酵)의 뜻.
醅(배) 술이 다 익음.

'가슴속 응어리'란 가슴에 쌓인 울분 덩어리, 요새말로 스트레스다. 술을 자주 찾게 된다는 것은 울분이 잦기 때문으로 술은 곧 응어리를 삭이는 영약과도 같아서이다.

이 전반부는 대작(對酌)하는 동안의 한담(閑談) 거리로 아주 적격일 것 같다. 따라서 이는 한 수의 율시로 태어났다기보다는 차라리 전후반으로 나누어진 두 수의 절구로 보고 싶은 것이다.

술 초대의 시 쪽지로서는 저 백낙천(白樂天)이 유십구(劉十九)에게 보낸 것을 빼놓을 수 없지.

綠螘新醅酒　　갓 익은 동동주
紅泥小火爐　　화로엔 이글이글
晚來天欲雪　　눈발 선 이 밤
能飮一杯無　　한 잔 않으련가?
〈問劉十九〉

쌀구더기 동동 뜨는 오려주 갓 익었고,
오목한 질화로엔 숯불이 이글이글
오스스 눈발선 저녁 한 잔 생각 어떤가?

※ **백거이(白居易)** 중당(中唐)의 대시인. 자는 낙천(樂天). 호는 향산(香山). 저서에 《백씨문집(白氏文集)》 시 약 2,800수.

劉十九(유십구) 미상. '十九'는 배항(排行).
綠螘(녹의) 푸른 술구더기. 동동주 위에 뜨는 삭은 쌀 껍질.
紅泥(홍니) 붉은 진흙. 여기서는 이글거리는 숯불.
晚來(만래) 저녁 무렵. '來'는 조자(助字)
※ **눈발 서다** 눈이 곧 내릴 듯한 날씨.

죽음에 임하여

조광조

나라 걱정하길
집같이 했고,
임금 사랑하길
아비같이 했느니,

저 밝은 태양이
붉은 이 맘을 비춰,
소소히 이 땅에
내리는도다.

憂國如憂家　　愛君如愛父
白日照丹衷　　昭昭臨下土
〈臨命詩〉

 귀양 간 곳 능주(綾州)에서, 다시 사약을 받고 지은 임사시
(臨死詩)이다.
　국가의 근심을 내 사가(私家)의 근심과 다름없이 여겨 왔고, 임금

丹衷(단충) 열렬한 충성심. 단심(丹心).
昭昭(소소) 대단히 밝은 모양.
下土(하토) 땅. 대지(大地). ↔ 상천(上天).

님 사랑하기를 내 아버지 사랑하듯 충성을 다해 왔건만, 필경 나라의 근심을 제거하지도 못한 채, 간신들의 농간이 성총(聖寵)마저 흐리게 하여, 이제 사약을 받게 되니, 이런 원통함이 어디 또 있으리요?

  그러나 보라. 저 백일(白日)의 밝으나 밝은 빛이, 이 땅에 내리비추어, 나라와 임금을 위한 나의 붉은 충성심을, 이리도 소소(昭昭)히 밝혀 주고 있는 것을— 나의 충성은 하늘이 알고, 땅이 알고, 천지신명이 다 아는 바임을—.

  이에 앞선 능주에서의 귀양살이 시를 함께 옮겨 본다.

誰憐身似傷弓鳥   뉘 가련타 하리? 화살 맞은 새 신세를—.
自笑心同失馬翁   말〔馬〕 잃고야 후회하는 이 심사 가소롭다.
猿鶴定嗔吾不返   저들께로 아니 온다 원학들은 성내련만
豈知難出覆盆中   어찌 알랴? 엎어진 독 안 벗어날 길 없는 줄을—.
〈綾城謫中〉

조광조(趙光祖, 1482~1519, 성종 13~중종 14) 자 효직(孝直). 호 정암(靜庵). 본관은 한양. 중종 때 등제하여 대사헌에 이름. 구폐(舊弊)를 급진적으로 개혁하려 하다가, 훈구파(勳舊派)에서 일으킨 기묘사화로 능주(綾州)에 귀양 갔다가 이어 사사(賜死)되었다. 문묘에 배향. 저서에 《정암집》이 있다. 시호는 문정(文正).

신륵사에서 비에 갇혀

신광한

좋은 비, 날 붙들어 놓고
짐짓 개지 않으니,
진종일 창 너머로
강물 소리를 듣네.

산비둘기는
봄소식을 알리느라
산살구꽃 가지에 앉아
구우구우 울고 있네.

好雨留人故不晴　隔窓終日聽江聲
斑鳩又報春消息　山杏花邊款款鳴
〈阻雨宿神勒寺〉

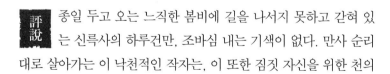 종일 두고 오는 느직한 봄비에 길을 나서지 못하고 갇혀 있
는 신륵사의 하루건만, 조바심 내는 기색이 없다. 만사 순리
대로 살아가는 이 낙천적인 작자는, 이 또한 짐짓 자신을 위한 천의

阻雨(조우) 비에 길이 막혀 갇힘.
神勒寺(신륵사) 경기도 여주의 남한강가에 있는 절.
斑鳩(반구) 산비둘기.
款款(관관) 새 우는 소리.

(天意)로 받아들여, 오히려 태평스럽다.

빗물에다 눈·얼음 녹은 물로, 도화수(桃花水) 넉넉히 불어난 남한
강은, 오랜만에 잠겼던 노래 목도 트이어, 봄을 찬미하는 합창인 양
맑고 밝고 부드러운 강물의 화음은, 종일 들어도 물리지가 않는다.

게다가 뜰 가에 둘러 있는 산살구나무에는 가지마다 탐스러이 살
구꽃이 벙그는데, 수시로 날아드는 산비둘기는 봄소식을 전하느라
구성지게 울고 있다.

축복으로 내리는 비, 풍요로이 혜택을 나르고 있는 강물, 영광으
로 찬란한 산살구꽃, 안도와 소망을 심어 주는 산비둘기……. 평화
로운 기상이 온 누리에 흐무뭇하다.

신광한(申光漢, 1484~1555, 성종 15~명종 10) 문신. 자 한지(漢之). 호 기재(企
齋)·낙봉(駱峰). 본관 고령(高靈). 숙주(叔舟)의 손자. 대제학, 좌·우찬성 등 역
임. 문장에 능하고, 필력이 뛰어났다. 기묘사화(己卯士禍) 때 조광조 일파로
몰려 여주에 퇴거하였다가 돌아왔다. 저서에 《기재집》, 《기재기이(紀異)》 등
이 있다. 시호는 문간(文簡).

김공석의 옛집을 지나며

신광한

당시에 쫓겨난 이
몇이나 살았는고?
봄바람에 말 세우고
홀로 애를 끊나니 —.

가랑비 흩내리는
개현산 한식 길에
차마야 못 들을레
석양 마을 피리 소리 —.

當時逐客幾人存　立馬東風獨斷魂
煙雨介山寒食路　不堪聞笛夕陽村
〈過金公舊居有感〉

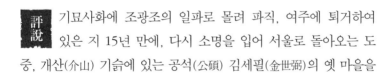

기묘사화에 조광조의 일파로 몰려 파직, 여주에 퇴거하여
있은 지 15년 만에, 다시 소명을 입어 서울로 돌아오는 도
중, 개산(介山) 기슭에 있는 공석(公碩) 김세필(金世弼)의 옛 마을을

逐客(축객) 쫓겨난 나그네. 유배된 사람.
煙雨(연우) 안개처럼 내리는 비. 가랑비.
不堪聞笛(불감문적) (슬퍼서) 차마 피리 소리를 들을 수 없음.

지나게 된 것이다.

김세필은 작자보다 11년 선배로서, 갑자사화 때 거제도에 유배되었다가 중종반정 후 풀려나, 대사헌·이조참판을 거쳐 사은사(謝恩使)로 북경에 다녀온 그해 겨울, 기묘사화에 조광조를 사사한 중종의 잘못을 규탄하다 유춘역(留春驛)에 장배(杖配)되었던 수난동지(受難同志)의 한 사람이다. 그러나 그는 이미 이 세상 사람이 아니다. 하기야 기묘사화 당시 파직·유배·극형된 무수한 사람 가운데 지금 살아 있는 사람으로 나 말고 몇 사람이나 있을 것인가? 대부분 이미 공석과 함께 유명을 달리하고 있지 않은가?

이날은 한식날이다. 춘추 시대 진(晉)의 충신 개자추(介子推)가 개산(介山)에 숨어 살다 억울하게도 불에 타 죽은 날이다. 작자는 공교롭게도 바로 이 한식날, 중국의 개산 아닌, 우리나라 개산 기슭의, 개자추에 비견될 충신 김세필의 옛 마을을 지나고 있는 것이다.

변덕스러운 세태인정을 보여 주듯, 가랑비 자욱이 내리며 간간이 여우볕 나 비치는 석양, 이제는 이미 고인이 된 수난동지의 옛 마을에, 한 과객이 되어 봄바람에 말을 세우고, 조곡(弔哭)을 아뢰는 듯 구슬픈 단장(斷腸)의 피리 소리를 들으며, 착잡한 무한 감개에 젖고 있는 작자이다.

'한식 > 개산 > 개자추 > 김세필'의 일련의 연쇄상 연상(連鎖狀聯想)이 자연스러운 가운데, 이미 가고 없는 그 임을 그리는 비회(悲懷)를 '煙雨·夕陽·피리 소리'가 부추기고, '東風'이 "春草年年綠 王孫歸不歸"(王維)의 감회를 북돋우고 있다.

돈재(遯齋) 성세창(成世昌)은, 이 시의 '介山'이란, 그날이 한식이라 막연히 고사의 산명을 인용했을 뿐, 우리나라에 실재하는 산은 아니려니 하면서도, 미심쩍어, 사람을 보내어 알아보게 하였던바, 김공의 옛 집 가까이 '개현(介峴)'이라는 산이 있음을 확인하고는,

과연 따를 수 없는 대수(大手)로다 하며, 크게 감탄했다는 이야기가 임경(任璟)의 《현호쇄담(玄湖瑣談)》에 전해 온다.

그길로 광나루에 이르렀는데, 나룻배 안에서 문득 바라본 삼각산의 옛 얼굴이 하도 반가워 칠절(七絶) 한 수를 또 읊으니:

외론 배로 광나루 밖 내쳐진 몸이
아니 죽고 15년 만에 다시 왔어라!
나는 보니 아는 얼굴 정에 겹다만
청산이야 알아주랴? 그 옛날 나를—.

孤舟一出廣陵津　十五年來未死身
我自有情如識面　青山能記舊時人
　　　　　〈船上望見三角山有感〉

스스로 마음 달래며

김정

후미진 바닷가라
늘 음침한데,
거친 마을 진종일
부는 물바람…….

봄 온 줄 알아
꽃 절로 피고
밤들면 허공에
달도 뜨건만,

고향 생각은
천산 밖이요,
남은 목숨은
외딴 섬이라.

하늘이야 응당
정했을 운명
막다른 골 통곡은
뭐라 하리요?

海曲恒陰翳　荒村盡日風
知春花自發　入夜月臨空
鄕思千山外　殘生絶島中
蒼天應有定　何用哭途窮

〈遣懷〉

評說 기묘사화로 제주도에 위리안치(圍籬安置)되었을 때의 지음
이다. 귀양살이의 풀 길 없는 심사를 스스로 달래며, 안심입
명(安心立命)을 다짐하는, 작자의 다잡은 마음씨가 엿보인다.

　바람 많은 제주도의 어느 후미진 바닷가의 황량한 촌락이다. 이
런 외진 곳에도 봄 온 줄 알아 저절로 피어나는 꽃, 밤이면 밤 든 줄
알아 허공에 떠오르는 달! 이 봄 저 꽃들 고향에도 피어 흐드러지
고, 이 밤 저 달은 고향 하늘에도 밝아 있으련만……. 꽃이 붉을수
록 달이 밝을수록 상심만 더해 가는 배소(配所)의 화월(花月)이다.

　이 3·4구의 경상(景狀)은, 다시 5·6구의 정황(情況)으로 전환되

※《충암집》에 보면, 이 시의 제하(題下)에 '경진년(1520) 3월 상순 지음'으로 세주(細
　注)가 붙어 있으니, 기묘년(1519) 8월 22일 제주에 도착·위리안치된 지 7개월 된
　때이다.

海曲(해곡) 바다의 굽어든 곳.

陰翳(음예) 침침한 그림자. 어둑어둑함.

荒村(황촌) 황폐한 마을.

盡日(진일) 진종일.

殘生(잔생) 남은 목숨. 멀지 않은 생명.

絶島(절도) 육지에서 멀리 동떨어져 있는 섬. 절해고도(絶海孤島).

蒼天(창천) 푸른 하늘. 여기서는 사람의 운명을 맡은 주재자(主宰者).

應有定(응유정) 응당히 (운명을) 정해 두었을 것임.

何用(하용) 어찌하여 ……하랴? 하지 않겠다는 반어.

哭途窮(곡도궁) 막다른 길에서 통곡함.

어, 천산만운(千山萬雲)을 격한 절해고도(絶海孤島)에서 향사에 젖어 있는, 얼마 남지 않은 목숨의 자화상을 스스로 바라보는 장면으로 이어져 있다.

이 원죄(冤罪), 그 귀결(歸結), 그것은 다 천운의 소치라 체념하고, 터져 나오는 통곡을 눌러 삼키며, 의연한 자세를 가다듬는 작자이다. 그러나, 그 삼켜 뭉개는 통곡은, 차라리 터뜨리지 못하는 아픔 속에 더욱더 비통의 도를 더해 가고 있음을 어이하랴? 유자(儒者)의 꼿꼿한 지성은, 그런 무너져 가는 자신을 용서하지 않고 있다. 오직 의(義)에 서서 성(誠)을 다해 온 지난 일들을 자부하며, 생사포폄(生死褒貶)에 초연히, 떳떳한 종말을 맞으려는 마음의 자세가 7·8구에 우뚝하다.

그 우뚝한 정신은, 그의 〈길가의 소나무〉에서도 또한 뚜렷이 나타나 있음을 본다.

바닷바람 불어 갈 제
그 소리 비장(悲壯)하고
산달〔山月〕 돋아 올 젠
여윈 그림자 성기어라!
오직 지심(地心)에 이른
곧은 뿌리 있기에
눈서리도 그 품격
해치진 못함일레.

海風吹去悲聲壯　山月高來瘦影疎
賴有直根泉下到　雪霜標格未全除
　　　　　　　　〈題路傍松〉

《패관잡기(稗官雜記)》에서 어숙권(魚叔權)은, 충암(沖菴)이 그 생질에게 답한 편지를 인용, 소감을 말한 데가 있다.

"'골육과는 멀리 동떨어지고, 친지와는 아득히 멀어졌으며, 옛날 함께 놀던 친구들은 이미 세상을 하직한 이가 많다. 하늘가의 외로운 몸이 되어, 이 원통한 일을 당하게 되니, 평소의 마음가짐으로는 기꺼이 천리(天理)에 순종하지 아니함이 없었으나, 홀연 생각이 이에 미치면, 또한 창연(悵然)히 서글퍼짐을 어찌할 수 없구나' 하였으니, 내 매양 이 글을 읽다가 여기에 이르면, 문득 책을 덮고 눈물을 흘리곤 한다. 아아. 슬픈지고!"

마침내 사사(賜死)로 끝난 이 원죄! 어느 뉘 이 썩은 한 시대를 저주하며 탄식하지 않으리!

다음에 그의 명작으로 평판되어 오는 시 두 편을 더 옮겨 덧붙인다.

도심 스님에게

해 질 녘 비로봉 꼭대기의
동해 아득한 먼 하늘이여!
푸른 바위에 불빛 두드려 잠자고
소매 나란히 이내 속을 내려오다.

賴有(뇌유) ~이 있음으로 해서. 곧 ~에 힘입어.
泉下(천하) (1)지하(地下). (2)황천의 아래. 여기서는 (1)의 뜻.
標格(표격) 높은 품격(品格).

落日毘盧頂　東溟杳遠天
碧巖敲火宿　聯袂下蒼烟
〈贈僧道心〉

강남

강남 설핏한 꿈 고요한 한낮
시름은 꽃을 따라 날로 더하네.
쌍제비 오자마자 봄은 가려나
보슬비에 살구꽃 주렴에 지네.

江南殘夢晝厭厭　愁逐年芳日日添
雙燕來時春欲暮　杏花微雨下重簾
〈江南〉

敲火宿(고화숙) 어두운 밤, 등불 비치는 문을 두드려 하룻밤을 유숙함.
厭厭(염염) 고요한 모양.
年芳(연방) 봄철의 아름다운 꽃을 이름.
重簾(중렴) 겹으로 된 주렴. 겹발.

| **김정(金淨, 1486~1521, 성종 17~중종 16)** 학자·문신. 자 원충(元冲). 호 충암(冲菴). 본관 경주(慶州). 대사헌, 형조판서 등 역임. 조광조(趙光祖)와 더불어 지치주의(至治主義)로 많은 업적을 남겼다. 을사사화 때 투옥, 금산에 장배(杖配), 다시 제주에 위리안치(圍籬安置), 후에 사사되었다. 시문은 물론 그림에도 뛰어났다. 저서에 《충암집》, 《제주풍토록》 등이 있다. 시호는 문간(文簡).

외딴 섬에서

김정

묻는 이 하나 없는 외딴 이 섬의
가시 둘린 방 안의 외로운 이 몸!

꿈에서도 변방임을 알고 있나니
동자가 친형젠 양 의지롭구나.

시름과 병 공교로이 백발을 빚고,
찬바람에 겨울옷도 받지 못해라!

그리운 이 마음 저 달과 같아
하늘 끝 이 멀리서 부쳐 보내네.

絶國無相問　孤身棘室圍
夢知關塞近　僅作兄弟依
憂病工侵鬢　風霜未授衣
思心若明月　天末寄遙輝
〈絶國〉

評說 기묘사화로 제주도에 위리안치(圍籬安置)되었을 때의 유배
시(流配詩)이다. '이 어인 일이냐?'고 위문해 주는 이 하나
없는 절해고도(絶海孤島), 가시덩굴로 에워싸인 오두막집! 어쩌면

꿈에나마 자유로운 몸이 되어 고향으로 달릴 직도 하건마는, 꿈에서조차 둘러 놓은 가시 담을 벗어나지 못하는 이 죄인은, 딸려 온 동자 아이가 마치 친동생처럼 정겹게 여겨져 외로운 마음을 의지하고 싶어진다. 얼마나 진솔한 고백이며 눈물겨운 인정이런고!

시름과 병은 교묘하게도 흰 머리카락을 빚어내고, 날씨가 추워졌건만, 미처 겨울옷도 받지 못한 경황없는 처지이다. 저 달은 유정도 하여 두고 온 고향, 그리운 가족을 새삼 간절케 하니, 이 먼 먼 하늘 끝에서 한 가닥 가엾은 심사를 달빛에 부쳐 보낼 뿐이다.

絕國(절국) 멀리 떨어져 있는 곳. 절경(絕境). 여기서는 절도(絕島).

無相問(무상문) 위문하는 사람이 없음. '相'은 조자(助字)로 쓰인 것.

棘室(극실) 가시나무가 둘려 있는 집.

關塞(관새) 국경의 요새(要塞).

僮(동) 동자(童子). 심부름하는 사내아이.

依(의) 의지(依支). 기대고 싶은 마음이 됨. 신뢰(信賴)하여 도움을 받고 싶어지는 마음.

工侵鬢(공침빈) 교묘하게 귀밑머리를 침범하여 머리를 세게 함.

未授衣(미수의) 아직 겨울옷을 받지 못함. 겨울 날 준비도 되어 있지 않음을 이름. '授'는 '受'와 통자(通字). '授衣'는 겨울옷을 준다는 뜻으로, 음력 9월의 딴 이름.

외기러기

소세양

여뀌꽃도 이울어진 저무는 강 하늘을,
갈바람에 임 부르는 외로운 그림자여!
어디라 향해 가는고? 구름 만 겹 물 만 겹을—.

蕭蕭孤影暮江潯　　紅蓼花殘兩岸陰
謾向西風呼舊侶　　不知雲水萬重深
〈題尙左相畫雁軸〉

 한때 온 강기슭을 붉게 물들였던 여뀌꽃도 이제는 볼품없이
시들어 가는 가을도 늦가을, 해는 저물어 어둑어둑 천지에
황혼이 가득한데, 홀로 우두커니 강가에 서서, 울며 가는 기러기 소

尙左相(상좌상) 명종 때 좌의정을 지낸 명상(名相) 상진(尙震)을 이름.

畫雁軸(화안축) 기러기를 그린 족자.

蕭蕭(소소) 쓸쓸함.

孤影(고영) 외로운 그림자.

暮江潯(모강심) 해 저문 강가.

紅蓼花(홍료화) 붉은 여뀌꽃. '殘'은 쇠잔(衰殘)함. 이욺.

陰(음) 그늘짐. 어둑어둑함.

謾(만) '漫'의 뜻으로, '함부로, 덮어 놓고, 막연한 채로, 하염없이' 등의 뜻.

西風(서풍) 가을바람. 갈바람.

舊侶(구려) 옛 짝.

雲水(운수) 구름과 물.

萬重(만중) 만 겹.

리에 귀를 재면서, 그리운 이를 그리고 있는 작자이다.

가을바람 허전히 설레는 빈 하늘에, 옛 짝을 찾아 끼룩끼룩 하염 없이 불러 대는 쓸쓸한 그림자의 외기러기! 구름 만 겹 물 만 겹의 하늘 한 가에, 어디로 향해 가야 그를 만나나? 그 또한 저를 찾아 저 하늘 어느 모퉁이에서 애타게 소리소리 불러 대고 있을 그 임을 ―.

외로움은 생(生)의 본래적(本來的)인 것이요, 이별이란 만남에 이 미 배태된 숙명적인 결과이며, 그리움은 이별의 후유증으로 끝내 못 잊어하는 내부 연소의 모닥불이다.

저 외기러기의 애타게 우는 소리는, 이산가족의 처절한 절규 바 로 그것이기도 하다.

이제신(李濟臣)의 《청강시화(淸江詩話)》에 보면, 이 시는 작자가 호남에 은퇴하며 있을 때, 당시의 좌상이던 상진(尙震)이 김시(金禔) 의 갈대 그림과 기러기 그림의 두 족자를 두고 화제(畫題)를 지어 달라 청하기에, 절구 두 수를 지어 돌려보냈다는, 그 두 수 중의 하 나로서, 필경 자신의 옛 친구에 대한 간절한 그리움을, 기러기에 기 탁한 절창으로 호평받아 오는 작품이다.

| **소세양(蘇世讓, 1486~1562, 성종 17~명종 17)** 문신. 자 언겸(彦謙). 호 양곡(陽 谷)·퇴휴당(退休堂). 본관 진주(晉州). 대제학, 우찬성 등 역임. 중종 말년 대윤 (大尹) 윤임(尹任)의 전횡으로 은퇴. 문명이 높았다. 율시에 뛰어났으며, 글씨 도 잘 썼다. 저서에 《양곡집》이 있다. 시호는 문정(文靖).

능금꽃 낙화

심언광

홍백꽃이 봄을 이끌어
늙은 가지에 올라 피니
눌 위해 야인의 집을
이리 단장해 꾸미느뇨?

깜짝 놀란 삼경 비바람이
욕질 고래고래 북새 떨어 쌓더니
나무마다 가득하던 능금꽃을
다 떨어뜨려 놓았구나!

朱白扶春上老柯　爲誰粧點野人家
三更風雨驚㒵偄　落盡來禽滿樹花
〈來禽花落〉

評說 초야에 묻혀 사는 한 야인을 위하여, 천자만홍(千紫萬紅)으로 정원을 꾸며 주는 봄의 배려에, 분외의 복을 누리는가 하였더니, 진실로 호사다마(好事多魔)런가?

朱白(주백) 홍백색(紅白色)의 꽃. 흰 바탕에 붉은색의 수가 놓인 듯한 능금꽃을 형용하여 이른 명사.
扶春(부춘) 봄을 도움. 봄을 모시어 옴.
老柯(노가) 늙은 나무의 가지.

심술궂은 꽃샘 비바람이 그예 투심(妒心)을 대발(大發)하여 한밤
중에 광란(狂亂)을 시작했다. 상스러운 욕지거리로 고래고래 떠들
어 대며 북새를 떨어 대던 풍우의 난동! 아침에 나와 보는 이 어이
없는 참상! 나무마다 가득하던 능금꽃이 모조리 생으로 떨어져 있
는 난장판이다.

그처럼 따뜻하고 마음씨 곱던 봄바람 봄비가, 하룻밤 사이에 사
나운 복면(覆面)으로 돌변하여, 이렇게도 무참히 악을 저질러 놓을
줄이야! 봄바람의 두 얼굴, 봄비의 양면성, 무방비로 당하고 난 배
신감! "번수작복수우(飜手作雲覆手雨)"(杜甫)의 인정 세태와도 같아,
허탈감에 잠기는 작자이다.

그가 모함을 입어 함경도 관찰사로 좌천되어 가는 도중의, 좌절
과 비탄에 빠져 있던 〈영동역〉의 하룻밤을 옮겨 본다.

은총(恩寵)에든 치욕에든
놀라워 삼갈지나
영락(零落)한 몸 어느 곳에
남은 생을 붙일런고?

하늘가 지는 해는
고향 그리는 눈물이요,
변새(邊塞) 밖 늦은 가을은
서울 떠난 정일레라.

粧點(장점) 꾸미어 단장함.
孱僽(잔추) 심한 욕설로 꾸짖음.
來禽花(내금화) 능금꽃. 임금화(林擒花).

어지러이 나는 낙엽
산은 적적 어두운데,
나직이 돋는 달에
바다가 외려 밝다.

이밤사 나그네 시름
이리도 어지러우니
푸른 등불 마주 앉아
밤을 꼬박 지세우네.

寵辱悠悠兩自驚　飄零何處著殘生
天邊落日懷鄕淚　塞外窮秋去國情
雲葉亂飛山盡黑　月輪低照海全明
羈愁此夜偏多緖　坐對靑燈到五更
〈嶺東驛〉

寵辱悠悠兩自驚(총욕유유양자경) 달인(達人)은 화복의 이치에 통달해 있으므로, 총애를 입음이 치욕에 처해질 근본임을 알기 때문에, 이를 얻고도 기뻐하지 않고 두려워하여 경계하고 삼가며, 치욕에 처해져서도 같은 마음가짐을 한다는 뜻. 노자(老子).
悠悠 (유유) 근심하는 모양.

| **심언광(沈彦光, 1487~?, 성종 18~?)** 문신. 자 사형(士炯). 호 어촌(漁村). 본관은 삼척(三陟). 이조판서, 우참찬 등 역임. 한때 김안로(金安老)의 모함으로 함경도관찰사로 좌천되기도 했다. 문장에 뛰어났다. 저서에 《어촌집》이 있다. 시호는 문공(文恭).

회포를 적음

서경덕

글 읽던 그 당시의 품었던 큰 뜻
안회(顔回)마냥 가난도 달게 여겼네.

부귀는 다툼 많아 손댈 수 없고
임천(林泉)은 임자 없기 몸을 맡겼지.

나물 뜯고 고기 낚아 배를 채우고
달 읊고 바람 읊어 기를 펼쳤네.

학문에 의혹 없고 마냥 기쁘니,
백 년 인생 헛됨은 면한 듯하이.

讀書當日志經綸　歲暮還甘顔氏貧
富貴有爭難下手　林泉無禁可安身
採山釣水堪充腹　詠月吟風足暢神
學到不疑知快活　免教虛作百年人
〈述懷〉

 免教虛作百年人!

인간이 살기 시작한 이래로 죽음에 임하여 이렇듯 흐뭇한 생각을 자신 있게 말할 수 있었던 사람이 몇이나 있었을까? 한 생애를 회고하여 아무런 가책도 회한도 없이, 진실로 사람답게 살다 가노라고 할 수 있는 사람은, 그야말로 보람 있게 산 사람, 가장 행복한 사람이 아닐 수 없다.

필생토록 행해 온 그의 높은 덕행, 일점의 의혹도 없는 그의 깊은 학문, 한껏 겸손하면서도 당당한 이 한 마디! 실로 화담다운, 아니 화담이고서야 능히 말할 수 있는 술회라 할 만하다.

시 전편이 자초지종 거리낌이 없고, 억지스러운 데가 없다. 부귀는 다투는 사람이 많아 아예 손대려 하지 않았고, 대자연은 아무도 금하는 사람이 없기에 그쪽을 택했다는, 2연도 그러려니와, 그 자연 속에서 자연물을 먹으며, 자연을 노래하며 자연의 대기(大氣)를 향수(享受)하여, 신기(神氣)를 활짝 펴고 살아온 제3연의 내용, 그 모두가 너무나 순리롭고 자연스러워, 생애 자체가 유수와 같다. 산골짜기에서 발원한 실개천에서 개울물 되고, 시냇물 되고, 냇물 되고, 강물 되어 바다에로 질펀히 흘러드는 전 과정을 일모에 굽어보는 듯 순리롭다.

顔氏(안씨) 공자의 수제자인 안회(顔回)를 이름. 자는 안연(顔淵). 집이 몹시 가난하여 끼니를 잇지 못할 때가 많았으나, 오직 학문의 즐거움 속에 노하는 일이 없었다 한다.
下手(하수) 여기서는 손을 댐. 곧 일을 시작함.
免敎(면교) ~로 하여금 ……를 면하게 함. '敎'는 사동(使動).

| **서경덕(徐敬德**, 1489~1546, 성종 20~명종 1) 학자. 자 가구(可久). 호 화담(花潭). 본관 당성(唐城). 벼슬에 뜻을 두지 않고, 성리학 연구에 전념하여, 이기일원론(理氣一元論)을 체계화하였으며, 도학을 비롯, 수학, 역학(易學) 등의 연구에 한 생애를 보냈다. 저서에 《화담집》이 있다. 시호는 문강(文康).

화담 별서

서경덕

화담의 한 간 초가
신선 집인 양 소쇄하다.

창 열면 산들 모여들고
베개맡에는 샘물의 노래.

골이 깊으니 바람이 맑고
땅이 외지니 나무도 활개 훨훨……

그 어름에 어슬렁 거니는 이 있으니,
맑은 아침 글 읽길 좋아한다네.

花潭一草廬　瀟灑類僊居
山簇開軒面　泉絃咽枕虛
洞幽風淡蕩　境僻樹扶疎
中有逍遙子　淸朝好讀書
〈山居〉

 주제는 산거 한정(山居閑情)이다.
1연은, 화담에 마련한 화담 별서의 탈속(脫俗)한 듯 쇄락(灑
落)함이요,

2연은, 기거좌와(起居坐臥)에 시청(視聽)되는 자연의 즐거움이다. 마치 부챗살이 사북으로 모여들듯, 모든 산의 능선들이 한곳으로 달려오는 구심점(求心點)의 유일한 요처(要處)에 위치한 초가, 창을 열면 삼면의 산들이 가르침을 청하는 제자들처럼 문하(門下)에 무릎을 모아 들고, 베개를 높이 하여 누웠으면, 개울물의 맑은 소리는 자연의 음악인 양 청아한 가락이 끊이지 않는다.

　3연은, 유벽(幽僻)한 환경의 무애자득(無碍自得)한 자연물에다 넌지시 부친 작자의 생활 풍도이다. '風淡蕩'의 '風'은, 만물 생장의 광풍(光風)이자, 청심염담(淸心恬澹)한 덕풍(德風)의 함축이며, '樹扶疎'는 기축(氣縮) 없이 쭉쭉 뻗은 지기(志氣), 천부대로 보전된 성정(性情)의 우의(寓意)이다.

　4연은, 이러한 대자연 속에 유유자적하며 독서에 심취하여 있는 유자(儒者)의 은서 생활을 객관화한, 작자의 자화상이다.

　한마디로, 성정정득(性情正得)의 진경(眞境)에 든 듯, 청신전아(淸

山居(산거) 산중에 은거함.
花潭(화담) 개성(開城) 동문 밖에 있는 지명이자, 작자의 호.
草廬(초려) 초가(草家).
瀟麗(소쇄) 기운이 맑고 깨끗함.
僊居(선거) 신선이 사는 곳. 僊=仙.
山簇(산족) 산들이 한 곳으로 모여듦.
軒面(헌면) 전면의 창(窓).
泉絃(천현) 샘물 소리를 거문고 가락에 비겨 이른 말.
咽(열) 목이 멤. 목 놓아 욺. 여기서는 구성진 가락으로 노래 부름.
枕虛(침허) 베개맡. 침변(枕邊). 침두(枕頭).
洞幽(동유) 골짜기가 깊숙함.
淡蕩(담탕) 맑고 화창함.
境僻(경벽) 지경이 한쪽짐.
扶疎(부소) 나뭇가지가 사방으로 흰칠하게 뻗은 모양.
逍遙子(소요자) 유유자적(悠悠自適)하는 사람.

新典雅)한 격조 높은 시품(詩品)이다.

허균(許筠)의《성옹지소록(惺翁識小錄)》에 이런 이야기가 있다. 황진이(黃眞伊)가 평생에 화담을 사모하여, 술과 거문고를 가지고 화담 별서를 찾아가서는 마음껏 즐겁게 놀다 가곤 했다. 그녀는 늘 말하기를 "지족노선사(知足老禪師)는 삼십 년 면벽수도(面壁修道)를 했어도 나한테 무너졌지만, 오직 화담 선생만은 여러 해를 가까이 지내 왔어도 끝내 문란한 데는 이르지 않았으니, 이분이야말로 참다운 성인이다"라고.

이리하여 진이는, 화담과 자신에다, 자연물인 박연폭포(朴淵瀑布)를 배석시켜 '송도삼절(松都三絶)'이란 익살을 부리기도 했던 것이었다.

밤 대에 앉아

정사룡

연무 아스라이
끝없이 넓은 물가
바닥 모를 깊은 소의
천길 대 위에 앉다.

산 나무들 왁자하더니
바람 한 떼 지나가고,
여울물 소리 문득 거세지더니
달만 외로이 매달려 있어……

한평생 쓸쓸함이
알괘라, 뉘 탓인 줄.
늘그막의 비틀걸음
스스로 가엾어라!

못 벗는 벼슬자리
이 한 몸 놓여나서
고래 탄 이 사라진 길
하늘에나 물으랴?

煙沙浩浩望無邊　千仞臺臨不測淵

山木俱鳴風乍起　江聲忽厲月孤懸
平生牢落知誰藉　投老迍邅祇自憐
擬着宮袍放身去　騎鯨人遠問高天

〈後臺夜坐〉

 깊은 밤 아득한 우주 공간의 한 위치에서, 자신의 한 생애를
회상(回想)하는 침사고려(沈思苦慮)이다.

1연은, 깊은 소의 높은 대에 등림(登臨) 조망(眺望)하는 호망(浩
茫)한 야경이요, 2연은, 불현듯 인생을 생각케 하는, 외로움을 일깨
우는 밤의 분위기이다. 3연은, 한평생 쓸쓸함을 떼치지 못하는 과거

煙沙(연사) 연무가 끼어 있는 모랫벌.

浩浩(호호) 한없이 넓은 모양.

千仞臺(천인대) 천 길이나 되는 높은 대.

不測淵(불측연) 깊이를 헤아릴 수 없는 깊은 못.

臨(임) 다다름. 도달함.

俱鳴(구명) 여럿이 동시에 떨리어 욺.

風乍起(풍사기) 바람이 갑자기 잠깐 동안 일어남.

忽厲(홀려) 갑자기 거세짐.

月孤懸(월고현) 달이 외로이 천공에 매달려 있음.

牢落(뇌락) 적적함. 불행함.

投老(투로) 노년에 이름.

知誰藉(지수자) 알괘라 누구의 탓인지. 곧 자기 탓임을 알겠다는 뜻. '藉'는 '因'의 뜻.

迍邅(둔전) 길이 험하여 나아가지 못해 애먹는 모양.

祇自憐(지자련) 다만 스스로 가엾이 여김.

擬着(의착) '凝着(응착)'의 유오(類誤)일 듯. 엉겨 붙어 떨어질 수 없음.

宮袍(궁포) 조복(朝服).

放身去(방신거) 몸을 빼내어 놓여 감. 곧 관직에서 놓여 떠나감. 《호음집》에는 '身'이 '舟'로 되어 있으나, 이 또한 유오일 것이다.

騎鯨人(기경인) 고래를 타고 하늘로 올라간 사람. 이백(李白)을 이름.

※원시는 허균의 《국조시산》에 따랐다.

에의 자성(自省)과, 늘마에 차질(蹉跌)을 빚고 있는 현재에의 자련(自憐)이요, 4연은, 지향할 길 없는 미래에의 민회(悶懷)이다.

이 시의 안목은 2연으로, 일찍이 호음에게서 두시(杜詩)를 배우던 이익지(李益之)가, 어느 날 스승의 평생 득의작(得意作)을 물었더니, 호음은 서슴없이 이 시의 연구인 "山木俱鳴風乍起 江聲忽厲月孤懸"을 들더라는 일화가 있다. 일생의 회심작(會心作)으로 자천(自薦)한 구인 만큼, 이에 대해서는 진작부터 그 성가(聲價)가 매우 높다.

"온 산의 나무들이 일시에 떨어 우는 왁자한 소리가 들려오더니, 이윽고 한 떼의 바람이 문득 나를 스쳐 지나간다"는 전구는, 소리의 현장과 작자가 앉아 있는 후대와의 공간적 위치 차(位置差), 그리고 풍속·음속의 시간적 속도 차에서 오는, 인과(因果)의 계기(繼起) 현상이다. 인(因)과 과(果) 사이에 시차(時差)가 있어, 과를 당하고서야 비로소 인의 정체를 깨달아 알게 되는, 일종의 '엉뚱의 멋'마저 곁들여져 있는, 현장감 넘치는 사실(寫實)이다. 낮이었다면 한 비탈의 나무들이 몸을 뒤틀며 모든 잎들이 비늘처럼 허옇게 뒤집혀, 구름 그림자 지나듯 쓸어 가는 광경만으로도, 바람의 노정(路程)을 육안으로 역력히 추적할 수 있었겠으나, 지금은 밤이다. 다만 나무들이 왁자하게 떨어 우는 그 소리를 들을 뿐, 이윽고 나를 뒤흔들며 불어 가는 일단(一團)의 바람을 겪으면서야 비로소 '山木俱鳴'케 한 정체가 바람의 소행이었음을 깨닫게 된 경위이다. 당시는 몰랐던 것, 지난 뒤에야 비로소 깨닫게 되는 인생사 또한 그러하지 않을는지?

'여울 소리 문득 거세지더니, 달이 외로이 걸려 있다'의 후구는 심리적으로 계기(繼起)하는 인과의 날카로운 기미(機微)의 포착이다. '여울 소리가 갑자기 거세게 들린 것'은, 여울 소리의 복수 음파의 파고(波高)가 겹쳐, 이른바 '산(山)'을 이룰 때 나타나는 실제적 증폭(增幅) 현상으로 볼 수도 있으나, 그 갑자기 거세짐으로 말미암아, 전신적인 관심이 청각으로만 집중되었던 나머지라, 상대적으로 소외되거나 도외시되었던 시각적인 '달'에의 동정적 감정에서 그것이 '외롭게' 보였음 직도 하다.

그러나 그보다는 오히려 다음의 경우가 아닐까 싶다. 곧, 한동안 외로움에 젖는 골똘한 침사(沈思)로 말미암아, 의식의 역외(閾外)로 밀려났던 여울 소리가, 침사에서 벗어나는 순간, 다시 회복된 청각적 각성으로, 갑자기 돋들리게 된 심리적 현상이다. 그리하여 그 한동안 외로움에 젖어 있던 상념 속의 감정이, 시각적 각성에서 다시 비치게 된 '달'에게로 이입(移入)된, 미묘한 심리적 계기 현상이라 할 수 있을 것 같다.

이는 다음 연에서 보아 더욱 그 개연성이 짙으니, 곧 지난날의 불미한 일들로 하여 좋지 못한 세평(世評)에 외로이 몰리고 있는 늘그막의 자신이, 스스로 가엾게 바라보이는 그러한 눈에 비친 달인지라, 달 또한 외롭게 보였을 듯, 더구나 아득한 허공에 매달려 있는 것처럼 보이는 '孤懸'의 달이고 보면, 그것은 만월(滿月)이 아닌 현월(弦月)일 것이며, 그것도 해사하게 야위어 가는 하현(下弦)의 달일시 분명하니, 호망한 우주 공간에 오직 깨어 있는 존재로서, 여기 이 퇴조(退潮)해 가는 늘그막의 '나'와, 저기 저 야위어 가는 '달'로 이어지는 '외로움'의 감정은 동병상련(同病相憐)의 자연스러움일 뿐이다.

한편, '왁자한 바람 소리'나 '갑자기 거세진 여울 소리'에는, 변해진 세태인정, 떠들썩한 세간의 여론 등의 뉘앙스마저 풍겨 나고 있음을 느낀다.

그러고 보면, 고래를 타고 하늘로 올라갔다는 전설의 이백(李白)처럼, 이 속세를 시원스럽게 벗어나 우화등선(羽化登仙)하는 길은 없을까 하는 애달픔도 없지 않다.

호음의 이 연구(聯句)에 대해서는 역대의 여러 명가의 평 또한 적지 않았다.

제호(霽湖) 양경우(梁慶遇)는 말했다. "'木落俱鳴夜雨來'는 간재(簡齋)의 구요, '灘聲忽高何處雨'는 오융(吳融)의 구인데, 호음이 이를 원전무결(圓轉無缺)하게 새로 빚어낸 것이다"라고 ─.

그러나 보라. 그 인과(因果)하는 방향이 호음의 구와는 순역(順逆)이 바뀌어 있고, 호음의 구에서 가장 매혹적 요소인, '인과로 계기(繼起)하는 시차(時差)의 묘(妙)'와 '심리적으로 계기하는 인정(人情)의 기미'가 전이자(前二者)에는 결여되어 있으니, 단순한 글자 몇 자의 우합(偶合)으로, 마치 같은 혈통인 양 소자출(所自出)을 따지려는 일은, 부회(附會)의 혐이 없지 않다.

서포(西浦) 김만중(金萬重)은 조석설(潮汐說)을 빌려, 여울 소리가 갑자기 거세짐은 물이 달의 인력으로 끌리게 되어, 밀물로 부풀어 들기 때문이라고 풀이했는데, 그 과학적인 비평 정신은 좋으나, '忽厲'의 '忽(갑자기)'의 현상을 풀 수 없으니, 이 또한 적중한 풀이라고는 할 수 없다.

지봉(芝峰) 이수광은, '강물 소리가 홀연히 거세지는 것'과 '달이 외로이 걸려 있는 것'과는 서로 아무 관련이 없는 별개의 사실이므로 연결이 되지 않는다고 나무랐는가 하면, 허균(許筠)은 그가 편찬한 《국조시산(國朝詩刪)》에 이를 선입(選入)하면서, 이 시의 이 연은 이 책 중의 압권이라고 절찬했다.

백곡(栢谷) 김득신(金得臣)은 일찍이 황강역(黃江驛)에서 하룻밤을 묵는데, 밤중에 문득 여울 소리가 몹시 거세게 들려오기에, 문을 열치고 내다보니, 기울어져 가는 달이 외로이 허공에 걸려 있어, 불현듯 호음의 시구가 떠올라, 재탄(再歎) 삼탄(三歎) 그저 감탄해 마지않았다고 했다.

자하(紫霞)는 그의 《논시절구》에서, 위의 사실들을 종합하여 다음과 같이 읊었다.

'여울 소리 홀연 거세지더니
달이 외로이 걸려 있어'를
호음의 압권이라 허균은 허(許)하였고,
체험으로 실감한 백곡 김득신은
황강의 하룻밤을 뜬눈으로 새웠다네.

江聲忽厲月孤懸　　早許湖陰壓卷篇
實踐眞知金栢谷　　黃江一夜不成眠

| 정사룡(鄭士龍, 1491~1570, 성종 22~선조 3)　문신. 자 운경(雲卿). 호 호음(湖陰). 본관 동래(東萊). 대제학, 공조판서 등 역임. 노수신(盧守愼), 황정욱(黃廷彧)과 함께 삼대가로 일컬어지는 시단의 노장으로, 시문은 물론 음률, 글씨 등에도 뛰어났으나, 이양(李樑)의 일당으로 몰려 삭직됐다. 저서에 《호음잡고(湖陰雜稿)》, 《조천일록(朝天日錄)》 등이 있다.

무위

이언적

만물이 때를 따라
변천하듯이
이 몸도 한가로이
자적(自適)하노라.

몇 해째 애쓰는 맘
점차 줄어져
길이 청산 대할 뿐
시도 안 짓고……

萬物變遷無定態　一身閒適自隨時
年來漸省經營力　長對靑山不賦詩
〈無爲〉

만물이 변천커니 때 따라 노니는 몸,
연래 점차로 세사에 무심하여
청산을 길이 마주해 시도 짓지 않아라!

評說 기구는 작자의 세계관이요, 승구는 그의 인생관이다.
천지 자연의 만물로서 때의 흐름에 따라 변천하지 않는 것
이라고는 없다. 그러므로, 변천하는 자연 이세에 순응하는 일이야

말로 인간의 취할 도리라는, 합리론적 논리이다. 이는 공자의 천상지탄(川上之歎)과도 부합하며, 좀 과장해 말한다면 여천지동조(與天地同調)요, 여자연합일(與自然合一)의 경지이기도 하다.

전구(轉句)는 결구의 인(因)으로, 각고근념(刻苦勤念)하여 뜻하는 바를 기어코 성취하려던 젊은 시절의 그 고집스럽던 의욕도 점점 줄어져, 이제는 다만 청심염담(淸心恬澹) 순리자적(順理自適)의 대범한 심경에 이르렀음이다.

결구는 승구의 부연이요, 전구의 과(果)이나, 실제로는 이 시의 안목(眼目)이요 진수(眞髓)로서, 기·승·전구는 이 결구를 도출하기 위한 전제였다 해도 과언은 아니다.

長對靑山不賦詩!

이는 산을 읊은 고래의 많은 시가 중에서도 단연 경인구(驚人句)이다. 그것은 진실로 산을 좋아하는 무아(無我)의 경지에서니, 이백(李白)의

無爲(무위) 사리(事理)를 거슬러 가며 억지로 이루려 하지 않음.
變遷(변천) 변하여 옮음.
定態(정태) 일정한 상태.
閒適(한적) 한가로이 자적(自適)함.
隨時(수시) 때를 따름.
年來(연래) 여러 해 전부터.
漸省(점생) 점차 줆.
經營力(경영력) 사물을 다스려 영위(營爲)하는 힘. 여기서는 성취하려는 의욕.
賦詩(부시) 시를 지음.
※ **무심(無心)** 마음에 잡념이 없음. 곧 명리(名利) 따위에 사심(邪心)이 없음.

마주 보아 서로 싫지 않은 인
경전산뿐이로고!

相看兩不厭　只有敬亭山

나, 도잠(陶潛)의

동쪽 울 밑에 국화를 따다
느직이 남산을 바라보노라.

採菊東籬下　悠然見南山

또는, 왕안석(王安石)의

진종일 바라봐도 산은 안 물려
그 한 자락 사 가지고 그 속에 늙었으면 ─.

終日看山不厭山　買山終待老山間

이 다 그러한 심경이었으리라. 그 심경은, 후인인 윤선도(尹善道)의
시조:

잔 들고 홀로 앉아 먼 메를 바라보니,
그리던 임이 오다 반가움이 이러하랴.
말씀도 웃음도 아녀도 못내 좋아하노라.

에서 보듯, 까닭 없이 좋아지는 산이다. 길이 청산을 바라보며 청산과 마주앉은, 잔잔하고도 담담한 정관(靜觀)의 세계! 구구히 시를 짓는다는 수고로운 작업은 속자(俗子)들이나 할 일이다. 무위무작위(無爲無作爲)로 '長對靑山'하고 있는, 그 사무사(思無邪)한 시간의 성역(聖域)에서, 드디어는 자아마저 망각한 청산에의 몰입(沒入), 자연에의 합일(合一)의 경지에 도달한, 작자의 염연(恬然)한 옆모습이 보이는 듯 거룩하다.

'인자요산(仁者樂山)'에 대하여, "어진 사람은 의리에 근본하여, 마음이 중후하여 변치 않음이 산과 같으므로 산을 좋아한다(仁者 安於義理 而厚重不遷有似於山 故樂山)"라고 풀이한 《논어집주(論語集註)》의, 그 무슨 복잡한 등식(等式)을 풀 듯한 주석보다는, '仁者樂山'의 까닭을 묻는 자장(子張)에게 '우뚝 높기 때문(巍然高)'이라고 답한 공자의 한 마디야말로 긍경(肯綮)을 맞힌 말이 아니던가. 이는 마치, '왜 산에 오르느냐?'는 물음에 '산이 거기 있기 때문'이라고 한 대답만큼이나 엉터리 같은 속에 진실을 꿰뚫은 명답이 아닐 수 없다. 이 결구는 진실로 성정의 바른 데서 근본한, 사무사의 경지에 이른 이로서야 얻을 수 있는 무작위의 명구이다.

이 시는 낙천지명(樂天知命)의 경지에 도달한, 인격적으로 가장 원숙한 만년의 지음인 듯, 양진(養眞)·거경(居敬)·궁리(窮理)를 필생의 업으로 하는 성리학자로서는, 다소 우유(優柔)·안한(安閒)에 흐른 감이 없지 않다는 평도 있으나, 근엄(謹嚴) 일변도로 굳어지기 쉬운 도학자적 기질을 이처럼 부드럽게, 또 진솔하게 피력할 수 있었음도, '一身閒適自隨時'의 원만구족(圓滿具足)한 자적(自適)의 경지에서야 가능했으리라 싶다.

이수광은 《지봉유설》에서 "어의(語意)가 심히 고아(高雅)하여, 구구하게 시를 짓는 사람의 미칠 바가 아니라"고 평하고, 그는 또,

만물이 때를 얻어 제각기 즐기거니
이 한 몸도 분에 따라 시름없어라.

萬物得時皆自樂 一身隨分亦無憂

맑은 성품 참 기운 길러 얻으면,
이 한 몸도 또한 요순(堯舜)이려니……
待得神淸眞氣養 一身還是一唐虞

등을 아울러 보면, 선생의 양심(養心)한 바를 알 수 있겠다, 라고 말했다.
신위는 그의 《논시절구》에서 다음과 같이 읊었다.

회재는 사장(詞章)에 뜻을 안 두어
'길이 청산 대할 뿐 한 구도 없어'
일념으로 양진한 선생을 보면
그 '한 몸 다시 또한 요순이려니……'

| 이언적(李彦迪, 1491~1553, 성종 22~명종 8) 문신·학자. 자 복고(復古). 호 회
재(晦齋). 본관은 여강(驪江). 사간(司諫) 재직 시 김안로(金安老)의 등용을 반대
하다가 그 일당에 의해 파직된 뒤, 경주 자옥산(紫玉山)에 들어가 성리학 연구
에 전심했다. 김안로 일당이 거세된 후 재등용, 좌찬성, 원상 등 역임했으나,
윤원형(尹元衡) 등의 모함으로 강계(江界)로 유배, 그곳에서 생애를 마쳤다.
성리학자로서 퇴계의 사상에 큰 영향을 주었다. 저서에 《회재집》 등이 있다.
문묘에 배향. 시호는 문원(文元).

晦齋不屑學操觚　　長對靑山一句無
好向先生觀所養　　一身還有一唐虞

산중 즉흥

이언적

비 오고 난 산중에 물소리 왁자한데,
난간에 홀로 비겨 진종일 흥얼흥얼
평소에 딱 싫기야 시끄러운 곳이지만
다만 물소리만은 번거롭지 않아라!

앞산 달빛 청신함을 누운 채로 바라보니
하늘이 이 밤을 시켜 이 나를 달램인가?
묵은 병도 사라진 듯 정신이 개운하여
가슴속이 탁 트이네. 한 점 티끌도 없이 ㅡ.

그윽한 새소리에 낮 꿈이 느직 깨여
바위 위 흰 구름을 한가로이 쳐다본다.
몇 해째 세상일엔 도무지 뜻이 없고
오히려 마주 대하는 푸른 산이 좋아라!

雨後山中石澗喧　沉吟竟日獨憑軒
平生最厭紛囂地　惟此溪聲耳不煩

臥對前山月色新　天敎是夕慰幽人
沉痾忽去神魂爽　胸次都無一點塵

幽鳥聲中午夢闌　臥看巖上白雲閑
年來世事渾無意　吾眼猶宜對碧山
〈山中卽事 三首〉

 시조 가락으로 다시 고쳐 읊어 본다.

비 온 뒤의 개울 소리 시를 섞어 읊조리니,
평소에 귀찮은 것 시끄러움였건마는,
오히려 물소리만은 물리지가 않아라!

청신한 앞산 달빛 누운 채 바라보니
앓던 병 문득 낫고 정신이 상쾌하다.
가슴에 티끌 없으니 하늘 뜻을 알꽤라!

새소리에 낮잠 깨니 흰 구름도 한가롭다.
몇 해째로 세상일엔 애쓸 마음 전혀 없어
차라리 서로 맞보는 푸른 산이 좋아라!

石澗(석간) 돌이 많이 깔린 산골짜기의 시내.
沉吟(침음) 속으로 시를 읊조림. 침음(沈吟).
憑軒(빙헌) 헌함에 기댐.
紛囂(분효) 어지럽고 시끄러움.
敎(교) ……로 하여금 ~되게 함.
幽人(유인) 은거하는 사람. 은사(隱士).
沉痾(침아) 오래된 병.
胸次(흉차) 가슴속. 흉금(胸襟).
渾無意(혼무의) 전혀 뜻이 없음.

·   끝으로, 평설자도 한 마리 덧붙인다.

물소리 속 시 읊으니 시도 씻겨 백옥일다.
세심대(洗心臺)에 씻은 마음 세상일에 뜻이 없어
말없이 청산 마주해 청산이랑 닮아 가네.

다음에 선생의 〈임거십오영(林居十五詠)〉 중의 한 수를 아울러 옮
겨 둔다.

운천(雲泉)에 집 지은 지
세월이 오랠러니
손수 심은 송죽
다 숲을 이뤘구나.

안개·놀 아침저녁
새 모습도 갖가지나
다만 저 푸른 산만은
예나 다름없어라!

卜築雲泉歲月深   手栽松竹摠成林
烟霞朝暮多新態   唯有靑山無古今
                        〈感物〉

꿈에 뵙는 어머님

이언적

고향 천 리 동떨어진 이 후미진 국경 마을
백발 어머님을 꿈속에 가 뵈올 줄이야!
맛난 것 드리리라, 침상 옆에 모셨는데,
놀라 깨니 귀양살이 찬방에 누워 있네.

변방의 달을 보며 옷 적신 적 몇 번인고?
꿈에서나 침소에로 자주 달려가 보이네.
놀라 깨어 하소해도 하늘은 말없으니,
감천(感天)하지 못하는 맘 애달플 뿐이어라!

남쪽은 산만 첩첩 천이요 또 만인데,
어머님 뵈올 길이 꿈 아니면 어이하리?
문득 깨니 그 모습 아득히 가려지고,
적막한 한창(寒窓)에는 새벽달만 해사하다!

窮陬千里隔家山　　夢裏依然鶴髮顔
欲獻旨甘留寢側　　忽驚身臥塞垣寒

天涯見月幾霑衣　　夢魂頻馳省寢闈
驚起籲天天漠漠　　自嗟誠未格玄微

南望千山復萬山　只憑魂夢見慈顏
覺來驚起儀形隔　寂寞寒牕曉月殘
〈夢省萱闈 三首〉

 강계(江界) 유배지에서의 꿈 이야기다. 세 수의 꿈이 각각 따로따로다.

강계는 일부가 압록강에 면한 국경 지대의 오지 마을이다. 고향인 경주와는 남쪽 끝이요 북쪽 끝이다. 무고한 죄에 얽혀 이 하늘 끝으로 원찬(遠竄)되어 왔음이 통탄스러운 일이나, 그런 중에서도 일념 걱정되는 일은 칠순 어머님이 이 판국에 어찌 지탱하시는지 늘 마음을 안절부절못하게 한다.

매양 그리워, 남쪽 하늘을 바라보노라면 산만 첩첩 아득하다. 그것도 서울을 중간 지점으로 하여 서울까지가 천산이 첩첩이요, 서울서 고향까지는 더욱 아득하여 다시 만산이 첩첩이다. 그래서 '南望千山復萬山'이다.

잠만 들면 꿈을 꾸게 되고, 꿈만 꾸면 어머님께로 가 보인다. 그러나 꿈은 덧없기만 하여, 눈 떠 보면 싸느란 빈방 안에 홀로 덩그러니 누워 있는 자신을 발견하게 되기도 하고, 때로는 적막한 서창

夢省(몽성) 꿈에 부모님을 뵈옴.
萱闈(훤위) 어머니가 거처하는 곳. 훤당(萱堂). 북당(北堂). 자당(慈堂).
窮陬(궁추) 궁벽한 마을. 국경 지대의 외진 마을.
塞垣(새원) 국경 지대의 성. 여기서는 귀양살이로 지정된 처소.
旨甘(지감) 맛있는 음식. 자식이 어버이를 섬기는 음식. 감지(甘旨).
寢闈(침위) 침소(寢所). 침실(寢室).
籲天(유천) 하늘을 부르짖음. 하늘에 하소연함. 호천(呼天).
誠未格玄微(성미격현미) 정성이 하늘에 이르지 못함. 지성감천(至誠感天)의 경지에 미치지 못함. '玄微'는 하늘을 이름.

에 지새는 달빛이 외로운 형해(形骸)를 해사하게 비춰 주고 있기도
한다. 정성이 못 미치어 감천(感天)하지 못하는 자신을 늘 안타까워
할 뿐이다.

선생의 효성과 우애는 남달랐을 뿐만 아니라, 대인관계에 있어서
도 너무나 인간적이었다. 어머니를 모시고 있는 그 아우 농재(聾齋,
李彦适)와 수작한 시가 60여 수인데, 그 모두가 정에 넘치는 절절한
터회(攄懷)이며, 또한 그때마다 어머니에 대한 그리움과 걱정과 죄
스러움이 곁들여 있으니, 어머니에 언급되어 있는 시는 백여 수에
달한다.

57세에 귀양 떠나 그 이듬해에 어머니의 부보(訃報)를 받게 되고,
63세 때 아우 농재공의 부문을 들었으며, 그해 11월에 유배지에서
한 생애를 마치니, 7년 귀양살이의 단장(斷腸)의 충곡(衷曲)이야 어
이 다 이르리요?

원숭이

나식

늙은 원숭이
무리를 잃고
저문 날 외로운
뗏목 위에
고개도 안 돌리고
오똑이 앉아
일천 산 산울림에
귀를 재는고!

老猿失其群　落日孤査上
兀坐首不回　想聽千峰響
　〈題畫猿〉(《長吟亭集》張 5)

評說 동류에서 격리된 한 가없은 늙은 원숭이가, 해도 저문 외진
강굽이를 하염없이 떠내려가는 뗏목 위에 오똑이 앉아, 고
개도 옴쭉 않은 채, 깊은 사념에 잠겨 있다.

老猿(노원) 늙은 원숭이.
兀坐(올좌) 오똑하게 앉음.
首不回(수불회) 고개를 돌리지 않음.
想聽(상청) 마음속으로 들음.
千峰響(천봉향) 일천 봉우리에서 울리는 산울림. 대자연의 태고연한 음향.

이제는 이미 멀어진 청산 시절을 회상하고 있음인가? 만학천봉에
메아리져 오는 산울림 — 허허로이 봉만(峰巒)을 주름잡아 끝없이
번져 가는 시원(始原)의 태허성(太虛聲)에서, 야생(野生)의 고장, 청
산에의 향수에 젖어 있음이리라.

　이는 원숭이를 그린 그림의 화제(畵題)이나, 실은 늙은 원숭이에
우의한 작자 자신의 자화상이다. 가족은 물론 친지·동지들에게 격
리되어, 함거(檻車)에 실려 온 유배지(流配地), 사고무친(四顧無親)
한 역외절지(域外絶地)에 위리안치(圍籬安置)되어 있는 자신이야말
로, 어디로 흘러가는지도 모르는, 이 운명의 뗏목을 탄 늙은 원숭이
와 다를 것이 없다. 유형(流刑), 유배(流配)의 '流'와, '孤査'의 '떠내
려감'이 은연중 상응하고 있음을 본다.

　여기서 잠시 짚고 넘어가야 할 일은 '孤査'의 뜻이다. '査'는 '부
목(浮木)', '뗏목', 또는 '그루터기'다. 깊은 산중 나무를 베어 낸 밑
동인 한 그루터기 위에 마치 로댕의 '생각하는 사람'처럼 사념에 잠
겨 있는 원숭이로 보아도 역시 훌륭한 한 편의 시임에 틀림없다. 그
러나, 이미 유형으로 청산을 하직하는 처지로서는, 전기와 같이 떠
내려가고 있는 나무토막이나 '뗏목'으로 봄이 더욱 시경에 적합한
풀이가 되리라 본다.

　아무튼, 이런 원죄(冤罪)에 처해 있는 주인공이기는 하나, 한갓
감상에만 젖어 있는 것은 아니다. 그의 정의와 불의에 대한 평소의
신념은 추호의 굽힘도 없는 '兀坐首不回'의 자세다.

　끝구는 밀물처럼 밀려드는 그리움의 여울 소리다. 두고 온 산하!
지난 한평생 종횡으로 얼기설기 맺어진 인연들! 눈에도 삼삼커니
귀에 쟁쟁한 그 모든 사연들이 복음(複音)으로 증폭(增幅)되어 천리
원지(千里遠地)로 울려 옴일까? 또는 속으로 속으로 터져 오르는 소
리 없는 통한(痛恨)의 절규가 천산만학(千山萬壑) 굽이굽이 메아리

져 오는, 그 원통해함을 마음의 귀로 청각하고 있는 것인지도 모른
다. 혹은 지공무사(至公無私)한 천리(天理)는 필경 사필귀정(事必歸
正)으로 대명하(大明下)에 밝혀 주리란 신탁(神託)이라도 환청(幻聽)
하고 있는 것일까? 아니면 천지의 무심함과 인생의 허무함을 새삼
느꺼워하고 있음인지도 모를 일이다.

외면 묘사의 전 3구는, 내면 표현의 후 1구를 위한 전제였으니,
이 결구의 무한 함축은 음미할수록 그 여운이 그지없다. 마침내 배
소(配所)에서 사사(賜死)당한 그의 슬픈 운명을 예감이라도 한 듯한
서글픈 음향이 더욱 그렇다.

이보다 앞서, 이미 정정(政情)이 혼미해 가고, 인심이 술렁거리
는 낌새를 느낀 작자는, 일찌감치 은퇴하려는 마음을 먹은 적도 있
었다.

창강에 해 저무니
하늘이 차고 물결이 인다.
외로운 배 일찌거니 닻 내릴 것이
밤들면 풍랑 더욱 심해질세라!

日暮滄江上　　天寒水自波
孤舟宜早泊　　風浪夜應多
〈閑中偶吟〉《長吟亭集》張 3〉

그러나 밤은 의외로 빨리 닥치어, 인종(仁宗)이 승하하고 문정왕
후(文貞王后)가 수렴청정(垂簾聽政)하는 사이, 대소윤(大小尹)의 불
화가 펼치는, 을사사화(乙巳士禍)의 사나운 풍랑으로, 미처 정박(碇
泊)도 하지 못한 채, 배는 그예 침몰되고 만 셈이다.

위의 〈題畫猿〉과 〈閒中偶吟〉의 작자를, 남용익(南龍翼)이 그의 시
선집인 《기아(箕雅)》에서, 원정(猿亭) 최수성(崔壽峸)으로 지목하는
바람에, 이후의 모든 선집들이 이를 따르고 있으나, 허균의 《국조시
산》에서만은 바르게 되어 있다. 이는 아마도 두 분의 생애가 서로
비슷한 데다, 최수성의 호가 '猿亭'인 데서, 착오의 단서가 잡히게
된 것이 아닌가 여겨진다.

| **나식**(羅湜, ?~1546, ?~명종 1) 학자. 자 장원(長源). 호 장음정(長吟亭). 본관
안정(安定). 조광조(趙光祖), 김굉필(金宏弼)의 문인. 음보로 능참봉이 되었다가
을사사화(乙士士禍) 때 파직, 흥양(興陽)에 유배, 이듬해 강계(江界)에 위리안치
(圍籬安置)된 뒤 사사(賜死). 선조 1년(1568) 신원. 저서에 《장음정집》이 있다.

고향 가는 친구를 보내고

임억령

강 달은 둥글었다
이지러졌다,
뜰 매화도 졌다간
또 다시 피고…….

봄은 와도 간다 간다
못 돌아가고,
부질없이 망향대에
혼자 올라라!

江月圓還缺　庭梅落又開
逢春歸未得　獨上望鄕臺
　　　　〈送白光勳還鄕〉

評說 달은 둥글었다 이지러졌다 하는 사이 한 달 두 달 세월은 가고, 매화는 졌다 다시 피고 하는 사이 한 해 두 해 사람은 늙어 가는데, 명년 봄에는 기어코 돌아가리라 맹세해 놓고도, 번번이 그 봄도 못 돌아가는 봄으로 허송해 온 지 몇 봄이었던가?

의기양양 날아갈 듯 귀향하는 같은 고향 친구 백옥봉을 부러운 듯 전송해 놓고는, 낙오된 듯 허전한 그 마음 달랠 길 없어 부질없이 망향대에 올라, 아득히 고향 하늘 바라보며 홍얼홍얼 홍얼거린다. 그 흥얼거리며 이룬 것이 바로 이 시이다.

함께 변방에서 종군하다 고향으로 돌아가게 된 친구를 전송하면서 읊은, 당시인 잠삼(岑參)의 시가 연상된다.

이 외진 하늘 밖에서 돌아가는 그 친구는	疋馬西從天外歸
말채찍 높이 날려 새랑 다퉈 사라졌네.	揚鞭只共鳥爭飛
구월달 교하 북에 보내고 홀로 서서	送君九月交河北
눈 속에 시(詩) 쓰려니 눈물도 하염없다.	雪裏題詩淚滿衣

〈送人還京〉

| **임억령**(林億齡, 1496~1568, 연산군 2~선조 1) 자는 대수(大樹). 호는 석천(石川). 본관은 선산(善山). 문과. 강원도 관찰사, 담양 부사 등 역임. 저서에《석천집》이 있다.

※ p. 617 백광훈 참조.

낙화암

홍춘경

나라는 파망하고
산하는 바뀌어도
강 달은 홀로 남아
차고 기울기 몇 번이런고?

꽃 떨어진 바윗가에
꽃은 외려 제 있으니
당시의 비바람으로도
넋만은 앗지 못했던가 보군!

國破山河異昔時　　獨留江月幾盈虧
落花岩畔花猶在　　風雨當年不盡吹
〈落花岩〉

 유구한 자연에 비친 인사의 무상을 감개하며, 낙화암에 져
간 삼천 방혼(芳魂)을 조상(弔喪)함이다.
　백제가 망한 뒤에도 저 달이야 예런 듯 보름달이다가 그믐달이다

國破(국파) 나라가 파망(破亡)함.
異昔時(이석시) 옛날과 다름.
江月(강월) 강에 비친 달. 강달.
盈虧(영휴) 참과 이지러짐. 영허(盈虛).

가 끝없는 영휴(盈虧)를 거듭하는 가운데, 천 년 세월은 물 흐르듯 흘러간 것이다. 한 국가의 흥망 따위에 아랑곳없는 대자연 앞에 인간의 허망한 역사가 새삼 느껍다.

백제 최후의 그 모진 비바람에, 꽃다운 나이, 꽃같이 아름다운 삼천 미녀들이, 꽃잎처럼 우수수 떨어져 간 바위 낙화암! 그 낙화암 바위틈에 그녀들의 넋인 양 저렇게 피어 있는 풀꽃들!

그처럼 모진 폭풍우로도, 그녀들의 육신은 앗아 갔어도, 그 꽃다운 넋은 앗지 못했기에, 해마다 봄이면 저렇게 꽃으로 되피어나는 넋들이 아닌가?

'落花岩畔花猶在'의 전후의 '花'를 동일 의미로 관념하고 있는 이 작자는, 당시의 처절했던 낙화 광경을 마음 사이 그리면서, 가련한 그녀들의 안쓰러운 죽음을 못내 마음 아파하고 있는 것이다.

※ 이 시는 낙화암 위의 백화정(百花亭)에 시액(詩額)으로 걸려 있다.

落花岩(낙화암) 백제가 망하던 날, 삼천 궁녀가 이 바위에서 백마강(白馬江)에 투신했다는 데서 이름 지어진, 부여 부소산(扶蘇山) 서편의 절벽으로 된 바위 이름.
風雨(풍우) 비바람. 여기서는 변란(變亂). 상란(喪亂).
當年(당년) 백제가 망하던 그 당시.
不盡吹(부진취) 다 불어 떨어뜨리지 못함.

| **홍춘경(洪春卿, 1497~1548, 연산군 3~명종 3)** 문신. 자 명중(明中). 호 석벽(石壁). 본관 남양(南陽). 좌승지, 이조참의 등 역임. 시문과 글씨에 능했다.

꿈을 깨어

성효원

마음속 그리던 임
꿈속에 만나
서로 여윈 옛 모습
바라만 보다
깨고 나니 이 몸은
누에 있다만
빈 강엔 바람 치고
산엔 달 지네.

情裏佳人夢裏逢　相看憔悴舊形容
覺來身在高樓上　風打空江月隱峯
　　　　　〈院樓記夢〉

評說 시란 시적 감동을 언어화한 것이라고 간단히 말해 치울 수
도 있다. 그러나, 자칫 표현 한계를 극복하지 못한, 선부른
언어화로 그 감동을 해체(解體)하다가는 거의 반실(半失)하기 십상
이다. 그러므로, 가능한 대로 가슴속에 서리어 뭉키는 몽롱하고도

院樓(원루) 원의 다락. '院'은 역(驛)과 역 사이에 공용의 관원을 위해 베푼 국영의 여관.
記夢(기몽) 꿈을 적음.
憔悴(초췌) 파리함. 수척함.
空江(공강) 사람이 없는 적적한 강. 빈 강.

은근한 미분화(未分化) 상태의 감동의 덩어리를 해체되지 않은 덩어리인 그대로, 또 그 식지 않은 열기 그대로, 오히려 언외(言外)에 부쳐 표현될수록 바람직하다 할 만하니, 이 시는 그런 관점에서 보아, 매우 높이 평가될 수 있으리라 본다.

보라. 이 시에서의 시적 감동은, 제1, 2, 3, 4구에 있는 것이 아니라, 오히려 그 후속구라 할 수 있을 제5, 6, 7, 8……구의 무언무문자(無言無文字)에 있으니, 이를 읽지 않고는 이 시를 감상했다 할 수 없다.

'머나먼 길, 날 만나러 임은 왔다가, 어찌하여 그리도 총총히 훌쩍 떠나야 했었던고? 파리하게 여윈 가련한 모습, 그도 나처럼 사모(思慕)에 부대낀 탓이었으리. 쌓인 회포도 많았으련만, 어찌하여 물끄러미 보고만 있었던고? 그때 나는 또 어찌하여 와락 달려가 손 잡아 주지 못했으며, 사무친 말 한 마디 못하였던고? 깨어 보니 이 몸이야 다락 위에 편안히 누워 있다만, 이렇듯 풍랑 심한 빈 강의 사나운 뱃길과, 달도 져 어두운 밤 험한 산길을, 그 서운히 돌린 발길, 차마 어이 돌아가고 있을런고? 이 마음 이리도 아쉽고 후회롭고 애달프거든, 가는 임의 마음이야 오죽하리?'

한밤중 자다 말고 어둑히 일어앉아, '거참! 이상하다.' 못내 그 현몽(現夢)을 해괴로워하면서, 그러나, 이 어둡고 험한 길을, 아직도 돌아가는 데 골몰하고 있을, 애처롭고도 안쓰러운 그 임의 뒷모습이 눈에 사뭇 밟히어, 내내 시름하고 있는 이 알뜰한 정, 우리는 그 정을, 저 '風打空江月隱峯'의 언외구(言外句)에서 역력히 읽어 낼 수가 있다.

'情裏佳人'은, 늘 마음속으로 잊지 못하고 있는 연인, 남편 돌아오기만 간절히 기다리고 있는 아내, 멀리 귀양살이하고 있는 다정한 친구, 또는 이러한 이들로서 이미 유명을 달리한 사람 등, 널리

상상해 볼 수 있는 가운데, 더욱 애절하기야 '죽은 아내'라 봄 직도
하다.

| **성효원**(成孝元, 1497~1551, 연산군 3~명종 6) 문인. 자 백일(伯一). 호 용강어
부(龍江漁夫), 또는 강호산인(江湖散人). 본관 창녕(昌寧). 용인 현령을 지내기도
했으나, 뜻이 강호에 있어, 공주, 인천, 용산 등지에 정자를 세워 자적했다.
시문과 글씨에 뛰어났다.

그리움

청학 대사

산천이 거듭 막혀
차마 슬프다.
하늘 끝 고개 돌려
열두 때여라!

적막한 산창
달 밝은 밤에
한 생각 끝이 나면
또 한 생각이…….

山川重隔更堪悲　回首天涯十二時
寂寞山窓明月夜　一想思了一想思
〈懷人〉

評說　출가승(出家僧)에 있어 '그리움'은 그의 마지막 남은 것의 전
부다. 그리움은 억지로 끊으려면 더욱 감겨드는 것, 그것은
언제나 감미롭고 아름답기까지 하다. 면면이 떠오르는 얼굴과 얼
굴, 얼기설기 깃들어 있는 고운 인정들! 그러나 입산수도의 일차적
과제는, 이 '그리움'이란 무선(無線)의 통로(通路)를 단절하는 데 있

重隔(중격) 여러 겹으로 막힘.

다. 그 버리고 남은 마지막 전부인 그리움을 남김 없이 털고 나서야, 비로소 깨달음의 문턱에 들어설 수 있다는 것이다.

그것은 참으로 잔인한 작업이 아닐 수 없다. 죽어 이별은 차라리 통곡으로 체념이라도 할 수 있지만, 살아 이별은 두고두고 서러운 것, 하루도 열두 때를 어느 한때도, 이 후미진 하늘 한 끝에서, 두고 온 고향 하늘로 고개 돌려 바라보지 않을 때가 없다. 더구나 적막한 절간 방 달 밝은 밤이면 한 가닥 그리움에 무진 애가 끊이다가, 겨우 간신히 놓여나는가 하면, 놓여나기가 바쁘게 또 다른 한 가닥의 그리움에 사로잡히고 만다.

이 인정(人情)과 비정(非情) 사이에서 수도승(修道僧)은 마냥 갈등을 거듭하고 있는 것이다.

| 청학대사(淸學大師) 자는 수현(守玄). 호는 영월(詠月). 서산(西山)의 문인. 속성(俗姓)은 홍(洪).

강정에 누워

조식

강정에 누웠으니
낮꿈이 번거롭다.
몇 겹 구름 산이
도원을 가렸는고?

청옥보다 고운
봄물 살결을
알미워라! 제비는
티를 일구네.

臥疾高齋晝夢煩　幾重雲樹隔桃源
新水淨於靑玉面　爲憎飛燕蹴生痕
　　　　　　　〈江亭偶吟〉

評說 강정 즉사(卽事)이다. 작자는 누차의 소명(召命)에도 아예
벼슬에는 뜻이 없어, 그때마다 병 핑계로 사양하고, 산수간
에 자적하며 학문에만 전념하였으니, 기구의 내용은 바로 저간의

臥疾(와질) 병으로 앓아누움. 여기서는 병 핑계하고 은거하여 있음.
高齋(고재) 높은 집. 여기서는 강정(江亭).
晝夢煩(주몽번) 낮 꿈이 번거로움. 곧 낮잠이 잦음.
幾重(기중) 몇 겹.

사정을 직설적으로 나타낸 것이다. 승구는 자기의 처해 있는 이곳이야말로 별천지인 도원임을 은근히 비친 것이며, 전·결구는 그 도원 일경(一景)의 사실적인 묘사이다.

눈 녹은 봄물은 맑기도 한데, 어느덧 찾아와 재롱부리는 맵시로운 제비의, 그 앙증스러움을 반의적으로 나타낸 '爲憎'의 묘미를 맛볼 것이다. 그리고, 그 '蹴生痕'에서 일파만파(一波萬波)로 번져 나가는 원파(圓波), 원파……!

이런 정겨운 자연 경관 속에 우유(優遊)하고 있는 은자의 한정(閑情)이 행간(行間)에 서려 있음을 본다. 같은 작자의 다음 시조에서 또한 같은 정취를 맛볼 것이다.

두류산(頭流山) 양단수(兩端水)를 예 듣고 이제 보니,
도화(桃花) 뜬 맑은 물에 산영(山影)조차 잠겼세라.
아희야 무릉이 어디뇨? 나는 옌가 하노라.

雲樹(운수) 구름과 나무. 운산(雲山).
桃源(도원) 도잠(陶潛)의 도화원기(桃花源記) 속의 별천지(別天地). 무릉도원(武陵桃源).
新水(신수) 눈·얼음 녹은 물. 봄물. 춘수(春水).
爲憎(위증) 얄미움. '얄미우리만큼 사랑스러움'의 역설적 표현.
蹴生痕(축생흔) 차서 흔적을 냄.

| 조식(曺植, 1501~1572, 연산군 7~선조 5) 학자. 자 건중(楗仲). 호 남명(南冥). 본관 창녕(昌寧). 여러 차례 벼슬이 내렸으나 그때마다 사양하고, 지리산에 은거하여 성리학의 연구와 후진 양성에 전념했다. 대학자로 숭앙되었다. 저서에 《남명집》, 《남명학기(南冥學記)》, 《상례절요(喪禮節要)》, 《파한잡기(破閑雜記)》 등이 있다. 가사 작품에 〈남명가〉, 〈왕롱가(王弄歌)〉, 〈권선지로가(勸善指路歌)〉 등이 있었으나 부전. 시조 세 수가 전한다. 시호는 문정(文貞).

천왕봉

조식

보게나! 천석들이
크나큰 종은
크지 않음 두드려도
소리 없나니,

저 만고의
천왕봉이야
하늘이 울어도
울지 않네라.

請看千石鐘　　非大扣無聲
萬古天王峰　　天鳴猶不鳴
〈天王峰〉

評說　남명 선생의 서식처인 지리산의 산천재(山天齋)에서 바라보
는 천왕봉은, 대칭(對稱)으로 흘러내린 뚜렷한 쌍곡선(雙曲
線)의 하늘선(스카이라인)이 초거대(超巨大)한 종이랑 흡사하다.
　종이란 크면 클수록 그 치는 공이[撞木]도 그에 맞게 커야 소리를

請看(청간) 보기를 청한다는 뜻으로, '보라', '보시오'.
扣(구→고) 두드림. 고(叩)와 통함.

낼 수 있다. 천 섬 곡식이 들 만한 큰 종이면, 그에 걸맞은 큰 공이가 아니고서는 두드려도 소리를 내지 못한다. 저 만고의 크나큰 천왕봉종을 울릴 수 있는 공이는 어떤 공이여야 하랴? 하늘이 찢어지도록 울리는 벼락 천둥에도 천왕봉종은 끄떡도 아니한다.

대장부의 한번 먹은 뜻은, 불가침(不可侵), 불가탈(不可奪)이어서, 여러 차례의 벼슬 유혹에도 초지일관, 뜻을 굽히지 않았던, 태산부동의 기상! 그러한 장부 기상을 우의(寓意)한 내용임 직도 해 보이지 않은가?

달밤에 매화를 읊다

이황

산창에 기대서니 밤기운이 차가워라.
매화 핀 가지 끝에 달 올라 둥그렇다.
봄바람 청해 뭣하리. 가득할손 청향일다.

獨倚山窓夜色寒　梅梢月上正團團
不須更喚微風至　自有淸香滿院間
　　　　〈陶山月夜詠梅〉

 매화는 세한삼우(歲寒三友)의 일원이요, 사군자(四君子)의 으뜸이다.

추위를 무릅쓰고 피어나는, 그 강인하고도 고결한 기품과, 불개정심(不改貞心)의 군자절(君子節)은, 뭇 꽃 가운데 이를 앞설 자가 다시없다.

만뢰(萬賴)가 구적(俱寂)한 밤늦은 시각, 청철(淸澈)한 밤기운이

山窓(산창) 산가(山家)의 창.
夜色(야색) 밤경치. 여기서는 밤기운.
梅梢(매초) 매화나무의 가지 끝.
團團(단단) 원만하게 둥근 모양.
不須(불수) 구하지 않음. 필요하지 않음.
微風(미풍) 실바람. 봄바람.
滿院間(만원간) 집 안에 가득함.

싸느라이 스며드는 산창에 기대어, 갓 피어난 매화를 바라보며 그지없이 흐뭇해하고 있는 작자의 면모가 엿보인다.

마치 매월(梅月)이 서로 약속이라도 한 듯, 달 뜨자 꽃봉지를 터뜨리며 향기를 내뿜는 매화는, 차가운 겨울 달빛에서야만 가장 제격으로 어울림을 보게 된다. 그들의 만남은 밀회(密會)가 아니라, 의기상투(意氣相投)한 천상과 지상의 떳떳한 호응의 장면이다. '월매소영야향문(月梅疎影夜香聞)'이니, '암향부동월황혼(暗香浮動月黃昏)' 등이 다 그 어름의 정치(情致)이지마는, 본 시의 '梅梢月上正團團'의 매월은, 그 충만도(充滿度), 위상(位相), 청신미(淸新味)에 있어, 이야말로 매월상화(梅月相和)의 완미진선(完美盡善)의 경지가 아닐 수 없다.

보라. 저 월륜(月輪)은 반월(半月)이나 결월(缺月)이 아닌, 만월(滿月)이요 원월(圓月)이며, 훈월(暈月)이나 농월(朧月)이 아닌, 제월(霽月)이요 호월(皓月)이다. 또 그것은 사월(斜月)·잔월(殘月)·낙월(落月) 따위가 아닌, 이제 막 가지 위로 덩실 떠오른 승월(升月)이다. 구도상(構圖上)으로는, 엇〔傾〕·빗〔斜〕 등의 멋을 부린 사장인(詞章人)의 '달'처럼 경사진 위치가 아니라, 중정(中正)에 정위(正位)했으니, 그 '正團團'의 의태(意態)는 정히 도학군자의 심상(心像)일시 분명하다.

이러한 달빛에 응하여 온 집 안 가득 넘치는 '청향(淸香)'은, 또한 허령불매(虛靈不昧)한 군자의 성정에서 풍기는 청덕(淸德)의 표징(表徵)으로, '암향(暗香)'과는 절로 동일하다 할 수 없다. 그 향기는 벌·나비를 유혹하는 봄꽃들의 교향(嬌香)이 아니라, 보옥(寶玉)의 서기(瑞氣)처럼, 고아(高雅)한 기품에서 풍기는 영기(靈氣)요 정기(正氣)이다.

한매(寒梅)는 봄바람의 선구(先驅)는 될지언정, 그의 동반자이기를 부끄러워한다. 세한지절(歲寒之節)에 피어 모진 추위에 저항은 할지언정, 태탕(駘蕩)한 봄바람에 이연(怡然)히 동화하여 속물(俗物)로 전락하기를 단호히 거부한다. 명리(名利)에 유혹되지 않는 군자의 군자다운 지조는, 화창한 봄바람을 거부하는 매화의 매화다운 절개와 서로 통한다.

이 전구는, 행여 잡념에 마음 흔들릴세라, 도학자적(道學者的) 지절(志節)을 스스로 확인 점검하는 동시에, 문인 후생들에 주는 완곡한 계칙(戒飭)이기도 하다.

봄바람으로 하여금 향기를 선동(煽動)케 하지 않아도, 저절로 고여 넘치는 맑은 향기는 온 집 안에 가득하듯이, 청덕(淸德)이란 표방(標榜)하거나 선전할 성질의 것이 아니라, 드러나지 않게 감추고 채덮고 하여도 오히려 널리 멀리 세간에 퍼지고 흠모(欽慕)되어, 은연중 교화(敎化)가 이루어지는 이치임이 또한 행간(行間)에 함축되어 있음을 본다.

우리는 이 시에서, 스스로 청향에 흡족해하고 있는, 온유돈후(溫柔敦厚)한 유자(儒者)의 지취(志趣)를 심도 있게 음미할 것이다.

이 시는 연첩된 여섯 수 중의 첫 수이다.

| **이황**(李滉, 1501~1570, 연산군 7~선조 3) 문신·학자. 자 경호(景浩). 호 퇴계(退溪). 본관 진보(眞寶). 예조판서, 대제학 등 역임. 학문 연구와 후진 양성에 전념했다. 성리학을 집대성한 유가의 대종으로 숭앙된다. 시문은 물론 글씨에도 뛰어났다. 저서에 방대한 내용의 《퇴계전서》가 있고, 시조 〈도산십이곡〉이 있다. 시호는 문순(文純).

벗을 기다리며

이황

메꽃 흐드러짐을
뉘라 말리리.
길바닥의 새싹 밟기
애처롭다손
그 친구 약속 두고
오지 않으니
어쩌랴 이 푸른
술항아리는…….

不禁山花亂　還憐徑草多
可人期不至　奈此綠尊何
　　〈春日間居次老杜六絶句〉

評
說
　〈고산구곡가〉에:

일곡(一曲)은 어디메오 관악(冠嶽)에 해 비친다.
평무(平蕪)에 내 걷으니 원산(遠山)이 그림이라.

老杜(노두) 두보(杜甫)를 이름. 두목(杜牧)을 소두(小杜)라 함에 대한 지칭.
不禁(불금) 금하지 않음. 말리지 않음.
山花亂(산화란) 산꽃이 난만함.
還憐(환련) 도리어 애처롭게 여김.

송간(松間)에 녹준(綠樽)을 놓고 벗 오는 양 보노라.

했으니, 율곡은 고산에서, 퇴계는 도산에서, 두 분이 다 '송간에 녹
준을 놓고 벗 오는 양 보고 있음'이 서로 비슷하다.

　친구가 밟아 올 길목을 지켜 하마나하마나 기다린 지 이미 오래
건만, 벗은 오는 기척이 없다.

　"그 친구 고갯길 넘어오다, 온 산에 흐드러지게 피어 있는 메꽃에
눈이 홀려 갈 길을 잊고 있거나, 길바닥에 가득 돋아나는 새싹 밟기
애처로워, 빈자리 가려 디디느라 이리 늦어지는 것은 아닌지? 하기
야 메꽃의 흐드러짐을 금할 수 없듯이, 흐드러지게 피어 있는 메꽃
을 보지 말라는 것도 아니요, 새싹 밟기 애처로움도 목숨 아끼는 마
음의 당연함이니 나무랄 일이 못 되지만, 아무리 그래도 그렇지, 약
속 시간을 이렇게 지키지 않아도 된단 말인가? 그 친구 아무래도 봄
풀에 길 빼앗기고, 메꽃에 마음 홀려, 마냥 화하미(花下迷)를 하고
있음이 틀림없으니, 기다리는 사람은 이게 뭔가? 그게 어찌 또 나뿐
이냐? 나랑 함께 진작부터 녹음 아래 기다리고 있는 이 향기로운 술
항아리는 또 어이할 건고!"

　'不禁'이 시사하는 많은 곡절을 언외에 읽어야 한다. 그 미치는 범
위는, 산화(山花)의 난만(爛漫)해짐을 말릴 수 없듯이, 난만하게 피

徑草(경초) 산길에 돋아난 풀. 여기서는 길바닥에 돋는 새싹을 이름.

可人(가인) 좋은 사람. 곧 친구를 이름.

期(기) 기약. 약속.

奈~何(내하) 어찌 ~하랴?

綠尊(녹준) 녹음(綠陰)이 잠겨 있는 청주(淸酒) 항아리. '尊'은 '樽'.

※ **애처롭다손** '다손'은 '다손 치더라도'의 준 꼴.

※ **花下迷(화하미)** 갈 길을 잃고 꽃나무 아래 방황함. 이백(李白)의 〈양양가(襄陽歌)〉에,
　'倒著接䍦花下迷'란 구가 있다.

어 있는 산화를 완상하지 못하게 말릴 수 없다는, 점층적(漸層的)인 중의(重義)를 지님과 동시에, 나아가서는 승구의 '還憐'에까지 미쳐, 풀 밟기 애처로워하는 마음을 탓할 수 없다는 의미로까지 번져 있다고도 보아진다. 또 '不禁'의 너그러움에는, 다음 구의 '期不至'에 대한 책임 조건이 전제되어 있으니, 곧, 약속을 어기지 않는 한, 꽃구경을 하든, 길에 헤매든, 아무도 관여하지 않는다는 뜻이기도 하다.

'綠尊何오?'는 갈증을 참아 가며, 친구와 가지게 될 대작(對酌) 흥치(興致)에 잔뜩 걸었던 기대가 무너짐에서 오는 허탈감(虛脫感)에서며, 그렇다고 독작(獨酌)을 할 수도 없는, 난감한 벗 없는 아쉬움을 가벼운 해학으로 조미(調味)한 탄식이다.

이 아름답고도 멋스러운 위약 사유(違約事由)! 이는 전적으로 다정다감한 작자 자신의 감물지정(感物之情)과 애련지심(哀憐之心)의 완전위곡(婉轉委曲)한 이심추심(以心推心)이니, 그 풍류전아(風流典雅)하고 한담청신(閒淡淸新)함이야말로, 메꽃처럼 새풀처럼 맑고도 향기롭다.

도산시

이황

기쁘다! 도산서당 거반 다 지어 가고
산중에 살면서도 농사 골몰 면한 것이 ㅡ.

옛 감실에 있던 책들 가까스로 다 옮겼고
심어 놓은 대나무엔 새순 점차 돋아난다.

고요한 밤 개울 소리 시끄럽다 못 느끼고
맑은 아침 산 경치가 다시금 어여쁘다.

알겠네! 예로부터 산림에 숨은 선비
세상만사 도통 잊고 이름마저 숨긴 뜻을 ㅡ.

自喜山堂牛已成　山居猶得免躬耕
移書稍稍舊龕盡　植竹看看新笋生
未覺泉聲妨夜靜　更憐山色好朝晴
方知自古中林士　萬事渾忘欲晦名
〈陶山言志〉

 상기되어 있는 소년처럼 흔희작약(欣喜雀躍)하는 그 모습이
시구마다 약여(躍如)하다.
　소박하게 그린 평면도의 설계가 삼차원(三次元)으로 구체화되어

갈수록 그렇게도 염원했던 꿈이 점차 현실화되고 있다. 하기야 공사의 시작부터가 흥분의 연속이다. 느직한 산자락에 첫 삽이 뜨이고, 대지가 그 훗훗한 앙가슴을 열어 줌에 따라 현장에 목재가 실려오고, 목수들이 켜고, 쪼고, 깎고, 밀고, 뚱땅거림에 따라, 나무의 하얀 속살에서 풍겨나는 그 싱그러운 송향(松香)은 사람을 취하게 한다.

이제 공사가 마무리 단계에 이르렀다. 우선 좁은 공간에 잡다하게 쌓아 두었던 책들을 옮기기가 바쁘다. 손수 분류 정리하여, 새로이 찌지를 붙여 경사자집(經史子集)으로 서가(書架)에 정돈한다. 며칠을 계속하는 작업이라, 피로하기는 하나, 신나는 피로일 뿐이다. 앞서 옮겨 심은 대밭에는 탐스러운 살찐 죽순들이 거짓말처럼 여기저기 쑥쑥 밤 동안에 솟아나 있다.

사방을 두른 이 아름다운 산 빛이며 물소리 속에 배우고 가르치는 즐거움의 장(場)이 눈앞에 우뚝하다.

노대(老大)한 도학자(道學者)답지 않게, 흥분되어 있는 모습에서 순진한 동심(童心)을 읽을 수 있어 독자들도 감동하게 된다. 더구나 보라. 제2구의 내용 같은 것은 그냥 슬쩍 언급 없이 넘어가도 좋을 것을, 앞 내세워 기뻐하고 있지 않은가? 농사짓는 수고로움 없이도, 문생들의 사례곡(謝禮穀)으로 생활할 수 있는 기쁨을 말한 것이다. 기뻐도 슬퍼도 그만 그쯤으로 내색하지 않는 유자(儒者)의 점잖이

言志(언지) 뜻을 말함. 여기서는 '시(詩)'를 이름.

稍稍(초초) 점점. 조금씩.

舊龕(구감) 옛 감실. '감실'은 사당 안에 신주를 모셔 두는 곳.

看看(간간) 점점. 점차.

新筍(신순) 새순. 새로 돋아나는 죽순.

渾忘(혼망) 아주 잊어버림.

晦名(회명) 이름을 감춤.

아니다. 기쁨이나 슬픔을 압살(壓殺)하지 않고, 내심을 은폐하지 않는 거기에 동심은 살아 있고, 동심이 살아 있는 곳에 시도 쑥쑥 죽순처럼 무성하게 자라나는 것이리라.

망호당의 매화를 찾아

이황

망호당 아래 섰는
한 그루 너 매화야!
몇 번이나 봄을 찾아
말을 채쳐 내 왔던고?

널 버리고 먼 길 뜨기
하도야 안 내키어
오늘도 와 옥산퇴로
잔을 거듭 기울인다.

望湖堂下一株梅　　幾度尋春走馬來
千里歸程難汝負　　敲門更作玉山頹
〈望湖堂尋梅〉

 사랑하는 매화와의 이별을 아껴 화하주(花下酒)로 잔을 거듭
하고 있는 유별시(留別詩)이다.

망호당 매화야! 너는 여느 곳 매화보다도 가장 먼저 봄을 알려 주
는 생김새도 아름다운 매화이기에, 봄이면 봄마다 나는 너를 만나

望湖堂(망호당) 호당(湖堂)과 서로 바라보는 거리에 있는 집이란 뜻인, 호당의 일부 건물
의 이름. 서울 옥수동(玉水洞) 한강변에 있었다.
敲門(고문) 문을 두드림. 방문함.

러 말을 채쳐 달려오곤 했었지. 그사이 우리의 정은 들 대로 깊이
들었다.

그러나 이제 벼슬을 그만두고 천 리 먼 고향으로 돌아가려니, 차
마 너를 저버리고 떠나는 발길이 내키지가 않는구나. 그래 다시 이
렇게 찾아와 양에 넘치도록 너와의 이별주를 마시고 있는 것이다.

매화를 의인시(擬人視)하여, '너〔汝〕'라고 애칭하고 있다. 이만저
만한 연정 사이가 아닌 것이다. 그야 그럴 수밖에 ─.

고래로 애매가(愛梅家)로서야 퇴계의 오른편에 설 이가 없다. 104
수의 주옥 같은 매화시첩을 남긴 이가 어디 또 있었던가?

선생은 병세가 위중해지자 그 와중에서도 매화를 걱정하여, 깨끗
한 딴 방으로 옮기게 하였는가 하면, 임종하던 아침에도 매화에 물
줄 것을 잊지 말라고 당부했을 만큼, 매화를 끔찍이도 사랑했으니,
망호당에서의 이별의 전면(纏綿)한 정이 또한 오죽했으랴!

玉山頹(옥산퇴) 흠뻑 술에 취한 모양을 형용한 말. 고송(孤松)처럼 우뚝하던 혜강(嵇康)
이, 취해서는 옥산(玉山)이 넘어지는 것 같다고 했다는 고사에서 온 말. 이백의 〈양양가
(襄陽歌)〉에도 "淸風明月不用一錢買 玉山自倒非人推"라 있다.

두견이 소리를 들으며

김충렬

깊은 산 옛 절간에 배꽃은 뚝뚝 지고,
두견이 울어 울어 사무치는 이 한밤을,
일천 산 봉우리마다 높고 낮은 달빛이여!

古寺梨花落　深山蜀魄啼
宵分聽不盡　千嶂月高低
　　　〈山寺月夜聞子規〉

 저 유명한 고려 때의 이조년(李兆年)의 시조:

이화에 월백(月白)하고 은한(銀漢)이 삼경인 제
일지(一枝) 춘심(春心)을 자규(子規)야 알랴마는
다정(多情)도 병(病)인 양하여 잠 못 들어 하노라.

와 비슷하다. '배꽃과 달과 한밤에 우는 두견이 소리' 소재가 서로
같다. 이런 구색(具色)이라면, 그것만으로도 정황의 대강을 짐작하
고도 남는다.
　위의 시조에서는 그립고 애달픈 봄마음을 가슴 속속들이 앓고 있
는 내향적이요 폐쇄적인 데 반하여, 본 시는 굽어보이는 높낮은 일

宵分(소분) 한밤중. 야반(夜半).

천 봉우리마다에 또한 높게 낮게 펼쳐 있는 달빛을 한눈에 바라보
면서, 가슴 활짝 열어젖힌 외향적이고도 개방적인 점에 있어 정감
이 서로 다르다.

| 김충렬(金忠烈, 1503~1560, 연산군 9~명종 15) 자는 국간(國幹). 본관은 강릉.
문과. 경기도사, 제주 목사 등 역임.

배꽃

정렴

집 모퉁이 배나무에 꽃이 활짝 폈나 보다.
장병(長病)에 누운 나를 가엾어한 봄바람이
그 꽃잎 약창(藥窓) 가에로 짐짓 불어 보내네.

屋角梨花樹　繁華似昔年
東風憐舊病　吹送藥窓邊
〈梨花〉

評說 오랜 동안 병석에 누워 있는 처지라 봄이 오는지 가는지조
차 경황이 없던 차에, 어느 날 무심코 바라보는 눈길에 떨어
진 배꽃이 내 누워 있는 창가에로 하느작하느작 연달아 날아들고
있는 것이 아닌가? 비로소 집 모퉁이에 서 있는 한 그루의 배나무
엔, 예년처럼 눈부시게 화사한 배꽃이 가지마다 흐드러지게 활짝
피어 있을 것을 마음 사이 그리면서, 오랜만에 환하게 얼굴이 밝아
진다. 이는 필시 나의 장병(長病)을 안쓰럽게 여긴 봄바람이, 나를
위로해 주려는 정겨운 배려일 씨 분명하다. 생각할수록 봄바람이
고맙기 그지없다.
　우연한 바람 방향으로 해서 꽃잎이 그리로 날려 들었으련만, 이
를 봄바람의 배려로 여겨 감격해하는 작자의 그 심성이 근본 긍정

藥窓(약창) 약을 달이는 창. 병자가 누워 있는 방의 창.

적으로 착하고도 아름답지 아니한가? 장병에 시달린 우수의 가슴에도 문득 귀한 봄뜻이 깃들어진 것이다. 봄뜻은 만물 생성(萬物生成)의 의지로 가득하거니, 그의 병조(病竈) 구석구석에도 그 생성의 뜻이 골고루 작용하여, 새순이 돋아나듯 새살이 돋아, 드디어 병석을 후련히 털고 일어나게 될 날도 멀지 않으리라 믿어진다.

| 정렴(鄭磏, 1506~1549, 연산군 12~명종 4) 학자. 자는 사결(士潔). 호는 북창 (北窓). 본관은 온양(溫陽). 사마시에 합격, 음률(音律)에 밝았으며, 천문, 의술에도 조예가 깊었다. 포천 현감이 되었으나, 병으로 사임하고, 각지를 전전하며, 스스로 약초를 구하면서 요양했다. 문장에 능했으며, 산수화도 잘 그렸다. 저서에 《북창집》등 많다. 제학(提學)에 추증(追贈). 시호는 장혜(章惠).

고목

김인후

뼈만 남은 반 나무
이젠 풍정도 겁나지 않네.
우뚝 서
삼춘을 굽어보며
꽃 피든
마르든
세월에나 맡겼네.

半樹惟存骨　風霆不復憂
三春何事業　獨立任榮枯
　　　　　　〈古木〉

허울 다 털어 버린 반 남은 늙은 나무,
바람도 벼락도 새삼 두려울 것이 없네.
세월에 영고를 맡기고 초연히 선 입명(立命)이여!

評說　나무의 한쪽 반은 이미 죽은 지 오래라, 썩정이가 되어 사슴
뿔처럼 뼈대만 엉성하게 드러나 있고, 남은 반쪽으로 겨우
잎을 피우고 있는 아름드리 고목!
　시절은 삼춘이라, 온갖 초목들이 저마다 때를 놓칠세라, 남에게
뒤질세라, 앞을 다투어 꽃 피우랴 잎 피우랴, 생명의 화려한 대역사

(大役事)를 펼치고 있건만, 그저 물끄러미 남의 일로만 굽어보며, 이제는 꽃 피든 말라 버리든 세월에나 맡겨 놓고 있는 고목!

산전수전 갖은 풍상 다 겪으며, 한세상 부지런히 살고, 이제는 반신불수(半身不隨)가 된 늙고 병든 몸! 자리에 한번 길게 눕고 나니, 거센 세파(世波)도 새삼 두려울 것이 없다. 진인사(盡人事)하느라 했으니, 이젠 대천명(待天命)이나 할밖에…… 다시 무엇을 영위(營爲)한다 애쓸 것이랴? 인생의 막바지에 서서, 오직 천명(天命)에 귀의(歸依)하는 안심입명(安心立命)의, 이 초연한 마음의 자세를 볼 것이다.

끝으로, 그의 〈꽃가지〉 한 수를 감상해 보자.

해마다 눈을 뜨는 꽃가지 옛 정신은
또다시 무단히 봄바람 시샘을 입어
찬 얼굴 울먹거리며 임께 보내는 저 눈길!

墻外花枝欲動春　年年長見舊精神
無端更被東風妬　掩抑寒姿向主人
〈花枝〉

소인배의 시기 질투로 원죄(冤罪)를 입고 귀양 길 떠나는 신하의, 파랗게 질린 수척한 얼굴! '사리의 곡직(曲直)을 통촉하소서.' 하소

風霆(풍정) 바람과 우레.
不復憂(불부우) 다시는 옛날처럼 근심하지 않음.
三春(삼춘) 봄의 석 달.
榮枯(영고) 꽃 핌과 말라 버림. 성쇠(盛衰).
※ **입명(立命)** 천명(天命)을 좇아 마음의 안정을 얻음.

연하듯 애원하듯, 억울한 사연 가득 담은 눈매의, 그 눈 사연 실어, 울먹울먹 임께 보내는 마지막 눈길이 거기 있다. 꽃샘바람에 무진 떨고 있는 꽃가지의 눈매에 ─.

| 김인후(金麟厚, 1510~1560, 중종 5~명종 15) 문신·학자. 자 후지(厚之). 호 하서(河西). 본관 울산(蔚山). 부수찬 등 역임. 을사사화 후 병을 일컫고, 고향 장성(長城)에 은거, 성리학 연구에 몰두했다. 저서에 《하서집》 등 많다. 시호는 문정(文正).

고향에 와 누웠으니

김인후

고향에 와 누웠으니 세상 물정 아득하다
햇살도 조는 처마 사립 반만 가리었네.

옛 책은 밤을 새워 읽음 직도 하겠거니,
세속의 붉은 티끌 어느 틈에 날아드랴?

서늘한 개울 소린 쟁그랑대는 패옥(佩玉)이요,
아늑한 푸른 산은 둘러 둔 병풍일다.

병약한 몸 가까스로 애들 혼사 마치느라,
십 년이 다하도록 은사 행세 못해 봤네.

坡山歸臥世情微　白日閒簷半掩扉
黃卷正堪終夕對　紅塵能向此間飛
淸泠澗壑鳴環佩　窈窕林巒繞障幃
病裏僅成婚嫁畢　十年猶未製荷衣
〈竹雨堂次韻〉

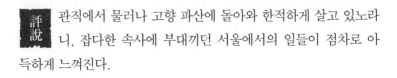

관직에서 물러나 고향 파산에 돌아와 한적하게 살고 있노라
니, 잡다한 속사에 부대끼던 서울에서의 일들이 점차로 아
득하게 느껴진다.

햇살도 한가로이 처마에 깃들여 아지랑이처럼 졸고 있는 초가집에 반만 가려 둔 사립문! 이것이 나의 집이다.

어찌하여 아주 닫거나 열거나 하지 않고, 반엄반개(半掩半開)인가? 이는 7, 8구와도 호응된 반은반속(半隱半俗)인 어중간한 은거 생활의 상징적 암시인 셈이다.

주경야독하는 처지라 책은 저녁 내 읽어도 물리지 아니하니, 어느 여가에 명리(名利) 따위 속사(俗事)에 마음 쏠릴 틈이 있겠는가? 시원스럽게 계곡을 흘러내리는 물소리는, 귀인들의 행보 때 허리에서 울려나는 쟁그랑거리는 패옥 소리보다 더 영롱하고, 온갖 아름다운 나무들이 우거진 울멍줄멍 늘어선 연산(連山)은 그림 병풍이나 휘장을 둘러 둔 것처럼 황홀하다.

내 본디 병약한 몸으로 여러 자녀들 길러 이제야 겨우 필혼(畢婚)하고 나니, 비로소 한 시름 놓인 셈이나, 한편 돌이켜보면, 귀향한 지 십 년 동안 은사(隱士)로 자처하면서도, 구복(口腹)에 얽매여, 기실 반은반농(半隱半農)의 어지중간에 처해 있어, 진정 은사다운 행세를 해 보지도 못했음을 고백하지 않을 수 없다.

이상으로서 끝을 맺었지만, 이 시에서 진정 말하고자 하는 주제는 여운 속에 감추어져 있음을 다음에서 볼 것이다.

坡山(파산) 산 이름. 땅 이름.

竹雨堂(죽우당) 성수침(成守琛)의 호.

黃卷(황권) 옛 책. 고서(古書). 한적(漢籍). 옛날에는 좀먹는 것을 막기 위해 황벽나무 껍질의 노란 물감을 책갑에 들였던 데서 온 말.

窈窕(요조) 깊고 조용한 경지.

林巒(임만) 숲이 무성한 산. 초목이 짙은 산.

障幃(장위) 장지와 휘장.

荷衣(하의) 은자(隱者)의 옷. '猶未製荷衣(유미제하의)'는, 아직도 은사다운 한가로운 생활을 하지 못하였다는 뜻.

"그동안 이루지 못했던, 참다운 은사의 길은 지금부터일 것이니, 앞으로는 학구(學究)에 더욱 정진하며, 후진 양성에 전념하는 한편, 임천(林泉)에 자적(自適)하여 화조월석(花朝月夕)에 휘파람 불며 못 다 한 뜻 너울너울 여생을 다하리라."

　시 전편이 과장도 허풍도 없는 진실로 일관되어 있다. 백구를 벗하여 강호에 노니면서 음풍농월로 시주(詩酒)를 일삼는다는, 헛바람을 떨던, 당시의 은사 시풍과는 딴판이다. 구차한 가정사까지 진솔하게 털어놓고 있는 이 소탈하면서도 진지한 학자로서의 인품을 이 한 편으로도 넉넉히 엿보는 듯하지 않은가?

기망(既望)의 달을 바라보며

노수신

팔월이라 해조음(海潮音) 요란한데,
삼경이라 달그림자 성기다.

잠자리 놀래는 떠돌이 도깨비
나뭇가지 놓친 내닫는 날다람쥐

만사는 글러 가을바람으로 지고
외로운 회포는 백발이나 긁적일 뿐……

저 행려의 달을 바라보자니
생사가 수유에 달려 있어라!

入月潮聲大　三更桂影疎
驚棲無定魖　失木有奔鼯
萬事秋風落　孤懷白髮梳
瞻望匪行役　生死在須臾
〈十六夜感歎〉

기망(既望)의 달을 적소(謫所)에서 바라보는 감회로, 진도(珍
島) 유배 시절의 지음인 듯하다.
　팔월이라 중추가 되니 해조음(海潮音)은 한결 요란하여 사람의 심회를 돋우는데, 삼경의 달은 유난히도 밝아 악몽과도 같은 지난 일들을 부질없이 일깨워 주고 있다.

이런 밤이면, 야행성(夜行性) 짐승들이며, 이매 망량 따위 도깨비들이 제멋대로 날뛸 때이다. 양재역 벽서 사건(良才驛壁書事件)만 하더라도 얼굴 없는 떠돌이 도깨비들의 짓거리가 아니던가. 자다 말고 뒤집어 씌워진, 그 화난의 연루자로 이곳에 쫓겨난 지도 이미 여러 해이다. 깊은 숲 속, 이 나무 저 나무를 주름잡듯 넘나들며 흙 밟기를 부끄러워하는 날다람쥐가, 휘어잡을 가지를 놓치고 땅바닥에 떨어져 천방지축 내닫듯이, 말미암을 도의(道義)의 상궤(常軌)를 벗어난 채로, 이왕 벌인 춤이란 자포(自暴)에서, 목적을 위하여는 수단 방법을 가리지 않고, 모략 중상을 자행하는 간지(奸智)의 정상배(政商輩)들, 그런 무리들이, 이날도 여전히 서울의 밤을 경영하고 있으리라.

潮聲(조성) 조수 소리. 파도 소리. 해조음.

桂影(계영) 계수나무 그림자. 곧 달의 딴 이름. '桂影疏'는 달빛이 밝음을 이름.

驚棲(경서) 잠자리를 놀라게 함.

魍(망) 도깨비.

鼯(오) 날다람쥐. 청서(靑鼠).

孤懷(고회) 외로운 회포.

梳(소) 빗질함. 여기서는 긁음. 파소(爬梳).

瞻望(첨망) 우러러 바라봄.

匪(비) 저. '彼'와 같은 뜻. 《좌씨전(左氏傳)》의 "如匪行邁謀"주(注)에 '匪'는 '彼也'라 하였고, 《시경(詩經)》의 "匪交匪舒 天子所子" 주에 '匪交'는 '當爲彼交'라 되어 있다. 허균의 《국조시산(國朝詩刪)》에는 '悲'로 적혀 있다.

行役(행역) 여행. 행려(行旅)의 고역(苦役).

生死(생사) 나고 죽고 함. 생백(生魄)과 사백(死魄). 달의 검은 바닥이 커지기 시작하는 음력 16일 밤의 달을 '생백'이라 하고, 이와 반대로 검은 바닥이 줄어들기 시작하는 초하루의 달을 '사백'이라 하는데, '魄'은 곧 빛이 없는 부분을 지칭함이다.

須臾(수유) 극히 짧은 동안. 경각(頃刻).

아! 어쩌랴. 만사는 가을바람에 떨어지는 낙엽인 양 허무로 돌아가고, 외딴 섬에 갇혀 있는 이 외로운 심회는, 다만 흰머리나 긁적일 뿐, 속수무책이구나.

아득히 저 행려(行旅)의 달을 바라보자니, 오늘이 바로 십육 일, '생백(生魄)의 달'이다. 중추 명월로 세인의 흠앙(欽仰)을 독차지했던 어제의 저 달이, 어느덧 쇠미(衰微)의 길로 접어든 것이다. 생백에서 점차 광명은 죽어 들고, 사백(死魄)에서 점차 광명이 살아나는, 생사 관념의 묘한 엇갈림! 인간의 생사도 저와 같이, 생에 내약'(內約)된 사와, 사에 깃든 생의 무한한 윤회일진댄, 경각에 달려 있는 내 목숨의 죽고 삶도 저와 같으련가?

꽤나 높은 상징적 수법으로 천사 만려(千思萬慮) 뒤얽힌 심서(心緒)를 가닥 잡아 놓았다.

일단 상징으로 형상화한 것을 원관념으로 환원해 내는 일은 쉬운 일이 아니다. 뿐만 아니라, 자칫 헛짚을 위험마저도 없지 않기로, 추상화를 감상하듯, 부분을 따져 밝히는 일은 삼가야 할 경우가 많다. 그럴 경우 그 도에 따라, 난해시(難解詩)로 경원(敬遠)해 두거나, 아니면 비시(非詩)의 경역(境域)으로 방기(放棄)하는 두 경우가 있을 것이다. 이미 한 편의 시로 인정하는 바에는, 그 시사(詩思)의 궤적(軌跡)을 어디까지나 추적하려는 것은, 시를 사랑하는 모든 독자의 상정(常情)인 것이니, 그것 없이 막연히 이러쿵저러쿵 허황한 언사로 호도(糊塗)하는 비평은 무책임이요, 회피요, 기만일 뿐이다.

이 시의 2·3구와 7·8구는 난해한 대목이기는 하나, 작자의 전후 정황으로 미루어, 그 표현의 심층에 함축된 시인의 저의를 더듬기에 바이 어렵기만 한 것은 아니다. 보는 이에 따라서는 달리 풀이될 소지도 적지 않으나, 그 또한 상징시의 특성임에야 또한 어찌하랴?

이 시는 어둑한 가운데 비장한 맛이 있고, 자연을 더위잡아 인생을 성찰하는 그윽함이 있다.

작자는 세칭(世稱) 호소지(湖蘇芝) 삼가(三家: 湖陰 鄭士龍, 蘇齋 盧守愼, 芝川 黃廷彧)의 한 사람으로, 허균(許筠)은 특히 그의 오언 율시를 천 년 절조(絶調)라 극찬했고, 김창협(金昌協)은 학두(學杜)의 제일인자로, 삼가 중에서도 가장 뛰어났다고 평한 바 있다.

마찬가지로 진도 적거시(謫居時)의 작품인 칠언 고시 한 수를 아울러 보자.

천지의 동쪽, 나라의 남쪽
옥주성 밖 몇 간 집에
죄 놓일 길 없고, 병 나을 길 없는
불충신 불효자 되어 있어,
객지 삼천 오백 일을 행여나로 보냈으니,
을해생(乙亥生) 병진(丙辰)토록 나이가 부끄럽다.
너 노수신! 장차 죽지 않아서
어쩌면 공사 은혜에 보답할 수 있으려뇨?

沃州(옥주) 진도의 옛 이름.
底事(저사) 어찌하여. 어째서. '何事'.

| 노수신(盧守愼, 1515~1590, 중종 10~선조 23) 상신 · 학자. 자 과회(寡悔). 호 소재(蘇齋). 본관 광주(光州). 을사사화 때 파직, 순천(順天)에 유배, 이어 양재역 벽서 사건으로 가죄(加罪)되어 진도로 이배(移配), 19년간 섬에서 귀양살이를 했다. 선조 즉위 후 풀려나 요직을 거쳐 영의정에 이르러, 을축옥사 때 파직됐다. 학문 · 문장 · 글씨에 뛰어났다. 저서에 《소재집》이 있다. 시호는 문의(文懿).

天地之東國之南　沃州城外數間庵
有難赦罪難醫病　爲不忠臣不孝男
客日三千五百幸　行年乙亥丙辰憝
汝盧守愼將無死　報得公私底事堪

※ 그는 1515년(중종 10) 을해년에 나서, 1547년(명종 2) 정미년 32세 때 유배되어,
　1556년(명종 11) 병진년 41세 때 이 시를 지으니, 유배된 지 꼭 10년, 정확히 3천5
　백 일째 되는 어느 날이다.

임을 기다리며

노수신

새벽달에 그림자랑
함께 걷자니
황국화랑 단풍잎이
정답도 하다.

막막고야, 물 저편은
짐작도 안 가
벽파정 기둥 기둥
여기 기댔다……
저기 기댔다……

曉月空將一影行　黃花赤葉政含情
雲沙目斷無人問　倚遍津樓八九楹
〈十三日到碧亭待人〉

評說　19년간이나 귀양살이하던 섬 진도에서의 임 마중이다.
열사흗날 도착하리란 소식 듣고, 여삼추(如三秋)로 기다리던
그날이 왔으니, 나룻배 편이야 어찌 됐든, 새벽부터 나와 기다리지

碧亭(벽정) 진도의 벽파진에 있는 벽파정(碧波亭).
空將一影行(공장일영행) 헛되이 자신의 그림자를 거느리고 감.

않고는 못 견딜 그 마음이다.

새벽 달빛에 지워지는 자신의 그림자를 동반하여 걷는 외로움 속에서도, 그러나, 임 만날 기쁨 때문에, 길가에 스치는 황국화며 단풍잎도 한결 정답게 느껴진다.

벽파정에 올라, 임 건너올 바닷목의 대안(對岸)을 바라본다. 철썩이는 푸른 물결을 격한 저편 육지는 자오록이 운무에 잠겨 시선도 닿지 않는다. 하물며 거기 임이 도착해 있는지 어떤지의 동정을 물을 길이나 있으랴? 걷잡지 못할 착잡한 마음을 어찌할 길 없어, 공연히 난간을 서성이며, 이 기둥에 기대었다 저 기둥에 기대었다 해 보지만 마음은 마냥 둘 데 없다.

倚遍津樓八九楹!

이는 흥분, 초조, 울적, 번민, 실망, 우수, 무료 등등이 뒤얽힌 불안정한 심사의, 동작에로의 표출인 것이다.

이백(李白)이 도사를 찾아갔다가 만나지 못한 그 아쉬운 심정을:

아무도 간 곳 아는 이 없어
시름겨워 기대네.
이 소나무에……

含情(함정) 정을 머금음. 곧 속으로 간직하는 정겨운 마음이 보일락 말락 표정으로 나타나는 일. '政'은 '正'.
雲沙(운사) 운무에 잠긴 모랫벌. 아득히 먼 곳을 이름.
目斷(목단) 안력이 미치지 못하는 저 끝.
遍(편) 두루.
津樓(진루) 나루터의 누각. 여기서는 '碧亭'을 가리킴.

저 소나무에……

無人知所去　愁倚兩三松
　　〈訪戴天山道士不遇抄〉

라 읊었음과도 비슷하니, 몸을 기댐은 우수와 실망으로 맥이 풀린
탓이요, 이 나무 저 나무로 옮음은 초조와 번민의 시킴에서다.

　그저 꿈같기만 한, 그리운 이를 기다리는 설렘, 어서 만나 보고픈
조바심, 먼 길 무사하기나 한지의 걱정스러움, 그와의 추억으로 떠
오르는 지난날의 장면 장면들……. 이런 착잡한 심사는, 그를 잠시
도 한 자리에 조용히 있게 하지 못하게 하고 있다. 이 일곱 자! 팬터
마임 같은 이 바보스러운 동작에, 천언 만담(千言萬談)으로도 설진
(說盡)하지 못할 만단 심서(萬端心緒)를 부쳤으니, 이 오직 그의 진
실에 바탕한 천성(天成)이 아니고 무엇이랴?

　[여설(餘說)]　기다리는 임이 누군지는 알 수 없으나,《청강시화(淸
江詩話)》에 그 동생을 전송하면서,

　슬프다, 우리 형제
　이 지경 되니
　귀양살이 십 년에
　다섯 번 보네.
　정위 시켜 바다를
　메울 양이면
　천 리 먼 탐라라도
　뒤따르련만……

嗟吾兄弟至於斯　一十年來五見之
若教精衛能塡海　千里耽羅可步追
〈送弟〉

　차마 소매를 놓지 못하며 탄식한 시가 있으니, 그 기다리는 이가
혹여 이 동생이었을지도? 그러나, 그가 누구면 어떠리? 천 리 유배
지로 찾아와 주는 그가 진실로 누구면 어떠리?

精衛(정위) 옛날 염제(炎帝)의 딸이 동해에 익사하자 원한의 새가 되어, 서산(西山)의 목
석(木石)을 물어다가 바다를 메우려 했으나 허사였다는 고사.
千里耽羅可步追(천리탐라가보추) '탐라(耽羅)'는 제주도의 옛 이름. '걸음걸음 뒤따름(可
步追)'이 도성 쪽으로 가까워짐은 스스로 형벌을 가볍게 하는 것이 되므로, 반대쪽으로
더 멀어지는 절해(絶海)의 제주를 일컬은 것이니, 차마 헤어질 수 없는, 절절한 석별(惜
別)의 정의 극치가 아니고 무엇이랴?

촉석루

권응인

구름 사이 초승달이
물결 따라 잔잔한데,
백로도 묵어가려
모래톱에 내려앉네.

강루에 주렴 걷고
기둥에 비겼으니
강나루 노 젖는 소리
밤이라 더 잦구나.

漏雲微月照平波　宿鷺低飛下岸沙
江閣捲簾人倚柱　渡頭鳴櫓夜聞多
〈矗石樓〉

 진주 남강의 높은 벼랑 위에 우뚝 솟은 이 촉석루는 고려 때
창건한 진주성의 주장대(主將臺)로서, 밀양 영남루, 평양 부

漏雲(누운) 구름 사이로 햇빛이나 달빛이 새어 지상으로 내리비침.
微月(미월) 가늘게 빛나는 달. 초승달.
宿鷺(숙로) 하룻밤 묵어가려고 내려앉는 해오라기.
江閣(강각) 강가의 누각.
渡頭(도두) 나루. 나룻목.

벽루와 함께 풍광이 명미한 우리나라 삼대 명루의 하나로 손꼽힌다.

평안 무사하던 때의 달밤에는 풍류를 즐기는 사람들의 뱃놀이로, 낮보다 밤이 한결 붐비던 이곳이다.

선조 연간을 살아온 작자건만, 어찌 알았으랴? 그 몇 해 후인 임진년에 이 성이 왜적에 함락될 줄을─. 왜장은 흥에 겨워 고을 기생들을 잡아다 촉석루에 승전의 잔치판을 벌였다. 술이 거나해지자 함께 춤추던 왜장의 모가지를 틀어 안고, 남강의 푸른 물에 풍덩 떨어져 죽은 비장한 논개(論介)의 붉은 충혼이 꽃핀 곳, 그곳이 또한 바로 여기일 줄을─.

권응인(權應仁, ?~?) 문인. 자는 사원(士元). 호는 송계(松溪). 1562년 문장에 능한 일본 사신이 들어왔을 때, 선위사(宣慰使)로 발탁되었으며, 시평(詩評)에도 훌륭했다. 저서에 《송계집》이 있다.

석왕사를 찾아가며

심수경

비 개자 홑옷 차림 성 밖으로 나갔더니
실버들 하늘하늘 풀은 이들이들

시내엔 넘실넘실 복사꽃 물결이요,
제비 물던 진흙 길도 처음으로 구덕구덕.

송아지는 시름없이 밭둑에 누워 있고,
파랑새는 수다로이 숲가에서 지저귄다.

스님 찾아가는 이 길 가 버린 봄 한하노니,
말발굽에 부딪히는 꽃잎 하나 못 볼로고!

雨後輕衫出郭西　　垂楊裊裊草萋萋
溪深正漲桃花浪　　路淨初乾燕子泥
黃犢等閒依壟臥　　翠禽多事傍林啼
尋僧却恨春都盡　　不見殘紅撲馬蹄
〈訪釋王寺〉

評說　우후청(雨後晴)의 화창한 날씨 석왕사로 가는 도중의 산뜻한 초여름의 마상(馬上) 소견이다. 가는 도중 봄 경치도 만끽할 수 있으려니, 은근히 기대도 했었건만, 봄의 잔영(殘影)이라 할 수

있는, 지는 꽃잎 하나 구경할 수가 없다. 일 년 중 가장 가슴을 울렁거리게 하는 그 아까운 봄을, 책에만 파묻혀 오는지 가는지도 모르고 있었다니, 이런 우둔(愚鈍)이 어디 또 있으랴 싶다. 그러나 꽃은 비록 졌어도 후속되는 온갖 경물이 그저 싱그럽기만 하다. 하늘거리는 실버들, 윤기 자르르 흐르는 신록, 도화수(桃花水)로 그득 흐르는 시냇물, 구덕구덕 굳어진 길바닥의 알맞은 탄력(彈力), 밭둑에 누워 한가로이 새김질하고 있는 송아지, 숲에서 수다스레 지절거리고 있는 멧새들…….

오랜만에 가뿐한 차림으로 책상을 떠나 화창한 은빛 하늘 아래 말을 채쳐 승지로 달려가고 있는 이날의 경쾌한 기분이 전편에 흐뭇 넘친다.

釋王寺(석왕사) 평안남도 안변군 설봉산에 있는 절. 조선 태조 때 무학대사(無學大師)가 세웠다고 한다.

輕衫(경삼) 얇은 적삼. 얇은 겉옷.

裊裊(요요) 하늘하늘하는 모양.

萋萋(처처) 풀이 이들이들 무성한 모양.

桃花浪(도화랑) 복사꽃 필 무렵 눈얼음 녹아 불어난 물결.

燕子泥(연자니) 제비들이 물어다 집짓기에 좋을 만큼, 봄비가 내려 알맞게 반죽이 되어 있는 진흙 길.

等閒(등한) 아무 생각 없이.

撲馬蹄(복마제) 말발굽에 부딪힘.

│ 심수경(沈守慶, 1516~1599, 중종 11~선조 32) 호 청천(聽天). 관찰사, 우의정 등 역임. 임진왜란에 삼도도체찰사(三道都體察使)가 되어 의병을 모집했고, 이듬해 영중추부사(領中樞府使)가 됐다. 청백리에 녹선. 문장과 글씨에 능했다. 저서에 《청천당시집》, 《청천유한집》 등이 있다.

만경루

양사언

천상 신선학이
구슬 누에 내리니,
구만리 장공의
맑은 기운 거두었네.

푸른 바닷물은
은하에서 떨어지고,
흰 구름 하늘은
옥산 마루에 떴다.

꽃은 사시 장춘
모두가 경화(瓊花)인데,
천 년 노송은 다
검은 머리로고!

선궁(仙宮)에 잔 가득
한바탕 취하니,
세간의 한가로운 시름
어느 틈에 이랴?

九霄笙鶴下珠樓　　萬里空明灝氣收
靑海水從銀漢落　　白雲天入玉山浮
長春桃李皆瓊蘂　　千歲喬松盡黑頭
滿酌紫霞留一醉　　世間無地起閒愁
〈萬景樓〉

 천상 선학으로 자처하는 작자의, 만경루에 하강(下降) 호유 (豪遊)하는 풍운(風韻)이다.

1·2구는, 그 내려오는 구만리 과정에서, 대공(大空)의 우주 원기 (宇宙元氣)를 온몸에 흠씬 거두어들이는 호쾌(豪快)한 기개이며,

3·4구는, 누상에서의 전망으로, 은하수가 쏟아지는 듯한 폭포의 장관과, 선산(仙山) 머리에 조는 백운의 한정(閒情)을 대우(對偶)했다.

5·6구는, 시간 관념이 없는 선계(仙界)의 기화요초(奇花瑤草)와

萬景樓(만경루) 강원도 간성(杆城)에 있는 누대(樓臺) 이름.

九霄(구소) 하늘의 가장 높은 곳. 구천(九天).

笙鶴(생학) 선학(仙鶴)의 이름.

珠樓(주루) 구슬로 꾸민 누대(樓臺). 누대의 미칭(美稱).

空明(공명) 공중(空中)을 이름.

灝氣(호기) 넓고 큰 기운. 하늘 위의 맑은 기운. 호기(顥氣).

靑海(청해) 신선이 살고 있다는 바다 이름. 선해(仙海). 여기서는 해금강 쪽의 동해.

銀漢(은한) 은하(銀河).

玉山(옥산) 옥으로 된 선계(仙界)의 산. 여기서는 금강산.

長春(장춘) 사철 늘 봄과 같음. 사시장춘.

瓊蘂(경예) 경수(瓊樹)의 꽃. 경화(瓊花). 이 꽃을 먹으면 불로장생한다는 전설의 꽃.

喬松(교송) 높은 소나무. 여기서는 신선인 왕자교(王子喬)와 적송자(赤松子).

黑頭(흑두) 검은 머리. '불로(不老)'의 뜻.

紫霞(자하) 자줏빛 노을. 선궁(仙宮). 여기서는 만경루를 가리킴.

無地(무지) 여지가 없음.

閒愁(한수) 한가로운 수심. 까닭 없이 일어나는 시름.

불로 장송(不老長松)을 짝지었으며,

7·8구는, 선루(仙樓)에 머물러, 물외(物外)에 우유(優遊)하는, 취선(醉仙)으로서의 느긋한 작자의 풍도(風度)이다.

이 중 제2구의 '收'의 묘용에 대하여 잠시 짚고 넘어가기로 하자. 넓은 활개를 활짝 벌렸다 오므렸다 하며 후월후월 천공(天空)을 나는 학의 날갯짓은, 마치 무엇을 감아 들이듯, 휩쓸어 모으듯, 한 아름 한 아름씩 가슴 가득히 움켜 들이듯 하는 동작인 동시에, 마지막 착지(着地)에서 날개를 여미어 접는, 마무리 동작까지 감쪽같이 나타내는데, 이 한 자의 '收'가 그 몫을 다하였으니, 이 '收'야말로 다시 없는 유일자(唯一字)가 아니고 무엇이랴? 초정밀(超精密)을 요하는 기계의 한 부품을 새로 마련하여, 결손된 제자리에 꼭 들어맞게 끼워 맞춘 것과도 같은, 유일자의 적소 배치(適所配置)는, 천하의 질서를 회복한 안도감과 만족감을 줄 뿐만 아니라, 전편을 영활(靈活)케 하는 신기로운 효험을 발휘하는 것으로, 이 '收'의 공덕은 재탄삼탄(再歎三歎)이 아깝지가 않다.

5·6구의 '長春'은 선계의 특징이요, '黑頭'는 '불로(不老)'의 상징이다.

봉래(蓬萊)의 시에는 언제나 선풍(仙風)이 감도는, 그야말로 표표연 우화등선(飄飄然羽化登仙)의 기상이 넘쳐 있다. 환상의 날개를 멋대로 펼치어 시공을 초월한 무한 세계를 넘나드는, 풍류와 멋과 낭만의 극치가 거기 있다.

그는 멀리서 선계·선인을 선망(羨望)하거나 동경하는 것이 아니라, 속계를 문득 선계로 바꾸어 놓고, 자신은 어느덧 그 속에 선인으로 변신하여 있음을 본다. 이 시에서도 보라. 만경루는 인젠 만경루가 아니라, '주루(珠樓)'요, '자하(紫霞)'이며, 시계(視界)의 경관은 그대로 선향(仙鄕)인데, 그 속에 술잔을 기울이고 있는 이는, 다름 아닌 신선으로 우화(羽化)한 작자 자신이 아닌가.

　속리산 문장대에 풍악을 잡히고 신선놀이를 하는 자리에, 도임하는 신관(新官) 행차를 유인해 오게 하여, 선정(善政)을 당부한 끝에 신선주를 나누며 지어 주었다는 전별시 "一杯酒相送罷 俗離山雲萬里"의 구는 인구에 회자된 선필(仙筆)이지마는, 이 또한 그의 허다한 신선 일화 중의 하나일 뿐이다.

　그가 숫제 표방(標榜)하여 '봉래'로 자호(自號)한 것도, 이 선연(仙緣)을 더위잡음이었을 것이요, 금강산 만폭동 바위에 남긴 '蓬萊楓嶽元化洞天'의 명필도 취선(醉仙)으로서의 농한(弄翰)이었을 것임을 짐작하게 한다.

| 양사언(楊士彦, 1517~1584, 중종 12~선조 17) 문신·명필. 자 응빙(應聘). 호 봉래(蓬萊). 강릉 부사, 회양 군수 등 역임. 자연을 사랑하여 시명이 높았고, 글씨는 초서와 대자를 잘 써서, 안평대군(安平大君), 김구(金絿), 한호(韓濩)와 함께 조선 전기의 4대 명필로 불리었다. 저서에 《봉래시집》이 있다.

보현사에서

휴정(서산 대사)

만국의 도성은
개밋둑이요,

고금의 호걸은
초파리 같아,

달 밝은 창, 허심히
누웠노라면,

끝없는 음률의
솔바람 소리 ─.

萬國都城如蟻垤　千家豪傑若醯鷄
一窓明月淸虛枕　無限松風韻不齊
〈普賢寺〉

評說 　기구는 작자의 세계관이요, 승구는 그의 인생관이다.
　　　　도시의 밀집된 구조물(構造物)들은, 뚫고 파헤치고 쌓아 올
린 개밋둑과 비슷하고, 수많은 고금의 내로란 사람들도, 필경 하루
살이로 끝마치는 초파리나 다를 바가 없다. 일체 중생(一切衆生)이
야 유구한 영겁(永劫) 속에 잠시 기탁(寄託)한 수유(須臾)의 존재일

뿐인 것을 ─.

창 한 폭 가득 달 밝은 밤에, 맑고 빈 마음 되어, '청허침' 높이 베고 누웠노라면, 사산(四山)의 송림(松林)을 빗기는 솔바람 소리 ─. 고저·장단·원근·강약, 맑고도 그윽한 음률의 솔바람 소리는, 대자연의 숨결인 양 끝없이 이어 간다.

이 월하 송운(月下松韻)의 시청각적 통투(通透)한 경지는, 이미 일체 유상(有相)을 벗어난 진여경(眞如境)이 아닐 수 없다. 그리고 이 일구야말로 '운부제(韻不齊)'한 무한 송운을 타고 대자연으로 귀일(歸一)하는 청허 선사(淸虛禪師)의 영구(靈句)일시 분명하다.

서애(西崖) 유성룡(柳成龍)은 "물외(物外)에 고답(高踏)하여 진세(塵世)를 굽어보는 듯하다"고 촌평했다.

끝으로 금강산의 〈망고대〉 한 편을 더 옮겨 본다.

높은 산 정상에 우뚝 서니
넓은 하늘엔 새나 오가고
뵈는 건 아득한 가을빛인데,
창해가 잔보다 자그마하이.

普賢寺(보현사) 묘향산(妙香山)에 있는 절. 31본산의 하나로, 일찍이 작자가 머물렀던 곳.
萬國(만국) 온 세계.
都城(도성) 서울. 여기서는 도시의 뜻.
蟻垤(의질) 개미의 집. 개밋둑.
醯鷄(혜계) 눈에놀이. 일설에는 초파리.
淸虛(청허) (1) 마음이 맑고 빔. (2) 작자의 호. (1), (2)의 중의.
枕(침) 베개. 또는 베개함. 잠을 잠.
韻不齊(운부제) 소리가 가지런하지 않음.

獨立高峰頂　長天鳥去來
望中秋色遠　滄海小於杯
〈望高臺〉

| 휴정(休靜, 1520~1604, 중종 15~선조 37)　명승. 속성은 최(崔). 자 현응(玄應). 호 청허(淸虛)·서산(西山). 임진왜란 때 의승병(義僧兵)의 총수가 되어 서울 수복에 공이 많았다. 선종(禪宗)에 교종(敎宗)을 포섭하여 조계종(曹溪宗)으로 일원화하였으며, 유불도(儒佛道) 삼교 통합론을 제창. 저서에《선가귀감(禪家龜鑑)》이 있다.

옛 마을에 돌아와서

휴정(서산 대사)

서른 해 만에야 고향이라 돌아오니,
사람 죽고 집은 헐고 마을은 황량하다.

청산은 말이 없고 봄날은 저무는데,
두견이 한 목청에 밤기운이 아득하다.

늘어선 아녀자들 창지 뚫고 엿보는데,
흰머리 이웃 노인 성명을 묻는구나.

어릴 때 이름 대자 서로 눈물 흘리자니,
푸른 하늘 바다 같고 달은 황황 삼경일레!

三十年來返故鄕　人亡宅廢又村荒
靑山不語春天暮　杜宇一聲來渺茫
一行兒女窺窓紙　鶴髮隣翁問姓名
乳號方通相泣下　碧天如海月三更
〈還鄕〉

 評説　어릴 때 출가(出家) 입산(入山)하여 인연을 끊었던 고향을 삼십 년 만에 다시 찾아온 감개이다.

그동안 사바에 두고 온 부모 형제며 친지 이웃은 물론, 뛰놀던 그

동무며 그 산천 갈피갈피, 일체 인연 끊으려고 얼마나 애써 왔던 것이었던가? 잊으려 애쓰면 애쓸수록 더욱 또렷해지는 그 기억, 그 정리(情理), 그 그리움을 어찌할 길이 없어 무수한 불면의 밤과 헛된 꿈길의 왕래는 또 얼마였던가? 그렇게도 모질게 묵살(默殺)하고 엄살(掩殺)하고 압살(壓殺)해 버렸던 사바에의 정이 삼십 년 비정(非情)의 세월을 훌쩍 넘어 순식간에 회복되고 말았으니, 보라! 이 밤 이웃 노인과의 저 어우러진 흐느낌은 중으로서도 대사로서도 아닌, 바로 그 아득히 잊은 듯 못 잊었던 '사람'으로서의 흐느낌이 아니고 무엇이랴? 정히 벽천여해월삼경(碧天如海月三更)의 무한감개(無限感慨)가 아니고 또 무엇이랴?

> ※ 4구의 '來香'는 '夜氣' 또는 '夜色'으로, 맨 끝구의 '天'은, 4구의 '天'과 중복되니 '空'으로, 되었으면 한다.

다음에 같은 작자의 〈가야산에 들어가며〉 한 수를 더 옮겨 둔다.

落花香滿洞　지는 꽃향기 가득한 골에
啼鳥隔林聞　숲에서 우는 멧새 소리들!
僧院在何處　절은 어디에 있는 것이랴?
春山半是雲　봄 산이 반은 구름인 것을 ─.
〈遊伽倻〉

窺窓紙(규창지) 문종이에 침을 발라 구멍을 내어 방 안을 들여다봄. '一行兒女'는 여러 아녀들이 줄을 서서 차례로 들여다봄을 이름이다.
乳號(유호) 젖 먹을 때의 이름. 아명(兒名).

이별

휴정(서산 대사)

임별에 정에 겨운
애달픈 눈매
계수나무 열매는
우수수 지고……

소매 뿌리치고
홀연 떠나니,
온 산은 부질없다!
흰 구름뿐ㅡ.

臨別情脉脉　桂子落紛紛
拂袖忽歸去　萬山空白雲
〈浮休子〉

 이별은 매양 사람의 마음을 아프게 한다. 그것이 육친이든,
친구든, 이성이든, 다정한 사이일수록 반몸이 찢겨 나가는
듯한 아픔을 겪게 마련이다. 임별(臨別)의 노두(路頭)에서, 할 말이

浮休子**(부휴자, 1543~1615, 중종 38~광해군 7)** 승 선수(善修)의 법호(法號). 속성은
김. 17세에 출가. 글씨도 잘 쓰며 시도 잘 했다. 저서에 《부휴당집》이 있다.
臨別**(임별)** 이제 막 헤어지려는 장면.
脉脉**(맥맥)** 서로 바라보면서, 강한 애정이 마음속에 꿈틀거리고 있는 모양.

새삼 있을 리 없다. 오직 정에 겨운 애달픈 눈과 눈이 맥맥히 마주 지켜보다, 마침내 결연히 잡은 소매 뿌리치고 휑하니 떠나가 버리는 부휴자! 가물가물 사라져 가는 뒷그림자를 아득히 지켜보고 서 있는 청산 길!

이윽고 사람 그림자 간 데 없고, 천산 만산에는 부질없이 흰 구름만이 가득 메워져 있을 뿐이다. 허무로 가득 찬 천산 만산에 망연히 자신마저 잃고 선 휴정! 정히 회자정리(會者定離), 색즉시공(色卽是空)!

봄밤의 비바람

권벽

비로 해 피어나다
바람으로 해 떨어지니,
봄 오고 봄 감이
비바람 속에 있네.

간밤엔 바람 불고
비 함께 내리더니,
복사꽃 활짝 피자
살구꽃은 흔적 없네.

花開因雨落因風　　春去春來在此中
昨夜有風兼有雨　　桃花滿發杏花空
〈春夜風雨〉

評說 봄은 꽃 핌에서 시작되어 꽃 짐에서 끝이 난다. 꽃은 비바람
으로 피고 지는 것이고 보면, 봄은 비바람 속에 오고 가는
셈이 된다.

간밤에는 비바람이 함께 치더니 복사꽃은 활짝 피어난 반면, 어
제까지 탐스럽던 살구꽃은 흔적도 없이 사라지고 말았다. 따져 보
면 그것은 엄연한 우주 질서에 의한 한 현상일 뿐이다. 비는 아직
피어나지 않은 것에 선택적으로 작용하여 피어나게 했고, 바람은

이미 피어 있는 것에 선택적으로 작용하여 떨어지게 했으니, 그 사이에는 아무런 모순도 괴리도 없는 순리의 행진일 뿐이다.

불만은 다만 꽃의 머물러 있는 동안이 너무 덧없음에 있다. 그러나 그 '불만'이니 '덧없음'이니 하는 것도 필경 꽃의 피고 짐과 다름없는 인간 자신들의 수명에 대한 인간의 주관적 감정에서일 뿐이다.

그러고 보면, 그 또한 요새 자주 일컬어지는 인간들의 '집단 이기주의'일 뿐, 대우주 경영의 거시적(巨視的) 안목으로 본다면 부단한 신진대사(新陳代謝)는 필수적임을 어찌하랴?

자연의 모든 변화는 일호의 차착(差錯)도 없는 우주 질서의 실현일 뿐인 것을―.

※ 2권 p. 482 현기의 〈마지막 가는 봄날〉 참조.

| **권벽(權擘, 1520~1593, 중종 15~선조 26)** 자는 대수(大手). 호는 습재(習齋). 본관은 안동. 승지 기(琪)의 아들. 필(鞸)의 아버지. 문과. 이이(李珥)의 추천으로 사관(史官)에 기용. 중종·인종·명종실록 편찬에 참여. 홍문관에 들어가 여러 청환직(淸宦職)을 두루 거침. 시문에 뛰어났다. 저서에 《습재집》이 있다.

조운백을 찾아

박순

취해 자던 신선 집
깨고 나니 어정쩡
흰 구름 골을 메운
달 지는 새벽일다.

주인 몰래 긴 숲길
벗어나자 서두르다
돌길에 막대 소리
자던 새에 들켰네.

醉睡仙家覺後疑　白雲平壑月沈時
翛然獨出脩林外　石逕筇音宿鳥知
　　　　　　〈訪曹雲伯〉

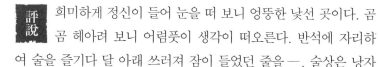 희미하게 정신이 들어 눈을 떠 보니 엉뚱한 낯선 곳이다. 곰
곰 헤아려 보니 어렴풋이 생각이 떠오른다. 반석에 자리하
여 술을 즐기다 달 아래 쓰러져 잠이 들었던 줄을 ─. 술상은 낭자

曹雲伯(조운백) 이름은 준용(俊龍). 운백은 호.
醉睡(취수) 술에 취하여 잠듦.
仙家(선가) 신선이 사는 집. 남의 집의 미칭.
白雲平壑(백운평학) 흰 구름이 호수처럼 고여 있는 골짜기.

히 흩어져 있고, 대작하던 주인도 옆에서 코를 골고 있다. 둘러보니 흰 구름은 온 골짜기를 메워, 호수에 물 고이듯 운해(雲海)를 이루어 있고, 달은 서쪽으로 기운 새벽녘이다.

집으로 돌아가리라. 주인 몰래 총총히 나서 오는데, 긴 숲길을 벗어나려 서두르다가, 돌길에 흘짚는 지팡이 소리에 자던 새들이 놀라 푸드득 날갯짓하며 짹짹거린다. 아뿔싸! 초병(哨兵)에게 수하(誰何)를 당한 듯 아찔하다. 주인에게 들키지 않고 우선 예까지 빠져나온 것만 다행으로 여기며 한숨 돌리는 순간, 뜻하지 않게도 산새들에게 들키고 만 것이다.

이 백운동 경내의 모든 것—청산녹수며 청풍명월은 물론, 미록어별(麋鹿魚鼈)이며 산조 야학의 어느 것 하나 주인 운백의 벗이요 졸개 아님이 없으니, 저들에게 들킨 일은 필경 주인에게 들킨 거나 다를 바가 없지 않은가?

작자는 매우 큰 낭패를 당한 듯, 당혹감을 감추지 못하는 어조다. 이 얼마나 자연물에 대한 애정겨운 엄살이며, 때 묻지 않게 간직되어 온 노재상의 동심인가! 우리는 작자의 자애롭고도 곰살궂은 마음씨를, 이 익살기 넘치는 '宿鳥知'에서 읽는다. 그런 가운데 이는 한편 어느덧 그 자체 주인 조운백의 은서 생활에 대한 찬미로 귀결되어 있음을 본다.

남의 은서지를 예방하였으면, 그곳 정치(情致)며 주인의 풍운 등

月沈時(월침시) 달이 잠기는 새벽녘.
翛然(소연) 재빠른 모양. 또는 사물에 구애되지 않는 모양.
脩林(수림) 긴 숲.
石逕(석경) 돌길. 산길.
筇音(공음) 막대 소리. 지팡이를 짚는 소리.
宿鳥(숙조) 자는 새.
知(지) 여기서는 피동으로, 앎을 당함. 알아챔. 곧 들킴.

을 들어 칭송하는 시 한 마리쯤의 증정은 의례적(儀禮的)인 의례사(依例事)이다.

그렇다고 판 차리고 하는 칭송은 그 의도성 때문에 진실미가 없고, 정색하여 정면으로 남을 추키는 일은 피차에 낯뜨겁다. 아무 타의 없는 순수한 자신의 서정 속에, 부차적으로 은연중 나타난 이런 칭송이야말로, 가장 동양적인 은군자(隱君子)의 은행(隱行)다운, 은근미와 완곡미로도 그만이니, 과연 삼당시인(三唐詩人)을 배출한 거장다운 솜씨임을 수긍케 해 준다.

이로 하여 '박숙조(朴宿鳥)'니 '숙조지선생(宿鳥知先生)'이니 하는 별호까지 얻게 되었다고 《청강시화》, 《성수시화》 등에 전하고 있으니, 이는 시인(時人)들이 붙인, 다분히 토속적 친숙감을 담은 해학적 미호(美號)로서, 이 시의 성가를 높이는 데, 한 측면적 일조마저 담당했었으리라 짐작된다.

신위는 그의 《논시절구》에서 다음과 같이 읊었다.

'돌길의 막대 소리
자던 새에 들켜 버린,
흰 구름 고인 골의
달 지는 새벽'이여!

맑고 곧은 절개
따를 이 없거니,
세속 떠난 시 속의 모습
눈에 선하다.

石逕節音宿鳥知　　白雲平壑月沈時
淸修苦節無人及　　想見詩中絶俗姿

　이 시는 작자가 영평(永平: 경기도 포천의 옛 이름)의 백운산(白雲山)
에 은거하면서, 산자락 한 갈피 이웃인 백운동(白雲洞)에 은거하고
있는 조운백의 초당을 찾아갔을 때의 지음으로, 이는 그 두 수 중의
둘째 수이다. 첫 수는 다음과 같다.

　푸른 산에 깃들인
　신선집을 찾아와
　가을 놀 소매로 쓸고
　돌이끼에 앉았네.

　주인 함께 취하여
　달 아래 잠이 드니
　학 뒤치는 서슬에
　솔이슬 빈 잔에 드네,

　靑山獨訪考槃來　　袖拂秋霞坐石苔
　共醉濁醪眠月下　　鶴翻松露適空杯

| 박순(朴淳, 1523~1589, 중종 17~선조 22)　상신·학자. 자 화숙(和叔). 호 사암
(思菴). 본관 충주(忠州). 영의정으로 오래 재임. 이이(李珥), 성혼(成渾)을 편들
다 서인(西人)으로 지목되어 탄핵을 받고, 영평(永平) 백운산(白雲山)에 은거.
시문과 글씨에 뛰어났다. 저서에《사암집》이 있다. 시호는 문충(文忠).

비 온 뒤

박순

갈팡질팡 내닫는 물
들판 거쳐 강에 들고
헌함 밖 나뭇잎엔
빗물 아직 듣듣는데,

울타리엔 도롱이
처마엔 그물 널어
바라보는 집집마다
석양도 많을씨고!

亂流經野入江沱　　滴瀝猶殘檻外柯
籬掛蓑衣簷曬網　　望中漁屋夕陽多
〈湖堂雨後卽事〉

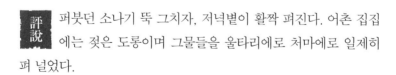 퍼붓던 소나기 뚝 그치자, 저녁볕이 활짝 펴진다. 어촌 집집
에는 젖은 도롱이며 그물들을 울타리에로 처마에로 일제히
펴 널었다.

湖堂(호당) 독서당(讀書堂)을 이름. 한강의 동호(東湖)가에 있다 하여 '동호독서당'이라
고도 했다. '호당'은 그 약칭. 문과에 급제한 사람 중 특히 문학에 뛰어난 사람을 뽑아
사가독서(賜暇讀書)하게 하던 곳. 서울 옥수동(玉水洞) 한강변에 있었다.
亂流(난류) 물길을 찾지 못해 여러 갈래로 흐르는 물.

그것들은 석양을 향하여, 한껏 넓은 넓이로 가슴을 벌리고서, "햇볕이여, 은총을 내리소서. 이 가슴에! 이 가슴에! 이 가슴에!……" 그것들은 서로 다투어 햇볕 그리움을 소리 높여 하소연하며, 한껏 펴 넓힌 가슴의 넓이보다 몇 갑절 더 많은 햇볕의 응답(應答)이 내려지기를 기원하고 있다.

　　그것은 마치 넓은 해바라기 밭의 수많은 해바라기 꽃의 얼굴 얼굴에 태양의 응답이 깃들었듯이, 온 마을 집집마다에 벌려 편 도롱이며 그물들의 많고 많은 가슴 가슴에 석양은 아낌없이 아람아람 햇볕을 안겨 주고 있는 광경이다.

　　望中漁屋夕陽多!

　　한 종교적 차원으로까지 승화되어 있는 이 한 구, 신운(神韻)이 어찌 따로 있으랴?

江沱(강타) 강하(江河).
滴瀝(적력) 물방울이 뚝뚝 들음.
檻外柯(함외가) 헌함 바깥에 드리워 있는 나뭇가지.
※ 듣든다 뚝뚝 떨어지다.

새 달력

강극성

날씨도 사람 일도
변덕스럼 하 많거니
새 달력 차마 어이
이 병 나아 보게 되랴?

알 수 없어라!
금년 삼백 육십 일엔
비바람은 몇 번이며
애환(哀歡)은 그 얼마리?

天時人事太無端　新曆那堪病後看
不識今年三百日　幾番風雨幾悲歡
〈題新曆〉

 일찌감치 조정에서 하사해 온 새해 달력! 지금 앓고 있는 이 병이 나아, 다시 저 많은 삼백육십 일의 하루하루를 살아가며 보리란 기대를 할 수가 없다. 병이 심상치 않기 때문이다.

더구나 저 달력 속에는 이미 운명처럼 배태되어 있어, 국가나 사가(私家)에 닥칠 풍우(風雨)며 애환(哀歡)은 언제 어떤 모습으로

太無端(태무단) 너무나 변화가 많음. '無端'은 끝이 없음. 무한(無限). '太'는 매우. 몹시.

나타날 것인지 예측할 수 없는 채, 그러나 분명히 한 해의 미래 역사가 저 속에 내장(內裝)되어 있음을 감지하는 순간 숙연해진 것이다.

| 강극성(姜克誠, 1526~1576, 중종 21~선조 9) 문신. 자 백실(伯實). 호 취죽(醉竹). 본관 진주(晋州). 문과. 장단 부사(長湍府使) 등 역임.

부용당에서

정현

달빛에 연꽃 향기
이 맑은 밤을
그 누가 부는가
옥피리 소리…….

열두 간 두른 난간
잠은 안 오고
벽성의 임 시름만
그지없어라!

荷香月色可淸宵　　更有何人吹玉簫
十二曲欄無夢寐　　碧城愁思正迢迢
〈海州芙蓉堂〉

評說 부용당은 해주 팔경의 하나로, 그 이름만큼이나 시사(詩思) 도 염려(艶麗)하다. 주제는 선경(仙景)에 노닐면서 선연(仙 緣)을 얻지 못하는 한(恨)이라고나 할까?

芙蓉(부용) 부용화. 곧 연꽃.
荷香(하향) 연꽃 향기.
淸宵(청소) 맑은 밤.
玉簫(옥소) 옥퉁소.

앞 연못에는 당호(堂號)에 걸맞게도 부용화(연꽃)가 만발해, 그 풍겨 오는 그윽한 향기와, 만월의 부드러운 달빛으로 어우러진 맑은 이 한밤, 어느 신선의 농적(弄笛)인 듯, 멀리 은은히 들려오는 옥피리 소리의 연연한 가락! 열두 간 대청을 두른 헌함에 기대어, 이 맑은 밤의 청량미(淸凉味)를 흐뭇이 누리며 있노라니, 어느덧 스스로 우화(羽化)한 듯한 황홀경에 든다. 여기 지명이 또한 벽성(碧城)! 잠깐 꿈길에라도 접어들 양이면, 그 옛날의 벽성선(碧城仙)을 금시 만날 것도 같다마는, 맑은 향기, 밝은 달빛, 청아한 피리 소리로, 투명하리만큼 말갛게 깨어 있는 영혼으로는 잠이 올 리가 없으니, 그를 만나 함께 놀 선연(仙緣) 없음이 한스럽다.

당호에서 연꽃을, 지명에서 신선을 중의(重義)로 이끌어 십분 활용했다.

기·승구는 후·시·청각(嗅視聽覺)의 미(美)를 극(極)한 청경(淸景)이요, 전·결구는 청경일수록 더욱 간절해지는 진선(眞仙)에의 연모다.

유몽인(柳夢寅)은 《어우야담》에서, "정현이 해주 목사로 부임하자, 부용당의 여러 시액(詩額)들을 모조리 떼내어 장작으로 때게 하고, 자기의 이 시를 걸어, 당시 인구에 회자되었으나, 그 교만함을 몹시 미워했다. 임진란 때 왜적이 들어와, 부용당의 그 이후에 추가된 또 많은 시액들을 다 불사르면서, 정현과 김성일(金誠一) 시만 남

夢寐(몽매) 잠을 자며 꿈을 꿈.
碧城(벽성) (1) 해주 근처의 군 이름. 벽성군. (2) 신선이 산다는 성. 이상은(李商隱)의 〈벽성시(碧城詩)〉에 "碧城十二曲欄干 犀辟塵埃玉辟寒"이란 구가 있다. 여기서는 (1), (2)의 중의.
愁思(수사) 시름겨운 생각.
迢迢(초초) 아득히 먼 모양. 또는 시름이나 한 같은 것의 그지없는 모양.

겨 두었다. 김성일의 시는 워낙 일본 사신으로 잘 알려져 있었기 때문이요, 정현의 시는 왜적도 그것이 절창(絶唱)임을 알았기 때문이었다"고 말했다.

신위는 그의 《논시절구》에서, 권갑(權韐)의 〈송경시(松京詩)〉와 아울러 다음과 같이 읊었다.

'달빛 연꽃 향기' 정현의 시가
'남루의 옛 종소리'를 그리 닮은고!
안식(眼識) 갖춘 왜인도 있었음인가?
이 시만은 탈없이 모셔 두었는데.

鄭礥月色荷香句　何似南樓故國鐘[1]
具眼倭中有人否　絳雲[2]無恙碧紗籠[3]

1)은 '눈달은 예런 듯 흰데 /고려를 우는가 찬 종소리 /남루에 홀로 시름으로 서면 /헌 성곽에 이는 저녁연기 ──(雪月前朝色 寒鐘故國聲 南樓愁獨立 殘郭暮烟生)'란 권갑의 시. 2)는 누각 이름. 청(淸) 전겸익(錢謙益)의 장서루(藏書樓). 여기서는 부용당을 이에 견주어 이른 것. 3)은 당(唐)의 왕파(王播)가 곤궁한 시절, 양주의 목란사(木蘭寺)에 기식하였으나, 중이 꺼려하므로 시 한 수를 벽서(壁書)로 남기고 떠났는데, 후에 그 지방 장관이 되어 다시 절을 찾으니, 옛날 그 시는 푸른 깁으로 덮어 가리어 소중하게 간직되어 있더라는 고사에서 온 말.

| 정현(鄭礥, 1526~?, 중종 21~?) 문신. 자 경서(景舒). 호 만죽헌(萬竹軒). 본관 온양(溫陽). 대호군(大護軍), 성천 부사 등 역임. 시문과 글씨에 능하여 많은 비갈(碑碣)과 충훈부(忠勳府)의 편액(扁額) 등을 썼다. 저서에 《만죽헌유고》가 있다.

파직되어 고향 가는 길

황정욱

말안장 벗기고 동루에 낮참을 쉬노라니,
섣달이라 덧없이 저문 싸늘한 저녁 하늘,

젊은 시절 입버릇처럼 전원으로 돌아가자던 말.
백발에도 오히려 세상길 어려움을 노래하게 되다니―.

어쩌면 하늘이 날 시험하여 스스로 시름 잊게 함인가?
비가 도리어 길손을 붙들어 잠시나마 편안을 얻게 하듯이―.

내일 아침 눈 비비며 고향 산 푸름을 놀랄까 봐
오늘 밤 한바탕 느직한 꿈을 예서 꾸게 함이로다.

午憩東樓卸馬鞍　　窮陰忽作暮天寒
靑春謾說歸田好　　白首猶歌行路難
天或試人聊自遣　　雨還留客暫求安
明朝刮目鄕山碧　　且費今宵一夢闌
〈官罷向芝川坐樓院〉

評說 오랜만에 돌아가는 고향 지천(芝川) 길이다. 필마(匹馬)를
채쳐 이미 여러 날, 나귀도 지쳤으려니 안장 벗기고, 동루에
앉아 낮참을 쉰다. 한동안 이런저런 감회에 젖다 보니, 덧없는 겨울

해는 어느덧 기울었고, 갑자기 느껴지는 싸늘한 저적 추위가 몸을 움츠리게 한다. 이제부터라도 곧장 달려가기만 하면 좀 저물기야 할망정 오늘 중으로 도달할 수 있는 거리로 고향이 다가와 있건만, 오랫동안 마음의 눈으로만 바라보던 고향을 오히려 육안으로 함부로 대하기가 망설여진다. 금의환향이 아닌, 파직 귀향의 길이기 때문은 아니다. 가슴에 한 점 부끄러울 것이 없으니, 고향 사람들 대면하기야 떳떳하지만, 좀 더 그리움으로 간직해 있고 싶어지는, 한 가닥 역설적인 이상 심리에서, 차라리 하룻밤 이 객사에 묵으리라 마음을 정하고 주저앉아 버린다.

돌이켜 생각하니 만감이 뒤얽힌다. 환도 홍진(宦途紅塵)을 무릅쓰기 한평생, 진작부터 입버릇처럼 뇌던 '귀거래(歸去來)'는 끝내 말만일 뿐 이루지 못하다가, 이 백발에야 변을 당하여 돌아가는 고향 길의 이 행색(行色)! 새삼 〈행로난(行路難)〉의 애달픔을 나 자신의 노래로 부르게 되다니 —.

官罷(관파) 관에서 물러감. 파직(罷職)됨.

樓院(누원) 원에 딸려 있는 다락. '원'은 관원을 위한 국영의 여관.

午憩(오게) 낮참으로 쉼. 낮 시간의 휴게.

卸馬鞍(사마안) 말안장을 벗김.

窮陰(궁음) 음력 섣달을 이름. 궁동(窮冬).

忽作(홀작) 갑자기 ~되게 함.

謾說(만설) 함부로 말함.

歸田(귀전) 전원으로 돌아감.

猶歌(유가) 오히려 노래함.

行路難(행로난) 세상살이의 어려움을 도로의 험난함에 견준 악부 가사. 포조(鮑照)·이백(李白)·백거이(白居易) 등의 작이 유명하다.

自遣(자견) 스스로 자기 마음을 달래어 시름을 잊음.

留客(유객) 손을 머무르게 함.

刮目(괄목) 눈을 비비며 놀라 봄.

闌(란) 늦음. 느직함.

인생길 어려워라
산길보다 더 어렵고
물길보다 더한 길이
부부간뿐만 아닌
군신간도 그렇더라.

그댄 보지 않는가?
좌납언 우납사의
아침나절 은총 입다
저녁나절 사사됨을

인생길 험난함은
산도 물도 다 아니요
인정 변덕 탓일레라.

行路難　　　　難於山險於水
不獨人間夫與妻　　近世君臣亦如此
君不見左納言右納史　朝承恩暮賜死
行路難 不在水不在山　祇在人情反覆間

　백낙천(白樂天)의 〈태행로(太行路)〉의 일절이다.
　그러나 이제 와서 감상에 젖기란 부질없는 일, 세상만사 새옹지
마(塞翁之馬)다. 앞일을 뉘 예측하랴? 이번 이 일이, 스스로 결행하
지 못하는 나로 하여금, 타의(他意)로나마 전원으로 돌아가 여생을
느직이 소요(逍遙)할 수 있게 하려는 하늘의 배려는 아닐는지? 마치
오랜 여로에 지친 길손이 비에 갇히어 본의 아니게나마 하루의 휴

식을 얻게 되듯이 ―.

아무튼, 내일 아침이면 싱그러운 고향 산의 푸름에 흥분될 일에 대비하여, 오늘 밤 여기서 한바탕 느직한 꿈을 이루게 함인지도 모를 일이다.

시정이 순리로 전개되어 굽이굽이 곡진(曲盡)하다. 일거 일행(一擧一行)을 다 천계(天啓)에 의귀(依歸)하려는 두터운 신심(信心)이 전편의 저변에 깔려 있어, 불행한 돌발사도, 고향 문턱에서의 객숙(客宿)도, 다 하늘의 자상스러운 배려인 양 자위하는 가엾은 심곡(心曲)은 독자의 마음을 아프게 하고 있다.

허균(許筠)은 "시정이 그윽하고 깊숙하며, 시품이 맑고 드높아, 천 년 이래의 절창(絶唱)이라 할 만하니, 그 연원은 눌재(訥齋) 박상(朴祥)에서 비롯하여, 호음(湖陰) 정사룡(鄭士龍)·소재(蘇齋) 노수신(盧守愼)과 맥(脈)을 같이하고 있다"고 논평했다. 세간에는 이들을 묶어 '호소지(湖蘇芝)'로 병칭(併稱)하여, 시단의 대수(大手)로 지목하여 온다.

| 황정욱(黃廷彧, 1532~1607, 중종 27~선조 40) 문신. 자 경문(景文). 호 지천(芝川). 본관 장수(長水). 각조 판서 등 역임. 임진왜란 때 왕자 화순군(和順君)을 모시고 의병을 모집하다가, 모반자의 밀고로 두 왕자와 함께 왜적에 잡혔다가 석방되었으나, 후에 이 일로 탄핵을 받고 길주(吉州)로 유배되었다. 시문과 글씨에 능했다. 저서에 《지천집》이 있다. 시호는 문정(文貞).

중양

정작

세상사람, 중양절이
최고라지만
흥겹기야 하필이면
중양만이랴?

국화 앞에 맑은 술잔
기울일 제면
구추(九秋) 어느 날이
중양 아니랴?

世人最重重陽節　未必重陽引興長
若對黃花傾白酒　九秋何日不重陽
〈重陽〉

요새는 우리의 고유 명절인 추석이 큰 명절이다 보니, 중양
절은 이름도 날짜도 모른 채 넘어가기 일쑤다. 그러나 옛날
은 '양(陽)'이 겹치는 9월 9일은 중국과 함께 천하의 명절로 여겨 왔
던 것이다.

하기야 햇곡식 햇과일도 추석에는 아직 푸르고 설어 겨우 맏물이
나 맛볼 정도로, 중양 때만큼 푸짐하지 못하다.

신도주(新稻酒)에 국화잎을 띄워 마시는 국화주! 그것은 중양절

의 대표적인 절식(節食)이다. 국화 그것도 요새의 개량종과는 사뭇 다른, 집집마다 울타리나 담 밑에 해마다 돋아나는 순종의 황국화(黃菊花)다. 꽃잎 몇 잎을 술잔에 띄우기만 하면 금세 맑은 향기가 잔에 가득 서리는 국화주! 그 황국화가 한창 약 올라 향기로울 때도 중양절이다.

친구들과 등고(登高)하여 나누는 술은 '액땜'이란 필수적 의무적 미명 아래, 다소 흥청거려도 죄 되지 않는 농사 골몰 뒤의 해방 축하이기도 했다. 그런지라, 그 해방감이 어찌 하루로 마무리되고 말랴? 국화가 끝장나기까지의 가을 내내 국화주 기울이는 흥겨움이야 날마다 중양절일밖에 ―.

형식면으로 보아, '重陽'의 삼반복(三反復)이 알맞게 배치되어 있어, 그 율동감, 박자감이 또한 흥감을 더해 주고 있다.

| 정작(鄭碏, 1533~1603, 중종 28~선조 36) 학자. 자는 군경(君敬). 호는 고옥(古玉). 본관은 온양. 염(磏)의 아우. 을사사화에 아버지가 삭탈관직되자 벼슬에 뜻이 없어 학문에만 정진, 시명(詩名)이 높았으며, 글씨도 잘 썼고, 의학에도 조예가 깊어《동의보감》편찬에 참여했다. 술을 좋아하여 주선(酒仙)이라 불리어졌다.

갈밭에 바람 이니

고경명

갈밭에 바람 이니
물결인가 눈보란가?
고기 주고 술 받아 와
뜸집에 배 매어 놓고……

두어 가락 저〔笛〕 소리에
밝아 오는 강 달이여!
자던 새도 덩실덩실
내 속에서 날아라!

蘆洲風颭雪漫空　　沽酒歸來繫短蓬
橫笛數聲江月白　　宿鳥飛起渚烟中
〈漁舟圖〉

評說 이는 〈어주도〉에 부친 화제(畫題)이다.
갈대꽃 허옇게 피어 우거진 물가에, 바람이 지나가면, 넓은
수면에 물꽃〔浪花〕이 하얗게 일어나듯, 온 하늘에 자오록이 이는 눈

蘆洲(노주) 갈대숲으로 덮인 물가.
風颭(풍점) 바람에 물결이 일어 흔들림.
雪漫空(설만공) 눈이 허공에 가득 어지럽게 내림.
沽酒(고주) 술을 삼.

보라 되어, 시야가 흰색 일색으로 가득 일렁이는 노주(蘆洲) 풍경의 낭만이 화폭에 방불하다.

뜸집 앞에 조각배 하나 매여 있고, 집 안엔 피리 부는 늙은이, 거기 청아한 한 가락 투명히 솟구쳐 오르며 높이 멀리 번져 가고 있다. 취흥에 겨워, 생애의 한(恨) 같은 것을 가벼이 실어 날려 보내고 있음이리라. 한의 승화(昇華) 작업! 그 맑고 밝은 음색의 고운 가락은, 이 밤 강산에 가득 서리며, 잠들어 있는 강 달[江月]을 깨워 일으킨 듯, 달은 문득 환히 빛을 띠우며 커다라니 다가오고, 풀섶에 깃들인 새들도 같은 가락 한 장단에 춤사위를 맞추는 한마당이 어우러진다.

橫笛數聲江月白!

이는 시중의 요처이다. 화면에서 소리를 듣고, 화면의 달에서 전후 색조의 변화를 감지함은, 전혀 작자의 환상적 심미적(審美的) 상상력에 의함이요, '笛聲'과 '月白'의 시청각적 함수 관계는 두 관능의 교착에서 오는 공감각적 현상이다.

제2구와 제3구 사이의 공백은 독자의 상상에 맡겨 놓았다. 낚은 고기 안주하여, 사온 술로 잔을 거듭하는 저녁 한때의 어부 생애야 이르나마나기 때문이다.

'沽酒歸來繫短蓬'은《어부가(漁父歌)》의 '罷釣歸來繫短蓬'의 환골(換骨)로서, '罷釣' 자리에 '沽酒'를 대입(代入)한 합성이다. 이로

短蓬(단봉) 작은 뜸집.
橫笛(횡적) 저. 또는 옆으로 부는 피리.
宿鳥(숙조) 잘새. 자는 새.
渚烟(저연) 물가에 낀 연무(煙霧). 내.

써 〈어부가〉의 분위기 또한 은근히 그 배경에 깔리게 되어, 시의 깊이를 더해 주고 있으니, 이 또한 용사(用事)의 묘(妙)라 할 만하다.

| **고경명**(高敬命, 1533~1592, 중종 28~선조 25) 문인 · 의병장. 자 이순(而順). 호 제봉(霽峰). 본관 장흥(長興). 정언, 동래 부사 등 역임. 임란 때 광주(光州)에서 모집한 6천여 명의 의병을 거느리고 금산(錦山)에 침입한 왜적과 싸우다가 전사했다. 저서에 《제봉집》, 《유서석록(遊瑞石錄)》 등이 있다.

보름달

송익필

못 둥글어 한이나
둥글긴 더뎌
어찌타 둥글자
이내 기우나?

서른 밤에 둥긂은
단 하룻밤
일생의 뜻한 일도
저러하려니 ―.

未圓常恨就圓遲　圓後如何易就虧
三十夜中圓一夜　百年心事摠如斯
〈望月〉

 늘 둥근달로 있지 못함이 한이 되어, 언제나 둥글어지려고
애쓰는 것이 조각달의 소원이다. 그러나 조각달이 둥근 보
름달 되고자 아무리 조바심한들 일석(一夕)에 이루어질 수는 없는

就圓(취원) 원으로 나아감. 곧 둥그렇게 되어 감.
易就虧(이취휴) 쉬 이지러져 감.
心事(심사) 마음에 두고 있는 일.
摠如斯(총여사) 다 이와 같음.

일, 좁쌀만큼 입쌀만큼 커 가는 지루한 과정을 거치고서야 얻어지는 것이다. 게다가 이처럼 어렵사리 얻어 낸 보름달도 그 영광스러움은 잠시 잠깐뿐, 둥글기가 무섭게 이지러지는 길로 접어들게 마련인 것이 또한 달의 운명이다. 한 달이면 서른 밤인데, 둥근달은 그중의 단 하룻밤—정확히 말하면 그 하룻밤의 어느 한 순간인 것이다.

인간은 저마다 나름대로의 힘겨운 포부를 안고, 천신만고를 무릅쓰며 각고 근면(刻苦勤勉)한다. 그러고도 성취 못하는 수많은 불운 가운데, 어쩌다 얻어 낸 행운도 없지 않으나, 그러나 애써 이룩한 그 영광은 오래 누리지 못한 채 비운으로 기울기가 일쑤다.

"인제 밥술이나 먹을 만하니……" 혹은 "인제 좀 알아줄 만하니……" 호사다마(好事多魔)로 어찌어찌되고 말았다는 식의 탄식을 우리는 이웃들에서 예사로이 듣는다. 알뜰히 쌓아 올린 공든 탑이 일조에 기우는 사례는 너무나 많다. 인간의 일생 중에 그 부정적 시간은 그리도 긴 데 반해, 긍정적 시간은 너무나 짧다. 들인 노고에 비해 얻어지는 공효는 무척이나 인색하다.

보름달을 쳐다보며 인사의 허무를 탄식하고 있는 작자이다. 서로 다른 소재를 가지고 같은 주제를 읊어 낸 그의 아우 한필(翰弼)의 〈꽃〉을 다음 장에서 아울러 음미해 보라.

위 시와 아울러 작자의 인생관을 입체적으로 밝혀 주는 그의 〈산행〉 한 수를 옮겨 덧붙인다.

가다간 앉기를 잊고
앉았단 가기를 잊는 산길!
솔 그늘에 말도 쉴 겸
물소리를 듣나니……

내 뒤의 몇 사람이
내 앞을 질러가리,
저마다 멈출 데 멈추리니
또 무엇을 다투리야?

山行忘坐坐忘行　　歇馬松陰聽水聲
後我幾人先我去　　各歸其止又何爭
〈山行〉

송익필(宋翼弼, 1534~1599, 중종 29~선조 32) 학자. 자 운장(雲長). 호 구봉(龜峰). 본관 여산(礪山). 팔문장가의 한 사람. 성리학자로서 율곡(栗谷), 우계(牛溪)와 왕래하여 학문을 연구하였으며, 예학(禮學)에도 밝았다. 문하에 김장생(金長生), 김집(金集) 등 많은 학자가 배출됐다. 저서에 《구봉집》이 있다. 시호는 문경(文敬).

앞 강에 배 띄우고

송익필

꽃에 홀려 배 돌리기
이왕 늦었기
달 기다려 이제야
내리는 여울.

취중에도 낚시라
드리워 놓고,
배는 돌아오건만
꿈은 꽃밭에 —.

迷花歸棹晚　待月下灘遲
醉裏猶垂釣　舟移夢不移
〈南溪暮泛〉

評說 꽃에 홀려 꽃나무 아래 펼친 화하주(花下酒)! 거나하여 돌아
갈 줄을 잊은 귀갓길, 이왕 늦었는 김에 달 돋으면 떠나리
라, 짐짓 핑계 붙여 이제야 여울목의 흐름에 배를 맡긴다. 취중에도
낚시는 치레로 드리워 둔 채, 배는 제대로 흐름 따라 집으로 돌아가

歸棹(귀도) 배를 돌려 저어 집으로 돌아옴.
下灘(하탄) 여울목을 내려감.

고 있건마는, 꿈은 마냥 꽃밭을 맴돌고 있는, 하루의 즐거웠던 봄놀이의 미진한 여운이다.

　꽃과 달과 술과 낚시! 친구는 있었음 직도 없었음 직도, 꽃이란 해어화(解語花)도 한몫 끼었음 직도, 아니 끼었음 직도…….

지리산 유람

송익필

베옷 입은 야인 서너 사람이
티끌세상 바깥에서 노니나니,

골이 깊어 꽃 마음도 게으르고
산이 겹쳐 물소리도 그윽하다.

야트막한 산은 잔 속의 그림이요,
길이 부는 바람은 소매 속 가을일다.

흰 구름이 바위 아래 서려나니,
돌아가는 길엔 푸른 소를 타리로다.

草衣人三四　　於塵世外遊
洞深花意懶　　山疊水聲幽
短嶽盃中畫　　長風袖裏秋
白雲岩下起　　歸路駕靑牛
〈遊南嶽〉

 백두(白頭)의 야인(野人) 서너 친구가 베옷 차림으로,
인간 세상을 벗어난, 지리산 속의 청유(淸遊)를 즐긴다.
골짜기가 깊으니 꽃의 마음도 게을러져, 철 늦게야 부스스 피어

나고,

첩첩으로 두른 산속이라, 유궁(幽宮)에서 울려오는 듯 물소리도 웅숭깊게 들려온다.

야트막한 푸른 산들은 술잔 속으로 그 그림자 잠겨 들고,

길이 부는 산바람은 소매 속으로 들어, 가을인 양 선선하다.

바위 아래 뭉게뭉게 흰 구름이 피어오르는 곳, 이 별천지에 이르러,

우리도 도사가 되었으니, 돌아가는 길에는 노자(老子)처럼 푸른 소를 타고 갈까 보다.

속기(俗氣)를 벗은, 신선이나 도사(道士)의 시인 양 2, 3, 4연에는 선기(仙氣)가 돈다. 이백의 〈심옹존사은거(尋雍尊師隱居)〉 시를 방불케 한다.

작자의 사상은 유교에 노장(老莊)을 더하였으니, 매사에 도교적인 달관(達觀)으로 낙천적(樂天的)이며, 또한 안분지족(安分知足)에 풍류와 한정(閒情)이 넉넉하다.

다음에 같은 작자의 〈부족한 듯한 족함이 참 족함이다〉를 음미해 보자.

吾年七十臥窮谷	내 나이 일흔으로 궁곡에 누웠으니
人爲不足吾則足	남들은 부족다손 나는야 넉넉하네.
朝看萬峰生白雲	아침이면 천봉 만봉 흰 구름이 뭉게뭉게
自去自來高致足	멋대로 오랑가랑 높은 아치(雅致) 넉넉하고,

南嶽(남악) 지리산의 옛 이름.
靑牛(청우) 털빛이 검은 소의 미칭. 옛날 도사(道士)들이 타고 다녔다.

暮看滄海吐明月　　저녁이면 창해 위로 밝은 달을 토해 내어

浩浩金波眼界足　　금물결 넘실넘실 보는 맛이 넉넉하고,

春有梅花秋有菊　　봄에는 매화 피고 가을에는 국화 피어,

代謝無窮幽興足　　끝없이 갈아드니 그윽한 맛 넉넉하고,

一床經書道味深　　한 책상 쌓인 경서(經書) 도학(道學) 맛이 깊어

　　　　　　　　있어,

尙友萬古師友足　　만고의 벗 숭상(崇尙)하니 스승·친구 넉넉하고,

德比先賢雖不足　　덕은 비록 선현보다 부족하다 할지라도

白髮滿頭年紀足　　백발이 가득하니 나이티가 넉넉하네.

　〈足不足是足〉

같은 작자의 〈꽃과 달〉 한 수를 다시 덧붙인다.

有花無月花香少　　꽃 있어도 달 없으면 꽃향기 줄어들고,

有月無花月色孤　　달 있어도 꽃 없으면 달빛이 외롭지만,

有花有月兼有酒　　꽃도 있고 달도 있고 술도 겸해 있고 보면

王喬乘鶴是家奴　　왕자교의 타는 학은 그 바로 내 종일다.

　〈對酒吟〉

王喬(왕교) 저를 불며, 학을 타고 다닌다는 신선의 이름. 왕자교(王子喬).

꽃

송한필

밤비에 피던 꽃이
아침 바람에 지네.
가엾다. 한 해의 봄이
비바람 속에 오다 가다니 ─.

花開昨夜雨　　花落今朝風
可憐一春事　　往來風雨中
　　　　　　　　　　〈偶吟〉

評說 밤비에 피어나던 꽃이 채 다 피기도 전에 아침 바람에 져 버
린다. '비'와 '바람'이 인과(因果)로 시종(始終)하여, 피고 짐
이 반일도 못 되는 사이에 끝나고 말았다.

꽃 피자 비바람
인생엔 이별

花發多風雨　　人生足別離
　　　　　　　　〈于武陵〉

可憐(가련) 감탄사. 가엾어라!
春事(춘사) (1) 춘흥(春興). (2) 봄 일. 봄을 경영하는 일. 곧 꽃 피우는 일. 여기서는 (1),
(2)의 뜻.

태초 이래의 이 숙명적 악연(惡緣)을 어이 끊으리?

이 한때의 꽃 피움(開花)을 위하여, 맑은 정기를 모으고 아름다운 정혼을 길러, 그 가장 정미롭고 찬란한 진수(眞髓)로 빚어, 꽃으로 피워 내려던 한 생애의 알뜰한 영위(營爲)가, 하루아침 피어나자마자 꽃샘바람 앞에 허무하게도 끝나 버리고 만 것이다.

뻗쳐오르던 내 보람 서운케 무너졌느니,
모란이 지고 말면 그뿐, 내 한 해는 다 가고 말아……

김영랑(金永郎)의 그 심정도 바로 이 심정이었으리라.

삶이란 애달픈 소모(消耗)
영위(營爲)의 시점(始點)을 찾아

오직 바람에 맡겨
허공에 날려진 실 끝

겨우 그 이룬 거미줄들의
무심히도 걷힘이여!
〈영위(營爲) Ⅱ〉

무심히 걷혀 버리는 이호우(李鎬雨)의 〈거미줄〉과도 같은, 이 어이없는 현상을 바라보고 있는 작자의 망연한 얼굴빛에 스쳐 가는 인생 무상의 쓸쓸한 그림자를 어찌 간과할 수 있으랴?

그의 형 익필(翼弼)의 〈보름달〉을 아울러 음미해 보라.

속요(俗謠) '화무십일홍(花無十日紅)이요, 달도 차면 기우나니……'의 '花·月'을 형제가 하나씩 나누어, '자연의 덧없음에 부친 인사의 허무'를 공통 주제로 화답한 듯한 작품이다.

| 송한필(宋翰弼, ?~?) 선조 때의 학자. 익필(翼弼, 1534~1599)의 아우. 자 계응(季鷹). 호 운곡(雲谷). 본관 여산(礪山). 형과 함께 문학으로 이름이 높았다. 저서에 《운곡집》이 있다.

청심루

이해수

여강의 가을 물은
거울로 맑디맑고,
청산 위의 청산은
층층이 미모로다.

저녁놀의 외 따오긴
진짜로 그림인데,
기러기 소리 갈매기 꿈은
그 뉘라서 그려 낼꼬?

驪江秋水鏡澄澄　山上青山面面層
孤鶩落霞眞摹畵　雁聲鷗夢畵誰能
　　　　　〈次清心樓韻〉

 여주의 청심루 위에서 전망되는 여강 일대의 자연 경관에
대한 찬탄이다.
　작자는 시방 이 '청심루 위에서의 경관'을 저 왕발의 '등왕각서'
에서의 경관에다 겹쳐 보고 있는 듯하다. 그것은 저 "가을 물은 가

孤鶩落霞(고목낙하) 외로운 따오기와 지는 저녁놀. 왕발(王勃)의 〈등왕각서(滕王閣序)〉에
"落霞與孤鶩齊飛　秋水共長天一色"이라 있다.
摹畵(모화) 본뜬 그림. 실물과 똑같이 그린 그림.

을 하늘과 함께 구만리로 푸르러 있고, 외로운 따오기는 낙하와 함께 나란히 하늘을 날고 있다"는 구절을 그대로 바탕에 깔고 있다. '鏡澄澄'은 '거울처럼 맑다'가 아니라, '바로 거울 자체로 맑다'요, '面面層'은 '십일면 관음보살'의 얼굴처럼 층층으로 포개져 있는 많은 산의 얼굴들이 저마다 아름답다는 뜻이다.

모든 것이 진정 한 폭 아름다운 그림에 틀림없으나, 그러나 저 들려오는 기러기 소리며, 졸고 있는 갈매기의 한가로운 꿈은 어느 화공이 있어 능히 그림으로 그려 낼 수 있을 것인가? 아무리 명화공이라도 '소리'와 '꿈'은 그려 내지 못할 것이 아닌가?

이는 김삿갓(金笠)의 〈금강산 시〉의 수법과 방불하다.

若使摩詰摹此景　왕유(王維)로 하여 이 경치야 그려 낸다손,
其於林下鳥聲何　숲에 우는 새소리는 어이할꺼나?

| 이해수(李海壽, 1536~1598, 중종 31~선조 31)　자는 대중(大衆). 호는 약포(藥圃). 본관 전의(全義). 대사성 등 역임. 성격이 강직했으며, 시와 글씨에 출중했다. 저서에 《약포집》이 있다.

산중

이이

약 캐다 문득
길을 잃으니,
일천 봉우리
단풍 속일다!

중이 물 길어
돌아간 숲에
저 하늘하늘
이는 차 연기!

採藥忽迷路　千峰秋葉裏
山僧汲水歸　林末茶煙起
〈山中〉

評說 약을 캐다 문득 길을 잃고, 만학천봉의 단풍 속에 망연히 자
신마저 잃고 섰다.

한 도승이 옹달샘의 물을 길어 숲 속으로 돌아간다. 숲 속 어디에
승사(僧舍)가 있는 모양이나 보이지는 않는다. 이윽고 저만치 떨어
진 곳 숲 위로 연기 한 올이 서려 오른다. 전자(篆字) 모양으로 구불

迷路(미로) 길을 잃고 헤맴.

구불 하늘하늘 피어오르는 새파란 연기 한 올이 푸른 하늘로 하늘로 서려 오르고 있다. 저건 아무래도 밥 짓는 연기가 아니라, 공양차(供養茶)를 달이는 연기일 씨 분명하다. 그것은 마치 도승의 기원이 도솔천(兜率天)으로 상달(上達)되어 가고 있는 과정을 목도(目睹)하고 있는 것이 아닌가 싶다.

작자는 16세에 어머니를 여의고, 19세 때 금강산에 입산하여 수도한 적이 있었으니, 이 시는 그때의 지음이었을 것이다.

제1구의 '길'은 인간 세계로 되돌아오는 길이다. 문득 그 돌아올 수 있는 유일한 길을 잃고, 티끌 하나 없는 청정 세계(부처의 세계)에 놓여 있는 자신을 발견하고는 오히려 그 낯선 세계에의 황홀감에 망연히 도취되어 있음이다.

| 이이(李珥, 1536~1584, 중종 31~선조 17) 학자·문신. 자 숙헌(叔獻). 호 율곡(栗谷). 본관 덕수. 어려서부터 어머니 사임당 신씨(師任堂申氏)에게서 수학. 대제학, 각조 판서 등 역임. 해주 고산에 은거, 학문과 제자 양성에 전념. 기호학파(畿湖學派)를 형성, 유학계의 거유로, 이황과 쌍벽을 이루었다. 저서에 방대한 내용의 《율곡전서》가 있고, 시조 작품으로 〈고산구곡가〉가 있다. 시호는 문성(文成).

화석정

이이

숲 정자에
가을 저무니,
나그네 시정(詩情)은
그지없어라.

면 강물 하늘에
닿아 푸르고,
서리 단풍잎
햇빛에 붉다.

산은 외로운
달을 토하고
강은 만리풍
머금었는데,

변방 기러기
어디를 가나,
소리 끊어진
저문 구름 속—.

林亭秋已晩　騷客意無窮
遠水連天碧　霜楓向日紅
山吐孤輪月　江含萬里風
塞鴻何處去　聲斷暮雲中

〈花石亭〉

숲 정자에 가을 저무니 시정(詩情)도 그지없다.
먼뎃물 하늘에 이어 하늘이랑 푸르르고,
단풍잎 서리 물들어 해를 향해 고와라!

산엔 달이 솟고, 강바람은 만리 뜻인데,
변방 기러기야. 어디라 울고 가나?
저무는 구름 속으로 소리 그예 끊여라!

 임정에서 바라보는 만추의 정경으로, 전반은 일몰 전이요,
후반은 일몰 후이다.
연구인 3·4구와 5·6구는 각각 감쪽같이 대를 이루어 정감을 상

花石亭(화석정) 경기도 파주군 파평면 율곡리의 임진강가에 있는 정자.
林亭(임정) 숲 속에 있는 정자.
騷客(소객) 시인. 소인(騷人).
遠水(원수) 멀리 보이는 물. 여기서는 화석정에서 바라보이는 임진강의 물.
霜楓(상풍) 서리 맞아 물든 단풍.
孤輪月(고륜월) 외로운 달덩이.
萬里風(만리풍) 아득히 먼 미지의 세계에서 불어오는 바람.
塞鴻(새홍) 변새(邊塞)에서 날아온 기러기.
聲斷(성단) 소리가 끊어짐.
暮雲(모운) 저물 녘의 구름.

승(相乘)하고 있다.

'吐'는 막 돋아오르는 달의 자동(自動)을 산의 타동(他動)으로 전가한 표현이요, '孤輪月'의 '孤'는 외기러기[孤雁]에의 안쓰러운 감정이 달에게로 옮은 동정이다.

'萬里風'에는 불어온 미지의 세계에 대한 설렘이 있고, 또한 불어갈 머나먼 기러기 여정의 아득함이 있다. 강물도 기러기와 만리풍의 낭만을 머금어, 굽이굽이 아득히 하늘 밖으로 흘러가고 있다.

불어오고 흘러가는 황혼 어름에, 어디라 가고 있는 외기러기의, 허위허위 하염없는 허공 길을, 아스라이 지켜보고 있는 작자! 이윽고, 어둠이 짙어 가는 구름 속으로 그예 그 그림자를 잃어버리고, 실낱같이 가늘어져 가는 '끼룩…… 끼룩……' 소리에만 귀를 재다가, 마침내는 그마저 끊어지고 만다.

이 끝구는 잠시 독자를 망연자실(茫然自失)케 한다. 그러나 우리는 그 여운 속에 되살아나 이어지는 후속성(後續聲)을 듣는다. 당의 시인 왕발(王勃)의 "기러기 떼 추위에 놀라니, 그 소리 형양 갯가에 끊어지다(雁陣驚寒 聲斷衡陽之浦)"와 같은 낙안(落雁: 땅으로 내려앉는 기러기)의 경우와는 달리, 이 정안(征雁: 날아가고 있는 기러기)의 '斷'은, 다만 소리가 육신의 청역(聽域)에서 벗어났다 뿐, 그 청각 인상은, '斷'에도 불구하고, 같은 가락 같은 간격으로, 마음의 귀에 끝없이 추적 청각되어져 오는 것이다.

초서의 획과 획 사이를 옮아간 공백(空白) 부분의 필세(筆勢)를 평하여, 양무제(梁武帝)는, "끊어졌으나 떨어지지 않았다(絶而不離)"라고 했지만, 여기 이 '斷'은, '斷而不絶'이라고나 할까? 참으로 '斷'의 여운이 이처럼 역설적으로 길 줄이야!

어떤 이는 이를 단명구(斷命句)라 평하기로 했으나, 이는 기러기의 여정만큼이나 긴 긴 '斷'의 여운에 마음의 귀를 기울이지 못한 탓이다. 또 이를 선생 8세 때의 작이라고도 하나, '騷客'으로 자처한 작자의 이 노숙한 시상 어디에 여덟 살 티가 엿보이기라도 한단 말인가? 다 호사가들의 부질없는 조작일 뿐이다.

국화를 대하여

정철

가을도 늦은 변방
기러기 슬피 울 제,
집 생각에 잠시
망향대에 올랐더니,
다정할손 시월의
함산 땅 황국화여!
중양절 마다하고
날 기다려 폈을 줄야!

秋盡關河候雁哀　　思歸且上望鄉臺
慇懃十月咸山菊　　不爲重陽爲客開
〈咸興客館對菊〉

評說　객지에서 철늦은 국화를 대하는 감개이다.
국화라면 아무래도 9월이 제철이요, 9월도 9일 중양절이 제
날이다. 이날 서울서는, 가정에선 국화전을 부쳐 먹고, 선비들은 교

關河(관하) 산하(山河). 또는 관새(關塞) 지방의 산하. 또 아득히 먼 여로(旅路).
候雁(후안) 철 따라 옮아 다니는 기러기.
思歸(사귀) 고향으로 돌아가고픈 마음.
且上(차상) 잠시 오름.
望鄕臺(망향대) 고향 쪽을 바라볼 수 있는 높은 언덕이나 동산.

외로 나가 국화주를 마시며 시를 짓는 '풍국(楓菊) 놀이'로 하루를 즐기는 날이다. 봄 여름 긴긴 나날 일심으로 자라 꽃 피운 국화에 있어, 이 중양절은 그 일생의 절정이자 찬란한 종말이기도 한 날이다. 그런 국화를, 가을도 다 지나 겨울로 접어드는 시월달에, 그것도 머나먼 관새 지방에서 만날 줄이야!

기러기 울음에 촉발된 향수나 달래려고, 멀리 남쪽 하늘이 바라뵈는 동산에 올랐다가, 뜻밖에도 만나게 된 황국화의 그 은근한 정겨운 환대에, 집 생각을 잠시 잊고 무척이나 기뻐하고 있는 작자이다.

객향에서 대하는 이 철 아닌 국화를, 마치 객수를 달래 주는 다정한 여인이라도 대하는 듯 의인(擬人)한, 작자의 자상스런 감물(感物)의 정(情)을 읽을 것이다.

그 대하는 정의 너무나 은근함에서, 또는 작자의 풍류 호걸스런 소성(素性)으로 넘겨짚어, 숫제 '국화'라는 이름의 기녀의 치마폭에 써 준 시라는 둥, 후설(後說)까지 낳기도 했다. 그러나, 그러한 호사가들의 그럴싸한 파적거리를 빚게 되었음도, 기실 이 시 자체에 내재하고 있는, 충분히 그럴 만한 소지(素地)에서임을 새삼 어찌하랴?

송강 연보(年譜)에 의하면, 이 시는 작자 31세 때(1566년) 암행어사로 함흥에 갔을 때의 지음이라 한다. 훗날 송강의 현손 장암(丈巖) 정호(鄭澔)가 함경도 관찰사로 함흥에 부임하여, 선조의 시에 화운(和韻)하기를:

慇懃(은근) 은밀하게 정이 깊음.
咸山(함산) 함흥의 옛 이름.
重陽(중양) 음력 9월 9일의 중양절.
爲容開(위객개) 나그네를 위하여 핌.

시월 함산 땅에
또 한 나그네 오니
백 년 묵은 옛 자취의
망향대 거기 있네.

당시의 그 경물(景物)들
전혀 변치 않았는 듯
기러기 남으로 날고
국화 정히 피어 있네.

十月咸山客又來　　百年陳迹有高臺
當時物色渾無改　　候雁南歸菊正開

라 했는데, 기구의 '來'는,《오산설림(五山說林)》에 전하는, 이 시의
이본인 '天外無鴻信不來 思歸日上望鄕臺……'에 보운(步韻)한 것이
기 때문이다.

| 정철(鄭澈, 1536~1593, 중종 31~선조 26) 상신·시인. 자 계함(季涵). 호 송강
(松江). 본관 연일. 예조·형조판서, 우·영의정 등 역임. 서인(西人)의 영수. 동
인(東人)의 탄핵으로 누차의 유배, 은퇴 등 풍파를 겪는 동안, 많은 작품을 남
기니, 특히 가사 문학의 대가로, 시조 문학의 대가인 윤선도(尹善道)와 쌍벽으
로 일컬어진다. 저서에《송강집》,《송강가사》등이 있다. 시호는 문청(文淸).

비 내리는 밤

정철

찬비는 한밤을
대숲에 울고
풀벌레는 가을이라
침상에 운다.

가는 세월 그 뉘라
머물게 하며,
백발을 자라나지
못하게 하랴?

寒雨夜鳴竹　　草蟲秋近床
流年那可住　　白髮不禁長

〈雨夜〉

評說 밤에 오는 가을비! 더구나 대숲에 내리는 밤비의, 그 중얼거
리는 듯, 훌쩍거리는 듯, 심기 불편한 소리를 한밤에 듣고
있노라면, 인생이 한없이 서글퍼진다. 몸은 이불 속에 누워 있으면
서도, 마음은 날비를 그대로 맞고 있는 듯 차갑고 척척하다. 게다가

流年(유년) 흘러가는 세월.
那可住(나가주) 어찌 머물게 할 수 있으랴?

침상 머리에는 귀뚜라미·여치 따위 풀벌레들이 마치 세상 돌아가는 품이 심상치가 않다는 듯, 수군거리며 안절부절못하고 있다. 무슨 일인가? 이제 앞날이 촉박하게 쫓김을 당하고 있는 목숨들의 수란스러운 소동들이다.

　아, 어찌 너희뿐이랴? 인간도 마찬가지란다.

　무슨 수로 가는 세월을 못 가게 하며, 늘어나는 백발을 못 자라게 할 수 있으랴? 인생도 풀벌레나 마찬가지로 잠시 이 세상에 기탁했다 덧없이 떠나야 하는 나그네가 아니던가?

　이는 작자의 인생관이다. 그의 〈장진주(將進酒)〉에서의 그것과 다를 것이 없다. 글을 쓰게 되면 이렇게 되고, 한 잔 한 뒤의 터회(攄懷)도 이런 식으로 함은 선인들의 입내일 뿐이다. 보라. 작자는 그 혼란한 정국에서도, 얼마나 의욕적인 삶을 살았었던가?

　이런 한가로운 시름을 한수(閑愁)라 한다. 늙어 갈수록 누구나 한수는 들게 마련이지만, 그러나 될 수 있는 대로 글로나 말로나 극복함이 좋으리 ―.

친구를 보내고

하응림

총총히 헤진
서교의 이별
가을바람에
나눈 술 한 잔.

청산에 임은
아니 보이고
석양에 홀로
돌아오나니……

草草西郊別　　秋風酒一杯
青山人不見　　斜日獨歸來
〈送友〉

評說 총총히 떠나는 친구를 배웅하여, 짐짓 걸음걸음 나온 것이 서쪽 교외에 다다랐다. 스산하게 불어 가는 가을바람 길목의 길가 주막에서 이별의 한 잔 술로 그예 소매를 나누고, 멀어져 가는 뒷그림자를 망연히 지켜보고 있다. 아득히 가물가물 나비만큼

草草(초초) 바빠서 거친 모양. 총총(悤悤).
西郊(서교) 서쪽 교외(郊外).
斜日(사일) 비낀 해. 석양(夕陽).

보이다가, 마침내 청산 모롱이에서 한 점 불티처럼 사그라지고 만다. 이미 해는 설핏한데, 비낀 볕을 띠고 홀로 하염없이 터덜터덜 돌아오는 무거운 걸음걸음…….

이달(李達)의 '江陵別李禮長之京'과 대비해 보라. 다 같은 친구와의 이별로 시정도 비슷하건만, 결구의 차이 하나로 전편의 색조가 사뭇 달라져 있음을 볼 것이다. 당(唐) 시인 고적(高適)은 "장부는 아녀자의 이별처럼 하지 않는다(丈夫不爲兒女別)"하여 애이불비(哀而不悲)를 견지했거니와, 이 시인은 요절할 자신의 운명을 예감이라도 한 듯, 감상(感傷)으로 시종하고 있다.

허균(許筠)은 《국조시산》에서, "거의 자기 만장(輓章)에 가깝다"했고, 유몽인(柳夢寅)은 "어쩌면 그가 얼마 아니하여 죽으리라는 것을, 아는 이는 알았을지도 모른다"고 했다. 그러나, 이수광은 당시(唐詩)만큼이나 아름답다고 칭찬했으니, 시를 보는 안목도 가지가지다.

| 하응림(河應臨, 1536~1567, 중종 31~명종 22) 문장가. 자 대이(大而). 호 청천(菁川). 본관 진주(晋州). 소년 등제하여 부수찬, 예조정랑 등 역임. 32세로 요절했다. 소식(蘇軾)을 사숙하여, 팔문장(八文章)의 한 사람으로 일컬어졌다.

홍경사

백광훈

가을 풀
옛 절터

헌 비석
학사문

흐르는
천 년 물

지는 해
열구름

秋草前朝寺　殘碑學士文
千年有流水　落日見歸雲
〈弘慶寺〉

評說 이는 한 미완성의 완성이라고나 할까? 전편이 제재의 나열
에 불과하다. 전·결구에 '有·見'의 서술어가 있기는 하나,
그것은 문법적인 서술어는 될 수 있어도, 실질적으로는 유약무(有若
無)일 뿐이다. 말하자면, 오언(五言)의 율조(律調)를 갖추기 위한 일
언(一言)의 허사(虛辭)를 첨가한 데 지나지 않는 것이다. 왜냐하면

모든 소재가 다 '본다(見)'는 수단을 통하여 그 '존재(有)'가 인식되는 만큼, 기·승구의 '풀·절·비석·비문' 등에도 그런 서술어는 내재(內在)한다 할 수 있을 것이기 때문이다.

작자는 일곱 가지 제재를 제시함으로써, 이것들의 안배(按排)·구도(構圖)·소묘(素描)의 작업은 물론, 그에서 받아들이는 시적 감흥은 모두 감상자 각자의 자유에 맡겨 놓고 있다. 말하자면 작자는 환경 분위기 조성의 재료만 제공했을 뿐, 자기 감정을 앞세워, 독자의 동조(同調)를 강요하는 따위 시의 비정도(非正道)를 철저히 배격한 점이, 이 시의 독특한 점이다.

사실 오언 절구란 총 20자밖에 안 되는 지극히 짧은 시형이다. 이런 국촉된 형식 속에 아무리 압축한다 한들 무슨 수로 구구한 내용을 다 담을 수 있겠는가. 차라리 일체의 서술을 생략해 버리는 것이, 독자의 상상의 폭을 넓게 하고, 심상(心像) 형성에 자유로운 편의를 주는 것이 되며, 각자의 시 세계에 마음껏 소요(逍遙)할 수 있게 하는 길이 될 것이라는 시론에서이리라.

찾는 이 없어 가을 풀만 우거져 있는 빈 절터, 그 한 귀퉁이에 이지러져 가는 헌 비석 하나가 석양 하늘 아래 무심히 서 있다. 그것

弘慶寺(홍경사) 충남 성환(成歡)에 있는 절. 고려 현종(顯宗)이 중 형긍(逈兢)에게 명하여 2백여 간의 절을 짓게 하여 '봉선홍경사'라 사명(賜名)하고, 최충(崔沖)에게 비문을 짓게 하였는데, 조선조 중종(中宗) 때 이미 절은 없어지고, 그 서쪽에 지은 원(院: 홍경원)과 비석만 남아 있다는 《동국여지승람》의 기록이 있다.

前朝(전조) 전대의 조정. 곧 고려조를 이름.

殘碑(잔비) 남아 있는 비. 또는 이지러진 비석. 국보 7호로 지정된 '봉선홍경사비갈(奉先弘慶寺碑碣)'을 이름.

學士文(학사문) 한림학사(翰林學士) 최충이 찬(撰)한 비문.

落日(낙일) 지는 해.

歸雲(귀운) 돌아가는 구름. 곧 가는 동안에 점점 사라져 없어지는 구름.

은 당대의 석학이요 명유(名儒)인 한림학사 최문헌공(崔文憲公)이 지은 명문장의 비문이나, 돌도 이미 결이 일고, 자획엔 이끼가 메여 판독(判讀)하기가 어렵다.

　천 년 세월은 저 물처럼 잠시도 쉴 새 없이 흘러가는 가운데, 이 세상의 모든 것은 전변(轉變)을 거듭하여, 본래의 모습대로 남아 있는 것이란 하나도 없다.

　해는 산마루에 뉘엿거리는데, 두어 오리 실구름은 허공을 지쳐 어디론지 가고 있다. 이윽고 해는 지고, 구름도 가는 동안에 사라지고 만다.

　인생도 필경 저 행운유수(行雲流水)나 다를 것이 무엇이랴?

　태어남이란 한 조각 뜬구름의 일어남이요,
　죽음이란 한 조각 뜬구름의 사라짐이라.

生也一片浮雲起　死也一片浮雲滅

　망연자실(茫然自失), 일몰(日沒)의 옛 절터에 넋 없이 서 있는 작자의 하염없는 모습이, 결구의 여운 속에 선하다.

　이상은 평설자가 시도해 본 감상의 개략이나, 독자에 따라 다들 다르리라.

　월사(月沙) 이정구(李廷龜)는, 그의 시는 특히 절구에 뛰어났다 하고, 당시 사람들이, 당(唐)의 귀재(鬼才) 이하(李賀)가 다시 나타났다고들 했다고 기록하고 있다.

　허난설헌은, 이 시에 대하여 다음과 같은 평시로 기렸다.

근래 최경창·백광훈 님이
성당(盛唐) 시풍을 본받아 익혀
무상 전변(無常轉變)의 격 높은 가락
이 시를 얻어 명성 더했네.

近者崔白輩　攻詩軌盛唐
寥寥大雅音　得此復鏗鏘

황현(黃玹)도 그의 오절(五絶)을 절찬했다.

일대에 들날린 호남 땅 백옥봉은
긴 세월 뜻 못 펴 탄식도 하였지만
고사(故事)를 안 써도 방불한 시경(詩境)이야
오언 절구에는 고금의 으뜸일다.

一代湖南白玉峰　郎潛十載歎龍鍾
羌無故實居然勝　五絶千秋一大宗

| **백광훈**(白光勳, 1537~1582, 중종 32~선조 15) 시인. 자 창경(彰卿). 호 옥봉(玉峰). 본관 해미(海美). 벼슬에 뜻이 없어, 산수를 즐기며 시문에 몰두했다. 최경창(崔慶昌), 이달(李達)과 함께 삼당 시인(三唐詩人)으로 불리었으며, 명필로도 알려졌다. 저서로 《옥봉집》이 있다.

그대 보내고

백광훈

어쩌랴 천 리 길
그대 보내고

일어앉아 그려 보는
야밤중 행색(行色)

외로운 배는 가
이미 멀었고

달 지는 찬 강의
여울목 소리…….

千里奈君別　起看中夜行
孤舟去已遠　月落寒江鳴
〈龍江別成甫〉

評說 어쩌랴, 더 이상 만류할 길이 없어, 천 리 먼 길 그대를 떠나
보내고, 야밤중 일어앉아, 밤배에 실려 가고 있는 암암한 외
로운 모습을 마음속으로 그려 보고 있다.

　'지금쯤은 아마 어느 지점을 지나고 있으려니―.' 창을 열고 내
다본다. 아득히 지는 달이 산마루에 반만 걸려 있고, 어제 저녁 배

떠난 나루엔, 언제 무슨 일이 있었더냐는 듯, 차가운 강물의 흐느끼듯 목메이는 여울목 소리만이 울려 올 뿐이다.

지는 달, 우는 물, 찬 여관방, 그림자 같은 그리움 한 가닥 붙잡고, 우두커니 앉아 되새기는 이별의 반추이다.

기구의 '柰'에는 막무가내(莫無可柰)로, 하는 수 없이 보내게 되기까지의 수없는 승강이의 긴 사연이 담겨 있다.

승구는, 어제 저녁 그를 보내고, 돌아가기에는 길이 멀어, 나루터에서 묵게 된 여관방에서이다. 한밤중 잠이 엷어지자 다시 눈뜨는 이별의 서러움! 누워 삭일 수가 없어 벌떡 일어앉는다. 반신을 잃어버린 듯 생각사로 허허로운 주변이다. 노정(路程)과 시간으로 어림잡아 어디쯤 가고 있는가를 추적해 본다.

起看中夜行!

이 얼마나 오매에 못 잊어 하는 간절한 마음인가?

전구는, 추적하는 마음의 눈에 포착된 배의 가는 모습이다. 그림자같이 흘러가고 있는 단 한 척 외로운 밤배에 운명처럼 묵묵히 실려 가고 있는, 등걸 같은 그의 행색(行色)을 아득히 마음의 눈으로 지켜보고 있는 것이다.

柰(내) 어찌하랴. 내하(柰何). 여기서는 '無柰'의 뜻으로, 어찌할 수 없이.
起看(기간) 자다 일어나 마음속으로 그려 봄.
中夜(중야) 한밤중.
孤舟(고주) 외로운 배. 단 한 척의 배.
去已遠(거이원) 떠나가 이미 멂.
月落(월락) 달이 짐.
寒江(한강) 찬 강.
鳴(명) 욺. 여기서는 물 흐르는 소리.

결구는, 문 열고 내다보는 작자의 시청(視聽)이지마는, 한편 마음의 눈으로 보고 있는 열배[行舟]의 주변 정경의 상상이기도 하여, 양인의 심사를 동시에 말해 주고 있다. 곧, '바야흐로 뱃머리에 달은 져 가고, 여울여울 강물도 흐느끼려니, 가는 전들 보내는 나나 무엇 다르리 —.'

또 '寒江鳴'의 '차다'와 '울다'의 상호 배타적(排他的)인 시어의 복합은 이 시의 내용을 더욱 확충하고 있다. 보라, 문을 열고 내다보는 거긴, 지는 달과 차가운 강물 소리뿐이다. 차가운 강물 소리! 그것은 다름 아닌 목메어 우는 여울목 소리다. 그것은 따로따로가 아니라, 한 물소리의 이중성이니, 이는, 천지 자연의 냉혹한 이세, 회자정리(會者定離)의 차가운 운명 앞에, 차마 목이 메이는 인정의 애달픔이 그 속에 반향(反響)되어 있는 것이다. 일견 이율배반적(二律背反的)인 '寒'과 '鳴'의 표리(表裏)·허실(虛實)의 양면성(兩面性)이, 높은 차원에서 완미(完美)한 상태로 조화 통일되어 있음을 보지 않는가?

月落寒江鳴!

작자는 이별의 정이 어떻다는 자기감정의 직설(直說)을 시종 회피한 채, 이 오언으로 흉중을 대사(代寫)하였으니, 달이 져 가는 시간적 이미지와 찬 강의 목메어 우는 청각적 이미지는 곧바로 이별의 슬픔의 표상(表象)으로 직결되어 있어, 천언 만담(千言萬談)으로도 설진(說盡) 못할 전면(纒綿)한 이별의 정을, 독자로 하여금 직접 눈으로 보고 귀로 듣도록 하고 있다.

성률(聲律)은, 오절(五絶)의 1·2구와 3·4구의 제3자(字)의 평측(平仄)을 각각 서로 바꾼, 일종의 요자법(拗字法)에 해당하는 변격이다.

하루가 한 해

백광훈

물길도 아득할사
몇 천 리런고?
돌아오니 이웃 정은
예나 같건만
축난 내 꼴 어린것이
서먹해하네.

— 왜 아니랴?
타향의 그 하루가
한 해였거니 —.

江海茫茫路幾千　　歸來隣曲故依然
兒童怪我容顔改　　異地光陰日抵年
〈回鄉〉

評說　해남에서 서울을 오가는 데는 오늘날과는 달리 육로보다는
수로가 편리하던 때다. 서해로 북상하여 다시 한강을 거슬
러 오르는 뱃길이 일반적인 노정이다. 그러나 말은 쉽지만 몇 날 몇

茫茫(망망) 넓고 멀어서 아득한 모양.
隣曲(인곡) 이웃.
異地(이지) 객지.

밤을 배 안에서 견뎌 내는 일은 여간 어려운 일이 아니다.

이제 서울 생활을 그만두고, 다시 그 물길로 해서 그립던 고향으로 돌아온 것이다. 산천은 예대로 변함이 없고, 이웃 사람들과의 만남에도 옛정 그대로 서로 반김에 달라진 것이 없었으나, 어린것의 눈썰미는 속일 수 없어 아비 보고 낯가림을 하듯, 서먹서먹해하다, 급기야는 삐죽삐죽 울상이 되어 어미에게로 가 안기고 만다.

그럴 테지! 어찌 아니 그러랴? 객지 생활의 하루가 한 해 맞잡이로 힘들었으니 말이다. 먹는 것 입는 것 다 힘들었지만, 그 무엇보다도 몸이 축난 것은 고향이 그립고, 가족이 보고 싶은 초조한 마음고생에서였다. 어린것이 몰라볼 만큼 까칠해진 자신의 여윈 얼굴을 이제야 비로소 자인하지 않을 수 없게 된 것이다.

異地光陰日抵年!

이 한 구가 시안(詩眼)이라면, '日抵年'은 그 안정(眼睛)인 셈이다.

光陰(광음) 세월(歲月).
日抵年(일저년) 하루가 한 해 맞잡이. 곧 일일여삼추(一日如三秋)와 같은 뜻.

봄을 기다리는 마음

백광훈

날마다 들창 머리
임 오마던 날인 듯이
발 걷기는 빨라지고
발 내리긴 늦어지네.

봄빛은 정작으로
절에 와 있었던 걸,
꽃 아래 돌아온 중도
몰랐었다 하는구나!

日日軒窓似有期　開簾時早下簾遲
春光正在峰頭寺　花外歸僧自不知

〈春望〉

評說 아, 봄을 기다리는 마음의 이리도 간절함이여! 임이 오겠다
고 약속한 그날처럼, 주렴을 걷어 올리고는 아침부터 저녁
까지 오는 길목을 눈이 감기도록 지켜보고 있다.

似有期(사유기) 약속해 놓은 그날인 것처럼.
僧(승) 여기서는 동령승(動鈴僧). 동냥중.
花外(화외) 꽃이 피어 있는 바깥. 꽃나무 아래.

日日軒窓似有期

이렇게 기다리기를 하루이틀이 아니요, 사흘나흘이 아니다. 봄 오는 날짜가 느즈러질수록 초조한 마음은 도를 더하여, 문발 걷어 올리는 시간은 날마다 빨라지고, 그 내리는 시간은 날마다 늦어진 다. 매일같이 그날이야말로 바로 임이 오겠다고 약속한 그날인 양, 기다리는 간절함이 더해 간다.

開簾時早下簾遲!

이 기·승구 열넉 자에 농축되어 있는, '임을 기다리는 마음, 곧 봄을 기다리는 마음', 아니 '봄을 기다리는 마음, 곧 임을 기다리는 마음'의, 이다지도 풋풋한 무한 애정이, 희망이, 행복이, 젊음이, 인 생이, 어디에 또 있다 할 것인가?

이렇게도 간절하게 기다리던 그 봄은, 실상인즉 그 진작부터 가 까이 와 있었던 것이건만, 먼 데로만 지켜보고 있던 눈이라, 못 보 고 있었던 것이다. 그것은 마치 봄을 찾아 나선 동령승이 봄을 만나 지 못한 채, 돌아와 보니, 봄은 정작 자기가 떠나던 바로 그 절에 꽃 을 활짝 피우고 있더라는 것처럼, 행복은 가끔 엇갈리기 일쑤거나, 아니면 이미 와 있건만 인식하지 못하는 데서 오는 엇갈림은 아닌 지 생각해 보게 하는 내용이기도 하다.

승구의 조사(措辭)는, 고려 때의 시인 박의중(朴宜中)의 "朝望海 雲開戶早 夜憐山月下簾遲"의 환골이라 할 만하다.

이렇게도 간절히 기다리던 그 봄을 보내는 심사는 또 어떤가? 다 음에 같은 작자의 〈봄을 보내는 마음〉 한 수를 한 자리에 차려 본다.

봄은 가도 병든 몸
어쩔 수 없어
문 나설 때는 적고
닫을 땐 많네.

두견이도 부질없이
꽃이 그리워
지다 남은 청산에서
울어 쌓누나.

春去無如病客何　出門時少閉門多
杜鵑空有繁華戀　啼在靑山未落花
〈春後〉

評說 봄 오기를 얼마나 기다렸던가? 봄이 오면 병든 몸도 털고 일어날 듯, 그렇게도 기다리고 기다렸던 봄! 그 봄이 오고, 이젠 그 봄이 가건마는, 이 몸은 별수 없이 자리에 누워 지내는 날이 많을 뿐, 봄을 누려 보지도 못한 채, 그 봄은 이제 가고 있다.

저 청산에서 우는 두견이도 지는 꽃이 안타까워, 지다 남은 꽃그늘에서 저리도 서럽게 울고 있는 것이려니, 저건 또한 나를 대신 울어 주는 나의 전춘곡(餞春曲)이기도 하다.

無如……何(무여……하) 어찌할 수가 없음.

관서별곡을 들으며

최경창

금수산 꽃안개
예런듯 곱고

능라도 향기풀
한창 봄인데,

선랑은 한번 가고
소식 없으니,

눈물도 흥건코야
'관서' 한 곡조—.

錦繡烟花依舊色　綾羅芳草至今春
仙郎去後無消息　一曲關西淚滿巾
　　　　〈箕城聞白評事別曲〉

評說 이는, 작고한 백광홍의 애기(愛妓)가 고인의 작인 〈관서별곡〉
을 창하다가 눈물에 목이 메어 다 끝맺지 못하고 음읍(飮泣)
하는 것을 보고, 그를 추모하며 그녀를 위로하여 지어 준 즉흥시라
전한다.
　백광홍은 그의 아우 백광훈과 함께 시문에 뛰어났으나, 벼슬은

평안도 병마평사(兵馬評事)로, 국방의 일을 맡은 무관직에 그쳤다. 그가 지은 〈관서별곡〉은, 그 관내인 관서 지방의 산수 경치와, 변방(邊防)의 실황(實況)을 노래한 가사로서, 이보다 25년 뒤에 나온 정철의 〈관동별곡〉에도 영향을 끼친 대각으로, 이원(梨園)의 기녀들이 창으로 즐겨 불렸고, 그가 45세로 타계하자, 이 노래는 기녀들의 눈물풀이로 자주 불리어졌다고 한다.

"錦繡烟花, 綾羅芳草"는 〈관서별곡〉의 한 대문인 "……연광정(練光亭) 돌아 들어 부벽루 올라가니, 능라도 방초와 금수 연화는 봄빛을 자랑한다……" 중에서 인용한 것이다. 이로써 고인의 구기(口氣)를 생생하게 되살리면서, 동시에 여러 곳에 이중 삼중의 중의법을 구사하여, 한정된 자구 안에 무한 시정을 압축했다. 곧, '錦繡'는 일반명사와 고유명사를 연계하여, '수놓은 비단같이 아름다운 금수산'의 뜻이요, '烟花'는 '연하와 꽃'의 봄 경치인 동시에, '기녀'의 아칭(雅稱)으로, 그녀의 고운 자태를 넌지시 기렸다. '芳草'는 '至今春'·'去後無消息' 등과 연관하여, "春草年年綠 王孫歸不歸"(王維)의 연상 매체(聯想媒體)가 되어 있으며, '仙郎'은 '평사'의 아칭인 동시에, '신선 되어 가 버린 임'의 뜻을 함께 머금어 있다.

箕城(기성) 평양의 옛 이름.

白評事(백평사) 평안도 평사로 있었던 백광홍(白光弘)을 이름.

別曲(별곡) 백광홍의 가사 작품인 〈관서별곡(關西別曲)〉을 이름.

錦繡(금수) (1) 비단에 놓은 수. (2) 평양 교외에 있는 산 이름. 주봉은 모란봉(牡丹峰).

烟花(연화) (1) 연하(烟霞)와 꽃. 곧 봄 경치. (2) 기녀(妓女).

綾羅(능라) (1) 비단 이름. (2) 대동강의 경승처로 유명한 섬 이름. 능라도.

仙郎(선랑) (1) 신선. 신선 되어 간 낭군(郎君). (2) '평사'의 아칭.

關西(관서) (1) 평안북도 지방. (2) 여기서는 그 지방의 풍물을 노래한 가사 〈관서별곡〉을 이름.

淚滿巾(누만건) 눈물이 수건에 흥건함.

이러한 복합적·중의적 시어들을 입체적으로 옮겨 내지 못함이 못내 아쉽다.

고죽(孤竹)은 청백리 집안의 전형적인 유가(儒家) 출신으로 굽힐 줄 모르는 청경(淸勁)한 성격의 소유자인 한편, 그러나 그 시대의 이념이었던 주자학의 규범에는 얽매이기를 거부하여, 매양 도타운 인정, 순수한 사랑에 충실하였으며, 시정(詩情) 또한 그 어름에서 성숙하였으니, 앞의 시도 그런 알뜰한 인정에서의 소산이려니와, 그가 북평사(北評事)로 재임 중, 그곳 경성(鏡城)의 관기 홍낭(洪娘)과의 염정(艶情) 일화는, 참 사랑의 표본인 양 무척이나 감동적이다.

고죽이 과만(瓜滿: 벼슬의 임기가 참)이 되어 서울로 돌아가게 되자, 영흥(永興)까지 배웅하여 온 홍낭은, 저무는 날 비 내리는 함관령(咸關嶺) 고갯마루에서, 멧버들 한 가지를 곁들인 시조 한 수로 전별한다.

멧버들 가려 꺾어 보내노라 임의 손대
자시는 창밖에 심어 두고 보소서.
밤비에 새 잎 곧 나거든 날인가도 여기소서.

이 어찌 지순 지결(至純至潔)한 연정의 극치가 아니고 무엇이랴?
"따라갈 수 없는 몸, 넋이나마 버들가지에 부쳐 임 따라 보내옵니

멧버들 산버들. 갯버들과 같이 위로 꼿꼿이 치서는 토실토실한 가지로, 겨울도 끝나기 전에, 흰 복슬강아지 모양의 버들강아지로 봄을 선도하는, 꺾꽂이도 잘 되는 버들의 일종이다.
손대 에게.
가려 꺾어 아름다운 됨됨이의 가지를 골라 꺾어.

다. 다행히 도중에 버림받지 않고, 임의 침실 창밖에 심어 주심을 입게 된다면, 하늘도 느끼사 밤비를 베풀어 주시는 보살핌 속에, 필시 연녹색 새눈이 돋을 것이옵니다. 그 새눈이야말로, 오매에 임 그리는 이 홍낭의 넋이요, 분신이오니, 어여삐 여겨 주소서."

감히 침실 안을 운위할 수는 없는 몸, '그 창밖 먼발치에서나마 임 가까이 모시고지라!'의 소박한 소원인 것이다.

작품으로도 천하 명품인 이 시조에 오죽이나 감탄 매료된 고죽이었으면, 한시 그릇에다 옮겨 담아 한 수의 장단구(長短句)로 환골(換骨)해 냈음일까?

折楊柳寄與千里人　爲我試向庭前種
一夜新生葉　憔悴愁眉是妾身

※ **憔悴(초췌)** 파리하게 여윈 몸. **愁眉(수미)** 시름에 잠긴 눈썹. **妾(첩)** 여자 자신의 비칭.

떼쳐 두고 가는 마음이 좀 아팠으면, 또 얼마나 안쓰럽고 가엾은 모습으로 비친 홍낭이었으면, 그 만지면 망그러질 듯 꼬깃꼬깃 꾸겨진 갓 돋아날 새잎이, '파리하게 여윈 몸의 시름에 겨워 찌푸린 눈썹'으로 비쳤던 것일까!

예로부터 미인의 눈썹을 '유미(柳眉)'라 한 데서, '시름'으로 일전(一轉)한 '愁眉'에다가, 연수(戀瘦)의 '憔悴'를 관(冠)한, 이 천래(天來)의 기어(綺語) '憔悴愁眉'에 어린, 그 가엾고도 애처로운 정감은, 전혀 고죽의 홍낭에로 기울이는 무한 애정에서 메아리진 감측지심(感惻之心)에서이니, 그러고 보면, 이는 앞 시조의 한역(漢譯)이 아니라, 그에 갚는 화답(和答)이며, 그녀의 속앓이를 대신 앓아 주는, 떠나는 이의 살뜰한 유별(留別)이라 함 직도 하다.

모르긴 하나, 고죽 또한 머나먼 서울 길에 이 버들가지 마를세라, 흙으로 강보(襁褓)하여 수유(授乳)하듯 수없이 축이며 정성을 다했으려니, 눈물 보이기를 삼가는 이 지성들의, 주고받는 사랑이 이처럼 청순하고 고아함에 견주면, 오열로 시종하는 세간의 남녀 이별에 항용되는, 금비녀·옥가락지·구리거울 따위야, 그 얼마나 속되고도 몰풍정(沒風情)한 증물(贈物)이랴?

그 후, 고죽이 병석에 있다는 전언을 들은 홍낭이, 천 리 길을 허위 단심 7일 만에 상경, 시양(侍養)한 이야기며, 고죽이 종성 부사(鐘城府使)로 귀임 도중 경성 객관에서 객사하자, 반구(返柩)의 상행(喪行)을 좇아 상경, 3년 시묘(侍墓)하고 수절한 이야기며, 후에 홍낭이 죽자, 완고한 최씨 문중에서도 그녀의 정절에 감복, 고죽의 묘소 옆에 후장(厚葬)한 이야기는 다 그 후문들이다.

이 모두 순수한 사랑, 알뜰한 인정의 극치 아님이 없으니, 정히 그 사랑, 사생을 초월한 영원함일진저!

최경창(崔慶昌, 1539~1583, 중종 34~선조 16) 시인. 자 가운(嘉運). 호 고죽(孤竹). 본관 해주(海州). 박순(朴淳)의 문인. 인품이 고매하고 문장과 학문에 뛰어나, 이이(李珥), 송익필(宋翼弼) 등과 함께 팔문장가로 불리었고, 백광훈(白光勳), 이달(李達)과 함께 삼당 시인(三唐詩人)으로 일컬어졌다. 서화에도 뛰어났으며, 피리도 잘 불었다 한다. 저서에《고죽유고》가 있다.

다듬이 소리

최경창

뉘 집 아낙인고? 다듬이 소리!
한 도드락 칠 때마다 마음 아파라!

땅엔 가득 가을바람 설렁거리고
외론 성엔 조각달이 홀로 밝은데,

서느럽다! 서리 잎은 우수수 지고
쓸쓸코야! 깊어 가는 싸느란 이 밤,

내 고향은 아득한 허공 밖인데,
허공 밖서 들려오는 도드락 소리…….

誰家搗紈杵　一下一傷情
滿地秋風起　孤城片月明
凄淸動霜葉　寂寞入寒更
征客關山遠　能聽空外聲

〈搗紈〉

객창에 잠 아니 오는 밤, 고향을 그려 뒤척이는 나그네의 향
사(鄕思)에 사정없이 파고드는 깊은 밤 다듬이 소리는 갖가
지 무한 상념을 자아내게 한다.

겨울옷을 다듬질하는 일이니, 철은 가을이요, 낮엔 들일이 바쁘니 밤일 수밖에 없으며, 가을밤이라 으레 쓸쓸한 바람에 낙엽이 날리게 마련이다.

달은 만월이기보다는 그윽이 심사를 보듬어 주는 조각달이 제격이다. 이러한 분위기는 그 자체만으로도 '추사(秋思)'를 낳기에 족하거늘, 하물며 서로 헤어져 멀리 그리는 사이임에랴?

더구나 그 짓는 옷이 누구에게 보내려는 옷이던고? 서로의 다사로운 체온의 정감을 나누는 데 있어, 옷보다 더한 매개물이 어디 또 있으랴?

이 밤에 듣는 저 다듬이 소리! 그것은 어느덧 '뉘 집 아낙'이 아니라, 다름 아닌 내 고향 내 아내의 다듬이 소리 — 아니, 내 아내의 속삭이는 만단정화인 듯, 또는 끝없이 쏟아 놓는 사무친 원정(怨情)인 듯, 그 소리 마디마디가 곧바로 폐부로 파고드는 듯, 절절이 느꺼운 아내의 사연으로 들려오고 있는 것이다. 그러기에 그 도드락거리는 한 가락 한 가락이 그대로 마음 한 가닥 한 가닥을 아프게 하고 있는 것이다.

이를 '공외성(空外聲)'이라 했다. 허공의 바깥에서 들려오는 소리, 곧 고향에서 들려오는 소리로 듣고 있는 것이다. '천외성(天外聲)'과는 다르다. 내 있는 곳이 고향을 중심으로 봐서 '하늘 밖[天外]'일진대, 고향 소리를 '천외성'이라 할 수는 없지 않은가? 그래서 두보도

擣紈(도환) 비단을 다듬질함.

傷情(상정) 마음이 상함. 또는 마음을 상케 함. 슬프게 함.

凄淸(처청) 서늘하고 맑은 모양. 쓸쓸하고 슬픈 모양.

寒更(한경) 추운 깊은 밤.

征客(정객) 출정한 사람. 또는 객지에 있는 나그네.

空外聲(공외성) 허공 바깥에서 들려오는 소리.

절

이달

절은
흰 구름 속인데

흰 구름을
중은 아니 쓸고

손 와야
열리는 문

골마다 나는〔飛〕
송홧가루

寺在白雲中　白雲僧不掃
客來門始開　萬壑松花老
　　　〈佛日庵贈因雲釋〉

評說 만학천봉(萬壑千峯) 겹겹으로 가리워진 유벽처(幽僻處)건만,
그런데도 만에 하나 속기(俗氣) 스며들세라, 흰 구름이 암자
를 감추어 드러나지 않게 단속하고 있다. 그 뜻이 그 뜻이라, 스님
또한 온 뜰에 가득 널려 있는 흰 구름을 쓸려 하지 않을밖에 ─. 어
쩌다 손의 내방에나 잠시 열릴 뿐, 언제나 닫혀만 있는 절문! 골짜

기마다 노오란 송홧가루가 향긋하게 날리고 있는 늦봄의 환한 한낮인데, 이 백운거(白雲居)에 칩거하고 있는 승의 정체는 무엇인가? 벽곡(辟穀)하는 도승(道僧)인가? 면벽(面壁)한 선승(禪僧)인가? 혹은 정각(正覺)을 얻은 생불(生佛)인가? 아니면 식음(食飮)을 끊은 선인(仙人)인가? 가장 관심사건만 작자는 언급이 없다.

'白雲'과 '松花'! 전자의 이미지는 유심(幽深)과 한적(閑寂)이요, 후자는 청정(淸淨)과 춘일지(春日遲)이다. 이 둘의 이미지 확장에서 어렴풋이 떠오르는 것은 '창연(蒼然)한 고찰(古刹)의 백발 노승'이다. 그러나 그 면모는 여전히 운무에 가려진 채 보이지를 않는다.

그러면서도, 그 자연 속의 한 자연으로 존재하여, 백운처럼 송화처럼 유한(幽閒)하고도 청정하게 고요히 늙어 가고 있는 한 늙은이의 일상(日常)이, 어렴풋한 음영으로 보일 듯 말 듯 은은하게 비쳐 있음을 느끼게 하고 있지 않은가? 장음운(長音韻)인 상성(上聲) '掃, 老'의 압운(押韻)이 고요하고 차분한 안정된 맛을 더해 주고 있다.

오절(五絶)의 요체는, 어떠한 정황이나 분위기를 이룰 소재나 제공해 줄 뿐, 감당하지도 못할 구구한 사연일랑 아예 함구하고, 주제는 언외(言外)에 부쳐, 아득히 여운으로 이어지게 함에 있으니, 이 달(李達)은 진정 이 방면의 달인(達人)임에 틀림없다.

이 시는 당의 시인 위야(魏野)의 〈심은자불우(尋隱者不遇)〉의 점화(點化)이다.

佛日庵(불일암) 지리산 청학동(靑鶴洞) 서쪽에 있는, 송광사(松廣寺)의 암자. 천인 절벽의 계곡 위에 있어, 속세와의 통로는 절벽 중허리를 쪼아 낸 낭떠러지 길이 있을 뿐이라는, 《동국여지승람》의 기록이 있다.
萬壑(만학) 일만 골짜기.
松花老(송화로) 송화가 늙음. 곧 솔꽃이 한물이 지났음을 이름.

尋眞誤入蓬萊島　春風不動松花老
採芝何處未歸來　白雲滿地無人掃

　은자와 승려, 만남과 만나지 못함의 서로 다른 경지를 아울러 음
미해 봄 직하다.
　같은 '불일암(佛日庵)'에 대한 휴정 대사(休靜大師)의 오절(五絶)
한 수를 곁들여 둔다.

　깊은 절
　꽃은 붉은 비로 내리고

　긴 대숲은
　푸른 연기로 서렸는데,

　백운은
　영위에 잠자고

　청학은
　스님이랑 존다.

深院花紅雨　長林竹翠烟
白雲凝嶺宿　靑鶴伴僧眠

| **이달(李達, ?~?)** 조선 선조 연간의 한시의 대가. 자 익지(益之). 호 손곡(蓀
谷). 본관 홍주(洪州). 박순(朴淳)의 문인. 동문인 최경창(崔慶昌), 백광훈(白光
勳)과 함께 삼당 시인(三唐詩人)으로 불리었으며, 허난설헌(許蘭雪軒), 허균(許
筠)은 그의 시 제자였다. 저서에 《손곡집》이 있다.

친구를 보내며

이달

밤 연기인 양
오동꽃은 지는데,
봄 구름 흩어진
매화 빈 가지…….

풀밭에서 나누는
이별의 한 잔,
'만남의 한 잔을랑
서울서 함세.'

桐花夜烟落　梅樹春雲空
芳草一杯別　相逢京洛中
〈江陵別李禮長之京〉

 친구를 떠나보내는 허전하고도 아쉬운 석별의 정이다. 그것
은, 암자색(暗紫色)의 가무스름한 오동꽃, 그 오동꽃의 밤 연
기인 양 소릿기 없이 어둡게 시름없이 지고 있는 낙화의 이미지요,

桐花(동화) 오동나무꽃. 오동꽃.
夜烟(야연) 밤 연기. 또는 밤안개.
春雲(춘운) 봄날에 피어오르는 흰 구름. 봄 구름.
京洛(경락) 서울.

또는 한때 탐스러운 봄 구름처럼 화사하던 매화나무의, 그 꽃들 이미 다 져 버린 빈 가지의 이미지이다.

배웅하여 가는 길섶 풀밭에 차고 가던 술병을 부려 놓고, 잔을 나누며 이별을 아낀다.

드디어 소매를 나누는 순간이다. 침통해진 서로의 심사를 달래려는 듯, 돌연 심기일전(心機一轉)을 시도한다. "회자정리(會者定離)라면 이자가회(離者可會)도 역(逆)의 진리일 수 있는 일, 남아하처 불상봉(男兒何處不相逢)가? 다음에 서울서 만나 또 한 잔 하세나!"

그러나, 그 말이 짐짓 부리는 허세처럼 울려 옴은 어째서인가? 그것은, 1~3구로 이어져 오는 정서의 흐름에 갑작스레 생긴 제4구의 단층(斷層)으로 말미암은 위화감(違和感)에서일 것이다. 한 잔 한 잔 거듭하는 이별주의, 그 얼근해진 주기에 힘입은 호기(豪氣)라고 이해를 한다 해도, 전후의 낙차(落差)가 너무 큼을 감당할 수 없기 때문이다.

《국조시산(國朝詩刪)》에는 제3구가 '他日一杯酒'로 되어 있다. 그렇다면 3·4구의 의미 단위는 하나로 묶여, 훗날의 한 잔 술은 서울서 만나 하자는 뜻으로 개편된다. 뿐만 아니라, '他日'은 '今日'을 전제로 깔고 있는 대칭인 만큼, 그 속에는 '지금 나누고 있는 이별주' 곧 '今日一杯酒'도 내포되어 있어, 전후구가 비로소 각각 제자리를 얻어 질서가 회복된 느낌이다. 이 '他日一杯酒'가 원작(原作) 그대로인지, 아니라면 제4구가 너무 돌연(突然)하여 짝 없이 외로 돌리는 것을 민망히 여긴 나머지, 산개(刪改)의 붓을 든 것인지는 미심하나, 후자의 경우라면, 그 편저자(編著者) 허균(許筠)의 의중을 우리는 또렷이 읽을 수 있다.

또 제2구의 첫 자는 모든 시권들이 한결같이 '海'로 전하고 있으나, 이는 필시 '梅'의 유자오(類字誤)임이 분명하기로 정정했다. 대구로 구성되어 있는 1·2구에서, 개별 명사인 '桐花'의 대로 일반 명사인 '海樹'일 리가 없고, 은유로 쓰인 '夜烟'의 대가 실물(實物)의 '春雲'이어서는 짝이 맞지 않는다. 따라서 이것이 '海' 아닌 '梅'일 개연성은 거의 절대적이라 보았기 때문이다.

이 시에서 이채로운 소재는 '桐花'이다. 오동은, 그 별나게도 넓은 잎으로 하여, 가을을 선각(先覺)케 하는 '오동일엽(梧桐一葉)'으로, 또는 수인(愁人)의 잠을 깨우는 '오동우(梧桐雨)'로 시인 묵객의 입에 자주 올랐으나, 정작 그 꽃은 잎만큼 자주 오르지 못한 소외된 존재이다. 흔히 피는 꽃을 미인의 웃음에 견주지만, 오동꽃은 웃음과는 인연이 먼, 항시 어둠을 머금고 있는 꽃이기 때문이리라.

통으로 된 긴 꽃부리는 한물에도 활짝 열지 못하고, 깊숙이 웅숭그린 감감한 부리 속엔 가득히 우수(憂愁)를 머금어 있는 듯, 무던히나 내성적인 꽃의 모양도 그러려니와, 달밤의 연기 같은 가무스름한 암보라색 꽃 빛깔은, 그리움에 젖어 있는 듯, 침사(沈思)에 잠겨 있는 듯, 저만치서 바라보고 있자면 공연히 사람으로 하여금 부지중 한숨을 흘리게 하는 꽃이다. 하물며 그 낙화임에랴?

두 사람이 석별의 잔을 나누고 있는 이 방초 언덕은, 바로 지금도 시름없이 지고 있는 그 오동꽃의 낙화 현장인 동시에, 한때 봄 구름일 듯 화사하게 뭉게 이는 매화꽃이 두 사람의 가슴을 울렁이게 하던, 그러나 이제는 텅 빈 가지만의 적막한 현장이기도 한 것이다.

또 하나의 이채로움은 재회(再會)의 다짐이다. 대화로는 누누이 다시 만나기를 다짐하면서도, 막상 별장(別章)에다 올리면 이정(離情)의 농도가 희석이라도 될까 봐, 고금의 시가들이 상별(傷別)로만 시종하는 데 반하여, 이 시의 결구는 그러한 통념을 깬, 애이불상(哀而不傷)의 중정(中正)을 견지(堅持)함이다.

김만중은, 조선조의 오언 절구로는 본시가 단연 으뜸이라고 절찬한 바 있다.

묘사

이달

흰둥이 앞에 가고
누렁이 뒤따르고
들밭 풀숲 사이
무덤들 늘비한데,

묘사 마친 할아버지
손주에 부축되어,
해 저문 밭둑길을
비틀비틀 돌아가네.

白犬前行黃犬隨　野田草際塚纍纍
老翁祭罷田間道　日暮醉歸扶小兒
〈祭塚謠〉

 누구의 무덤일까? 손주의 아버지요, 할아버지의 아들임이야
이르나마나다.

젊은 나이에 어찌 그리 아버지를 앞선 참상(慘喪)이었을까? 당시

塚(총) 무덤.
纍纍(누루) 다닥다닥 연달아 있는 모양. 늘비한 모양.
祭罷(제파) 제사 지냄을 마침.
扶小兒(부소아) 소아에 부축됨.

는 선조 때이니 임진왜란에 전사했거나, 아니면 이래 죽고 저래 죽는 당시의 그 흔해 빠진 죽음의 하나였으리라. 그러나 묘 한 장 붙일 산 없는 서민으로서는 부득이 밭 일구다 버린 토박한 불용지(不用地)에 붙인 올망졸망한 무덤 사이로 파고들 수밖에 없다. 그래서 무덤끼리 다닥다닥 늘비하게 된다. 모두 어려운 사람들의 공동묘지인 것이다.

갈 때는 어린 손자의 손을 잡고 갔다가, 올 때는 어린 손자의 부축을 받으며 비틀비틀 돌아오고 있는 늙은이! 집에서는 과부 있어 눈물마저 보이지 못하던, 그 쌓이고 쌓인 통곡, 이날 얼마나 땅을 치며 울었던 것이랴? 제주(祭酒) 한 병을 통음(痛飮)하고서도, 분하고 억울한 한(恨)에 겨워 소나기 묻어 오듯 줄기줄기 덮쳐 오는 통곡으로 저리도 허탈해진 지(之)자 걸음이 아니랴?

주인의 슬픔에는 아랑곳없이 흰둥이와 누렁이는 저희끼리 히히 닥거리며 앞서거니 뒤서거니, 더러는 주인의 걸음걸이에 거치적거리거니 한다. 이는 희극적 요소의 어릿광대 역으로서, 장면의 참담함과 대조적 상승 효과뿐만 아니라, 유정과 무정, 비극과 희극의 공존인 세태의 일면을 보여 주는 듯도 하여, 두 견공(犬公)의 등장 또한 시사하는 바가 크다.

남쪽이야 북쪽이야 서쪽 이웃엔
노래판에 웃음판에 울음판이요,
푸른 잎 누른 잎 붉은 잎들은
비 오랑 볕 나랑 바람 분 자국 — .

南北西隣歌笑哭　青黃紅葉雨陽風
이후(李堥)

채련곡

이달

연잎 올몽졸몽
연밥도 많다.
연꽃 사이사인
계집애 노래

못 어구서 만나자던
올 때 약속에
거슬러 배 젓느라
앳 개나 먹네.

蓮葉參差蓮子多　　蓮花相間女郎歌
來時約伴橫塘口　　辛苦移舟逆上波
〈採蓮曲次大同樓船韻〉

옛 악부제(樂府題)인 연밥 따는 노래다.
돌아오는 길에는 못 어구에서 만나자 한, 사귀고 있는 총각
과의 아침 약속 때문에, 물살을 거슬러 배를 젓느라 꽤나 애를 먹고

參差(참치) 크고 작고 하여 가지런하지 않음.
女郎(여랑) 낭자(娘子). 처녀.
約伴(약반) 함께 가자고 언약함.
辛苦(신고) 애먹음. 고생함.

있는 모양이다. 그러나 사랑하는 이가 기다리고 있음에야, 괴로움
도 오히려 감미롭기만 할 테지 —.

  과년한 처녀의 이성을 그리는 연정! 물살을 거슬러 배를 젓는 저
정도의 수고로움이야 오히려 약과렷다.

  젊었던 한때를 회상하며, 은근히 부러워지는, 저 감미로운 노고
(勞苦), 노고, 노고!

  운은 정지상의 〈대동강〉 운에 차운한 것.

※ **앳 개나 먹네** (꽤 여러 개의) 많은 '애'를 먹고 있다는 뜻. 곧 '무척 신고하고 있음'을
  야유조로 이른 말.

봄 시름

이달

푸른 실버들 긴 가지 짧은 가지엔
꾀꼬리 제멋대로 목청 굴리고……

붉은 창 수놓은 문 깊이 닫힌 곳
젖은 볼 시름 눈썹 그 뉘라 알리?

黃鳥百囀千囀　綠楊長枝短枝
彤窓繡戶深掩　淚臉愁眉獨知
〈無題〉

評說 육언절구(六言絶句)이다.
수양버들 긴 가지 짧은 가지 능청거리는 사이를 옮아 다니
며, 춘정(春情)에 겨워 노상 연가(戀歌)를 입에 달고 있는 꾀꼬리!
그 밝고 매끄러운 목청을 백 갈래 천 갈래로 굴리며 봄을 찬미하다
가는, 가끔 '용용 죽겠지……' 약이라도 올리듯 규중심처에 속절없
이 봄을 앓고 있는 여심(女心)을 놀려먹는다.

囀(전) 새가 노래함. 목청을 굴림.
彤窓(동창) 붉은 칠을 한 창. 창의 미칭.
繡戶(수호) 수를 놓은 듯 아름다운 무늬를 조각한 지게문. 지게문의 미칭.
淚臉(누검) 눈물이 흘러내리는 뺨. '怨臉'으로 된 데도 있다.
愁眉(수미) 시름에 잠긴 눈썹.

전반과 후반, 곧 창밖과 창 안은 반비례(反比例)의 관계에 있어, 바깥 봄이 화사할수록 방 안의 춘심(春心)은 참담(慘憺)하다.

꽃과 노인

이달

봄바람! 이도 또한
공평치 못한 것이,
나무마다 꽃 피우며
사람은 늙게 하네.

애써 꽃을 꺾어
흰머리에 꽂아 보나,
흰머리에 꽂힌 꽃은
어울리려 않는구나!

東風亦是無公道　萬樹花開人獨老
强折花枝揷白頭　白頭不與花相好
〈對花歎老〉

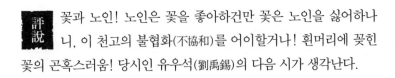 꽃과 노인! 노인은 꽃을 좋아하건만 꽃은 노인을 싫어하나
니, 이 천고의 불협화(不協和)를 어이할거나! 흰머리에 꽂힌
꽃의 곤혹스러움! 당시인 유우석(劉禹錫)의 다음 시가 생각난다.

無公道(무공도) 공변된 도리가 없음. 공평하지 못함.
强折(강절) 애써 꺾음.

今日花前飮　오늘 꽃 앞에서 마시노라니
甘心醉數杯　기분 좋아 두어 잔에 얼큰해졌네.
但愁花有語　웬걸 시름인 양 꽃이 하는 말
不爲老人開　―"노인 위해 핀 건 아니었는데……."
〈飮酒看牧丹〉

소동파의 〈상모란(賞牧丹)〉도 그렇다.

늙은 머리에 꽃 꽂으며 부끄러울 줄 모른다손
늙은 머리에 꽂힌 꽃은 제 응당 부끄러우리 ―.

人老簪花不自羞　花應羞上老人頭

그러나 이에 대한 반론도 없지 않다. 고려 시인 유항(柳巷) 한수
(韓脩)의 〈등루완월(登樓玩月)〉 시의:

濁醪亦足酬淸景　맑은 경치 잔질할 빚은 술도 넉넉커니
黃菊寧羞上白頭　백발에 황국환들 그 어찌 부끄러우리?

그런가 하면, 또 고려 시인 왕백(王伯)은 한 술 더 떴다.

醉裏不知雙鬢雪　취하여 귀밑털 흰 줄 모르고
折簪繁萼立東風　꽃가지 꺾어 꽂고 봄바람 앞에 섰네.

봄의 애상

정지승

해마다 돋는 풀은 가신 임 한(恨) 일깨우고,
두견새 피로 물든 진달래 타는 마음
물가엔 임자 없는 배 바람결에 일려라!

草入王孫恨　花添杜宇愁
汀洲不見人　風動木蘭舟
〈傷春〉

 죽은 아내를 생각하는 봄날의 애상이다.
기구는, 왕유(王維)의 "春草年年綠　王孫歸不歸"의 시구에
기댄 것으로, 파릇파릇 돋아나는 새싹을, 다시는 못 돌아올 가신 임
의 한 맺힌 넋의 화신(化身)인 양 환상한다.

傷春(상춘) 죽은 아내를 생각하는 봄의 애상(哀傷).
王孫(왕손) 임금의 자손. 귀공자. 또는 막연히 상대를 높이어 이르기도 한다.
花(화) 여기서는 두견화. 곧 진달래꽃.
添(첨) 더함. 첨가함.
杜宇愁(두우수) 두견새의 시름.
汀洲(정주) 물가.
風動(풍동) 바람이 ～을 뒤흔듦.
木蘭舟(목란주) 목련나무로 지은 배. 배의 미칭.
※ **일려라** '일다'의 피동 감탄형. '일다'는 곡식에 섞인 모래·돌 따위를 가리기 위하여
물에 넣어 흔드는 일. 배가 물결 따라 흔들림을 형용한 말. 송강(松江)의 시조에 "풍
파에 일리던 배 어드러로 가단말고……"가 있다.

승구 또한 기구의 정감을 이었으니, 저 타는 듯 붉은 두견화는, 피를 토하며 우는 두견새의 한 맺힌 핏자국이라는 전설을 배경으로, 임 그리는 애틋한 심사를 진달래에 부쳤다. '杜宇愁'는 임이기도 하고 자신이기도 한, 불여귀(不如歸)의 불귀한(不歸恨)이다.

꽃 같은 얼굴에 새풀 옷 입은 여인! 작자는 풀에도 꽃에도 임의 환영을 환상한다. 어쩌면 도화랑(桃花浪) 봄 물가에 서성이고 있을 것만 같아, 터덜터덜 강가로 나가 본다. 그러나, 그녀는 보이지 않고, 의지할 길 없는 자신의 신세인 양, 임자 없는 조각배 한 척이 풍랑에 부대끼며 시달리고 있을 뿐이다. 마음 한구석이 텅 비어 있는 듯, 봄이 아무리 아름다워도 이미 상처 난 작자의 봄은 아물 길이 없을 것 같은 봄의 애상이라.

임제(林悌)는, 이를 근세의 절창이라고 절찬했으며, 이수광은 이를 당시(唐詩) 속에 섞어 넣어 최경창 등 일류 시객들에게 보였더니, 가려내지 못하더라며, 꽤나 장난기 어린 실험으로 당시에 비견(比肩)했다.

끝으로, 그의 〈유별〉 한 수를 옮겨 둔다.

고운 풀 한가한 꽃
물 위의 정자.
푸른 버들 그림인 양
봄 성을 가렸는데,

아무도 양관곡
불러 주는 이 없고,
다만지 청산이 있어
가는 나를 보내 주네.

細草閒花水上亭　綠楊如畫掩春城
無人解唱陽關曲　只有靑山送我行
〈留別〉

하룻밤 여숙(旅宿) 끝에, 다시 등정(登程)하는 봄날의 여심(旅心)
이다. 일배주(一杯酒) 들어 전별해 주는 친구 하나 없는 길 떠남의
외로움, 그러나 그게 아니다.

只有靑山送我行!

다만 청산만은 유정도 하여, 저기 저만치 물가에 서서, 내 가는 뒷
모습을 어디까지나 지켜보며, 나를 전송해 주고 있는 것이 아닌가!
아름다운 청산 두고 가는 마음의 서운함이 이입(移入)된, 청산과
의 교정(交情)이다. 보라, 이 푸지기도 한 결구의 탈속(脫俗)한 풍정
(風情)을—.

留別(유별) 떠나는 사람이 남겨 두는 시.
陽關曲(양관곡) 왕유(王維)의 〈送元二使安西〉(p.58 참조) 시를 이름. 전(轉)하여 송별의
시. 또는 송별의 주연(酒宴)을 이름.

| **정지승**(鄭之升, ?~?)　자 자신(子愼). 호 총계(叢桂). 구수훈(具樹勳)의 《이순록
(二旬錄)》에는, 그를 이달, 최경창과 함께 삼당(三唐)이라 일컬었다는 기록으
로 보아, 모두 같은 시대였던 듯. 또 유몽인(柳夢寅)의 《어우야담》에는, 뛰어
난 시재를 가지고도 큰 명성을 얻지 못한 채, 요절했다고 했다.

즉흥

이산해

산 늙은이 우장 깔고
늘어지게 자고 일어
비 갠 푸른 가지
저녁볕에 걸어 둔다.

들길 풀꽃들은
질 대로 다 졌는데
송아지는 저 혼자서
제집 찾아가는구나.

山翁睡足臥靑簑　　雨霽斜陽掛樹柯
野逕草花零落盡　　無人黃犢自還家
〈卽事〉

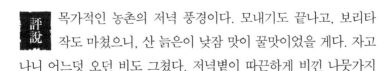 목가적인 농촌의 저녁 풍경이다. 모내기도 끝나고, 보리타
작도 마쳤으니, 산 늙은이 낮잠 맛이 꿀맛이었을 게다. 자고
나니 어느덧 오던 비도 그쳤다. 저녁볕이 따끈하게 비낀 나뭇가지

睡足(수족) 잠이 흡족함.
靑簑(청사) 푸른 갈잎 따위로 엮은 우장. 어깨에 둘러 비를 피하는 우구(雨具)의 한 가지
지만, 한숨 눈 붙이는 낮잠 때는 요긴한 깔개 구실도 한다.
雨霽(우제) 비가 갬.

에 우장을 걸어 둔다.

이제 꽃이란 꽃은 다 지고, 초록이 우거지는 초여름의 들길로 송아지란 놈 종일 풀을 뜯어 뱃가죽이 팽팽해 가지고, 혼자 제집 찾아가느라 곁눈질 하나 없이 충직(忠直)하게도 걷는 양이 기특하고 대견하다. 얼굴 보아 동네 사람 서로 알듯, 송아지도 얼굴 보면 누구네 집 송아진지 모두 안다. 송아지 저도 좀 더 낯익으면, 동네 사람 어른 아이 할 것 없이 누구누구인지 알게 되겠지. 다 정겨운 같은 한 마을의 식구들이니까─.

樹柯(수가) 나뭇가지.
野逕(야경) 들길.
黃犢(황독) 누른 송아지.

| 이산해(李山海, 1538~1609, 중종 33~광해군 1) 상신. 자 여수(汝受). 호 아계(鵝溪). 본관 한산(韓山). 대제학, 영의정 등 역임. 선조조 문장 팔대가의 한 사람으로 서화에도 능했다. 저서에 《아계집》이 있다. 시호는 문충(文忠).

포구의 가을

이산해

저녁 물 밀어 들어
물가 잠기고

먼 섬들 자오록
안개 속인데

흰 빗발 배에 가득
바쁜 노저음

닫혀 있는 사립문들의
콩꽃 울타리.

晚潮初長沒汀洲　島嶼微茫霧未收
白雨滿船歸棹急　數村門掩豆花秋
〈卽事〉

評說　갯마을의 가을 풍경이다.
만조(滿潮)가 되어, 물가며 사주(沙洲)의 볼품없이 드러나
보이던 것이 원 수위로 잠기게 되면, 포구는 다시 포근하고 넉넉한,
물나라의 새로운 경관으로 되살아난다.
　멀리 보일락 말락 한 크고 작은 섬들은 안개에 잠겨 흐릿한데, 포

구로 돌아오는 배 한 척, 멀쩡한 날에 갑자기 소나기가 지나간다. 흰 빗발이 배에 가득 쏟아지고, 어부는 노 젓기에 바쁘다.

갯마을은 요새 물일하랴 들일하랴 한창 바쁜 때라, 낮에도 집집 마다 사립문이 닫혀 있고, 울타리를 뒤덮은 강낭콩 덩굴은, 8월 들면서 일제히 가을을 피워 내어, 마을마다 울타리마다 강낭콩꽃 꽃밭을 둘러쳐 놓은 듯 장관이다.

안으로 우거진 자잘한 꽃잎, 얼핏 보아 별로 볼품이 없어 보이지만, 자줏빛 색깔이 화심(花心)에 가까울수록 짙어져, 수줍은 외모와는 달리 속으로 불타는 정열의 꽃이다. 그래서인지 콩꽃을 읊은 고래의 시인들도 많이 있었으니,

한 조각 맑은 가을 어느 곳에 있느뇨?
강낭콩꽃 울타리에 이슬비가 내린다.

一片清秋在何處　豆花籬落雨濛濛

은, 오사도(吳師道)의 구요,

晚潮(만조) 저녁 무렵에 들어오는 밀물. 저녁물.
初長(초장) 만조(滿潮)의 최고점에 이른 시점(時點)을 이름.
汀洲(정주) 물 가운데 흙 · 모래가 쌓여 물으로 드러나 보이는 곳. 물가.
島嶼(도서) 크고 작은 모든 섬.
微茫(미망) 흐릿함. 아득함.
白雨(백우) 흰 빗발. 소나기.
歸棹(귀도) 돌아오는 배를 젓는 노.
數村(수촌) 두어 마을.
門掩(문엄) 문이 닫혀 있음.
豆花(두화) 콩꽃. 강낭콩꽃.

오동잎 지는 뜰에 가을은 저무는데
강낭콩꽃 울타리에 늦게야 날이 갠다.

梧葉庭際秋漸老　豆花籬落晚初晴

은, 주권(周權)의 구요,

달 밝은 밤 가마우진
마름잎 물가에 자고,
갈바람에 귀뚜라민
콩꽃 울타리에 운다.

明月鷺鶿菱葉浦　西風蟋蟀豆花籬

는 진윤평(陳允平)의 시구이다.

　이처럼 시재(詩材)로서의 '콩꽃'은 으레 만초(蔓草)로서의 강낭콩
(울타리에 올리는 콩이라 하여 '울콩'이라고도 한다) 꽃이니, 모르긴 하나
본시 또한 위 시에서처럼 '豆花籬'로 직서하고 싶었겠지만, '籬'가
'洲·收'와 동일 운통이 아니므로, 부득이 '秋'로 우회했을 것으로
추측된다.

　작자의 이 시는 다분히 향토적이며 서민적이다. '豆花'로 둘러친
집 안의 그 '豆'만큼이나 수줍고도 속으로 붉은 그들의 소박한 사
랑을 마음속으로 은근히 그려 보기도 함이리라.

　작자의 시풍은 한마디로 '연미(軟媚)하다'는 것이 일반적 정평
이다.

　남용익(南龍翼)은 "아계의 시는 지나치게 보드랍고 아리따워서,

어떤 이는 '죽은 양귀비가 꽃그늘에 누웠는 듯하다'고 기롱(譏弄)하기도 하나, 저 '白雨滿船歸棹急 數村門掩豆花秋' 같은 구는 참으로 시중유화(詩中有畫)의 경지이다"라고 평했다.

신위는《논시절구》에서 다음과 같이 읊었다.

보드랍고 아리따운 아계의 시는
'닫혀 있는 싸립문의 콩꽃 울타리'가
'죽은 양귀비 해당화 아래 누운 듯'
'현종을 이야기하는 흰머리 궁녀'보다 나으이!

詩到鵝溪軟媚求　江村門掩豆花秋
死楊妃臥海棠下　勝似說玄宗白頭

※ 신위의 이 시 가운데 '說玄宗白頭'는, 원진(元稹)의 작품〈고행궁〉에서 인용해 온
　것으로 그 전문은 이러하다.

　쓸쓸한 옛 행궁에
　꽃은 붉어 적막한데
　흰머리 궁녀 있어
　현종 이야기를 한가히 늘어놓네.

　寥落故行宮　宮花寂寞紅
　白頭宮女在　閒坐說玄宗
　　　　　　〈故行宮〉

끝으로, 그의〈조각배〉에서 또한 정평인 '연미(軟媚)'를 감상해 보기로 한다.

한 이파리 조각배
푸른 물결에 띄워
한들한들 오랑가랑
바람에 내맡겼네.

밤 깊어 달을 좇아
모래 여울 지나자니
갈대숲에 조는 갈매기
아무도 눈치 못 채네.

一葉輕舟泛綠漪　　搖搖來去任風吹
夜深流向沙灘月　　蘆底眠鷗摠不知
〈小艇〉

| 이산해(李山海, 1538~1609, 중종 33~광해군 1) 상신. 자 여수(汝受). 호 아계(鵝溪). 본관 한산(韓山). 대제학, 영의정 등 역임. 선조조 문장 팔가(八家)의 한 사람으로, 서화에도 능했다. 저서에 《아계집》이 있다. 시호는 문충(文忠).

삼일포

최립

갠 봉우리 서른여섯
아미(蛾眉)를 여몄는 듯,
흰 물새들 쌍쌍이
경파(鏡波)를 어르는데,

예 사흘 놀던 신선
여태 아니 돌아오니,
십주에 아름다운 곳
많은 줄을 알러라!

晴峰六六斂螺蛾　　白鳥雙雙弄鏡波
三日仙遊猶不再　　十洲佳處始知多
〈三日浦〉

評說 사선(四仙)의 고사에 얽힌 삼일포의 승경이다.
전반은, 호(湖)를 중심으로 한 아름다운 주위 경관과, 한가
로운 자연 정취를 읊은 것이요, 후반은, 선향(仙鄉)에 와서 선인을
만나지 못하는 아쉬움과, 호수의 배후경인 해금강 일대의 여러 곳

晴峰(청봉) 맑게 갠 봉우리.
六六(륙륙) 육의 육배인 서른여섯.
斂(염) 단정하게 자세를 여밈.

선경(仙境)을 넌지시 곁들인 내용이다.

'삼일포'란, 신라 때 네 국선(國仙)이, 그 경치에 혹하여 삼 일 동안이나 여기서 놀며 돌아갈 길을 잊었다는 전설에서 얻어진 이름으로, 사선정(四仙亭)·몽천암(夢天庵) 등의 고적이 있는, 관동팔경(關東八景)의 하나이다. 외곽으로 까마아득한 중봉 첩장(重峰疊嶂)이 에워싼 가운데, 안으로 호수의 가장자리를 장식하듯, 엎어 둔 조개 껍데기, 또는 미인의 눈썹 같은, 나직나직 안존한 36봉이 호의 주위를 둘러 있는 것이다.

'十洲'는 사선이 머물렀다는 이 삼일포는 물론, 사선암(四仙岩)· 영랑호(永郞湖)…… 등, 그 외곽을 이루고 있는 해금강과 동해안 일대의 경승처를 산입(算入)한 것이다.

천 년 세월을 어제의 일인 양, 지금도 '十洲'의 어딘가에 놀고 있을, 불로불사(不老不死)의 선인이, 그곳을 다 두른 뒤에는, 언제 표연히 이곳에 다시 나타날지 모른다는 기대감마저 함축하고 있는 3·4구이다.

형식에 있어, 1·2구와 3·4구가 각각 대로 이루어졌음이 절구로서 특이하고, 저마다 '六六, 雙雙, 三, 十' 등 수를 안배했음이 이채롭다.

螺蛾(나아) 화장한 미인의 눈썹. 곧 미인의 눈썹과 같은 반월형의 연봉(連峰)의 원경을 이름. '蛾'는 아미(蛾眉)의 뜻으로, 누에나방의 눈썹과 같은 미인의 눈썹.

弄(농) 어름. 희롱함.

鏡波(경파) 거울같이 잔잔한 물결.

仙遊(선유) 신선이 놂. 여기서는 신라 때의 네 국선(國仙)인 영랑(永郞)·술랑(述郞)·남랑(南郞)·안상(安詳)을 이름.

猶不再(유부재) 여태도 다시 와 놀지 않음.

十洲(십주) 신선이 산다는 열 곳의 섬. 《해내십주기(海內十洲記)》에 조주(祖洲)·영주(瀛洲)·현주(玄洲)…… 등 십주가 열거되어 있다.

작자는 이 시를 평생 득의작(得意作)으로 자천(自薦)하였다 한다.

문(文)에 있어서 당세의 제일인자로 일컬어져 오는 작자이나, 허균은 문보다 시가 더 낫다 했고, 김만중·김창협·신위 등도 한결같이 그의 시를 높이 평가했었다.

| **최립**(崔岦, 1539~1612, 중종 34~광해군 4) 학자·문신. 자 입지(立之). 호 간이 (簡易). 본관 개성(開城). 이이(李珥)의 문인. 형조참판 등 역임. 여러 번 명나라에 사신 가서 문명을 떨쳤다. 그의 글과 차천로(車天輅)의 시와 한호(韓濩)의 글씨를 송도 삼절(松都三絶)이라 일컬었다. 저서에《간이집》등 다수.

우물 안의 달

최립

중이 우물물을
길어 올리어
달이랑 한 동이
가득 담았네.

절간에 들어서자
달이 안 보여
비로소 깨달았네,
'색(色)'이 '공(空)'임을 —.

僧去汲井水　　和月滿盂中
入寺無所見　　方知色是空
〈詠井中月〉

評說　'색불이공 공불이색, 색즉시공 공즉시색(色不異空 空不異色
色卽是空 空卽是色).' 이는 반야심경(般若心經)의 오의(奧義)
이다. '色'은 눈으로 볼 수 있는, 이 세상의 모든 존재이며, '空'은
글자 그대로 텅 비어 없음이다. 모든 존재하는 것의 현상(現象)이

和月(화월) 달과 함께 섞어.
盂(우) 바리. 여기서는 동이.

란, 다만 인연소생(因緣所生)인 허상(虛像)에 지나지 않는 것으로, 본래(本來)의 실유(實有)가 아니라는 것이니, 필경 색은 공과 다름 없고, 공은 색과 다름없다. 그러므로 '색'이 곧 '공'이요, '공'이 곧 '색'이라는 등식(等式)으로 풀이된다는, 불교에서의 인식론이다.

우물에 비친 달이 하도 유관해서 물과 함께 동이에 담아 돌아왔으나, 건물 안으로 들어서는 순간, 달은 없어지고 말았다. 그렇다. 이 곧 '색즉시공'이 아니고 무엇이랴? 산승은 필경 '색즉시공 공즉시색'의 오의(奧義)를 이렇게 돈오(頓悟)했다는 것이다. 돈오한 사례(事例)의 당부당(當不當)은 차치(且置)하고라도, 우선 재치와 기지(奇智)가 돋보이는 시이다.

이는 이규보(李奎報)의 다음 시 〈우물 안의 달〉에 부친 화운(和韻)이다.

山僧貪月色   산골 스님이 달빛이 탐나
井汲一瓶中   우물물 함께 병에 담았네.
到寺方應覺   절에 와서야 깨달았나니,
瓶傾月亦空   병을 기울여도 달이 없음을 ―.
〈井中月〉

퇴계 선생을 배웅하며

이순인

흐르는 물 외로운 돛 가는 임 안 말리니,
옛 산천 다글수록 멀어져 가는 남산
한 시름 놓이자마자 또 한 시름 어이리 —.

江水悠悠日夜流　孤帆不爲客行留
家山漸近終南遠　也是無愁還有愁
〈漢江送退溪先生〉

評說 이는, 고향으로 돌아가는 퇴계 선생을 배웅하여, 한강 나루
에 나온 많은 명사들의, 저마다 이별을 아낀 별장(別章) 중
의 압권(壓卷)이라고, 이수광이 《지봉유설(芝峰類說)》에 소개하여
기린 시이다.

　육로보다 수로가 편했던 당시였는지라, 서울~충주 간은 남한강
의 뱃길을 이용했었음을 알 수 있다.

　자유의 몸이 되어 강호로 돌아가는 이야 홀가분한 심정이겠으나,

孤帆(고범) 단 한 척의 돛배.
不爲客行留(불위객행류) 손 가는 것을 만류해 주지 않음.
家山(가산) 고향 산. 고향.
終南(종남) 종남산. 목멱산(木覓山). 곧 서울의 남산을 이름.
也是(야시) 발어사(發語辭). 여기서는 '~라고 하지만 또한 ~'의 뜻.
還(환) 도리어.

보내는 이로서의 아쉬운 마음이야 오죽했으랴? 머물러 있어 주기를 백방으로 간청해 보았으나 허사다. 만류하려는 그 마음 여북했으면, 기대해 볼 거리도 못 되는 '孤帆' 따위에다 마지막 한 가닥을 걸어 본 것이었으랴? 그것은 마치, 사랑하는 이의 고집스러운 출발을 막으려고 '비라도 진종일 내려 달라', '십 리도 못 가서 발병 나라' 등 저주 아닌 저주의 푸념처럼, 또는 임 싣고 가는 배의 사공에다 애꿎은 원망을 퍼부어 대는 〈서경별곡〉의 여인처럼, 선생이 타고 갈 '돛배'에나 이상이라도 생겨 출발할 수 없게 되어지기를 마지막으로 기대해 보는 애달픈 마음이다. 그러나 그것도 허사, '孤帆'은 탈도 안 나, 저처럼 순풍에 배를 불리고 둥실둥실 선생을 실어 떠나가고 있다. 섬중(剡中)으로 들어가는 이백(李白)의, 기대에 부푼 출발:

  돛도 탈없이 가을바람에 내걸렸도다(布帆無恙掛秋風).

처럼 ─. 이윽고 아득히 멀어져 가는 배! 서울의 마지막 지표인 남산을 바라보면서, 멀어져 가는 감회도 적지 않으려니 ─. 일로 남하하여 고향이 가까워질수록, 오랜 동안 그리던 향수에서는 한 시름 놓여지리라. 그러나, 새로 싹트는 우국연군(憂國戀君)의 새 시름은 어이할꼬?

  조정의 높은 곳에 있어서는 그 백성을 근심하고, 강호의 먼 곳에 처해서는 그 임금을 걱정한다(居廟堂之高則憂其民 處江湖之遠則憂其君).

는 범희문(范希文)의 그런 충정(衷情)을 어이하리? 서울~안동을 두 끝으로 한, 회향(懷鄕)과 연군(戀君)의 시소야말로, 범씨(范氏)의

'나아가도 걱정이요 물러나도 걱정(進亦憂 退亦憂)'으로, '다정도 병인 양하여' 오나가나 잠 못 들어 하는 알뜰함이 아닐 수 없으리라.

也是無愁還有愁!

이 역설적인 결구의 여운 속에, 얼마나 착잡한, 가는 이의 충심의 헤아림이 서려 있는가를 볼 것이다.

| 이순인(李純仁, 1543~1592, 중종 38~선조 25) 문인. 자 백생(佰生). 호 고담(孤潭). 본관 전의(全義). 조식(曺植), 이황(李滉)의 문인. 우승지, 이조참의 등 역임. 팔문장가의 한 사람. 저서에 《고담일고(孤潭逸稿)》가 있다.

서강에서

한호

넓고 넓은 맑은 물결
거울인 양 번쩍일 제,
난간에 기대앉아
'창랑가'를 읊조린다.

두 기슭 갈대숲엔
갈바람 사나운데,
무수히 나는 돛들
석양에 어지럽다.

千頃澄波一鑑光　曲欄斜倚賦滄浪
蒹葭兩岸西風急　無數飛帆亂夕陽

〈西江〉

 한강 강언덕엔 자고로 누대며 정각이 많았다. 다락 난간에
비스듬히 기대어 눈을 놓아 보내면, 강의 전모 대관이 한눈

西江(서강) 한강의 하류 마포 부근을 일컫는 이름.
賦滄江(부창강) 〈창랑가(滄浪歌)〉를 읊음. 〈창랑가〉는 어부의 노래. 시세(時勢)의 추이에
따라 행동할 것을 노래한 것. 〈초사(楚辭)〉에, "창랑의 물이 맑으면 내 갓끈을 씻을 것이
요, 창랑의 물이 탁하면 내 발을 씻으리라(滄浪之水 淸兮 可以濯吾纓, 滄浪之水 濁兮 可以濯
吾足)"이다.
蒹葭(겸가) 갈대. 갈대꽃.

에 들어온다. 때는 가을이라 물은 더욱 맑고 푸르러 저도 모르는 사이에 〈창랑가〉가 흥얼거려진다. 창랑의 물이 맑으면 갓끈을 씻을 것이요, 흐리면 발을 씻으면 되잖느냐며 굴원을 태운 뱃사공은 시세에 따라 쉽게 살라고 권한다.

세차게 부는 가을바람에 두 기슭을 뒤덮은 흰 갈대꽃도 몸을 뒤흔들어 은파(銀波)가 소슬한 가운데, 무수한 흰 돛배들이 석양에 번득이며, 한껏 배불리 바람을 머금고 쏜살같이 달리는 것이, 상하천(上下天) 푸른 허공에 눈부시게 어지럽다.

어느덧 돌아온 백우족(白羽族)들도 한강 일대의 하늘을 돛배들과 함께 어지럽게 날고 있음이, 언외(言外)에 부쳐져 있는 듯도 하지 않은가?

당시의 서울은 사방에서 드나드는 한강 수운(水運)의 중심으로, 그 유역의 내륙은 물론, 제물포를 외항으로 하는 무수한 내외 선박들이 여객과 화물을 가득 가득 싣고, 마치 오늘날의 세종로 거리를 가득 메워 흐르고 있는 자동차 물결만큼이나 혼란스러웠을 것을 상상해 볼 것이다.

남효온(南孝溫, 1454~1492)의 〈서강한식〉도 화물과 여객을 가득 가득 실은 수많은 상선에 탄 나그네들의 망향정(望鄕情)을 읊고 있어, 봄비는 당시의 한강을 엿보게 하고 있다.

天陰籬外夕陽生　흐린 날 울타리 밖 저녁볕이 깨나더니,
寒食東風野水明　한식이라 봄바람에 강물이 한결 밝다.

| 한호(韓濩, 1543~1605, 중종 38~선조 38)　명필. 자는 경홍(景洪). 호는 석봉(石峯). 본관은 삼화(三和). 어머니의 격려로 서도에 정진, 석봉류의 호쾌 강건한 서풍(書風)을 창시했다. 진사시에 합격. 가평 군수 등을 지냈다.

無限滿船商客語　무수한 장삿배의 나그네들 하는 말이,

柳花時節故鄕情　버들개지 나는 시절 고향 그려 못 살겠대 —.

〈西江寒食〉

한산도의 밤

이순신

물나라에 가을빛
저물어 가니
추위 탄 기러기 떼
높이 날아라!

시름겨워 잠 못
뒤치는 이 밤
활과 칼에 싸느란
새벽달이여!

水國秋光暮　　驚寒雁陣高
憂心輾轉夜　　殘月照弓刀
〈閑山島夜吟〉

評說 가을도 저물어 가는 바다의 세계, 추위에 놀란 기러기 떼의
높은 행렬이 달밤의 하늘을 끼룩끼룩 건너가고 있다. 기러
기는 그 회귀 이동(回歸移動)의 특성으로 하여, 또는 소무(蘇武)의

閑山島(한산도) 거제도와 통영반도 사이에 있는 섬.
驚寒(경한) 추위에 놀람. 추위를 탐.
雁陣(안진) 떼를 지어 나는 기러기의 행렬.
憂心(우심) 걱정하는 마음.

고사(故事) 등을 배경으로, 타향의 소식을 전하는 사자(使者)인 양 널리 관념되어 오는 터이라, 그 울음소리는 향사(鄕思)를 유발(誘發)하는 촉매(觸媒) 구실을 하기에 넉넉하다. 하물며 전선(戰線)의 달밤, 싸움도 잠시 멎은 괴괴한 물나라에서 듣는 기러기의 울음소리는, 얼마나 많은 군사들의 가슴 가슴에 애끓는 심정을 불러일으켰던 것이랴? 불현듯 솟구치는 집 생각이야 장수와 병졸이 무엇 다르리? '어머님은……?' '처자들은……?' 그리움이 이미 이에 미치자 일시에 무거워져 오는 시름, 잠을 이룰 수 없어 뒤척이다 보니, 어느덧 새벽녘이다. 해사한 하현의 달이 막사 안으로 비껴들어, 활이며 칼을 싸느라이 비추고 있다. 새삼 전장(戰場)의 몸임을 절감하고는 늠연(凜然)히 마음의 자세를 가다듬는다.

'憂心'을 '憂國心'으로 이해하려는 대다수의 사람들은, '輾轉'하며 잠 못 들어 하는 '憂心'을 한갓 사사로운 집 생각 따위로 풀이할 수 있느냐고 말한다. 그러나 생각해 보라. 충무공은 계백(階伯) 장군과는 달랐다. 노모와 처자에 대한 '효(孝)'와 '자(慈)'도 '충(忠)'만큼이나 도타운 장군이었다. 《난중일기》의 처처에, 그의 알뜰한 모부인에 대한 걱정과 처자에 대한 자상한 마음의 이모저모가 비쳐 있음을 보지 않는가? 그는 전란 중에서도 군과 민생을 위하여 소금도 굽고 질그릇도 구웠으며, 고기도 잡고 밭갈이도 하였다. 한마디로 그는 한장(悍將)이 아니라, 눈물과 사랑을 지닌 현장(賢將)이며 성웅(聖雄)이었다. 저 유명한 그의 시조:

輾轉(전전) 잠을 이루지 못하여 이리저리 몸을 뒤척임.
殘月(잔월) 지새는 달. 새벽달.
弓刀(궁도) 활과 칼. 병기.

한산섬 달 밝은 밤에 수루에 혼자 앉아,

큰 칼 옆에 차고 깊은 시름 하는 적에,

어디서 일성 호가(一聲胡茄)는 나의 애를 끊나니?

의 '깊은 시름'도 위의 '憂心'과 촌분도 다를 바가 없다. 여기서도 그들은, 큰 칼 차고 수루에 앉은 수군 제독이 그런 집 생각 따위나 하고 있었겠느냐고 말한다. 그러나 시문의 감상에는 문자에만 집착될 것이 아니라, 그 경위·정황·인정의 기미(機微) 등을 행간(行間)에서 읽을 수 있어야 한다. 생각해 보라. 어찌하여 막중한 '삼도수군통제사'가 부하들을랑 어찌하고 스스로 일개 초병(哨兵)이 되어 월하의 수루에 참모도 없이 혼자 앉아 있었다는 것인가? 실정을 모르면 우선 이 일부터가 우습지 않은가? 모르긴 하나 추측건대, 이는 아마도 전황이 소강상태인 어느 한 밤의, 동중정(動中靜) 망중한(忙中閑)의 일단사(一端事)였으리라. 부하 장병을 아끼는 평소의 자상한 마음에서, 이날 밤 문득, 몸소 병졸들의 고충을 살필 겸, 초병의 고역도 체험해 보려는 심정에서, 잠시 그 임무를 대행해 보는 것이 아니고서는 상상할 수 없는 일이다.

어디서 피리 소리가 들려온다. 사람의 폐부를 에는 듯한, 굽이굽이 처량한 피리 가락! 계명산(鷄鳴山) 추야월에 장량(張良)의 옥퉁소 소리에 초패왕(楚霸王)의 팔천 병사가 뿔뿔이 흩어져 제 고향으로 달아나 버렸다는, 그런 피리 소리를 월하의 전선에서 들으면서, 집 생각쯤 아니하는 목석이 어디 있겠는가? 감동이란, 인정의 극히 그윽하고 미세한 데서 발하여 만인의 심금에 와 닿을 때의 파동이다. 인정의 기미야말로 시는 물론 모든 예술의 발단이며 요건이 아닐 수 없다. '일성 호가'에 '애끊는 마음'이야말로 인정과 인정의 부딪침이니, 이는 장군으로서가 아닌 인간으로서의 감동이다. 이를 다시 역으로 생각해 보라. 우국지심과 적개심에 불타는 대장군의 '애'가 '일성 호가' 따위에 끊어져서야 될 법이나 한 말인가. 그런데도 위의 시나 시조를 한결같이 '우국심'으로 풀려 하고, 또 그래야만 장군의 체통을 세우는 길이며, 그의 충용도(忠勇度)를 손감(損減)함이 없이, 이 작품들을 살아나게 풀이하는 길이라고 고집하는 일은 그저 딱하기만 할 뿐이다. 시로도 인간으로도 장군으로도 사는, 본연의 정당한 해석을 굳이 외면하면서, 하필이면 시도 죽이고, 인간으로도 죽이면서까지, 오직 장군으로만을 살리려고 하는 고집은, 필경 그 모두를 다 죽이고 만다는 것을 깨닫지 못하는 데서라 할 것이다.

| **이순신**(李舜臣, 1545~1598, 인종 1~선조 31) 무장. 자 여해(汝諧). 본관 덕수(德水). 전라좌도수군절도사로 재임 중 임진왜란이 일어나자, 거북선을 창작하여 한산도에서 대첩하고, 삼도수군통제사가 되어 임란을 승전으로 이끌었으나, 노량해전에서 전사했다. 원균(元均)의 모함으로 한때 사형을 받게 되었으나, 정탁(鄭琢)의 변호로 권율(權慄)의 막하에 백의종군을 한 액고(厄苦)를 겪기도 했다. 저서에 《난중일기(亂中日記)》가 있다. 시호는 충무(忠武).

저무는 봄

홍적

두메라 올 이 없고, 새 소리에 낮잠 깨어,
차 마시고 난 창가에 할 일이 다시 없다.
지는 꽃 높낮으랑거리며 흐롱하롱 날리네.

草深窮巷客來稀　鳥啼聲中午枕依
茶罷小窓無個事　落花高下不齊飛
〈暮春〉

評說 은서(隱棲) 생활의 한정(閑情)이다.
춘곤으로 곤히 들었던 낮잠이, 조잘거리는 새소리로 하여
어렴풋이 깨어난다. 차를 달이어 마심으로써 남은 잠기를 가신다.
'차 달이어 마시는 일', 이것도 일은 일이라, 이 일 마치고 나니, 다
른 할 일이란 아무것도 없다. 무료히 앉아 창밖을 물끄러미 내다본
다. 바야흐로 봄이 저물어 가고 있다. 어제같이 피었던 꽃들이 어지
럽게 날리고 있다. 혹은 높게 낮게, 또는 낮으랑 높으랑 하며 저마

窮巷(궁항) 궁벽한 촌구석.
客來稀(객래희) 손 오는 일이 드묾.
午枕依(오침의) 낮잠이 어렴풋이 깨어남.
茶罷(다파) 차 마시는 일이 끝남. 차를 마시고 남.
無個事(무개사) 할 일이 따로 없음.
高下(고하) 높게 또는 낮게. 높아지랑 낮아지랑 하는 모양.
不齊飛(부제비) 가지런하지 않게 낢.

다 일정하지 않은 몸짓으로 하느작거리며 난무하고 있는 꽃잎들!
이를 바라보면서 작자는 담담하다. 무심한 듯, 체념한 듯, 또는 수
없이 보내 본 봄이라 으레 그런 거라고 달관이라도 한 듯, 잔잔한
마음으로 가는 봄을 내다보고 있다.

　한 조각 꽃이 져도 봄이 깎이거니,
　천만 조각 휘날리니 시름겨워라.

　一片花飛減却春　風飄萬點正愁人

고 한 두보(杜甫)의 낙화처럼 흥분하지도 안달하지도 않는다. 오
히려,

　사람 한가롭고 계수나무 꽃은 지고,
　밤은 고요한데 봄 산이 비었다.

　人閒桂花落　夜靜春山空

라고 한 왕유(王維)의 낙화만큼이나 한담(閒淡)하다. 이것이 바로
이 시의 특미(特味)이다.
　새소리에 희석(稀釋)되어 낮잠이 희미하게 깨어나는 과정인 의희
(依稀)의 약(略)인 '依'의 묘용(妙用), 손수 '차를 달이어 마시는 일',
이 '일'이 선(先)이요 본(本)이건만 오히려 생략된 채, 그것이 도리
어 후(後)요 말(末)에 지나지 않는 '마시고 난 뒤'인 '茶罷'에 기생
공존하게 한 환술(幻術) 같은 표현의 묘, 낙화의 표랑(飄浪) 양태(樣
態)인 '高下不齊飛'의 핍진(逼眞)한 생동감, 그리고 전편의 바닥에

깔려 있는 무위 무욕(無爲無慾)의 한료(閑廖)함 등을 음상(吟賞)할 것이다.

| **홍적**(洪迪, 1549~1591, 명종 4~선조 24) 문신. 자 태고(太古). 호 양재(養齋)·하의자(荷衣子). 본관 남양(南陽). 병조정랑, 집의 등 역임. 경학(經學)에 밝고, 시문에 능했으며, 글씨도 잘 썼다. 저서에 《하의집》,《하의시습(荷衣詩什)》이 있다.

대동강의 봄

임제

대동강 봄나들이
젊은 계집이
강언덕 실버들에
애를 끊나니

무한한 연기 실을
베로 짠다면
임께 보일 춤옷도
지으련마는─.

浿江兒女踏春陽　江上垂楊正斷腸
無限煙絲如可織　爲君裁作舞衣裳
〈浿江歌〉

 수양버들은 이른 봄의 춘정(春情)·시정(詩情)을 부채질하는
가장 낭만적인 춘물(春物)이다.
　실가지에 맹동하는 봄기운이 연기같이 아지랑이같이 하늘대기

浿江(패강) 대동강의 옛 이름.
兒女(아녀) 아녀자. 여자를 낮추어 이른 말. 계집.
踏春陽(답춘양) 봄볕을 밟는다는 뜻으로, 봄날의 야외 소풍을 이름. 봄나들이. 답청(踏靑).
正(정) 정히. 참으로. 진정.

시작하면, 하루가 다르게 짙어져 가는 연둣빛! 그 요나(裊娜)한 자태는 주로 여성에로 비유된다. 아름다운 여인의 우아한 용모를 유용(柳容), 그 숙부드러운 몸가짐을 유태(柳態), 그 시름겨운 눈썹을 유미(柳眉), 그 가는 허리를 유요(柳腰)라 하였으니, 그리하여 두보(杜甫) 같은 점잖은 이도

　창밖의 수양버들 하늘하늘
　열다섯 살 계집애 허리 같아라.

　隔戶楊柳弱裊裊　恰似十五女兒腰

했다. 더구나 봄바람을 독차지하듯 '천안 삼거리 능수버들'처럼 멋을 부리는 풍류(風柳)의 몸짓은, 풍류(風流)롭기도 하고, 또한 춘정을 부채질하기도 함에서, 유녀(遊女)의 사회를 화류계(花柳界)라 일컬음도 그래서이다. 이 〈패강가〉의 작자의 눈에 비친, '봄나들이'하고 있는 '대동강의 여인'도 이러한 수양버들의 여러 속성의 종합된 이미지의 여인으로 비쳤으리라.
　한편, 버들가지에 어린 또 하나의 정감은 이별이다. 한(漢) 때 장안(長安)의 한 사람이, 떠나는 친구에게 이별의 정표로 버들가지를 꺾어 주었다는 고사 이래로, 버들은 이별의 상징물이기도 하여, 〈절

斷腸(단장) 애끊음. 몹시 슬퍼함.
煙絲(연사) 연기가 낀 듯 파르스름하게 나부끼는 수양버들의 길고 가는 가지를, 비단실에 비겨 이른 말.
如可織(여가직) 만약 베로 짤 수 있다면. 如=若.
裁作(재작) 옷을 말라서 지음.
舞衣裳(무의상) 춤출 때 입는 옷. 춤옷.

양류곡(折楊柳曲)〉을 비롯, 많은 사조(詞藻)에 오르내렸다.

귀경(歸京)하는 정인 최경창(崔慶昌)을 전송하는, 경성(鏡城) 기생 홍낭의 저 유명한 시조 '묏버들 가려 꺾어 보내노라 임의 손대……' 도 그 한 예다.

또, 수양버들에 직결되는 연상은 '실'이다. 그 일단을 아래에서도 볼 것이다.

한 나무의 봄바람 천만 가지는
금빛보다 실보다 연부드럽다.

一樹春風萬萬枝　　嫩於金色軟於絲
　　　　　　　白居易, 〈楊柳詞〉

버들잎은 시름겨운 눈썹이런가
타는 애는 버들실 올올이 길다.

人言柳葉似愁眉　　更有愁腸似柳絲
　　　　　　　〈楊柳詞〉

김부식(金富軾)의 "柳色千絲綠 桃花萬點紅"에 대하여, 정지상(鄭知常)의 혼령이 "'千絲萬點'을 누가 세어 봤다더냐? 왜 '柳色絲絲綠 桃花點點紅'이라 하지 않느냐"고 했다는, 이규보(李奎報)의 《백운소설(白雲小說)》의 시화 한 도막이 떠오르거니와, 우리 시조에도:

녹양(綠楊)이 천만사(千萬絲)ㄴ들 가는 춘풍 매어 두며,
탐화 봉접(貪花蜂蝶)인들 지는 꽃 어이하리.

아무리 근원이 중한들 가는 임을 어이리?

이원익

버들은 실이 되고 꾀꼬리는 북이 되어,
구십 춘광(九十春光)에 짜내나니 나의 시름.
누구라 녹음 방초를 승화시(勝花時)라 하는고?

무명씨

라 하여, 그 이름도 숫제 '실버들'로 일컬어지게 되기도 한 것이다.

그리고, 부녀자의 일상의 소임이 침선 방직(針線紡織)인 만큼 '실'은 여성과 가장 친숙한 관계이다.

대동강 십리제(十里堤)에 일렬로 늘어선 수양버들의, 그 천만사(千萬絲)도 만만사(萬萬絲)도 아닌, 무한 연사(無限煙絲)! 저 연하(煙霞) 같은 가늘고도 긴긴 올올을 베로 짤 수만 있다면, 그것은 이 세상에서 가장 아름다운 비단이 될 것이요, 그 비단으로 춤옷을 짓는다면, 그것은 선녀들이나 입는 하늘나라의 춤옷이 될 게 아닌가. 그 옷을 입고 고운 춤을 추어, 떠나려는 '임의 마음'을 돌려놓을 수도 있으련마는……

이 〈패강가(浿江歌)〉는 '임 이별을 아끼는 봄날의 애상'을 읊은, 전 11수의 장시로서, 이는 그 여섯째 노래이다. 따라서 승구의 '斷腸'은 두 가지 측면에서 음미되어야 할 것이다. 곧, 임은 아마도 이 봄에 훌쩍 떠나 버릴 것만 같은 불길한 예감, 그리고, 전·결구의 환상이 필경 하염없는 환상일 뿐임에서 —.

작자는 호방 불기(豪放不羈)한 천재 시인으로, 이항복(李恒福)·신흠(申欽)은 진작부터 그를 시단의 맹주(盟主)로 추천하였다. 그는 법도 밖의 인물이어서 속세를 눈흘기며, 공명을 비웃었다. 시주(詩

酒)로 자신을 달래며, 37세를 일기로 요절한, 멋과 정한의 시인이
었다.

젊은 여심(女心)을 안쓰러워한 그의 또 다른 오절(五絶) 한 수를
옮겨 본다.

. 열다섯 살 아리따운 시골 새색시
  수줍어 말 못한 채 낭군 보내고
  돌아와 안팎문 걸어 닫고는
  배꽃 달 바라보며 서럽다 우네.

  十五越溪女　　羞人無語別
  歸來掩重門　　泣向梨花月

끝으로, 저 유명한 황진이의 무덤에 부친 작자의 시조 한 수를 부
기한다.

청초 우거진 골에 자는다 누웠는다.
홍안(紅顔)은 어디 두고 백골(白骨)만 묻혔는다.
잔 잡고 권할 이 없으니 그를 슬허하노라.

| **임제**(林悌, 1549~1587, 명종 4~선조 20) 시인. 자 자순(子順). 호 백호(白湖).
본관 나주(羅州). 성운(成運)의 문인. 동서 붕당의 파쟁을 개탄하여, 강호에 방
랑하며, 호방한 시풍과 경세의 명문장으로 일세에 드날린 풍류인이었다. 저
서에 《백호집》, 《화사(花史)》, 《수성지(愁城誌)》, 《원생몽유록(元生夢遊錄)》, 《부
벽루상영록(浮碧樓觴詠錄)》 등 많다.

봄놀이

임제

강물은 내 몸을
맑게 해 주고
봄바람은 옷자락을
휘날려 준다.

따르는 제자는
비록 없지만,
꽃과 새는 우리 모두
한통이라오.

江水潔余身　春風吹我服
冠童亦不隨　花鳥渾相識
〈春江詠歸〉

評說 《논어(論語)》'선진(先進)'편에 나오는 한 대문:
"모춘에 봄옷을 떨쳐입고, 성인 제자 대여섯과 동자 제자 예
닐곱을 거느리고, 기수(沂水) 물에 목욕하고, 무우 언덕에 바람을
쏘이다가, 시를 읊으며 돌아오리이다(莫春者 春服旣成 冠者五六人 童

渾相識(혼상식) 혼연(渾然)히 서로 마음이 통하는 친한 사이. 한통속. 한통.
詠歸(영귀) 하루의 놀이를 마치고, 시를 읊조리며 집으로 돌아옴.

子六七人 浴乎沂 風乎舞雩 詠而歸)."

이는 '하루의 멋진 봄놀이'를 물은 공자에 대한 증점(曾點)의 대답이다.

위의 시는 바로 이를 배경으로 한 선비의 하루의 상쾌한 봄놀이를 읊은 것이다. 하기야 따르는 제자 없음이 큰 결격(缺格)이기는 하나, 제자 대신 화조(花鳥)와의 '상식(相識)'이 그 결격을 대속(代贖)하고 있다. 따라서 이 시의 묘처는;

花鳥渾相識!

에 있으니, 이 얼마나 아름다운 삶이며 풍성한 멋이랴? 꽃들끼리, 새들끼리야 물론 친할 테지마는 나와 꽃들 사이, 나와 새들 사이도 면면이 다들 서로 다정하게 알고 지내는 터수란 것이다. 내가 하나하나의 꽃 이름이나 새 이름을 알고 있을 뿐만 아니라, 저들의 생태, 습성, 성격, 희로애락의 감정까지도 알고 있어, 저들을 애정으로 대해 주면, 저들 하나하나의 꽃들과 새들도 나를 알아보고 반색하며, 꽃은 향기로 인사를 걸어오고, 미소로 정을 건네 주며, 새들은 온몸으로 흔희작약(欣喜雀躍)하며, 온갖 노래로 환호해 준다. 제자 대신 화조를 동반한 봄놀이의 멋도, 증점의 봄놀이보다 못지않음을 뽐내고 있는 것이다.

이 진정 같은 시대 같은 지구촌에 함께 살고 있는 생명들끼리의 아름다운 사랑의 대화합(大和合)이 아니고 무엇이랴?

의주 행재소에서

이호민

창 잡고 색동옷을
누가 입으랴
온갖 일 인간 뜻이
글러만 가네.

땅은 이미 난자도
막바지인데
돌아가는 행인 끊인
한양 길이여!

천의(天意)도 착잡할사
강에 임했고
묘산은 처량해라
석양 대할 뿐—

들자니 남도 군사
승세란 소식
언제나 연승하여
수복하려뇨?

干戈誰着老萊衣　萬事人間意漸微
地勢已從蘭子盡　行人不見漢陽歸
天心錯莫臨江水　廟算凄凉對夕暉
聞道南兵近乘勝　幾時三捷復王畿
〈龍灣行在聞下三道兵進攻漢城〉

評說 유교 도덕에서 '忠孝'는 인류의 으뜸으로, 충효 양전(忠孝兩全)을 이상으로 삼지마는, 전란과 같은 비상시가 되면 그 논리에는 트집이 생기게 마련이다. "부모에게서 받은 신체를 훼상(毁傷)함이 없이 온전히 보전하는 일이 곧 효의 시초라"고 한 효경(孝經)의 가르침은, 평화 시의 수칙(守則)일 뿐, 일단 싸움터로 나가게 되면, 그저 훼상 정도가 아니라, 통째로 목숨마저 주어 버리게

龍灣(용만) 의주(義州)의 옛 이름.

行在(행재) 임금이 멀리 거동할 때 임시로 머무르는 곳. 행재소(行在所).

下三道(하삼도) 충청·전라·경상의 삼도.

干戈(간과) 방패와 창. 전쟁.

老萊衣(노래의) 노래자(老萊子)의 옷. 색동옷. 노래자는 초(楚)의 효자. 나이 70에 색동옷을 입고 그 부모 앞에 어린 양하여 즐겁게 해 드렸다는 고사가 있다.

漸微(점미) 점차 쇠미(衰微)해짐.

蘭子(난자) 의주의 위화도(威化島) 북쪽에 있는 섬. 난자도.

天心(천심) 하늘의 마음. 여기서는 임금의 마음. 천의(天意).

錯莫(착막) 뒤섞여 흐트러짐. 착란(錯亂). 착잡(錯雜).

廟算(묘산) 조정의 계책. 여기서는 작전 계획. 묘책(廟策).

凄凉(처량) 쓸쓸하고 황량함.

夕暉(석휘) 석양. 석조(夕照).

聞道(문도) 듣건대.

乘勝(승승) 승세를 탐.

三捷(삼첩) 연전 연첩(連戰連捷)함.

復王畿(복왕기) 왕기를 수복(收復)함. 왕기는 왕도(王都) 부근의 땅. 여기서는 국토(國土).

된다. 그러므로 안진경(顔眞卿)은 "이미 효자이고 보면 충신이 될 수 없고, 이미 충신이고 보면 효자는 될 수 없다(已爲孝子 不得爲忠臣 已爲忠臣 不得爲孝子)"고 '충효 불병(忠孝不竝)'을 역설했다.

무기를 잡고 싸움터로 나가는 사람이 갑옷은 입을망정, 어찌 효의 상징인 색동옷을 입을 수 있으랴?

백행(百行)의 근원인 효를 이미 행할 수 없게 되었으니, 여타(餘他) 인륜 도덕의 여지없이 허물어져 감이야 어찌할 길이 없다.

몽진 행차는 이젠 더 나아갈 수도 없는 국토의 막바지에 다다라 있고, 도성은 적의 소굴이 되어 있어, 남으로 가는 행인은 발길이 끊어져 있는 형편이다.

이처럼 막다른 곳까지 몰린 임금의 착잡한 마음은, 속수무책(束手無策), 흐르는 강물이나 굽어보고 있는 암암한 심경이요, 묘책(妙策)에 궁한 조정 중신들은, 지는 해 그림자를 운명처럼 쓸쓸히 바라보고 있는 막막한 경황일 뿐이다.

그러나, 듣자니 요사이 삼남 지방의 의군들이 승전하여, 그 여세를 몰아 도성을 향해 북상 중이라 하니, 제발 승승장구(乘勝長驅), 하루빨리 실지(失地)를 회복해 주기를 바라는 마음 간절하나, 어느 날에야 이 소원이 이루어질는지 그저 애탈 뿐이다.

끝 연은 두보의 "聞道河陽近乘勝 司徒急爲破幽燕"을 연상케 하는, 이 시 전체에 생기를 불어넣는 활구(活句)이다. 그러나 가장 빛나는 구는 셋째 연의 대련이다. 이는 임란 당시의 풍전등화 같은 국운을 솔직 대담하게 표현한 절조다. 작자는 직접 왕을 호종했던 중신의 한 사람으로서, 당시의 정황을 손에 잡힐 듯이 그렸으니, 이 한 구의 시가 능히 만 줄의 설명을 능가할 만하다.

남용익(南龍翼)은 《호곡시화》에서, 오봉(五峰)은 천재로 일세에 알려져, 만년에는 시재(詩才)가 다했다는 한탄이 있기는 했으나, 그의 성년 때의 작인 "天心~夕暉"의 구는, 아무나 감히 얻을 수 없는 명구라고 칭찬했다.

신위는 《논시 절구》에서,

'천의도 착잡할사 강에 임했고,
묘산은 처량해라 석양 대할 뿐'
재주 다한 강엄(江淹) 같다 이르지 마라.
오봉의 빼어남은 한 시대에 드물다.

天心錯莫臨江水　　廟算凄凉對夕暉
休說江郞才欲盡　　五峯劘壘一時稀

고 읊었고, 또 김택영(金澤榮)은, 오봉의 〈용만시〉의 셋째 연은 고금에 뛰어났으니, 비록 이백 두보라 할지라도 마땅히 옷깃을 여밀 만하다고 극찬하였다.

| 이호민(李好閔, 1553~1634, 명종 8~인조 12)　문신. 자 효언(孝彦). 호 오봉(五峰). 본관 연안(延安). 임진왜란 때 의주로 왕을 호종, 요양(遼陽)에 가서 명의 원군을 교섭하는 데 성공. 대제학, 예조판서 등 역임. 시문에 뛰어나, 명과의 외교문서의 기초(起草)를 전담했다. 저서에 《오봉집》이 있다. 시호는 문희(文喜).

상완·자연미(賞玩·自然美)

유람·장관(遊覽·壯觀)

세정·무상(世情·無常)

호기·풍류(豪氣·風流)

민생고·학정(民生苦·虐政)

한가로운 정취(幽閒·閒情)

옛 시정을 더듬어